GONG LIU WENCUN
XUBA PINGLUN JUAN

序跋评论卷（一）

公刘文存

公 刘 著　刘 粹 编

时代出版传媒股份有限公司
安徽文艺出版社

图书在版编目（CIP）数据

公刘文存.序跋评论卷：全2册/公刘著；刘粹编．—合肥：安徽文艺出版社，2018.6
ISBN 978-7-5396-5874-2

Ⅰ．①公… Ⅱ．①公… ②刘… Ⅲ．①中国文学－当代文学－作品综合集②序跋－作品集－中国－当代③诗歌评论－中国－当代 Ⅳ．①I217.2

中国版本图书馆CIP数据核字(2018)第054492号

出 版 人：朱寒冬		特约策划：万直纯	
选题策划：朱寒冬	岑 杰	丛书统筹：岑 杰	
本册责编：沈喜阳	陶彦希	装帧设计：张诚鑫	

出版发行：时代出版传媒股份有限公司　www.press-mart.com
　　　　　安徽文艺出版社　　www.awpub.com
地　　址：合肥市翡翠路1118号　邮政编码：230071
营 销 部：(0551)63533889
印　　制：安徽新华印刷股份有限公司　　(0551)65859551

开本：700×1000　1/16　印张：321　本册字数：480千字
版次：2018年6月第1版　2018年6月第1次印刷
定价：880.00元(全9册，精装)

(如发现印装质量问题，影响阅读，请与出版社联系调换)

版权所有，侵权必究

目　录

001 / **也谈"色情文学"**
　　　　——读冰菱先生《谈"色情文学"》后有感

003 / **艾青及其诗作**

019 / **《鲁迅传》**

022 / **普式庚·俄国的春天**

025 / **读《中国作家》**

029 / **评《迫害》**

032 / **评《溃退》**

036 / **读黄雨的诗**
　　　　——评《残夜集》

040 / **环节与圈套**
　　　　——新年笔谈

041 / **新中国与职业作家**

044 / **推荐四本诗集**

047 / 鲁迅和新文字运动

  ——新文字浅说之一

051 / 瞿秋白和新文字

  ——新文字浅说之二

054 /《边地短歌》初版后记

055 /《阿诗玛》的整理工作

069 /《边地短歌》新版题记

070 / 给未央同志的一封公开信

073 / 有关《阿诗玛》的新材料

076 / 漫谈长诗《华西里·焦尔金》

078 / 关于长诗《望夫云》的通讯

081 / 一个根本问题

084 / 董其中版画简评

085 /《尹灵芝》后记

089 / ［附］冬日红花

  ——纪念尹灵芝烈士就义三十二周年

103 / 民歌小议

109 / 关于《白花》与《白花·红花》

111 / 诗与诚实

118 / 理当为《望星空》恢复名誉

  ——纪念《望星空》发表二十周年

129 / 新的课题

  ——从顾城同志的几首诗谈起

135 / 诗的构思

150 /《白花·红花》后记

157 / 谈写作的四封信

161 /《离离原上草》自序

167 / 言者无罪

  ——读《法官与逃犯》有感

172 / 诗与政治及其他

  ——答诗刊社问

181 / 在学习写诗的道路上

198 / 形象的苦聪编年史和方舆志

  ——推荐长篇小说《鹿衔草》

201 /《仙人掌》后记

204 / 从"诗歌危机"谈起

208 /《仙人掌》勘余杂感

218 / 关于《刑场》

225 / 刘祖慈的诗

  ——诗集《年轮》序

228 / 为《绿风》创刊给杨牧同志的一封信

229 / 触动心肠的文件

231 / **《大学生诗苑》漫评**

242 / **我与唐诗**

260 / **不撤退者的青铜群像**

    ——诗选集《黎明的呼唤》代序

265 / **诗的异化与复归**

273 / **献给母亲的歌声**

    ——《铁依甫江诗选》汉译本序

279 / **《诗路跋涉》跋**

282 / **答《喀什噶尔》编辑部**

284 / **《诗与诚实》自序**

286 / **西北望长安**

    ——寄语陕西中青年诗人

291 / **生活、诗意及其他**

304 / **读《对衰老的回答》**

308 / **《母亲——长江》小引**

310 / **《深沉的恋歌》序言**

    ——给郭光豹同志的信

313 / **心灵的交流**

    ——在第十九届贝尔格莱德国际作家会议上的发言

318 / **[附]《骆驼》献辞**

319 / **《骆驼》题记**

422 / 焊工和流浪汉的诗论

  ——小谈弘征诗集《浪花·火焰·爱情》的一个特色

428 / 开拓精神万岁

  ——《天山诗丛》总序

430 / 谁是 21 世纪的大师?

  ——读《青年诗选》有感

433 / 徐明德和他的诗

436 /《九叶集》的启示

459 /《南船北马》编后随笔

461 /《诗路跋涉》新版题记

462 / 不是第三条道路

465 / 爱雨的诗人

469 / 生活创作漫谈

476 / 在《山西文学》诗歌座谈会上的谈话

479 / 答山西大学中文系学生诗五十问

490 / 诗品与人品

  ——在一次诗歌座谈会上的发言

498 /《乱弹诗弦》自序

500 / 质量第一

503 / 简评《谒包公祠》

507 / 时代在召唤

320 / **传记文学的重大收获**

　　——评《张玉良传》

325 / **《大上海》自序**

328 / **受奖之后**

329 / **恢复名誉和保持名誉**

331 / **序杨牧的《野玫瑰》**

335 / **构思的准和巧**

338 / **关于新诗的一些基本观点**

355 / **田野音乐会上的歌手**

　　——推荐新人陈所巨,兼谈他以及一般农村诗作者的烦恼

367 / **关于诗的品格**

375 / **喜读李钢新作**

377 / **试谈革命的边塞诗派**

　　——在石河子"绿风诗会"上的发言

381 / **对伊犁诗友们的希望**

383 / **《酒的怀念》作者絮语**

384 / **期待诗歌评论的更大繁荣**

387 / **诗要让人读得懂**

　　——兼评《三原色》

397 / **答伍夫楹同志**

400 / **《白色花》学习笔记**

509 / **创作必须是自由的**

512 / **创作自由臆说**

529 / **三首不怕死的歌**

531 / **给叶笛同志的一封信**

533 / **致友人书**

538 / **我的追求**

542 / **《夜梦抄》小记**

543 / **闲话二三**

549 / **三支唱故乡的歌**

553 / **信手写来**

　　　　——关于《沉思》和《仙人掌》

561 / **多写一点朗诵诗吧**

563 / **走自己的路**

　　　　——序石楠同志中篇小说集《弃妇》

568 / **非榜样化**

　　　　——《空地》的启示

570 / **答《山西文艺界》记者问**

576 / **读《镜子》**

　　　　——对一位作者处女作的评点

578 / **答《诗原》编辑部问**

581 / **《裂缝》跋**

583 / **《重放的鲜花》增订版序**

585 / **与青年诗人黄埔生的对话**

590 / **答中央人民广播电台文艺部问**

594 / **留下了一片思索的空地**

　　　——推荐陈小初的《空地》

597 / **岁暮独白**

　　　——《刻骨铭心》后记

也谈"色情文学"
——读冰菱先生《谈"色情文学"》后有感

冰菱先生在他的《谈"色情文学"》一文中举出三个例证,借之来说明今日的文学领域中潜在着一股色情的暗流,第一个是碧野的《肥沃的土地》(长篇《黄泛》第一部),第二个是姚雪垠的《找马恋》与《春暖花开的时候》,第三个是蒂克的《秦淑的悲哀》。

就我的浅薄的见解,我以为这三个例证的本身还有些值得商榷的部分,至于为什么值得商榷,那当然是牵涉"色情文学"这个名词的界说问题了。

先拿第一例碧野的《肥沃的土地》来谈,冰菱先生的意思是说"碧野先生,从社会理论出发,也模仿着《静静的顿河》,企图在破箩筐这个人物(?)里描写如肖洛霍夫的格黎高里似的人民的泼辣,企图在花猪这类的人物里描写地主阶级的恶劣的本性,又企图在水安媳妇们身上描写农民们的生活……"。够了,冰菱先生除了否定这些人物之外,还抹杀了我们作家的努力,所有创作上的造型以及模仿上的意象完全被冰菱先生以"企图"两个字勾销了,因为在冰菱先生看来,"企图"是等于零的。

不错,《肥沃的土地》内容的发展确实有趋向"色情"的恶劣情势,但这只能责备作者意识尚未健全,然而绝不会像冰菱先生讲的那么过分:"色情加公式主义便造成了读者是嫖客,人民大众是妓女"的结果。

我想,碧野的田园文学的创作上值得加以抨击的倒是"奴隶的花果"那种东西,那种东西的确可以变过一个名字或者叫作"水安他媳妇的性生活"罢。中国农民奴隶的命运并不是建筑在性的不满足上的。

其次谈到姚雪垠的《找马恋》与《春暖花开的时候》,前者我还不曾读过,后者也只是在杂志上断断续续地见到过,不过就读过那短章零节之后,心中也起了《红楼梦》式的感觉,在我们这样空前伟大的时代中,能上前线的新女性决不会肉麻地唤着"好姐姐,好妹妹"的。这自然是作者小资产阶级的落后性在那儿作祟,以至于观念不清,造成这样几本古今中外都合璧的"作品",姚雪垠的创作路线诚然是愈走愈歪了。脂砚斋产生贾宝玉,后来贾宝玉一变而削发为僧,姚雪垠若不赶紧改造自己,那么,他的前途自可预卜,起先是"浮",此后必"遁";"色情"的大腿主义以及"出世"的苦茶作风都不是我们所需要的。

附带还得说到姚雪垠已经被清算了,好多人都写了连劝带骂的文章,唉,我们真要为这位曾经写过《差半车麦秸》的作家叹息!至于他被清算的原因,当然不外乎"色情"两个字。

最后说一说蒂克的《秦淑的悲哀》。这一篇文章曾经流行在大后方与东南一带,无论读者们怎样浅薄无知,终必有无数的批评家如冰菱先生者在其中的。秦淑是一个大学女生,因为做了黄鱼的关系被司机孙大有强奸了,羞耻、痛苦、悲哀……绞缠着这年轻女人的心,就这朴素的故事的本身看来,这是一个天大的悲剧,为什么这样的悲剧一到冰菱先生的眼睛里,就变成了"凄艳哀感"的"色情文学"呢?不嫌我说重了的话,冰菱先生的心的确太残忍了,自己缺少同情,却还要讥笑靳以先生,《秦淑的悲哀》在《现代文艺》(靳以主编)发表时流了"廉价的眼泪"!那依冰菱先生的看法,凡提起了"强奸""生殖器""月经"的都是"色情文学"了,那么茅盾的《霜叶红似二月花》描写女人的性心理的场面,以及曹禺的《雷雨》不全是"色情文学"了吗?

结尾,还得说一句,目前文学创作虽然流行着两种错误的倾向,一是"浪漫主义"的变质,二是古典文学的遗产的生吞活剥式的滥用,可是读者们是有眼睛的,但读者们也决不戴有色眼镜的!

1946年7月26日　《力行日报·人间》

艾青及其诗作

诗人是人的花朵。

在一切都贫穷而荒芜的中国,作为一个诗人的艾青,是一朵耀眼的花,他汲取了中国广大农民的智慧,继承着他们的血统与痛苦;虽然,艾青是生长在"一个海滨的省份的村庄"上的地主之家,可是,他却举起了叛旗,脱离了自己所属于的那个家族与社会层。

这颗叛逆的种子,不可否认地与大堰河,他的保姆,有着极密切极重大的关系。请看诗人的自白吧:

> 我是地主的儿子,
> 在我吃光了你大堰河的奶之后,
> 我被生我的父母领回到自己的家里,
> 啊,大堰河,你为什么要哭?
> 　　　　　　　(《大堰河》)

回到家里,他摸着红漆雕花的家具、自己新衣上的花纽扣、睡床上金色的花纹……以及许许多多的高贵摆设。他觉得:

> 但我这般地忸怩不安,因为我
> 我做了生我父母家里的新客了!
> 　　　　　　　(《大堰河》)

他始终坐不惯油漆透亮的小板凳,而喜欢坐在泥地上或是门槛上,他吃不惯喷香的三餐白米饭,他想念那些粗野的日子以及贱价的冻米糖……最后,他的父母对他不喜欢了,不疼他了,而且,在诗人长大之后,看见他不曾做官,不曾做府,却做了永不为地主所了解的画家和诗人,于是,更全盘地失望了!

他的父亲是一个"家庭里的暴君",像中国千万地主一般,"节俭是教条","顺从是经典","批颊""鞭打"着子女,目的是要他们"用功念书","密切地注意分数",因为:

> 他知道知识是有用的东西——
> 一可以装点门面,
> 二可以保卫财产;
>
> (《我的父亲》)

但艾青并不曾依照父亲所希望的去念"经济与法律",他"却用画笔蘸了颜色","去涂抹一张风景,和一个勤劳的农人"。为了皈依于艺术,他去到"一个远方的都市",这地方,就是巴黎。

> 几年后,一个忧郁的影子
> 回到那个衰老的村庄,
> 两手空空,什么也没有——
> 除了那些叛乱的书籍,
> 和那些狂热的画幅,
> 和一个殖民地人民的
> 深刻的耻辱与仇恨。

> 七月,我被关进了监狱,
> 八月,我被判决了徒刑;
> 由于对他儿子的绝望,
> 我的父亲曾一夜哭到天亮。
>
> (《我的父亲》)

诗人在什么时候有了"一个忧郁的影子"呢?就在这时的前后,他怀着许多的"殖民地人民的深刻的耻辱与仇恨",深深地哀伤这受难的土地与人民。而且在家庭关系仍然是人的感情之脆弱一环的今日,他还得为着自己的家庭而终日苦恼。所以,他的诗中总染着知识分子的忧郁,他的歌声常常夹着一股苦涩的低音,虽然,祖国与人民在他笔下是那么真实、质朴与浑厚,可是却也长久地笼罩着一层薄薄的阴影。

诗人在人世中,以一个农民意识的漂泊者的资格到处流浪着,他感伤,但又不愿感伤;他寂寞,但又不甘寂寞:

> 在你这陌生的城市里,
> 我的快乐和悲哀,
> 都同样的感到单调而又孤独!
> 像唯一的骆驼,
> 在无限风沙的沙漠中
> 寂寞地寂寞地跨过……
>
> (《马赛》)
>
> 人们嘲笑我的姿态,
> 因为那是我的姿态呀!
> 人们听不惯我的歌,
> 因为那是我的歌呀!

> 我欢喜走过冬日的林子,
> 没有阳光的冬日的林子,
> 干燥的风吹着冬日的林子,
> 天像要下雪的冬日的林子。
>
> 没有色泽的冬日是可爱的,
> 没有鸟的聒噪的冬日是可爱的,
> 冬日的林子里一个人走着是幸福的,
> 我将如猎者般轻悄地走过,
> 而我决不想猎获什么……
>
> (《冬日的林子》)

诗人把自己比作"唯一的骆驼",寂寞地在这人世中跨步,又把自己比作"猎者",却"不想猎获什么";可是,诗人的内心却孕育着一股熔岩般的对祖国与人民的热爱;当这股熔岩冲破时代的忧郁的外壳时,乃变成了愤怒的坦白的倾诉——《向太阳》。诗人处处流露莫可奈何的,也是最不愿意有的情绪,他"把自己的国土当作病院","用迟滞的眼睛看着这国土的没有边际的凄惨的生命","用呆钝的耳朵听着这国土的没有止息的痛苦的呻吟",最后,诗人无助地"把自己关在精神的牢房里,四面是灰色的高墙,没有声音",但诗人凭借他一个不屈服的灵魂,还要反抗;不过,在反抗之前,他内心是激越而哀痛的,他不得不"沿着高墙,走着又走着"。——在这些歌唱之中,诗人的世界还是喧嚣着罪恶的世界,而表面却又是宁静的,罪恶似乎还只敢潜行。人间的可耻,剥削者的残酷,都被抽象化而进入一个"诗的境界"了,总括一句话:诗人此刻心头只充满大量的爱,而缺少了一点憎恨,所以诗人只能够:

> ……狂奔在

阴暗而低沉的天幕下,

没有太阳的原野,

到山巅上去,

伏倒在紫色的岩石上,

流着温热的眼泪,

哭泣我们的世纪。

(《向太阳》)

诗人把人世间的迫害与忧患,通通往"诗的世界"里宣泄,但也只是宣泄而已。这段时期内,诗人只是道出了被损害与被侮辱的苦痛,却不曾吹出反抗的战斗的前进军号!

可是,完全说诗人是消极的也不对,因为,当诗人的光明的憧憬一遇到光明的实体时,表现就不同了!在他笔下,健壮的有力的活生生的人们,也就会吐露出强大的傲岸的气息。这就是风格完美的被胡风先生誉为"一幅色画""一曲高歌"的力作:《透明的夜》。从这里也就可以说明,艾青的发展路线是向上的,然而也是多波折的,等到他与人民一步一步接近并且完全拥抱时,他便是真正的他了,艾青便是真正的艾青了!

且看诗人怎样理解作为一个诗人存在的意义吧。

在我年轻的时候

我曾有一幻想:

为了人间的混乱和不平

我想到群山里做一个强盗。

(《强盗和诗人》)

他要向剥削的人抢劫,"抗议袒护富人的法律",并且要与"犯罪的人们交往",在那群山中,"没有寄生的王",没有乞丐,没有"不合理的制度"。但是,现实却击碎了他的幻想,他终于爱上了流浪,"让自己不安定的灵魂,彷徨在这陈腐的世界上"。

> 什么时候起
> 我被叫做"诗人"的?
> 想起来真要哭泣!
> 在巴拿斯山上我遗失了竹笛,
> 拿叹息当歌唱
> ——一天一天地瘦萎。
> （《强盗和诗人》）

诗人虽"拿叹息当歌唱"以致"一天一天地瘦萎"了下去,可是他仍然热心地但愿"诗人"和"强盗"是朋友。于是,诗人又唱道:

> 当我已遗失了竹叶刀的时候,
> 我要用这脱落了羽毛的鹅毛管,
> 刺向旧世界丑恶的一切。
> （《强盗和诗人》）

可以这样说,诗人的创作可以分为三个阶段,首先是以一个"诗人"的眼去体察中国农民的灵魂,因此,取材与手法便往往夹杂了自己的比较疏远的第三者的情绪。其次,就是诗人与农民之间,灵魂已经经过一番熔焊与锤炼了,但仍然会不时发现自己的用知识分子的头脑与思维去玄想臆测的倾向。这个,在《他死在第二次》里面表露得最为明显。

随着民族解放的抗日战争的爆发,诗人的创作也就开始了一个"跃进"——由第一阶段到第二阶段的"跃进"。他开始"过着彩色而明朗的时日","在最古旧的世界上,唱一支铿锵的歌"。诗人自己写道:

假使我是一只鸟,
我也应该用嘶哑的喉咙唱歌:
…………
——然后我死了,
连羽毛也腐烂在土地里面……

为什么我的眼里常含泪水?
因为我对这土地爱得深沉……
(《我爱这土地》)

这两行诗,披示了诗人的诚挚的热烈的灵魂。

诗人可以大胆地歌唱一切了,把苦闷抛在一边,把孤独遗在过去,把忧郁与痛苦都投进战火中烧掉!诗人怀着一颗激荡的心,随着人民的跳跃而跳跃。他"不再吹那寂寞的口哨","不看天际的流云,不彷徨在人行道",他加入了全体人民的粗犷、喧哗而伟大的洪流,自己也就日益健康了。

在这些日子,诗人用豪放的喉咙歌唱"新生的日子",歌唱"把人类从苦难里拯救出来的人物的名字",歌唱《北方》,歌唱《火把》,歌唱《吹号者》,歌唱战斗的流血的伤兵——《他死在第二次》。通过这些歌唱,他更看出了祖国与人民的"黎明",他接获了《黎明的通知》,于是他预告了和通报了黎明!

在《他死在第二次》里面,抒写并发掘了一个从来被忽视、从来未被认识的人物。这个人物,就是伤兵,也可以说,就是农民。因为诗人曾经替他证明,说是他有一双"拿过锄头又举过枪的手,为劳作磨成笨拙而又粗糙的手",可是他受伤了,躺进医院,不曾想起自己的亲人、同志,不曾想起他的耕作与打仗的生活,却因为女护士的"纤细洁白的手"与他的手"竟也被搁在一起"的缘故,他为了这"究竟是什么缘分"的缘分而"想着又苦恼着","苦恼着又想着"。像这样的抒写,几乎是完全用"诗"来代替"人"了。

作为一个农民,一个士兵,他从民族大翻身的战斗里把耕作与战争连在一起,他的情绪是悲壮的,甚至还有几分惶惑与哀愁,可是,他的情感只有粗野的份儿,决不会这样细腻。所以,艾青在这篇诗作里面的努力多多少少是通过了一个知识分子的思想方法与感受过程而表现的。因此,诗的本身也就相对地削弱了。

后来,当这个伤兵的"创口愈合"之后,他走上"大街",走向"田野",并且寻找一种"那像在向他招呼的东西",这东西,连"他自己也不晓得是什么";好了,到此处,伤兵也又孤独与敏感起来了,这种心境,正符合诗人自己在他早期的作品中一再描述的一般类型。

——这个,可说是一点点留在诗人心中的忧郁的残渣吧!

等到诗人唱出了《黎明的通知》:

为了我的祈愿
诗人啊,你起来吧

而且请你告诉他们
说他们所等待的已经要来

(《黎明的通知》)

诗人又用一种轻快而明朗的调子唱道:"我从东方来/从汹涌着波涛的海上来",并且,"我将带光明给世界/又将带温暖给人类"。诗人号召:"打开所有的窗子来欢迎/打开所有的门来欢迎。""请鸣响汽笛来欢迎/请吹起号角来欢迎……"

从此,诗人身上的那层暗淡的阴影首先便被黎明赶跑了!

归纳起《他死在第二次》与《黎明的通知》这两篇诗章,可以肯定诗人已开始走上了一条新的前途远大的道路。由于前者,诗人开拓了一片叙事诗的现实主义的广阔天地;由于后者,诗人摆脱了所有一切陈腐的有害的应该随同旧中国死去的"遗传"。

果然,在壮阔的人民行列、快乐的人民行列中,艾青的歌音愈来愈嘹亮、愈来愈稳健了!

他连续给了我们好几首长诗,像《雪里钻》《索亚》《吴满有》以及最近的《人民的城》等,《雪里钻》的副题是"一个年轻记者向我夸赞他的马",而"雪里钻"也正是这匹好马的名字。不过,与其说它是夸一匹好马,还不如说是夸赞这一次人民的辉煌战争(它的主旨在描写破坏铁路)。

听诗人怎样杰出地唱吧——

> 我的祖国啊!
> 我已为你交付了
> 我年青的生命,
> 我的战斗,
> 我的英勇。

(《雪里钻》)

像这样率直而炽热的伟大的爱情,绝不是用口号所能堆砌,也绝不是由"口号诗"所能污蔑的吧!

还有,诗人在描写"雪里钻"怎样跌倒在冻结的河冰上,以及怎样被骑者"握住小刀,咬紧牙齿",猛烈地向它屁股上一刺之后,"马惨叫了一声,从冰层上跃起"。骑者"噙着眼泪"叫道:"起来!伙计!你不要出卖了我!"同时,"雪里钻"也就"冲过炮火的浓烟",回到自己的马队里去了。

铁路破坏了,敌人触雷,我们伟大的游击队胜利了。可是诗人却毫不骄矜,然后十分自信地喜悦地结尾。

> 我回到了我们驻扎的村庄。
> 团长已坐在拂了雪的石板上,
> 他为欢迎我而站立起来,
> 走到雪里钻的旁边:
> 伸手摸着在冒出白气的嘴。
> 他的脸映着春天的阳光。
> 他笑了:那末平静,那末温暖
> 好像一切都不曾发生……
> 　　　　　　　(《雪里钻》)

《索亚》是一首纪念苏联女英雄的叙事诗。诗人用简洁而有力量的句子,劈头就告诉了人民,法西斯匪徒是一群什么样的野兽:

> 匪徒们把她带到配里斯乐伏村,
> 交给一个住在那村里的军官——
> 那房子就像一间猎人的房子,
> 壁上挂满危害生命的物件。
> 　　　　　(《索亚》)

索亚受尽非刑,受尽侮辱,"晚上,索亚躺着,全身像火烧似疼痛",当然,"她知道情势已很严重",并且:

> 她仿佛看见死亡像鳄鱼一样,

张着大嘴向她爬近……
但她只是恼恨
她的愿望还没有达到，
就失去年轻的生命；
没有看见祖国的胜利，
就闭上明亮的眼睛。

（《索亚》）

诗人用沉重的笔,把自己的情感移入,写出了这些,也等于写出了所有在战争中死去,未及得见胜利降临的忠贞人民。

现在,再请听《吴满有》吧。吴满有是被誉为英雄式的一个农民。吴满有从前过的什么日子呢?

小时候"给人家拦羊","为了把羊喂饱",把羊带过一个山头又一个山头,而自己却"空着肚子",还要"挨打挨骂";等到"举得起锄头",帮人家种地,又碰上"北边闹荒旱","愈种愈穷";后来就一直逃上吴家枣园了。可是:

你没有土地,
没有耕牛,
没有犁耙,
像一头牲口,
不说话——
痛苦藏在肚子里,
仇恨放在心里。

（《吴满有》）

诗人的笔下,农民已经完全展露了他的面貌与灵魂。中国农民怎样活着来的,诗人写道:"军阀时代,穷人比狗还不如;活着就像走绳索,一个不当心,马上会丢掉生命";"收税的像'活无常'","一手拿个枪,一手拿个绑"。"为了欠几块租钱,你被绑到城里;为了交不起'维持费',你被捆在深山里"。"你辛辛苦苦,把收成给了地主,留下几颗杂粮和粗糠,吊着几条命在世界上受苦",可是——

莫非世界上真有一种人
活着是为了受苦么?
　　　　　(《吴满有》)

1935年,革命的风暴来了;穷人起来了,吴满有也就翻身了。看我们的诗人怎样形容这伟大的年头吧:

它好像一个霹雳,
把所有的人都震醒,

天突然亮了,
山突然青了,
人突然年轻了。
　　　　　(《吴满有》)

连天都亮了,山都青了,这是一种什么样的新天地呀,当然,人也会年轻了。艾青在这短短的几句中,是用了怎样有力量有信心的革命意志去写呵。

诗人在《吴满有》的附记里说:"我把我写的《吴满有》拿出来念给他听——这是我找他的目的。我坐在他身边,慢慢的,一句一句,向着他的耳朵念下去,一边从他的表情来观察他接受的程度,以便随时记下来加以修改。……""他随时给我补充或改正。譬如说我念'你把四岁的女儿,换了五升小米',他说:'三岁……是五升糜子,不是小米';我念'而今做活,不是为了别人,是为自己',他说:'可不是为了自己!'……"吴满有,是伟大人民的代表,而长诗《吴满有》呢,则是伟大的人民的诗!艾青把诗句念给当事者听,念完了的时刻,还问吴满有有无其他的意见,得到的回答是:"没有意见了,几十年的事被你一下写完了。"

唐代的白乐天为了把诗"通俗化"朗诵给老妪听,历史上传为文人的佳话。可是,艾青的《吴满有》,是绝不能用"佳话"来辱没他的。因为,艾青已是直接从农民那儿吸取俗谚口语,而不是把自己的"士大夫专用语言"降格以求了。

> 公家是老百姓的公家,
> 老百姓帮公家
> 岂不是帮自己?
> 公家和老百姓
> 像手和身体分不开,
> 天下没有傻子
> 要把自己的手绑起来;
>
> 公家是船,
> 老百姓是水,
> 水帮着船走,
> 没有水,
> 船怎么能行?
>
> (《吴满有》)

诗人给了一个多么浅显而亲切的譬如啊！除了艾青以外，谁给过我们这样妥善而深刻的理解呢？诗人深切地体会到："一般地说，农民欢喜具体，欢喜与他直接相关的事，欢喜明快简短的句子，欢喜实实在在的内容。"

这一段话，可以说是人民的诗的形式之一。诗人跨进他创作的第三阶段，这一形式或可说是其首要的表征吧。农人欢喜与本身有关的事，工人欢喜与本身有关的事，也就是说，人民今日要求的不是御用诗人、宫廷诗人、市侩诗人，以及一切自命高超的象征派、未来派诗人，人民欢喜与其有关的事，以及抒写这种事体的真正属于人民的诗人。

《吴满有》替中国的新诗绽放一异彩！

可是，黄药眠先生批评艾青的诗徒然是形象化，而实在是没有情感。在他的一篇《论诗的创作》中，曾经说道："大家都知道艾青先生的文字是很美丽的，技巧是很成熟的，形象也是很丰富的，然而也因为了这，使得他很容易取巧。"接着引了一段《哀巴黎》，然后说："可是在这些现象的后面，感情的成分却是非常的单薄，如果和拜伦的《哀希腊》比较起来，那么我们更可以看出《哀巴黎》不过是轻微的叹息。"

不错，《哀巴黎》并不是一首写得很成功的诗，这个我们承认，可是硬要批评艾青"取巧"却也不必。前些时，在《中国诗坛》上好像又有黄先生的文章，批评《吴满有》没有情感，这个，未免就太苛刻了。《吴满有》被朗诵给吴满有本人听，他自己都很感动，这只要读了艾青的《附记》就可以知道，不真实的没有生命的东西能叫吴满有这样质朴的"新型的农民"感动吗？原谅我们这样推测：可能是黄先生用了知识分子的尺度去度量"人民的感情"了。

基于诗人因《吴满有》而获得的新体会，也是基于人民的要求，诗人开始运用新的方式了——"简短明快的句子，实实在在的内容"。这，在诗人的新作《人民的城》中也表现了。

　　　　× × × ×

人民的城,

美丽的城。

山卫护着,

清水河流过,

没有沙漠,

电气开花,

机器唱歌。

　　　　(《人民的城》)

像这种字句,多么朴素,又多么新鲜。还有:

×××
幸福的城,

没有饥饿,

不受欺负,

没有压迫,

没有恐怖,

工人增加了工资,

农民减少了租钱,

商人没有苛捐杂税,

人人快乐,

日子过得很舒服。

　　　　(《人民的城》)

到如今为止,可以说,诗人艾青已与人民有着强度的结合了,随着他与人民生活的交流面的愈加宽阔赋予他以新的课题,那些阴郁性的成分——诗人诗作的局限性——将不再会出现,诗人以他原有的风貌,配合时代与他的创作契机,我们相信,诗人艾青必定能拿出新的形态,完成新的结晶的!

1946 年 10 月　南昌

1946 年 12 月 24 日/1946 年 12 月 31 日　《中国新报·新文艺》

《鲁迅传》

中国有鲁迅,是中国的光荣。

然而,鲁迅先生死了十年了,却还不曾诞生一本传记,这是非常遗憾的事情。在日本的小田岳夫却占了先,他以一个异国的崇敬者的身份,向其国人介绍了这位在中国实行"精神改造"的巨匠。从鲁迅先生的作品被各国翻译,又从这本传记的出版之事实,证明了鲁迅先生的不可动摇的国际地位。

据译者范泉先生说,这本《鲁迅传》的原文本子是有着"不少的严重错误的"。自然,构成这种错误的主因不外是:一、鲁迅先生思想广博,不见得以一人之力就可以完全发掘;二、原作者是日本人,从未见过鲁迅的面,资料尽是间接得来,所以不免隔膜,幸好在翻译时,得了许广平先生的详细校阅之助,因之,所有歪曲或不符的地方便被删去或改正了。于是,今日我们所捧读的便可说是比较的正确,但也颇有太简略之感。

传记文学本来就很难写,而写鲁迅的传记更难;这难处似乎是难在"得体",因为鲁迅之难于理解是在其了解了中国,而对于中国,就连一般中国人也很少能说得上"理解"二字的。一个人如鲁迅先生者之一生,必有其一生作为的背景;鲁迅先生处在"旧中国动摇,新中国生长"的时代夹缝里,然而他却不陷在夹缝之中,而宁将自己化作桥梁,集痛苦与忧患于一身,把旧的该死的遗弃在一边,把新的方生的渡了过去,中国的复杂情形也就完全反映在他笔下的思考里,以及"肩起黑暗的闸门"的动作中了。

基于这一意识,我们为了要求一本完满充分的好传记,是不能不宁可稍候而不愿苛责于今日的诸作家的。

许广平先生又说道:"鲁迅先生的研究是多方面的,也因此,无论是谁,对于鲁迅先生的认识总不能够全面的,而只是理解了他某一个部分,他们的观察只局限于某一个角度。"

这一段话是很准确的,这只要看一般有关鲁迅研究的出版情形就可以知道。譬如比较有系统有价值的专集:平心著《论鲁迅的思想》,巴人著《论鲁迅的杂文》,孙伏园著《鲁迅的二三事》,巴人著《鲁迅的创作方法及其他》,雪峰著《鲁迅论》以及雪峰的尚未完成的《鲁迅回忆录》等。但这些东西,都具有其时间性(指鲁迅先生生平之某一段)及片面性(指偏及巨人的思想、艺术和生活三者之一的剖析工作),而不能称之为全部包含的结晶。所以,在创作中的《鲁迅传》,虽会分请茅盾先生(熟悉其后半部生活)、许寿裳先生(熟悉其前半部生活)执笔或讲述,但终于在不敢草率从事的考虑之下,一直延搁至今尚未动笔。而今,茅盾先生又离国他去,这一艰难工作恐怕还要假以时日了罢。

其次,这本书的译者范泉先生在前记里还谈到鲁迅研究被弄得混淆了的事实。真的,有许多所谓的"文人"专门"用淡淡的闲情来议论着鲁迅的短长";要不就是"有意歪曲",别有用心,要不就是"一知半解",目的也不过在"借以增高自己在文坛上的地位"而已。这种企图和现象,鲁迅先生本人在生前就看出过并痛斥过:"……只要敬爱他的人,多发挥这一点,不要七手八脚,专门把他拖进自己所喜欢的油或泥里去做金字招牌就好了。"(这段话是讥刺一班在刘半农死后大做其"趋时"文章的投机者的,见《花边文学》的《趋时与复古》一篇)所以,范泉先生接着提出的"保卫鲁迅"的口号,是应该为每一个"敬爱他的人"所共鸣的。

还记得看见过鲁迅先生的遗嘱上有这么几条:

……

六、别人应许给你的事物,不可当真。

七、损害别人的牙眼,却反对报复,主张宽容的人,万勿和他接近。……

这两条,每天都有它的新意义呢!

再有,第五条上还写道:忘记我,管自己生活。

可是,睁开眼睛看一看,再闭住眼睛想一想,鲁迅先生!如此苦难的亚洲人民怎么能怎么敢忘记你呵?

1947年1月14日 《中国新报·新文艺》

普式庚·俄国的春天

普式庚诞生的时代,是沙皇亚历山大第一和尼古拉第一的暴政鞭打着斯拉夫人民的时代,俄罗斯的茫茫草原上正密布了乌云。可是,春雷响了!天才的革命诗人普式庚唱出了统治者的葬歌:

> 动摇吧,颤抖吧,世上的暴君们!
> 可是听啊,你倾倒了的奴隶们,鼓起勇气,站起来呀!

诗人响应于十二月党人的革命,注视着他们的活动,并且处处帮助他们传播这种革命的思想。他虽然没有参加实际的政治活动,但是很热心地在"绿灯社"里工作,而"绿灯社"亦正是十二月党人的一个外围的文学团体。在那里,诗人写下了有名的《自由之歌》,上面所引的几行就是其中的诗句。

在普式庚出现以前,俄罗斯还没有觉醒,因之,相对地诗人是不曾享受过什么丰富现成的历史遗产的;但是他却迅速并彻底地吸收了西欧的文化,并且在同时独创了自己的风格——用人民的语言,纯真的俄罗斯语言,而且将日常生活与民间生活当作主题——也就是俄国的风格。

诗人追随过浪漫主义的路。

这时,人群赞美他,用着嫉妒的口气强调着他的作品的音乐美,以及戏剧性的启示。然而,当他单纯地描绘现实生活时,当他在残酷的统治者面前,毫不客气地暴露了俄国的黑暗、愚昧、粗鄙和奴役时,所谓的"社会"便在这严厉的批判之下无所逃遁,而报之以嘲笑和敌意的污蔑了。

因为,"在普式庚的内心之中,觉醒了的并不是贵族阶级(虽然他是带有几分它的特征的),而是人民,国家,语言,历史的定命。而这些就是结果终于产生我们(指俄国)的惨苦的狂乱的革命的种子"。但是诗人的热血沸腾地奔流着力量的脉搏,却不会为他自己的阶级所局限,他不是这样说过吗?"不管我的出身阶级,我表现我的思想,是从来决不受它的影响的。"

的确,这句话也是被他自己的作品证实了的。

而这种证实,在《甲必丹女儿》中表现得最为有力。本书拣了一个农民叛乱时代最有名的故事——南俄的普格卓夫事变——做主题,诗人丝毫没有讽刺,非常切实,甚至还隐隐地默爱了他的主角。带着这么一股对农奴的怜悯与挚诚,《甲必丹女儿》很快地并将永远地被评为古典的天才的革命作品。

谈到普式庚笔下的叛乱者,是必须要提一提诗人时常痛恨的"暴徒"的,诗人所斥责的"暴徒"是谁呢?这个"暴徒"绝不是指人民、农民的。因为他自己就是人民所创造的,他的文学是由大众的口语中汲取来的;而且,从他许多作品中都有过可资代他自己剖白的侧面资料。再则,同时只要留心关注他的对专制,对所谓的"上流社会",对农奴制度,对庸俗的市侩们的敌对态度,以及他终生郁郁,被流放,被宪兵监视的经过情形,就可以坚决相信:他所指的"暴徒"便是统治者。

高尔基曾经这样推崇过诗人普式庚,说他是"我们的巨人",并且"在我们国家里(指俄国)是一切滥觞的滥觞"。诚然,诗人不仅是诗人,他还是一个大悲剧家、散文家、小说家、历史学家。他的兴趣是广阔的,而与之成比例地,他的才华也是博大的。诗人生活在那个时代,然而他却看到了这时代的破灭,勇敢地做了反宗教、反暴政的尖兵。他不是一个谦卑的人道主义者,他扶助弱小的,然而却更敢于向强大的挑战。

一切坏的传统在他身前止步,一切好的传统在他身上诞生,所以说他的精神超越时代,应该不是谀辞。

虽然,他身上仍然保持有浓重的知识分子的气质,不曾叫他料到劳动人民的新型社会的曙光。但这是无损于他的伟大的;在那个阶段上,普式庚强调地表现了民族意识与作为一个人的尊严,单凭这两点已可说明他与人民的斗争是同呼吸的。

至于要追问:假如他活在苏联,那他会怎样呢?我们知道,做这种推测是毫无意义的。正如有人问鲁迅先生在抗战中活下来会如何一样。但是,万一要追究,我们也未尝不可斗胆回答一句:"是肯定的人物。"

伊里奇说,"从普式庚到高尔基",俄国——苏联的文学进程便是这样发展过来并确定了的。今天,苏联文学已充满了明朗的、自信的、快乐的、纯人民的气息,它已是人类新世界中的文学的主导力量。回顾普式庚——这位"俄国文学之父",艰难地把后进的俄国提高到世界文学中占有一席地位的时候,那是多么天才的基本的创造啊!

诗人在沙皇的阴谋下,像彗星一样,带着短促的生命在人类的头顶划亮一下就去了。可是,死了的是他的肉体,死不了的是他的声音。

> 我不会完全死掉——我的灵魂
> 将在诗中不朽而独立的生存——
> 我要被誉为一个诗人
> 依然生活在人间

这是他死前写的一首诗,题名是《我的墓碑》。

的确,普式庚活下来了,他"依然生活在人间"。沙皇的阴谋根本不会得逞,他不过只是用罪行骗取了一个人的光辉的生命而已。整个以普式庚精神所代表的文化是绝不会被绞杀的。而这个,也正足以为每一个统治者戒!

今天,在我们这个苦难的国度里纪念普式庚,我们衷心希望有我们的普式庚出现;也就是说:希望我们的普式庚给我们带来"中国的春天"!

1947 年 2 月 21 日　《南昌青年报》

读《中国作家》

××兄：

（前略）

告诉你，我最近读完了文协编印的《中国作家》，我要写下一点感想。你知道，它就是过去《抗战文艺》的姊妹刊。首先，我就有这么一个感触：《中国作家》是不幸的，惨胜以后，谁都以为从此便永远放逐了战争，因而才选择了《中国作家》这么一个和平的名字；可是，谁又能在两年前估计到如此凄惨恶劣的现实呢！

据说，刊物出版以前，还有一重困难，就是登记证逾期三月便作废的问题，登记证，真不啻是一道符咒，然而，《中国作家》的创刊号依然突破一切超越一切以搏击姿态出现了。当我思虑及于这些，心上就说不出的受了感动。然而，当我诵读一遍以后，更是激荡得厉害，脉搏的跳动都已变得铿然。

创刊号的分量相当重，有四篇理论文字，二篇研究，四篇小说，二篇散文，一篇杂文，一篇诗。我对诗有偏爱，于是先读起诗。

是绿原的作品：《你是谁？》

"你是谁？"诗人替万千屈死者、饿死者、枉死者找出了答案。

我们的对头是它，它呀/那个披麻戴孝的活无常！

绿原的诗，是有大气魄的诗。自首至终，简直不容喘息，不容间歇，那股磅礴的劲儿，令人一读就联想到他的另一首名作：《终点，又是一个起点》。他用全心灵呼唤了"白天从办公室头昏眼花拖出来的公务员"，提醒他们：

>不要认为你的妻子儿女是
>你的吸血虫;不要恨他们!
>(他们无罪)!
>(他们应该活)!
>你要洗个冷水脸,
>再想一想:
>是什么把你弄得这样无助?
>再看怎么办?

他又告诉今日的中国妇女:

>主妇呵,当你轻轻地
>用锅铲敲着
>空了三天的米坛子的时候,
>不要埋怨你的可怜的丈夫吧;
>……
>……
>不能逼他寻短见!
>活下去呀,亲爱的姊妹!
>哪怕就是沦为乞丐
>也要活下去呀!
>组织乞丐的队伍——
>活下去!活得下去的!

他又吁请那些用眼泪耕耘土地,然而自己却丝毫也得不到收获的农人,丢掉犁耙。

诗人以他热爱祖国的激情,才能写出如此愤怒如此憎恨的句子。不错,有爱才有恨,恨得深,正也就是为了爱得深呵。最后,他写道:

> 暴戾的苦海
> 用饥饿的指爪
> 撕裂着中国的堤岸,
> 中国呀,我的祖国
> 在苦海的怒沫的闪射里
> 我们永远记住
> 你的用牙齿咬着头发的影子。

你瞧,用牙齿咬着头发,多么有力、多么煽动的句子!真的,如果我此刻有枪,我就会丢掉书冲到大街上去!今日中国的面貌,是怎样一座岸然的,甚至是狰狞的复仇之神呵。

接着,我读了巴金的《静夜的悲剧》,唐弢的《生命册上》,这两篇散文,文字虽说不上旖旎华丽,但都是抒怀之作,是有着极重大的意义的。

《静夜的悲剧》,诚然是一个悲剧。那悲哀深沉的气氛,一开始便重重地感染了我。马拉,人民之友,他的死是很感人的,惨得很。

巴金还是老样子,这是我的臆断,不可与外人道,我的意思是说:他老先生依然不曾脱尽虚无的人道主义的气息。马拉的路,其实是孤独的。他的革命者至高无上的道德,到了罗伯斯庇的手里,才化为无比巨大的物质力量。不过,作者不是不理解这个,他文中亦曾说道:"在那个时代似乎人们常常把死看作净化心灵的试炼。每个人都愿意为自己的理想献出生命。谁都会勇敢地走上断头台……"

唐弢的《生命册上》,是记述他一个同学的故事。也是血,血的故事。自然,那位顾某——文中的对象——是一个无名英雄;死在北伐之役,成了当时伧子们的"五省联军"的活靶子,可是,死者已矣;坐享其成果的:谁会想起他? 甚至,谁会知道他?

再次,我读完四篇理论文章。闻一多先生的遗作《文学的历史动向》,可谓是他近年研究国学诗赋的心得结晶。朱自清先生的《论严肃》,倒也是一篇值得深思的东西。胡风一向是在文艺领域中默默地在理论指导方面工作的,在这里他写下了《先从冲破气氛和惰性开始》,很有启发的价值,说它是一枚钥匙,或者一声军号,均不为过。不过,他最后似乎又是对姚雪垠开火,刺了一下,颇不轻。还有一篇论著,题名《语言片论》,作者阿垅。他站在新美学的观点上,就"语言"而证今博古,昂扬了活的,打击了垂死的。分析异常之透彻、周到,读得令人痛快之至。

《儒者之泽深且远》是有名的杂文家辛未艾的大作,内中虽剥出了历代统治者(不论古今中外)提倡孔教的用心,但总有些平淡之感,我觉得像这等题材,是不妨写得深刻味辣一点的。郭沫若、郑振铎二老各人写了一篇研究报告之类的文章;后者大概就是日内即可问世的《西域古画参考图谱》一书的序言,前者则是《浮士德简论》,凭良心说,我就得益不少,前些时读完《浮士德》,现在再读这文章,便更加有了一点了解。至于西域画,我是外行,但对于内行而言相信也是有帮助的。

小说四篇,靳以、林淡秋是名家,苏汛、冯辉似乎是新人,内容都还好。比较起来我是更喜欢靳以的《母女》。

(后略)

10月15日　寄·烟湖

1947年10月22日　《中国新报·文林》

评《迫害》

六月号的《热风》，刊出了征燕先生的《迫害》，读了之后，觉得有些意见，现在写出来供大家参考。

作者的副题是：抽壮丁的故事。无疑地，这是一个非常现实的题材，在今天蒋管区，环绕着三征的血泪斗争正在以各种式样表现着，这斗争正要求着全国文艺工作者的在创作上的响应。

这是当前人民革命向文学创作领域提出的要求之一，因之，它首先就规定了创作的政治内容，但由此又能发生一个偏向，以为只要抓住这个政治的思想的指导原则，就大可以坐在小房间里设想一些口号和情节，就是一篇一篇的人民文艺了。

我们在基本上，需要正确的强烈的政治意识，从而我们也需要圆熟的具象的艺术手法，而这一艺术手法正是用来使那一内容益臻完美坚实的。我们坚决赞成作者要有自己的政治立场，他应当用笔去批判或歌颂他的人物，但这却不是说作者可以尽情作主观的安排，或者用所谓"主观精神"向创作领域盲目"突进"，而忽略客观存在的变化与发展。

这《迫害》就是一个恰当的反面的例子。首先，我否认有这样的民谣：

马儿叫！路迢迢！
行人绳索绑在腰，
渴饮污水饥吃粥，
田地荒芜没人管，

还有：

> 送壮丁,上战场：
> 妻哭夫时子哭爷,
> 爷哭子时子哭娘！
> 牵衣不愿征人去,
> 忍见爱儿枪下亡！

老百姓会使用"迢迢""征人""忍见"等等字样吗？开头两句,分明有仿杜甫《兵车行》的味道；人民的情感毋宁要粗糙一些,直率一些,不可能有这种文绉绉的调儿的。与这犯同样的毛病的是说话,用字是知识分子式的,可说没有丝毫泥土气。例如"靠他的劳力去耕种""你是衰老了""弱质的女子""老天爷呵,你为什么要同我开玩笑？"之类,我想,一般乡下农民是宁会说："靠他卖力""你又是大把年纪的""老天爷,你怎么不睁睁眼呵！老天爷你真狠心呵！"而不会如前面所引的那般说话的。而"赵二嫂从塘边走回来"后的一段,却更是一个十足的女学生派头："什么事？搞得这么严重呵？"我们不妨想一下,一个破衣烂衫吃苦受难的穷农女竟会讲这样的话？在全文的结尾处,那驼背老头(应该是赵老福吧！)的遗书是这样的："嫂嫂：(不知是指谁？他二嫂吗？但那是他儿媳妇,似乎不能这般称呼。)我们是怎样被迫害的？谁迫害我们,你有生命的一天总要设法替我们报仇！……"这难道不像大学生演讲吗？作者到了这里,乃完全陷进了知识分子的泥坑,他笔下的人物,全不过是穿着乡服的男女知识分子罢了！这与人民文艺(人民的文艺)相差何啻万里！就这样的一个安排来说,也叫人有故意拖一个"光明的尾巴"之感。我想,真实还不如让赵老汉默默地死了算了,因为这样的死更合乎这样的人,只有死才是他唯一的抗议。又如描写陈保长叫手下人去地里抓赵二时,作者说这两个手下人是"两个带着手枪的家伙",这恐怕也不很符合实际情况的,因为保长带来的人,只可能是乡丁,依我以往在乡间看到的,这些乡丁都是枪兵,并非便衣人物,所以说他带"手枪",怕不及说他带步枪来得真实。

还有一个有关作者本身意识的问题,也应该特别提出来谈一谈。他写道:"赵大是一个独臂的家伙,他是在抗战的高潮下参加了军队,在'惨胜'之后回来的。他已是一个残废的'荣军'了!他付出宝贵的代价,换来的只是老婆改嫁别人,和饿死了四岁的孩子。……'对这次抗战我已付出了宝贵的生命一半,现在已变成了残废,难道还要老二去作替死鬼么?'"

根据这一段话,我们可以作如下的分析:赵二作赵大的"替死鬼",可见作者是把抗战与蒋介石的放手内战等量齐观的。然而我们了解,目前的人民解放战争却是作为民族解放战争这一历史阶段的必然延续而存在而发展的。在本质上,八年抗战绝不等于蒋帮的反人民的屠杀,抗战是民族的自卫,是具有进步的历史意义的。

在这里,举一反三,似乎不难看出近年来许多模糊直觉的反战论是包括了怎样一种有害倾向。或者有人会说:作者这是替抗战军人抗议蒋政权的不平待遇。那我们就不得不进而指出:抗战是一回事,蒋政权的虐待又是一回事;何况蒋政权一直就在对卫国军事怠工!

总之,《迫害》是一篇失败的作品,是一个没有血肉的故事。正如我批评得苛刻一样,我也希望得恳挚。

希望作者在清算自己身上的知识分子的残余气息之后,写出更健康更"老百姓"的东西来。

1948年7月1日　香港(《华商报》)

评《溃退》①

一

首先，让我们探讨作者创作的动机与意向；这样，我们可以获得一个比较坚实的基础，然后再展开深一层的论列。

《溃退》是一个历史事件，是一个人的、在某种意义上说来几乎还是一个秘密的历史事件。

1944年正是爆发湘桂黔大溃退这一历史事件的可耻年代，中华民族的存亡绝续达到了可怕的破裂的边缘，国民党反动派对卫国战争的怠工到这时已经达到最高峰并且完全暴露出来了；但由于武汉时代以后的政治逆流统治着整个的"政府区"，所谓"限制异党活动办法"就是实质上的限制人民活动。而万恶的新闻统治和特务政治，更将人民从抗战中隔离出来；除了三征、物价狂涨与轰炸，以及无尽止的逃难以外，人民还有什么事情与抗战有关呢？抗战还有什么事与人民有关呢？关于这一点，本篇的"序诗"，并不曾成为击中敌人鼻梁的有力响箭，然就全诗来作一鸟瞰，还可以看到万千个愤怒的火头，藉着要求清算的风势，在到处跳跃。不错，作者正是要求清算这一历史事件，才写下这二千行理直气壮的控诉状！不仅是由于"溃退"中失地千里、丧师百万，以及"广大受难的人群"都变成了"被死神带走的冤魂"，不仅是为了这

---

① 黄宁婴著，人间书屋刊行。

种浮面的直观的人道主义和诗人的特别激越的正义感,抑且是基于觉醒大众翻身作主重撰人民历史暴露蒋匪罪恶的要求,基于群众路线已成为新诗创作方向的主流,诗人写下了这部史诗。

二

假如上面分析不算错的话,那末接着我们就作品论作品,看看它执行这一意图到了何种程度,也就是说,这一作品有了些什么成功,有了些什么失败,以及如何成功,如何失败。

一开头我们就接触到诗人的呼喊,毫无掩饰地通过作者自我,采用了贯穿全篇的第一人称的直叙写法,通过诗人对于"溃退"的观照与批判,我们获得了对于整个事件的突出的具体的印象。曾经有人怀疑这种写法是不是合适《溃退》这样的长诗,然而我却认为不但合适,而且适当、必要。我的第一点理由是,这诗的产生(也就是这清算的发起),是完全适应客观的历史要求的,是以作者的主观已与客观情势取得一致的形态:毋须乎站在什么第三者,什么超然的地位。相反的,作者使"我"走入诗篇,正是艺术良心的最大表现;第二,这是一篇控诉书,我们没有理由不赞成原告人陈诉自己。

《溃退》的序幕最先是展开在长沙,等到"薛家将""滚离了岳麓山"以后,就开始了一泻万里;而衡阳、而全州、而桂林、而柳州、而宜山、而独山、而都匀、而贵阳……这时,日本法西斯便"向全世界嘲讽中国"说:"渝军日退千里,皇军无法追赶!"溃退到别人"无法追赶",可见那是如何一种混乱动荡的局面!

作者完全有能力控制动乱的大场面,而且相当成功(但也正在这里,又发生了一个令人不满意的偏向,留待下节再说);没有激动、恐怖、刺激官能的字眼,而能朴素地表现这一癫狂至极点的动乱的形象,这是十分难得的。

三

因为这是一个巨大的历史事件,因为《溃退》是人民诗歌(虽然它与《王贵与李香香》之类还有一段距离),所以,我们要求它实践历史主义的创作方法。

这个,却是《溃退》没有表现或表现得不充分之处。

历史主义是唯物观的、辩证法的、科学的产物。它反对事件与事件的孤立与隔绝,它否认思想能游离或脱出于客观存在。而《溃退》在这方面的实践显然是不够的。前面说过,作者在动态的把捉上发生了一个偏向,这个偏向是什么呢?现在,我们不妨指出来。

作者描写的混乱与动荡,只是肉体的,作为一个生物个体的人的活动;而缺少思想的,作为一个社会个体的人的活动。我们从全篇的叙述中,仿佛看到了一群只知道机械地举手投足的人,他们逃呀逃呀,没有希望,也没有绝望,总之,是失却了情感与理智的、没有思想内容的人。难道真的如此吗?不会的。只是作者忽略了这方面的必要发掘而已。

这一群人,不仅是逃难,而且实际上具有惊讶、惶乱、迷惑、愤懑、无可奈何,以及失败主义等情绪的全面笼罩,这正是国民党反动派限制人民活动,执行抗战怠工,将人民大众排斥出抗战阵营的直接后果。这正是国民党反动派"外战外行,内战内行"这一罪恶在人民的精神领域中的集中表现。这样的揭露真相反映真相的描写,客观上将等于受难者的抗议,进而增加了全诗的力量。

同时,这是一个残酷的血的教训,人民面对着它必然会发生最初的怀疑、怨怼和责备。在这种复杂的情感中,萌芽着朦胧的希望清算一下到底责任谁属的历史要求。

而且,实际上这也不单单是反动派的军事"溃退",而是包括政治,经济,种种方面的溃退!由于它具有这多方面的意义,而作者处理"溃退",却偏重于"逃难"一桩事,我们觉得不够深入。

四

作者是创作政治讽刺诗的能手,在《溃退》中,我们又一再地窥见了作者的这一风貌。

这讽刺是含泪的冷笑。

谁不理解它,谁就不懂得真正的愤怒。

我们看诗人怎样结束他的巨构吧。他说:

> 一切就这样结束了,
> 多谢上帝!

真的一切就这样结束了吗?不是的,在诗人的心目中,分明肯定着另一个希望:不!这不是结束!是另一次斗争的开始!

反动派只能是反动派,反民族利益的必定反人民利益;瞧吧,展开在我们眼前的,难道不是又一次"溃退"吗?一次继承着"溃退"的"溃退"!

反动派"还有大西南"吗?

1948年6月15日初读,1948年7月10日再读后执笔
香港(《文汇报》)

读黄雨的诗
——评《残夜集》

黄雨,已经不是一个陌生的名字;我们在若干报刊上都读过他的诗篇,自然,毋庸讳言的其中也有不很令人满意的作品在,但就最近出版的他的诗辑《残夜集》来说,我个人却感觉到:这是华南诗坛上弥足珍贵的收获,是为数并不超过三两本以上的好作品之一。

一般评论诗人及其诗作,常有将某人及其作品比之于另一某人及其作品的说法;然而我却不想这样做,一方面是说某人有什么风格,往往就会给我们被这种由来已久的说法所戕害的读者一个庸俗有害的观念,譬如什么什么派之类,另一方面,也可能造成其他的误会,以为无非是捧场而已。因之,我试着在这里就诗论诗,并且试着由作品看作者。

《残夜集》是薄薄的一个小册子,包括了八篇诗作。由目录的编排,可以看出《村景》等五篇是写作者的故乡——潮州一带的事物,《萧顿球场的黄昏》等三篇则是此时此地然而又千丝万缕地与大局相关的创作。在这两类中,我以为《示众》及《萧顿球场的黄昏》写得最为出色。

《示众》是描写一个犯了"窝藏奸匪"罪的校长被法西斯统治者绑住游街示众的故事,在半个黑暗的中国,这种故事是太简单反而平凡的了,然而它却也永远是最有力量和最富有煽动性的。

> 校长咬着嘴唇昂着头
> 弯腰挺直了
> 憔悴的脸上泛起红光

> 像凯旋的战士
> 又这样悠然

　　这情景我们真是太熟悉了,难道在这中间,我们不正看到中国人民伟大的英雄气概和斗争认识的飞跃么?仿佛就是和方志敏、瞿秋白、王孝和……一样,中国任一个极普通极普通的老百姓都将他们的勇气与决心提高到一个革命战士一般的水平了。

> 好校长
> 你驱散了我们的沉重的忧伤
> 我们给你鼓掌
> 给你喝彩
> 从这示众的行列里
> 我们感受了你的光荣

　　是的,阿Q时代过去了,因为新民主时代已经到来。在血泪斗争中,难道还会有"看杀头去"的麻木的叫嚷与漠然的表情么!但在另一极端,对于被肯定的人物,作者也一点夸词都没有,沉默,严肃。校长并没有喊什么"二十年后又是一条好汉"之类的话,作者也认识到校长不会这样喊,十分明显的,这是因为个人英雄主义早已被集体主义所取代的缘故,校长死了,但群众却活着,"奸匪"却活着。

　　诗,应当是这样地反映一个时代的意识的。虽然,黄雨的这首诗作,仅仅是反映了其中的某一角度。

　　自然,为了求全的责备,这篇《示众》也并非没有缺点的,例如不够形象化,因之不够有力就是最值得指出的一点。

　　说到形象化,那末《萧顿球场的黄昏》却是最成功的了。我想,可以这样说,描写这个天堂与地狱、封建与殖民地……各种关系纷然杂陈的所在,截至目前,是再也没有比这更令人感动涕泣的诗篇了!作者怎样看萧顿球场呢?他悲哀地唱道:

> 在这彩色的灿烂的都市里
> 萧顿球场惨淡的沙场
> 铁栅和烟雾的朦胧
> 围困着破布似的兵士
> 各各占据一个小据点
> 进行着生活的惨斗

我们之间,有谁没有看过萧顿球场的黄昏么?当我们走进那里,只感到悲哀与窒息,我们不是曾想说出一点什么更具体的感受么?在这里,诗人已经为我们说出来了!

卖金山橙的、卖药的、卖打的、看相测字的、卖熟食的、卖淫书春宫的、卖身的、卖香烟的、不卖什么的、没有一点什么可卖的,完全是濒于绝望与已经绝望的人群啊!好心的诗人质问这个不公平的社会:

> 呵,是哪一种残酷的风
> 把你们从天南地北卷在一起
> 天地是如此广阔
> 为何偏偏选择这片土地
> 这片如此灰暗、纷沓、喧嚷的土地

这是何等哀恸的言辞!简直是一首葬歌!

然而,从这里也就正好为我们引申出另一个问题,就是:这样的作品是怎样地表现了作者呢?

作者自己在整理这个集子的时候,大概也觉察出贯穿全书有一股感伤肃杀的气氛存在罢!所以,他在后记中抱歉地说:"我知道,现在故乡的人民,已经不是这个集子里的人民了。"接着他又说,"我想,萧洛霍夫要在歌颂创造新社会的史诗中,给每一个人物写一段悲惨暗淡的往事,以激励他们更坚决地前进;那么,写下这样的夜的景色,对于在迎接曙光的人们,该不会有什么损害罢!"

不错,曙光在前,残夜将尽!对过去的苦恼的回忆往往正是对现在和未来幸福的最好的保卫。但是,作者在"夜"中写夜,却依然有应当加以评论的地方。在"夜"中,我们看出作者常常有对"天亮"的憧憬和期待,并曾以此激励人民;但也往往在歌唱之余,仍然露出一点怀疑,不,说怀疑是不妥当的,应该说是脆弱。譬如,在《老妇》那一篇中,作者沉浸在他所描写的令人悲愤欲绝的灭亡的主题中,竟说出这样软弱的话:

愿这个世纪
是苦难的尽头

像这一类的痕迹,在其他的几首中也存在着。

自然,这类情形也是可以找出它的社会根源的。首先,作者本身还是我们这一代的知识分子;与之同等重要的客观条件是,作者生活在我们这个社会的糜烂、溃灭的部分。

(研究一种作品与作者的关系,本不是三言两语能说尽的,但为了篇幅有限,只好这么概略地说一点;在新的人民国家里,希望《残夜集》的作者能扫清"夜色",写出与太阳一般火红的诗篇来!)

1948年12月15日　香港(《华商报》)

环节与圈套
——新年笔谈

在今天,要求加强新诗的人民性是不成问题的;但有了人民性却不一定就是大众化,因而怎样够人民性又够大众化便成了当前诗歌创作的严重课题。打倒雕金砌玉的贵族诗和欧化入骨的所谓"新诗"也是不成问题的,但打倒腐旧的东西之后,怎样去创建新的,却也有待探讨与努力。

在创建人民诗歌的努力当中,有一种倾向现在必须加以警惕:那就是无条件的迎合与无原则的模仿。这种无条件的迎合,无原则的模仿,也许可以说是大众化,但绝不是我们所需要的大众化。有些人看见北方几首成功的诗作,便以为那成功的关键全在于"人民大众喜闻乐见的形式",于是就像民国十几年时某些诗人喜欢那种"豆腐干"式的格调一样,抓起"顺天游"或者"大平调"之类的民间形式硬"填"进去,结果却是束缚了诗,束缚了自己,更束缚了群众。

我想,对于诗歌创作总的发展而言,诗经国风是一个环节,楚辞九歌是一个环节,五言七律是一个环节,白话诗是一个环节(包括豆腐干式),因而民间形式"顺天游"的发掘与运用也只能是一个环节,这些都只应该被当作环节看,而不可当作圈套看,可是,一不小心,把它孤立起来了的话,便成了圈套了!

为了发展,为了创造,诗歌不应庸俗到成为填词的代名词。在这里,最近《茶亭》刊出陈家康先生的《白话与俗话》一文,其中有一段特别值得提出来参考,他说:"……要模仿得好,有剪裁,就成创造,就是通俗。模仿得不好,没有剪裁,就成了四不像,就是庸俗。"

1949 年 1 月　新诗歌社出版

新中国与职业作家

今天是文艺节,而明天以及最近一段时间又正是新民主主义的人民共和国将在旧中国废墟上建立起来的日子,在这样的时候,来谈谈新中国与职业作家的问题,我想,该不会是无意义的事。

所谓职业作家,如所周知,就是指那种专门以写作为谋生手段以作品去换饭吃的特定个人。法斯特在他的传记小说《公民潘恩》中曾经下过这么一个介说:作家,是"写字儿的人"。我觉得与其说这是作家的论说,还不如说它是职业作家的论说来得更为恰当。为什么呢?作家职业化了,一天到晚只顾着埋头写,与社会与生活一天一天的疏远,隔离,陌生下去;在这种情况下,有思想的作家已不免流于"写字",以至有粗制滥造的危险,没有头脑的如目下的"咸湿""作家"们便更只有瞎写一途了。

说到中国职业作家的社会经济地位,我以为,最初开始的时候,大致或多或少地与一般做幕僚清客有点血缘关系,但到了近三十年,则推小资产阶级出身的知识分子居大多数了。关于前者,因为那只是个人的不成熟的意见,暂且搁下不提,这里仅就职业作家为什么以小资产阶级出身的知识分子为多数的问题,说出我的看法。

我们知道,近三十年来,我们中国的社会阶级构成一直就处在大分化的过程中,夹在中间的先天孱弱的小资产阶级也就一直在不断游离和剧烈崩解的情势下,向着下层的无产劳动人民和上层的统治集团不息做着相反的运动。在这个游离与崩解的场合,小资产阶级亲身感受到国际帝国主义、封建地主和变态的专制官僚政治的串同迫害,失业的危机窒息着他们的前途,在种种曲折求生摸索中,其中有一部分人便成了作家,而且以作家为终身的或者在根本上可以称为终身的一种职业。从这个产生的根源上,我们便不难看出它与欧美资本主义国家的职业作家有着本质上的异然。我以为在资本主义社会里,职业作家是基于社会生产的细密分工的要求而产生的,但我们中国呢?整个社会还很落后,分工也并不细密,在这样的历史现实下,作家而成为职业,似乎只是相应着半封建半殖民地的政治经济环境而出现的"早熟的"畸形产物。

假如这个论点能够成立,那么,新中国建立起来以后,半封建半殖民地的旧社会结束以后,那被我称作"早熟的"畸形产物的职业作家会怎样了呢?新的人民共和国怎样对待他们呢?而他们又怎样对待自己的真正的祖国呢?我想,在这里,问题的提法(也可以说问题的中心)便不应该是共和国要不要职业作家,而是应该不应该存在着一大批职业作家。这个"应该",就包涵着相对应的两面意义:一是在新的社会条件下,有没有做职业作家的可能,一是在新的条件下,有没有做职业作家的必要,前者可以说是客观要求,后者可以说是主观愿望,对于这个问题,我们要追求一个辩证的解答。

首先,我以为,社会既已翻天覆地的改革了,那么,在根本上,职业作家便失去了它的社会基础。这是无须乎多作解释的事实。其次,对于原有的职业作家,新社会是用着领受旧社会虽然珍贵但也只能说是大体上可用的遗产的态度去接纳的,而所谓"欢迎",应该只是对职业作家的愿意并敢于自我改造而言。但是如果没有实践,空言改造,那也不过是停留在概念上罢了,或者又以为今后作品中多写些斗争解放,就自以为是创作上的实践了,怕也是似是而非的。没有真正的投入新社会新群体中,与他们血肉相连,是写不出好作品来的;这也就是说,没有生活实践,创作实践便会变成落空的努力。

同时,必须指出,在过去充满噩梦的年代,小资产阶级出身的职业作家虽然没有或者很少群众生活,但凭了他的感触与笔触,往往以个人为中心,抒写着个人的经历和认识,却也能在一定的程度上赢得同阶级或其他阶级的读者,却也能在一定程度上反映中国的社会相与众生相,在这个意义上说来,它是起着相当进步的作用的,但是,等到新民主主义的中国实现时,这就逐渐变得非但无益而且有害了。因为第一,工农劳动人民已成了最广大最饥渴的读者,小资产阶级与其他阶层已退居其次;第二,社会发展的规律既然证明中国只有一条路,那么,职业作家还要继续那一套以一己为主体的思想方法与创作路线,那就不免违背了历史的方向。(这句话似乎容易引起误会,有人会觉得我在这儿污蔑职业作家,说他们的作品全是"以一己为主体的",其实应当声明,这只是一般泛泛的说法,自然,我们也的确看到有不少职业作家有过并非"以一己为主体的"作品,但是那往往是全部作品中的少数甚或仅仅开头的一部,作为从前生活的消化与总结;此后,作家职业化了,圈子小了,生活贫乏了,便不再见结实的东西问世,我想,这种例子也不必举了。)

在新的社会里,群众决定一切。做职业作家看来是比较难于熟悉群众的。在新社会里,生产蓬勃,建设大兴,工作岗位简直多得只愁没人去站,"失业"这两个字也一定会最后送入博物馆去的,而群众也热烈欢迎每一个愿意熟悉他们变成他们之一的作家,并且每年每月地产生着自己的作家。在新社会里,思想的指导是集体主义,创作的方法是新现实主义,作家的任务是在于自群众中发掘一切新英雄主义新人道主义的优良品质,藉自己的作品将其加以表扬从而又回到群众中去,教育群众,为了成功地执行这个任务,我以为,继续把作家职业化是不很妥当的。因之自职业作家本身来说,也就是不必要的了。

以上只是一点在匆忙中写出来的意见,浅薄与错误一定甚多,希望能从此引起讨论,并得到大家的指正。

(原载于中华全国文艺协会香港分会《文艺三十年》,1949年5月4日出版)

推荐四本诗集

《总攻击令》　　　　史纽斯（邹荻帆）著
　　　　　　　　　　新群出版社出版

在留港的诗人中，史纽斯是丰收的一个。他在几个月中间，一连刊行了两本诗集，还继续写了许多散见各报章的诗歌。在两本诗集中，《恶梦备忘录》所收集的全是政治讽刺诗，而就要在这里介绍给读者们的《总攻击令》，却分了"朗诵"与"讽刺"两辑。

马克思说"诗人是特别的人"（大意如此），作为一个诗人的史纽斯，他有力量叫每一个读者跟着他走。读《朗诵给北平听》，我们见诗如见其人，听见那文静的然而压抑不住喜悦的调子，我们就必然理解到：呵！这是庄严而乐观的战争！解放北平，是这样，解放全中国也是这样。我们的红旗"像水平线上的帆船一样"，就要在所有国统区城市的城墙前出现。读《乡村和城市》，就好比读了一篇精彩的社会科学论文，然而这篇论文是用诗的句子写出来的，所以力量也就更大。读《如果他们发动战争》，我们便检阅了自己的阵营和敌人的阵营，我们的力量是向上的，发展的，敌人的力量是没落的，衰亡的，我们的心和诗句同起伏，同节拍，提醒自己的是最大的警惕，投向敌人的是最大的轻蔑。这正是政治讽刺诗的教育意义。

《解放山歌》　　马凡陀（袁水拍）著
新群出版社出版

马凡陀的山歌是早已脍炙人口的了。在这之前，他的山歌出版过两集，都是由生活书店发行的，但这一集却不同，书名冠上了"解放"二字，主要的基本的情调已经完全变了。这就是说，诗人马凡陀和马凡陀的山歌已从悲愤、讽刺、嘲笑中间，解放了自己。

港九的许多青年读者，都热爱他的山歌。特别是《红旗曲》《约法八章》和《今年新年大不同》等，更是哼来成调，个个爱读。

除此而外，还有针对本地风光写的两篇讽刺诗，一为《香港的渡轮》，一为《"饶有趣味"的死》，假如日后有人编殖民地诗选的话，想来这两首必是上乘佳作。

《鸳鸯子》　　楼栖著
人间书屋刊行

我没有研究过客家山歌，但最近，也陆陆续续读了一点，读到不懂的地方，就请客族朋友指教。不过这些书完全是旧时的东西，要说读新书（指有正确的思想内容的书），那还是自《鸳鸯子》开始。

《鸳鸯子》的民间形式是有保存又有发展，七个字一句，四句一段的排列等，是保存；长短句的灵活运用，是发展，尤其是比、兴方面，一般说来都很够口语化，很够形象化，作者对这一点有很深刻的认识，主观上极力避免知识分子的雕琢，所以事实上也就以这方面成功为最大。

同时，以写作态度来说，作者的表现也值得推崇，这部《鸳鸯子》是去年春天写的，到出版时，已有一年半的时间了，中间经过一次重写，若干次修改，且不问收获，这种负责耕耘的本身，便应该加以褒扬。

《旗下高歌》　　芦荻著

人间书屋刊行

《旗下高歌》是人间书屋最近的一种出版物。它的时代感最新鲜，在它所包含的五首长诗中，我们能听出时代的律动。

马耶可夫斯基说过："诗，我们的炸弹和旗帜！"的确，我们需要炸弹一样的诗和旗帜一样的诗。这本《旗下高歌》，该是属于旗帜一样的一类。从解放大军渡江的前夕直到大上海的光荣解放，这段时间，是中国人民大革命的达到高潮期，响应着这个高潮，诗人在海岛上唱起了高昂的歌！他虽然不是亲身参与这次中国有史以来的大进军，但他整个的诗的灵魂是早就站立在红旗之下，并且从属于这面红旗了。

自然，歌音是高昂的，但并不因高昂便了无缺点，比如用字方面有些值得商榷的地方。像《百万雄师下江南》中，有"千万个妻室向你索丈夫"句，和《为解放南京高歌》中，有"凤凰再生，凤凰再生！"句，如"妻室""索""凤凰再生"等，便都带知识分子腔，甚至连一般知识分子都不易全懂，例如"凤凰再生"的"典故"。

1949 年 7 月 20 日　香港(《大公报》)

鲁迅和新文字运动

——新文字浅说之一

1934年,中国的文化思想界曾经对大众语和拉丁化问题,展开过很热烈的论争。这个论争,鲁迅是参加了的。为了这个论争,他写了许多见解精辟的文章,其中特别是《门外文谈》那一篇,简直可以说是对准新语文敌人的后脑,打下了狠狠的一棍。为什么说是对准新语文敌人的后脑呢?用鲁迅自己的话来说,就是"因为从旧垒中来,情形看得较为分明,反戈一击,易制强敌的死命"。

我们知道,在近代的中国,要说精通方块字,大概总没有谁会比鲁迅更强的罢,然而,鲁迅站起来反对方块字,说方块字是"阻碍传播智力的结核",他所以这样仇恨方块字,一方面固然是因为自己吃过方块字的苦头,另外一方面,也正是感觉到方块字阻碍了中国劳动人民的政治觉悟。鲁迅是热爱人民的,又是精通方块字的人,所以,五千个方块字①对四万万人民究竟犯了什么罪,他是清楚的。结果,鲁迅对方块字的判决是:死刑。

无疑的,鲁迅在这个论争中提出来的意见和做出来的结论,都必定会成为中国新文字运动史上最宝贵的文献。而且,很明显地,大家都能够看到:鲁迅在他的每一段意见和每一个结论当中,都充分地把握了辩证唯物主义、历史唯物主义和战斗的现实主义的精神。

关于这种精神,我们可以找到许多辉煌的例证。

---

① 参考许地山的文章《拼音字和象形字的比较》。他说:"我国通用的字有五千左右。"

譬如谈到谁创造了文字这个问题的时候,他毫不迟疑地说:"……在社会里,仓颉也不止一个,有的在刀柄上刻一点,有的在门户上画一些画,心心相印,口口相传,文字就多起来。"这就是说,他相信创造文字的人是群众,是千千万万的无名英雄。

又譬如谈到中国古代言文一致不一致的问题,他答道:"我的臆测,是以为中国的言文,一向就并不一致的,大原因便是字难写,只好节省些。当时的口语的摘要,是古人的文;古代的口语的摘要,是后人的古文。所以我们的做古文,是在用了已经并不象形的象形字,未必一定谐声的谐声字,在纸上描出今人谁也不说、懂得也不多的,古人的口语的摘要来。你想,这难不难呢?"我们看,鲁迅的这个结论是多么深刻!它至少包含下面三种意思:一,古文必须彻底打倒;因此,二,今天知识界的隐隐约约的复古倾向,是一种不可饶恕的反动行为;所以,三,要彻底打倒古文,要彻底消灭复古的可能性,那就只有一条路可走,这就是创造真正的言文一致的新语文,而创造这种新语文的先决条件,便是采用合理合用的拉丁化方法,用拉丁字母来记录口语。

再有,在谈到怎样对待所谓"欧化"语法的时候,鲁迅告诫了一班新国粹派,他说:"讲话倘要精密,中国原有的语法是不够的,而中国的大众语文,也决不会永久含糊下去。譬如罢,反对欧化者所说的'欧化',就不是中国固有字,有些新字眼、新语法,是会有非用不可的时候的。"至于怎样使这些新字眼、新语法跑上人民大众的嘴边去,他也概括地说出了一个原则,这就是:"逐渐的拣必要的灌输进出"。

在谈到方言与国语问题的时候,他用极简单的几段话,说明了我们新语文运动的全部的目的和辩证的过程。他说:"启蒙时候用方言,但一方面又要渐渐地加入普通的语法和词汇去,先用固有的,是一个地方的语文的大众化,加入新的去,是全国的语文的大众化。"又说:"待到这一种出于自然,又加人工的话一普遍,我们的大众语文就算大致统一了。"根据他这段话,可见真正的国语必须是"一种出于自然,又加人工的话"。同时,他更进一步指出:在全国方言大融合的过程当中,"中国究竟还是讲北方话——不是北京话——的人们多",因此他就预言:"将来如果真有一种到处通行的大众语,那主力也恐怕还是北方话罢。"到了今天,我们可以说是愈来愈有证据,证明这个预言的无比的正确了。

还有,就像在其他的思想斗争中,鲁迅坚持了他的彻底的反改良主义的、反特权主义的战斗一样,鲁迅在拥护新文字推行大众语的斗争中,也曾经激烈地反对了那些封建统治集团,以及那些把文字当作自己的私有财产看待的知识分子集团、文人集团。他无条件地站在劳动人民这一边,替他们说话:"我们倒应该以最大多数人为根据,说中国现在等于并没有文字。"为什么呢?因为在"我们中国,识字的却大概只占全人口的十分之二,能作文的当然还要少。这还能说文字和我们大家有关系么?"统治集团不赞成拉丁化,那道理十分明白,不用说了。然而知识分子集团、文人集团呢?他们不赞成拉丁化,表面上是说拉丁化会把中国化得四分五裂,摆出一副"忧国忧民"的样子,其实骨子里,只是为了想把持文字,也就是想垄断知识,好抬高自己的身价。鲁迅当然明白这种底细,所以他毫不客气地把他们的表面理由也打个粉碎,他责备这批自私自利的知识分子,"抹煞了方块汉字本来是多数中国人所不认识,有些知识分子也有并不真正认识的事实"。

自然,在最后我们不能不提到鲁迅在语文改革运动中的立场。他是坚决地站在拉丁化新文字这一边的,他一再表示自己的坚定的信心:"待到拉丁化的提议出现,这才抓住了解决问题(语文改革问题)的紧要关键。"而且他断定地说:"以前的注音字母和国语罗马字拼法也还是麻烦的、不合乎实用、也没有前途的文字。"

"汉字和大众,是势不两立的。""不错,汉字是古代传下来的宝贝,但我们的祖先,比汉字还要古,所以我们更是古代传下来的宝贝。为汉字而牺牲我们,还是为我们而牺牲汉字呢?"

这就是鲁迅遗留给我们的教训和试题,我们决不能向他老人家交白卷,我们要把这个伟大的文字革命进行到底,最后打倒方块字,完成拉丁化。

1949年10月19日 香港(《大公报》)

瞿秋白和新文字
——新文字浅说之二

瞿秋白和吴玉章、林伯渠等是新文字的最早的创造者。其中特别是瞿秋白,他远在1928年时,就开始研究拉丁化的问题,他写了一本《中国拉丁化字母》的小册子,这本小册子虽然不算十分完备,但已经是放射出动人的光芒了。这本小册子说明一个无法驳倒的事实,这就是:中国字拉丁化的前途,完全寄托在中国的新兴的无产阶级和一般劳动大众身上。在中国,新语文革命必须而且必然要成为整个新民主革命的不可分割的一部分。

自然,这也就是说,中国的新语文革命之所以能够和中国的新民主革命互相结合起来,(这句话当然不是指历史的客观规律而言,我的意思是说,通过人为的主观努力,提早了"结合"的时间和避免了一些可能的错误。)不能不归功于瞿秋白对这个问题的辛苦劳作。1931年9月,留在苏联工作的中国工人在海参崴召开的中国新文字第一次代表大会,就是根据他所写的小册子,而做出了中国新文字的新方案。从这个时候开始,中国的文字改革才算是有了正确的方向。

瞿秋白就是这样一个伟大的指路人。

所以,今年六月十三日,吴玉章在一篇纪念瞿秋白英勇就义十四周年的文章中,这样深刻地回忆了自己的战友和同志,他说:"秋白……使我印象最深的是中国新文字的创造,他主张中国文字改革必须是民族革命,应当采取拼音制度,用罗马(拉丁)字母拼音,制造一种新的中国文字,方才能够达到'言文一致'的目的。"

正因为是这样,正因为是"他主张中国文字改革,必须是文字革命",所以他一开始就采取了坚决、彻底的反改良主义、反"绅商阶级"、反"学者式"的革命路线,他无条件地拥护拉丁化新文字,而反对国语罗马字。在这里,顺便说到一个有趣的,不,是有意义的事实,这就是他和鲁迅立场的完全一致:鲁迅把新文字和国语罗马字叫做"易举"和"难行"两派,说后者用改革做幌子,实际上等于取消改革。瞿秋白也这样说过:"……南京政府……用大学院令规定这种'国语罗马字'为'注音字母第二式'……后来又改称'注音符号',足见并不废除汉字,——汉字是主体,注音符号只是注在旁边的,表示声音的符号罢了;而且'国语罗马字'又叫做'注音字母第二式',足见原来的注音字母并不废除……而且还是注音字母的第一式呢。"根据这一段话,当然不难看出资产阶级文字改革的革命性,是怎样的有限得很。反过来,也就证明了新文字是最有希望把汉字的地位"取而代之"的文字,就好像人民大众是能把蒋介石反动政权推翻,自己来"取而代之"的政治势力一样。瞿秋白的文字革命的主张,是和他的文学革命的主张,一道提出来的。这两个主张,就是1931年以后在中国文化思想界中间喊叫得十分热闹的"文字拉丁化"和"文艺大众化"的主要来源。因此,我们研究他对新文字的见解,就必须研究他对新文学的见解。他对于中国的旧文学下过很大的工夫,对于词、曲都很有研究,但是,正因为他是钻进旧文学的牛角尖,发现前面是死路一条,才彻底觉悟过来,觉得要实行文腔革命,然而,要文腔革命就必须最后把汉字的命一齐革掉,如果不,那么文腔革命也一定会流产的,这个道理,就在于方块字根本不能记录口头语,它是"大众语"的死敌。

瞿秋白是怎样痛恨方块字的呢?请听他说话罢:"中国古文的读法,因此只是读的人自己懂得的念咒,而中国文字的形体(象形,半象形,猜谜子的会意,夹缠二者的假借)也简直等于画符。两千多年中国绅士的画符念咒,保持象形文字,垄断着知识,这是民可使由之,不可使知之的绝妙工具。"又说,"汉字不是表示声音的符号。根据这种符号要创造'新的言语',一定必然的只能造出比古文更麻烦的言语——仅只是纸面上的、书本上的言语。汉字存在一天,中国的文字就一天不能和言语一致。"

他既然有了这样深刻的认识,自然会得出这样卓绝的结论来,这个结论就是:"现代普通话的新中国文,应当是习惯上中国各地方共同使用的、现代'人话'的、多音节的、有语尾的、通罗马字母的一种文字。创造这种文是第三次文学革命的一个责任。"

瞿秋白的结论是一种科学的预见,因为这个预见是科学的,所以也就必然是正确的。今天,他活着的时候所期待的第三次文学革命是早已经展开了,而且,革命文学的实践丰富了并且正在丰富着他的结论的内容。近几年,南方的文艺工作者提出了创作方言文学的口号,同时,1948年以前(因为以后不能说是解放区,应该说是新中国)解放区的大部分文学作品,事实上也是方言文学,这些,就正是第三次文学革命的具体实践的第一步。通过这些创作活动和作品的效果,必定会把作家们自己带到一个更高的经验水平上来(根本的经验必定表现在对汉字不够应用的觉悟上),更主要的是必定会把人民大众带到一个更彻底的要求文化翻身的基础上来,这样,到了适当的时候,就非走实现拉丁化、取消方块字的第二步不可了。那么,瞿秋白的愿望也就可以完全变成事实了。

作者附言:

因为自己手头资料不够,同时又少有机会去向留在本港的"拉运"先进们请教,再次是觉得有些问题在以后的专题讨论中一定会谈到;所以,这篇东西就只好写成现在这个模样。希望以后能够重新改写过。

又,文章中间牵涉到了一些过去解放区文学作品,和怎样完成第三次文学革命的问题,因为碍于本篇题目,讲得太简略,要详细地说出我个人的意见,也只好等待日后了。

1949年10月22日　香港(《大公报·人公园》)

＊瞿秋白是把这个名词当作"中国的资产阶级"来运用的。

《边地短歌》初版后记

收集在这里的一些诗,是我近三年来习作的一部分。内容大抵都是写的边疆和边防军,而短诗又居多数,因此将书名定为《边地短歌》。

如果我今后还能写诗,我仍要用整个的心,去歌唱亲爱的边疆和亲爱的战友,和他们一同进入战斗,一同走向胜利。但愿将来我能写出更成熟的作品来。

1953 年 12 月 21 日于重庆

《阿诗玛》的整理工作

我国是一个多民族的大国。各民族都以她自己特有的文化——精神上的财富丰富了我们共同的宝库。但由于旧中国的长期的封建反动统治,少数民族不但在政治上、经济上处于落后状态,在文化上也处于屈辱的地位。少数民族的许多极有价值的精神财富,得不到应有的重视与珍爱。

中国人民革命的胜利,从根本上改变了各民族之间的关系。我们的国家已经变成了各民族人民友爱团结的大家庭。汉族不再是压迫别人的民族,她有责任去帮助兄弟民族发展他们的文化。发展兄弟民族的文化,并且向汉族介绍这些文化,就可以更加深各族人民之间的相互了解,加强各族人民之间的在新的基础上的精神联系,提高各少数民族人民在汉族人民的帮助下建设自己的新生活的信心。

居住在云南省圭山区的撒尼人,是我国勇敢、勤劳、优秀的民族之一。撒尼人有着光辉的斗争历史。在第三次国内革命战争时期,云南革命游击战争的第一枪就是在圭山区打响的。撒尼人民全力参加了和支持了云南的革命游击战争。在中国共产党的领导下,在血与火的锻炼中,撒尼人当中出现了本民族历史上第一批有革命觉悟的先进战士。

这样的民族产生了《阿诗玛》是毫不足怪的。长篇叙事诗《阿诗玛》歌颂了劳动、勇敢、自由与反抗,体现了撒尼人善于悲叹自己的奴隶命运,善于梦想自由和平等,善于反抗压迫的民族性格,充满了对未来胜利的乐观信念。

《阿诗玛》是长期而广泛地流传在撒尼人民当中的一部口头文学作品。在残存的、为数极少的撒尼文字的书籍中,也可以找到片断的记载。此外,据说滇西民家族也有类似的传说。

《阿诗玛》是撒尼人民的集体创作,它像一股甘美的活水,万古常新。在这部叙事长诗中,撒尼人民塑造了两个庄严、美丽的人物——阿诗玛和阿黑,并且赋予了他们以如同撒尼人民一样顽强的生命力。阿诗玛和阿黑是作为撒尼人整个民族的代表人物出现的,撒尼姑娘们至今还骄傲地宣称:"我们个个都是阿诗玛。"这是一种正当的民族自豪的感情。因此,我们深信,阿诗玛和阿黑这两个人物,必将成为正面的典型形象,进入我国多民族的、丰富多彩的文学画廊。

《阿诗玛》是一宗全民性的财富。清理这宗财富,是有益于人民的工作。云南解放以后,杨放同志和朱德普同志均曾先后作过片段介绍(见《新华月报》第十三号、《西南文艺》1953年10月号),云南军区京剧团金素秋同志和吴枫同志也曾作过改编《阿诗玛》为京剧的尝试。但是,《阿诗玛》的正式发掘、整理工作,是自1953年5月,云南省人民文艺工作团圭山工作组深入撒尼人聚居地区时开始。参加这个小组工作的有杨知勇、刘绮、杨瑞冰、马绍云、朱虹、徐守廉、杨放、杨戈、杨素华等同志,黄铁同志负责领导并亲自参与了整理工作。本文作者是在整理工作的后一阶段参加工作的。在发掘工作的过程中,路南县县长普云有同志(撒尼人)和其他负责同志给了我们以很多帮助;虎占林同志(撒尼人)和毕老师(撒尼人)在繁杂的翻译事务上,也十分辛苦。

在云南有关领导密切关怀下的《阿诗玛》的发掘、整理工作,一开始就引起了撒尼人和云南省其他各民族人民群众的注意。当着这部长诗的第一次定稿在《西南日报》发表以后,立刻就受到了各民族人民和正在民族学院学习的各族人民的优秀子弟的热烈欢迎。他们读到《阿诗玛》后的第一个反应是:"原来我们兄弟民族也有这样的好东西!"撒尼同学并组织了一个小组,对这首长诗讨论了六七个钟头,他们兴奋地说:"这是我们的歌。"西双版纳傣族自治区人民政府副主席刀有良同志对我说:"我们傣族也有自己的史诗,也应该把它介绍出来。"由此可见,《阿诗玛》的发掘、整理工作,使得各民族人民更好地认识了自己的文化传统,从而开始对它有了比较正确的估价。我们认为,由于《阿诗玛》的发表而产生的这个政治效果,和《阿诗玛》在艺术上的贡献具有同等的重要意义。甚至可以说,在我们大力提倡发展各民族的革命文化的现阶段,针对着当前各民族人民的文学艺术发展的不平衡状况,前者还特别值得强调。

在《阿诗玛》的整理过程中,我们曾经遭遇到许多困难。首先,在全体从事搜集和参加整理工作的同志们中,就没有一个是懂撒尼话的。当地担任翻译的人员,一般说来,汉文程度是不高的。而我们自己在文学语言方面的本钱也十分有限,特别是缺乏诗的修养。同时,大家都没有整理民歌,尤其是整理这样巨大的长诗的经验。在这种条件下,就不得不花费较长的时间去摸索。搜集《阿诗玛》的原始材料和研究这些材料,一共经过了三个月。正式着手整理,以至定稿,又是三个月。这部口头文学作品之所以终于能够初步定型,应该归功于撒尼人民千锤百炼的伟大创造,归功于云南省委,云南省人民政府、云南军区的指导与关怀,各族人民群众的支持与督促,和文艺界先进们的鼓励与帮助。至于担任具体任务的我们,则把整理工作过程当作一个学习的过程。我们认为这是一桩严肃的工作,它在本质上就排斥一切非实事求是的、反美学的、轻率的态度。

正因为《阿诗玛》是最广义的集体创作,每一个参加了这个创作的无名的作者,也就必然要通过它来表现自己的个性、愿望与思想。拿我们搜集到的二十份有关《阿诗玛》的原始材料看来,就不难发现,它们相互间在内容上是有着若干分歧的,其中特别是关于斗争结局的部分,更存在着绝对对立的说法。如:有一份材料竟然让"应山歌"(即诗卡都勒玛)姑娘帮助热布巴拉家"劫路",向阿黑索取白羊、白猪各一对,方才准许他把妹妹阿诗玛带领回家。于是阿黑被迫到各处去物色供物,找了许久,只找到了白羊,终于找不到白猪;结果如何,自然是可想而知的了。

这样,就要求做一番比较、批判和选择的工作。如何保留其人民性的精华,剔除其封建性的糟粕,就成了一个带有关键意义的问题。

应该指出,《阿诗玛》的整理工作绝不是单纯翻译。认为《阿诗玛》不过是把撒尼人现成的东西用汉文译了一遍的揣测是不符合事实的。翻译过来的是《阿诗玛》的原始材料,在这些原始材料中,有十九份是口述经翻译笔录的,其中只有一份是先以撒尼文字记录下来,然后再加翻译的(这些材料中具有代表性的若干份,经我们稍加整理后,已送交中国民间文学研究会,可能将作为参考资料出版)。在对这些材料作了充分研究之后,接着就要做许多复杂的、细致的综合、组织、编写和加工的工作。实际情况是,《阿诗玛》的原本(不论这二十份"异文"中的哪一份)在故事的完整性和情节的合理性上,都是有缺陷的。有些地方显得比较粗糙和简单,有些地方甚至于显得不够健康,流露了显然与全诗的基调不相吻合的宿命论的绝望情绪。那么,这是什么原因呢?我们认为,造成粗糙和简单的根本原因是历代反动阶级对少数民族人民(对汉族人民又何尝不是一样!)推行的愚民政策,以及由此造成的文化上的无知。当然,社会文明条件的限制也应该估计在内。其次,由于人民的作品不是载在书籍中,而是凭借记忆在口头上承传,因之,它无法做十分细腻的毫无遗漏的描写,乃是完全可以理解的。至于不健康的部分,只是个别地存在的,而且,我们认为,这是从外部"硬贴上去的"东西。如所周知,历代的反动统治阶级总是力图从外部去影响民歌、歪曲民歌、毒化民歌,如果这样做还不见效,他们就下令禁止,企图加以扼杀。另一方面,民歌的无数作者也不是孤立地生活着的,他们不自觉地经常地或多或少地要受到反动统治阶级思想意识的侵蚀,并且由于自身认识上的局限性,而错误地接受了它。既然不少民歌都是如此,《阿诗玛》也就难以例外。但是,这些不健康的成分是可以而且应该加以清除的,正如钢铁上的锈斑、人体上的疥癣是可以而且应该加以清除的一样。

对于那些应该保存的部分,也必须作适当的调整,甚至于重新加以组织。应该把每一段每一句都安排在最恰当的位置上。整理者要做到像熟悉自己的手指那样熟悉需要整理的对象,熟知它们的每一个优点和特色,糅合各家不同的唱词的长处,融会贯通,然后才有可能在最大限度上表现它们最充分的美。自然,上面所说的话绝不应该被理解为整理者可以抛弃原诗,而去另行创作。事实上,只要我们能带着思索的眼光,翻开《阿诗玛》的原始材料,就"可以看见惊人的丰富的形象,比拟的确切,有迷人力量的朴素和形容的动人的美。"(《高尔基致雅尔采娃的信》)如果想要另起炉灶地去创作,那显然是错误的。

高尔基说:"真实和朴素是亲姐妹,美丽是第三个妹妹。"在《阿诗玛》的整理工作中,我们始终恪遵着这一教言。只是不但在理性上、逻辑上有必要,而且在情感上、形象上也有必要时,我们才在原诗的基础上,作了适当的补充、发展、加工和润饰。这样做的目的只有一个,那就是求得全诗的更加充实和完整。与此同时,我们也作了若干删节和合并,其目的在于求得全诗的更加精练和集中。只有一、二段个别地方,由于原诗意义不清,由我们把要求和意图告诉撒尼群众,请他们即兴创作,再经我们修改采用的。一般的新增添的段落和句子都是我们自己动手。但这种补充、发展、加工和润饰并不是凭空而来的,我们引用了撒尼人民的俗谚和俚语,并且从撒尼人民的民歌的土壤中汲取了大量的营养。有些则是在熟读民歌后,根据民歌的格律和我们在生活中的感受来进行创作的。

为了具体地说明问题,在下面我试举一些例子。

属于补充和发展的,如:

路边的荞叶,
像飞蛾的翅膀,
长得嫩汪汪,
阿诗玛高兴一场。

阿诗玛像荞叶，
长得嫩汪汪，
只知道高兴，
不知道悲伤。

路边的玉米，
叶子像牛角，
长得油油亮，
阿诗玛高兴一场。

阿诗玛像玉米叶，
长得油油亮，
只知道高兴，
不知道悲伤。

这一节引诗中，第二、第四两段就是我们根据第一、第三两段（这两段本身并非《阿诗玛》原诗中所有，而是从民歌中吸收进来的。）加以引申的，用意在于借此衬托出阿诗玛这一善良、纯洁、天真无邪的少女的无忧无虑的心情，从而作为一根伏线，与突然覆盖到她头上来的命运的乌云形成鲜明的对比，唤起读者对女主人公的深厚的同情。

属于加工、改写的，如：

没有割脐带的，
去到陆良拿白犁铧，
没有盆来洗，
去到泸西买回家。

泸西出的盆子，

盆边镶的银子，

盆底嵌的金子，

小姑娘赛同金子,银子。

同一节的原诗如下：

没有割脐带的，

陆良有白犁铧，

割断了脐带，

没有盆来洗，

去到泸西城，

盆边用银子镶，

盆边用金子镶，

用这个盆子洗小姑娘。

属于某一特定思想的继续完成的,如《阿诗玛》原诗中在谈到撒尼人聚居的地方时,总有这么三句：

苦荞没有棱，

甜荞三棱子，

兄弟民族山垒山。

我们反复吟咏,老觉得这当中隐藏着一种没有说出的情感,这就是:尽管我们在山里的日子过得很苦,但我们还是离不得这块土地(显然,这里用的"兄弟

民族"的字眼是新中国成立后进入生活的新词汇)。于是,我们便将它改为:

> 苦荞没有棱,
> 甜荞三个棱。
> 撒尼人住在山垒山的地方,
> 我们爱自己生长的家乡。

属于一般的修辞上的润饰的,这里就不必列举了。属于合并的,这里也不提它。

下面再举两个属于删节的例子,如原诗描写阿诗玛诞生以后迅速成长的情形,是用的比较老实的手法,从一月说到十二月,显得琐碎,我们将它作了局部的精减。还有一种是属于歌唱者个人生活经验性质的东西,大概是作为传授知识和智慧而无意中掺杂进去的,如原诗有这样的句子:

> 宜良河水深,
> 路南河水浅,
> 深浅都不管,
> 我们一齐过。

前两句,纯粹是出门行旅的经验的总结。第一,它们和阿黑、阿诗玛兄妹斗争胜利后回家的情节缺乏有机的联系,第二,它们在阿诗玛的生死关头出现,可能会起到冲淡严肃的气氛的副作用。结果,我们便舍弃了它们,改作:

> 兄妹两人啊。
> 不管小河还是大河,
> 不管水浅还是水深,

都要一起过。

此外，属于创作的，以《盼望》这一章来说，为了强调阿诗玛兄妹与群众的联系，我们便根据父母、年老人、小伙伴对阿诗玛有不同的怀念情绪，依照他们民歌的朴素风格和口语，运用叠句适当地进行了创作。

但在描写方法上原诗多系平铺直叙，一般都只是叙述了一个人的活动。如《追赶》一章，只写阿黑的追赶，而没有提及阿诗玛。我们把阿黑的追赶和阿诗玛受折磨的部分交错起来描写，这样就加强了追赶的紧张气氛，也有助于阿诗玛形象的完整。

为了使情节更趋于合理化，有说服力，使人们乐于接受，也需要做重大的工作。在处理《阿诗玛》的斗争结局时，这个工作的重要性，显得特别突出。

根据二十份"异文"看来，结尾部分是各有不同，有的差别大些，有的差别小些。这是一个饶有意义的现象，它说明了撒尼人民群众在这个问题上是有过很大的苦恼的。怎样援助他们热爱的英雄人物呢？为她寻找一条什么样的出路呢？实质上，这样的问题并非仅仅是因阿诗玛的不幸的境遇而引起的，更多的倒是因撒尼人民的不幸的境遇而引起的。因而，与其说他们的苦恼是来自神话传说，还不如说他们的苦恼是来自现实生活。

于是，有的人由于在世上看不到希望，但又不愿向恶势力（以热布巴拉家为象征）低头，只得听任神的摆布，他们的痛苦是深重的，而思想却是单纯的，他们以为神在冥冥中主宰着一切，人，是无能为力的，正因为这样，才相继出现岩石坍下来，把阿诗玛压死；山洪暴发，把阿诗玛淹死；或者更玄一点，阿诗玛的耳朵与岩石粘在一块，分也分不开了，等等（这里，已经不难闻到"天谴"，"神的惩罚"的味道了，是非的界线模糊了，阿诗玛似乎变成了罪囚了）。

我们不能责难这些作者。在那个时代，他们还远没有可能去认识真理。他们不会知道，所谓天上的权威、天上的统治秩序，其实就正是地上的权威、地上的统治秩序的反映。这是一种观念的伪装。在这种伪装的掩盖下，天上的神与地上的王缔结联盟来反对人民、镇压人民。他们当然也不会知道,人民对神祇让步,实际也就是对反动统治阶级让步。反动统治阶级把神的胜利一贯看作自己的胜利,只要能达到剥夺阿诗玛、剥夺人民的幸福的目的,采取什么样的手段,由神出面抑或由他们自己出面,对他们说来,全都是一样。显然,我们不能采用这一类型的结尾。这一类型的结尾,只能导致把人民引向消极悲观、丧失信心的后果。

但我们也不能采用违背历史生活的真实的、过分"光明"的结尾。如讲述人之一的普育南,他是以阿诗玛出走,找到自己理想的爱人,共同劳动为结尾的。这是根据他自己在爱情上遭遇不幸和他现在的愿望来加以发展的。我们认为在《阿诗玛》产生的年代,光明并不存在,如果我们拿现代人在现代中国的生活中得出的结论,去替代过去那个时代所能达到的结论,那势必造成歪曲。

因之,经过再三再四的研究,分析,我们决定运用另一个民间传说的素材,即关于"应山歌"姑娘诗卡都勒玛的民间传说的素材,大胆加以改造,以阿诗玛遇救、变为回声作结局(材料中只有少数几份提到阿诗玛变成了回声,有两份与"应山歌"姑娘有关。但这简单的一些材料却给了我们以极端重要的启示,可以说,它是我们全部灵感的源泉)。我们认为,这种结局是比较适当的,它不但符合于人民的愿望,而且显示了人民的预感,——对于未来必将属于人民的预感。在圭山石林之中,在撒尼人民心田之中,回声是永远缭绕不绝的,它是对旧生活的勇敢的反叛,也是对新生活的乐观的预言!

在整理《阿诗玛》,使之合情合理的工作过程中,还有一个问题引起过较大的争执,这就是阿黑与阿诗玛究竟是兄妹关系还是爱人关系的问题。我们接触到的一些撒尼朋友,都愿意看见而且认为他们是兄妹关系。而且,现今撒尼人当中流行的"舅舅为大"的说法,以及撒尼人民家族中传统的兄妹关系(凡是妹妹遇难,或者遭遇到其他困难,哥哥总是尽力援救,甚至倾家荡产),也与《阿诗玛》的传说不无干连,但是,另一方面,兄妹关系也的确又有值得怀疑的地方,譬如吹奏口弦一事,这就有点出乎常规;大家都知道,在云南的数十种兄弟民族中,以口弦作为男女传情的工具的,约居半数以上,包括撒尼人本身在内。在《阿诗玛》初稿座谈会上的发言中,李广田同志就提出:"原始部族中兄妹是否可以结婚,我现在还在怀疑……"其他对这个问题保留自己的看法的同志,也大有人在。不过,为了尊重撒尼群众的意见,和现在撒尼人的生活习惯,以及发生在封建农奴主统治下的这一故事的主题思想,我们仍按照兄妹关系处理,撒尼群众对这样的处理也表示满意。

根据我们的经验,最困难的问题是如何使译文准确,流畅和富有诗意。

《阿诗玛》原诗是五言诗,许多段落采取第一人称自述的办法。撒尼族文字总共只有两百多个,如果要一模一样地译成汉文,事实上有困难;此外,又考虑到《阿诗玛》长诗的对象毕竟是广大的汉族读者,在尽量保存原诗的民族特色(风格的、语言的、风土人情的……)的前提下,是可以照顾到汉族读者的习惯与爱好的。因此,我们在整理时,为自己确立了这么一个原则:大胆,但是不粗暴;谨慎,但是不怯懦。

譬如,有一种传说这样唱道:

母亲来梳头,
梳得像落日的影子。

这个"落日的影子",在汉文的语法中是说不通的。然而,撒尼人却的确有这样的形容。当我们体会到那意思是指乌黑而有光泽的事物时,我们便根据辞意,根据汉族习惯,也根据劳动人民乐于选择日常生活中常用的朴素的名词来作比喻的爱好,将它改为:

母亲给她梳头,
头发闪亮像菜油。

我们认为,这样的翻译仍然是忠实的,可以被允许的。我们没有拘泥于细节,而是尝试着力图以汉语的趣味和感觉,去表现原诗的旋律与风格。

在《阿诗玛》发表以后,我们又高兴地读到了苏联大诗人马尔夏克对译诗的意见(《文艺报》1954年第8号)。他在谈到什么是真正的准确时说:"不,逐字逐句地译诗是不行的。我们对译诗要求是严格的,但我们要求的准确,是指把诗人真实的思想、感情和诗的内容传达出来。有时逐字'准确'翻译的结果并不准确。"他又说,"假如翻译政治文件要求百分之百的逐字逐句的准确,翻译一般文章可以稍稍自由些,那么,译诗就得给以更大的自由。对各种不同性质的翻译,不能用一个法则去要求。"接着,他又要求译者大胆,"常常这样:最大胆的,往往就是最真实的。艺术在这点上有些和军事相似,它是大胆精神与实际精神的结合。"

诚然,《阿诗玛》并非我们直接从现成的撒尼文翻译过来的。但在搜集、记录、整理和修改过程中,我们自信我们的工作态度和上引马尔夏克的谈话精神是互相吻合的。马尔夏克的有价值的意见给了我们莫大的安慰。因为在这之前,我们还不敢肯定自己的做法是否正确。

至于诗的形式,我们追求的目标是工整和严谨。在二十份原始材料中,本来并没有分章、分段、分节的情况,同时,既没有小标题,也不是四句一小节,这样,就使得我们在形式上也必须认真做一番调整和固定的工作。我们觉得,这一工作对于传达原诗的情绪有所裨益。但凡是遇上内容与形式发生矛盾时,我们也决不削足适履,而是抛弃四行一段,行与行间字数(音节数)不太悬殊的守则,努力试探着去创造适应内容的新形式。至于韵脚,押的是大致相同的韵,没有受那些一东二冬的陈腐的规律的束缚。

在《阿诗玛》这部长诗中,一如其他的民歌,也具有人民作品的特征:人民的幽默与夸张,来自劳动生活中的朴素的形象,和便于记诵、反复达到高潮的鲜明的节奏感。

在撒尼人和其他许多兄弟民族中间,我们都可以听见,三、九、九十九、一百二十……这些数字常被使用,这些数字对于他们来说,已经不仅是代表一种观念,而且是成为一种习惯了。有的同志曾经提出意见,说阿诗玛诞生时,格路日明家请客的排场太大了,似乎富裕得很,不符合那"盘三块地"的身份。我们的看法是,这是一种艺术的夸张,用意在于造成隆重、热闹的气氛,来说明婴儿(阿诗玛)的百般受人宠爱。何况撒尼人还有互助的习惯,哪家生了孩子,全村人会自带食物来庆贺。运用这些为撒尼人民所惯熟的数字,还能起到便利记忆、流传的作用,这是不足为病的。因此,我们也就保持了原诗的本色,没有加以改动。

《阿诗玛》原诗中,一再运用了"重叠"和"雷同"的手法。如《应该怎样吹呀?》和《成长》两节中,就因为成功地运用了"重叠"和"雷同",给人造成了强烈的印象。

在"形容"和"比喻"上,《阿诗玛》也处处显示了劳动人民的精神的美。我们在整理过程中,就一再为这种深刻的动人的美所震动。如形容"小姑娘又白又胖"时,他们唱道:

> 脸洗得像月亮白,
> 身子洗得像鸡蛋白,
> 手洗得像萝卜白,
> 脚洗得像白菜白。

这是多么朴实、多么刚健、多么亲切!

《阿诗玛》的作者们在描写阿黑快马加鞭追赶热布巴拉家抢亲的行列时,没有特意作过多的描写,也没有因袭鸣雷闪电的俗套,而只简洁地说了两句:

> 铃子敲在马脸上,
> 阿黑飞赶阿诗玛。

但仅此两句,动的状态便刻画入微了。

《阿诗玛》的比喻也有着惊人的准确性。如描绘阿黑与阿诗玛兄妹二人下地犁田时,唱道:

泥土翻两旁,
好像野鸭拍翅膀。

又如:
雁鹅不长尾,
伸脚当尾巴,
我唱得不好,
也要来参加。

这个比喻也是再贴切不过的了。它道尽了一个热情而又显得有点腼腆的歌人的心情。

总之,《阿诗玛》是一部光彩夺目的作品,我们幸运地参加了它的整理工作,不能不特别深切地受到感动。

《阿诗玛》的整理工作,不过是云南方面对发掘兄弟民族文化宝藏的一个初步尝试;上面所谈的,也只是一些肤浅的认识与感受,仅供研究民族民间文艺的专家同志们和爱好《阿诗玛》的读者同志们参考而已。我们站在丰富的民族遗产面前,还是一群幼稚而又惶悚的小学生,错误是在所难免的,希望大家教正。

1954 年 8 月 23 日
写于大理驻军营房

《边地短歌》新版题记

趁着这个诗集再版的机会,我把它重新整理了一下,除去作了一些必要的修改外,还抽去了内容与书名不甚吻合的几首,同时把近一年来写的有关边疆与边防军的作品补了进去。为了尽量保存初版的面目,原来的那段后记也就不曾删掉。

感谢湖北人民出版社,他们愿意将这样一个浅薄的诗集重排付印。我想,只有写出更多更好的诗来,才能无负于党、无负于人民。我一定要刻苦一些,劳动,劳动,第三个还是劳动。

1955 年 2 月 19 日于武汉

给未央同志的一封公开信

未央同志：

二月间，我有机会到了一次武汉；在和《长江文艺》编辑部的同志们见面后，我曾问起你的情况。他们告诉我说，你也是一个部队文艺工作者；从朝鲜回国后，一直在养病。当时我沉默下来，因为我很激动。停了半晌，我这才要求编辑部代我向你致意，希望你为了革命而珍惜健康！

编辑部还送给我一本你的新近出版的诗集，嘱咐我发表一些意见。怀着极大的兴趣，我把诗集反复读了几遍，虽说它们过去在报刊上分别刊载时我就一一仔细读过。

任何一个人都有他自己的见解和趣味。我，作为一个诗的学徒，说实在的，我并不太喜欢你的比较倾向于散文化的风格。然而，作为一个不怀偏见的读者，我尊重你自己所作的选择。我觉得，在我们的真理的园圃中，一切花儿都应该有它自由生长的天地，只要它的存在，能使得我们的生活更美好、更丰富。我们不能订出一条法律来，规定诗必须采取什么形式，这正如我们不能订出一条法律来，规定花必须有多少瓣、必须是什么颜色一样。

不错，你的这本诗集很薄，却相当有分量。就我所知，广大读者是欢迎你的作品，欢迎这本诗集的。

收在诗集中的十一首诗，我认为它们所达到的水平是不大一致的。我更喜欢像《祖国，我回来了》《枪给我吧》《我的良心》《驰过燃烧的村庄》《朝鲜三颂》《他还不是英雄》这样的诗。其余几首，我感到没有足够的显著的特色。但整个的说来，我觉得，你已经取得的成就是值得珍贵的，它在我们的诗歌创作中,展开了一些新的动人的画幅。

上面列举的好诗中,有几首更是传诵一时的。它们的优点一定会有专家去分析研究的。我倒是愿意着重谈一谈对其余几首诗的意见。因为对一些较失败的作品的探索往往对我们会有很大益处的。

我觉得在《台湾,是中华人民共和国的!》这首诗中,你放弃了艺术的基本武器——形象,你把灵感、想象和优美的语言都抛过一旁,而走上了单纯用逻辑思维的道路。因此,这首诗尽管有着无可非难的政治内容,却不能打动人心。它代替了一篇普通的时事讲话,却不曾完成诗的特殊的使命。

又如《唾弃的和崇敬的》也因为夹杂了若干报纸体的议论,损害了诗。记不起我在什么书里读过这样一段描写:有一个苏联的老妈妈,在不久前曾经是战场的旷野上独自行走,忽然,她发现了一具未及掩埋的德寇的尸体,她停下来,目光落在死人的脸庞上。这个德寇的相貌甚至可以说是秀美的,他有一小撮隐约可见的茸毛似的胡子。老妈妈注意到这个,她摇了摇头,喃喃地说道:"年纪轻轻的,也是年纪轻轻的,可是,呸!你别以为我会怜惜你!你杀了我们多少人!是的,我一点也不怜惜你!……唉,虽然我是个母亲,虽然你是年纪轻轻的……"要说唾弃,这恐怕是最有力的唾弃吧?然而,你在那首诗中,却采用了某种近乎漫画化的手法,就难免显得和这一严峻的主题不相适应了。

至于《我们的武器》《平常的事》和《歌唱你,祖国的十月》等三首,其中固然有不少动人的章节,可是,总的说来,我以为感情还不够深切。而感情之所以不够深切,又正是由于思想还不够深刻。"我们的实践证明。感觉到了的东西,我们不能立刻理解它,只有理解了的东西才能更深刻地感觉它。"(《毛泽东选集》第1卷第285—286页)这句话,值得再三深思。我自己就有这样毛病,有时候,仅仅有一些所谓激情,便提起笔来写。其实,光凭激情是不行的,更重要的是思索,明晰、透彻的思索。唯有如此,才能为我们的巨大的主题找到与之相应的具有魅力的形象和铿锵的诗句。

我希望你多写《枪给我吧》《驰过燃烧的村庄》这样的诗,把读者带领到火热的斗争中去,让人人都去正视、去解答存在于生活中的尖锐的问题。在这些问题得到正确的解决后,无疑地,人的心灵必然会随之更加刚强和纯洁起来。是的,诗人要用诗歌告诉人民:我们的生活不是客厅中的地毯,我们的生活正如这广阔的世界,有着平坦,也有着坎坷;有着繁花,也有着风雪!

我和你一样,年纪不算大。在创作的道路上,刚刚开步走,因之,我相信,我的坦率的意见,不会被误解。热烈地盼望着你恢复健康,写出更多的好诗来。

公刘
1955 年 3 月 7 日　北京

有关《阿诗玛》的新材料

最近,我再次获有机会去云南圭山撒尼人居住地区住了一个半月,在与群众、干部、青年学生接触中,又对《阿诗玛》做了一些了解,发现了若干新的有趣的材料。过去我们不曾收集到这些材料,因而在我写的《〈阿诗玛〉的整理工作》(刊《文艺报》1955年1、2月号合刊)一文中,也就没有提起。我个人认为,这些新发现的材料,对《阿诗玛》的研究工作和今后将《阿诗玛》写成其他文艺样式的改编工作,都有参考价值。因此,我愿意择要加以介绍,并且以此作为《〈阿诗玛〉的整理工作》一文的补充。

一、阿诗玛与阿黑的关系问题

在《阿诗玛》的整理过程中,阿诗玛与阿黑的关系问题,一直是有着不同的看法。但当时作为依据的二十份原始记录,全部主张兄妹关系一说。怀疑他们是爱人关系的同志,仅能从理论上和原诗的一般情调与个别矛盾上去寻找线索,并没有能从撒尼人的传说和风习中得到什么有力的佐证。在那样的条件下,我们从材料本身出发,按照兄妹关系处理,应该说是正确的、妥善的。然而,究竟撒尼人中间,有没有不同的说法呢?根据我这次的采访,显然还是有的。

不同的说法之一是:故事当中的主要人物阿诗玛与阿黑并不是一家人。阿诗玛的父亲名叫格路日明,母亲名叫洛娜;阿黑的父亲名叫斯佐哈木,母亲名叫若妮,格路日明家住在都鲁木山(传说即大理点苍山)的北山坡,斯佐哈木家住在都鲁木山的西山坡。整个的都鲁木山都坐落在阿着底境内,而阿着底是归酋长热布巴拉家管辖的。此外,阿诗玛有个名叫阿和布的亲哥哥,他在故事当中仅仅占了一个很不重要的地位。

阿黑与阿诗玛两人的命运是怎样纠结到一起去的呢?原来是这样:在阿黑长到十二岁那年,阿着底闹旱灾,斯佐哈木和若妮相继死去,阿黑变成了孤儿,被热布巴拉家抓去服劳役。有一天,他为主人上山去采摘鲜果,迷失路途,在密林大菁之中过了一夜,受尽惊骇,又冻又饿,却又唯恐热布巴拉责罚拷打,不敢回去。正在昏迷绝望之际,一个放羊的小姑娘发现了他,把他救了回家。这个小姑娘就是阿诗玛。阿诗玛的父亲母亲都是慈善的老人,他们收养了阿黑,认作义子,于是阿黑与阿诗玛便以兄妹相称了。阿诗玛与阿黑二人从小就相亲相爱,互相体贴,等到都长到了十八岁的那年,彼此便吐露了真实的情感,愿以终身相许了。同时,阿诗玛的父亲格路日明又将自己的神箭传授给了阿黑……以下情节与一般传说大致相同。

这一说法流传于当甸一带。

不同的说法之二是:阿黑与阿诗玛是情兄妹(干兄妹),不是亲兄妹。阿诗玛有个同胞哥哥,名叫阿沙。有一次,阿沙领着他妹妹去赶街子(赶集),遇见热布巴拉的儿子阿支。阿诗玛是个美丽的姑娘,阿支一见就着了迷。回家后,立刻要他父亲热布巴拉找媒人去阿诗玛家议婚。这时,阿诗玛已经和阿黑相爱,立誓不嫁旁人。可是阿黑放羊外出,等他赶回来,阿诗玛已被抢走……以下情节与一般传说大致相同。不过结局是阿黑救出阿诗玛,双双由阿着底逃到圭山,安下家来,繁衍子孙,于是圭山才有了撒尼人。至于阿沙,则"上天学习唱歌去了"。

这一说法流传于耀宝山一带。

不同的说法之三是:阿诗玛与阿黑在生不能配夫妻,山洪暴发,他们双双被淹死,死后便一起升天成了仙家。

这一说法流传于额勺衣一带。

二、几种与《阿诗玛》有关的风俗习惯

其次，还了解到如下三种行将失传的古礼。

其一是"恩杜密色达"。凡遇新婚妇女头胎怀孕，为了保佑婴儿平安落地，须在旷野中行"恩杜密色达"礼。由孕妇的丈夫采摘栎树枝、柏树枝一捆，分别插入土中，象征热布巴拉家的大门、柱子和神主牌。然后将祀神的饭、菜、酒一一摆好，请"毕穆"（巫师）念经，念毕，丈夫连射三箭，第一箭表示射穿大门，第二箭表示射穿柱子，第三箭表示射穿神主牌，至此，邪气已被震慑，就可确保生育顺利。据说，射箭者为阿黑，孕妇为阿诗玛。

其二是"博巴密色"。凡祭祀、祈求福佑，概行"博巴密色"礼。在这一类礼仪中，祈祷、供奉的对象就是阿黑。在撒尼人民心目中，阿黑已神化，大致相当于汉族的关公。

其三是婚娶中的忌讳。凡遇新媳妇出嫁时，如在途中遇有石岩，必须绕道而行，其用意在于避免遭受与阿诗玛同样的命运。

以上两方面的新材料，给我们提供了一些线索，使得我们有可能从另一个角度去观察故事的全部矛盾和情节。我想，我们没有理由不对这些新材料加以注意。

1955 年 8 月 14 日　北京

漫谈长诗《华西里·焦尔金》

在特瓦尔朵夫斯基的长诗《华西里·焦尔金》汉译本中,附有一篇节译的文章:《〈华西里·焦尔金〉是怎样写成的》。诗人特瓦尔朵夫斯基在这篇文章中,说明了有关长诗构思——写作过程中的许多问题。其中有一段话,特别吸引了我的注意。诗人写道:"……《焦尔金》对我说来是我的抒情诗,同时又是我的政论性的作品,歌曲,教训的箴言、趣话、引言、衷心的谈话以及对事件的评语。"(着重点是本文作者加的)

特瓦尔朵夫斯基是一位大诗人。他具有独特的别人所不能代替的艺术风格。如果我没有说错的话,那么,我以为,既是抒情的,又是政论的,这种二者兼备,浑然一体的特色,恰好是他的艺术风格的重要表征。

正是由于这样,长诗《华西里·焦尔金》才能以如此热烈又如此优美的笔触,阐明了如此深沉又如此朴素的兵士的哲理和兵士的信条:关于战争,关于祖国,关于生,关于死,关于荣誉,关于责任,关于爱情,关于友谊……

在我国,正如缺少类似爱伦堡式的政论性的小说一样,也缺少类似特瓦尔朵夫斯基式的政论性的抒情诗。当然,我必须补充说明,我的意思绝不是主张模仿或机械地套用别人的某种程式、文体和手法,我只是说,在我们的诗的园圃中,这种花还不可多得;我们应该用自己的方法在自己的土壤上栽培这种花。

我们的人民正处在伟大的社会主义时代。在从过去通向现在,又从现在通向未来的道路上,我们已经、正在和将要经历多少动人心魄的事件啊!不错,近年来,我们也产生了若干部长诗,其中有一些还博得了应有的称道。这些长诗大致可以区分为两类:一类是属于历史传统题材的,一类是属于现代题材的。前者姑且不论。就以处理现代题材的几部作品来说,成就仍然是有限的,我们没有理由满足。如果要探讨它们的不足之处,我个人的意见是,最大的不足之处就在于:缺乏一种与时代相称的艺术力量。它们不是流于单纯的叙述事件,就是流于单纯的政治鼓动。然而,对于我们热忱的、好学的、有觉悟的读者来说,单纯的叙述事件和单纯的政治鼓动都是不够的。摆在诗人们面前的任务是明显的,当代生活图景的复杂与壮丽,还有待描绘,当前社会问题(大至世界人类,小至身边琐事)的纷纭与紧迫,还有待解答。

自然,要锻炼这样巨大的艺术本领,需要付出长时间的大量的预备劳动(斗争、观察、思索、学习……)。写作政论性的抒情诗,必须具备以马列主义武装起来的善于独立思考的头脑,必须具备对事物的敏锐感觉和洞察秋毫的能力,也还必须具备渊博的知识和孜孜不倦的劳动习惯,可以毫不夸张地说,这样的诗人将不仅仅是诗人,而且还是思想家、社会活动家、伟大的战士。

我们的国家是一个产生过无数天才的多民族的大国。我们的社会主义革命又为产生更多的新的天才,开拓了广阔的天地。仰望长空,我深信,在我们的文学艺术的繁星中,必将升起新的光华夺目的牛斗!我们一定会拥有自己的特瓦尔朵夫斯基和自己的《华西里·焦尔金》!问题的关键在于卷起袖子来工作,为人民工作,锻炼气质,锻炼思想,锻炼诗,使这一天早日到来。

1956 年 12 月 15 日　北京

关于长诗《望夫云》的通讯[①]

徐嘉瑞同志的文章我已经拜读过了。我愿意通过编辑部向他表示谢意,感谢他对拙作的关心。

至于他的批评,除了个别之处以外,我还不敢苟同。

谨将个人的一些不成熟的看法写在下面:

一、《望夫云》的口头传说有许多种,情节互有出入,这个事实本身就说明了它并无固定的标准的"版本"。(姑且借用"版本"这个字眼)。我想,人们在将它作为创作素材而加以利用时,是有选择的自由的。现在已有的四部诗稿(徐嘉瑞、鲁凝、徐迟、公刘),各不相同,也正反映了这一客观事实。

二、我写的《望夫云》长诗,是创作,不是整理,更不是记录。说清楚这一点,是十分重要的。我以为,像要求整理工作或记录工作那样来要求创作工作,未必是恰当的。

三、我不明白,公主的性格何以"应该是"这样,而不应该是那样。预先用若干概念规定人物性格的创作方法,也许是比较方便的,不过我却不习惯于这样做。我总希望人物在行动中逐渐表明自己全部的、复杂的、甚至可能是自相矛盾的性格特征。徐嘉瑞同志判定拙作《望夫云》中的公主是个"一见男子就要缠住"的人,这的确使我大吃一惊。然而,事实真是如此么?

四、有些地方,可能是徐嘉瑞同志没有看清楚,因而批评与事实不符。例如所谓公主要猎人"认妻"的问题。那一段上下文还是相当明白的。上文是

[①] 徐嘉瑞同志原文从略。——刘粹注

"女儿心事不能言",足见下面引号以内的诗句是"心事",是思想活动,或者说,是独白;下文"低声唤猎人,长袖半遮面,'问你几句话,答应就还箭'",这才是真正开了口。接着,这个"问你几句话"和"答应"又引出了整章的《盘歌》。这里,我有意安排了许多盘问之辞,来表明彼此逐渐了解,最后终于定情的过程,总之,决不像徐嘉瑞同志所说的那样,什么见面"第一段话"就要陌生的男子"认妻"。

五、因为我在"引子"中描写了云的形状,就立刻得出结论来,说我"忽略和删除'望夫云'的基本精神,删除了斗争性",这是奇怪的,不能令人信服的。如果不是断章取义地而是整体地来评论(比方说,也看看《化云》那一章),也许会比较公正一些。

六、我之所以在《私奔》一章中写下"南诏王算得个什么王,猎人我才是人里头称王"的句子,是为了抒发猎人内心的幸福感。猎人认为他得到了这样好的妻子,那种幸福是即便贵为一国之尊也享受不到的。这一点,只要看清上下文也就不至于会有什么疑问的。但徐嘉瑞同志却偏偏把这两句诗抽出来和别的一些表现猎人的神武和刚毅的诗句硬凑在一起,并进而断言猎人不是劳动人民,相反地,是"一个粗暴的统治者"。这样立论似乎也太匆忙了。

七、关于猎人与罗荃的性格问题,徐嘉瑞同志的意见在实质上仍然是要求别人依照他所理解的"精神"或者所谓"象征"意义,即某种预先规定好了的东西去写,我不能同意这种意见。人物刻画的成功与否不妨探讨,但最好还是在各自的基础上,不要强求一律。

八、冰冻洱海的反常现象,沉陷猎人的情节,都是我拟想出来的。罚石骡子在洱海中背起整个海水的说法,也是出自我的想象,这是从现实生活中役使骡子负重而联想到的。前面说过,我从来就认为自己是在创作,而不是整理或记录,因此才大胆地作了某些发展。我丝毫也不想把它冒充民间作品。如果这种发展本身有谬误,那当然是要由作者来负责的。

九、我不知道,作家和诗人(不论他是何族的)是不是不可以采用民间故事(也不论它是何族的)进行创作(再说一遍,是进行创作)?或者,采用了就必须原封不动?这个问题使我很苦恼;至于我自己,我应该承认,正是被"望夫云"这一民间传说的某些浪漫色彩所炫耀,所震动,所冲激,才决心提起笔来写的。同时,在写的过程中,这个民间传说就自然而然地变成了我的思想、我的灵感和我的理解。很可能,在这些思想、灵感和理解中有不对和不好的地方,但,据此而发的批评是否一定要归结到"忠实"或者"歪曲"上去呢?这个问题我没有想通,请大家指教。

十、风格不够一致的问题,别的同志也曾提出过。我已在中国青年出版社印行的单行本中作了初步的修改。由于自己知识太少,白族的诗歌究竟具有什么样的形式,不甚了然(是否就像汉族知识分子用汉字记录的那样,四句一节,七七七五呢?)。在已经看到的几种《望夫云》诗稿中(其中包括徐嘉瑞同志在《边疆文艺》上发表的初稿及由中国青年出版社印行的定稿),都基本上是用汉族的新体诗歌形式或者民歌形式写的。至于徐嘉瑞同志指出的拙作语法上的一些毛病,除了"一头人家"的"头"字早已订正外,其余的均未更动,因为我认为那还是通顺的,合乎习惯的。

公刘　谨上
1957年3月27日　北京

一个根本问题

长期以来，我对我们部队中一些同志对文学艺术的基本看法是有怀疑的。我以为，他们没有真正摸透文学艺术的特性，并且在事实上贬低了文学艺术的作用。文艺服务于政治，但决不等于政治，这道理虽说是尽人皆知，可是在实际措施中，文艺却往往被当作了解决某个具体问题的直接手段。例如，在《把人民解放军的文艺工作提高一步》（陈沂著）这本有很大影响的文集中，就简单化地提出了文艺作品应该"反映""并解决……思想问题"的说法。基于这样一种认识，这本文集的作者列举了一系列的作品，对它们作了简单化的评价：

……比较在部队里最受欢迎的有一野的"英雄刘四虎"，是歌颂独胆英雄刘四虎单身冲入敌阵解决战斗的英勇事迹的；二野的"王克勤班"是解决和推广部队中的互助问题的；"两种作风"是解决部队中上下级关系问题的……（原书第5页）

毫无疑问，这些作品大多是经过了考验的作品。它们正是遵循着文学艺术的特殊途径达到教育部队，教育人民的目的的；它们正是首先做到动人，然后才服人的。然而，如果由此便得出来一个反定理，认为文学艺术的功能就在于它能赤裸裸地帮助指导员解决连队政治工作问题，那就未免太性急了。我想，道理很简单：服人的东西，未必动人。文学艺术的道路是迂回曲折的，但它能在不知不觉中通向人们的心灵深处。这，大概就是所谓潜移默化。

仔细揣摩一下某些评论家的文章,我们就不难发现,原来他们谈的形象,和通常的理解是大不相同的。在他们看来,形象,就是图解,就是标本,就是"看图识字",甚至就是技术;在他们看来,形象这一美学的概念,和部队惯用的"形象化教育"竟是没有什么区别的。例如:

> ……艺术不同于政治论文,不同于一般工作报告,因为它是以生动的人物形象来表现一定的政治内容的。(同书第159页)

在这里,虽然也说了艺术不同于政治论文和工作报告,但,其差异仍然不过只是多了一层手续——形象化的手续罢了。说穿了,就是要作家和艺术家"以生动的人物形象"来翻译"一定的政治内容"。创造也者,是谈不上的。

正是因为具备着这样一个错误的前提:文艺作品要帮助领导解决具体问题;自然而然就派生了新的命题:出题目作文章。

> 因为我们的作者年轻,需要领导,而要使作者不犯错误,领导上事前对作品主题思想的指导,像指导打仗搞清主攻方向一样是很重要的。把作品的主题思想给作家搞清楚以后,他就知道去搜集什么材料和描写什么了。(同书第45页)

一个作家如果糊涂到需要别人去给他搞清主题思想,"搞清主攻方向",那么,这个作家又成了什么样的作家呢?如果作家的工作仅仅限于"搜集"一些"什么材料"来加以"描写",那岂不很可悲吗?不幸的是,在我们部队的某些领导者心目中,作家却正是一群从事这种可悲的职业的人。他们之所以还可供使用,只不过是看到:"但他们也有优点,那就是他们会写……"(同书第12页)

在同书第40页上,谈到电影文学剧本《南征北战》的创作经过时,把它当作了领导与作者"共同负责"(?)的范例。究竟是不是范例,这个问题,剧作者沈默君同志曾在《人民日报》(1953年4月1日第三版)上发表过文章,可资参证。尽管那篇文章远不是详尽的,但,有一点怕是无可推卸的,这就是要求作者抛弃血肉生动的形象思维,而单纯地以逻辑思维去代替它。显然,这是违反创作规律的。我想,不管在作家的脑子里,形象思维和逻辑思维保持着一种怎样错综复杂的关系,形象思维毕竟是思维的主体。用单一的逻辑思维去代替形象思维是代替不了的。硬是代替了,那就会弄到既没有了作品,也没有了作家。这样的教训已经不能算少了。

刊于《文艺报》1957年第10号

董其中版画简评

我爱版画,于山西诸家中,尤爱其中同志的黑白刀笔,外行人语:以为其粗犷中见黠慧,情不老而意常新;从群众中来,到群众中去,来去之间有提高。

这一组,虽系初次合作,颇类鱼水。其中同志嘱我抄录原诗存念,不敢拂逆,乃藏拙于背面。

公刘

1964 年 3 月 16 日

《尹灵芝》后记

1963年和1964年,我先后去寿阳、阳方口、五台等地,了解有关尹灵芝烈士的事迹,并且写下了长诗的第一稿,一式三份。其中有少数几章在《山西日报》和《火花》文艺月刊上发表过。这三份稿子,一份寄给冯牧同志和郭小川同志,请他们提意见;一份交给了一个刊物编辑部,一份自存。不料,在1967年,竟都遭到了毁灭的命运。还有,大约是1965年秋,中央乐团的严良堃同志想写同一题材的歌剧,他到太原找我,抄了一个副本带回北京;这个副本命运如何? 估计也好不到哪儿去吧,我一直没有打问。

1973年,也就是事隔十年之后,我再一次结束了劳动锻炼,被分配到一个县级文化馆工作。一天,在清理什物的时候,忽然发现了记录着尹灵芝烈士生平以及寿阳地方风土资料的一个笔记本,还有若干残稿,不禁悲喜交集。这个笔记本实际上是一本账簿,是我临行前随手塞进提包的;由于只能一面书写,记得我曾经为之懊恼:为什么竟带了这么个本子! 谁料想如今倒要因此而深感庆幸。如果不是账簿,又怎能幸免于难!

于是,利用业余的时间,凭着这本账簿和若干残纸断片,我又着手写了二稿。二稿写出来,已是1974年元旦了。我既不能昧着良心去把地下的先烈"改造"成生"刺"长"角"的人物,又不能缄默,不去歌颂我认为有责任歌颂的真正的英雄,因此,我决心写下去,哪怕最后只能给二三好友看看也行;当然,我期待着有朝一日它能作为我们革命历史的一点回声(尽管是极其微弱的一点回声),送进人民的耳鼓。那时候,眼看着江青一类的人面东西,阉割传统,玷污理想,我们简直要面临着亡党亡国的惨祸了,这区区一沓稿纸又算得了什么！更何况不迟不早,她的御用喉舌江天又抛出来"反真人真事"的所谓"重要文章"。高论甚多,我记住了的只有一条:要警惕别有用心的人以此捞取政治资本,云云。这顶帽子拿来扣在我的头上,想来是再方便不过的了。本来,我的"用心"确和"四人帮"不同,而据说天底下又只有他们才是"左派"。这么一来,结论也就很清楚:我的嘴巴只好继续贴着封条。

像我们经历过的1976年那样的年头,历史上确属罕见。仿佛这一年是"压缩"了的几十年。我常常这样想,我们是幸福的,能亲眼看见万恶的林彪、"四人帮"的崛起和覆灭。为此吃苦是值得的。

就像长期关在黑房子里的人猛然见了阳光,难免会感到一阵眩晕。10月6日的胜利,也使人在惊喜泪飞的同时简直不敢相信这会是真的！感谢党中央第二次解放了文艺;这解放是千真万确的。我应该也终于重新拿起了笔,我首先想到的是我们的传统和理想。因此,在1977年11月间,我把这部长诗寄给了中国青年出版社。编辑部反应之迅速、热情和果断,说明这些同志是坚定地按照毛泽东思想办事的。这使我感到喜出望外,多年来,我已经不敢做这样的好梦了。他们派专人去到我所在的山城,为我请假,又安排了我的第三次寿阳之行。接着,来到北京,写成了这第三稿。第一稿和第二稿我都是用的说唱体,即:一段散文夹一段韵文。编辑部建议我还是统一成诗的形式为好。我同意了这个建议。不过,这并不意味着不愿再作原先那种探索了,更不是改变了观点,鄙薄起说唱诗来。之所以这样宁愿重写一遍,实在主要是出于一种憎恶的感情:我听人说,那个以"诗报告"名噪一时的宫闱诗人,曾经在"文化大革命"中出版过一本"说唱诗"。我不愿意读者因此产生任何联想;我以为,一切希望我们的空气和思想都保持清洁的读者,会理解这种感情的。

这部长诗写了尹灵芝烈士的一生,可以被认为是一部诗体传记。当然,这并不排斥我所喜爱的革命浪漫主义手法。我也作了这方面的尝试,只是连自己也不满意罢了。事件的轮廓是完全真实的,细节的部分,特别是属于情绪、情感的部分,我有所渲染和想象。诗里也写到了一些在几十本案卷中都找不见的材料,例如:杨林头村的姜之荣同志(小名四虎子,原籍桑窊埡,合作化时期迁来杨林头落户)提供的灵芝越狱的情节,就不为人所共知。

　　十五年过去,今天总算了却一桩心愿:为我们的人民英烈,为英雄的寿阳人民做了一点早就该做的事。由于战争环境和后来的种种原因,尹灵芝烈士的光荣称号,直到1966年5月才得到正式追认。我觉得,今后应该有更多的不同文艺形式的作品来充分宣扬她,表彰她,使她的英名像另外一些英雄那样,家喻户晓,妇孺皆知。

　　感谢寿阳县委、县委宣传部、县公安局和文化局,给了我很大的支持和帮助。特别不能忘怀的是曾经担任第一书记的原跃先同志和曾经担任宣传部副部长的黄四来同志。原跃先同志十分重视这件工作,曾给我写过热情洋溢的长信,肯定了草稿,提出了修改意见;当我对尹尔恭血案牵涉到的某些人和事提出了自己的怀疑后,他又立即转交常委讨论,并着手进行调查;筹建烈士陵园时,他还专函通知我,今后将要把烈士的名字统一为"灵芝",纠正以往种种信手写来的讹误。黄四来同志亲自和我一道下乡,遍访芹泉、西丰头、太平、白草峪、赵家垴、野雀坡、李家沟、枣林、界石、南埋、宗艾等地。我们穿着长筒水靴涉渡山洪尚未完全平息的溪涧,我们共着一盏煤油灯在泰山庙里彻夜长谈……后来,他来过许多信,注视着写作的进展,随时解答疑难,一直到奉调去了贵州为止。原跃先同志和黄四来同志都已经不能看到这部长诗的出版了,这使我深感悲痛。他们的严肃、认真、热情、平易,他们把党的文艺事业当作自己的"分内事",他们理解创作的甘苦,尊重别人的劳动,这些都是我永远不能忘记的。权且献上这篇短短的文字,寄托对他们的一点哀思吧。

1978年7月11日　北京

　　附志:原跃先同志是因别人强加的所谓"反大寨"罪名迫害致死的。

我执笔写这篇短文之日,事凡涉及大寨,皆属大忌,因之只得用此曲笔,一呼冤屈。当时,跃先同志亲属要求平反而不可得,忽听传说,《文汇报》上发表了这篇《后记》,竟感极而泣,到处寻找作者(我们不认识)。我其实是胆小的,并没有说出真相,虽然这样已经是冒了风险。

[附]

冬 日 红 花
——纪念尹灵芝烈士就义三十二周年

一

长诗《尹灵芝》出版以后,不少读者来信,要求对尹灵芝烈士的生平、她的家族成员的有关情况、她所处的时代,以及山西省寿阳县一带的自然环境,作较详尽的介绍,以帮助他们更好地了解烈士,向烈士学习。

我很乐意来做这件工作,但未必能满足大家的要求。我希望,我在下面将要写到的事实,能在沟通从1947年到2000年之间的思想渠道的巨大工程中,起到一锹一镐的作用。

二

当《尹灵芝》这部诗体传记在去年7月号的《人民文学》上部分发表时,我写的题引中有这么一段话:"玉是山的精英。珠是水的精英。灵芝是草木的精英。万千革命烈士是中华民族的精英。"

是的,尹灵芝烈士,就是这万千中的一员。

1947年10月24日,尹灵芝同志仰卧在敌人的铡刀之下,奉献了自己的青春和生命。她的赴死,正是为了催生——社会主义的中华人民共和国,当时正胎动于历史的母腹之中。

谁说冬日不再开花？这红艳艳的一簇，偏在漫天翻滚的冻云之下怒放！——灭绝人性的蒋介石、阎锡山匪帮，竟将她三刀铡为四截！1966年，当烈士家乡的人民为她修建陵园时，检视遗骨，那罪恶的刀痕犹清晰可辨！

它告诫我们：干革命，一定要付出牺牲。过去是这样，今后仍将不免是这样。

三

寿阳县，坐落于太行山顶，石太铁路（那时候叫正太路）从一连几十条隧道中横贯而过。坐过这一段火车的人，大抵都听过一句风土话儿。热获鹿，冷寿阳。寿阳的确冷，全年无霜期不过百十来天，高寒地区只好种莜麦，仿佛出了雁门关一般。火车从石家庄往西一路爬坡，等到过了寿阳，很快就又下到汾河河谷了。它的地势造化不利，像一张瓢，而且恰好迎着西北风开了个豁口，寒潮袭来，兜着圈子不愿走。

自然条件是天生的，社会条件却是人为的。旧中国，天下老鸹一般黑，老财喝血，官府杀人，不用提叙了。

1931年3月10日（农历二月十二），夜幕四合，星月俱隐，黑压压不露半点天光，似乎一切生命都窒息了。就在这时，在仅有二十户人家的赵家垴，从一孔破窑中冲出来一声嘹亮的婴啼：灵芝落地了。

当时，谁能料到，这个小闺女是向黑暗挑战来的。

此刻，她还不会走路，不能挑担，那些将要领她学步，教她磨炼双肩的人们还在南方战斗。"雾满龙冈千嶂暗，齐声唤，前头捉了张辉瓒。"第一次反"围剿"刚刚胜利结束，歼敌一个半师。这，也许就是庆贺灵芝出生的喜报。

她的父亲尹尔恭，既是铁匠，又是长工。在那时候，穷汉岂能逃脱被践踏至死的命运？试看：隆冬寒夜，朔风凛冽，村街的某一个角落，有一盘烘炉闪着火光,赤着脊背的尹尔恭正在锻打犁锄,修配农具,他的有节奏的锤击报导着春的消息;而一旦淡紫色的烟雾和金红色的钢花消失,他便须跟随负轭的老牛,将不属于自己的汗珠搅拌着不属于自己的种子,撒落在不属于自己的土地上。为了养家糊口,他因季节不同而流浪四方,给野雀坡地主高富保扛过活,去黄甲坡当过长工,在太原打过铁,下河北弹过棉花,但始终不曾为妻儿挣得温饱。

她妈妈姓杜,小名凤妮子叫到老,是一个善良而忧郁的劳动妇女。由于善良,她胆小;由于忧郁,她急躁。1934年,她忍痛割舍自己的婴儿,去太原依仁巷十四号为一家大户奶娃娃。过了一年,染上了当时被视为绝症的肺结核,乳汁枯了,东家打发她回了家。地主罗立志的孙子却跑来欺侮这个爱发急而又言短的病人,砸了她的锅;老财不但不赔,反而打上门来,她咽不下这口气,从此卧床不起。这当儿,刁毒的富农女子、二伯子尹尔贵的老婆黄银蝉(外号"野卖药子"——江湖骗子)又唱开了隔壁戏,成天打鸡骂狗折磨她。拖了几年,灵芝眼睁睁看着妈妈含恨死去;住在界石村的姥娘把自己准备后事用的柳木棺材让给了早死的女儿。

尹尔恭和杜凤妮这一对同命鸟,有着过多的几乎是与生俱来的穷苦、灾难和忧愁,唯独迟迟没有觉悟。

觉悟需要党的教育,这对谁都一样。

灵芝的下手,有一个妹妹灵变。在山西,如果你去农村走走,你将会惊讶地发现:如今已属老年或中年的妇女们中间,许多人的名字往往带一个"变"字。为什么要"变"?有人说,它反映了重男轻女观念。其实,这是只知其一不知其二。变,是千百万穷苦农民的心声,他们要求世道变!不变,就只好盼望:能更多地拥有男劳力,去从事那沉重的苦役,充填老财们无底的欲壑,同时维持自身最卑微的生存。

灵变后面,还跟着两个小弟弟,但不久又相继离开了人世。大的叫虎义,因为饥饿,满炕爬着寻食,滚下了锅台,活活被开水烫死了。另一个叫明义,妈妈死时才四岁;这个孩子死得更惨——杜凤妮病故后的四年间,相继发生了尹尔恭遭枪杀,灵芝被刀铡,灵变叫黄银蝉卖掉这样一连串可怕的变故,八岁的孤儿落入了二大娘的魔掌。高原九月百草凋,小明义却必须保证一头牛的饲草。一天,他割不够数,黄银蝉全家老小将他按到地上痛打一顿;孩子又饥又乏又惊又伤,趴下去再也起不来了。人们议论纷纷,叫快快吃"夺药"(强心剂),可是,有谁给小明义买药呢?特别令人发指的是:许多年过去了,获得了自由的灵变决心为这个不幸夭折的弟弟另起新坟,可是刨开洞穴一看,衣无一件,席无一领,小小的遗骸上反而镇着一块大得骇人的石头!

为什么要说这些呢!

这是前世罪孽么?这是命运捉弄么?不是!

这是兄弟反目么?这是妯娌不和么?不是!

这是阶级与阶级的搏斗啊,是阶级对立通过生活之镜的曲折反射啊!

而斗争并不到此为止。它早已超出了伦理悲剧的舞台,它远比这广泛得多,深刻得多;它要在政治的、经济的、意识形态的领域,反复兴起错综复杂、惊心动魄的风云!

请看——

四

整个的30年代与40年代,都处于方生未死之间。

一方面是庄严的理想,英勇的抗争和崇高的自我牺牲,一方面是荒淫的沉沦,残酷的镇压和卑劣的叛卖……半封建半殖民地的腐朽结构瓦解了,各种社会政治力量在大混乱中重新组合,漩涡在前,容不得半点的犹疑观望。事变迅速地把成千上万普通人推向历史的前沿,经历了严酷的锻炼,他们之中的一些人便成了革命的当代英雄。地无一垄的尹尔恭是其中的一个,尹尔恭的女儿尹灵芝是其中的又一个。

严格地说来，八路军开辟盂(县)寿(阳)地区的可歌可泣的斗争历程始于1941年。寿阳有一半在石太铁路以北和北同蒲铁路以东，属于晋察冀边区。八路军是从五台山方向来的；这个方向应了当时在群众中还十分流行的迷信观念；五台山是神圣的，那里有救苦救难的菩萨。五台山往南是盂县，盂县往南是寿阳，走路不过六七天。第一批武工队人数不多，为首的叫石明贤，1942年叫敌人杀害了，人头挂在了县城东门之上。接着，冀行又来接替他。出现在这部长诗中的朱贤，该算是三茬了。这就叫前赴后继。1943年，革命终于站稳了脚跟。

八路军代表着伟大的中国共产党，代表着磁铁一般的马列主义真理。一切具有钢铁本性的人们都被牢牢地吸引在它周围，而所有的枯枝败叶，则为革命的狂飙席卷而去。尹灵芝的人数可观的家族从此分道扬镳了。

先说灵芝的大伯父尹尔温。尹尔温凭借着坏蛋儿子尹政和汉奸、日本浪人厮混，大搞投机倒把；小至针头线脑，大至枪支弹药，转手渔利，几年间积攒下不少家私，爬上了富农的阶梯。他本人因此得了个诨名：老榆皮，全村穷人对之无不切齿痛恨。尹政早年给日本侵略者当译电员，便衣密探是他的座上常客，后来，他又秘密参加了国民党。1947年，治安员罗代英叛变，受到了应有的制裁，同时，尹政通敌也劣迹败露，我方将其拘捕。只因看守人值班时打瞌睡，他得以逃跑下山。这个家伙见了敌人，头一句话就说："我有重要情报！"敌人果然对他优礼有嘉，于是，他向敌人提供了我十区和大乐山一带全部人员、实力和布防情况，提供了敌人十分感兴趣的有关尹灵芝工作活动的规律和细节，然后不无夸耀地说："真悬！差一点就叫八路从背后对上象了。"（指枪毙）这首尾两句话，确也活脱脱勾勒出一副反革命加无赖的丑恶嘴脸。在敌人策划杀害尹灵芝的阴谋的关键时刻，尹政实际上起了催化剂的作用。而灵芝在龙头洼被捕后，第一个用绳索捆绑，将她押往南垴的不是别人，正是这个所谓的哥哥。作为主犯之一，他的罪责，直到70年代才受到彻查，判处死缓二年。

二伯父尹尔贵又如何？和尹尔温相比较，真是各有千秋。前边介绍过他老婆黄银蝉的种种"德行"，这里需要补充的是，他本人也一心想走老泰山——平定县保安庄富农黄正贵的发家致富道路。怨不得远近乡里送给他一个雅号：软男盗。软男盗者，硬女娼之对称物也，可谓夫妻相得益彰。那时候，这两口子的"最低纲领"是独占整个家业：一座院。尹尔温已另住，其余三个兄弟当中，一人早死，一人在外，这两份已归并于他们名下，只待剪灭尹灵芝一家，就能一统天下。受到这种欲望的驱使，他们对灵芝姐妹三个的苦难一直抱着幸灾乐祸的态度。这种表演的最高峰当推匪军合围搜捕之日；正是黄银蝉密报尹政"死妮子在龙头洼哩"，暴露了灵芝的去向。新中国成立后，她捣鬼心虚，别人问起她当时在哪里，她竟编出来几套不同的遁词，其实，她留在家里款待敌人，哪儿也没去。藏头露尾，欲盖弥彰，终于混不下去，拉上老鬼双双畏罪跳崖了。以损人开始，以害己告终，生活的辩证法就是如此。

还有一门名叫尹盛宾的本家亲戚，论辈分，灵芝得管他叫爷爷。尹盛宾的外甥李克源，是阎匪"军事队"的一名特务头目。1946年11月7日，这甥舅二人设下圈套，诱捕灵芝的父亲——共产党员、农会主任尹尔恭，和另一名共产党员、村长赵四，致使二人惨遭杀害。这是赵家垴发生的第一起反革命血案。李克源于新中国成立后隐名埋姓，潜入阳泉煤矿。在群众检举了他的累累血债后，被镇压。但是，尹盛宾却依靠这个特务分子的帮助，长期隐瞒了自己的罪恶，直到前几年才归案法办；判交本村群众监督劳动，旋即病死。必须指出的是：不能把这件事看作舅舅出于感情的因素，与外甥"配合"，造成了共同作案的客观事实；不是的，决定的因素仍然是经济利益。在赵家垴，除了罗立志、尹尔温两家以外，就数尹盛宾的日子富裕了。他对新的社会秩序怀有一种本能的憎恶和恐惧。

至于地主罗立志，更历来是尹尔恭、尹灵芝父女的死对头，是贫雇农的死对头，是革命的死对头。这个吸血鬼是绝户头，过继了本家侄儿罗世仁当儿子，这才有了罗振兴这么个孙儿。罗振兴，又名罗栓住，在阎匪区公所当了多年的文书,是个头顶生疮、脚底流脓坏透了的东西。尽管他脉管里流的并非是罗立志的血,倒真得了乃祖的嫡传。在尹尔恭血案中,他搭了一股(事先假装瞧病,骑上毛驴去枣林匪据点通报联络),在尹灵芝血案中,他又搭了一股(事先潜入赵家垴,策动内应)。正是在他的指使下,罗立志拒绝撤出村外,当了坐探。人民革命胜利了,这一对祖孙相继自己结束了自己的肮脏生命。

地主阶级是一张网,在当时的历史条件下,它的一部分(主要是它的某些坚持反动立场的子弟)直接拿上枪杆子打我们,它的另一部分则留在解放区兴妖作怪。现在,让我们来揭开这张网的一角——仅仅是覆盖着小小赵家垴的一角吧。

赵家垴、野雀坡、李家沟同属一个行政村。它们像支锅的三脚石,彼此几乎是同等距离:不满二里。野雀坡有户恶霸地主高富保,弟兄四个,人称豺狼虎豹,祸害之烈,可想而知。尹尔恭率领群众清算过他,他怀恨在心。逮捕尹尔恭时,他第一个跳将出来反攻倒算。作恶多端的杜寿增就是他们的乘龙快婿。杜寿增一度担任过我方的粮秣员,投敌叛变后,去太原受过所谓洪炉训,当了特务。这家伙平日"杀"字不离嘴,众匪徒都忌怕三分。有一次,蒋阎匪军突袭赵家垴,干部和群众转移一空,只有村政府的牌子还挂在那儿。杜寿增看见了,便赶上去摘了下来,用脚蹬烂不算,还下辛苦一片一片捏起来,抱上走一大截路,一直送到野雀坡,投进了他外父高富保的厕所。仅此一例,足以说明这个反革命分子是怎样的死心塌地,一至疯狂!1970年,他和尹政一道,被判死缓二年。

再说李家沟有一户女老财,养了个儿子叫李凤翥,抗日时期混入我敌工部门,是个阶级异己分子。他替日本人跑火车,贩料子(毒品),拉扯着许多乌七八糟的社会关系。抗战结束,内战开始,他立即为阎匪策划了一次偷袭,使我方蒙受重大损失,他本人也在混乱中跟上敌人跑了。这是太平沟一带第一个公开投敌分子。敌人也就让他当头羊,陆续拉出来一帮二流子,给他颁了一张伪复仇大队长的委任状。李凤翥给原十区人民带来的灾难是擢发难数的。新中国成立初期,他逃往内蒙古,在拒捕格斗中,被当场击毙。

李凤翥还有个反动富农叔叔李殿喜,也称得上李家沟的一只坐地虎。同时他又是李凤翥母亲的"伙计"(姘夫),明铺夜盖,尽人皆知。而李凤翥本人娶的女人正好又是杜寿增的妹妹,就这样,统治阶级共同的经济利益促使他们结成了一张网,随后更用正式的和非正式的婚媾关系来加固这张网上的每一根政治纽带和每一个宗法结扣,不待说,无论是结这张网到加固这张网,其用心都在于束缚农民,不得造反。

当然不可以漏掉了王维俊。王维俊,下解愁人,原先是我方的一个完小教员,从生活上的腐化堕落发展到政治上的卖身求荣。此人文化不高,也说不上办事干练,但他有个特长,十足的虐待狂和嗜血狂。因此,他靠屠杀革命者起家,四年工夫爬上了复仇四支队副支队长(副团长)的宝座。

人所共知,封建军阀阎锡山统治下的山西,是国中之国。它不但以闭关自守的窄轨铁路和敲骨吸髓的"兵农合一"别树一帜,还以其特殊野蛮、特殊残酷、特殊繁多的刑律而闻名于世。举一个例,"刨根":这就是先把受害者捆得牢牢的,再用镢头从脚下一点一点刨上去,最后置人死命。结合着他们的无耻和愚蠢,他们有时甚至割取男子的阳具入药,叫作"以肾补肾"。

王维俊就是这样一个恐怖世界中应运而生的职业刽子手。他的双手沾满了寿阳人民的鲜血。但是,他的疯狂并不能掩盖他的虚弱,太原围城时,他开始悄悄向我方靠拢;在攻克阎锡山巢穴的最后一役中,有过一定的赎罪表现。然而,他的历史毕竟是他自己写的。我们也无权遗忘尹灵芝烈士和这个魔鬼之间十五昼夜的殊死较量!

横立在十六岁的灵芝面前的,正是这样一群两条腿的狼与狈及其背后的整个反动国家机器。铡刀,不过是它的总形象而已。

这,需要多么巨大的勇气!

五

勇气从何而来？

灵芝家穷。三岁那年，双亲都背井离乡去了太原。灵变寄在了界石姥娘家。灵芝怎么办呢？尹尔恭和杜凤妮合计了许久，决定将她给了没有孩子的二姨杜二凤。杜二凤嫁在太平，也是家徒四壁，像叫大水冲过一般，吃喝全指着两只手。杜二凤是个乐观豪爽、颇有丈夫气概的女子，和姐姐的忧郁多思正好反着个儿。八路军来了，她的家很快就成了男女干部们的接待站和伤员病号的疗养所。她听着革命的道理，学着为革命办事，后来还参加过共产党。这时，这个平素不大轻易流露感情的杜二凤红了眼圈，她对姐夫姐姐说："可不敢！还是叫我姨姨吧，你们甚时候想这闺女，俺甚时候抱回来。"说罢，买了两个核桃引上走了。打这以后，灵芝跟随二姨长到七岁，才回到赵家垴。二姨亲她，她也亲二姨，往后一年也短不了两头住半年。

她父亲是赵家垴的第一个共产党员。这是再自然不过的事。党组织一定会选中尹尔恭的，尹尔恭也一定会投入党的怀抱。尹尔恭觉悟了，而一旦有了觉悟，他就不再是那个满腹冤仇却不知道该走哪条路的铁匠和长工了。如同一块长时间埋在灰堆中冒烟的木料，突然好风吹来，着了明火，越烧越旺了。他行动果断而又稳重，不再唉声叹气，他忙了打日本，又忙着打蒋介石、阎锡山，他根本不顾家，也不顾死活，他对孩子们只剩下抱歉的一笑。灵芝惊讶于这种种变化，观察着，猜测着，思索着，小小的年纪明白了大大的真理：共产党，这是一种神奇的力量，不但能改变父亲，而且能改变中国。

八路军干部当中，跟灵芝最惯熟，也直接给了灵芝以深刻影响的人是朱贤。朱贤在他自己的生活道路上，尽管后来也曾有过这样那样的曲折，但仍然是个好同志。他当时担任十区的区委书记，人们却按照部队上的习惯，管他叫政委，灵芝则干脆称他老朱叔。是他向这颗幼小的心灵灌输了自觉的阶级意识,共产主义理想和党的观念。他教灵芝唱激越悲壮的《歌唱二小放牛郎》,给灵芝讲红军、长征、井冈山和延安,用孩子能够理解的语言"翻译"了毛主席关于人民创造历史、武装斗争是中国革命的唯一道路等一系列深奥的基本思想。灵芝热爱共产党、八路军,热爱劳苦大众,热爱手榴弹和武装带,对解放事业抱有必胜的信念,全是在这时候扎下的根。寿阳和赵家垴的数度易手,父亲和赵四叔的就义,无数她护理过的战士重返前线和光荣牺牲,又进一步锤炼了这种热爱的感情和必胜的信念。也由于这感情和信念,她和革命的关系是那样自然,那样融为一体。老朱叔病了,她替他保管丸药,到时候就提醒他吃药,或者亲自送去,不论路途远近,灵芝总是这样无微不至地关心着革命同志。

有的乡亲说,灵芝是在她父亲牺牲的那天一下子长成了大人的。这话是有道理的。它强调了灵芝在这一天经历的思想飞跃。不过,对于灵芝,人们毕竟是很难用通常的标准来划分少年时代和青年时代的。她是革命的早熟儿。她做了儿童团应该做的一切,也做了妇救会和民兵队应该做的一切,最后,她还做了共产党应该做的一切。她十二岁任儿童团的副团长,十三岁任正团长,十四岁任妇救会副主任,十五岁任妇联主任,无论她十二岁、十三岁、十四岁或十五岁,干什么事都像成人一样认真,同时又像闺女家一样腼腆,此外还像小娃娃一样单纯。

讲几个小故事:有一次,她在哨岗上截住了一个陌生人,像农民又不完全像农民,这引起了她的警惕,于是,她自己盘问了不算,又送去村政府盘问。第二天一了解,原来是上级派来主持抗日小学的张明光老师。她早就盼望着学文化了,立刻欢天喜地地跑到老师的住处,可见了面又一言不发,只是**憨厚**地笑着,仿佛在说:第一,我欢迎你,第二,我没有错。张老师竟也因此特别疼爱这个柔中有刚、不卑不亢的学生。

又有一次,村里的军鞋任务差两双完不成。她知道了,二话不说,抱来了她给爹做下的两双新鞋补足了数。人家问她:"你又没少交了。"她说:"可咱赵家垴少交了呀!"人家又问:"也不问过你爹?"她说:"不用问,算上俺爹的赞成票!"人家再问:"你爹费鞋哩,你就不怕他没鞋穿?"她笑了笑说:"你就不怕小看了俺?"简单朴实几句话,深深地印在没有交鞋的妇女们心上:羞愧变成了力量。

还有一次,解放军四十二团进行诉苦教育,师文工队来太平演出歌剧《白毛女》,当舞台上的喜儿重新回到了自己的阶级兄弟姐妹中间时,灵芝完完全全变成了另一个人,她跳到一块大石头上,用悲愤的哭声振臂高呼:"打倒阎匪帮!将革命进行到底!"显然,她不认为这是演戏,这是血泪交迸的生活;她也不认为自己是观众,生活中是没有观众的。

斗争越来越激烈,环境也越来越险恶。但是,坚持就是胜利。当她看见赵四婶子杜代小(原任妇救会正主任)每天在家只是搂住孩子啼哭时,便跑去劝说:"哭不顶事!怕也不中用!你死了男人,我死了父亲,他们死得刚,咱们也该活得有骨气呀!"杜代小听着听着,不由得擦干眼泪,望着这像自家亲闺女似的灵芝,又是惭愧,又是心疼,又是敬重,终于一甩头发站起来,继续战斗了。

1947年来到了。新年新岁,战场上的形势发生了新的根本变化:国民党反动派的总兵力已由四百三十万人减少为三百七十万人;解放军却由一百二十万人增加到二百万人。敌人由全面进攻被迫改为重点进攻,不久,重点进攻也没有了后劲;解放军则结束了战略防御阶段,进入了战略进攻阶段。革命的胜利已如同破晓时分的太阳,就是隔着山也能切切实实地感觉到了。正是这一年的4月8日至5月8日,我军举行了著名的正太战役,连克正定、栾城、井陉、娘子关、盂县、平定、阳泉、寿阳,歼敌三万五千人,十区的干部又回到了赵家垴。灵芝一头栽进老朱叔的怀里,喊道:"我要报仇!"朱政委抚摸着她瘦削的双肩应道:"对!要报仇!要为全中国人民报仇!"灵芝是以她自己的方式记住这句话的——把它溶化在血液之中。

一个月后,也就是6月10日,年仅十六岁的尹灵芝经当时的盂寿县县委组织部副部长张贵宏同志审批，被破格吸收为中国共产党党员。接着，她便参加了区委在太平举办的"反奸清算训练班"。她如饥似渴地学习了毛主席的《怎样分析农村阶级》，学习了有关的政策，学习了兄弟解放区的典型经验，觉得心里更亮堂了。训练班一结束，她立刻赶回村来召开群众大会，贯彻上级指示精神，整顿阶级队伍。她率领着全体贫雇农转战野雀坡、李家沟和赵家垴，反恶霸，斗汉奸，闹清算，刨浮财，真是连战皆捷，所向披靡！她毅然宣布："斗争尹尔温！"尹尔温说："灵芝，可怜可怜你大爹吧！"她立即喝道："你可怜过哪个穷人？"她叫地主罗立志穿上"红山梭"（庙里泥胎穿的衣服），交代怎么装神弄鬼破坏清算的罪行；她提议在泰山庙开会公审并且枪决汉奸恶霸高富保……尹灵芝的威望是如此之高，以至于四村八社有了困难都争相请她"发兵"支援；她的赫赫英名，简直叫敌人坐卧不宁！

1947年10月9日，气急败坏的敌人调令盘踞宗艾一带的伪四十九师一团二营，以一个整营的兵力，配合伪太平乡的复仇队，连同伪乡长、匪奋斗组组长，倾巢出犯，共计四百余人，包围了小小的赵家垴，指名搜捕尹灵芝。这个阴谋酝酿之长久，部署之周密，兵力之庞大，目的之明确，无一不说明我们的英雄在敌人心目中占有多么大的分量！

灵芝被囚禁在宗艾。宗艾是个大镇。驻有伪四十九师师部、伪复仇四支队支队部、伪流亡县政府和许多个乡的流亡乡政府，戒备森严。一到宗艾，灵芝就作好了必死的准备。敌人的疯狂像镜子一样反映了战士的忠贞。十五天后，他们只能乞灵于屠刀了。看看我们的尹灵芝同志，我们党的掌上明珠吧，烙铁已经使她一只眼睛失明，老虎凳已经使她一条腿骨折，但她竟以超人的力量，坚持着走过长街，步入刑场，巍然屹立！她的慷慨、从容和壮烈，真足以惊天地而泣鬼神！

"短暂而光辉的十六年，胜似万岁千秋！"

这是我为《人民文学》写的题引中的结束语。

尹灵芝烈士是永生的。

1949年蒋家王朝覆灭的前夜,她就是江竹筠烈士;在解放初期清匪反霸的战斗中,她就是丁佑君烈士;在社会主义建设的艰苦创业期,她就是向秀丽烈士;而当我们亲爱的祖国再一次陷入了黑暗,林彪、"四人帮"制造现代迷信,实行反革命复辟的岁月,她就是张志新烈士!

　　当然,我们不能不痛苦地指出:尹灵芝烈士离开我们的时候,还可以高喊一声:"死也要打倒二战区!"张志新烈士却不能,用某种被迫经过了"歌德"牌过滤器"消毒"的语言来说,就是"剥夺了她的发言权";再者,尹灵芝烈士遇害之后,宗艾镇的一位放羊老汉还有可能去冒险收尸,终于保存下来了几段忠骨,而张志新烈士什么也不许留下,秘密处死,秘密毁灭,瞒着天,瞒着地,瞒着人民……比起阎锡山来,"四人帮"着实"进步"多了。

　　我们不愿意尹灵芝同志死去,同样,我们也不愿张志新同志死去。但,在白色的、黑色的、伪装成红色的吃人恶魔面前,善良的愿望是软弱无力的;只有我们确实都准备好了舍生赴义,我们才能和历史一道成为最后的胜利者。

　　我以为,这就是尹灵芝精神对我们,对今天的读者的启示。

1978年初稿北京
1979年改定合肥

[附]

《冬日红花》附图：

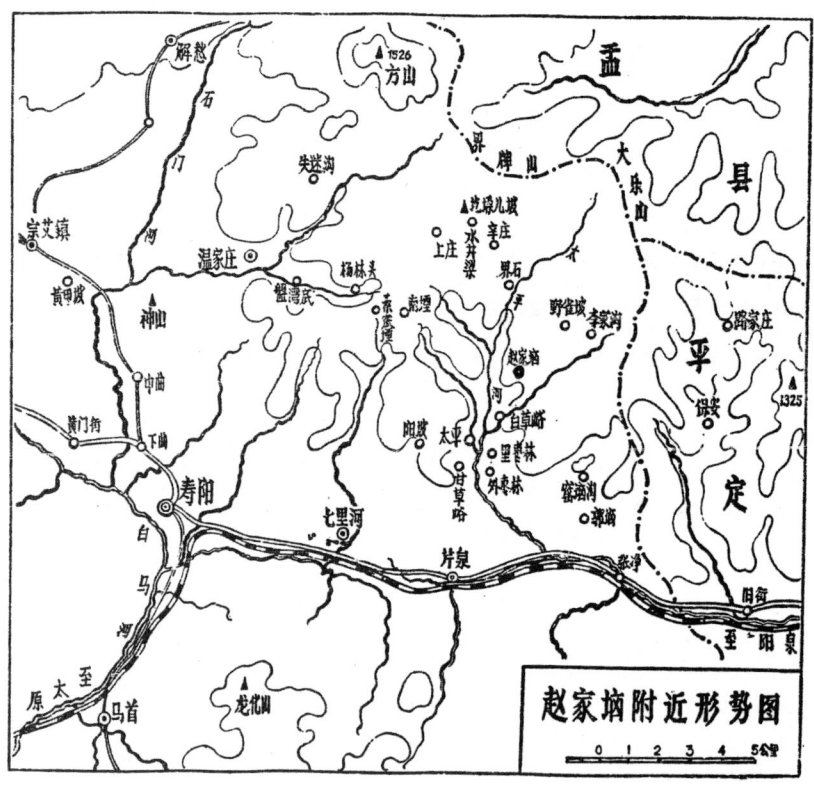

民 歌 小 议

为了促使人们重视民歌，进一步推动民歌的发展，《山西群众文艺》一次选刊了创作民歌一百首，这是一个创举，我相信，它将会得到所有在诗歌领域中有所思考有所探索的作者和读者的支持。编辑部嘱我发表一点意见，我得到了这么一个学习机会，当然是先读为快，这篇短文，就权当我的一份学习笔记吧。

坚决贯彻党的十一大决议，全力以赴完成新时期的总任务，这是今日中国最大的政治，也是我们诗歌创作的灵魂。我们的思想感情如果游离了这项任务，写出来的东西必然是徒具躯壳。何况诗歌运动本身还有一个重大课题，这就是：必须坚定不移地继承五四以来的新诗传统，通过广泛的试验和长期的实践，从古典诗词，也从民歌中吸取养料，同时不断借鉴外国诗歌的成功经验，发展成为具有现代中国气派的新诗。

自古以来，中国就是民歌的海洋；而在丰富的文学遗产中，古典诗歌又放射着特殊的光华。这两种历史现象并存数千年，绝非偶然。可以说，任何一个真正为人民所喜爱的诗人，没有不啜饮民歌的乳汁的。这应该被认为是一条规律。而我们有幸生在无产阶级专政的新社会，能凭借辩证唯物主义和历史唯物主义这一科学的世界观与方法论去研究民歌，学习民歌，推陈出新，促进诗歌总体的繁荣，这是优胜于古人的条件，理应作出优胜于古人的成绩。

毋庸讳言，这一百首创作民歌，水平不一，但其中确不乏佳构；我以为，它们的强烈的思想艺术力量一定能感染读者，引起共鸣。

我们都经历过1976年那些大悲大喜的日子，亲身承受过这极不平凡的一年在中国历史上的分量,因而当我们读到《两张日历两部书》的时候,就不能不唤起记忆犹新的第二次解放的欢乐。这首民歌以其春联式的有对仗而不雕琢的朴实文字表达了八亿人民的深沉感情。概括如此巨大的主题,仅仅用了四行三十个字。怎样使小小容器具有大大容量?这应该对我们有所启示。

万恶的"四人帮"覆灭了。毛主席、周总理、朱总司令等老一辈开创的革命事业已由新的党中央出色地继承下来,并正在不断推向新的高峰;万众欢呼我们伟大、光荣、正确的党。于是,言简意赅的《咱跟党走》和声情并茂的《俺的家》,就理所当然地感动着我们,一如发自我们的内心。

当前,全国都在大张旗鼓地宣传、落实两个中央文件,学习湘乡经验,整顿干部作风,《大槐树上吊口钟》《党的政策兑了现》等篇从不同的角度,对此作了迅速而准确的反映,痛快淋漓地抒发了人民公社广大社员欢天喜地的情绪,描写了为政策所调动起来的社会主义积极性一如春潮,势不可遏,也触发了我们的思考:应该珍惜它,引导它,而绝不可再去挫伤它。《咱们的好干部》又与前者不同,它以通俗、明快、生动、泼辣的语言,为读者揭示了人民心目中好的基层干部的标准;既是赞扬,也是鞭策,既是希望,也是警戒,充满了社会主义国家的主人翁的气魄与感情,体现了党群鱼水关系这一光荣传统的无限生命力。《糖衣炮弹打不透》则教育我们:只要心不脱离群众,身不脱离劳动,资产阶级的糖弹就一定"打不透"革命者,而它的艺术表现方式却纯粹是农民式的,流露着庄户人的机智和幽默,读了它,简直就像在社员大会上听了一遍真诚而大胆的发言,使你能在微笑中领悟到深刻的革命道理。与以上各篇相对照的,还有《就怕听你来开会》这样的新品种,它继承了我国固有的讽谏诗的优秀传统,同时又打下了新时代劳动者的新的思想觉悟的烙印:拥护什么,反对什么,旗帜鲜明;唯其尖锐辛辣,一针见血,它必将同样受到群众的欢迎。

在向四个现代化进军的征途上,人民自己拿起笔来,直抒自己真正的而不是虚假的壮志豪情,放歌自己真实的而不是捏造的丰功伟绩,产生了许多好诗。收在这一百首中的作品,有相当数量都闪耀着新的光彩。而富有哲理意味的《知识源于积》,宛如铭文箴言,令人过目不忘。《前面还有"腊子口"》则巧妙地把新长征和当年的红军长征联系起来,号召我们继续奋进,夺取更大胜利,称得上一张有鼓动力的诗传单。至于儿歌体的《青蛙搬家住云头》和灯谜体的《丰》,也都富有情趣,别具一格。

出现了好的和比较好的作品,总是令人高兴的。尽人皆知,十年来,由于林彪特别是"四人帮"的干扰、破坏,我们的果园歉收了。许多"诗"不成其为诗,许多"民歌"也不成其为民歌了。这段时期的有关民歌创作的正反两个方面的经验,还有待人们去认真加以总结。

"文化大革命"一开始,叛徒江青便首先向民歌开刀,以她自己灵魂之肮脏,生活之糜烂,偏要扮成圣母模样,叫嚣民歌"低级""下流""情哥妹子",企图扼杀民歌。后来,"四人帮"又出于其反革命政治的需要,他们改变策略,钻进诗歌内部来使之腐败变质;利用"诗歌"为其篡党夺权的阴谋服务;阶级异己分子姚文元直接插手某些文艺期刊和某些报纸副刊,干了大量的坏事,这已经是人所共知的了。"四人帮"指使那个"诗报告"作者,假借诗歌学习样板戏的名义,贩卖"三突出"的黑货,实质上等于宣判新诗的死刑。不仅如此,在发生了所谓"一个小学生的日记"事件之后,他们像国民党反动派抓未成年的孩子顶替壮丁一样,又把儿歌驱赶上阵,使之在"批党内大儒""评《水浒》""揪死不改悔的走资派"等等一场接一场的反革命进攻中替他们充当炮灰。接下来更精心策划了一个声势煊赫的歪曲鲁迅、神化鲁迅的舆论攻势。我们知道,鲁迅明明说的是:"我以为内容且不说,新诗先要有节调、押大致相近的韵,给大家容易记,又顺口,又唱得出来。"作为这段诗论的前提的第一句,就点明了"内容"问题,原话本来就包含着"内容的重要性固不待说,不言自明"的意思,这是任何一个稍有语文常识的人都明白的。但"四人帮"豢养的惯于偷梁换柱的论客们却装作不懂,或者装作没有看见,硬是撇开诗的灵魂——政治倾向、思想感情不谈,大做其形式至上的文章,居然还把鲁迅这一辩证统一的论点"归纳"为什么"顺口,有韵,易记,能唱"的所谓八字诀,欺骗了不少不知底蕴的青年。尤其恶毒的是,他们授意炮制了大量的"小靳庄诗歌",公开盗用革命民歌的名义,狂呼乱喊他们自己一时还不便喊出来的种种反动口号,准备"迎接新天朝"。

由于"四人帮"长时期有组织有计划的腐蚀摧残,"恩威并用",我们的民歌的确是外感内伤,中毒很深。事实难道不是这样吗?翻一翻当年的各地报刊,向江青递变相的诗体效忠信者有之,鼓吹"帮中央"种种倒行逆施的"战斗任务"者有之,讴歌反动口号"对着干"者有之,赞赏"四人帮"血腥镇压革命人民者有之,为"四人帮"诬陷、打击邓小平同志呐喊助威者有之,睁眼瞎说,把濒于崩溃边沿的国民经济吹成"形势大好"者有之……无怪乎有的同志曾经叹息:满纸荒唐言,一把辛酸泪;有的同志曾经拍案:颠倒黑白,无耻之尤! 真是:民歌,民歌,多少罪恶假汝之名以行!

当然,写过这一类"作品"的,绝大多数都是受害者,并非帮派中人,他们和"既得利益"沾不上边。对这样的一些上当中毒的同志,我们有责任帮助他们自觉消毒。

为此,我感到,有必要对广大的作者、读者群众(包括那些有糊涂观念的)进行一次再启蒙。我们有《王贵与李香香》《漳河水》《死不着》《白兰花》《回延安》等不少学习民歌大有成绩的好作品,可以作为范本。我们的报刊应当组织诗人或民歌手们写回忆录和心得体会,组织专家们写深入浅出的评论文章,从多方面普及民歌的基础知识,介绍成功的正确的实践经验。

其次,应当在观念上拨乱反正,正本清源,使民歌真正成为名副其实的民歌。众所周知,从《古诗源》到《红旗歌谣》,古往今来的民歌大抵都是佚名作者居多。这说明,民歌确实来自民间。古有"采风"之说,在新的历史条件下,出现过1958年的新民歌运动。对于这次新民歌运动的成就与意义,周扬同志和已故的郭老作了全面的理论性的阐发。尽管由于主观和客观的局限,有一些论点还值得商榷,有若干教训还没有触及。

固然,由于工农兵做了自己命运的主人,又较普遍地掌握了更多的文化科学知识和更强的写作能力,署名的新民歌作品将会占有越来越大的比重;然而,今后是否还有必要进行大规模的征集工作并使之制度化呢?我想,还是有必要的,毕竟同时还存在着散佚于各地墙头,流传于人们口头的大量革命歌谣呵!而与之相反的,相当一部分所谓的民歌,不过是文人创作的赝品。所以,光靠铅字印出来的东西是不一定能算数的。

中央领导同志在多次重要讲话中,都代表党中央号召我们,一定要恢复和发扬党的实事求是的好传统,好作风。我以为,民歌创作中也有一个实事求是的问题。如同一切文艺形式的作品一样,我们的民歌也必须深刻反映人民的意志,人民的要求,人民的情绪,人民的呼声,人民的经验,人民的利益,一句话,反映人心所向,反映历史前进的方向。只要我们坚持不说空话、大话、假话,不写"四人帮"卖力提倡过的强奸民意的"民歌",那么,正如我们血管里流出来的是血一样,我们胸腔中唱出来的必然是为人民所公认的民歌。哪怕一时被封锁,但到头来是封锁不住的,人民会批准的。天安门广场的革命诗歌不就是一个最有力的例证么!

民歌要多样化,现在的创作民歌太单调了。在文艺的百花园中,民歌是一种花;而在民歌这一品种中,这一朵与那一朵,又何尝不可以争奇斗妍?有一种相当普遍的误解,以为民歌就是颂歌,或者只能写成颂歌;还有一种相当普遍的误解,以为凡民歌必四句二十八字,其实,历史的和实际生活中的民歌,四句头、五句头、六句头、八句头、"豆腐干",长短句,什么形式没有?这次《山西群众文艺》选刊的一百首就有助于破除这些误解。还有一部分作者对革命的浪漫主义缺乏全面的、正确的理解,以为它仅仅是夸张,而且这种夸张几乎和吹牛皮没有区别。比如歌唱丰收,你形容一穗玉米要一架大车拉,我更了不起,要用一列火车拉。(这是漫画,而且是平庸的、缺乏真正的想象力的漫画!)这样的所谓夸张恰恰是社会上某些角落里的那股歪风侵袭民歌的曲折反映。它不是艺术的夸张,而是政治的虚夸。我们的作者要抵制这股歪风,至少不要用自己的作品再去助长这股歪风。此外,就是切莫滥用古典,随意堆砌大量典雅深奥的词语,混淆了民歌与七绝的区别,多少年来,我们从民歌中看到的"云水怒""风雷激"之类,正是这种消化不良的佐证。民歌贵在口语入诗。诗化了的(改造了的)口语,正是文学语言的新鲜血液。元好问说"一语天然万古新",的确是至理名言。

去年年底发表的毛主席写给陈毅同志谈诗的信,其中三次强调诗要用形象思维,也提出了民歌问题和发展新体诗歌问题。形象思维是统领一切文学艺术的,也与世界观、方法论有关。没有了形象思维,就意味着文学艺术的灭亡。"四人帮"独霸文坛时期,某些民歌中出现的味同嚼蜡的现象,不正是抛弃了形象思维的恶果吗!要形象思维,就必得用比、兴。前几年,比、兴是犯禁的。有的编辑也不知比、兴为何物,特别是兴。一看见比、兴,就想入非非,甚至无限上纲,最后只好把大部分的比和全部的兴都"枪毙"了事,于是大家平安。这真是民歌的悲剧。

粉碎"四人帮"以后,人民的灾难结束了,民歌的厄运也终止了,百花齐放的真正的春天来了。我们应当尊重艺术规律,运用形象思维,加速创造、发展新民歌和新诗的进程,为实现四个现代化的宏伟目标贡献全部心力。

1978年9月写于山西忻县

关于《白花》与《白花·红花》[①]

××同志：

关于那两首小诗，实在没有多少经验可谈. 只能简单地向你讲一点写作过程。《白花》是在昔阳写的，当时正值总理逝世的噩耗传来，不能自持，才拿起了多年不拿的笔，可谓"黑诗"。其实也不能算是"写"的，而是"默念"的，因为，那些句子都产生在扎纸花的过程中。"写"只不过是事后的追记和推敲。"因中暗箭而失血的勇士"，也仅仅是一种形象，一种痛苦的想象。与粉碎"四人帮"后，揭批他们时经常提到的"三箭齐发"无关，我当时还不知道有这么一个说法。然而，现在我听到有些好心的同志将它们联系在一起了，这是对我的溢美，受之有愧。至于《白花·红花》，草稿至少有一半是写在从原平到北京的火车上。因为临行前一天，我收到《文汇报》的约稿信，嘱我为总理的八十诞辰纪念日写一点东西，待到了北京，第二天却遇上了葛洛同志，他又要我先向《诗刊》交卷，于是续完全篇后立即送去发排了。《白花歌》中第一小节，结束句本来是"呵！横了心！竖了发！"只是自己心有余悸，周围又有同志劝我谨慎，怕棍子、帽子专家们想入非非，把它解释成矛头指向什么什么的，我犹豫许久，终于改成后来印出来的那种一般化的模样。我打算在收入集子的时候，再改回去，恢复原状，不知你的意见如何？请你也帮我选择一下。《红花歌》中错印了一个字，即第三节的结句："呵！总理来，鸣金鼓！""来"误刊为"在"，与第一节的"总理在，天下熟！"重复了。此外《白花歌》第

[①] 这是为一本文科大学教材写的解题。

二节第四行"有琴鸣于匣"！拟将"琴"改为"剑"。这两首合为一首的悼诗，主观地说，也许多少记录了一点千万革命群众心灵上经历的大震荡、大悲哀、大欢乐、大搏斗、大胜利。自 1976 年直到今天，我以为，这都是真正罕见的史诗的年代。我们生而逢辰，真是太幸运了。由于总理而旁及其他许多在过去十年中去世的老战士，老同志，想必都会感到宽慰和欣悦的。当然，还有字里行间没有明写的策励之意：但愿我们永远记取林彪、"四人帮"篡权窃国的深刻教训，把老一辈无产阶级革命家开拓的道路，向着光明的新中国的方向继续伸展下去，从这个意义上着眼，也许"白花"与"红花"正是历史的辩证法吧。

没有经过周密的思索，信手写来，杂乱无章。

公刘

1978 年 10 月山西忻县

诗 与 诚 实

从二十世纪五十年代后期开始,我们的诗就与虚假发生了联系,到了林彪、"四人帮"当道,他们干脆提倡"不说假话办不了大事",于是,流风所及,有的诗,成了押韵说谎的艺术。时至今日,"四人帮"已经粉碎两年多了,虽然也出现了一些好诗,但虚假问题依然没有得到彻底的解决,这不能不引起人们的深思。现在,摆在我们面前的一个无可辩驳的事实是:"四人帮"的流毒诚然是既深又广且烈,万万低估不得,然而,它并不能解释一切。

天安门诗歌的读者以亿万计,新诗的读者又有几何? 实在是对比悬殊! 造成这一状况的原因确乎是多方面的,但最为广大读者反感的,莫过于我们报刊上发表的不少诗作不说真话,或者说,不替老百姓说话。当前,就整体而言,诗和电影一样,正面临着巨大而紧迫的信用危机。

伟大的"四五"运动孕育了伟大的天安门诗歌。这是有史以来从未曾见的革命奇观。后来,事变的进程证明了天安门诗歌乃是一个伟大的历史预言。为什么诗会成为预言? 我想,最根本的还是它反映了我们时代最大的真实。因此,这里本来有一个极其深刻的启示,大可以振聋发聩,给我们的诗创作以强大的冲击。然而奇怪,我们的有些诗却像是包裹着一层厚厚的橡皮,非但推不动,而且弹回来,还在大唱老调子。

应该考虑得更多一点,目光不应该局限于诗。我想,是不是可以这样提出问题:诗的贫困反映了我们思想、精神生活的某种贫困,诗的虚伪反映了我们社会政治生活中的某种虚伪。总结二十年来正反两个方面的经验,现在大多数人都比较倾向于这样一种见解,即:妨碍我们实行政治民主和艺术民主,摧残包括诗歌在内的文艺百花的，主要的是封建意识形态，而不只是资本主义。

那么，以或明或暗的面貌，表露在诗创作（诗歌编辑工作也一样）中的封建意识形态，都是一些什么呢？略加剖析，恐怕是特权主义、门阀等级制度、人身依附观念、恩赐观点、闭关锁国论、小生产方式等等。这些坏东西，在先已见端倪，及至林彪、"四人帮"挟其高级顾问崛起之后，便越发地大见兴盛起来。如果有哪一位作者，居然敢歌颂除特定人物以外的任何一人，纵使这个人同样是人心所向、有口皆碑的伟大的共产党人和人民领袖，也会立即遭到棍棒交加的下场，不是说你"树碑立传"，就是说你"分裂党中央"。在林彪、"四人帮"看来，"朕即国家"，领袖不是一个集团，歌颂的对象超出了一个那就意味着权力的"多元化""多中心论"。他们利用诗歌作为创建权力拜物教、制造现代迷信的工具，实在到了令人发指的地步！大量毫无真情实意的应制诗式的"欢呼诗"，一时泛滥成灾。

在我们的人民国家，过去、现在乃至将来都会有从根本上反对共产党、反对社会主义的反革命分子；但绝大多数人无非是希望我们把工作做得更好一些。他们对工作中的某些缺点、薄弱环节、错误和不正常现象提出批评（也有可能是他们看错了），用意在补天，而绝非变天。我们没有任何理由把极少数的前者和绝大多数的后者绑在一根柱子上示众。令人遗憾的是，过去却往往这么干，这就叫扩大化。这么干的结果之一是，正常意义上的讽喻诗、寓言诗绝迹了，剩下来的是法定的装点门面的所谓揭露帝、修、反的打油体，内容不外咒骂资本家如何往海里倒牛奶，挖苦修正主义分子如何争权夺利等等。

在艺术问题上也同样存在着扩大化。新中国成立以来，我们针对已经出现的不良倾向或者错误主张进行了必要的批评，这是应该充分肯定的。但是，我们又几乎总是每一次都把孩子和洗澡水一块儿倒掉——我们的批评几乎总是要伤害现实主义，甚至把现实主义当作修正主义来批。我很怀疑，某些批评家所申斥的修正主义是不是找错了门牌号数？比方说，呼吁艺术民主算不算修正？长时期以来，究竟是从极左方向来的干扰破坏造成的损失危害大，还是从右的方向来的干扰破坏造成的损失危害大？这些，难道不是早已彰彰在人耳目，不辩自明了的么？然而，辩论如今还在一种似乎是没有对手的奇异状况下进行着。许多同志（包括许多曾经不公正地对待过自己人的同志）都宣布拥护实践是检验真理的唯一标准；但也有人就是死抱住他那个"一贯正确"不放。他们在权所能及的范围内，危言耸听，"忧国忧民"，认为再这样"放"下去就会导致资产阶级自由化，甚焉者更认为现在的文艺竟已是在"为资本主义复辟鸣锣开道"了。他们责难所谓"伤痕文学"，说这就是"暴露文学"。殊不知时至今日，这种扣帽子战术非但已经失灵，而且恰恰"暴露"了他们自己；原来在他们看来，林彪、"四人帮"一类的倒行逆施可以混同于社会主义，"帮"可以混同于党，"左"倾机会主义路线可以混同于马克思主义路线。

这种人的文艺主张的特点之一正是反对现实主义。他们笔下的革命现实主义，说穿了实在是既没有了革命（有的是极左）也没有了现实（有的是粉饰）的主义。另一方面他们又拼命鼓吹浪漫主义（或曰理想主义），简直鼓吹到了吓人的程度；尽管这种牌号的浪漫主义或者理想主义也早已于革命有百害而无一利了。"四人帮"树立的种种"样板"，连同"样板诗"在内，难道不正是这种极左文艺思潮的恶性膨胀吗？我以为，林彪、"四人帮"那一套封建法西斯文艺说教并不是公元一千九百六十六年在中国的一个偶然产物，它是有根由的。试举例言之，古典诗歌研究领域中的"扬李抑杜"说，使得我们不能全面地正确地估价从而批判地继承这一份遗产；对1958年新民歌的全盘肯定，使得我们许多作者混淆了浪漫主义与弄虚作假的界限。不错，任何人都可以有偏爱，但作为学术，作为历史，作为客观存在的事实，那是不宜偏废的。如果大家都以某一个人的偏爱为评文论史的标准，那就不能不是错误的了。再以1958年的新民歌为例。1958年的新民歌是"大跃进"的"儿子"，我想，严格地说是"大跃进"的"早产儿"，同时又是"大跃进"的"遗腹子"。新民歌运动的确有英雄主义的东西,其中最宝贵的就是没有多久就终于被挫伤了的千百万群众的社会主义积极性。那么,它有没有消极的东西呢?依我看,有。最不好的就在于它一味片面强调浪漫主义,而忽略了现实主义;尤其荒谬的是,它把艺术上的浪漫主义变成了政治上的实用主义,走过了头,歌颂了损害人民、党和国家根本利益的许多蠢事,例如"放卫星",高征购,一平二调,"吃饭不要钱",强制劳役、设坛拜帅、扬旗举火之类的所谓大兵团作战,反科学,夜郎自大,以小农经济冒充共产主义,等等。翻一翻那几年的报刊,填满版面的大多数都是这样一些廉价的赞歌。(就是《红旗歌谣》也未能免。)这难道不是事实吗?无可讳言,这是抛弃现实主义的苦果,也是背叛现实主义的惩罚。因此,自然就应该从中引出教训:为了恢复和发扬我们的现实主义传统,特别在目前这个战略大转变时期,更需要着重宣传现实主义,需要强调"但歌民病痛,不识时忌讳"(白居易:《伤唐衢》)。同时,也要澄清过去被搞乱了的概念,正确地解释浪漫主义。

还有,十几年来,利用诗歌篡改党史,恐怕也算得是林彪、"四人帮"的一大发明。因人废言,因人废史,历来是封建中国的传统。林彪、"四人帮"正是一伙精通这个坏传统的行家。他们一方面大搞"全面内战""全面专政",动用"武器的批判"消灭老干部、知识分子和革命群众,一方面拾起"批判的武器""改造"中国的历史和中国共产党的党史。在那些北门学士手中,国史、党史都仿佛成了一团泥巴,可以随心所欲地捏来捏去,于是我们领教了什么朱德的扁担原来属于林彪,江青曾经是鲁迅的亲密战友等等海外奇谈。在"历史应该服从现实需要"的"理论思想"指导之下,一大批所谓歌颂党和领袖的诗篇,便仿着葫芦画瓢"捏"出来了。在这一类诗里,不但没有了绞刑架上英勇就义的伟大先驱李大钊同志,而且连那艘被咏叹了千万遍的南湖之舟,也仿佛上面并无众水手,而只有孤零零的舵手一人;至于庐山,读了那些所谓批判彭德怀同志的诗句,我们只好长叹一声"不识庐山真面目"了!然而,这一切真的是"高举"吗?至于"文化大革命"中形形色色的名曰歌颂党实为丑化党的"诗史",更是颠倒黑白,大兴冤狱。这,不能完全责难作者(特别是业余作者),他们也大都是"左"倾思想的受害者。当然也有内因,内因就是封建正统观念和现代迷信思想在自己头脑里作祟。封建正统观念、现代迷信思想之所以能与"左"倾机会主义奇怪地结合起来,乃是一个复杂的纯粹东方式的历史现象,这里暂且不去探讨也罢。

历史的新时期是以恢复和发扬党的实事求是的传统为标志的。这里一个说的是恢复,一个说的是发扬。那么,我以为,我们倘要真正的社会主义文艺的繁荣,也必须以恢复和发扬革命文艺的现实主义传统为标志。我们不赞成自然主义,不赞成所谓客观地冷静地描写苦难和罪恶;在反人民的苦难和罪恶面前,是不能保持中立的。现实主义就是文学艺术中的实事求是。诗人和作家首先要忠实于人民,忠实于事实,然后才能从事实中引出结论来,指明人的命运的现状和前途,以及改善它的方向。这样的现实主义明明是有批判、有斗争、有理想的现实主义,怎么会变成修正主义了呢?我们的诗歌应该勇敢地承担时代赋予的使命,将诗歌当作炸药包,把横梗在社会主义民主和四个现代化道路上的一切障碍爆破掉。

现在,有的同志提出:不当歌(功颂)德派。我想,"歌德"而成为派,的确是不足取的。但不能因此而一般地笼统地反对歌颂,问题在于歌谁的功,颂谁的德,歌什么功,颂什么德,是不是功,是不是德。这是有标准的,这个标准不是别的,仍然只能是千百万人民群众的社会实践。在诗歌与颂歌中间简单地画上一个等号,这是我们过去相当一部分诗歌的问题症结所在。诗歌包括颂歌,但不等于颂歌。可能又会有人反驳了:你为什么看不见社会主义的本质?当然,社会主义制度是优越的,然而,我们的社会主义制度的某些环节上难道都是完备的吗?而在诗歌创作方面,为什么我们的诗歌引不起广大读者的兴趣?这里面必定是出了什么毛病——我们的认识出了毛病,我们的工作出了毛病。在这个问题上,如果有人再玩弄"四人帮"那一套偷换命题的伎俩,扣帽子,打棍子,诬陷对方,妄图阻止诗歌回到现实主义道路上来,那将是徒劳的。凡是有利于社会主义民主和四个现代化的就要歌颂,反之,就要鞭挞;歌颂我们的光明,鞭挞我们的黑暗。光明是与黑暗相比较而显示自己的存在的。谁不承认我们的生活中有黑暗,谁歌颂的"光明"大概也就只能是虚幻。一切关于有没有黑暗,有多少黑暗,黑暗与光明的比例各占多少的喋喋不休的议论都是没有多少意义的。为什么不睁大双眼看一看我们人民的生活呢?揭露黑暗是为了保卫光明,扩展光明,让人民在他们理应享有的社会主义光明中生活。总之,诗歌既要歌颂光明,也要揭露黑暗,特别是要继续揭露林彪、"四人帮"遗留下来的黑暗(它们恐怕还会遗留相当长的一段时间),不揭露它们,社会主义民主就只是一句空话,四个现代化就"化"不成。

还有一根由来已久的绊索,捆绑着诗歌的手脚,这就是,不允许诗中有"我"。既然要有真情实感,又不允许有"我",这怎么行呢?诗,恐怕是所有文艺样式中最需要鲜明的个性特点的了。诗中要有诗人,这并不是说,凡写上了"我"字的才见了诗人,通篇不写一个"我",字,也照旧有"我"。诗和虚伪不两立。一切的无端激动,装腔作势,甜言蜜语和撒谎造谣,即便每一行都打着无产阶级和贫下中农的旗号,也只能使读者呕吐或者愤怒。《西沙之战》里的革命字眼难道还少么?"四人帮"开动全部宣传机器,把它印在从中央到地方各级报纸的显赫地位,除了换回大量唾沫和鞋印外,又有什么可夸耀的呢?可见,不是因为没有"我"就是无产阶级的,也不是因为有了"我"就是资产阶级的。

我想,抒情诗中固然要有"我",叙事诗中也不能缺少"我"。一个有才华的作者,在他的叙事诗中也许可以塑造一百个不重样的栩栩如生的人物,但实际上仍然是一百零一个,因为诗人始终在场。当然,我们说的"我"必须是一个和人民同呼吸共命运的"我",而同呼吸共命运者,又绝不排斥诗人的独特的感受、思考、表达方式,绝不排斥诗人本人有血有肉有爱有憎的存在。

但有人一见诗中有"我",便不分青红皂白地打棍子,说什么这是"自我扩张","顽强地表现自己",是"资产阶级个人主义","唯我主义",甚至是

"反革命修正主义"。这些呼呼作响的乱棍长期在诗坛飞舞,诗人们无权抗议,甚至来不及抱住自己的头。容忍这些棍子横行不法委实太久了!我自己是多次挨过这种棍子的,而且至今还依稀看见它的影子在晃动。举一个例,我写了一首怀念诗人郭小川同志的诗《哀诗魂》,它是我在重新拿笔写诗以来直接受到读者鼓励最多的一首诗,但同时却也听到了这样一种警告:他在宣扬自己!这是怎么一回事呢?我在什么地方宣扬了自己呢?为什么多数读者的评价与这种不同凡响的警告相差如此之远呢?我是不是又犯了什么罪呢?现在,总算开始有了一点允许申辩的空气了,因此,我要大声地说:没有"我"的诗是没有生命的!古往今来的诗歌都证明了这一点!

关于诗要不要写真实,要不要恢复和发扬现实主义传统,诗人要不要诚实的争论,肯定还会通过各种形式继续进行下去。但是,我相信,任何一个有良心的诗人,都只会在不打引号的真理面前低头,而绝不会在打引号的"真理"即棍子底下屈服。诚实无罪,诚实长寿,诚实即使被迫沉默依然不失为忠贞的诚实,而棍子在得意呼啸中也不过是没有心肝的棍子。诚实必定胜利,因为人民喜欢听真话。

　　作者附志:1978 年 12 月 5 日,我在上海的一个诗歌座谈会上做了一次发言,这篇文章就是根据那次发言整理的。

1979 年 2 月 21 日写于北京

理当为《望星空》恢复名誉
——纪念《望星空》发表二十周年

粉碎草菅人命的"四人帮"已经两年多了,为一系列好的和比较好的作品平反的问题,开始提上日程。广大的读者群众强烈要求为诗人郭小川同志的《望星空》恢复名誉,这是正义的呼声,我举双手拥护。

党的十一届三中全会公报突出地表明了党的实事求是的传统开始得到了应有的恢复和发扬。深受人民爱戴和怀念的彭老总沉冤昭雪,邓小平同志代表党中央在追悼会上致了悼词,给予了耿直刚正的崇高评价。经过二十年的风云变幻,我们大家都能深深感受到这耿直刚正四个大字的分量,彭德怀同志就是当之无愧!历史无情却有情,庐山上的所谓路线斗争,已成为一页陈迹。二十年,多么漫长而又恍若昨日!灿烂星空,浩茫广宇,测量距离的单位只好算作光年;的确,区区二十年又算得了什么?然而,从另一方面讲,人的一生又有几个二十年呢?悠悠七千二百天,包含着几许坎坷与艰辛!现在,有些历史上遗留下来的重大问题,总算逐步被人们正视了,较为看得清楚明白了,因此,当人们回过头去,仔细地翻掘着察看着那些被瓦砾和尘土压迫着和掩埋着的作者和作品的时候,又怎能不惊呼:原来那里并不都是垃圾!

为《望星空》恢复名誉的时机已经成熟。

让我们首先考察一下写作的年代及其历史背景。这首诗,最初发表于《人民文学》1959年11月号。作者在稿末作了详细的注明:1959年4月初稿,1959年8月二次修改,1959年10月改成。这就给读者提供了一个确凿无误的事实:改了三遍,历时半载;对于一首满共不过二百三十九行的抒情诗来说,这个纪录足以证明,作者的态度是严谨的,作品也经过了反复的思考。

当然，主观上的慎重不一定客观上也被认为是慎重，反复思考后也不一定就没有缺陷。但是，这至少不是一时的即兴之作，更不是浮夸与矫情的产儿。

《望星空》的写作与发表，到今年10月也已整整二十个年头。因此，产生这一首被判为"毒草"的好诗的时刻，和在全国范围内掀起"反右倾机会主义斗争"的时刻是相吻合的。是吻合而不是巧合。这个吻合，正是一把钥匙，可以帮助我们驱散人为的烟雾，探索和揭示《望星空》的深厚、丰富而又复杂的内涵。

诗人这样写道：

> 我爱人间，
> 我在人间生长，
> 但比起星空，
> 人间还远不辉煌

果然不同凡响！在中华人民共和国建国十周年大庆的一片"莺歌燕舞"声中，能写下如此警句的诗人，岂仅有识，而且有胆！这不能不触怒当时的某些批评家，于是，批判之声四起，轻者申斥他"灵魂深处""不健康"，是"道家""基督教徒""极端的虚无主义者"，重者宣布他犯了"不能容忍的""政治错误"。另一位诗人也跑出来教训作者，说这首诗严重的问题在于诗中有"我"（据说是"小我"），因而是"自我扩张"，"必然走向个人幻灭"。十年后，成为林彪、"四人帮"麾下叱咤风云的头面人物之一的关锋，更气势汹汹地写道：对这样一首"坏诗"，必须"剥去它的衣裳，暴露它的丑态，以便尽早把它埋葬"。

这样的判决，到底有几分道理呢？

实践是检验真理的唯一标准，这个马克思主义的基本命题已经再一次得到了公认。那么，就让实践来发言吧。

对1959年庐山上的那一场"急风暴雨",历史早已作了回答:彭德怀同志及其莫须有的"反党集团"吃了苦头,中国人民更吃了苦头。在这之前,斗争的扩大化本来就造成了社会上不敢讲真话的恶果,社会主义民主萎缩了,但那毕竟主要是在党外;然而,事情并不到此为止,1959年又进一步扩大到了党内,扩大到了党的领导核心,其结局也就只好是大家都学金人三缄其口。刁恶奸猾之徒如姚文元者,则乘机施展浑身解数,伪装最革命、最忠诚、最可靠的模样,用人民和革命战士的鲜血染红了他们的绶带和冠缨。

从1959年开始,我们的国家进入了一个被称作"三年困难"的时期。是什么东西造成了为时三年之久的"困难"呢?习惯的解释是,第一位是天,第二位是苏联社会帝国主义,第三位才是我们实际工作中的缺点和错误。人们心安理得地背诵着和重复着这些语言。然而,我们的元帅彭德怀同志偏偏不那么心安理得,我们的诗人郭小川同志也偏偏不那么心安理得,因此,如果说彭德怀有"罪",郭小川也大致同属一案。

郭小川同志是热爱生活的、始终与群众息息相通的诗人。他有许多忠诚于革命事业的党内党外的朋友。他总是密切地注视着国内外的风云变化,他总想亲自去参加各条战线上的工农兵的火热斗争,然而,严格地说,他从来也不是一个专业作家。他的双手和双脚经常被大量的行政事务所缠绕,只是他的脑子一直在紧张地思索。作为党员诗人,他具备着正直、单纯、明朗、敏感而又深沉的气质,他憎恨邪恶,有时候,他甚至天真地不相信居然社会主义时期还会有如此种类繁多的问题与邪恶;一旦证实了问题与邪恶的存在,他又会义无反顾地和人民一道冲上前去,而且不愧战士——诗人的光荣称号,英勇搏斗在短兵相接的第一线。

可是,1959年给他带来了极大的痛苦,因为,那一切都是他自参加革命以来所从未体验过的。

我说这样的话,是有根据的。

感谢小川夫人杜惠同志,她给我提供了十分可贵的文字资料,同时,也用她本人的回忆有力地支持了我们的判断和论述。1958年,我们的六亿人民一度被引进了以"人有多大胆,地有多高产"和"吃饭不要钱"为标志的准共产主义社会。九百六十万平方公里土地的上空,弥漫着乐观的歌声、飞扬的尘土和浓烈的汗气,这一切都是真实的,心甘情愿的,这就是我们可爱的人民的可爱的社会主义积极性。可是,不知道是什么地方开始出了毛病(迄今我仍然不完全知道),一些(绝不是一切)事情迅速地向着相反的方向转化了:歌声失去了热情,渐次微茫,许多工地上的尘土落了下来,代之而起的是虚幻的迷雾,汗珠也终于变成了泪珠。城市是乡村的镜子;即使是经常被小心拭擦得比较明净的首都也不例外——食堂里看不见了肉和蛋,偶尔配给一点,也是一人限购一小碟。蔬菜、土豆、粮食渐见匮乏。后来被"四人帮"杀死的剧作家海默同志从基层回到北京,他径直叩开了郭小川的家门,席不暇暖,便激愤地向诗人讲了许多骇人听闻的故事。作家协会在大跃进前一阶段组织下去深入生活和参加劳动的同志也陆续带回来类似的见闻。对于这些,诗人最初的反应是不相信,后来是不敢信,不愿信,听得多了,开始有了疑问,但疑问并不等于动摇;他只是不动声色地听着,默默地思考着。这时,他想下乡去的念头更强烈了,要求也提得更为频繁了,他希望能用自己的眼睛和心直接看一看农村人民公社的社员们。然而,他的愿望未能实现,要求一再遭到拒绝,这件事也加深了他和某些同志间的隔阂,诗人颇有微词。不过,平心而论,包括周扬、荃麟同志在内的一部分文艺界负责人确有难言的苦衷。他们不赞成作品中有过多的粉饰,又害怕作品中有过多的暴露。像小川这样有影响的诗人,一旦接触了当时的真实,万一写出来越轨的东西,那后果将是不堪设想的。不待说,这里面实际上包含着对诗人的一种"保护"。三年以后的大连会议,说明了:文艺界的领导同志们是心里有数的。

诗人在"文化大革命"中,迫于林彪、"四人帮"的淫威,写了许多所谓的"检查材料"。在一份标题为《一九五九年的若干问题》(我的初步检查之十一)的手稿中,我们读到了这样的自述:"1959年上半年,我也听到某些地区出现的问题。在我头脑中逐渐形成了一个印象:在大跃进中政治成果很大,而经济上的'损失'似乎也很大。这种'损失',我知道是不可避免的,也是可以弥补的;但是,因为我的思想认识上有了漏洞,在我试图驳斥某些反动言论时,就缺少必要的武器和论据……"这样的"检查",我们大家几乎都写过,当然纯粹是被迫的。但只要剔除假象,我们就仍然能看见一位坦白而热情的诗人,正高举着他的一颗红心,傲然站立在罗马宗教法庭似的审判席前。

"生活之树常青,而理论则往往是灰色的。"这句话也许在一定的情况下是有意义的。我们信仰马克思主义,我们永远也不愿意遇见这种"一定的情况"。遗憾的是,当生活之树也由于并非它自身的原因而变成了灰色的时候,理论又怎能援救我们?! 1959年正是如此。诗人郭小川是一个严格要求自己的好党员。他在另一份标题为《十七年的情况》的"交代"中这样写道:"大约就在我受批评的前后,机关——指作协机关——里发(生)了一些事情:有的同志回到农村看了一下,对农村生活很感悲观,甚至痛哭流涕地说:'革命这么久,从来没有想到会落得这个样子。'把农村描写得非常困难。我知道这个情况后,立即告诉总支的同志,要他们严重注意这个问题……在这期间和以后的困难时期,我基本上——是稳定的。"这最后一句话当中的"基本上"三个字,是原来行文中所没有,后来才加上去的。这一修改,多少透露了诗人思维活动的一点信息。尽管如此,当诗人了解到这些情况后,他还是向党组织作了汇报,这是正常的,是党员应尽的责任;然而,是不是还有一种诗人的责任呢?我想,应该也是有的。他之写《望星空》,正是这种责任心的明证——他是想用自己的诗来协助党组织做思想工作,宣传"人定胜天"的革命信念。本来,在我们的社会主义社会里,这两种责任,对于党员诗人来说,乃是一致的;只有极其特殊的场合,它们之间才会出现矛盾。很快,小川就面临了这样一种矛盾。从必须特别关心人民群众的疾苦、利益和呼声这个意义上说,每一个诗人(非党诗人也不应自外)都应该像一个真正的共产党员,而也正是从这个意义上,反过来说,每一个真正的共产党员也都是诗人。现在的情况却是：组织纪律性、敌情观念和长期间形成的近乎本能的信念,使郭小川固守着当时脱离了实际的"理论",而生活的力量和正直的品质又执拗地命令他面向现实。怎么办？这就是形成《望星空》的特殊艺术构思的内在的相克相生的两个对立统一的因素。

这期间,郭小川同志写了大量的诗歌、杂文和评论,对准"右倾机会主义"这样一个稻草人射出了成串的子弹,他当然不知道,他这样批评彭德怀同志是一个悲剧性的错误。这里,可以顺便提到一个并非不重要的细节。1961年,本文作者从山西到北京看望小川同志,他在详细询问了有关自1958年以来在下边的所见所闻之后,忽然掏出一个小本子来,叫我抄下当时社会上流传的一首诗："山高路远坑深,大军纵横驰奔。谁能横刀立马,惟我彭大将军。"并且加以解释,"我听说,这是毛主席拍给彭老总的一个诗体电报。"现在回想起来,这件事的确耐人寻味。事实是,小川同志对毛主席和彭老总都怀有深深的敬意。此刻,他的感情是复杂的。

让我们再回到1959年的问题上来。在郭小川看来,作为一个共产党员,怎么可能设想,那些被公开否定了的东西居然会被历史所肯定！无数事实证明,他是诚心诚意这样写和这样说的。问题的关键在于,事实比一切都更其顽强。诗人在自己的创作生涯中第一次表现了信心不足。这就是《望星空》第一章和第二章中反复吟咏过的"迷惘"和"惆怅"之所由来。诗人力求战胜这种"迷惘"和"惆怅",诗人告诫他自己。

此刻呵,
最该是我沉着镇定的时光。

是不是可以这样理解,恰恰是这样的心声,泄露了他的忧虑和不安？诗人"站在北京的街头上",瞭望星空,这哪里是什么闲情逸致！分明是有"千斤重量"的"紧要任务"压在"双肩",他内心激荡,而又约束自己："不许你这般激荡!"这该当是一种什么样的心境?据我所知,1959年,他并没有荣膺重任,相反地,倒是正在受批判,其中,有两个高潮:一个在6月,一个在11—12月,这也是诗人本人亲笔做了记载的。那么,这个所谓的"紧要任务"又是何所指呢?杜惠同志的回忆给了我有益的启示:诗人感到自己必须向人民群众解释一些疑问,并且鼓舞他们克服暂时的困难,面向未来,继续将革命推向前进。

因此,作者将《望星空》分成了两个部分:第一章、第二章中设计了一个人物,他怀疑人间,怀疑现实,觉得地上的生活大概不如天上美好。这个人物,通过诗人的笔,甚至唱出了如此不和谐的歌声:

呵,星空,
只有你,
称得起万寿无疆!

在批评家看来,这当然是莫大的忤逆。其实,具体问题需要具体分析。在这一部分,有诗人对自己的严酷的自我解剖,但又毕竟不是诗人自己。尽人皆知,郭小川同志是优秀的共产党员诗人,他为革命奋斗终生。他热爱自己党的领袖,他写过正面歌颂毛泽东同志和周恩来同志的诗篇,他塑造了老一辈的无产阶级革命家(如《将军三部曲》中的"将军")的光辉形象。如果我们是真的而不是假的对他进行全面的历史的评价,我们就没有理由在这里攻其一点,无限上纲。二十年前的那种扣帽子的批评,终于恶性发展为林彪、"四人帮"的假"高举"和制造现代迷信,这,实在也是历史的惩罚。写到这里,我必须郑重申明,我绝没有把那些曾经不公正地对待郭小川同志及其《望星空》等诗篇的批评家,与迫害诗人至死的林彪、"四人帮"混为一谈。我指的仅仅是思想体系上的某种联系而已。而且,这种批评一如《望星空》本身一样,也是当时具体历史条件下的产物;有一些东西是批评家自己并不了解真相造成的,有一些东西恐怕也属于形势所迫,有一些才是必须由批评家来承担责任的。但不论属于哪种情况,客观的发展早已驳倒了当年对郭小川的指控;那时间的郭小川并没有反对"以'万寿无疆'的欢呼,表达自己对于心目中真正伟大崇高形象的祝福"。如果诗人多少曲折地表明了自己的一点见解,那也实在是出于一种爱护。白纸黑字证明,他写过文章,公开表示了不理解为什么要"反对个人崇拜",但同时他又觉得党的"八大"文件是有道理的,作为党员,必须恪守。他到底并没有忘记,共产党人是彻底的唯物主义者,不能信神,更不能造神。他也懂得这样的常识:任何个人终有一天会死亡,但人民将一直活下去,正如地球终有一天会毁灭,而星空将在物质的运动中长存。如果我们祝福什么人长寿,这是可能实现的,从而这种祝福也就具有了实际的意义,因为它合乎科学。但我们不应当倒退,仿效封建专制时代的弄臣愚民,山呼"万寿无疆"。即便这不是作品中的人物的语言,而是诗人说了这种话,那也无非是叫大家头脑清醒一点,又有什么害处呢?

诗人为了摆脱这不幸的"迷惘"和"惆怅",他决定迈步走向人民大会堂。这就是第三章和第四章。在这两章里,诗人直接出场了。借用一个戏剧术语来说,这时候的规定情景是:华灯初上,十里长街和天安门广场一片璀璨,刚落成的十大建筑都披上了节日的盛装;于是,诗人立即从中汲取了神奇的力量,他坚信:我们的确生活在"大地上的天堂"之中!而他的诗篇,也并没有"虚妄",没有"夸张",他对人民是诚实的,负疚之感让位于壮志豪情,因此,他宣布:

今夜哟,
最该是我沉着镇定的时光!

然而,现实终究是现实,忧虑和不安像影子一样,也伴随着诗人步入了宴会大厅;真是不由自己呵,诗人又写下了这样盟誓式的句子:

>可是呀,
>我和我的同志一样,
>绝不会在红灯绿酒之前,
>神魂飘荡。

"红灯绿酒",这也是曾经使批评家大为恼火的字眼。可是,当着我们的同志和人民在饥饿中成批倒下,尊重科学和事实的同志,你又怎么能忍心去指责诗人?!何况,诗人在这里依然不失一片赤诚,他继续唱道,有朝一日,"长安街上的灯火,一定会延伸到远方",这"满天星斗",也会"全成为人类的家乡"。可见,诗人不是懦夫,不是对月垂泪的感伤主义者,他只不过信守了自己献身于革命也献身于诗的诺言:忠诚。这又有什么过错呢?

有一种批评家,他们不善于理解诗人和作家及其作品,也许他们还缺乏一种平等待人的态度,老是急急忙忙地作结论,不耐烦冷静地从那复杂的有时甚至是自相矛盾的表象下寻找作品的灵魂,因而往往把并非本质的东西说成是本质。这样做的结果,就造成了文艺错案。如果像关锋那样,一味地依附于某种非正义的权力,以树立自己的"威信",那就更不好了。总之,只要有人依靠棍棒而抛弃真理,势必就有人要蒙受冤屈。

还有一种批评,说《望星空》的前后两部分是互相割裂的,据此,又进一步作"诛心之论",认为第三章、第四章简直是为了第一章、第二章打掩护。这种论断多么难以服人!我认为,正好相反,《望星空》是一个整体,然而是一个处在特殊的时间、特殊的地点被扭曲了的整体。诗人没有喝醉,他是清醒的,清醒的人往往是痛苦的。面对着当时的理想与实践相对峙的巨大峡谷,面对着当时的这一部分现实与那一部分现实相分裂的巨大断层,他在那儿大声疾呼:离我们面前不远,就有一条康庄大道!他想说服别人,但首先必须说服自己。他只得一步一个脚印地向前跋涉,他决心要用他的诗去批驳悲观的和无所作为的观点,他用诗争辩着。我们的世界应该是美好的,比星空更美好,如果眼前还不够美好,将来也一定会变得美好。我以为,这才是被某些批评家撕成了碎片的《望星空》的主题。只不过,诗人已无法圆满地实现这一主题罢了——既非思想境界不高,也非缺乏过人的才华,问题仍然在于他自己早就意识到了的:"缺少必要的武器和论据。"有人妄加讥评,说什么那是"上气不接下气"的"干喊",这实在是对《望星空》一诗的莫大污辱!

有人还教训诗人,要他去学习马雅可夫斯基。怎样才算是学了马雅可夫斯基呢?据说,其标志是:"诗人应当处在事业和事变的中心,应当是自己阶级的先进者,应该和阶级一道在各个战线上进行斗争。"这就越发离奇了,难道郭小川同志的许多代表作不正是"处在了事业和事变的中心"?这样一位战斗的诗人竟算不得"先进者"?因而也不曾"和(工人)阶级一道在各个战线上进行斗争"?对于这些问题,当然实践也早已作了回答,实在是不必多费笔墨的。

就在那同一年的春天,诗人写过《雪兆丰年》,笔锋饱蘸激情,预告了新的岁月;同样地,在我国社会主义事业蒸蒸日上,欣欣向荣的1956年前后,同一位诗人还写过传诵一时的名篇:《向困难进军》《投入火热的斗争》《致青年公民》,当他写作这些诗歌的时候,他是诚实的;现在他写下了《望星空》,他仍然是诚实的。如果他只会写前者,而不敢写后者,郭小川就恐怕不成其为郭小川了。正是因为他一直保持着最可贵的品质——诚实,当他进入了生命的后期,遇到了集封建法西斯之大成的黑暗势力——林彪、"四人帮"之后,他便冲破了"五七干校"的樊篱,用鲜血和怒火写下了亿万群众同声一哭的千古绝唱:《秋歌》和《团泊洼的秋天》,并以此向恶魔作殊死的抗争。这标志着他的党性的成熟。郭小川同志就这样以他的实践向人们作出了含义深刻的启示。诗人的使命是,既要对党负责,又要对人民负责;在正常情况下,对党负责和对人民负责是完全一致的,但是,在非常情况下,例如林彪、"四人帮"以他们的极"左"路线严重损害人民的根本利益(其实也是党的根本利益),败坏社会主义的信誉(其实也是党的信誉)时,诗人就要有足够的勇气,直接对人民负责。郭小川走完了自己生命的旅程,他的诗也终于达到了自己创作的顶点。这样的发展轨道是合乎逻辑的,有说服力的,有示范意义的。我们应当继承郭小川同志在自己全部创作活动中的强烈的责任感和完整的历史感。

《望星空》是否就那么十全十美了呢？不是的,它有它的不足。例如,后半部分显得比较单薄,收束全诗的结句失之平淡,而且没有落脚于我们自己的人民,等等。然而,我认为,与已经收入《郭小川诗选》的在"文化大革命"中写的某一部分诗篇相比较,《望星空》一诗毋宁具有更多的优点。瑕不掩瑜,不能求全责备,同时也无损于诗人的光辉。此外,诗人还有一些比较好的作品,被当作了"毒草"或"准毒草",如《致大海》《一个和八个》《墓志铭》《深深的山谷》《白雪的赞歌》,等等,这都是应该一一还其历史与艺术的本来面目的。这一天必将到来,这一天正在到来,我深信不疑。

1979 年 3 月 3 日　北京

新 的 课 题
——从顾城同志的几首诗谈起

最近,在北京市西城区文化馆出版的《蒲公英》小报上,读到了一组诗:《无名的小花》。作者顾城同志在小序中这样写道:

《无名的小花》长久以来是不合时宜的。因为它真实地记录了"文化大革命"中一个随父"下放"少年的畸形心理……

当然,随着一个时代沉入历史的地层,《无名的小花》也变成了脉纹淡薄的近代化石。我珍视它、保存它,并不是为了追怀逝去的青春,而是为了给未来的考古学者提供一点论据,让他们证明,在20世纪60年代和70年代间,有一片多么浓重的乌云,一块多么贫瘠的土地。

这一段内心独白似的言语,使我感到战栗!

于是,我设法找来了这位二十二岁的青年的全部诗作,默默地读着,也默默地想着——

粉碎"四人帮"以来,短篇小说创作方面出现了一批新人,戏剧和电影创作方面也开始在出现,唯独诗坛没有多少别开生面的变化。这是为什么?难道是由于我们的青年一代中缺乏时代的歌手么?显然不是的,《天安门诗抄》的群众作者就多数是青年人。他们写下了已有定评的传世之作。即以现今北京街头张贴的某些油印刊物为例,我看,其中也不乏诗才。

有的同志也承认,这些刊物中的某些作品闪烁着一种陌生的奇异的光芒,但又断言,这些作者是走在一条危险的小路上。我不完全同意这种评论。

我想，从诗贵创新的角度看，我们自己每写一首诗，不也同样是对思想感情领域的一次"探险"么？既要"探险"，就不免冒险，就必须另辟蹊径，就不能老是重复别人的脚印。

还有人说，这一类新人新作，不过是一些个人主义的呻吟，从内容到形式都是"五四"时代要求个性解放的回声；这恐怕也是过于简单的否定吧，不敢苟同。是的，我们如果站在居高临下的位置，往往很容易把本来是上升运动的螺旋错当成周而复始的圆圈。事实上是：历史毕竟不会重演，尽管它们有时是如此惊人地相似。今天的中国和世界都已经不是六十年前的中国和世界了，这是大家都能看得明白的。因此，即或这些诗作中有着消极的甚至是颓废的一面，但其所以会出现这种状况的社会心理因素，也还是值得认真研究的。

有不少文章曾经公正地指出，新的一代是思索的一代。思索，我以为，这的确是抓住了一代人的主要特征。

　　烟囱犹如平地耸立起来的巨人，
　　望着布满灯光的大地，
　　不断地吸着烟卷，
　　思索着一种谁也不知道的事情。

上面引用的小诗是顾城同志在1968年写的，当时，林彪和"四人帮"及其高级顾问的倒行逆施，已经进入了第三个年头，作者年仅十二岁。我并不觉得这首诗特别精彩，但它的确说明了一个历史的客观过程："文化大革命"初期被人为地制造出来的狂热逐渐冷却了，各地武斗升级，血泪成河，所有佩戴过或者羡慕过红卫兵袖章的孩子们开始进入了生活的新阶段：思索。一叶知秋，这就是一叶；接下来我们大家便都经历了一个漫长的冬天。

不妨设想一下，假如你遇见过这么一个小男孩：他独自一人在荒凉的河滩上踽踽而行,他不时望望昏黄的天宇,怨恨着为什么要刮这么大的西北风,而瘦小的身子也不由自主地瑟缩起来;忽然,他又天真地一笑,希望西北风刮得更猛烈,因为只有这样,他才有可能拾到更多的枯枝;他的那个新近迁来的下放人员的家,喘息着的灶火正在等待着柴草。这个小男孩酷爱读书,但偏偏命运把他从文化的伊甸园中放逐出来,仿佛他偷吃了什么禁果,犯了什么罪。此刻,他只好抱定"抄家"的劫后余灰——一部《辞海》,像还不习惯吃草的小牛犊那样咀嚼和反刍着。他的一切权利(包括受正常教育的权利)都被剥夺了,唯一剩下的只有任谁也剥夺不掉的幻想:

我在幻想着,

幻想在破灭着,

幻想总把破灭宽恕,

破灭却从不把幻想放过。

像千万个男孩子女孩子一样,顾城在幻想中长大了。缺乏物质的乳汁(精神产品的物质形态是书、画、音乐和表演,还有旅行和各种交流等等),仅有幻想的乳汁,又怎么能不导致病态的早熟?他写了一首题名《生命幻想曲》的诗,由衷赞美了大自然、太阳、月亮、大地和谷物,表露了积郁在这颗年幼的心灵中的对祖国对人类的无尽的爱。它使我惊异,我是写不出这样的诗句来的。虽然,它所包含的思想是可以争议的。

幻想是现实的折光。有时,幻想像一位魔术师,的确能变化出色彩斑斓的东西来。然而,人毕竟不能通过万花筒看世界。结果,幻想也终不免掺进去了对于现实的辛辣讽刺。浪漫主义一个筋斗能翻十万八千里,但是,从现实中腾空而起,也不能不落回现实中来。于是,在他的一首描写村野之夜的小诗中,竟出现了这样奇特的句子:

> 我们小小的茅屋，
> 成了月官的邻居，
> 去喝一杯桂花茶吧，
> 顺便问问户口问题。

历史在迂回曲折中前进。在它的某一阶段，往往会发生这样的事情：逆流倒冒名顶替了主流，而真正的革命大潮却被斥之为"妖风恶浪"。处在这种反常的氛围之中，一个不谙世事的少年应该怎么办？有的堕落了，当了"白卷先生"一类的"当代英雄"；有一小部分则扎扎实实深入到人民中去，如同蚯蚓之于土壤；但大多数人都因为"既不能前进，又不愿后退"（《幻想与梦》），只好像顾城那样，以《铭言》自勉：

> 且把搁浅当作宝贵的小憩，
> 也不要去随浪逐波。

宁愿"搁浅"，这在奋发有为的年华，实在是一个悲剧。这样一种精神状态，和我们这一代，和我们的上一代，都是多么的不相同啊！我的前辈们固然有更多的动人的跑步投入战斗的故事，这有待他们自己去叙述。就拿我这么一个没有多少经历的人来和新的一代作比较，也不难指出：我是在 40 年代后期，被席卷蒋管区的学生运动（这是当时全中国的革命高潮的一个组成部分）带进红色的队伍中来的。我们要民主、要科学，当然就要打倒反民主、反科学的国民党反动统治。目标是清晰的，斗争是义无反顾的。然而，今天站在我们面前的这一代，都是在红旗下成长的。对他们来说，地主和资本家只不过是画在纸上的魔鬼。一方面，要民主、要科学的历史任务尚待完成；一方面，他们又懂得，共产党的确是为人民利益而奋斗的，因为谁都知道，从本质上讲，马列主义正是一切科学的科学，社会主义制度更会带来历史上从未曾见的最广泛、最真实的民主。而不幸客观存在着的,却是被林彪、"四人帮"为代表的极"左"路线把这一切都搞乱了、破坏了的痛心的事实。有一部分青年由此在政治上得出了不正确的结论,混淆了政治欺骗与革命理想的界限。更多的青年则陷入巨大的矛盾与痛苦之中,他们失望了,迷惘了,彷徨了,有的甚至踅进了虚无的死胡同而不自知。其中满怀激越,发而为声的,便是目前引起人们注意的某些非正式出版物上的新诗。

顾城同志大致属于这一群。唯其如此,字里行间也就每多愤世嫉俗之言。例如,他有一首题名《两个情场》的诗,这样写道:

在那边,
权力爱慕金币,
在这边,
金币追求权力,
可人民呢?
人民,
却总是它们定情的赠礼。

这里有很大的认识上的片面性。造成这种片面性的,是一段时间我们国家政治气候的异常,这是不能过多去责难青年们的。

众所周知,在人们的一生中,青少年时代可塑性最强。他们虽然被极"左"路线扭曲了,可是我们不能嫌弃他们,我们应当在发展社会主义民主,健全社会主义法制,实现社会主义现代化的斗争中同他们一道努力,把扭曲了的部分一一加以矫正。如果回到顾城同志使用过的"搁浅"的比喻上去的话,我们的责任就在于拉纤、撑篙,或者跳下水去用肩膀将这些小船扛出沙滩和礁丛。我们要消除他们的怀疑和误解,指出国家经过艰苦的奋斗肯定有一个光明前景。因此,从这个意义上讲,为被玷污了的革命传统平反昭雪才是最大的平反昭雪,为被败坏了的社会主义恢复名誉才是最根本的恢复名誉。

还应当充分肯定的是:这些新的所谓不见经传的诗歌作者,他们的悲欢是和人民大众的悲欢熔铸在一起的。他们不仅仅是止于思索,必要时,他们就挺身而出,起来抗争,震撼世界的天安门事件就是有力的证明。仍以顾城为例,他写的悼念周总理的一些诗篇,如《白昼的月亮》《呵,我无名的战友……》等,就都跳荡着激昂的音符。

现今人们纷纷议论,为父母的都不大了解自己的孩子了。是的,我们和青年之间出现了距离。坦白地说,我对他们的某些诗作中的思想感情以及表达那种思想感情的方式,也不胜骇异。但是,无论如何,我们必须努力去理解他们,理解得愈多愈好。这是一个新的课题。青年同志们对我们诗歌创作现状的不满意见,也必须引起我们足够的重视。我们的诗是不是仍旧标语口号太多?当我们用诗来执行"为无产阶级政治服务"的使命时,是不是过于僵化?关于诗的艺术规律,关于诗的形象、技巧,是不是太不讲究?我们报刊上的诗的废品和赝品能不能减少一点?这都是可以讨论的。至于青年们的诗歌创作活动,要真想避免他们走上危险的小路,关键还是在于引导。要有选择地发表他们的若干作品,包括有缺陷的作品,并且组织评论。既要有勇气承认他们有我们值得学习的长处,也要有勇气指出他们的不足和谬误。视而不见,固然是贵族老爷式的态度,听之任之,任它自生自灭,更是不负责任的行为。到头来,灭者固然自灭,生者呢?也许倒会以三倍的顽强,长成我们迄今未曾见过也不敢设想的某种品类。我们是不愿尝这枚苦果的。但如果我们对青年同志没有热烈的阶级感情,就总有一天要受到历史的惩罚。

1979年8月14日写于北京

诗 的 构 思

听说同志们给我出了两个题目，一个是叫我一般地谈一谈诗的艺术构思问题，另一个是叫我以发表在《上海文学》1978年11月号上的《星》为例，具体地谈一谈这首诗的创作过程。下面就按照先后顺序谈。

一

诗的艺术构思是一个总题目，它包括了许多小题目。我只想侧重灵感、形象、意境、想象、联想、"色调"以及表现这一切的语言手段这样几个方面发表一点不成熟的意见。此外，节奏感或者音乐性虽然是一个独立的栏目，但它对于作者最后实现自己的构思是有密切关系的，恐怕也不能略而不提。

建国三十年来，我们的诗歌理论建设即美学建设，成绩是不很鼓舞人心的。50年代初期，大家都忙于学习马克思主义，忙于百废俱兴的工作，无暇顾及于此，这是可以理解的。后来则一个政治运动接着一个政治运动，"双百"方针虽然提了出来却并未得到认真的贯彻，人们慑于棍子的淫威，不敢探讨包括诗艺在内的文艺规律和文艺特性。这种不正常的情况在林彪、"四人帮"横行时期达到了名副其实的"顶峰"。物极必反，现在当然是天地翻覆了。新的党中央寄希望于我们这支饱受摧残的文艺队伍，而这支重新集合起来的文艺队伍更信赖新的党中央。在人民内部，坚决实行"三不主义"的许诺正在三令五申中逐步有所保证,那些形形色色的诸如"脱离政治""技巧至上""唯美主义"之类的帽子,至少目前是既不能公开抛售,更不能任意配给了。因此,我们才开始有可能来讨论艺术领域内的某些实际存在着的问题。林彪、"四人帮"叫嚣:谁谈艺术,谁就是为艺术而艺术,谁就是用艺术冲击政治。艺术成了资产阶级和修正主义的同义语。其实,他们的所谓"政治"不是别的,正是思想上、政治上、文艺上的极"左"路线。今天,我们在党中央的英明领导下,冲击这条极"左"路线,有什么不好?我看好得很。冲击林彪、"四人帮"的"政治",恰恰是为真正的无产阶级政治服务,而锻炼我们的艺术技巧和劳动本领,恰恰能提高我们的服务质量。

毫无疑问,我们应当牢记敬爱的周恩来同志语重心长的教诲:"马克思主义是有框子的。我们有的是大框子,并不一般地反对框子……只有我们才能改造整个社会、整个世界,揭示未来,我们有的是最伟大的框子。把这个伟大的框子缩小成为形而上学、主观主义东西的小框子,是错误的。"根据这一原则精神,在当前,有关诗歌的美学问题的研究,自应摆在为实现党的工作重点的转移,为实现四个现代化服务这个大框子以内来进行,这个大框子是不能取消的,取消了这个框子,我们的思想解放就会变成和资产阶级自由化没有多少区别的东西。

自古以来中国就是诗国,有一份极其丰富的创作实践的遗产等待我们去整理、批判、继承。然而,我们的许多诗人完全不懂或者不大懂自己的祖宗,我也不例外,这是一桩十分丢脸的事。我们是要反对民族虚无主义的,但我们也要反对排外主义。外国的好东西一定要借鉴。有这个借鉴和没有这个借鉴,后果是大不相同的。我们一定不能去追求什么"世界倾向"。不过,当前的主要问题还是外国诗歌和诗歌理论"引进"太少,几近于零。林彪、"四人帮"长时期的文化禁锢和愚民政策,在诗歌理论工作上已造成了灾难性的后果。要想诗歌真正繁荣起来,就要吸收多方面的营养。那种把我国的古典诗歌作品和古典诗歌理论人为地区分为"进步的法家"和"反动的儒家",同时把外国诗歌作品和外国诗歌理论一概宣布为带菌的做法,最后只能削弱自己的抗疫能力。

应该看到,即便是三十年来我们的诗歌理论研究是不景气的,却仍然有一些理论工作者写出了为数不多但颇有见地的文章。他们是专门家,他们的观点是值得尊重的。不过,这并不妨碍我们对老诗人们抱有更大的兴趣和更多的期待。他们积数十年的经验,有成功的欢愉,也有失败的苦恼,深知其中三昧,谈起来往往切中要害,入木三分,同时不受某些现成条文的束缚。艾青同志写过一本《诗论》,从总体上看,那是一本极其难得的好书,不知道为什么至今迟迟不能重版印行。50年代,何其芳同志也曾有过一本深入浅出的著作行世。最近,上海辑录、出版了郭小川同志有关诗歌创作的部分书简、笔记,书名就叫《谈诗》。这些,都是有志于诗歌写作和诗歌理论研究的青年朋友们应该找来认真阅读的。

我个人学习写诗的时间很短。在党和解放军的培养下,1957年以前发表过一点东西。但很快就遇上了一个差不多长达二十年的间歇期,直到"四人帮"垮台才又拿起笔来。实践出真知,既然自己实践不多,自然也就会是一知半解。一知半解固然可能包含着一得之见,但更可能包含着谬误。因此,谈得对与不对,仅供参考。

根据我的理解,我们通常谈的艺术构思,似乎不妨解释为用艺术的方式表述出来的一种思想结构,换言之,也就是一种服从于一个特定目的而组织起来的形象的复合体。它和纯粹理性的产物不同,它的本性不应当是说理的。它可以表达一种哲学观念,一种政治倾向,但它又绝非这种哲学观念和政治倾向的简单图谱。在构思中,思想和艺术是不可分的。不论作者愿意不愿意,他的艺术都必然"辐射"出他的思想原子能来。我们评价一个作品,正是必须这样深入艺术内部去寻找思想的,而且一定能找得到的。那种毫不费劲,一眼看穿它的思想意义的作品往往不是真正有生命力的艺术品,而是短寿的宣传品。如果在一个作品中,思想性和艺术性竟是泾渭分明的,那么,这种所谓的思想性和艺术性大概也就是互相游离的。我们的诗应该追求思想与艺术的浑然一体。这当然是一种比较高的境界,不是一步就可以跨进去的。然而,也正因为这一境界的存在,才说明诗之所以为诗,本来就不可以混同于大白话。我们大家都有过这样的感受:当我们读一首成功的诗作时,它的思想上的正确和艺术上的美好总是同时将其投影映入我们的思维器官。我以为,这一点正是正确地解释逻辑思维与形象思维关系的一个根据。从前有人只承认逻辑思维,根本否认形象思维,现在又有人断言形象思维可以完全离开逻辑思维,这两种论点我都不敢赞同。不能离开思想孤立地抽象地谈艺术。构思、构思,明明有思嘛;艺术构思,实在是思想的一种特殊运动形态。在进行诗的构思时,我们的思想和艺术恐怕正是统一在这种运动状态中的。在运动中存在,这是它的唯一的存在形式。

自古到今,封建阶级和资产阶级都从他们品种繁多、花样翻新的唯心精神出发,喋喋不休地讴歌"纯粹的美"和"绝对干净的艺术",他们当中的某些流派,干脆主张思想以及表述思想的语言是没有任何意义的。这是一个历史的深渊。也许是由于它的神秘莫测而产生了某种诱惑力吧,它曾经吞没过多少有才华的诗人!但究其终极,深渊中毕竟只有空虚和黑暗。我们这些后来者,切不可失足自坠。我们的任务是跨过它,把诗歌带领到光明的开阔的水草丰美的原野上去,和前进中的人民作战斗的终身伴侣。

那么,人们可能要问:坚持唯物论的反映论和前面谈到的那种思想与艺术统一在艺术构思中间的运动状态是否发生了矛盾呢?我想,这二者之间是没有矛盾的,因为这是针对两个不同的范畴的两个不同命题。比方说,先有人的实体(形象),后有人的概念(思想),这是符合唯物论的反映论的。但当我们说作为物质运动的高级形态——人的思维,既可以把形象"翻译"成为思想,也可以把思想"翻译"成为形象,则仅仅是指艺术构思的特殊方式而言,它仍然是符合唯物论的反映论的,只不过是采取了更为复杂的形式,通过了更为曲折的途径罢了。因此,对于这两个不同的然而又是有联系的命题,不应该混为一谈。

有的同志一再追问:那么,根据你的体验,在进入诗歌的艺术构思时,你到底是先有形象还是先有思想呢? 我想,这个问题简直有一点像是先有鸡还是先有蛋一样,不大好回答了。我的学力不够,更没有自成体系的一家之言。这里用得上一句古话:知之为知之,不知为不知,是知也。我只能用自己带有很大局限性的经历来给同志们提供一点研究资料。我在构思时,遇到过三种情况;一种是形象和思想一齐到来,这是占绝大多数的情况。另一种是先有一堆混沌不清的形象,然后逐渐清晰起来,而且从这当中长出思想来。不过,这个长出思想的过程又大致可以区别为两类,一类是突然一下子形象清晰了,思想也随之明确了,仿佛经历了电影中的远景——中景——近景——特写镜头一般,一类则搞得非常艰苦。最后一种是先有思想,一时却苦于找不到适当的形象,要很费劲地搜寻,最后有的能找到,就写了出来,有的则始终找不到,那个思想也就暂时入库。

这后一种情况,似乎有点违背主题来源于生活的普遍准则。所以,我反复考察过它的来龙去脉。思想到了,形象却掉了队,这究竟是真实的还是一种错觉? 很可能是错觉,或者说很可能是一种表面现象。我自己问过自己:那个所谓先到了的思想,它的源头又是什么? 事实上还是形象,是从在先就已经大量积累着的形象中提取的升华物和结晶品。举一个例。这次我们去到云南边境采访对越自卫还击保卫边疆作战中的英雄人物,当我们下到董存瑞式的烈士李成文同志生前所在连队以后,听了包括他弟弟李成全同志在内的各方面的介绍,一个思想在脑海中渐次成形:李成文烈士是一位具有高度爱国主义和革命英雄主义精神的伟大战士。这个思想的形成不仅是李成文本人的种种英雄事迹(形象)的合乎逻辑的结论,而且我们是义战,我们是哀兵的大量客观事实(包括从中国人民长期以来节衣缩食,流血流汗支援越南抗法、抗美战争,直到河内当局背信弃义,恩将仇报,驱赶华侨,袭扰边境等等的一系列形象)的合乎逻辑的结论。然而,要想写一首有点特色,不一般化的诗,我还是没有找到一个比较集中、比较强烈、比较有感染力的理想形象,来完满地传达这一切。有一天,在和李成文烈士的一位战友闲谈中,我突然捉住了这么一句话:(在他也许是不经意的)"我当时卧倒的地方,能看得清他的一举一动,我看见他四下张望,大概是想找一根能够支撑炸药包的棍子,或者是想找一个能够塞进炸药包去的墙洞,都没有找到;这时候,他就挺直了身子,将炸药包托在手中举了起来,紧紧地抵着桥形碉堡的底部,然后飞快地回过头来,向着我们阵地方向用力挥了挥手……"听到这里,我止不住浑身颤抖了!呵!回过头来挥了挥手!这不正是我们的英雄自我完成时最自然最壮美最崇高的光辉形象么!于是,在我心头蕴蓄已久的全部思想终于获得了它的唯一的形象。关于李成文烈士的颂歌,至此便基本上完成了它的艺术构思。不过,这首诗至今尚未写成,原因很简单,要把头脑中的东西变成纸面上的东西,还得走一段很远的路程。谈到这里,必须赶紧申明,我之所以举这个例子,只不过是为了便于说明自己的某些思考,我并不认为对我是唯一的形象也就必然对别人也是唯一的形象;诗无定法,这是不能强加于人的。艺术构思的天地是无限宽阔的,行云自行,飞鸟自飞,每个诗人都可以在自己的脚下发现自己的舞台。总之,不论是三种情况也罢,或者实际上是两种情况也罢,有一个共同点是无可怀疑的,即:既不是思想外加形象,也不是形象外加思想,革命的真、善、美必须尽可能完满地统一在一个和谐的整体之中。

下面分别谈一谈灵感、形象、意境之类的小题目。

首先,应该为灵感恢复名誉。"灵感"二字挨整怕也有二十年了。它之所以倒霉,大抵是倒在"灵"字上。总有那么一种自命最最最革命的人,或者望文生义,或者故作违心之论,以为可以在这个"灵"字上捞一把。于是,就给灵感扣上了唯心主义、先验论、不可知论、文艺特殊论等等吓人的大帽子。林彪、"四人帮"的表演更是妙不可言,他们不许别人说"灵感",自己倒在那里瞎吹玄之又玄的什么"电光石火",其滑稽程度,正如他们不许别人说"史坦尼",自己却发明一堆莫名其妙的新名词来偷换戏剧表演艺术的科学概念一样。到底有没有灵感？我问过大师巨匠，也问过后学新手，再加上自己真实的而不是臆想的，反复经验的而不是道听途说的体会，我要说：有的！当然，它根本就不是什么不可捉摸的不可理解的超自然现象；对它完全可以作出辩证唯物主义的解释。灵感，就是由生活积累到艺术构思这一漫长过程中终于导致了从量到质的变化（飞跃）的那一契机。至于"灵"字在某些场合可能有别的含义，那是不应该株连到"灵感"头上来的。事实上，我们经常使用"灵魂"这个词，并不认为它是惑众的邪说，为什么偏要视"灵感"为叛道的异端呢？在这个问题上，我希望有更多的同志出来仗义执言。

至于形象，这没有争论。形象无所不在，任何一个实体都有它不可代替、不容歪曲的形象。有争论的毋宁是捕捉形象、鉴别形象和再现形象的特殊能力，有人把这叫作艺术感觉或者艺术的敏感性。许多同志认为，的确是存在着这种特殊能力，特殊感觉的。我赞成这个意见。但也有人持怀疑或者否定的态度。我以为，这种特殊能力和特殊感觉在很大程度上是从长时间的艺术劳动中锻炼出来的，并且与各人的气质、禀赋有关。提起了气质、禀赋，是不是有宣扬"天才论"的嫌疑呢？大家不妨讨论，我是愿意树一个靶子的。

意境问题。多年来，几乎没有哪一篇谈诗的文章不探讨一番意境问题的。然而，令人遗憾的是，并没有多少评论家在作者的思想水平方面多所强调，更没有人去认真比较一下那些主题相同、题材相同、角度相同而结果意境不相同的作品究竟是因为什么才发生如此悬殊的差别的。诗中见诗人，从哪里见？主要从意境上见。陶潜、王维的某些诗自有他们的意境，隐者读来，觉得淡泊、闲适、幽远，志士读来恐怕未必欣赏。杜甫、陆游的某些诗另有他们的意境，志士读来，觉得沉郁、雄浑、豪放，然而隐者读来却难得共鸣。至于无产阶级革命诗歌，意境自然应该超越一切古人。万人传诵的陶铸同志的名句："心底无私天地宽"，其思想与艺术的境界是何等的崇高！十分明显，不同的意境是不同的精神状态的产物，而且它们之间是可以分高下的；其标准不是别的，就是看谁更符合或接近于同时代的大多数人民的愿望与利益。由此可见,在艺术构思中,思想与艺术二者不宜偏废,这从意境的获得和开拓上同样可以得到佐证。

想象与联想。想象是诗的翅膀,这句话已经是"白发三千丈"了。不过,真正要插上这一对翅膀,可并不容易。有的人写了一辈子诗,却不知想象为何物。我国宋代的某些诗人,就不大懂得想象的重要性。直到我们今日的报刊上,也不难看见这种鹰群中的鸡。没有矫健的翅膀就只好在地上爬行,自由王国的天空是不会为它开放的。许多科学家都一再规劝他们的弟子:需要培养过人的想象力,何况诗人?科学家模拟各种存在的条件,去创造那些世界上原来不存在的东西;诗人则幻想各种不存在的事物,来描绘这个世界上早已存在着的一切。要说科学家运用想象力和诗人运用想象力有什么不同,不同恐怕就在这里。

由想象而联想,这是一种"艺术的推理",由此及彼,由表及里,由浅及深,振翮万里,不疲倦地飞行。当然,这种飞行实际上是有它的"航线"的:内在的规律性,寓必然于偶然,而绝不是物理学上的 Zigzag path。因此,我才借用逻辑学的名词,把它叫作"艺术的推理"。唐诗中有许多这方面的手段高妙的例子。试以李商隐的《巴山夜雨》为例。这首七绝,不过短短四行,但它完成的艺术构思的土石方量却是多么的惊人!开始于眼前一幅凄清落寞的图景:巴山夜雨涨秋池,运用了绘画中的白描手法,情调是抑郁的。然而,笔锋一转,插上翅膀远走高飞了,当你还来不及看清他的起飞点(想象)时,他倒已落在某个可能有的停机坪上了。作者通过一连串略而不提的联想到达了目的地,让读者和他一道去肯定那并不现实的未来:故人重逢,回忆着今天窗外的山雨和闪着白光的池塘,还有这恼人的思绪,并因它们的成为过去而深感欢娱与宽慰,这样一首九曲回肠的小诗终于成了千古绝唱,其中难道不是有许多地方值得我们师法吗?

还有一个处理好艺术构思过程中的各种矛盾"对子"的问题。因为我没有本事一言以蔽之,姑且借用"色调"这个显然不很贴切的语词来加以概括。

这样的矛盾"对子"有许多,随便举一些:热色与冷色,重彩泼墨与单线平涂,华丽与朴素,复杂与单纯,锥体与平面,穿插分割与迂回包围,直抒胸臆与托物寄情,酣畅淋漓与含而不露,一唱三叹与不容喘息,天外无端飞来一段游丝的扑朔迷离与春蚕到死丝方尽的缠绵执着,等等等等。

用什么东西去固定灵感、复制形象,开拓意境、铺陈"色调",完成想象和联想的飞行呢?只有依靠语言。语言学习是要下苦功的,没有捷径可走。有两句古诗说得极好,一句是,"一语天然万古新",这是元好问的诗;另一句是"语不惊人死不休",这是杜甫的诗。我想,我们写诗的人务必要经常琢磨这两句诗所揭示的真理。它们之间是并不矛盾的,一个是告诫我们要选择最有生命力的语言,一个是告诫我们要选择最美好的语言。大家都能懂的并不一定就是人人都能说得出来的。如果你独具慧眼,出语不凡,能道人之所未道,而又使得读者感到你说了他想说而一时不知该怎么说的话,那你就实现了这两句诗的完满结合。我们要深入人民的斗争生活,从中学习人民的语言,并着重学习民歌俚曲,这里首先要的是老实拜师,其次是业精于勤,最后才说得上青出于蓝。

最后,涉及一点诗的节奏感也就是音乐性问题。格律是一门学问,有一些通俗性的小册子可以引人入门,更有一些学术性著作可以指导深钻,无须我来饶舌。我只是奉送青年同志们一句话:诗写好了,最好先压它几天,过后再拿出来自己朗诵三至五遍,若有直爽的朋友,就索性请他们来听听;这时,不但可以听出思想艺术上的毛病,而且还能听出音响节奏上的缺陷——就像富有经验的汽修工人给汽车"听诊"一样。平时尤其要用心揣摩汉语节律声调的美,要缘谛听水的声音、风的声音、树林的声音一样,把握住祖国语言的"天籁":抑扬顿挫,跌宕有致,生生不已而永不重复。

造化无止境,构思亦无止境。愿同志们努力攀登,"会当凌绝顶,一览众山小。"

二

如果把一首诗写在纸上比作分娩,那么,为这首诗进行艺术构思便有如十月怀胎了。《星》的创作正是这样。

它的最初的冲动出现在1976年4月5日。从广播中我听到了发表在《人民日报》上的以工农兵记者名义写的"四人帮"的自供状,知道了《扬眉剑出鞘》这样一首气吞河山的革命诗歌,也知道了"秦皇的时代已经一去不复返了,人民也不再是愚不可及"这样一篇大义凛然的声讨封建法西斯的战斗檄文,我体验到了一种从未曾有过的激动——一面在蜗居斗室中走来走去,一面咀嚼着自己的悲哀。我翻出来鲁迅的《记念刘和珍君》一文,读着读着读不下去了。这篇文章是不朽的,但此刻我却宁愿它不是不朽的。

我所在的那个山城,有着成百上千的北京插队知识青年,他们来往首都频繁,因此,才过了一天,就有人带回来第一手的见闻和大逮捕的消息。事态已经十分清楚,有一股强大的反动势力,正在盗用党的名义镇压拥护党的革命群众,并且把人民爱戴的邓小平同志强行推倒在人民的血泊之中,以达到一箭双雕的罪恶目的。天安门广场带着它的流血的伤口和悲愤的呼声站在人民的面前,每一个有血性的中国人又怎能无动于衷?我们亲爱的祖国,你究竟发生了什么事情?

> 条条道路通向天安门广场,
> 为什么……广场竟通向牢房?

这两句话,仿佛一队狂喊着复仇的勇士,踏着通通通的脚步,径直向我跑来,一下子就跳上了我的心头。

那时候,民间尚无"四人帮"一说。"四人帮"字样,是在后来快要定稿了才添上去的。一切都在吓人的沉默中。岩浆在地下沸腾。中国是无声的。我觉得,这时候每个人都在思索着什么。至于我自己,则不知不觉地进入了《星》的艺术构思,而且,思想和形象又一次同时到来。

这两句诗像是一枚受精卵,它有了发育成胚胎的可能性了。它给未来的胎儿定下了最有决定意义的两对"基因",一是规定了全诗必须围绕着天安门广场展开,一是规定了高亢激越的韵脚:十六唐。

但它毕竟只是一枚小小的受精卵,稍不经意,随时有流产的可能性。加之当时的所谓"反击右倾翻案风"和"批邓"运动正在不断加温升级,中国大地上的政治气压已经达到了令人完全窒息的程度,我不能在纸片上留下任何痕迹,只好不断地打腹稿,在自己的脑子里起草,涂改,再起草……从插队知青的冷静(甚至是冷酷),我想起了红卫兵的狂热,从他们刷子一般的唇髭,我想起了金黄色的茸毛,从他们此刻当了抹布使的袖章,我想起了某种意义上他们自身也被阴谋家当作抹布使了的命运。不错,他们喊过"江阿姨",也许被人利用上街刷过炮轰周总理的反动标语,然而,他们今天觉醒了。青年一代的觉醒,标志着全体人民的觉醒。他们已经下定决心:绝不允许这样的民族自杀悲剧再继续下去了,这才触发了4月5日的伟大抗争。于是,一个象征性的人物形象逐渐浮现,这个人物必须是经历了"文化大革命"的全过程,并从中得出必要的结论,以指导自己的思想和行动的。很快,我就发现了后来我在诗中描写过的那个可爱的孩子,原来他和我竟是老相识!当他还在襁褓之中,我就认识他了,我也看见他长大,为他担心,为他生气,为他高兴,终而为他骄傲!这就形成了一系列的侧面;我设计了这个孩子一定要学唱"五星红旗迎风飘扬"而不能学唱别的歌曲,一定要参加一次节日游行,手里必须摇着代表希望的绿色小三角旗而不能是别的颜色的旗子(最容易写成红色的了),一定要让他写一首歌颂天安门广场的充满天真和激情的诗,然后又一定要让他亲手焚稿,预示着假革命和真灾难的严重转折——幼稚者不幸当了邪恶的俘虏,然后,还一定要用他穿上过于长大的旧军衣来暗示父辈的事业即将面临误受妖言蛊惑的亲生儿子的冲击,等等。但这些片段还连不成串。缺少什么呢?我因得不到解答而苦恼。

"四人帮"被粉碎了,邓小平同志复出,然而,天安门事件迟迟未能平反,天安门诗歌只有半合法的身份,人民盼望着,期待着。1978年春,我挣脱了闭塞的环境,有机会去了北京,一下子听到了几十个有关天安门事件的慷慨悲壮的故事。这是那时候人民最喜爱的中心话题。有一次,我遇上了上百个青年敲锣打鼓迎接一位英雄出狱的游行场面。我不知道这个戴着大红花、脸色苍白(多么强烈的对比!)的青年同志姓甚名谁。街上的行人鼓起掌来,掌声十分热烈;直到他们走远了,还不时听到夹杂在锣鼓声中的阵阵掌声。自然,我也注意到有些人不敢鼓掌,四下张望,有点迟疑。其中的一部分后来又把自己的巴掌拍得比谁都更带劲,仿佛下定了什么决心。当时我就想,这大概就是所谓的心有余悸吧,就是人民的不安全感吧。我们是社会主义国家,在这个国家里,主人竟有不安全感,这太可耻了!我知道,就在那时,北京市的某些讲坛上,还有人公然打官腔,说什么:过去抓你是对的,现在放你也是对的。这种人接下去还会说些什么呢?是不是意味着将来再抓你还是对的呢?因此,人民不能不戒备。这在消极者是图生存,在积极者是求发展。这些思想"翻译"成了形象,就成了最后一段中"星星消溶于白天,但仍旧站在岗位上"这样一些诗句的萌芽。接着,又有人告诉我,有一位英雄,出狱后回到工厂上工,他做的第一件事就是将战友们献给他的鲜花别在了敬爱的周恩来同志的相框上。据此,我又设计了另一个细节:戴花者的献花。此外,还根据我们一代复一代走过的从爱诗歌到爱文学,从学写诗到从事文学创作的共同道路,我让父母亲在孩子的枕头下"发掘宝藏",然后突然由诗人本人付之一炬,以此暗示一种异常的时代动荡,最后再发展为孩子已经成长为青年,又投入到天安门广场的诗海之中——我们的总理拯救了诗,也召回了每一个可能成为诗人者的诗魂。我希望这样的细节描写能够使得《星》里面的那个吸取了特殊营养而迅速长大的孩子,有更加丰富更加深沉更加成熟的内心世界。

然而,还是没有一根贯串全体的线。

是天安门广场救了我。我有一个习惯,只要是没有急事,只要时间还来得及,每当路过天安门站,我总要跳下车来,安步当车走上一段;特别是在夜间,再也没有比纪念碑前更适宜于沉思的地方了。眼看就到了清明节,人们又开始抬着花圈去悼念先烈,其中最大最美的花圈,理所当然地是献给我们的好总理的。可是,不知道老天有什么不平事,连日狂风不止,人们不得不拿塑料绳子,甚至手绢、围脖来系牢花圈,以免被风吹倒、刮走;这些花圈差不多是一个挨着一个、一个缠着一个的了,看上去依稀又是当年在这儿挽着胳膊,高唱《国际歌》,顶住狼牙棒毒打的无畏勇士。

又传出来有人被逮捕的消息,被捕者的真正的"罪行"就在于要求为天安门事件公开平反,而原来的被捕者还没有全部释放。这一切,当然都是背着党中央干的。

《星》是更有必要写下去了,一定要写出来。

自然界的狂风渐渐平息了。一天夜晚,我又去到广场漫步。天空久阴转晴,黄色的沙尘不知卷落到哪里去了,剩下一些条状的黑云顽固地不肯退却;然而,星星却勇敢地探出头来,在这些黑云的隙缝中燃烧着,一粒,两粒,三粒……黑云被烧化了,火种撒向人间。猛然间我憬悟到:苦思冥想达两年之久的诗题,不就摆在眼前吗?星!这些黑云不就是铁的栅栏吗?那燃烧着的星星不就是囚徒们的眼睛吗?毫无疑问,他们就是这个样子的!他们正是这样热烈地凝望着我们大家,凝望着神圣的天安门广场的!

呵,多么明亮!多么明亮!
不屈服的星光!不屈服的星光!

我找到了诗的主旋律了。

带着这个主旋律,我回到了黄土高原上那个依旧有如密封罐头般的小县,写下了第一稿。采用十四行这一外来形式,是在写作中几经试验才最后定下来的,除了便于主旋律的反复出现,加强咏叹效果外,没有旁的用意。当然,在音韵上我是很讲究,很严格的,我参考了古典戏曲唱词中的垛字的办法,试用了一系列双音节词汇,如"掏枕捶床披衣推窗""拧眉咬牙沉思默想"之类,同时注意做到尽可能在每一行的字句上也一律押韵,甚至连某些较突出的音节也落在韵上。这样做的目的,在于通过音响效果增强主题的紧迫感:为了挽救党挽救革命,必须前赴后继只争朝夕。此外,我希望叙事中带有较浓郁的抒情气氛,发一点议论又必须力戒枯燥;把经过雕琢的文学语言和某些口语、个别文言文语词融合为一体。

前后修改了十几遍吧,直到参加作家访问团到了大庆,才最后完稿。记得是在东风六号院的一间双人套间里,我第一次将它朗诵给几位诗人同志听,得到了他们的肯定。《星》就这样诞生了。这时,黑龙江的草原上已是金风送爽。然而,天安门事件还悬在人民心头。我不知道到底什么时候平反,但我坚信一定会平反,不能不平反,要是这么一个震动世界的大冤案都不能平反,还谈什么恢复和发扬党的实事求是的革命传统呢?

尽管如此,还是需要勇气。

说来也巧,我一回到北京,正赶上改组后的北京市委做出了"天安门事件完全是革命行动"的正式决议,真是欣喜若狂呵!这首诗从此得见天日事小,搬掉了压在亿万人民心上的大石头事大,太好了!这时,上海来人向我索稿,我就请他们把《星》带了回去,很快就登出来了。这是需要感谢《上海文学》编辑部的。如果编辑部没有勇气,光是作者有勇气,还是无效劳动,还是于社会主义文学事业和无产阶级革命事业无益,事实就是如此。

《星》并不是什么传世佳作,有一些同志写的诗篇,远远优胜于它,例如艾青同志的《在浪尖上》、白桦同志的《阳光,谁也不能垄断》,更不用说无名作者们的天安门诗歌了。大家一定要我谈谈创作经过,我才这么谈了。作者谈自己的作品,这在中国还不甚习惯,别人不习惯,自己也不习惯。如果因此又落下一个"宣扬自己"的骂名,那只能算是咎由自取,是不能怪怨这个诗歌座谈会的主持者和同志们的。

　　作者附志:1979年5月11日,云南《边疆文艺》和昆明《滇池》编辑部联合召开了一个诗歌座谈会,这是我在会上的发言;1979年5月30日整理于上海,略有修订。

《白花·红花》后记

一

在林彪、"四人帮"横行时期,我几乎一个字也没有写过。为什么说"几乎"呢?因为有一个例外。这就是收在这个集子里的《誓》《白花》《献给您一个社会主义的现代化强国》《骨灰呵骨灰……》《咬住嘴唇……》以及《我做了一个噩梦》。它们是在全国人民设灵家祭周公之日写的,是破晓之前开在我心上的一束小花。本来这一组诗共计八首,其中有一首这次未选,另一首则在辗转交递之中连底稿也丢失了。当时,它们曾经被认为是佚名作者的制作,传抄于北方数省、区,这算得上是它们的一点小小的光荣;而作者居然逃脱了罗网,也算得上是作者的一点小小的幸运。

《大地以红心为盾》,它接触了一个极其巨大而又极其复杂的主题,由于主观的和客观的限制,不允许我去作深入的探索;也许可以说,甚至在今天,这两方面的条件也依然是不具备的。这里的寥寥数笔,不过是 1976 年 9 月上旬至 10 月上旬局势混沌不清,人民彻夜难眠的那些日子,信手勾勒的一幅社会心理速写而已。大家当还记得,那时候,谣言四起,人心浮动,报纸上开始是狂喊乱叫什么"按既定方针办",然后,忽而电火一击,于沉沉乌云中点出了伪造临终嘱咐的江氏宫闱丑闻。中国向何处去?也许是大难之后继以大治,也许是内乱之后继以内战;新来的每一天都提供了这两种截然相反的可能性。不过,我并没有丧失信心,我总觉得有一种既无形而又实在的保证——人民成熟了,其标志就是在这之前不久爆发的天安门事件,也就是充塞于天地之间的"四五精神"。

二

"四人帮"覆灭之后,我度过了一段兴奋而又略有犹疑的日子。我把《誓》和《白花》等八首小诗,先后两次投寄给某报和某刊,都被退了回来。退稿理由很得体,措辞也合乎礼仪:一个说"版面已有安排";另一个说"由于工作上的疏忽,造成了为时半年的积压,以致失了时间性"。当然,我的多年来的境遇使我立即听懂了这些言语下面的潜台词:你是摘帽右派,右派怎么可以跑来悼念周总理?你不怕,我们还怕别人揪辫子哩。不妨说,这样的处理是可以理解的,谁不是心有余悸呢?何况可考虑的东西越多,余悸也难免越大。不过,对我个人而言,退稿的打击只是使我在感触之余,联想得更深更广,而并不能销铄我为人民写作的勇气。这是因为,就这几首小诗而论,它们已在最可怕的岁月中完成了它们的使命,其次,说到底,如果必要,同时我又决心要写,何尝不可以再写作者佚名的作品?报刊拒绝发表,人间也还是会有读者的。自然,这都是一种假设。实际情况是,许多同志一直给我鼓励,给我支持,帮助我坚定不移地相信:伟大的中国共产党恢复和发扬实事求是这一光荣革命传统的日子,一定会到来(等了二十年,又等了一年,两年,这一天真的来到了!)。在这里,我不必一一报告他们的名字,但是,我一定要借此机会向他们致以最崇高的敬意。我认为,他们是一批真正具有坚强的布尔什维克党性和纯洁的人性的好同志(棍子且慢打来,容我解释:杀害张志新烈士的刽子手们,一个个也自称共产党人,但恰恰既无党性,又无人性)。

于是,我开始了并且继续着不敢懈怠的创作活动。当时,我待在黄土高原上的一个小县城里,闭塞而又闭塞;我似乎分成了两半,一半活在回忆之中,另一半只好活在幻想里。现实似乎是没有的。而且由于周围的空气,我也不能在白天放手写作,心情确有几分惨淡。这就是为什么我一上来就从《铁脚歌》写起的内在因缘。

> 遍布于大脑皮层的沟回呵,谷何其深,峡何其长!
> 多少事,和着血掺着汗在这里层层沉积,深深蕴藏……

这两句诗,正是我当时的思想状态的真实写照。

剩下的时间不多了!我老是这么警告着自己:五十岁出头,对于一个写诗的人来说,实在有点失之迟暮。思想最活泼、精力最旺盛、腿脚最灵便的岁月已经逝去。有什么办法呢?逝者已矣,只好以五十岁为起点作一次最后的冲刺,能跑多远算多远吧。现在呈送在读者同志们面前的,正是这样一杯自己对自己不断施加压力"挤"出来的胆汁。

1978年秋天,我有幸参加了作家访问团,去大庆油田参观学习,了解到那儿实行一种分层注水以保持油井自喷能力的有效办法,顿时似有所悟;心想,我的所谓"挤",大概和它同属一理,而绝非本来没有石油了却硬在那儿开采。"硬写"从来就是诗之大敌。诗应该是诗人的血。血固然流有尽时,但总不能是水,更不该是以伪乱真的苏木水。

三

关于《大军行》,也必须作一点说明。

人民群众刚刚把"四人帮"钉上了历史的耻辱柱,在发生过五四运动和四五运动的天安门广场上,便开始了兴建毛主席纪念堂的工程。也就是从那个时候起,各地报刊上登载了大量的歌颂纪念堂的诗篇。我留心阅读过这些诗篇,感到它们都有充沛的朴素的阶级感情,其中也不乏别具匠心的好的和比较好的构思,但是,也有相当数量的部分却似乎仍旧受到了林彪、"四人帮"搞的造神运动的影响。这恐怕是一种惯性;对于许多业余作者来说,乃是不自觉的。罪恶之源在于一贯借"高举"以营私的林彪、"四人帮"。我认为,这种状况不应该再维持和发展下去了,因为它是完全违背马克思列宁主义和毛泽东思想的。我想,我应该公开说出自己的观点,隐瞒是可耻的。有感于此,我曾经在答复某青年作者的信中说过大意如下的话:如果我有机会去瞻仰遗容,我一定要写一首能表达自己的认识和心情的诗歌。1978年4月16日,我去了。回来几经酝酿,写成了现在这个样子的《大军行》。这首诗的中心思想是:应该恢复毛泽东同志的本来的伟大面目,反对神化,同时试图说明领袖乃是一个集团。构思和写作的日子,报刊上还不见这一类的"提法"。我这样做,自然是担风险的。为此,我特别引用了毛主席生前在天安门城楼上振臂高呼过的"人民万岁"这一永恒真理,并以一定的笔墨描绘了辅佐毛主席开国治国,功勋卓著,如今虽然没有纪念堂,却碑在人心的周恩来同志。当然,还是三中全会公报说得正确:"毛泽东同志在长期革命斗争中立下的伟大功勋是不可磨灭的。如果没有他的卓越领导,没有毛泽东思想,中国革命有极大的可能到现在还没有胜利,那样中国人民就还处在帝国主义、封建主义、官僚资本主义的反动统治之下,我们党就还在黑暗中苦斗。毛泽东同志是伟大的马克思主义者。他对于包括自己在内的任何人,始终坚持一分为二的科学态度。要求一个革命领袖没有缺点、错误,那不是马克思主义,也不符合毛泽东同志历来对自己的评价。"《大军行》写在三中全会之前,显然,评价领袖,不是也不可能是这首诗的任务。

这个集子集结了截至1979年3月份为止发表于报章杂志上的拙作。它们当中的大部分,得到过广大读者的鼓励,素不相识的人从四面八方来信,鞭策我戒骄戒躁,谦虚谨慎,发愤前进。有一位在四川工作的同志对《哀诗魂》做了十分中肯的全面的分析,老实说,有些方面甚至是连我自己在写作时和写成后都不曾明确地意识到的。作为感激的纪念,迄今我还保存着包括这封来信在内的大量信件,它们是我的诗歌的磨石,是我汲取勇气的直接的源泉。

《白花·红花》已被选为某些文科大学的教材,这也是出乎意外的。还有不少青年同志把长达一百四十行的《星》抄在他们的手册上,拿来给我看,或者干脆大段大段地背给我听,这实在是最高的奖赏。对于这样一些可敬可爱的同志,我实在无以报答。我做了什么贡献呢?没有!我只不过是喊出了几句真话而已。因此,我想,倘要不辜负群众的厚爱,只有坚持一条:说真话,而不管可能会招致多少非议、嘲讽和诟骂。

收入这个小册子的四十三首诗,基本上都是原来的样子,只有几首文字上略有增删。这种增删又差不多不是新的改动,而不过是原貌的恢复。

有两种有区别的情况。

例如,《白花·红花》的第一节。

> 去年一月八,
> 霜欺兼雪压;
> 敢问灵堂何处是?
> 寻常百姓家!
> 呵,望日辉,盼月华!

原稿的结句是:"呵,横了心,竖了发!"是借以表达人民群众痛恨"四人帮","老子今天和你拼了"这样一种激烈心情的。但当时好心的同志们替我捏一把冷汗,怕有人看了"扎眼",要"挑刺儿"。的确,有过一种腰杆子怪硬的论调:"现在反对'四人帮'当然没错,但那个时候——指周总理逝世到天安门事件前后——不行,那个时候'四人帮'都在党中央,反对他们就是分裂党中央……"云云。因此,人们劝我改了为佳,牢骚太甚,须防肠断嘛。我也就只好违心地改了。还有,同诗第二节第三行,原稿系"十年惯唱无字歌"。也有人提出,"十年",有"否定'文化大革命'"之嫌,坚持要我换一个字眼,于是这才有了后来印出来的"闭门"一说。其实,平心而论,我在这首诗里,根本没有涉及"文化大革命"的功过是非问题,更不用说"否定'文化大革命'"了。再者,"闭门"也者,何尝又不是欺人之谈!在林彪、江青实行封建法西斯专政的日子,暴徒排闼而入,灾祸自天而降,又有谁家的"门""闭"与不闭是可以由自己做得了主的?!总之,这次借了出版的机会,一并改了回来。

另一种情况是编辑部的斧削与代庖。有三首诗有过这种遭遇。我感到改的结果,或者不合原意,或者易致误解,这次借成集的机会,一一恢复了它们的本来面目。

一个好的编辑,肯定是作者的良师益友。记得50年代的《人民文学》发表我的组诗《在北方》时,吕剑同志在《五月一日的夜晚》那一首中,只用笔轻轻圈掉了一个"跳"字,把我原来的句子"中国在笑,中国在跳舞,中国在狂欢"改成了"中国在笑,中国在舞,中国在狂欢",不但立刻净化了文字,消除了那股轻飘飘的不对头的感觉,而且在诗的节奏感和音乐性上,也明显地推进到了一个较为和谐的境界。吕剑同志真是我的"一字师"。再举一例,1978年初夏,我写好长诗《尹灵芝》后,请画家兼诗人的马萧萧同志过目,他也只改动了序歌中的一个字:"灵芝出,胡兰香。""出"改为"秀",一字之易,高下分明。像这样点石成金,作者自是感念不忘。河南有一位同志,读了《白花·红花》,写信要求把"有琴鸣于匣"改为"有剑鸣于匣",更准确地表达人民对于万恶的"四人帮"不共戴天的感情。这是一个很好的主张,我也欣然采纳了。

我之所以要说上面这一段话,无非是想表明:只要不是狂妄之徒,总是愿意别人(包括编辑、朋友和读者)帮他修改作品的。不过,不能改糟了,起码不可改出一旦什么政治运动来了可能供"左派"们作为批斗口实的东西来。千万不要忘记了,中国过去是以文字狱著称于世的地方。

四

1978 年初，上海文艺出版社提议，要我把粉碎"四人帮"以来新写的篇什，分阶段交给他们出版。这在我当然是十分高兴和由衷感激的事。

在正常情况下，这件事本来是早就应该抓紧办的。但是，赶上这一年我的生活一直处在很大的动荡之中，难得安定。今年 5 月间，出版社等了一年，觉得实在不能再施了，偏偏我又去了云南边防前线，行踪不定，无从联系。这时，他们竟直接找到了我的女儿——一个被我的罪孽所株连，挨了二十年骂的孩子——并且在她的协助下，把集子编出来了。出版社如此不拘一格的勇气着实令人钦佩，而我的女儿也理应受到来自父亲的感谢。当我从边疆采访归来，取道上海一看，一切都已就绪，只剩下编排目录的工作了。

但愿编下一个集子的时候，不必写这么长的一篇后记。我希望，下一个集子将有更多的颂歌。截至目前，我已经写了一些对越自卫还击保卫边疆作战中的勇士们的颂歌。他们是值得大歌大颂的保卫"四化"的英雄，也是极普通的战士；他们似乎是没有名字的，而历史恰恰主要是靠没有名字的人创造的。此外，还应该歌颂为建设"四化"而英勇劳动的工人和农民。还有像张志新烈士这样为保卫社会主义法制，保卫党性原则而光荣献身的伟大先驱。然而，肯定还会写一些叫某些人看了很不舒服的东西。这实在是没有办法的事，谁叫我们的生活中，除了应该歌颂的人物外，还同时存在着必须鞭挞的丑类呢？

1979 年 6 月 20 日　合肥

谈写作的四封信

《鞍钢报》编者按：我国著名诗人公刘于前年来鞍钢参观时，曾访问了青年工人董维安，彼此建立了友谊。

这里发表的是公刘同志的诗一首、信四封以及他的诗稿的手迹。诗人谈及的"流于空泛"的写法有其普遍性，因此，我们将董维安同志的习作片断也刊载出来，以供初学写作者参看。

公刘同志的诗，在广大读者中已有定评。他的这些谈写作的信，见解是深刻的，态度是严肃认真的，特别是诗人穿过当前尚存在"对同志漠不关心"的流行风气，在繁忙的工作中，以高度的革命责任感、耐心、细致、热情地帮助一个普通工人，这种精神是难能可贵的。我们决不能仅仅把诗人与一个普通工人的友谊，看成是他们个人之间的交往。不！它体现了对青年作者的关怀和希望，是诗人的一片赤子之心……

小董：

新春愉快！热烈祝贺你和李静同志的新婚大喜！当然，晋级也是美事。

千里迢迢，我送不了什么礼，前思后想，也许还是为你写一首小诗，会使你感到胜于其他的快乐；但可惜我来此地后，又一直忙于安家（迄今还住招待所），当中还穿插往返北京开会以及其他任务，一时还未构思成熟，我想，等一些时候，我一定能实践诺言的。照片也会一并送给你们。你去年寄来的长诗也读过了，根据印象，我想你在运用文字的能力方面，在一般青年工人之上；章节层次的安排也的确费了一番思索。只是像这样的题材，每当处理不好，便流于空泛，特别是由于个人的经历有限，难以做到虚中有实，把"我"写进去，抒发真情实感。一般说来，我自己从来不写这种诗也不希望同志写这种诗，原因无它，就是不易写好。政论的气势，历史的眼光，抒情的笔法，粗线条夹工笔画，这绝非我所能企及的，徒然耗费精力而已。对于你来说，我愿看到你写一点工业战线上大干"四化"的有血有肉的颂歌，赞美生活在你周围的英雄。当然也可以鞭挞，鞭挞那些阻碍实现"四化"的社会势力。不过，后一类作品不宜在你那个地方拿出来，免得引起误解和不愉快，我们这个国家，还十分缺乏民主习惯，也就是说，思想远远不是现代化的，人们对于文艺也多所误解，你写典型，他偏认为你在写他。

如有自己认为较满意的东西，不妨寄来我看看，也许还能给你提一点意见。我虽然比较忙，但总是会回信的。有时拖一阵，请勿介意。

最近我即将赴京，然后转云南，大约个把月回来。有信可仍旧寄合肥，我女儿在这儿当我的全权代表。

代我问你的妻子好！

专此致以敬礼！

公刘
1979年2月13日

以后寄稿，不必挂号，一般不会遗失的，如此可节省一点邮费。

维安同志：

你好！

我公出转了一大圈，刚从云南边境归来，你的两封信在这里等着，很对不起，大概着急了吧？

诗写得不够好，你还不得法，应该要提炼主题，要用形象说话，切忌直说，要选择生活中最有象征意义的场面和情绪，不能用散文的调子讲故事过程。原稿寄还给你，自己再琢磨一下，找别人同类题材的作品比较比较。

小说的构思当然是可以的,写那么一位走过曲折道路的青年,对当前调动一切积极因素,化消极因素为积极因素的政策是很有力的宣传配合。问题是我担心你又不知裁剪,写得很拖拉、很长,把主要的东西淹没在一般化的描写中。但你不妨试试看,我想,有一个有利条件,即:你可以写你自己的经历,你的迷途和觉醒,你的痛苦与欢乐,这是比别人感受得深切的。然而,也有一个技巧、艺术本领、文字功夫的限制。你真有志于文学事业,哪怕是业余的,当务之急还是有目的地读一些好书。关心你周围的生活、人物,学习他们的活的语言,不要学生腔。

我只能泛泛地提这一点。希望你正确理解,我不是泼冷水。我还欠你和你爱人一笔债,我记得答应过给你们写二首小诗,作为婚礼的祝贺,你看,现在怕都快有小孩了吧?我的诗仍未写。我实在比较忙,请原谅,反正我说过的话迟早会做到的。匆匆,就写这一些。祝你进步!身体好!劳动好!

公刘
1979 年 6 月 28 日

据说,沈阳将恢复出版《文学青年》,那是一个专门培养新人的刊物,你可注意打听。

维安同志:

先后来信收到,小说《爱的报复》也粗略地翻过一遍,感到较之以前有进步,有些段落文字写得较干净、得体,如开头对艾丽这个人物出场时的描写,有的地方也懂得运用含蓄和委婉的笔法,让读者自己去品味,如结尾悬梁自尽时思想感情的变化转换,都相当得体。不过,整个作品却仿佛某种社会言情小说,格调不高,不仅故事情节简单而且首要的是思想意义不强。"爱的报复"谁报复谁?她只爱家具摆设不爱人,李宝平如何死死苦恋着她?流氓分子黄金龙究竟是个什么人?现因流氓犯罪判刑,何以又对艾丽迟迟不敢下手?他的那一套生活方式是在什么样的社会条件下发展起来的?因为你还写到党支部,那么,这一切又怎么在舆论中得到通过的?党支部以年龄悬殊的理由让艾丽重新考虑,似乎没有说明党组织的真正作用……

你说你每个月坚持写一篇,这固然很好,但要紧的我以为还在于提高思想水平,提高观察、解剖各阶级,阶层的人与事的能力。我以为时间不允许的话,不一定非成完整的篇章不可,可以先练习速写,把你发现的一个一个的人写活了。这就是基础,文学毕竟是写人的,也拿给人看的。看的结果是教育他分辨生活中的真善美与假恶丑。总之,多锻炼。

我很忙,不可能每封信都答复,请你原谅这一点。8月份,我其实又去了一趟东北,但是时间很有限,直飞长春开了十天会,然后乘火车,路过沈阳时小住数日,凭吊了张志新烈士就义的刑场,看望了几位朋友,便回来上班了。没有机会去鞍山看你,很是遗憾。

知道你们生了孩子,而且取了个非常好的奶名:南方,我很高兴。我一定给你们和婴儿写一首小诗寄去,而且都想好了,只苦于坐不下来写到纸上,再过三两天,看看能寄上作为贺词否?反正我答应了,肯定办到。

问你们全家好。你妈妈的眼睛可有好转?念中。

公刘
匆草
1979年9月14日

维安同志:

诗已写好,没有时间仔细推敲,就这样匆匆抄在纸上了。你们小两口如果觉得它还有点意思,不妨先保存着,等孩子认得字了再叫他自己看。

问好!
公刘
9月15日

《离离原上草》自序

一

不幸,过去了的三十年,竟有多一半的时间我被驱赶于流沙之中;生命为大饥渴所折磨,喑哑了。

但也有幸,流沙终不过是流沙,流沙覆盖着的下层依旧有沃土膏壤。

歌声多情,歌声有义,歌声并未弃我而去,只是由于缺乏活命的水,连它都变成火了。

二

1976年10月,春风普度玉门关。

后来我把这种大饥渴的痛苦和对于沃土膏壤的感激,写进了《诗与诚实》;与其说它是谈诗的论文,不如说它是观测流沙的记录,或者关于流沙的回忆。

令人惊喜的是,曾被流沙淹没过的沃土膏壤竟又对之发出了热烈的回响。我明白,这是土壤给予生命的新的慰藉,因之,理所当然地我也对它萌生了新的感激。

可是,也有呵斥,也有几把沙砾,朝我掷来。惜哉!这一回风向未曾瞅准,于是,有的赶忙缩了回去,沙砾藏在手中,好生奇痒难忍;有的却不慎将沙砾倒灌进了袖筒,甚至竟迷了自己的"火眼金睛"。

这景象使我不得不确信,在中国,在今天,制造流沙者还大有人在。

三

生命不能离开土壤。这是常识。

诗必须对人民诚实,这也谈不上是哲学,谈不上是美学,而只不过是革命者起码的为人之道。

是的,生命终有尽头,但当它一旦回到土中,便又准备了新的繁衍。从个体上讲,从表面上看,是终止了;从整体上讲,从实质上看,并未终止。此所谓生生不息。

诗人可以不写诗,但不可以背叛诗,不可以背叛共产主义的理想(它才是真正的至高无上的革命现实主义与革命浪漫主义的结合!),不可以背叛胼手胝足、流血流汗的劳动者和战士。正是由于工人衣我衣,农民食我食,我的理智、感情和良心才不允许自己去参与制造精神鸦片。精神鸦片或能刺激于一时,归根到底却是麻木与沉沦。

歌颂共产主义理想,歌颂为实现这一理想而采取的每一正确步骤,歌颂为此英勇奋斗的人民,同时,鞭挞形形色色阉割理想,戕害人民的黑暗事物,乃是诗的天职。

颂歌一定要唱,但既非赞美上帝,也非阿谀魔鬼;颂歌的对象是人,是所有功在历史的有血有肉的人。

而指出黑暗则更需要勇气,勇气源自对于理想和人民的深刻信赖,源自对于过去、现在和将来的历史感;不真正热爱光明者,又焉能真正鄙弃黑暗?!

倒是要提防"捧杀"。林彪、"四人帮"一伙就是擅长"捧杀"的专门家。例如,正是在他们的"形势大好,越来越好"的无耻聒噪中,我们可爱的祖国一度濒临毁灭。

历史的经验怎敢淡忘?

四

百家争鸣,一只鸟就是一家。

我们说的是鸟,自然就不包括根本不属于鸟鸣的蝉噪蛙鼓,更毋论虎啸狼嗥了。

千百万群众的社会实践是检验真理的唯一标准。用什么来检验诗的真伪优劣?同样,也只有社会实践。

任何诗人的见解都只是一家之言。也许,这位诗人还具有别的更其权威的社会身份,然而,当他就诗的问题发言时,他不过是一位诗人。

百灵鸟的歌声是美好的。不过,对于其余九十九种鸣禽,歌声就是歌声,不是"样板",更不是"指示"。

中国的新诗是中国的旧诗合情合理的继承与发展。新诗并非什么个人意志的偶然产物。

六十年比之于数千年,太短。

路漫漫其修远兮,吾将上下而求索。

要善于推动,也要善于等待。

是不是应当提倡探险、开拓、互相搀扶和彼此竞争?

"罢黜百家,定于一尊",诗就灭亡了。

五

生活是不竭的诗泉。泉眼却盼望有心人去寻求。

生活自有其天然的甘美与清冽。倘代之以另一种水,纵然拌上糖也不等于甘美,冰镇了同样未必清冽。

谁不爱人民,谁肯定就不爱生活。

谁不爱生活,谁肯定就不爱真实。

我们谈论学习古典诗歌,学习什么?首先应该学习那反映了彼时彼地人民生活真实的部分。

应制诗,宫体诗,不过一堆废纸。

民歌不可不学。不承认民歌,好比不承认父母。问题在于:究竟什么是民歌?究竟该怎样学习?

一些年来,有一种现象引人发噱:在市场上叫卖得最响亮的小贩,往往手里拿的是假货,而刻苦学习者,倒并不声嘶力竭。

我们要选择真实的民歌,我们要着眼于民歌的真实。

引进外国的技术,为四个现代化服务,其必要性已经是人所公认的了。那么,外国的诗歌为什么不可以引进?不要限于第三世界,第二世界和第一世界的又有何不可?当然还是鲁迅说得对,吃了牛蹄子是决计不会也长出牛蹄子来的。

取其精华,弃其糟粕。取和弃不是一个单纯的吸收和排泄的过程,还伴随着一个复杂的锻炼和免疫的过程。营养好,锻炼好,才能发育好。

六

假如我还能写诗,我就一定这样写下去。

假如七八年再来一次流沙,我就再变成骆驼,再默默地负重蹒跚,再期待着有朝一日走出流沙,那时,濡着白沫的丑陋的嘴唇上当然也会再现笨拙的笑容。

但也完全有可能因衰竭而倒下。

朋友,你见过大沙漠中死骆驼遗下的骸骨吗?它不是一根二根,而是一堆;骆驼死了,但对流沙而言,对习惯于横行无阻的流沙而言,骆驼留下的一堆骸骨也未尝不是一种小小的障碍,一种小小的不快……

不过,我还是乐观的;从长远看,我的确是乐观的。我深信,流沙绝不可能统治世界。竟然统治了,地球岂不将变得死寂?如月亮,如火星。宇航员们已经证实了:月亮和火星都是没有生命的,尽管远远地望去,月亮是纯洁得不能再纯洁了,而火星甚至还笼罩着一层红色的光泽。

人民怎么会让流沙来扼杀自己呢?不会的。他们迟早要下决心,清理流沙之源。这是生活的辩证法,谁也无法抗拒。

七

前面说过,我被允许可以发表作品的时间,加在一起,不过十年多一点。十年不可能写得很多。一定数量是一定质量的保证,因此,也就无法指望写得好些。但若仍以骆驼为譬,则不怕吃苦,日夜兼程,还算得它的一点长处。从这一意义上讲,十年间写得似乎又不算少了。

本集共计收入一百八十三首,是从《边地短歌》《神圣的岗位》《黎明的城》《在北方》四个抒情诗集以及1956年以后无法集结的大量零散作品中选出来的;粉碎"四人帮"以来的新作,也选了一部分。

根据朋友们的意见,也许还有一些是可以考虑的,但鉴于各方面情况的变化,终于都放弃了。另外,还有一些,我已经根本记不清曾在什么时候什么地方发表过,所以也无从寻找。至于毁灭于各种各样的拯救灵魂的运动中的手稿,就更不必提起了。受惊的小鸟飞去还可望飞回,死去的思维却无法再生;众所周知,精神产品不是鞋垫子,它是既不能成批生产,又不能比着什么式样复制的啊!

这是我生平第一次出版所谓的选本。读者同志耗费自己的血汗所得,买上它回去之后,只要不把它的作者当作一个兜售祈祷文或劝善书之类的小商贩看待,我就将感到莫大欣慰。

题名《离离原上草》,是取了白居易名篇《赋得古原草送别》的诗意:离离原上草,一岁一枯荣。野火烧不尽,春风吹又生……

野火烧不尽,春风吹又生!环顾海内,有多少老前辈和同代人,该同声大笑!

1979 年 9 月 18 日　合肥

言者无罪

——读《法官与逃犯》有感

《安徽戏剧》今年第四期发表了王克平同志的独幕话剧《法官与逃犯》，通过演出与传阅，它在观众与读者中引起了强烈的反响。关于戏剧艺术方面的成功与不足，自有专家去指点，我姑且说几句题外话。

我是欣赏这个戏的，因为它干预了我们的生活，促使我们对许多迫切而重大的、涉及每个人命运的问题，再一次进行思索。

评论这个剧本，离不开一个"法"字。这不单是由于它叙述了一个"四人帮"以言治罪、草菅人命的悲愤故事，而且由于它接触了一个如何争取和扩大社会主义民主、建立和健全社会主义法制的现实课题。

严格说来，旧中国历来是一个无法无天的地方。国法是不存在的，有的只是帝王的王法。解放了，人民当了国家的主人，按理说，在法学的、法制的和法律的领域中应该也可以进行实质性的变革了。可惜，基本上没有这样做，或者说，没有坚定不移地做下去；封建专制主义的影子依旧在大地上逡巡。及至"四人帮"横行，忽然抬出所谓的法家来，吹吹打打，煞是热闹了一阵，简直像是要搞法治了。其实，谁心里都明白，他们不过是要继承秦始皇的焚书坑儒、隋炀帝的株连九族、武则天的扬州大狱和明成祖的瓜蔓抄，并且发扬光大而已。事实不也正是如此么？哀哀冤狱，遍于国中，就其祸害之烈，株连之广和流毒之深而言，确实是超过了历史上的任何一个朝代的。

因此我想，王克平同志的《法官与逃犯》，当是这样一个特殊恐怖时期的产儿吧。剧本尖锐地提出了所谓恶毒攻击犯的问题，闯了一个迄今十分敏感的禁区，作者的革命勇气是令人钦佩的。

剧中的主角——逃犯罗义究竟犯了什么罪呢？另一位剧中人,青年法官齐大方有一段台词给了明确有力的答复:"首先从罗义写的日记、信件、传单中,看不出罗义有反革命目的。罗义这里被控的许多言论,现在看来是革命的。当然罗义的言论也有错误之处,但如果说罗义是一个反革命分子,他对'四人帮'能有那么刻骨的仇恨吗？对周总理能有那么深厚的感情吗？罗义有一些言论是因为'四人帮'的倒行逆施而错怪了毛主席,另有一部分我认为是批评毛主席。这些是构成犯罪,还是公民正当的民主权利所允许的呢？列宁说过,社会主义民主要比资产阶级民主优越百万倍。如果据此对罗义定罪,那我国的这种优越性如何体现呢？难道人民只有给党的领袖唱颂歌的义务,而无半点批评监督的权利？即便是批评错了,我认为也应按照毛主席提出的'言者无罪'的原则来处理。作为一个法官,我宣判罗义无罪。作为一个普通的中国人,我认为罗义是革命的青年。这份判决书才是真正的'恶攻'。"同时,齐大方的父亲,省人民检察院检察长齐安也坦率地说出了自己的心里话:"作为一个党员干部,应该下级服从上级;但真正对党对人民负责的话,罗义是无罪的。"那么,人们在感动之余,不免要表示自己的担心:这一对为人民执法的父子战友,能不能把他们的正确主张立即付诸实施呢？未必。因为还有阻力,阻力就是那个虽未出场,却用自己的庞大阴影压迫着整个舞台的省委谢书记。而且,正如观众和读者都心照不宣的,这位谢书记实在是某种政治势力的代表,他并不仅仅是一个人。

可是,又必须看到,这样的剧本今天能够得到发表并且公开演出,毕竟是值得庆贺的。这个事实就足以说明,在血的教育下成熟了的党和成熟了的人民,是一定能够战胜各种阻力的,不论它是如何的盘根错节和顽固成性。

剧本告诉我们:像谢书记那样的人,他们的权威,他们对人民的统治,他们所须臾不能离开的既得物质利益,无一不靠赖"以言治罪"这样一条神圣律令维系着。所以,他们总是念念不忘向着"言论自由"开刀。这样,谢书记之流的人物就自觉不自觉地站在了人民的对立面。或者是他们醒悟、改正,或者是他们百般抗拒,终于被人民从前进的路上搬开。不能设想,当历史向中国提出了民主化和现代化任务的今天,怎么还可以搞"以言治罪"！18世纪法国百科全书派大师孟德斯鸠在他的名著《论法的精神》中曾经有这样一段精辟的论断:"言语并不构成'罪体'。它们仅仅栖息在思想里……常常相同的一些话语,意思却不同,它们的意思是依据它们和其他事物的联系来确定的。有时候沉默不言比一切言语表示的还要多。没有比这些更含混不清的了。那么,怎么能把它当作大逆之罪呢？无论什么地方制定这么一项法律,不但不再有自由可言,就连自由的影子也看不见了。"

也许有人会说:你引用的是资产阶级法学家的话,世上再也没有什么东西比资产阶级法律更虚伪的了。

那么,我们就来听一听马克思是怎么说的。"凡是不以行为本身而以当事人的思想方式作为主要标志的法律,无非是对非法行为的公开认可。"(《马恩全集》第1卷第16页)诚实的无产阶级据此要求享有自己不可剥夺的思想言论自由权,总该不是受了资产阶级学者的教唆吧？

至于毛泽东同志本人,他在自己的著述言论中,曾经无数次地引用了中国人民的有益格言:"知无不言,言无不尽;言者无罪,闻者足戒。"这也是人所共知的事实。正是这四句话,构成了我们党的实事求是传统的重要内容。

遗憾的是,历史后来走上了崎岖狭窄的小路。

大家都知道,我们有过三部宪法。在现行宪法即1978年宪法之前,曾经于1954年和1975年先后颁布过两部宪法,那两部宪法无一不把"言论自由"写在自己的旗帜上,然而不幸,它不用金线刺绣,却用黄纸裱糊,一场风雨,就淋了个不留痕迹。

以1957年反右派斗争为例。从执行有关政策的实际效果看,从一些人受到的层层加码的"惩罚"看,从二十年的全过程看,当时被划为右派分子的人实在是一律被当作罪犯看待的。对于这一点,我想,凡是愿意睁着眼睛面对真实的同志总该不至于否认吧。因此,在这个具体问题上,所谓"言者"与

"行者"的区别是没有什么意义的。而"仍然允许言论自由"一说,自然更属奢望。别的部门不清楚,以文艺界而论,据我所知,差不多所有被打成右派的人,即使在摘掉帽子之后,还是照旧长期被剥夺掉发表作品的权利。当然,也有出于某种考虑,在一个短暂的时间内开过禁的,但很快又遭到了百花园的放逐。

至于1975年的宪法,那就更不必多说什么了。一个无情的记录是:那部宪法公布之日,正是党的优秀女儿张志新同志被割断喉管之时。有人说:这是讽刺。我不赞成这种冷漠的态度。我还是要说:这是悲剧。既然宪法是根本大法,那么,"言论自由"的条文怎么会变成了弥天大谎呢?!难道这不值得人们深思吗?

大家也知道,"文化大革命"中,出了一个《公安六条》,这是法上之法,或者更准确一点说,是无法之法。它规定:只要对某一两个人提出一点批评或者表示了一点怀疑,就是恶毒攻击,就"都是现行反革命行为",就可以揪斗、逮捕、关押,直至处以极刑。到此,"四人帮"索性连那种由"言者"中找"行者"的辩解也彻底抛弃掉了,他们干脆赤裸裸地以法律形式明文认定了"言者有罪"。在中国,甜甜蜜蜜的"言者无罪"终于变成了面目狰狞的"言者有罪",只不过用了十年左右的时间。仅此一端,也不难看出,一旦我们的人民国家不奋力前进了,那数千年之久的封建惰性力量就可能把她拖进什么样的黑暗深渊!其实,《公安六条》也算不得林彪、"四人帮"及其高级顾问的发明创造,不过是国粹的花样翻新而已!汉武帝时候,有所谓的"腹诽"罪。后来,"大不敬"(骂皇帝)该问斩,是载入《唐律》的一条。翻译成现代语言,岂不就是所谓的思想犯和恶毒攻击罪么?

党的十一届三中全会公报写了这么一段话:"毛泽东同志是伟大的马克思主义者。他对于包括自己在内的任何人,始终是坚持一分为二的科学态度。要求一个革命领袖没有缺点、错误,那不是马克思主义,也不符合毛泽东同志历来对自己的评价。"我们的党是对人民负责任的党,是掌握了真理而充满自信的党,只有这样郑重的党才能作出这样严肃的宣告。这也等于是再一次确认:人民完全有权实事求是地对党的各级直到最高一级的领导人提出自己的批评意见,而不致获罪。当然,时到今日,如果竟有什么人还要坚持以所谓恶毒攻击罪来镇压共产党员和人民群众,其结果就只能是政治上的自杀。这是历史的辩证法,无人得以例外。

现在,刑法已经公布。以刑法的条文作为判断剧中人物罗义是否犯罪的标尺,那答案就越发明显了:言者无罪,罗义无罪。

不过,谢书记一类的掌权者是否会就此善罢甘休呢?我看,不见得。他还可以说罗义犯了别的什么罪,例如诽谤罪,诬陷罪,或者煽动闹事罪。谢书记也许还是有空子可钻的。罗义固然需要作好长期斗争的思想准备,齐大方和齐安又何尝不需要作好长期斗争的思想准备?弄得不好,"言论自由"是可以再度成为践踏"言论自由"的自由的。但愿罗义的悲剧不再重演。

另一方面,反革命分子当然是还会有的,阶级斗争也并未寂灭。但罗义绝对不是反革命分子,不是阶级敌人。言者无罪,罗义无罪!

1979 年 9 月　合肥

诗与政治及其他
——答诗刊社问

问:你对诗与政治的关系怎样看?

答:大概,我是说大概,在这个世界上,再也没有任何一个国家的诗与政治的关系更比中国密切的了。我这样说是有根据的,根据就在于:中国有自己首创的一大发明,即:利用小说、诗歌、戏剧"反党"。

我不知道,这究竟是一种幸运还是不幸。在人类区分为阶级的历史阶段,文学(其中有诗)与政治必然会发生这样或者那样程度不同的关系,这是不以人的主观意志为转移的客观存在。在许多时候,我们甚至有必要主动地、积极地强化这种关系,目的在于推动革命前进(当然不是张果老骑驴式的前进),最后达到消灭阶级。公开承认这一点,就是公开承认真理。不过,说起我们中国的政治,有时候,不免令人寒心,它往往有着自己的特殊形象,它像风、像云,像打着旋涡的水……变幻莫测,无法预报,更难以控制。举例言之,1957年春天,明明号召人们反对教条主义,夏季一到,手持棍棒应召而来的竟是些"反修"战士。1959年,清凉的庐山居然也会变成酷热的火焰山,我们的刚直不阿、万民景仰、斩关夺隘、战功卓著的彭德怀元帅没有能够冲过去;而有一种后来由于依附"四人帮"才终于垮台的"勇士",他右边口袋里装着秘书起草的"反左"发言,而左边衣兜中又装着同一位秘书起草的"反右"檄文,真是"左右逢源",吃啥给啥,终于大获全胜而归。这当然不是元帅的耻辱,也不是人民的耻辱,只不过是当时中国的所谓政治的耻辱。林彪是深知其中三昧的,因此,他有一句"名言":"理解的要执行,不理解的也要执行,在执行中加深理解。"其实,这话首先文理就欠通,既然压根儿不理解,又怎么能"加深"理解？不过,不通归不通,其坦率毕竟还是可爱的。

就是这样,在极"左"路线的萌生、发育乃至完全定型的过程中,搞过多少次政治运动,就败坏过多少次诗。这种败坏是从两头来进行的,其一,它不但要不断"批"掉一些诗作,而且要不断"判"掉一些诗人;其二,它还要不断开它自己的"一代诗风",而且要不断树它自己的"样板作家"。于是,好诗纷纷被斥为毒草,赝品屡屡被捧作香花,多数人戴"帽子",少数人弹"桂冠"。

我想,这就是过去了的诗与政治的关系的基本轮廓。

现在是永远结束这种亲者痛、仇者快的局面的时候了。

然而,这绝非意味着要求摆脱政治,完全摆脱政治的纯诗是没有的,一部诗史证实着这一点。在我们这个无产阶级专政的国家,企图非政治化尤其是不道德的,因为它不符合人民的根本利益。现在我们有的同志写山水诗,我以为,那目的在于激励人们热爱我们的中华人民共和国,而不是热爱秦始皇的阿房宫与西太后的圆明园,不是热爱什么永恒的一成不变的古华夏;同样,有的同志写爱情诗,那也是着眼于提高人们的道德情操,肃清林彪、"四人帮"在其圣洁的假面具下掩盖着的兽道秽行,而不是倡导回到生物状态,或者回到只知其母而不知其父的母系社会。

有争议的问题乃是:诗与政治的关系怎样才算是正常的和合理的？我个人的看法是:诗只能是民主与科学的战士,只能是为实现共产主义理想而斗争的战士,而不能叫诗去做这一个或那一个政治家的奴婢,(何况还曾经有过顶着政治家头衔的林彪、江青之类的反革命阴谋家!)不能叫诗围着某一个政治家团团打转、翩翩起舞;诗人只能为人民歌唱,为革命传统歌唱,为共产主义理想歌唱,为消除一切反人民、反传统、反理想的阴暗面而放声歌唱。歌唱就是斗争。这样的歌唱自由就体现了无产阶级的政治民主。

从理论上讲,党的利益和人民的利益是吻合一致的;严格地说,除了人民的利益,党别无自己的集团利益。数十年来,无数革命先烈正是这样实践的,张志新烈士也正是这样实践的。可惜,在某一个特定的时候,生活的实际却竟也会产生某种歧异,甚至背离。"文化大革命"的十年,林彪、"四人帮"篡夺了相当大的一部分权力,他们的哪一宗罪恶不是假党之名以行!这,件件桩桩,记忆犹新,就不必再提了。倒是不妨拿前十七年来看,反右派,大跃进,反右倾,不是也能证明这一点么!所以,一旦不幸遇到了这样的非常情况,诗与政治之间就不可避免地会产生矛盾,出现裂痕,这,实质上也就是真正的无产阶级党性和冒牌的无产阶级路线、方针、政策之间的原则冲突。果真落到这步田地,诗人只有凭借革命的赤子之心、勇气与信念,顶住压力,忍受打击,在最不利的条件下,尽力之所能及,唤起人民,匡救时弊,帮助我们的党,战胜属于人民内部矛盾性质的谬误,或者战胜混进革命队伍中的奸佞。如若实在被封住了嘴巴,那么,不能有所为,至少也总要有所不为吧。

因此,在诗与政治的关系中,诗,不应该是消极的,被动的,更不允许是颓废的,遁世的。诗的光荣全在于成为人民的触须,迅速反映真实的生活,让党及时听到基本群众的呼声,以便在最充分地实现社会主义民主化的前提下实现最完备的社会主义现代化。

这就是干预生活。

问:你对当前诗坛状况的估计如何?

答:在1979年4月号的《文艺报》上,我写过一篇《诗与诚实》。一方面是立即收到了天南海北许多读者的来信,其中有的竟长达二十页,都是表示支持和鼓励的。另一方面,也触怒了某些自诩为"歌德派"的同志。正当我去到中越边境下连队真正"歌德"(借用"歌德派"的词汇)的时候,他们却在那不知道有还是没有"红地毯"的"楼上"发愤为文,扬言要"大批判开路",把我当作"缺德"的靶子来打了。必须指出,靶子绝不仅仅止于我的那一篇不足道的文章,他们还要打其他同志的若干作品。令人扫兴的是,在他们原以为呼之欲出的第二次反右派斗争竟很快就被党中央的严正声音所惊散了,于是,乃又有"辟谣"之说,其结果是,我们倒仿佛成了谣言公司的大老板。对于这件事,我想借《诗刊》提问的机会郑重申明,的确是有人写了文章的,配合默契,而且不止一位;有的抢功心切,破门而出,有的老谋深算,藏头露尾,有的则暂时马放南山,刀枪入库了。如此规模的"大批判",是否奉命之作,不得而知,但反正有人曾经公开传话:我们的《"歌德"与"缺德"》就是针对谁们谁们的,这是无可否认的事实。

在《诗与诚实》里,我着重反对了诗歌(包括新民歌)中的瞒与骗,反对了以吹牛撒谎代替浪漫主义,强调了应该恢复和发扬现实主义的传统,同时谈到了应该正确地、完整地理解"美"与"刺"即歌颂与暴露的对立统一的辩证关系。难道这些全都说错了吗?由于"大批判"迄今尚未全部问世,我现在的心情,仍然是颇有一点类乎不明白究竟犯了什么天条,必须惩戒,而又不明白何以能够承恩"缓期执行"的味道,是既困惑而又怅然的。

我认为,在文艺问题上,如果真的贯彻"双百"方针的话,不同意见的争鸣、商榷乃至批评与反批评,都是完全正当的。谁也不能保证自己说得全对,一切都要经过实践的检验,真理愈辩愈明,这是好事而不是坏事。现在,成问题的是它求之而不可得。有的同志总是习惯于搞小动作,或者总是盼望快快回到过去的年代,一声令下,大打出手,或者扮出一副委屈的样子,大喊大叫要保卫他们打棍子的权利,把"棍子"说成是"一家之言"。无奈何实在打不成了,他们便忍着手痒,把手和棍子都一概笼在袖筒里,以示自己是"安定团结"的模范。

我在这里诚恳地希望他们亮出他们手中的真理来;只要是真理,我一定投降。

至于诗坛本身,三中全会以来,我感到是大有起色的。不但老、中、青诗人和许多业余作者都写出了不少好诗,而且正气逐日抬头,别说帮腔帮调失去了市场,就是粉饰太平的玩意儿也渐见销匿。就中,我以为特别值得推崇的是叶文福同志的《将军,不能这样做》和雷抒雁同志的《小草在歌唱》。这两位同志都是共产党员和革命军人。他们无愧于这些光荣称号,写出了充满真正党性的好诗,值得我学习。如果举行诗歌创作的民意测验,我就要各投它一票——它们是 1979 年的两篇力作。

此外,《诗刊》以及刚刚复刊的《星星》,还有部分地方刊物,都把目光投向了发现人才和培养人才的工作上,同时,也开始喊出了莫把创造当异端的强烈呼声。这也是令人欣慰的好现象。

不过,和我们的短篇小说相比,诗还不那么繁荣,不那么受到园丁们的浇锄。短篇小说去年搞了一次全国范围的群众性评奖,效果很好,今年接着又在搞。戏剧方面也相当景气,不但有空前规模的调演,而且每上演一出好戏,就有人向观众推荐。可是,诗呢? 不知道为什么,就是一直处于无声无息、自生自灭的境地,评论家似乎无暇一顾! 尽管"取缔"之声时有所闻,舆论界却并不认为理应伸出支援之手。对于像《将军,不能这样做》和《小草在歌唱》这样震撼人心的好作品,迄今不见一篇有分量的评介,谈谈它们的思想倾向、现实意义、道德价值与艺术特色,也指点指点其不足之处,借以表达广大读者对这两首诗的拥护与赞扬,寄托人民群众对作者们的感谢与关切。

最奇特的是,奚落新诗仿佛成了一种时髦。不待说,奚落与批评是根本不同的。倒贴他二百大洋都不读新诗的人在奚落,不需倒贴并自愿翻一翻的人在奚落,写诗的人当中,有人自己也在奚落,而且奚落得最彻底! 例如:新诗几乎一无可取,偶尔有一首两首能给人留下印象,那也得归功于朗诵演员,云云。前些时候,长春出版的《社会科学战线》上,又有人大声疾呼:《新诗要革命》,虽然标题未免惊人,倒也总算有个"本本"。不过,我很怀疑,这位发号召的同志究竟弄懂了革命的概念没有? 根据马克思主义,到底什么叫革命? 十年浩劫中,"××要革命"的口号纷至沓来,响彻云霄,如今一一安在哉?! 何况,他的那篇文章,说来说去不过是抄了毛泽东同志致陈毅同志谈诗的一封信上的四个字"迄无成功",大概这又是"一句顶一万句"吧? (其实,还有"成绩不可低估"的"本本",不知是不是也该"一句顶一万句"?) 然而,我却不敢响应这个"革命"的号召。我想,是不是可以这样理解:毛泽东同志给陈毅同志谈诗的信,乃是两位伟大的革命诗人之间的私人通信;他们是以诗人的身份谈诗,交换各自的见解,而不是以领袖的身份下命令。难道他们还会不明白:世上只有可以指望人家信服的文艺理论,而绝无能够强使人家执行的文艺判决。

总起来说,我对目前诗坛之外的状况的忧虑远远超过了对诗坛之内的状况的忧虑。

这是为什么?我也希望听到答案。

问:你喜欢音乐与美术吗?它们对你的诗创作有什么帮助没有?

答:我喜欢音乐与美术,很喜欢。不过,我必须赶紧交代,对于这二者,我几乎都一窍不通。

我从小就爱唱歌,在中学和大学里居然都担任过近百人的合唱团的指挥,这,自然就是我在音乐方面所攀登过的蚁丘似的"顶峰"了。可我什么乐器也不会,固然由于那时家穷,缺乏物质条件,更主要的还是笨。如今上了年纪,上了年纪的东方人是不可以像西方人那样"放浪形骸"的。不过,我还多少保存着这一爱好的残迹,如:浏览音乐家的文学传记,描写音乐家的故事电影百看不厌,参加音乐会,听唱片;每次有机会去到歌乡,在云南就请求赶马帮的大哥唱赶马调,在山西就央告农村的歌手唱山曲……最近,我和两位青年诗人逛书店,我买了一本《民间音乐概论》,竟引起了他们的诧异:你还看这个?我回答他们:是的,我看,认真地看。这两位青年诗人,显然还没有觉察到:音乐性之于诗的重要意义并不亚于鸽哨之于鸽子。

我经常幻想:假如我是作曲家就好了,那时候,我就要像他们那样,在钢琴上敲打着,敲打着,即兴的畅想就会自然而然地像细胞分裂一般繁衍成一支热烈的或者悲怆的奏鸣曲;我同样也能像他们那样,从弓弦的飞快的或者沉滞的移动中准确地捕捉住稍纵即逝的灵感。我确信,音乐的胎盘中孕育着诗。此外,我还有这样的体验:听一位流浪的盲艺人在昏暗的街灯下拉二胡,听一位古刹中"思凡"的和尚于万籁俱寂中吹洞箫,都会使我的灵魂为之战栗。更何况广义地说,天地之间,山泉、林涛、狂飙、霹雳(别忘了和霹雳完全不相同的郁雷），实在无一不是音乐呢。

时下，有少数青年朋友，一说起音乐，就立即联想到香港的流行歌曲。这是一种误解。也许，我们的音乐家可以从中找到一点可资借鉴的东西。而且，我也不反对听一听它们，但为之着迷，却大可不必。应该努力创作出一些能够表现当代中国人的思想感情的优美的健康的抒情歌曲来，和那些随着录音磁带广泛流播的东西竞赛，这才是真正有出息的态度。我以为，从香港流行歌曲中是找不到诗的启示的，它既与我们的民主化无关，也与我们的现代化无关。

我有过一个学美术的姐姐，名叫刘仁慧，据说当年也算得上杭州艺专的高才生，但不幸惨死了。她追求美的精神对童年时代的我是一种可珍贵的熏陶。她先后攻读过绘画、图案和陶瓷美术。她是我心目中的缪斯。我至今还十分欣赏好的图画、雕塑和建筑群，巴不得不要落下任何一个值得一看的美术展览会，那最初的种子大概就是姐姐播下的。当然，我还有一些美术界的良师益友，虽则为数不多，但我从未讨过他们的画，这不但是由于三十年来没有一堵配挂字画的墙，而且更怕自己的愚蠢招致附庸风雅之讥——因为我的确解释不准确。不过，我注意到一个历史现象：历代画家都工于诗。齐白石巨匠运斤，工力深厚，堪称双绝，这是人所共知的。就以我认识的黄永玉、黄永厚兄弟以及朱丹、赖少其、林凡等人而论，他们写诗填词，新巧古拙，也无不文采斑斓，每多上品。至于杰出的一代诗人艾青，他本人曾习画多年，具有极深的造诣。我们只要读一读他描绘的乌兰诺娃的芭蕾，东山魁夷的画卷，小泽征尔的指挥，那些死的方块字不都像中了魔法一样听从他的调遣，一一还原为音响和色彩，呈现了充沛的活力，变成了具体可感的音乐和美术了吗？从艾青身上，正可以找到诗人必须懂得音乐和美术的最生动最有力的论据。

至于我自己，尽管希望多接触一点音乐与美术，遗憾的是，年过半百，仍旧不识皮毛。这一辈子是不大可能补救的了。唯其如此，我才深愿有志于诗歌创作的后来者们，一定不要对音乐与美术无动于衷，一定要锻炼自己成为内行。

再说几句并非题外的话。最近,读《光明日报》,知道了歌德在色彩学方面的高度素养,并有专门著述。那篇文章提出了一个重要的问题:诗人,不可以是色盲。我想,道理相同,也不可以是音乐的聋子。建议翻译界的有心人尽快把歌德的这本《色彩学》介绍给中国的读者,相信它会对整个文艺界大有裨益。

问:你对青年诗作者有些什么期望和要求?

答:这是一个大问题。我在《星星》的复刊号上发表的《新的课题》,内容不出这一范围。读者同志若有兴趣,可找来翻阅批评。我不过是一个在省一级单位工作的普通人,见闻有限,虽说每天都有不认识的青年人投书来稿,或者赠阅他们自己编印的种种报刊,但毕竟不可能了解全局。我想,只要可能,很愿搜罗更多一点资料,掌握更多情况,认真学习一番,然后再谈一点比较系统的意见。没有调查就没有发言权,毛泽东同志的这句话确应牢记不忘。

这里,我仅侧重某些令人不安的迹象,初步提出下列三点希望:

一、诗要多表现人民。表现"自我",那也因为"自我"是人民的折光。不要孤芳自赏。

二、诗中要有理想,即便是悲剧式的处理,也要使人隐约望见希望之星。要立足于中国的革命,包括它的胜利与失败;写胜利,不要廉价的欢呼;写失败,不要一味生气、叹气、泄气。

三、外国的东西,说到底只供借鉴。千万不能因为我们祖国多年来的挫折与倒退,转而羡慕、崇拜西方。须知西方的某些诗歌流派乃是另一种文化传统的产物。你不妨试验移植、杂交、接木,观察它的适应性,考察它的生命力,但绝不能奉为新的神祇。供奉的结果将必然是丧失自己。中国之所以为中国,就在于她向世界提供了不同于别人的好东西(无疑,这里绝对排斥那构成封建专制土壤的一切成分);即便是引进的外来品种,也应该汲取中国的液汁,发散中国的气味,而不是中国包装的舶来品。

有人标榜只有他代表人民，却又宣布不愿代表中国，这样的人就给自己挽了一个解不开的死结。我们爱人民，不是连人民的痛苦也一起爱，我们爱中国，也绝非把中国的落后也视同珍宝。不爱中国，而爱人民，那是不能设想的。让我们写诗为人民的痛苦呼号，同时也为中国的进步呐喊吧！

1979 年 11 月 29 日至 12 月 4 日写于北京

在学习写诗的道路上

一

近年来,许多不相识的同志给我写信,一方面发表他们对当前诗歌运动的见解,一方面也要求我把自己的想法告诉他们。这些信一般都附有诗歌作品,既印证其文学主张,又嘱我提一点意见。来信者绝大多数是青年。读到那热情、激烈而坦率的言辞,真像是看见了在纸上突突搏动着的一颗颗滴血的心。我想,这该是一些值得寄以希望的朋友。因此,我努力想做到有问必答,可是,到底来信来稿的数量过大,而时间和精力有限,结果还是有一部分来信被积存下来,附来的诗稿也只好转给了几家期刊,请别人代劳处理了。这是令我感到十分不安、十分内疚的事。

当然,有一些问题我自己考虑很不成熟,不敢贸然发言,这在对方想必是可以谅解的。另有一类一般性的问题,又由于不是三言两语所能交代清楚,终于也未能及时回话。其中,提得最多的和颇有兴味的是两个有关联而又有区别的问题:你是怎样写起诗来的?你的诗是怎样写出来的?现在,借《文艺报》要求文学艺术工作者总结各自三十年创作道路和创作经验,指名向我索稿的机会,就来谈谈这个问题,权且算是一封对所有的提问者普遍有效的公开信吧。只不过,我的所谓创作道路也者,其实仅有短短的一截。它曾经不止一次地被打断,实践的机会委实太少了,因而它完全够不上什么总结,偶作回顾,滥竽充数而已。

和许多同志们一样,我从少年时代就染上了一种爱好诗歌的"热病"。最初接触新诗,是十二三岁。而也就在同一个时间,我给江西赣州的一家地方报纸副刊寄去了自己的所谓处女作——一首悼亡诗,依稀记得,内容写的是对于一位名叫张明的青年的怀念。张明是北方人,也许就是北京人,他流亡到了南方,担任了一个抗敌宣传队的队长。我们是由于一种偶然的机会认识的,他待我就像大哥哥一样,教我懂得了不少抗日救国的道理。他能唱歌,能演戏,运动场上也是一员健将。但是,他突然得了肺结核,穷愁潦倒,缺医少药,过早地死去了。他是我尚未进入人生就已结识的第一位朋友,他的噩耗使我感受到了很大的悲哀。也许,正是这种幼小者的纯朴和对于死神的抗议,情出乎中,不是无病呻吟的矫揉造作,使得这首诗立即得到了审稿人的支持,赐予一角地位刊登了。这位编辑名叫洛汀,目前是云南昆明的文艺刊物《滇池》的负责人。这第一次投稿的成功,在我简直比功课考了一百分还要高兴和激动,它增添了习作的勇气。然而,同时也造成了一种错觉:哦,诗,原来是蛮容易写的!尔后为了纠正这一种错觉,我竟不得不付出相当大的代价。不过,也好,有了这一反一复的教训,我就比较深刻地懂得了:写诗,是真正的劳动,既痛苦(它迫使你砍掉百分之八十以上的似乎都颇有价值的成分),又欢乐(它让你最终明白为什么必须选择那剩下的不到百分之二十)。

我从来也不是一个全面发展的学生。我喜爱文科和一部分理科。奇怪得连我自己也无法解释的是,我的矿物学总是满分而化学却往往不及格,欧基里德几何能唤起我的想象力,但三角函数简直令人头疼。甚至连体育也被我"一分为二",我只热衷于单双杠,而那种限定一分钟要投中多少个球的投篮活动,我没有一次是成绩良好的。尤其没有什么道理可讲的是,偏爱诗,无论古诗新诗翻译诗,或者诗意浓郁的散文,都一概爱不释手。记得我的第一批课外读物就是胡适、刘半农、康白情、徐志摩、朱湘和闻一多、郭沫若、臧克家的诗,还有朱自清、冰心的散文。大约是念初中三年级那一年,一天,我偶然看见了桂林出版的《诗创作》,那是一种十六开本的无论纸张和印刷质量都很粗劣的杂志,但它经常发表一些思想和艺术质量都相当高的诗,特别是通过它的介绍能读到敌后解放区革命诗人们的诗。我一读就着了迷,于是,千方百计地一本一本地找来读,读之不足,又订上厚厚的本子整首整首地抄。艾青、何其芳、公木、天蓝、田间,还有侯唯动这样一些名字,就都是从那上边看得眼熟的。接着,又在专门发售进步书籍的吉安文山书店陆续买到了《大堰河》《火把》和《她也要杀人》。从此,所有那些不写抗日战争,不写劳苦大众的诗,都被我抛到了一边。我开始模仿这些诗人,写起我自己的"革命诗歌"来了。说来十分可笑,我的"革命"不过是毫无实践的空洞呼号而已。我有一位和我差不多同样狂热的同学,他的名字叫作刘咸震,浙江人,新中国成立初年,似乎在中国人民大学攻读哲学。那时候我们一般穷,但不知他从哪儿弄到了一笔钱,订了一份《诗创作》;他很慷慨,每期寄到,总是借给我通读和选抄。这份刊物对我的学习写诗起到了良师益友的作用;而且,据我所知,受惠者绝不止我一人。我以为,如果编写中国新诗史,《诗创作》总应该占有相当重要的一页吧。

我父亲有一定的古典文学修养,经常爱在和我的谈话中和给我的信中引用两句古诗。显然,在他看来,诗是教育手段之一。那时候,我的家在赣州,但我却必须去吉安读书,因为吉安有一所专门收容沦陷区难民子弟的国立中学,无须缴纳任何费用。这正是苦儿们求之不得的所在。当时战场上的形势是很可悲的,只要日本军队下了决心进攻,国民党军队也就仿佛下了决心一般,一触即溃。我小小年纪,只身在外,父母自然是不放心的。有一次,我疏懒了一段时日,没有按规定的时间写信,父亲立即默写了一首杜甫的《春望》寄来:"国破山河在,城春草木深。感时花溅泪,恨别鸟惊心。烽火连三月,家书抵万金。白头搔更短,浑欲不胜簪。"又有一次,过中秋节,我独自一人对月徘徊,看见有些家境较为宽裕的同学各自在林间草地徜徉,吃着月饼,长啸高歌,我摸着一文不名的裤袋,忽然产生了一种极端庸俗的感情,悲从中来,折转身便跑回教室,拨亮晚自习用的桐油灯,给二老写了一封发泄渺小情怀的信。过了几天,父亲的回信到了,竟又是一首诗,那是王维的《九月九日忆山东兄弟》:"独在异乡为异客,每逢佳节倍思亲。遥知兄弟登高处,遍插茱萸少一人。"老实说,光是来上前两句,也许还可以解释为对我的安慰和开导,但就全诗而言,用在此时此地未免太不妥帖了。不过,由此不难想见,我的确是被诗从多方面"包围"住了的。何况,我还有一位古典文学造诣甚深的好老师,这就是现在江西师范学院任教的余心乐先生。他每讲一课下来,黑板几乎要变成白板——密密麻麻地挤满了粉笔字。他是一部活"辞海",任何一个典故,无不背诵如流,信手写就。我曾私下找来古书核对过,竟连一个句读都无出入,令人敬佩不已。诗经、楚辞、乐府、散文、骈文、笔记小说、诗词歌赋、散曲小令……没有他不在行的。上他的课,真是讲者动心,听者动容,每解释到它们各自的思想艺术之绝妙境界时,他会情不自禁地或者拍案,或者搓手,或者甩发,此情此景,回忆起来,还恍若昨日。他对我的启迪之恩,是永远不能忘怀的。我不知道,时至今日,在我们的中等学校里,还能不能找出这样精通业务的老师来。

不过,上面说的一切,加在一起也不过是一个准备阶段。更重要的阶段——直接吮吸人民的乳汁,经受革命的摔打的阶段,尚未到来。如果由于什么偶然的因素致使自己不能进入下一个阶段,那我今天就会是完全不同的另外一个人,在做着完全不同的另外一种工作。在我们中国这样一个奇特的国家里,人的一生中,这种决定命运的偶然因素,又往往是出现的次数太多了。亲爱的朋友们,难道我说得不对吗?

二

幸运的是,历史却投给我以青睐。

待我长到十八岁,收到了大学的录取通知书的日子,正是日本侵略者宣布无条件投降后才不几天。爆竹声中,饱经忧患的劳苦大众喜泪飞迸,但很快他们又忧心忡忡了:中国向何处去?显然,面前摆着两条道路:是当主人,还是重新当帝国主子的奴隶?每个人对此都必须做出选择。

我和人民一道,选择了前者。

解放战争尚未打开,学生运动已经兴起;解放战争一经打响,学生运动愈加高涨。当时,正如毛泽东同志指出的,除了军事战线之外,还存在着一条反对蒋介石反动统治的第二战线,学生运动正是这第二战线上的一个重要组成部分。当我投身于汹涌澎湃的学生运动中去以后,立刻感到了一阵强烈的欢乐。这一浪潮有力地冲刷着自己思想上的污垢灰尘,推动我跳出自我欣赏的小圈子,比较自觉地把诗作为一种武器来使用。

在这期间,我在南昌《中国新报》上发表了一组散文诗:《夜梦抄》,其中不少篇章,被当时在香港主编《野草》的秦似同志发现后拿去转载了。此外,还写了不少直接为斗争服务的诗歌。那些东西虽然都很幼稚,很粗糙,而且仍旧充满了知识分子情调,但却都是拿到朗诵会上、营火会上和街头上,或者学生会主办的小报上去宣传鼓动群众用的。因此,它对我个人确乎是一种有益的锻炼,它帮助我懂得了:如果真想写出好诗来,必须探索诗歌通向人心的道路,必须理解诗的构思乃是一个最单纯、最有共性的思想和一系列最复杂、最有个性特点的形象相结合的过程。

这些习作,在我个人说来,是弥足珍贵的。我本来有一份相当齐全的剪贴,它逃脱了国民党的白色恐怖,一直保存到全国解放。可是,万万没有想到的是,在50年代中后期开始的历次"左倾"竞赛中,它们都变成了可疑的罪证,一次又一次的审查,一次又一次的损坏,到了"文化大革命"期间,就索性被彻底毁灭掉了。这件事,想起来实在叫人痛心,不是痛心那有多么大的文学价值或史料价值,而是痛心:不毁灭于敌人竟毁灭于自己人手中!

最近,因参加四届文代会来到北京,几位当年一道组织读书会,学习马列主义、毛泽东思想,一道出版墙报,一道罢课游行,一道和特务打手及"职业学生"做过面对面斗争的老同学相约叙旧,共话沧桑,真是感慨万端。席间,已经成为控制论专家的欧阳文道同志带来了一份千方百计保存下来的1947年的铅印学运小报,那上面有我写的两首小诗,一首署名廖廓,一首署名杨卡(我记起来了,当时我正在读一本乌克兰诗人杨卡·库巴拉的选集),我惊喜万分地抚摸着这张发黄的报纸,忍不住两眼的酸涩,多少往事涌上了心头!

且把这两首小诗抄录在下面,既可以保存一点信物,也可以求得读者的了解:二十岁的我,就是写这样一种诗的青年。

发了酵的白面包

那些
吃白面包
胖得
像白面包一样的人,
他们的
一切
也都是发了酵的。
捏一把,瘪气,
撕一下,粉碎,
他们
永远不比我们结实!

(廖廓)

我们是真理的据点

和风雨斗争的日子，
树林
是春天的据点；
和黑暗斗争的日子。
火把
是光明的据点；
和恶魔斗争的日子，
我们
是真理的据点；

春天啊，
光明啊，
真理啊，
不许失败！
只许战胜！

（杨卡）

当然，这里使用的与其说是知识分子的语言，不如说是奴隶的语言。凡是经历过那个暴政时代的人，一读就会懂得的。在那个时代，青年是有理想的，而且十分明晰，十分执着，我们追求的春天，就是共产党，就是社会主义，就是繁荣昌盛的人民共和国！

三十年过去，看看今天的新一代，虽则大多数是善于思考，勇于探索，政治上是较之我们当年更为成熟的,但也无可讳言,其中有一部分,或者颓唐,或者怀疑,或者厌倦,或者堕落……这当然是对极"左"路线的惩罚,但毕竟是一枚苦果。

用什么来敦促这一部分迷途而知返？我以为,诗,仍然不失为赤子的呐喊。据我所知,丙辰清明的诗的旗帜与炸弹,就为某些主人召回了他们的灵魂。

对于我们普通人来说,人生基本上是一篇散文;然而,无论如何都能找见诗的阶段,那就是作为黄金时代的青年阶段,这是毫无例外的。所以,诗也就成了青年的同义语。诗应该是翻译成了文学形式的青春。和青年对话,不能忘记诗。

三

1948年春,我参加了革命,在地下党领导的全国学联机关刊《中国学生》做编辑工作。1949年,我进入了中国人民解放军这座英雄主义的大学校。经过了千里进军,部队到达了民歌如海、色调似霞的云南边疆。写诗赞美我的战友,赞美他们在剿匪作战、开辟政权、团结各兄弟民族、保卫边防和建设国家的不知疲倦的斗争中所建立的彪炳功勋,就成了自己责无旁贷的任务。同时,歌颂各民族人民在党的教育下迅猛觉醒和飞跃,歌颂我们伟大祖国的大好河山这样一个爱国主义主题,也经常使我激奋不已。我差不多走遍了中越、中老、中缅边境,包括某些当时尚未划定界线的地段,度过了许多值得纪念的日日夜夜。

整整好几年的时光,我都像一个刚刚发蒙的小学生,为认识了老师而高兴,为学会了掰着指头能数到十位数而高兴,为一口气拍得够三十下小皮球而高兴。开始,我被编在二野四兵团文工团的文学组。大部队在前方以每天一百五十里甚至一百八十里的急行军追击由长江南岸一直逃往云贵高原的蒋军残部。我们随政治机关组成二梯队，也以每天百里以上的速度紧紧跟上。那时候，二野和四野两支大军都在沿着各自军用地图上划定的大得惊人的弧形圈迂回展开，下属的师、团、营、连，则在一个总的战略意图下，实行穿插分割作战，因此，我们往往不是在这儿遇上了自己的部队，就是在那儿与四野会师。每逢这种场合都够我们忙的了——要以最快的速度写出"作品"来，进行鼓动或者参加联欢。战士们爱"枪杆诗"和"扁担诗"，爱快板剧（在某种意义上说，也可以被认为诗剧），而它们的部分内容又往往和口号难以区分。现在，部队的条件有了变化，但在那个时候，却必须正视翻身农民成分居压倒优势、文化水平低以及战争的需要这样一些特点。这种受到大家欢迎的诗，不但印在每日坚持出版的油印小报上，刷在墙上和石崖上，而且干脆贴在背包上。怎样把诗写得更有思想，更有力量，更"得劲儿"（事实上就是更有煽动性）而又必须短小、单纯、明快、准确、生动，这固然是革命战争年代特殊时间与空间条件下的特殊需要，但也的确对我后来的写作大有裨益，它使我明白了：为了使你的读者对主要之点印象深刻，空话、废话万万不可说。说到底，这些原则，也未尝不是诗的普遍规律。

我们的文工团员们和机关干部们都武装起来了，每人挎一条三八大盖，无一例外。最有趣的是，我们不但要进行各项宣传工作，有一段时间还要押解敌俘。这批俘虏是两阳战役结束时从南海边上抓到的。他们携带的可不是小玩意儿，而是一门一门的美式大炮。我们就伴随着这么一支随时可能从后面轰击起来的敌人的炮兵部队自东至西差不多穿越了整个广西。还有新鲜事。越往山里走，汉人越少，兄弟民族越多，而且今天遇到的和昨天遇到的言语风俗、穿着佩戴都完全不同，我，还有我周围的许多同志，都缺少这方面的知识准备。而白崇禧训练好的所谓伊斯兰教民团，又不断地沿途袭扰。待到部队进入云南，又人不解甲马不卸鞍地立即投入了剿匪斗争。云南的剿匪斗争是极端艰苦的流血的"捉迷藏游戏"，我们要对付的不仅是本地的惯匪，少数民族反动上层组织的叛乱力量，携枪哗变的起义部队，地主武装，而且还有从全中国驱赶到这儿来的形形色色的股匪,而横断山脉的峡谷地形和垂直气候的冷热多变,更使北方南下的人马难以适应……这时,我已经调到了新华社四分社,工作了很短一段,云南军区创办《国防战士报》,上级命令我负责编第三版。第三版,按不成文法的规定,内容主要是刊登反映部队思想动态的稿件,并且据此进行针对性的正面教育。我除了不断编写阶级教育、清匪反霸教育、土改和民族政策教育、国际主义教育和时事教育等等部队教材之外,几乎一行诗也不写了。手下不写,却不等于心上不写。通过每日处理的大量来稿,了解部队的情况比过去全面、深入、及时多了。比方说,我们四兵团在三年剿匪作战中牺牲的排以上干部,就比参加一个淮海战役牺牲得还要多;这无声的数字使我震惊、悲愤,深感祖国的每一寸土地都是用烈士的鲜血灌溉过的,真是得之不易呀。对于革命胜利的代价,对于千万不可丧失敌情观念,对于一定要像爱护眼睛一样爱护上下内外军政军民的团结,有了任何课本所不能给予我的痛切的理解。看上去这似乎是纯属理性范畴的东西,政治概念的东西,然而,这里面有诗,有血写的诗。

1953年,部队成立文化部,调我去担任了文艺助理员,冯牧同志是部里的负责人。他亲自率领一支创作队伍上了阿佤山。进山之后,大家便分散下连去了,我独自一人一直下到一个名叫永必烈的山头(这个山头后来划归缅甸了)。那里驻着一个班,连"下放"的副排长满共才十二个人。这十二名勇士每日镇守在云雾缭绕的大山顶上,过着从竹子营房到竹子营具的"竹子化"生活,吃的是压缩白菜、罐头鸡蛋粉,喝的是冰凉的泉水,被褥、衣服、鞋袜总是黏糊糊地发潮,四周都是一人乃至两人高的旱芦苇、芭茅和飞戟草,草丛中偶尔出没着当时还保持猎取人头祭谷这样一种落后风习的阿佤兄弟。稍远一点的地方,在可以隐约望见的寨子里,作为人类文明的唯一象征的铁匠炉夜里闪着火光,白天传来锤声,而铁匠却是货真价实的特务,偏偏又暂时不能去逮他。山南的外国土地上还有国民党军李弥残部。十二个人要防守将近三十里长的一段边界……我和战士们一道去站岗值勤,去巡逻放哨,踏着

根本没有路的路,攀登每一个峻峭的山峰。我走着走着,诗句就像我的汗水一样流了出来:

> 一条小路在山间蜿蜒,
>
> 每天我沿着它爬上山巅,
>
> 这座山是边防阵地的制高点,
>
> 而我的刺刀则是真正的山尖。
>
> (《山间小路》)

我考虑过,这短短的四行,难道是仅仅几次站岗和巡逻的收获吗?不是的,如果没有上述的生活积累的全过程,我是不可能产生"我的刺刀则是真正的山尖"这样一种慷慨豪迈之情的。如果说,这座山的海拔高度应该加上战士的身躯和他的枪刺的长度乃是一个形象的结论,那么,在导向这个结论以前,就必须占有大量的形象"数据",进行反复的形象"归纳";诗,来源于生活,我怎能不信服这一真理!

不久,我的第一本诗集《边地短歌》出版了;同时,《西双版纳组诗》和《阿佤山组诗》也先后得以发表,并受到了评论界的好评。值得一提的是,冯牧同志是这些作品的第一个鉴定者和欣赏者;他之所以鉴赏这些粗制品,当然不是着眼于匠人有什么独到的技艺,而是喜欢那一层生活的彩釉和泥土的本色。

一年之后,我奉调到了北京。北京,从来就是革命战士心中的殿堂。我们生活中一切有价值有意义有希望的事物,无一不和这座神圣的城市血肉相连。与其说,这种观念是一种长期教育的结果,是由外而内的灌输,不如说,它是一种长期实践的结果,是自内而外的迸发。我们是一个多灾多难的民族,近百年来,我们的国家更是完全处于被凌辱被肢解的悲惨境地;我们迫切需要建立起某种权威。这个权威果然建立起来了,它不但是以共产党这个革命的政治组织为代表,简直是以毛主席这个领袖人物为代表,这就是我们当时的信念。这一切都是理所当然的:党中央、毛主席在北京,北京,就成了至高无上的荣耀的象征。

初到北京的日子,我常常沿着新华门、南长街、北长街,经过北海、故宫、景山,再折回北池子、南池子,绕回天安门,徒步环行;那时年轻,走一圈非但不疲倦,反而更焕发,那时的我,是多么的虔诚,多么的亢奋,多么的天真啊。我想的是我和战友们在边疆哨所中,在野营篝火旁,在伐木工地上关于中南海的谈话,哪一个同志的眼神不闪耀着奇异的梦幻似的炽烈的光芒?!正是在这样一种心情的支配下,我的脚步在当时还铺着石板的街道上敲打出来了节奏急促而又行程漫长的诗句:

> 我走着,径直走向中南海的朱红的宫墙,
> 泉水般汹涌的诗句,一起化作了庄严的思想;
> 我愿把我比作一滴水,小小的一滴水,
> 我要反射出你全部的辉煌永恒的阳光!

(《致中南海》)

1955年五一节,我白天参加了观礼,夜间参加了长安街头的群众性狂欢。多少人鞋子踩丢了就光着脚丫子跳,纽扣挤掉了就敞着衣襟跑,被挤着了或者碰着了也是彼此心神坦荡地相视一笑,那时候,人与人之间的关系是何等的单纯和友爱啊。是的,那是同志与同志结合的社会,不是狼和狼厮杀的世界。而且,1949年以前的旧中国还创痛犹在,人们是多么珍惜这一片光明的新天地啊。

我认为自己是奉人民之命写诗的,我必须这样写,唯有这样它才是真实的。

天安门前，焰火像一千只孔雀开屏，
空中是朵朵云烟，地上是人海灯山，
数不尽的衣衫发辫，
被歌声吹得团团旋转……

整个世界站在阳台上观看，
中国在笑！中国在舞！中国在狂欢！
羡慕吧，生活多么好，多么令人爱恋，
为了享受这一夜，我们战斗了一生！

(《五月一日的夜晚》)

那一年我二十七岁，就个人渺小的经历和更甚渺小的贡献而言，谈不上什么"战斗了一生"，然而，任何一个严肃的读者也不会像后来某些"左派"那样断言，这是什么"自我吹嘘"和"自我扩张"。那些"左派"，实在是不知诗为何物，他们根本不懂得：诗人之所以有存在的必要，就在于他既有责任感，又有历史感，他能勇敢地为多数人发言。在五月一日之夜，我们的父兄，我们的战士，甚至我们的先烈们的英魂，不正是以其沸腾的感情去拥抱沸腾的生活的吗？虽则继之而来的种种事态表明，我们都未免过于乐观了。

四

又过了三个月，风暴开始袭击着我的命运的小船——我被当作"特务"审查了整整一年；又过了一年零两个月，我被宣布是反党反社会主义的右派分子，遣送山西劳动改造。

我不再是人民的战士了，相反，我成了人民的敌人。对于这样一种剧变，我痛感无从适应。我所能做出的唯一的调整是：沉默，任人唾骂而不抗辩。

然而,可笑的是,有一点却保持不变,那就是愚蠢,可悲的愚蠢。

我开始模模糊糊地看见了,革命,除了热烈的一面,还有并不热烈的一面。我们的革命以解放"人"为宗旨,它发现人的价值,尊重人的人格,充满了最纯正的人道主义精神,然而,一旦当它偏离了自己的轨道时,竟也会把人,而且是把成千上万的人,当作了数目字和百分比,当作了没有血肉没有感情的抽象概念!我当然不是纯金,但肯定也并非泥沙,然而,我被淘汰了;我只能默认这种淘汰,不能做其他的选择。于是我想,跟着党走总还是可以被允许的吧?就这样,1958年的大跃进,居然也烧着了我的易燃的心。我看见报纸上印出来亩产水稻多少万斤的"放卫星"照片——一个小孩子在密不透风的水稻上跳跃,如履平地,如登舞台。人们私下展开了争议,有人相信,有人怀疑,有人嗤之以鼻。我是坚决地由衷地站在"相信派"一边的,和合编在同一劳改连队中的来自《解放军报》和《解放军文艺》的同志们各执一词,乃至面红耳赤。其实,我手中什么客观根据也没有,我一口咬定的只不过是:新华社绝不会撒谎,新华社不可能伪造图片来愚弄老百姓。结局如何呢?铁的事实很快就粉碎了我的盲目无知!那些持怀疑和否定态度的同志是正确的,他们是早醒者。

不幸的是,我当时仍在沉沉大梦之中。

也就在那个时候,上边传令下来:要掀起一个新民歌运动。恕我直言,新民歌颇有一点像是酗酒者醉后播下的种子,它不能不先天地带有某种异常的狂热的气质。在改造我们这几百名罪人的水库工地上,上万民工果然人人作起诗来了。指挥部大概是从档案里了解到我过去和诗有过一段渊源,便叫我去做整理加工的工作,为期一月有余。我们的总指挥很关心我的精神状态,不断教育我"海阔天空地想",命令我在工地上组织民歌创作"放卫星"和带头"放卫星"。我糊涂,我始终不明白诗歌卫星是什么样的东西;也不敢想象李白和加加林怎么能够结婚。这时候的我,并不曾警觉到这是政治上刮五风的反映。还以为是强调浪漫主义,目的在于燃烧起人民群众的乐观情绪和劳动积极性。我总自愧跟不上那"一天等于二十年"的形势,带不了这个头,也无权去"组织"。这使总指挥很不满意,乃继之以暗示:放不放卫星和摘不摘帽子有着某种神秘的关系。我想了想,终于在卫星和帽子这样两件宝贝中间,选择了后者;好歹编出来一本油印小册子,就回去拉土筑坝、担矿炼铁了。于是,我生平第一次觉悟到:被迫写你不愿写的"诗",其沉重竟有甚于七十二小时的连轴转劳动!

从此,我就不再写诗了,连墙报上逢年过节的"认罪诗"也不写了。

工地上有许多民工,他们都来自农村,最多时曾达到万人以上。由于"钢铁元帅升帐",这些兵员就又大部分拨到了新元帅帐下,供其驱遣。而进山探矿、采矿、爆破、粉碎、运输……又都用得上方块字和阿拉伯数码,因此,我便也被派去直接接受民工的监督改造,除了必须完成每天的劳动份额外,兼任记工员。这一段生活真是惊心动魄——我亲眼看见了许许多多至今也不能形诸笔墨的事情。我想得更多了。在我经常想到的问题中,有一个问题是我不愿想而又不得不想的,这就是:鲁迅先生谈得很多的中国的国民性问题。专家们都说:早期的鲁迅是民主主义者,进化论者,后期的鲁迅才是共产主义者,辩证唯物论者。不过,这时的我却分明看得十分真切,促成鲁迅弃医习文,推动鲁迅塑造阿Q这一典型的国民性问题依然是一个客观存在。这个问题究竟该当如何表述才更正确,不妨探讨,但问题的本身并不会因为鲁迅后来接受了马列主义而自行消失。马列主义同样要正视这个问题,解决这个问题。至于我,在这一段与民工朝夕相处的日子里,却真心痛切地感觉到:中国的国民性(主要应该是指占总人口绝大多数的农民的某些特点)是我们的革命煮夹生饭,我们的社会发展缓慢甚至局部倒退的一大病根。这种感觉,到了"文化大革命"中,在农村种地将近三年的时间里,又可悲地重复了一遍。"他们不能代表自己,一定要别人来代表他们","他们的代表一定要同时是他们的主宰,是高高站在他们上面的权威",(《马克思恩格斯选集》第1卷,第693页)对于小农经济及扎根于小农经济土壤之中的小农意识,马克思说得多么精辟透彻啊。如果说,我的写作,今天较之以往,不仅有了一个比较清晰的横断面,而且有了一点纵深,一点厚度的话,那是和1958年至1961年的生活(同样,还有1970年至1973年的生活)不可分割的。我毕竟对自己的人民有了更多的了解,我敬爱他们(主要是农民)的品格,我也悲叹他们(主要是农民)的命运。

不过,必须承认,正是在这个全神贯注地观察农民兄弟的时期,我忘记了诗了,换一个说法也许更准确:诗忘记了我了。

1961年国庆节摘了右派帽子。

1962年通知我"归队",调往山西省文联,在《火花》文艺月刊社编稿;不但编,而且可以写,可以发表。然而,好景不长,大约过了一年半,这种自由就不知其何所以始又不知其何所以终了。许久以后才恍然大悟,原来那时候就已经有了一条语录:千万不要忘记阶级斗争。

这没有什么,不让写就不写。只要我还活着,就谁也不能禁止我思索。西方哲人有云:我思索,所以我存在;我的经验教我做一点补充:我思索,所以我充实。

五

粉碎"四人帮"以后,坚冰破裂了,人民要求实现社会主义民主化和社会主义现代化的大潮奔腾向前。

革命诗歌的创作权和发表权是和人民群众的基本公民权一道,在斗争中逐步争取来的。许多诗人复活了。我们开始听到了众多的各有各的特色的歌声。为了确认"争鸣",千百万人付出了流血的代价。张志新烈士正是为了保障我们的喉管得以发声,而默默地献出了她的喉管的。

然而,中国毕竟是中国,确认也并非确保,这来之不易的一点公民权仍然存在着再度被剥夺的危险。

还有相当复杂的未知数。

在这奔腾向前的大潮中,我不过是一滴。一滴而想不干,就必须永远不要脱离人民和背叛人民。一滴尚存,就应该卷在大潮之中奋勇争先。

好自为之,有时候,也许是知其不可为而为之,这就是我的座右铭。发宣言是没有意义的,诗人的行动就是诗。在这个意义上,我希望,我甘愿,人民群众永远对我实行监督劳动。

1979 年 11 月 25 日至 12 月 18 日
写于北京——合肥

形象的苦聪编年史和方舆志
——推荐长篇小说《鹿衔草》

朋友,你渡过云南的红河吗?你爬过金平与绿春之间的老黑山吗?你钻过八百里原始森林吗?你认识那古老而又悲哀的种族——苦聪人吗?

哦,你没渡过,没爬过,没钻过,也不认识。那么,请你翻开地图册,我将指点给你看,这儿,沿着中越边境西段,有一片空白,不曾印上任何一个村寨的名字,也没有留下任何其他地理标志,就是这儿,有苦聪人的家乡,准确一点说吧,有苦聪人祖先的家乡。

你愿意听一段发生在这片空白上的故事吗?故事与故事尽管各不相同,但故事的主人公都是人,人的感情是不会留下空白的。

好了,而今有了这样一部书了,它专门描写了那可怕的洪荒,可怕的岁月,和更其可怕的民族灭绝的灾难。它以控诉始,以颂歌终,这,就是作家彭荆风同志的新作:长篇小说《鹿衔草》吧!

你问什么是鹿衔草?那是一种药材,产地遍及南北,算不得特别珍贵。然而,在彭荆风的书里,鹿衔草早已不是普通的开着黄白相间的小花的草药了,它成了一种象征:不但救活了长篇小说的主人公们——挨赶、白老大和白鲁(水送)的性命,更主要的是救活了整个的苦聪部落。请看,全书结束语是多么的寄意深远而不着斧痕啊:"茶妹和苦聪小姑娘把新采摘来的鹿衔草抛了起来,如同满天花雨,纷纷扬扬地落在苦聪人头上……"如果你读到这里,你能不掩卷沉思吗?你沉思了,你也就会切实感觉到了:落在苦聪人头上的乃是伟大的共产党和英雄的解放军所洒布的光明啊!

众所周知,云南是我国民族的展览馆。然而,民族毕竟不是展品,你不能像在实物下边贴上一方标签那样,一目了然地加以识别。苦聪人,正是这样一个十分典型的例子。直到今天,他们到底是一个单一的民族呢?或是拉祜族的旁系还是哈尼族的支脉呢?众说纷纭,难以定论。根据调查,像鱼藏身于深水似的,这种藏身于哀牢山中的苦聪部落,总计三万余人。而《鹿衔草》所展现给你的,仅仅是拥有相当于总人口十分之一——即三千六百人的一个分支。不过这个分支恰恰被迫局促于最黑暗的角落——最低下的生产水平,最原始的生活方式,最恶劣的生存环境;从纵的方面考察,它是人类发展史早期阶段的标本,从横的方面剖析,它又提供了阶级压迫和民族压迫的活生生的罪证。

因此,不论你从哪个角度去度量,这部作品都有一般作品所不具备的特色,读来饶有兴味,而又不仅仅是由于画面变化的新鲜奇谲、层出不穷所致。

我还可以告诉你,我认识作者彭荆风同志,他是当年那支从太行山一直打到澜沧江的英雄部队中的一员。他参加过剿匪反霸民主改革第一线的工作。后来又参加民族工作队——第一批出现于黑山老林,寻找苦聪人、动员苦聪人走出森林,下山定居、接受现代文明的武装宣传人员。一般说来,除了历史题材以外,一部好的和比较好的作品,它的主人公应该是作家最熟悉的人。《鹿衔草》中的挨赶、白老大和瑶族猎人老邓的生活原型,就都是作家青年时代的患难之交。而挨赶在执行任务中的某些经历,简直就是作家本人的体验。为什么这部长篇小说把对多数人来说是完全陌生的生活——仿佛在另一个星球上——写得如此亲切动人?秘密正在于此。

深入生活的真理,将政治信条溶化在墨水中去的真理,已为这部著作再次证实。

尤其值得称道的是,由于作家忠于生活和现实主义的创作原则,这部长篇小说的意义已经超越了文学的疆域,而变成了对历史学、民族学、民俗学、心理学研究都有一定参考价值的可贵资料。从某种意义上讲,它是堪称形象化的苦聪编年史和方舆志。"芭蕉叶一黄就搬家。""有马鹿就有它吃水的塘,有苦聪人就有他砍出的路。"当你读到这样诗意盎然的句子的时候,难道你不会兴起强烈的愿望,要求更多更多地了解我们的苦聪兄弟吗?

这本书在艺术上保持了作者一贯的流畅明丽的风格。结构是紧凑的,没有时下某些长篇拼命"以长取胜"的毛病。但也有疏漏和前后照应不够的败笔。没有在一个恰当的场合,通过恰当的情节,提到苦聪人视为无上圣丹的鹿角霜,恐怕也会为行家们所诟病。这些都是令人感到遗憾的。

我这篇文字,是和青年读者的漫谈,实在算不得书评,写到这里,本来也该收住了;不过,还有几句并非题外的话,如鲠在喉,但求一吐为快。去年,我因对越自卫还击作战的采访任务,曾再度去到金平一带。听人谈起"文化大革命"的十年浩劫中,有些苦聪人竟离开了定居十余年的新村,重又逃进了黑山老林。古人有云:苛政猛于虎,这话是有道理的。你看,苦聪兄弟宁愿和狗熊、野猪打交道,也不能忍受林彪、"四人帮"极"左"路线的统治!如今,这些同胞是否全部对我们恢复信任,又回来继续他们被中断了的新生活呢?翘首南天,我不能不深深眷念而又深深感叹了。

1980 年 2 月 5 日　合肥

《仙人掌》后记

此刻,窗外是喜爆噼啪,礼花缤纷,人们正在迎接80年代第一春。生活的力量是顽强的,它总是能为自己发现希望;当然,未来的岁月也的确是显示了好的预兆,至少,在人们的心上,是宁愿打扫出更广大更干净的地方来储存吉兆的。大概也正是由于这个缘故吧,不会喝酒、不会抽烟的我,独坐灯下,对着这一卷才整理完毕的诗稿,竟兴起了恍惚而又缭绕的神思。

这是继《白花·红花》之后的又一部抒情诗集。写作的时间大抵是1979年2月至1980年2月。例外的情形也是有的,如:《龙的家族》和《牙雕》两首,本来都是随作家访问团参观鞍山期间的几笔素描,是理应和《问鞍》《千山一峰》《万人坑中风萧萧》一道收入《白花·红花》中去的,但当时出于一种考虑,临时抽掉了,现在补上。又如:《家乡》、《吹号者之死》、《象形文字》、《皱纹》(1)、《枕头》、《饱嗝》、《雪景》、《皱纹》(2)共八首一组,则更是构思并草稿于"四人帮"横行的黑暗时期;作为那不敢或忘的历史的侧面,作为对未来的警惕和戒备,我最近才通过文字的"显影液"把它们最后"固定"下来。事实就是如此,那个时候,我能够写点什么呢?笔和死罪是联系在一起的啊。然而,脑海中却不断翻腾着波澜,思想的岸崖上刻下了浪的齿印,感情的沙滩上留下了潮的余音,我想,若不趁现在赶紧搜索、追忆和记录,再过些日子,就只好通通消失于无影无踪了。一首诗,必须像这样埋在心底若干年,或者用某种只有本人读得懂的方式"压缩"在一片烂纸上若干年,苦待着得见天日的机会,这,不能不承认是奇异的悲哀。前些日子,考古学者报道,他们从地下掘出了古莲子,试着培育,居然发了芽;我的这几首诗简直有点类乎古莲子了罢。

*

才过去了的一年是值得纪念的;再过一个世纪,当一切与之有利害关系的人都死了,它的面貌肯定会比我们今日感觉到的更为清晰、更为准确。

但这并不妨碍我们对它的轮廓作一个大体的描绘。年初,党的三中全会精神正在逐步深入人心之际,又重申了坚持四项原则,于是,立即有人接过这个革命口号加以歪曲,形成了3月至5月的所谓"春天里的冷风",这当中爆发了一场由越南扩张主义者强加给我们的战争,尽管它无论在地域上和时间上都是有限的。紧接着,张志新烈士当年被割断喉管的骇人听闻的法西斯暴行被揭露出来,亿万人民无不为之震惊,人们强化了拨乱反正的斗争勇气,要求实行社会主义民主和确立社会主义法制的呼声回荡在九百六十万平方公里土地的上空,现代迷信和极"左"路线受到了理所当然的再批判。在此基础上,舆论界强调了把关于真理标准问题的讨论落实到基层,继而展开了社会主义生产的目的性的探讨,然而,好像都没有真正做出多少成绩来便不见下文了。到处都飘洒着不事喧哗却湿透衣衫的牛毛细雨。待到叶剑英同志发表了新中国成立三十周年的重要讲话,群情又为之一振。就是在这个背景下,终于开成了盼望已久的第四次文代会。要求解放思想的力量与僵化、半僵化势力做了新的较量。邓副主席代表党中央对文艺战线的战绩做了崇高的评价。而几乎就在同时,社会上的流言也开始了对文代会积极成果的"蚕食",什么文艺界思想解放"过头"啦,什么文艺作品要对青少年犯罪现象负责啦,什么文艺成了不安定因素啦,一系列宣传这种奇谈怪论的"杂文"和"思想漫谈"纷纷应运而生,从去年年底一直持续至今……

活在中国,真正是其乐无穷啊!

坦白地说,我有时就不禁自问:这样乍暖还寒,能开花能结果能成熟吗?

凶恶的谣言已经涉及人身,不知道是不是代表了什么人馨香祷之的愿望?

弥漫在前后左右的,仍然是那种我们大家都十分熟悉的不安全感。

应该清醒地看到:"四人帮"在组织上和思想上的残余,其政治能量确实不可低估。

然而,从来也没有被吓死的战士.战士只能饮弹而亡。

像我这样由党和人民解救出来的幸存者,道路只有一条,那就是:坚持三中全会精神向前进,绝不后退半步。

*

这个集子就是在上述的心境中编完的,掩卷太息,我竟想不出用什么名字题在卷首为好了。这时,女儿一旁插嘴道,"爸爸,就叫它《仙人掌》吧。"我一跃而起,连声称是——委实再恰当不过了。

去年春夏之交,我在南方国境线上,不是见过许多像树一般高大的仙人掌吗?不是见过许多像仙人掌一般朴实、粗犷、挺拔、俊秀的战士吗?仙人掌,真是一个美好的形象。

仙人掌,这泼辣的野生的植物,不要施肥,不用浇水,不怕沙土贫瘠,不畏骄阳流火,有刺,也有花,而且隐约放射着淡远的幽香……但一旦被移作盆景,就立刻会变成猥琐而脆弱的摆设。

唯愿这个集子不是案头的摆设。

编选的过程中,我做了少量技术性的修订:一、报刊发表时,有几首诗,一字误植,意思大变,因此,这里自然带有更正的性质;二、个别的诗曾遭刀斧,顺便也恢复了本来面目,以示文责自负。

1980 年春节　合肥

从"诗歌危机"谈起

相当一段时间以来,人们都在议论所谓的诗歌危机,说是诗歌已经失去了读者,诗集卖不出去,书店拒绝进货,有几家出版社已经明确宣布,不再接受诗稿,专门发表诗歌作品的刊物订户有所减少,有的诗人感到失望,准备搁笔不写,等等。

我做了一些了解,上述情况的确部分属实,但又不尽如此。

我是乐观的,我不相信上述这些现象能够构成什么诗歌危机。退一万步讲,就算危机一说可以成立,那也绝不仅仅属于诗歌,不仅仅属于诗人。中国的诗歌与中国的诗人本来就够可悲的了,危机还能使它们或者他们失掉些什么呢?如果真有危机,那将是整个文艺的危机,整个社会的危机,整个民族的危机。这并非故作耸人听闻之言,而实在是任何一个面对时代严肃地进行思索的同志都会达到的结论。

我倒是由此而更多地想起了我们——一切与诗歌运动的发展有密切关系的人们——的职责,在这里,我愿意侧重向某些编辑出版部门和某些诗歌评论家发出几声呼吁。

第一,可否有组织地搞一点调查研究?看看到底诗歌是不是到了应该取消的时候了?假如还有人不赞成取消,那么,他们都是些什么人?他们为什么居然还喜欢诗歌?他们喜欢的又是哪一类的诗歌?《鸭绿江》杂志做过一次民意测验,效果不错,值得推广。此外,是不是还可以邀请新华书店合作,统计一番,弄清楚在仓库里和在书架上睡觉的诗集,其中林彪、"四人帮"时期出的占多大比例?(包括在那时就已定稿,度过了漫长的印刷周期,而在

1977年甚至1978年才陆续问世的部分)真正属于打倒"四人帮"以后新出版的又占多大比例？它们二者与小说、散文、戏剧、政治时事书籍相比较,究竟严重的程度如何？另一方面,怎么解释《郭小川诗选》发行十二万册仍旧不敷需求的事实？杜鹏程同志最近告诉我,陕西一带的读者因为买不到《艾青诗选》,跑来托他"走后门",这又是怎么一回事？最近,我在上海遇见王若望同志,见面他的第一句话竟是:"恭喜！恭喜！《白花·红花》在上海不到一个星期就买不着了。"据说,出版社对拙作起初报了五万册的印数,但被有关单位压缩为一万九千,结果天南海北的不相识者纷纷寄款来信,找我要书。这些例子似乎也足以说明,那种凡诗皆不堪读,凡诗集皆须削价处理的"舆论",恐怕是把话说得太绝对化了。

  第二,是否该多写一些文章,反复讲清一个道理:要求每本诗集都必须印行多少万册,要求每本诗集都必须创造利润的主张,是不切实际的,是不利于繁荣创作的,是背离社会主义民主化和社会主义现代化的根本利益的;要采取必要的措施,保证那些决定诗集命运的发行机构能配备一两位粗知诗为何物的同志去做鉴别工作,而不是凭想当然,更不可心存偏见。偏见比无知更令人遗憾。须知,在最发达的国家,一本诗集一般印上三千册就是相当了不起的了,为什么中国一定得"超英赶美"？难道我们人民的文化素养竟普遍地比人家都高出许多吗？洛阳纸贵,诚属美谈,但那只是用来形容当时读得懂诗而又买得起纸的那一部分人的,并非"全党全民"。而像我们后来那样,动用宣传机器甚至行政手段推销某一本书的做法,是不正常的,甚至是不正当的。一切建筑在非自愿基础上的"购销两旺",都只能成为虚假的繁荣和真实的笑柄,读者主动买去传阅的一百本胜过公款批购分发的十万册！何况,还有另一种值得引以为戒的情形,例如"天安门诗歌",由于深得人民群众的拥护与热爱,曾经以各种半合法的身份大量印售,而在天安门事件平反之后,各级出版社却又叠床架屋地竞相翻印,造成了为数惊人的积压,这分明是经营管理不善和无计划的报应,分明是为了表示革命姿态而付出的代价,是丝毫也不能用来反证天安门诗歌不是好诗,或者诗歌是没有读者的。

第三,诗,是所有文艺样式中最直接诉诸心灵的品种。然而,随着极"左"路线最后独霸了诗坛,充斥于书肆的基本上是一些冒牌货色。那些押韵的谣言与谎话败坏了诗的声誉。同时,文化虚无主义的横行,社会道德的沦丧,又无一不促使群众,特别是青年一代的欣赏趣味日趋低级,假恶丑代替了真善美。怎样涤荡这些堵塞"精神毛孔"的污泥,如今真成了一个令人头痛的问题。不能设想,粗鄙的生活能孕育美妙的诗意。诚然,这已经不是仅仅靠评论家就可以妙手回春的积年沉疴了。但是,抱怨和叹息都无济于事,总得有人一点一滴地去从事诗的再启蒙工作。要记住我们是一个两千年前就把"诗"列为六艺之一的古国,又是一个理当产生好诗的社会主义大国,徒有志而无诗言志,乃是百分之百的国耻。

第四,诗歌评论是一种科学。诗歌评论家正是这样一种专门研究高级精神现象的科学家。科学家要对自己的科学抱有尊严感,不要甘于去充当不断变换着的政治口号的奴仆,不要谄媚"长官",以解释其"指示"为终身职业,要把自己的全部工作当作人民革命事业的组成部分,要认真探索诗的固有规律,并且力求正确地解答生活和创作不断提出来的新课题。如果做不到或者不想去做到这一点,我就要劝他改行,免得继续害人;吃别的一碗饭,也许更能心安理得。否定自己固然往往是勇者,然而,二十年或者三十年中一贯在用今天"否定"昨天,并且随时准备再用明天"否定"今天的评论家,人们很难相信他的真诚。

第五,三条建议:建议创办一种类似《小说月报》性质的刊物,也可以叫做《诗歌月报》,让大家及时读到全国各地出现的优秀诗篇,或者有争议的诗歌作品。只是切不可学《小说月报》那样高价赚钱,因为在中国爱读书的人大抵都不阔气,阔气的却又并不读书。少赚一点钱,也说明你体贴青年,你有群众观点。建议仿效短篇小说评奖的办法,每年进行一次诗歌评奖,然而,最好明文规定仅限于青年诗人和初露头角的诗歌习作者,有成就的诗人不得参加"竞争",目的在于早出人才,多出人才。建议评论家不写或者少写那种放之四海而皆准的评论和不触及现实的废话,上引屈原三李,下列现代名单。请把眼光放在青年们身上。他们是一定要取代老年人的,重要的问题是他们是怎样的他们,取代是怎样的取代。时至今日,再不抓紧扶持和引导的工作,将来我们大家就都将悔之晚矣。

以上说了五点,似乎把希望全寄托在编辑出版部门和诗歌评论界的身上了,不,不是这样,决定命运的一环还是掌握在诗作者自己手中,能不能写出无负于人民的诗来,诗人毕竟承担着第一位的责任,没有诗,谈什么编辑、出版和评论呢?

1980年4月14日凌晨写于南宁

《仙人掌》勘余杂感

一

这部诗集是去年文代会上受四川出版社负责同志之约,于今年春节(2月16日)写完《后记》,交稿付邮的。七个多月过去,看到了校样。公平地说,四川的效率还是高的。我遇到过,别的同志也遇到过远比这更为伤心的事;仅印刷和装订两点,就足以使作者大彻大悟:在我国,想出一本书,简直是一个苦难的历程;这样的老牛破车,怎么能与"四化"同一步调?

二

这一段时间,我国的社会主义民主正在不断健全,法制的尊严开始得到了维护,历史的车轮谁也无法逆转。对于独立王国——山西昔阳和那个对省委实行"倒蹲点"的大寨党支部,对于某些"衙内"的劣迹秽行,都有明确而坚定的处置。经济体制的改革也在稳步进行。至于官僚主义这一全国性的痼疾,也受到了医生的严重关注,药方开出来了,但是药还没有抓全,更没有煎好,讳疾忌医者仍大有人在。然而,不管怎样,光明在望了,尽管阻力重重,前景还是令人鼓舞的。这些,都值得大歌大颂。

恰恰是这个时候,我却病倒了,不能放声高唱。这实在是莫大的遗憾。

今年4月份,由中国社会科学院的有关部门会同其他单位发起了当代诗歌讨论会,开在南宁,散在桂林,中间有一项安排——去广西都安县参观壮族人民被迫中断了十年之久的"歌圩"传统活动;4月17日那一天,我在三万人的包围中,在三十九度的酷暑中,猝然昏迷、瘫痪、失语,接着又在崎岖的山道上颠簸了四个整天,才住进桂林的一八一医院,经诊断是脑血栓形成。我自己心上清楚,三年来以及这次会议上的超负荷劳作不过是诱因,根子还是那非人的二十年苦难。

三

失眠是我的不治顽症。早在40年代中期,当我开始觉醒,投身学生运动的时候,一方面得利用黑夜偷读禁书,开会,办墙报,一方面还得时刻提防特务们的鬼蜮活动,留神那捕人的警备车的啸声,我开始尝到了失眠的滋味。

后来选择了写作的路子,失眠干脆成了职业习惯。

再后来是厄运降临。别的同志在七十二小时连轴转的"大干苦干拼命干"当中,偶遇三五分钟的空隙,倒在地上就能呼呼入睡,我却睡不着,强迫自己不想,偏偏什么都想,可到底想了些什么,又似乎什么都不曾想过。这是一种无法形容的痛苦。及至"文化大革命",我已经打入最底层,论说可以"国家事,管他娘"了。不能,还是会想,因而也就还是闹失眠。有人嘲笑我忧国忧民,我担当不起;于是达观者就批评我了,"把'忧'字改成'扰'字吧,不过是扰国扰民而已!知识分子,就是一帮扰国扰民的东西!"说这话的人自己也是知识分子,我理解,他这不过是激愤之言,他同样也有无法形容的痛苦。

长期的失眠,大概和我这次得病不无关联。

四

因为失眠,惊动了医生。我要求护士们不要半夜查房,更不要用手电照,这显然是一个不合时宜的要求,因为我是一级护理对象,制度上规定了要对我这样的病人负责的。于是她们让我吃安眠药,然而,吃什么也不顶用,最后终于破例向我做了让步,护士同志夜间不进来了,只要我打开窗户,以便她们听——是不是还有呼吸?

在这种互不干扰的情况下,我可以整夜地静听象鼻山后一汪死水中的蛙鼓了。听着听着,居然有了一点心得、一点启发。原来这很像我们的"百家争鸣"哩——时起时落,忽盛忽衰,有时喧闹异常,煞有介事,忽而不知怎么一惊(我想过,其实多半是庸蛙自扰)又戛然而止,喑哑无声。然后总要过好大一阵工夫,才有那么一只两只胆子略大一点的,试探着叫几声,才又引起一片欢腾……如此周而复始,仿佛竟有某种内在的规律。

这是有规律的么?这是应该有规律的么?我想不通,只好不想也罢。

五

总之是一病半年,迄今尚未复原。但一个月可张嘴说话,两个月能下床学步,三个月会铺纸练字,医生们和护士们回忆当初半夜抢救的情景,高兴得说什么这是一个奇迹。我想,奇迹未免夸张,但他(她)们把我当作了一件比较满意的集体创作的心情,倒是可以理解的。我这个人从小体质就较弱,又缺少持久的正规的体育锻炼;每次体检,在营养发育状态一栏内,都只能获得一个"中常"的评语。特别是多年住在山西,渐渐地也就以当地农民的标准——填饱肚皮为原则,管他什么卡路里不卡路里的,更说不上讲究色香味了。回想那令人毛骨悚然的三年"非常时期",浮肿的两腿,连上下城壕都十分吃力,但每日照旧得去设在城外的工厂,一班倒手几千斤的滚珠(抛光工序),甚至还要去抡锤打铁,而在这之前,"大炼钢铁"的日子,我独自一人在深山野岭里遇狼,居然也没有被狼吃掉(其实是对面山上的一群民工齐声拼命呼叫,把我救了),我却因此产生了这么一点自信:死神不要我。1955年肃反审查中,我曾经有过委屈,觉得不如死去,不过,打 1957 年以后,我却逐渐得到了两个结论:其一是,我绝不用自己的手结束自己的生命,因为我耳闻目睹了许多事例:人被整死了,还落个"畏罪自杀"的骂名,甚至被人在棺材上涂些"革命口号"。其二是我还真想睁大眼睛看一看大大小小的倒行逆施者们的下场。如今,总算熬下来了,林彪、江青、康生这几个吃人生番的确已经不再能兴妖作祟了。那一群跟在他们后面捡一点骨头啃啃的人物,也纷纷缩回他们一向吹嘘的什么"革命巨掌",作出了肃穆合十的姿势,颇有立地成佛的气概。托福,我因而才又有了写作权利。哪怕就像桂林象鼻山后的青蛙一般,高一阵低一阵,一会儿欢欢喜喜,一会儿战战兢兢,反正是可以发而为声了。在这种有了些许自由的空气中,我为什么反而不愿多活几天呢?那岂不是自愿当作供奉,让立地成佛者们暗自喜欢?!

六

住院期间,尽管我除了本单位和唯一的亲属,谁也没有通报,但居然收到了五百封以上的慰问信和十多个电报,发来函电的固然有文艺界的战友,却也有一半是素未晤面的读者群(他们是怎么知道我得了脑血栓的?),医生一再警告我切忌激动,可面对这些,我又怎么能约束得住自己?院方大为惊讶,据告,他们那所医院,如果不算对越自卫还击作战期间的特殊情况,还没有一个病号得到过如此广泛的社会同情。我细想过,我当然不像流血牺牲的解放军指战员,有那么多值得人们铭记的丰功伟绩,我的武器不过是一支笔,我也只不过是用这支笔记录了大家的一点希望罢了。我是真诚地感到惶恐的。

当时我还根本抓不住笔,也买不起那许多邮票,只好择其少数请女儿代复,其余的大部分都"心领"了。借此机会,我愿向所有关心我的好人们表示深切的感激。

七

也有幸灾乐祸的,大概是盼望上帝早一天替他们拔掉这颗眼中钉吧。十分遗憾,我却偏偏不去上帝那儿报到;请少安毋躁吧,还不到时候哩。

9月底回到家中,在堆积着的大宗邮件中又读到了许多还不知道我一度死去活来的不相识者的来信,我感到,有必要举出几封公之于众。一封是武汉来的,信中告诉我,4月下旬,也就是我正处于昏迷不醒的那几天,该地有一位因为很是"紧跟"了一阵"旗手"而名震遐迩的诗人,以市文联的名义组织并主持了一个历时三天的座谈会,对我和艾青同志进行"缺席审判"。这位诗人一出马就亲自朗读了拙作《上访者及其家属》,最后以问话的方式点名:"猜猜看,作者是谁? 此人不是别人,就是公刘。"接着便说,"这首诗用心恶毒,目的是煽动群众对党中央产生怀疑情绪,破坏安定团结。"还列举了甲、乙、丙、丁一大串罪状,诸如"阴暗心理""对社会主义不满""唯恐天下不乱""没有中国人的良心""社会效果极坏",等等。诗人定了主旋律之后,多声部的大合唱就开始了,一位说:《关于摩西十诫》,对伟大领袖表现了什么感情? 另一位说:《十二月二十六日》也有问题! 第三位干脆指控我的作品具有异端性质,根据是,香港纷纷转载了我的文章。多么熟悉的合唱啊,先把几家他们管不着的港刊定为"敌人",然后就说我以言论"资敌",不言而喻,我当然就成了"里通外国(?)"的"罪犯"了。

果然,4月29日的《长江日报》极其含蓄地表达了这个缺席审判会的矛头所向:"有少数诗对我们的现实生活做了歪曲的描绘,或者情调低沉,其思想感情与人民群众相距甚远,社会效果不好,值得引起注意",云云(着重点是我加的——公刘)。"值得引起注意"者,无非是一种警告,尽管它的语气还是宽大的。不过,我不能不悚然回忆起这种所谓的"宽大"从来都是假的;有朝一日,如果又有什么新的"旗手"上台,如果这位诗人也像于会咏一样捞上了一官半职，小民如我者难逃"全面专政"的"应有惩处"，那将是无疑的了。我并不相信会有这一天；而且我自信，我的诗虽然写得不好，但它与群众是心心相印、息息相通的；让历史来评判我们全体吧！

好在被这些"左派"大施杀伐的几首诗都一字未易地收在这个集子里，读者自有明断。我要略加说明的是：《上访者及其家属》写在去年9月5日，那时《人民日报》刚刚发表了论述这一问题的评论员文章，指出了上访问题的严重性及其产生的根源，以及解决的办法。同时又有消息报道，中央派了一个庞大的工作团分赴各地，协助清理积案。极"左"路线直接祸害了一亿人，这也早已为人所共知。何况，我在这首诗里，用词是经过仔细选择的：县革委保卫组、地区信访办公室、省城（不是省委）……这一切细节的安排与描写，明明是点明林彪、"四人帮"和那个"好得很"的"文化大革命"造下了孽，它与今日的党中央何干！诗中的主人公其所以能去北京新华门前告状，并且怀念周总理在世时的那两株"铁树"，又害怕自己玷辱了长安街，要求受理的同志不要把状子批转原地，这难道不正是寄希望于党中央么？难道不是从中透露我们"板结"着的"中层"对落实中央三中全会精神存在着极大的阻力么？最后，让病儿吐露心曲，盼望党的阳光照到他的身上，这不也是积极的思想感情么？我就不相信，诗人和他的追随者就看不见这些？难道武汉市和湖北省就没有上访者？没有冤、假、错案？你们口口声声的"中国人的良心"都跑到哪儿去了呢？事实上，我在那首诗中虚构的一家人的遭遇，和现实生活中成千上万触目惊心的惨剧，还差得远哩。生了眼睛是要看的；今日的党中央是有眼睛的（人民的眼睛就是党中央的眼睛），绝不会再上什么"忠臣"的当了。

再说，我本人正是党中央解放出来的，我的1955年的肃反结论和1957年的反右结论正是粉碎"四人帮"以后才得以平反的，我为什么要向紧跟"四人帮"的"左派"学习，去反对敬爱的党中央？难道"旗手"麾下的人物，反而比我更拥护今天的党中央么？

再者,《关于摩西十诫》,我根本没有评价领袖的意思。我无非是想通过一个宗教故事解释一种历史现象:人怎么会成为神?这是目前中国一切有识之士都在认真思考的一个大问题。党中央提出反封建主义的号召,我认为,是事出有因的。这首小诗,与其说作者既歌颂又谴责了摩西,不如说是批评了造神者,批评了教徒。中国的造神运动由来已久,非自1966年始。像绝大多数同志一样,我本人也曾不自觉地参与过,也曾以当教徒为荣;当然,我们和那些吃教饭的巫师、神婆不一样,我们普遍人的虔诚是别无其他目的的。因此,与其说这首诗是在解剖成了神的人,不如说是在解剖心甘情愿制造神的人,解剖人的异化,也就是自我解剖。积数十年之惨痛教训,我认为,在中国这块浸透了封建毒汁的土地上,生长出"神"来,那是不能仅仅用某一个人的个人品质来解释的,而我们的理论界,却很少有文章来分析造神者的责任。造神运动实在是一种十分顽固十分复杂的全民族的大面积溃疡,弄不好,是要癌变的。奉劝唱高调的同志,到了你们凭"良心"来观察问题的时候了!

还有,《十二月二十六日》这首诗有什么问题呢?我相信党中央的路线、方针、决策,我用诗的形式来体现这个精神;对领袖也应该坚持实事求是,一分为二,功就是功,过就是过,我一方面抨击了表面树人、实为树己的"凡是"派,一方面又抵制了自己愚昧又制造愚昧的"歌德"派。错在哪里?同样,《车过山海关》本着同一认识评价了秦始皇,竟也遭到某些"正人君子"的非议,说我是"明鞭封建帝王,暗笞革命领袖"。其实,他们这一套才真是名曰文艺批评,实构文字冤狱的卑劣手法!然而,历史主义地评价历史人物,不正是后人应有的职责么?我不写,别人也会写;今天没有人写,明天也肯定会有人写的。听一听街谈巷议吧!与我们所谓"干预生活"的作品相比较,今天的街谈巷议实在不知强烈多少倍!任何一个稍有"中国人的良心"的人,难道能充耳不闻,能不认真想一想么?

在这里,我郑重建议:自命为"有中国人的良心"的诗人及其合唱团团员同志们,何不写出你们"三忠于,四无限"之歌,让广大的人民群众见识见识?

退一步说,如果你们手中果然握有真理,又何不公开指名批评,偏要背后肆意谩骂?!

八

还有一封信也值得一提,但那是属于另外一种类型。广东华南植物研究所一位同志来信,指出我在《红河战线诗传单》中有一处谬误——割胶不能划一个整圈,划一整圈树就死了;也不能用匕首割。这是正确的,批评得对。但我只接受了前一半,却保留了后一半。50年代初期,当我国的橡胶种植事业还处于初创阶段时,我就去云南南部的胶园生活过,对于橡胶树从种植到采割的全过程还多少有一点知识,我曾经写过歌颂胶园职工日常斗争的诗歌和一个短篇小说《荣誉》(登在《解放军文艺》上);这次在《打了胜仗的青山割胶了》一诗中出现了不应有的常识性错误,是我的责任心不强的表现,是忙乱中的疏忽。至于匕首问题,因为是我在河口四连山附近的胶园亲眼看见的事实——一个在特定的时间(战时)、特定的地点(战区)、特定的人物(民兵)的行为,固然这是违反操作规程的,然而却是符合文艺典型的要求的。略加说明如上,想必能得到这位同志的谅解。

总之,我热诚欢迎实事求是的哪怕是严格的批评,错了就改,而面对恶意攻讦,则坚决予以回击,这是法律赋予的权利。

九

迄今将近八个月的时间,我几乎是与世隔绝。文艺界的许多情况已经不甚了了,需要补课。只因脑力不济,又怕再度发病,所以视线所及,仅限于同志们普遍指点的最小范围。我大致翻阅了一下关于诗歌的一些讨论文章,我觉得,其中大部分是经过深思熟虑、与人为善的意见,且不论它对与不对,让实践检验去吧。倒是有几种迹象,我以为值得明辨和警惕——

(一)诗,必须首先是诗。我是主张诗应该让人看得懂的,不过,我得赶紧补充一句,所谓看得懂不一定就是大白话(大白话固然有不乏诗意的,然而诗肯定不限于大白话。)

(二)诗,一般说来,只要是作者的心声,总是可以看得懂的;不错,有的更好懂些,有的更不好懂些,但如果你认真考察一下青年一代的共同经历,联系一下作品的时代背景,其实是不难懂的。猛一看,不懂,这种现象,不限于当代青年人写的新诗,古诗中也不乏其例。写诗是劳动,读诗何尝不是劳动?所谓"艺术享受"说,只是就它一个方面而言的。而由初看不懂到终于懂了,不正是一种更激动人心的艺术享受么!

(三)鉴于国家政治生活长期的极不正常,有些诗人既想为人民说话,又须避开文字狱,不得不采取某种隐晦曲折的手法。这是实际存在过的人所共知的事实。而又由于乍暖还寒和心有余悸,这种情况迄今也尚未完全清除。任何尊重实际的论者,似不应闭目不看上边的号召和下边的动作之间的某种差距。我以为,这正是造成"不懂"的重要原因之一。

(四)到底什么是现代派?有的同志匆匆忙忙去批判它,我却怀疑他是否真的了解它。我们在艺术上"批修"的蠢话笑料还不够多么?记忆犹新啊!根据大量的史实证明,艺术上的现代主义并不等于政治上的反动,正如同现实主义者并不一定都是革命党一样。

(五)我是寄希望于青年一代的。然而这并非赞同他们写的任何一首诗。这个观点我在答《诗刊》问中明确表示过,也在当代诗歌讨论会上作过长篇发言(感谢广西的朋友们,那个发言的录音稿本来早已初步整理就绪,可惜我缺乏足够的精力去改定它)。约而言之,他们的大部分诗我看还是属于现实主义这个范畴的,是现实生活(主要是他们各自的艰辛跋涉和对这种艰辛跋涉的不同角度的理解与不同格调的记录)的一种折光;然而,的确也有相当一批作者的相当一部分创作包含了某种"传染性",我指的是十足的自我中心和颓废绝望的灰暗情调。朦胧并不可怕,可怕的是根本不存在什么可以感觉到的与人民命运相关的实体,只有空幻,空幻,第三个还是空幻。我为此深感忧虑。而且我也毫不怀疑,绝大多数议论"看不懂"的同志也都是出于好心,出于一种对新诗前途和青年前途的忧虑。

(六)但也有浑水摸鱼者,他们大喊大叫,说什么人的什么诗"似乎隐藏着什么东西""太古怪了",等等。说穿了,这不过是一种新的挑衅方式,甚而至于是一种新的"告密"手段。我希望,有头脑的读者万万不可上当,手中握有权力的领导同志更是万万不能轻信。

1980年10月7日—21日以每天数百字
的进度写于大病不死之后　合肥

关于《刑场》

题记

去年,我在南宁参加当代诗歌讨论会期间,4月15日,曾应广西大学中文系主任秦似教授和其他师生们的邀约,谈过《刑场》一诗的写作经过。三天之后,一场大病把我击倒,以至6月份卧床桂林某医院中读到发言记录稿时,竟无力修订。如今自觉身体稍好一点,乃将被好心删节了的涉及刘少奇同志之死的一些话,全部补写进去,并略加润色,作为对张志新烈士殉难六周年的纪念。时方客寓杭州,1981年元月。初雪。

在来学校的路上,秦似同志临时出了一个题目:联系你自己的一首诗,具体地谈一谈创作。这有点近乎"突然袭击"。我的实践有限,水平很低,而且照这个题目说在我们中国又是遭忌讳的,因为有资产阶级个人主义的嫌疑:为什么说自己,不说别人呢?甚至于说别人也是有讲究的。同志们想必注意到了,多年来,从南到北,到处流行一种"诗评",写这种"诗评"的评论家是颇有学问的,我说的是他们的做某种现代中国人的学问,并不是指做文章的学问。这一类文章总是开始李白的引上两句,接着李贺的引上两句,然后什么诗品、什么诗话引上两句,反正是不着边际,"放之四海而皆准",眼前的活人是一个都不挨的。要挨,也有一个"名单学",从李季到郭小川……特别喜欢引用死了的革命诗人,这样保险,活着的万一将来又变成什么分子怎么办?

个中奥妙,写的人和读的人,大家心照不宣。可惜,我一直学不到这一点聪明,同时,我也不愿在这种场合专题谈论别的诗人的作品,我怕弄不好会变成强加于人。因此,想来想去,还是谈自己为妥。第一,遵从了秦似同志代表到会同志们提出的要求;第二,这远比泛泛地谈一谈意境和灵感之类更切实际;此外,追究起来,还可以言责自负。我有什么真情实感?诗是怎么写出来的?有啥说啥,至少可以保证是切身的体会,而不是那种人们听得耳朵都起了茧的空话、套话。

下边我就谈谈《刑场》的写作过程吧。这首诗发表在《上海文学》1979年第9期上,也许,同志们是翻过的。为什么挑这首诗来谈呢?话要从最近党中央做出为刘少奇同志平反昭雪的决议说起。两三个月来,我收到各地报刊编辑部的不少约稿信,希望我写一首悼念刘少奇同志的诗。刘少奇同志是共和国主席;党的副主席;无产阶级革命家;他死的地点虽然名叫开封,死的消息却密闭了许多年。他的惨死,的确是我们党的历史上的最大冤案,是我们的国耻。每一个诗人,都理应写诗哀悼他,怀念他。但是,我没有写。我觉得,写他很难很难。诗人要说真话,不说真话,或者说半真半假的话,那滋味是不好受的;招读者骂,不如不写。截至今天为止,我读到过的公开发表了的追怀刘少奇同志的诗,少说也有上百首吧,不过,坦率地说,很遗憾,其中写得最好的也不过只说了百分之五十的真话而已。当然,绝不是这些诗人没有记忆,没有眼光,没有功力,没有技巧……反正我坚决不写——我承认我缺乏勇气,然而,不写的勇气总还是不至于缺乏的吧。

1979年8月,我去长春参加一个会议,飞机越过张志新烈士生前在挨批斗围攻中深情歌唱过的盘锦大地,我贴着舷窗向下凝望,只见千山万壑,莽莽苍苍,突然间竟像海浪一般涌动呼啸起来,我心上一震,不由得默想着烈士遗下的每一首诗歌。可以说,《刑场》的构思就是从这一刹那开始的。开罢会,回程途中,我专门在沈阳盘桓了几天;诗人方冰同志用十分激动的语言向我详细叙述了他所了解的有关烈士就义前后的情况,并且找来一些珍贵的文献资料让我阅读，又亲自陪我去到当年枪杀张志新同志的秘密刑场——大洼，凭吊了几乎整整一个上午。从此，这首诗大致就进入了具体施工的阶段。

张志新烈士是革命的前驱，是她拉着这个时代往前进，而不是历史推着她走。当我读完了所谓的审讯记录，还有她的许多气壮山河的答辩词和控诉书，我只觉得自己耳边呼呼作响，好像刮着十二级台风，浑身也像着了火，我明白，这是真理的力量！真理的力量是无敌的！她襟怀坦荡，光明磊落，慷慨陈词，大义凛然，无一字不体现着真正的共产党员的胆识与气魄！如今，"四人帮"粉碎三年了，刘少奇同志的冤案也终于得以平反昭雪了；不难理解，由于种种原因，三中全会要从法律观点上彻底推倒过去那个也是用党中央名义做出的所谓大叛徒、大内奸、大工贼的错误结论，是必须做大量的细致的复杂的工作的，这就需要时间，如果再从政治的角度考虑，恐怕还有一个等待时机成熟的问题。而另一方面，张志新烈士却早在 60 年代末期就已经以明白无误的论据和斩钉截铁的语气说出了这一点，尤其可敬可佩的是，随着岁月的推移和动乱的发展，她以比闪电还更犀利的目光，一下子就刺穿了那置刘少奇同志于死地的要害所在，大概也正因为这事，她本人不能不被注定了要过早地闭上自己生命的大幕。刘少奇同志是我们民族大悲剧的主角之一，而张志新同志又由于及时指出了刘少奇的悲剧性以及这出悲剧的根子，她本人很快也就成了我们民族大悲剧的主角之一。在这儿，我要顺便提到最近报刊宣传中的一段值得注意的文字，有人写文章纪念刘少奇同志，想必是出于善良的愿望吧，竟又不自觉地搞起"为大人讳"来了，例如，想方设法为"驯服工具说"辩解，我以为，这是完全不必要的，甚至是十分有害的。谁不知道，当初一声"炮打"，风云突变，试问有哪一个共产党员、共青团员，有哪一个红卫兵和革命群众不正是怀着争当"驯服工具"的虔诚（虽则其中有不少人有不同程度的惶惑震惊、犹豫和抵触）去投入运动的！刘少奇同志曾经不恰当地鼓吹过这个非马克思主义的东西，这个非马克思主义的东西最后恰恰被用来打击马克思主义者了！为什么说是悲剧？悲就悲在这里！而且，这不仅仅是刘少奇同志一个人的悲剧。张志新同志在她的自白中,如实地记述了她经历的由上当受骗而幡然觉悟的过程,我觉得,那是真切可信的,张志新同志的悲剧就在于她的早醒,在于一旦醒来,又义无反顾地站到了反封建主义、反现代迷信的这一边。从刘少奇到张志新,构成了我们民族大悲剧的整个脚本,刘少奇是上集,张志新是下集。

以前,我当然也阅读过报刊上公开发表的张志新烈士的英雄事迹,包括她的亲属、战友写的回忆录。我认真咀嚼它们的每一个字。我也听到暗地里流传的某些窃窃私语,对烈士继续进行诽谤和诬陷。这些文字材料,这些流言蜚语,正面的,反面的,再加上我在沈阳的所见所闻所感,构成了《刑场》一诗的认识基础;这是些纯粹理性的东西,如果单凭它来进行形象的创造,显然是不可设想的。然而,它又是绝对不能缺少的。由此,我才得以用自己的心切切实实感受到:一个战士死了,斗争并没有随之结束;烈士倒下去了,并不一定每个人都承认她是烈士,而承认她是烈士的人,也并不一定都充分意识到她作为烈士的伟大意义何在。揭示这个伟大意义,正是诗人的责任。当然,得通过诗人自己的眼睛,自己的感觉,自己的语言来揭示,要把这种理性意念转化为诗。

《刑场》一诗第二段有这样两句:

待驶到十七公里的里程碑处,

骤然一拐,离开了正路向左斜插。

我的本意是说,我们的汽车走到十七公里处,就拐进一条没有路的"路"上去了。拐弯时,那里正好有个路碑,上面刻有"17"的字样,一眼晃见,我就记住了。这句诗是如实记载,是没有什么寓意的。后来有人问我,你那是什么意思,是否有象征意味?我这才想到:十七——十七年,正是十七年的时候,我们这个国家像大船迷了航,开到一个远离正轨的危险航道上,但这纯粹是巧合,虽则是很有意思的巧合。这个例子,说明我们今天的读者同志是很敏感的,很细心的,很会动脑筋的。以后,我们进到了刑场里,这里阒无人烟,地名叫"大洼"。所以我在诗中又写道:"明明白白,大洼就是大不平。"大不平,意味着大冤屈嘛。不平则鸣,全国人民对张志新烈士之死这段惨痛历史,要大声控诉,大声抗议,大声呐喊,希望从此接受教训,健全法制,发展社会主义民主,促进实现现代化。难道人们不该从中引出这个结论吗?如今是到了按马克思一再强调过的那样,承认人的价值,维护人的尊严,防止异化的时候了!

接着,我们看到,那里迄今也没有作为纪念地,没有任何标志,没有任何建筑。离那地方将近半里,有一座孤零零的小房子,是附近一个生产队搞副业搭的工棚。当年张志新烈士被拉到这里处决时,有一个十六七岁的女孩子,担水路过,亲眼看到卡车开到荒地上,推下三个政治犯,两个男的已经神志昏迷,另一个女同志是被从车上一脚踢下来的。只见这个女同志自己挣扎着站起来,挺着胸往前走,四名大汉上来把她按倒在地下。大家知道,张志新是被事先割了喉管的,所以那姑娘看见她胸前都是血,看见枪对准了她,却没有听到她发出声音……后来老百姓去那地方,种了满坡的杨树,又在枪杀烈士的洼地上开了荒,犁过后撒了槐籽。我们去的时候,只见荒草盖过了槐秧,而犁过的田垄还看得很清楚。我们去时是 8 月中旬,在东北,8 月中旬已是遍地金风,秋声四起了,不少树木都凋零了。但是很奇怪,那里却遍开着各色各样的鲜花。这使我产生了一种战栗的感觉,止不住嘴唇发抖。特别是有一种暗红色的小花,像指甲盖那么大星星点点,一丛一丛。我的诗中有这么两句,就是打这儿跳出来的:

  如今是立秋的天气了,
  怪!为什么遍地还开满野花?

我们都在那里采花,但唯独那小红花谁也不敢采,因为:"……那是血痂。血痂下面便是大地的伤口。"我们在那里徘徊了约两个小时,十分纳闷,我注意到远处的松枝都被风吹得摇摇摆摆,唯有近处山冈上的小杨树却静止不动,好像被魔法定住了似的。这使我大为惊讶。我不是宣传有神论,宣传唯心主义,我只是想说,这里有某种特殊的东西,能打动人心的东西,可以产生诗的东西。我把这一些东西,包括小红花,不动的杨树,荒芜了的槐树秧子,凝冻着悲伤的空气,把此时此地的事物,都贯串在一起,就写成了这么一首诗。

有人问,这首诗为什么一开始就定下"可怕"的基调,而且每一小节都落脚于"可——怕"? 这是有缘由的。我们坐的小车开出沈阳市区时,故意绕经监狱,好高好高的墙啊,里面有劳改工厂,当然有真正的反革命分子、刑事犯罪分子,他们是罪有应得,然而当年张志新烈士也就关在这里做工,遭受着那些法西斯分子的肆意虐待。甩掉了那堵高墙的阴影,柏油公路上不知为什么铺上了一层沙子,小车走在上面,大家默不作声,只听见轮子和地面不断摩擦的声音。这个声音跳进我的耳朵,我仿佛听见当年张志新烈士坐的囚车开赴刑场时,那些刽子手们,也许车上有,也许主要的不在车上而在某些深宅大院里,当他们互通电话,又相继在判决书上签字、画圈时,他们的声音跟这轮子摩擦的声音是相同的:"沙——沙——杀!"既然这个"杀"字开始了诗的第一段,就不能不给整首诗带来了某种规定性。有时候,诗的内容与形式是怎样结合的,(或者说,内容是怎样找见形式的)以及诗的节奏、诗的韵律是怎样相应产生的,是很难说清楚的。我只想通过这一点,说明诗的内容与形式的内在联系,并不是神秘莫测、不可把握的。它有根可寻。诗的开始的"杀"字,这节奏是车子给的,短促,激越,而且是悲壮慷慨的。这个"杀"字定下以后,气氛,情绪和韵脚也就随之定下来了,于是,也就自然而然产生了"可怕"。诗最后结束在那无声的杨树上,我想,它是否也被割断了喉管呢? 然后,再由杨树引申出更深一层的意境来:"中国! 你果真是无声的吗?"当然,我们不希望是无声的，不相信是无声的，事实上也不是无声的。四五运动证明了这一点。张志新烈士这一惊天地、泣鬼神的悲壮事件终于真相大白。这个过程，在我们国家的确是一个伟大的飞跃，当然，烈士的被肯定，被歌颂，也只有在打倒了"四人帮"之后，在三中全会的正确路线、方针确立了之后，才能实现。也就是说，只有具备了这一切，我才能写这样一首诗。

关于《刑场》，我还有一点体会。当时，我已读了很多悼念张志新烈士的诗，有的诗写得很好。在这样的情况下，我再来写，写出的诗作为一个社会存在，作为能区别于别的诗的诗，我想一定要有它自己的特点，自己的个性，要有别的东西不能代替的色调，应该是大合唱中另辟出的一个声部。我是怀着这样的想法投入创作的，当然，也可能是力不从心，是一种"野心"啰。不过，我始终认定，写诗就是要有"野心"，没有"野心"，没有高的要求，形不成压力，那就会随波逐流，就会顺着人家已经挖出来的那个河床往前走。别人的诗，别人的文章，是别人的思路，别人的感情，你跟上现成的河床走，那是没有出息的，应该另辟蹊径，走自己的路。所以，我就采用这个角度写，这个角度还没有人表现过，至少那时候还没有。这样得到的形象，不是从报刊上剪下来的，而是把亲身的感受真实地捕捉住，通过筛选、锤炼和凝聚，把其中有代表性的事物、有说服力的语言组织起来，尽可能力求准确地构成完整的、独特的、诗的形象。通过秘密刑场这样的画面，引起人们产生更多的思索。我们每个人都经历过"文化大革命"的十年浩劫，年纪大一点的还经历过更多的风雨。因此，我觉得，可以指望每个人都能联系自己的经历进行反省：为什么在盘锦大地，在新中国会出现这样一个黑暗时期，为什么会发生这种惨绝人寰的事件——用共产党的名义杀害共产党最优秀的儿女?! 提出这样一个问题，让人们去独立思考，然后再共同去做出使死者和生者都"满意的回答"。这就是我写《刑场》一诗的目的。

刘祖慈的诗

——诗集《年轮》序

祖慈同志将他的诗摆在我桌上,嘱我写几句话,我欣然同意了。

尽管我自己尚在病中,却并未为其所苦,反而把它看作一帖良药,仿佛可以为我驱散(至少是冲淡)近来那股使脑血栓后遗症日趋恶化的窒闷之气。

它巩固了我对诗的原有的信念。诗,应该像希腊神话中的安泰,必须立足于大地,因为大地是安泰的母亲,是安泰的全部力量的源泉。

这个大地,对于我们来说,就是人民。

唯其如此,我才十分珍爱祖慈笔下的《笋》。你们看,多么朝气蓬勃的形象!它有"比宝剑锋利十倍的刃尖,能挑开头顶的石板和土块";它"浑身蕴蓄着无所阻挡的力量",在黑暗中摸索,在寒冬中等待,最后,终于在一个"山风呼啸"的日子,破枷砸锁而出!这是笋吗?不!这是春天的大纛!这是希望的化身!

> 你是挥动绿色投枪奋战的英雄,
> 荒凉在你的攻打下节节溃败!
> 呵,笋,顶着亮晶晶的露珠的笋,
> 你是春天的!没有你就没有春天的未来!

我想,祖慈同志以及他同时代的清醒而诚实的诗人们,都正是这样一些扎根于人民胸怀之中因而勇敢无畏的笋。

这样的笋,已造就一片密林。而祖慈正是这片密林中相当挺拔的一株。

据我所知,祖慈同志早在60年代,就发表过自己的处女作;如今他已是四十岁了,恐怕算不得新人。然而,有一点又是众所公认的:自从粉碎了"四人帮",初步批判了极"左"路线以来,他一直坚持现实主义道路,诗思如潮,所写甚多,而且在艺术上并不墨守成规,不断做着新的尝试,追求新的突破,在我们的队伍中,论质量该是佼佼者之一吧。若以党的三中全会为起点,在历史的新时期,的确崛起了一批令人瞩目的作者;从这个意义上讲,他似乎又该归于新人一类。何况,这还是他第一次出版诗集呢。

中国的事大抵就是这样悖于常理,也许,这也正是我们举步维艰的革命的特点之一。

我于1979年初离开山西来安徽,有机会认识了作者。由于志趣相近,前一阶段业务上的接触又较频繁,虽然迄今不过两年多一点时间,彼此却不止于泛泛之交了。

收录在这部诗集中的作品,大多做到了朴实与奇峭的统一,例子是不胜枚举的,如:明净的《露珠》,奋发的《理想》,多思的《早春》,豪放的《篾工》,泼辣的《春天又回来了》。有时,作者是如此满怀信心,以至于能在《雾》中看见太阳;有时,作者简直像孩子一般天真和执拗,对生活充满了憧憬和希冀,因此他喜欢用自己的双脚去走《新开的路》;不过,作者毕竟难忘自己做过的噩梦,不能不以激烈的诅咒作为对昨天的诀别辞,于是乃有《夜雨过去了》;有时,作者忽发奇想,竟听见了车轮对橡胶树的呼唤,一如诗人在人民面前披露赤子之心,这样就又写下了《母亲》;同样的主题思想,换一种颇为黠慧的方式表达,便又成了催人泪下的《樱花》。十年浩劫中,祖慈同志本人历尽折磨,始而八方揪斗,继而四处逃亡,深创巨痛,所感至切,因此,当他面对崂山古庙,才会联想到不见容于当世的蒲松龄及其谈狐说鬼的杰作《聊斋》,从而发出了沉痛的豪言壮语:"他(讲的故事)未必比我精彩!"更其值得一提的是《竹花开了》,慷慨悲歌,它也许正是可以作为《笋》的续篇来仔细品味的吧。显然,每一支破枷砸锁而出的笋,一开始就应该具备这种死而后已的品格。

还有,那为老诗人艾青同志复出而发自内心的欢呼,毫不掩饰地直抒钦佩和敬仰之情,然而作者选择的却是江南一带随处可见的老乌桕树,这是一个越老越红的壮丽而又质朴的乡土形象,寄意何其深远!

当然,压轴之作还是《爱人》。我得着重指出,这里不能容忍误解,《爱人》,不属于目前泛滥于诗坛的描写卿卿我我的所谓爱情诗,她不是这个浑浊的浪潮中的一片泡沫,不是的!这首诗尽管缠绵悱恻,一唱三叹,仿佛真有那么一位"对象",值得作者为之如此倾倒,反复诉说自己刻骨的相思和内心的盟誓,但凡不是粗心大意的读者,都不难恍然大悟,原来这是一位伟大的爱人——我们挚爱的祖国!原来这是一首写给历史的情歌!我愿在这里祝祷上苍,希望那最后的结局不会是失恋者的彻底的幻灭……

应该谈一谈诗集的缺欠。我认为,某些歌唱北方风物的篇什,光彩不足,层次单薄,语言方面显得作者驾驭古汉语的功力尚嫌不足。如何融汇旧的词组,赋以活泼泼的生命,这在我本人也是一宗苦恼。我希望,今后能和祖慈同志一道探索。

祖慈告诉我,他想为这个集子题名:年轮。我觉得很好。一部好的诗集,确乎是时代的横切面,读者理当是能从中看清历史的年轮的。否则,又何必写诗和出版诗集?年轮,该是这样一种凭证,从它的粗疏或者密致,干涩或者滑润,扭曲或者丰满,能推测出某些岁月是雨水充沛抑或是苦旱成灾?是地力肥沃抑或是贫瘠泛碱?然而,这已经属于未来的学者们的研究范围了,是毋庸我来置喙的。

1981 年 8 月 26 日至 30 日　合肥

为《绿风》创刊给杨牧同志的一封信

杨牧同志：

你好！彼此走得匆忙，未及细谈，至憾。

嘱我为刊物撰稿，目前，还不可能，原因你是清楚的：脑血栓症未愈，力不从心。

《绿风》创刊，应致贺忱。但我深感要把黄风最后真正变成绿风，可不是一件轻而易举的事。同志们已经奋斗了整整一代人的时间了（据说，一般以二十五年为一代）。我以为，大概还得继续奋斗一代乃至两代甚至三代人的时间，才有可能。道理是不言自明的；黄风之所以黄，并不仅仅是一种自然现象，它涉及政治的、社会的、思想的各个方面。当然，绿风之所以绿，也是如此。

但是，希望在人间，绝不能放弃追求的努力，更不可一味沉溺于慨叹。愿同志们珍惜点点滴滴生活的泉水，脚踏实地，一笔一笔地染绿那理当染绿的一切。

等我有了更好的转机，一定寄稿来。

      致以

  敬礼！

            公刘

         1981年6月4日　北京

触动心肠的文件

盼望已久的《关于建国以来党的若干历史问题的决议》已经在六中全会上一致通过并且公开发表了，这真是一件值得用金字载入史册的大事！至此，我国人民拨乱反正、继往开来的伟大革命事业终于揭开了崭新的篇章。

《决议》全文长达三万五千字，包含着极其丰富、极其宝贵的经验教训，真正做到了"不唯上，不唯书，要唯实"，我们应当认真地反复地咀嚼。我以为，对每一个文艺工作者来说，更其重要的是经过消化，把它变成思想感情的血肉和经络，用以指导自己的言行，写出更多更好的作品来，为把我们亲爱的祖国逐步建设成一个现代化的、高度民主的、高度文明的社会主义强国做出应有的一份贡献。

一篇千字文写不尽此时此刻的万端感慨。我只能在这里联系文艺工作的过去，初步谈一点最触动心肠的东西。

《决议》的第五部分二十四条，剖析了何以会发生"文化大革命"并且竟持续十年之久的原委，指出："除了前面所分析的毛泽东同志领导上的错误这个直接原因以外"，还有复杂的、不能归咎于某个人或若干人的社会历史原因，主要有两条。根据个人的领会，试作如下的表述：一条是"把阶级斗争扩大化的迷误当成保卫马克思主义的纯洁性"，从而导致了一系列"左"倾观点的滋生和蔓延。"凡事左三分"，形成了一种可悲的社会风气和可鄙的自卫本能。另一条是满足于土地改革和把地主、富农作为一个剥削阶级消灭掉这一光辉成就，而对数千年之久的"封建专制主义在思想政治方面的遗毒"，肃清不力，甚至让它们在"灭资""批修"等口号的掩护下得以改头换面，因而保留了产生主观专断、家长作风、官僚特权乃至个人崇拜、现代迷信的深厚土壤。没有法，或者有法不依，权大于法。正如《决议》所说，"这种现象是逐渐形成的"，我想，这个"逐渐"起码可以追溯到1955年、1957年和1959年。

　　回顾一下文艺界的风风雨雨，不难看出，由于极"左"思潮的祸害，我们的文艺创作事业屡遇摧残，文艺评论工作更远远落后于创作。有些同志长期习惯于用搞"政治运动"或用"一个阶级消灭一个阶级"的"大批判"方式来代替日常同志式的批评，这种情况甚至在前不多久还有所见。这不能不令人深长思之。另一方面，我们的创作还不敢于或者不善于全面地深刻地表现反对封建遗毒这一重大主题，那种充满严肃、尖锐、诚恳的党性原则精神的作品还不够多。有一部分文艺评论，往往不是积极推动和正确引导文艺创作，而是恰恰相反，动不动就扣帽子，打棍子，罗织罪名，上挂下联。这不能不在客观上形成一种阻力，使作家、艺术家裹足不前。

　　四项基本原则当然是要坚持的，这是每个爱国者必须恪守的根本立场。坚定不移地贯彻三中全会路线和理直气壮地落实六中全会公报，这是每个共产党员和革命干部责无旁贷的神圣义务。我衷心希望，通过对《决议》及其他有关文件的系统学习，能够给我们带来一个没有寒流、不刮冷风的百花争艳、大放异彩的春天。

1981年7月5日

《大学生诗苑》漫评

从1981年2月开始,《飞天》开辟了《大学生诗苑》专栏,迄今已经连续出了五辑。编者在8月号上专门为这个栏目写了一段告白,阐明了他们的宗旨,我认为,那是完全符合党的三中全会路线和四项基本原则,符合"双百"和"二为"方针的,当能得到广大读者群的赞同。

近年来,不少刊物纷纷向自己所联系的青年诗歌作者提供了各色各样的园地,使诗歌运动增添了蓬勃朝气,为诗歌队伍注入了新鲜血液,尤其是于对新诗的一片讥讪辱骂声中,坚持斗争,的确是办了一件大好事。

《飞天》独把目光专注于大学生的行列,既有一定的根据,也有相当的收获。大学生,确是当代青年中比较活跃的一群。他们和青年工人、青年农民、青年干部、青年士兵当然有基本的共同点,但同时又有所区别。他们的有利条件在于:人数众多,经历都不算简单,知识准备比较充足,时间也相对充裕,有良好的钻研气氛,可以互相切磋,有的还不乏教师的指导。不过,凡事有一利必有一弊,在一定开放的环境和一定自由的空气中,难免涉猎失之芜杂,因之有可能由于经验不足,认莠作良,从而受到若干消极的乃至有害的影响。这一正一反,势必都会在他们的创作实践中有所反映,对他们各自的创作起着促进的或者妨碍的作用,甚或会不同程度地在同一个人身上同时得到体现。

青年,作为一代新人,人们可以根据各自不同的甚至对立的立场和观点,自以为找到了某种有代表性的和有普遍含义的概括性语言来加以评价和估计,例如,迷惘的一代,垮掉的一代,反抗的一代,思考的一代等等,我是历来主张后一说的。当然,具体到每一个青年,那又是不可一概而论的。正如这个青年和那个青年不尽相同一样,这个大学生和那个大学生也不尽相同。这种差异如果仅仅表现在美学思想上和艺术风格上,即便是呈现出万象杂陈、眼花缭乱的局面,倒毋宁是我们所衷心欢迎并寄予厚望之所在。然而一旦表现为政治见解和人生态度方面的分歧和矛盾,那就很值得注意了。据我所知,的确有极少数同学恰恰在这一点上走得太远了。有人醉心于18世纪资产阶级人本主义思想家的著作,认为那才是拯救人类、拯救中国的不二法门。他们不赞成马克思主义的根本原理,说是"全都过时了",不赞成共产党,说是"还不如台湾",甚至主张来一次"资本主义社会补课"。他们写诗歌颂抽象的自由、平等和泛爱论,歌颂只有资本主义社会才有的狂妄的错乱的自我意识,他们极端蔑视劳动群众,他们从丧失信仰发展为唾弃理想,一句话,他们崇奉实用主义和唯我主义。另一部分更是人品堕落,鼓吹什么"性解放",并且付诸实践;这当然是对思想解放的亵渎。特别令人遗憾的是,这一小部分人居然搬出马克思和恩格斯的经典著作来证明自己的"革命行动"之正确。他们装着不知道马克思和燕妮久而弥坚的爱情和完全新型的家庭关系,也完全无视恩格斯只是为了反抗教会的专横和虚伪才拒绝履行世俗的婚姻仪式的事实,硬把自己的滥爱杂交描绘成"提前实现"了不附带任何门第出身、社会地位和财产状况等等条件的所谓纯自由结合。他们打着"共产主义伦理道德"的幌子,实行封建主和资本家二位一体的"性准则"。这样的人能写爱情诗么?我看不能!最多是涂几幅色情广告罢了。据说,他们还有一条颇有"号召力"的理由:这样干,乃是针对某些"八旗子弟"腐败淫乱现象的"抗议"云云,这无异是说,许你败坏社会主义的名声,也就许我玷污社会主义的情操。这是什么理论呢?如果大家都来胡作非为,还要不要中华民族的前途?还搞不搞四个现代化?固然,在极少数大学生和极少数其他青年当中,存在着这样一种令人痛心的现象,其实也不足怪。我们的国家,经历过近百年的半封建、半殖民地社会,封建官僚地主和买办资产阶级在这个问题上从来就没有任何光彩的记录。他们的流毒既深且广。再加上林彪、江青一伙言教身教的十年破坏(不仅破坏了政治、经济、文化,也破坏了道德),事情就更麻烦了。而随着对外开放政策的实施,又不可避免地要"输入"一些西方生活方式的影响。凡此种种,都是造成少数青年从思想到行为日趋放荡的社会历史原因。可以断言,这一小部分人当中绝不会出诗人,就是个别人有诗才,也必将毁灭于精神自杀之中。根本的关键在于他们不识羞耻,不懂得诗是庄严的事物,是心灵美的结晶。诗,对一切道德堕落的现象应该表示出强烈愤怒的感情,在这方面,愤怒同样出诗人。

上面说的似乎扯得远了,然而,我却是有感而发;我认为,这也是题中应有之义。尽管《大学生诗苑》中并没有刊袭过这种"作品"。

编辑部嘱我谈谈读后感,下面我将试着发一点议论,只能算作一家之言,对与不对,仅供参考,如果评论失当,欢迎反驳。

我想根据我个人的理解(肯定会有所偏爱),把这五辑《诗苑》大致分为两类。第一类大抵都具备三个明显的特征:主题明确,思想明朗,语言明快。这三大特征,又正是诗歌现实主义道路的基本要素。

李建波的《我和老犁头爷爷》(三首)实际上是在为可敬可爱而又可悲可叹的中国农民立传,三首合为一个整体,是充满抒情意味的叙事诗。最精彩的地方当推结尾两句:

在寒冷的季节里,

人,却赤裸裸地活着!

真的,我读到这儿,也不禁"打了个……哆嗦"。

这首诗,如同许多新人的作品一样,在炼字炼意方面功夫不足,比如,"他眼睛笑得混进了皱纹","混"字粗俗,也欠准确,换上个"溶"字,或者旁的什么字,也许更好一些。又如,"我们这一代该塑造什么样的新一代的脊背",

"新一代的"就显得多余。再如,"打了个寒冷的哆嗦","寒冷的"一词也是败笔。

于进的《灯下》选择了一个极其平常的生活场景:天真的儿子发现了年轻的爸爸早生华发,数着数着,引起了妈妈凄凉的回忆,熄灭了爸爸快乐的火焰;最后两小节可说是神来之笔。

　　爸爸,您和共和国一样大,
　　国家有没有白发?

于是,这位爸爸正在讲的童话戛然中断了,他和他的历尽艰辛的爱人同时陷入了无声的沉思。我,作为一个读者,也陷入了沉思;我们亲爱的祖国,是否也因苦难而衰老了呢?如果是衰老了,能不能重新恢复青春呢?这的确是一个很难一笔抹去的问号。

接下去,就是同一作者的《除夕夜》和尚春生的《家乡情》、冯诚的《田埂上,我轻轻地喊》《大娘,我馋》《种两遍,收一遍》。这些作品,让漫不经心的人读来,会错认为是信手拈来,不花气力;其实,他们是动了脑筋的,有选择的,款款而歌,不加任何标语口号,就将三中全会以来农村落实经济政策后的繁荣生机描写得如此生动、轻快、丰满和明丽,令人精神振奋,耳目一新。我们的人民经历了极"左"路线的摧残(摧残也是一种教育,尽管是代价十分惨重的教育),锻炼了自己的胆气和见识,如今才到底敢于喊出一声:

　　今日回头心打战,
　　路子从哪偏?
　　重抹桌子重摆席,
　　也有辛酸也有甜,
　　再翻一座山!

这些诗的作者们,听到了"蜜蜂的歌唱:富裕,富裕……",听到了妻子娇嗔的一声"甜死你",听到了"致富的路,谁也挡不住"这样一种苦怕了、穷死了以后的求生呼号,听到了"有收无收不在天,信念!信念"的切实可信的豪言壮语,也看见了"大娘,啥时候换的新灶膛,案板旁,还添了个新面坛",看见了"大娘正在剁肉馅,宝宝正在试新衣",看见了"面在柜,肉在案,菜在窖,油在坛,要稀有稀干有干"。这就是80年代中国大部分农村的喜庆景象!自南至北,凡是坚决贯彻了党的正确路线的地方,莫不如此(当然,也还有因为僵化而落后的所谓学大寨先进单位)。这一点,生活本身可以作证,未来的历史课本也一定可以作证。

黄宗信的《致生活》是一首气势不凡、感情真挚的好诗,它既包含着巨大的复杂的思想内容,又细致地准确地处理了时代与青年的关系。如果说其中八个"你曾是"和四个"你也曾是",近乎失恋者的怨恨,那么,五个"你若是"和四个"就算你是"肯定是追求者的乐观展望和胜利宣言。作者的声音是真诚动人的:

> 昨天,我老是诅咒呵,
> 你给我的太少太少,
> 今天,我才发现呀,
> 我欠你的也很多很多。
> 昨天,我总是恨你呀,
> 像乞丐的衣衫,又脏又破;
> 今天,我却恨我呵,
> 当初竟没有把裁缝找过。

这是爱国者的内心独白,它应该能打动任何一个非冷血动物的心。这是一位赤子,在痛定思痛之后,得出来的充满责任感的结论。而这恰恰是目前一部分青年朋友理应达到却不曾达到的境界。为此,我要特别推荐这篇洋溢着时代精神的作品,这里所说的时代精神绝非虚情假意、歇斯底里的干号,而是慷慨悲壮、背水一战的誓言。

第二类作品,也颇值得一读。其中有的蕴蓄哲理,发人深省;有的直抒胸臆,如闻其声;有的托物寄情,意境高远;有的虽然画面比较朦胧,却不难体察出其中的社会内涵。如彭金山的《我和你》、《绿色的歌》(二首),长木的《纪行》(二首)、《普通的心灵》,叶延滨的《爬》《前额》以及散文诗《眼睛在对心说》中的第二、第八、第十等节,吴稼祥的《一朵杨花》,李江卫的《梦》,都以富有个性的笔触披示了这一代新人的不可侵犯的人格尊严、自我解剖的勇气和独立思考、奋然前行的决断。

吴稼祥的另一首诗《我走出舞厅》、刘晋寿的《一次晚筵》、应向东的《新居》、薛卫民的《给林浩英》、曹剑的《那时,我有个愿望》,则展现了一批清醒者的正当的然而又不无愤懑、惆怅之情的内心世界。他们的清醒是必须肯定的,我们希望他们永葆健康,不受污染;他们的愤懑与惆怅也可以理解和值得同情,但多少有一点幼稚和简单化。这些诗篇所揭露的部分众生相,正是新时期必然产生的新问题。过去有,今后恐怕还将更多。一概骂倒,徒然加深对立情绪,洁身自好,也不是积极的办法,我想,还是要耐着性子,正面说理,解答疑团,因势利导,热忱相待,如此方能尽可能地减少类似的丑恶和消灭类似的悲剧。

张子选的《我,一个学生》(二首)以纯朴的语言、笃实的态度宣告了自己不断登攀的勇气和信念,也倾诉了负重远行的吃力之感,这两首小诗的可爱之处正在于不假修饰和真诚坦白。

也有写得优美、正派的爱情诗。如冯诚的《喜鹊只搭一个窝》,就是一例。它寥寥数笔,将那个有情人相会的特定环境勾勒得如同一幅素净的白描画,单调的机械的绞辘轳的动作中却流淌着一股活泼的微妙的思绪,这种思绪突然爆发成一句似乎与彼此的心事都无关的问话:"喜鹊咋只搭一个窝,再有高枝也不动心?"含而不露地赞美了一位农村姑娘和一位大学生之间的忠贞爱情,充满了我们民族的传统机智和生活谐趣。与此相衬的,还有高寒的《爱的隐曲》,这首诗虽然主要歌颂的是博大的、广泛的、在痛苦中坚持下来又在绝望中复苏过来的家国之爱、人民之爱,却也包含着"她那羞涩而深情的一顾"。所以,不是一般化的由小及大,相反地倒是由大而小,也算别具一格。

雷宇的《醒了的诗》,抒发了一种重新确认人和肯定人的正义的感情,从一个侧面诅咒了十年之久的毒化迷乱和庆幸心灵的失而复得,味同橄榄,耐人咀嚼。同类题材的还有峙军的《诗誓》,真实地再现了那充满"恶劣的天气"的岁月,作者(以及他的同辈人)在风险莫测的大海上,生命的小船载负着"多边形的心"所"呕出的诗",他之所以不辞艰危,走上"剑齿般的路",全然是为了对岸的"灯火",和"灯火般的眼睛",当然,还有"眼睛般的渴望的心"。我觉得,这些诗句精当地表述了当今千百位青年诗作者的共同心境。

刘芳森的《北邙山拾梦》有清新的诗意,构思奇幻,形象具有可触性,甚至能转化为听觉的对象。如:

　　让我变作一只小桶
　　轻轻地落在故乡的深井
　　辘轳你慢慢地绞吧
　　别惊了鸽子的甜梦

又如:

　　苇子席铺开了黄昏
　　芭蕉扇
　　扇不去虚伪的月光

>奶奶,你让我把耳朵
>
>塞进磨眼里吧
>
>蛐蛐在那儿浅浅地吟唱

再如:

>爱我吧,邙山
>
>……
>
>求求你
>
>我绿色的保姆
>
>给我的梦
>
>做一件永远不烂的衣服

  这些诗句,的确产生了一种效果,即将古老的北邙山置于奇谲而又恍惚的氛围之中,使得乡思也平添了神秘的色调。不过,就全诗而言,还是有不少值得商榷之处,最主要的是,渲染过度,人间烟火气淡了,"鬼气"浓了,损害了这首诗应有的正面作用。

  小野的《相信》,子国的《墓碑》,都用力度很大的手指弹拨着人们的心弦,构成了言有尽而意无穷的咏叹调:自信中透露着惶惑,坦然中包含有悲戚;又好像各为病情复杂的患者开了一份药方。这种类型的诗是我们这个时代的特殊产物。而黄大明的《我该起来了》、黄祈的《道路》则较前者较多地摆脱了夜来的梦魇,为自己树立了明确的进取目标,这当然是觉醒的标志。无论如何,它们更有向上的倾向。

  如果不提到程光炜的《耕耘,便是我人生的最大愿望》和《永远的伙伴》,那这篇文章将是不公允的。请看——

我是大地的儿子

我没有云霞一般的幻想

我只渴望我的肤色,太阳光下

同披满尘土的乡村大道一道闪光

我渴望我喝惯运河水的歌喉

像那散发着草腥味的河流

滚过一片片龟裂的土地

沾满泥巴的双脚

跟着田野里深深的犁痕

艰难地走向远方

活着

像土地那样丰饶而充实

这便是我人生的最大愿望

这是多么质朴而直率的告白!这是多么憨厚而单纯的心田!

可是,同一位作者在另外的场合却又写下了百分之百的所谓朦胧体的句子:

请你把波浪般的头发

倾泻在我的臂弯

请你用深不可测的眼睛

将难以述说的苦楚

永注在我醒悟的心房

……

从此雪白的海鸥

当是飞出彼此心灵的

祝福的信笺

四面八方的礁岛

将以一个不灭的宣言

向狂怒不羁的大海

显示出我们永远的坚强

解开缆绳吧,朋友

请你再一次地

用泪光闪闪的眸子

珍藏起我微笑的形象

请将你最初的誓言,像白帆

升到高高的桅尖上

　　难懂吗？我以为,这样的朦胧还是可以读得懂的,因此,也是可取的。诗人以繁复多变的吟咏和丰富多彩的形象向读者传达了这一对"永远的伙伴"(也许是情侣吧?)之间铭心刻骨的信赖和坚贞不渝的期待。就这一点而言,这首诗是成功的。

　　然而,毋庸讳言,也的确有一些平庸的、空泛的、灰色的诗,混杂其中,有的甚至还占有突出的位置。有少数几首,我翻来覆去琢磨,终于无法理解它们到底想说明什么。女作者崔恒的组诗《原野》,给人留下既相当突出又不无遗憾的印象。我敢说,她是具有敏锐的诗的感觉的,也善于捕捉生活中富有诗意的场景、形象与情绪,因而写出了《去远方》这样一首颇有启示性的、仿佛代表整个探求者队伍向历史宣誓的好诗,特别是结尾的两段摇撼人心,不可多得。然而,正如任何一个不成熟的作者往往在写出好诗的同时,又会暴露出自己的不成熟一样,她的作品有一个危险的弱点,即缺少中国气派和中国风格;看得出来,她对古典的和民间的优秀文学遗产可能绝少接触。所以,其他两首诗《夏夜的原野》和《北方的黑土地》,就形成了这样一种颇为荒诞的局面:拆开来读,不乏巧思佳句,整体一看,则显得支离破碎。如果要打个比方,倒真像一堆闪闪发光的零件,配不了套,组装不成一部可以正常运转的机器。特别是《夏夜的原野》,竟然完全不考虑大多数中国读者的欣赏习惯,不尊重数千年来约定俗成的汉语规范,建行的方式是那样任性和生硬,我想,大概不止我一个人,对此是无法表示赞同的。还有另一位作者写的标题为《父亲》的小诗,我估计,也许多少受到了罗中立的著名油画《我的父亲》的影响——接受兄弟艺术的启发本来是常有的事,古往今来的题画诗还真有传世的名篇——问题在于:需要联想,需要开掘,需要发展,一句话,应该是再创造;如果文字表达的东西并不能丰富、补充、突破和超越画面上的图像,诗,仅仅成为画的翻译或解说,恐怕是不足为训的。

　　一般说来,我是主张既要坚持原则又要提倡宽容的。但是,纵然如此,我也不敢保证自己的意见不会失之偏颇。我诚恳期待着编者、作者、读者的批评。我衷心祝愿《大学生诗苑》出好诗,出诗人,好诗像花苑中的鲜花,诗人如星海中的明星。

1981 年 8 月 23 日夜　兰州

我 与 唐 诗

近几年来，我接触到很多青年诗歌作者，初步了解了他们的若干观点，他们公开发表和秘藏箧笥的作品，我也读了不少。在这个接触和阅读的过程中，却给我留下了一个极其强烈的印象：原来，我们的当代一辈后起之秀中，除了个别人外，竟然多数是些不怎么用心学习古典诗词和民间俚曲的。听说，有一位颇露头角的青年诗人居然说：读那些死人的劳什子干什么？鄙薄之意，溢于言表，这不能不使我在激动之余，深感忧虑。我不懂，这些朋友们是怎么想的，是认定它们从内容到形式都距离现代文明太远，而觉得一无可取？还是由于不赞成"在古典诗词和民歌的基础上发展新诗"这一可以讨论的主张而不惜表示自己的决绝？是觉得钻故纸堆没有时间、没有出息？还是自认难以消化而兴致索然？也许，这些原因都有，甚至可能就存在于同一个人身上。不过，这些所谓的理由都无法说服我，我还是要劝他们：多读一点古典诗词和民间俚曲。当然，这绝不意味着排斥外国的有益的东西。我的写作生涯可以证明：我不是国粹主义者，不是民族沙文主义分子。我想，这一点，青年同志们是会相信的。我的规劝绝不会害了他们。

长期以来，我就有一个痛切的反省：中国的诗人和作家，似乎一代不如一代，像鲁迅、茅盾、老舍、巴金他们，学贯古今，而且掌握几种外语，著译等身，堪称全才。而到了我这一辈，无论艺术准备和劳动本领都逊色多矣。如果我们的接班人本钱比我们更少，那怎么得了？！至于我个人，每当执笔为文，就痛感不胜窘迫：仓库里的存货实在不够用了。这个仓库不是别的，就是大脑。大脑里堆放的材料尽管繁杂，也无非是两大门类。第一大类是直接来自生活的原件,第二大类才是经过别人加工过的成品和半成品,也就是各色各样的间接知识。谈起知识,真是包罗万象,上自天文,下至地理,从经史子集到医药占卜,从伊壁鸠鲁到福尔摩斯,无所不备。而有志于诗的同志,不读,甚至不屑一顾《诗经》、《楚辞》、先秦百家、建安诸子和六朝文章,乃至唐诗宋词元曲明清小说,把自己的祖宗像一双破袜子一般丢掉——何况是那么伟大的祖宗!——言必称希腊(当然,希腊也伟大,也值得称上一称),这种现象,总不能被认为是正常的吧?《飞天》编者命我在《我与文学》专栏里发点议论,我就借此机会,侧重回顾一下自己是怎么学习唐诗的,也算是再进一次忠告,若能由此而引起一星半点哪怕是极其微弱的反响,我也将引为欣慰。

尽人皆知,唐诗是中国诗歌的高峰。鲁迅说过:"我以为一切好诗到唐已被做完,此后倘非翻出如来掌心之齐天大圣,大可不必动手。"(1934年《致杨霁云信》)这段话,自然是极而言之,不能把它理解为望之却步,不可逾越。事实上,生活在半封建、半殖民地中的鲁迅本人,就为我们留下了不少佳作。齐天大圣还是有的,唐以后的历代都有,包括那些被人讥为不懂形象思维的宋人。既然中国今天已是社会主义国家,江山一新,就更应人才辈出了。我们大可不必妄自菲薄。

但就唐诗而言,确实有如亘亘河汉,繁星在天,其辉煌灿烂令举世瞩目。不仅我们的文学史因它而闪闪发光,而且我们的社会生活的各个领域几乎都受到了它的渗透,流播着它的恩泽。我们的口语中有不少是从唐诗中脱胎而来的,我们划分是非的界限,评论价值的标尺,臧否人物的准绳,也往往与唐诗有关。这在人类历史上确是罕见的现象,必须引起我们足够的重视。

比起荒废了大好光阴的某些青年来,我有一个优越的条件,那就是:我曾经有过一位爱诗而又懂诗的父亲,后来又在中学时代受过比较扎实的语文教育。记得早在六七岁的小小年纪,我已经会背诵一些名篇,它们大抵都是一些五言诗,既短小精悍,又浅近易懂。偶尔遇上一两句弄不明白的,例如"一声何满子,双泪落君前"之类,也就囫囵吞枣地硬塞下肚。什么"熟读唐诗三百首,不会作诗也会吟",那时候,我已听得耳熟了。而且直到如今,我仍然坚决主张要背一些好诗,主要是唐诗。我毫不怀疑,背诗的好处是终生受用不尽的。及至发蒙上学,我就自己找来一部线装本的《唐诗三百首》,一首一首地硬啃起来——其结果当然是大部分不知所云。然而,重要的是培养了对诗的感情,而从不懂到略知一二,倒也自得其乐。记得读杜甫的《春望》,初读,只觉得朗朗上口,富有文采,那气势也像行云流水一般,不可遏阻,如此而已。等到抗日军兴,家乡沦陷,道路流落,衣食无着,艰苦的境遇促成了我的思想早熟,这时候再来吟诵"国破山河在,城春草木深",就别有一番滋味在心头了。

我们的祖先历来注重诗教。诗为六艺之首,是孔夫子的传统。不错,他们提倡的是什么"温柔敦厚""和平中正",目的在于让一个一个读书人都走上孝悌忠信的老路。那是不足取的。新中国成立后,这些货色理所当然地被抛弃了。然而,50年代的青年团和少先队,夏令营和文艺晚会,甚至工会团体,都经常组织诗朗诵和诗创作比赛,许多青少年登台献艺,搜索枯肠,情绪之高涨,反应之热烈,人们当能记忆犹新。这是什么?不也是诗教么?这种革命的诗教,产生过十分良好的社会效果,加强了爱憎分明的立场教育,培养了高尚乐观的道德情操。但是,遗憾的是,近年来除了首都等大城市偶尔有那么一场两场诗歌朗诵会外,几乎不见有人提"诗教"二字了。我以为,不讲诗教,等于在破旧布新、拨乱反正的伟大斗争中,自动弃置了一宗有力的武器。

况且,问题还不仅于此,就是唐诗,及至许多古典诗词、民间俚曲,都不妨加以新的解释,使之在新的历史时期发挥新的重要作用。试举数例:

杜甫的《望岳》:"岱宗夫如何?齐鲁青未了。造化钟神秀,阴阳割昏晓。荡胸生层云,决眦入归鸟。会当凌绝顶,一览众山小。"这首气势磅礴的五律,不仅体现了对祖国山川的热爱,更主要的是襟怀开阔,目光远大,抒发了向上攀登的决心和追求光明的信念。这和胡耀邦同志最近发出的"闯过十八盘,穿越南天门,直登玉皇顶"的号召何其吻合!

陈子昂的《登幽州台歌》:"前不见古人,后不见来者。念天地之悠悠,独怆然而涕下!"这四行诗不知激励过多少志士仁人,前仆后继;它写尽了历史和人生,它告诫后人,既要做落魄江湖的思想准备,更要有报国立功的进取精神。这不也正是我们现在所需要提倡的吗?

元结的《贼退示官吏》,曹邺的《官仓鼠》,对今日干部队伍中的贪赃枉法、贿赂盛行、损公肥私等等不正之风,更有它们的积极意义。

从革命事业的新老接班的角度,读杜甫的《江汉》也能给人以启发。"江汉思归客,乾坤一腐儒。片云天共远,永夜月同孤。落日心犹壮,秋风病欲苏。古来存老马,不必取长途。"当今倡导干部队伍的革命化、知识化、专业化和年轻化,老一辈退居第二线,当好参谋,势在必行。杜甫这首诗正好接触了这个问题:老马识途固然是个优点,但不能不承认自然规律,所以,一方面用马者对老马"不必取长途";然则,另一方面老马本身却必须具有"落日心犹壮,秋风病欲苏"的豪气雄风才对。这种认识才是辩证的统一。

上面的一段话,是联系着四个现代化事业,说明它们还是包含着不少可资利用的成分的。至于对专门从事诗歌写作的同志,就更加能引起许多创作方法与艺术规律的联想了。

下面回到我自己学习唐诗的题目上来,我打算分六个部分来谈谈个人的粗浅体会。

首先,唐诗教会了我:诗是言志的,诗中应该有真性情,诗要讲风骨。它也使我大致明白了,现实主义是中国诗歌的主体,浪漫主义是中国诗歌的羽翼,二者不可分离。杜甫的忧国忧民,耿耿忠心,真可以和屈原相媲美:"虽九死而不悔。"他于兴盛的外表下看到了衰败的危机,于正义的举动中看到了叛卖的伎俩,他颠沛流离,然而不顾一己之安危,他穷途末路,始终希望王业得到中兴。他的清醒,在别的诗人由于各种各样的原因迷醉沉沦的情况下,尤其显得出色与可贵。正因为如此,他,也唯有他能终生遵循现实主义原则,为民请命,虽死不辞,直到爆发出了"朱门酒肉臭,路有冻死骨"这样一声大悲大恸震天撼地的郁雷!用如此尖锐的对比暴露了封建社会的本质,这在中国诗史上还是头一遭。李白,是多少带有道家气质的浪漫主义诗人,也是一位血性男儿,旷世奇才。他落拓不羁,仗义游侠,尘土利禄,浮云富贵,他用他独有的狂放傲视一切权贵与奸佞,他的许多诗篇沉雄豪迈,气度非凡,展现了中华民族的灵魂。这两位不朽的巨人从不同的角度看取人生,留下了多少如钟如磬似金似玉胜刀胜箭的长歌短吟,为我们的伟大祖国赢得了世界性的荣誉。

但他们又都是悲哀的、寂寞的。杜甫有云:"但看古来盛名下,终日坎壈缠其身。"(《丹青引》)又有诗曰:"志士仁人莫怨嗟,古来材大难为用。"(《古柏行》)而李白的《行路难》,字字血泪,发自肺腑,他笔下写的是路,心中想的却是世道,全诗含义极深,不可等闲视之。他既叹息"总为浮云能蔽日,长安不见使人愁"(《登金陵凤凰台》),又愤然吐出决绝之词:"安能摧眉折腰事权贵,使我不得开心颜!"(《梦游天姥吟留别》)这些诗句,与杜甫隔时隔地,并非酬唱应和之作,却是彼此心声的响应与共鸣!当然,也有个别诗人,在这个问题上表现得信心十足,相信人心,相信历史,"莫道谗言如浪深,莫言迁客似沙沉。千淘万漉虽辛苦,吹尽狂沙始到金",表现了大无畏的乐观精神。写这首七绝的诗人是刘禹锡。不过,在他有生之年,既未看到"吹尽狂沙"的清明,也不曾赶上"始到金"的幸运,因为那是昏君多而明君少的封建社会,这种理想实际上是个乌托邦。

李、杜是忘年之交,呼吸相关,声气谐和,他们之间的真挚友情为后世留下了至高无上的楷模,教育我们:不要文人相轻,而要同声相求。比如,李白北游,杜甫南去,李白乃写《沙丘城下寄杜甫》:"鲁酒不可醉,齐歌空复情。思君若汶水,浩荡寄南征。"请看,酒中谪仙连酒也觉得乏味了,歌也不再动心了,只是思念故人。至于杜甫,就更是一往情深,写了许多缠绵悱恻、为李白分忧抱屈的作品;当李白不幸遭到流放后,他一连写了两首《梦李白》,意犹未尽,接着又写《天末怀李白》,这三首诗中有多少动人心魄、千古传诵的名句!"死别已吞声,生别常恻恻。""水深波浪阔,无使蛟龙得!""江湖多风波,舟楫恐失坠。""冠盖满京华,斯人独憔悴。孰云网恢恢,将老身反累。千秋万岁名,寂寞身后事。"当误传李白死去的消息传到杜甫耳中时,他更悲愤交加地诅咒苍天不仁:"文章憎命达,魑魅喜人过。应共冤魂语,投诗赠汨罗。"真是掷地有声!它不但生动具体地描绘了李白的身世遭际,也公平正确地对李白的才华、人品做出了评断,更一语道破了某种可悲的人世规律,因此带有普遍意义。这正是这些诗为后人击节赞赏、反复咏叹的根本原因。

　　命途多舛,报国无门,几乎是自古以来的诗人们的共同遭遇。这方面,如果有人有兴趣,仅就《唐诗三百首》中入选者的名单列一张表,便可得到铁证。当然,在封建时代,必然如此,不足为怪。韩愈,是毕生倡导古文运动,力主廓清六朝浮华的孔孟信徒;在诗歌创作上也自立门户,人们用"奇崛兀傲"来形容他的风格。但他竟也一再遭到贬斥。他有一首《八月十五夜赠张功曹》,历数了他们那一群政见相同者因为得罪了皇上而受罪的悲酸经历,以及虽然遇赦仍旧被压制的不平待遇,尽管结句故作豁达,自我安慰,其实正好相反,有力地揭露了当道者的昏聩腐败。像他们这样虽无大官可做,还不愁有薄俸可拿者尚且如此,被压在最底层的农夫百工又当何如?这些,在先我是读不明白,看不透彻的。李商隐,这是以擅长风花雪月而名噪天下的诗人,但就是这样一位诗人,也有直接指名批评皇帝的诗篇流传:"可怜夜半虚前席,不问苍生问鬼神!"(《贾生》)文字的辛辣也够到家的了。那时候的诗人,固然不知道马克思主义"存在决定意识"的原理,但朴素的感受还是有的,否则,杜甫怎么会发出"在山泉水清,出山泉水浊"(《佳人》)的感慨?!

　　中唐以后,诗人白居易接过了杜甫的大旗,而且更直接地和多方面地触及时事,干预朝政。"诗到元和体变新",题材范围更扩大了,艺术风格更坦易了,提出的社会问题更尖锐了。白居易不隐瞒自己的文学主张:"文章合为时而著,歌诗合为事而作。"(《与元九书》)从他开始,开创了一直延续到晚唐诸家的新乐府运动,形成了一代诗风:作风泼辣,观察入微,有时公然把矛头直指最高统治者,所言所咏,都鞭辟入里,直言不讳地揭发了当时社会的贫富悬殊、苦乐不均的阶级矛盾(他们并不懂阶级论,这里是姑且借用的),预报了农民大起义的风暴已经迫在眉睫。白居易一再声言:自己就是要"唯歌生民病,愿得天子知"——他还是寄希望于圣君的。然而,在这个"唯歌生民病"的战斗历程中,他又是十分勇敢的。虽使"豪贵近看相目而变色",教"执政柄者扼腕""握军要者切齿"(《与元九书》)也在所不惜。他的《宿紫阁山北村》《涧底松》《上阳人》《红线毯》《杜陵叟》《卖炭翁》《盐商妇》《缭绫》《重赋》《轻肥》《歌舞》《买花》《采地黄者》,无一不采取鲜明的对比手法,把对立着的矛盾双方如实地介绍给读者:美者自美,丑者自丑,不假夸饰;有时甚至直接发为议论,如:"夺我身上暖,买尔眼前恩。进入琼林库,岁久化为尘。"(《重赋》)"食饱心自若,酒酣气益振。是岁江南旱,衢州人食人。"(《轻肥》)"一丛深色花,十户中人赋!"(《买花》)"愿易马残粟,救此苦饥肠!"(《采地黄者》)更有干脆挑破太平盛世的一层薄纱,直接触及阶级对立的实质者:"貂蝉与牛衣,高下虽有殊;高者未必贤,下者未必愚。君不见沉沉海底生珊瑚,历历天上种白榆!"(《涧底松》)由于时代的局限,这远不是马克思主义的革命学说在艺术上的自觉反映,但在那个历史发展阶段,能达到他这样的认识水平,也确属罕见。他有一段自白:"其辞质而径,欲见之者易谕也。其言直而切,欲闻之者深诫也。其事核而实,使采之者传信也。其体顺而律,可以播于乐章歌曲也。总而言之,为君为臣为民为物为事而作,不为文而作也。"(《〈新乐府〉自序》)试想一下,假如白居易当年也热衷于"表现自我是诗的唯一任务",他能成为这么一位世代景慕的大诗人吗?出于这种敬佩的心情,1956 年,在他当年担任过地方官的杭州,我写过一首很不像样的小诗,歌颂了他,也为他鸣过不平,后来却落了个"黑诗"的"恶谥"。但是,不管怎样,我对白居易的勇气与正直的仰慕,将终生不改。白居易到了晚年,虽然也写了"面上灭除忧喜色,胸中消除是非心"(《咏怀》)那不过是一个违心的悲剧,我以为不可苛求于古人。一般说来，诗品之高下，决定于人品之高下。这，是我学习唐诗的第一点收获。

其次，动真情，表真意，写绝大多数人所普遍关心的事物，表现他们的命运和心理，切忌虚假矫饰，这又是我的第二点收获。

李益有一首题名《喜见外弟又言别》的五律："十年离乱后，长大一相逢。问姓惊初见，称名忆旧容。别来沧海事，语罢暮天钟。明日巴陵道，秋山又几重。"过去我琢磨这种感情，一直很不深刻，直到受了极"左"路线的多年迫害之后，旧雨重逢，才恍然大悟，李益写得多么精微逼真啊！这说明好诗皆有生命，关键在于你觉察得到或者觉察不到。再有，张籍写过一首《没蕃故人》，其中有两句："欲祭疑君在，天涯哭此时。"这不正是我们多少同志在前不久还体验过的一种特殊揪心的悲哀吗？那么多的冤、假、错案，万千人生死不明，其区别不过是一为"没蕃"，一为打入"另册"罢了。李贺有一首自嘲的《南园》（之二）："寻章摘句老雕虫，晓月当帘挂玉弓。不见年年辽海上，文章何处哭秋风？"这自然是他个人在那个社会中的感慨：文人不合"时宜"，诗歌不切"实际"；达官贵人和势利之徒看不起诗人和作家，看不起文学艺术，认为凡是捧他们场的就"好"，伤了他们面子的就"坏"，用得着的时候说你如何重要，用不着了就骂你是万恶之源。这种影子，不是至今还隐约可见吗？王维是一位恬淡闲适、崇尚空灵的诗人，对林、泉、山、石都有超人一等的观察与鉴别。他的《桃源行》，熔写景、状物、咏事、抒情于一炉，有它独到的成就。然而，我一向不喜欢他的那些充满出世思想的作品，原因很简单，我们不是一种世界观。不过，平心而论，就是对他的诗，也不应一概而论。他有一首《西施咏》，就颇为深刻地评论了世态炎凉，摘录几句："朝为越溪女，暮为吴官姬。贱日岂殊众，贵来方悟稀……当时浣纱伴，莫得同车归。"

远道怀人，客里思乡，这是人之常情，也是为某同志所诅咒的普遍人性的表现之一。这些同志反感，我以为，不过是嘴上说说而已，真正轮到自己头上，扪心自问，他们是要脸红的。要不然，何以解释，千载之后，每当我们读到这类题材的好诗还能引起心弦的振动?！孟浩然有一首《夏日南亭怀辛大》："山光忽西落,池月渐东上。散发乘夕凉,开轩卧闲敞。荷风送香气,竹露滴清响。欲取鸣琴弹,恨无知音赏。感此怀故人,中宵劳梦想。"韦应物的两句诗也很有名："归棹洛阳人,残钟广陵树。"(《初发扬州寄元大校书》)透露着一股离愁别绪的莫名惆怅。类似的还有许多,如"浮云游子意,落日故人情"(李白:《送友人》)。所不同者,只是一为自己上路,一为给人送行。至于杜甫的名篇《赠卫八处士》,我简直是自幼就爱不释手,倒背如流的;在这儿,我还愿郑重推荐给不读唐诗的青年同志,因为它实在是道尽了人生的无常和友谊的永恒。如果我们读后,以一种明达的态度去承受那些不可避免的"访旧半为鬼",就自然能加倍珍惜"少壮能几时"了。化消极因素为积极因素,这不仅是读这首诗,而且是读一切旧诗的基本方法。还有大量描写时代更替、人事沧桑的好诗,都值得仔细玩味。如岑参的《与高适、薛据登慈恩寺浮图》中就有这样带总结性的文字："秋色自西来,苍然满关中。五陵北原上,万古青蒙蒙。"关中和五陵,自然是指帝王家业而言。刘禹锡的《石头城》："山围故国周遭在,潮打空城寂寞回。淮水东边旧时月,夜深还过女墙来。"同一作者的另一首《乌衣巷》,说得更加凄怆："旧时王谢堂前燕,飞入寻常百姓家。"虽然这类作品都比较黯然,缺少昂扬的情愫,但内容还是能让人理解和同情的。我在山西流落过二十一年,因之,每念到刘皂的《旅次朔方》,就止不住掩卷太息："客舍并州已十霜,归心日夜忆咸阳。无端又渡桑乾水,却望并州是故乡。"恍惚这是我自己写的一般！杜甫吟罢"露从今夜白,月是故乡明"(《月夜忆舍弟》),一字也未着兄弟,却牵动了无限乡关之情,比徒自描绘兄弟的音容笑貌强烈何止百倍。人们常探问诗的秘诀,这就是诗的秘诀。下边再接上两句："寄书长不达,况乃未休兵。"我相信,今日身陷台湾的原籍大陆的同胞,闻之必定潸然泪下！李颀的《送魏万之京》："鸿雁不堪愁里听,云山况是客中过。"张祜的《题金陵渡》："潮落夜江斜月里,三两星火是瓜州。"这些,表现游子在外的落寞心情都十分贴切。宋之问的《渡汉江》更一语破的,绘声绘影地描述了我们大家都体会过的特殊心理状态:"岭外音书绝,经冬复历春。近乡情更怯,不敢问来人。"同类作品还有贺知章的七绝《回乡偶书》:"少小离家老大回,乡音无改鬓毛衰。儿童相见不相识,笑问客从何处来?"不少老红军,就对我赞扬过这首诗,认为简直写绝了。再举一个不怎么为人注意的例子,元稹的五绝《行宫》:"寥落古行宫,宫花寂寞红。白头宫女在,闲坐说玄宗。"休得小看这区区二十个字,一个"寥落",一个"寂寞"(而且居然还"红"!),再一个"白头",一个"闲坐"(说的何况又是一生大起大落的玄宗!),把这个兴衰隆替的场面渲染得多么撩人遐思!读者不由得也悲从中来了。这就是诗的魅力。王维的《九月九日忆山东兄弟》是脍炙人口的名篇,然而用词行文却十分平淡无奇:"独在异乡为异客,每逢佳节倍思亲。"赚了多少人的泪水。而王昌龄的《芙蓉楼送辛渐》,只不过托对方捎了两句话:"洛阳亲友如相问,一片冰心在玉壶。"又拭去了多少人的泪痕!当然,在这一类诗中,最豪迈最豁达也最为人称道的是才子王勃的《杜少府之任蜀州》:"海内存知己,天涯若比邻。无为在歧路,儿女共沾巾。"充满了丈夫气概,值得我们以四海为家的新一代效法。

综上所述,唐代诗人有一个共同的特点:博采众长,转益多师,别出心裁,各不相让。唯其如此,所以能做到长江后浪推前浪,世上新人换旧人。而实践的结果却证明:每一个浪头都兴起过,每一位诗人都活跃过,谁都没有白白浪费自己的气力和光阴。

我受到的第三点教育是唐代诗人们刻意求精、求深、求新的艺术追求和竞赛精神。有的明志,不同凡响,如张九龄:"草木有本心,何求美人折。"(《感遇》)有的述怀,不落俗套,如骆宾王:"露重飞难进,风多响易沉。"(《在狱咏蝉》)此等言语,确系独创,非他人所能替代。

有唐一代,方家成百,诗篇盈万,然而无不斗奇争艳,各树一帜;同样的题材、事件、场面、人物,在他们的生花妙笔之下,绝不会"千人一面,千首一腔"。即便感情、思想、情绪、意象相近,也因别具慧眼、匠心独运而表现得那么富有个性,多读上几遍,多揣摩几遍,就是蒙住眼睛,不告诉姓名,也听得出谁是谁的,肯定不至搞错。举例言之,如李白的《将进酒》和李贺的《将进酒》,写的都是不满现实、借酒浇愁的内容。然而前者豪放、开朗,后者险辟、冷峻,实在各有千秋。当然,我是特别欣赏李白的那一句:"天生我材必有用"的,它能鼓舞人树立自信心和上进心,如果说,全篇带有某种玩世不恭的颓唐气息,那么,单凭这一句,也就足足抵清而有余了。

唐人观察生活之入微,有时能达到令人拍案叫绝的地步。请比较下列一串出自不同手笔,内容又介于似与不似之间的诗句:"山随平野尽,江入大荒流。"(李白:《渡荆门送别》)"星垂平野阔,月涌大江流。"(杜甫:《旅夜书怀》)"江流天地外,山色有无中。"(王维:《江汉临眺》)"野旷天低树,江清月近人。"(孟浩然:《夜宿建德江》)你能说谁模仿谁? 我的答案是:谁都是创造,因为它们一概是大自然本身的创造。要说模仿,只能说是对千差万别的客观存在的描摹。

类似的情况还有:柳宗元在《渔翁》中写道:"烟消日出不见人,欸乃一声山水绿。"而钱起那首出类拔萃的应制诗《省试湘灵鼓瑟》却偏偏换了一种角度:"曲终人不见,江上数峰青。"一个写山,一个写水,异曲同工,齐尽其妙。

天地万物,各具其象,各有其神,换句俗话说,就是各有特色。特色之所以为特色,当然是有十分明显的表征,然而,真要抓准这个表征,却又难得很。必须凭明察秋毫的灵敏和积长年累月的观照。下雨是常事,春夏秋冬,何时无雨? 南北东西,何处无雨? 雨固然一样,但人的心情不同;是以王维能道人之所未道:"山中一夜雨,树杪百重泉。"(《送梓州李使君》)杜甫关心民生,又别是一番感受:"随风潜入夜,润物细无声。"(《春夜喜雨》)李商隐却托物移情,浮想联翩,写出了万人传诵的《巴山夜雨》:"君问归期未有期,巴山夜雨涨秋池。何当共剪西窗烛,却话巴山夜雨时。"任你九曲回肠,也能为之寸断!

古代行旅之苦,远胜今日百倍。纵然如此,当我们读到温庭筠的《商山早行》时,还会错认它是自己生活的记录:"鸡声茅店月,人迹板桥霜。"不道半个苦字,而苦情自出。最妙的尤其在于全部用形象组合,主人公哪儿去了?是作者,也是读者。

再说月,张若虚的《春江花月夜》几乎把月色和有关月的一切疑问、设想和幻觉都写尽了,别人还能写吗?"江山代有才人出",有不服输的好汉,也果然有异峰突起的新作。李白的《月下独酌》,把月亮人格化了,成了他的好朋友,因之"举杯邀明月,对影成三人"。张九龄更高人一着,用压缩得不能再压缩的十个字说出了一种人人有同感、绵绵无尽期的思绪,"海上生明月,天涯共此时"(《望月怀远》)。而才华横溢的李白还有警句:"今人不见古时月,今月曾经照古人。"(《把酒问月》)慨叹了人生的短促与宇宙的无垠。刘方平的《月夜》别有一番清新明丽的风情:"更深月色半人家,北斗阑干南斗斜。今夜偏知春气暖,虫声新透绿窗纱。"张继又另辟蹊径,偏偏写月亮下落——月亮没有了,却引出一股剪不断、理还乱的愁绪来:"月落乌啼霜满天,江枫渔火对愁眠。姑苏城外寒山寺,夜半钟声到客船。"因为这首诗名震遐迩,以致今日的外国旅游者,还屡屡要去探看一下寒山寺。杜甫有首爱情诗(也许是他的唯一的爱情诗吧?)正是从月入手的。"今夜鄜州月,闺中只独看。遥怜小儿女,未解忆长安。香雾云鬟湿,清辉玉臂寒。何时倚虚幌,双照泪痕干。"诗人对月怀念妻子,却反过来写成妻子对月怀念丈夫。全诗结束于有朝一日双双并肩立于帘幔之前,互相以手轻轻拭去今夜的相思泪痕。何其凄婉!又何其缠绵!谁说老杜不解儿女情长?不识人间风流?

说起爱情诗,唐诗有不少杰作。首先当推李商隐的一系列《无题》和杜牧的许多七绝。凡是读过这些诗句的,无不为之惊绝,朦朦胧胧觉着它美,"烟笼寒水月笼纱",看不分明,解不真切,煞像是青岚浮柳梢,薄雾染秋江。"身无彩凤双飞翼,心有灵犀一点通。""春蚕到死丝方尽,蜡炬成灰泪始干。""春心莫共花争发,一寸相思一寸灰。""天街夜色凉如水,卧看牵牛织女星。""蜡烛有心还惜别,替人垂泪到天明。"最近在关于所谓朦胧诗的论争中,有的同志一听别人以李商隐、杜牧(还有李贺)为例,说明朦胧美是古已有之,

(现今的所谓朦胧体到底美不美,那是另外一个问题)立即肝火大盛,仿佛承认了就是奇耻大辱;为什么会有这样的一种态度?我无法理解。现在外国诗人还在努力师法中国古典诗词,从中寻求人类思维的共同规律,借以追溯某些文学流派的渊源和轨迹,难道我们这几位评论家摇了摇头,李贺、李商隐、杜牧,就都从历史上消失了吗?朦胧美这一美学现象就从此不值得研究探索了吗?

唐代写爱情诗的诗人还有许多。其中,刘禹锡也算得上是家喻户晓的一位。他的长处在于吸取当时的民歌的营养,写来晓畅如话,又含蓄机智,谐趣横生。有一首《竹枝词》是十分出名的:"杨柳青青江水平,闻郎江上踏歌声。东边日出西边雨,道是无晴却有晴。"证之以流传于今日的两湖歌谣,我甚至猜想它是民歌的再加工。例子是举不胜举的,大胆如李益的《江南曲》:"嫁得瞿塘贾,朝朝误妾期。早知潮有信,嫁与弄潮儿。"娇嗔如金昌绪的《春怨》:"打起黄莺儿,莫叫枝上啼。啼时惊妾梦,不得到辽西。"至于元稹的《遣悲怀》,则是一组悼亡诗,其中像"诚知此恨人人有,贫贱夫妻百事哀""唯将终夜长开眼,报答平生未展眉"都为后人所称道。不论元稹后来如何,这些诗句还是情见乎辞,称得起是爱情诗的上品。

唐人写诗,不拘一格,什么题材也上得去,颇有一点"百花齐放"的味道。如王建的《新嫁娘》:"三日入厨下,洗手作羹汤。未谙姑食性,先遣小姑尝。"活灵活现地替我们勾勒了当时的一幅社会风俗画。他们往往从一点入手,为读者提供了广阔的想象天地。白居易的《问刘十九》:"绿蚁新醅酒,红泥小火炉。晚来天欲雪,能饮一杯无?"好比一张友人向我们发来的请柬,不假修饰,情意殷勤,令人不能不会心一笑。韦应物偶然看见了乡野小景,信手入诗,就成了后人不时引用的"春潮带雨晚来急,野渡无人舟自横"(《滁州西涧》)。其特点是因粗得细,饶有野趣。朱庆余更以惊人的洞察力,为人们展示了封建朝廷的阴森恐怖和人人自危的景象:"含情欲说宫中事,鹦鹉前头不敢言。"(《宫词》)连鹦鹉都成了耳目了,揭露得还不入木三分吗?李商隐的

《登乐游原》:"向晚意不适,驱车登古原。夕阳无限好,只是近黄昏。"一般论客都只限于从作者自身的处境、心情加以考证诠释,我却不以为然,我想,他暗示的是李唐王朝的白昼已经消逝,天下难得长久了。

　　唐诗在中国是深入人心的。许多成语和格言,源盖出于唐诗。如"青梅竹马,两小无猜",是李白《长干行》诗句的浓缩,如"谁言寸草心,报得三春晖"是孟郊《游子吟》的摘录。还有不少对联式的名句简直变成了群众的口头禅,如"抽刀断水水更流,举杯消愁愁更愁"。有时全引,有时单用一句,这是李白《宣州谢朓楼饯别校书叔云》中的原句。"同是天涯沦落人,相逢何必曾相识。"由于白居易的《琵琶行》风靡天下,以至妇孺皆能用得恰到好处。还有两句短诗:"野火烧不尽,春风吹又生。"(《赋得古原草送别》)其发明权也属于白居易,如今人们已拿来形容新生力量之不可抗拒了。杜甫留下的这一类对仗工整,含义深邃,境界雄伟的对联式佳句就更多得不可胜数了:"窗含西岭千秋雪,门泊东吴万里船。"(《绝句》)"无边落木萧萧下,不尽长江滚滚来。"(《登高》)"花近高楼伤客心,万方多难此登临。"(《登楼》)"永夜角声悲自语,中庭月色好谁看。"(《宿府》)"出师未捷身先死,长使英雄泪满襟。"(《蜀相》),等等,等等。就连一向以艰涩古奥出名的韩愈也留下了平易近人的句子:"黄昏到寺蝙蝠飞……芭蕉叶大支子肥。"(《山石》)

　　上面随手摘引的诗句,都可谓千锤百炼,久而弥新。唯其如此,才能为不同阶级、不同教养、不同职业的各色人等所欣赏,所引用。唐诗是特别注重炼字炼意的。贾岛那个"推敲"的故事,早已化作后人思想方法和生活态度的一个组成部分。我们不妨再看看下面这首五律,试试谁有本事能动它一个字?"客路青山外,行舟绿水前。潮平两岸阔,风正一帆悬。海日生残夜,江春入旧年。乡书何处达,归雁洛阳边。"(《次北固山下》)作者王湾在唐代算不上大诗人,其功夫已达到此等地步!还有,崔颢的《黄鹤楼》:"昔人已乘黄鹤去,此地空余黄鹤楼。黄鹤一去不复返,白云千载空悠悠。晴川历历汉阳树,芳草萋萋鹦鹉洲。日暮乡关何处是?烟波江上使人愁。"鬼斧神工,浑然天成。无怪野史中记载,说是李白读后不敢题壁,说什么"眼前有景道不得,崔颢题诗在上头!"对照我们当今某些青年,才发表一两首习作,便以诗人自居,动辄滔滔不绝,能不泥沙俱下?我希望这样的恃才自傲的同志能从唐诗中汲取教益,多斟酌,多修改,少自我欣赏,少不甘寂寞。这些话,当然也包含着我自己对自己的警策。

第四,唐诗的歌行体很多,数百字一韵到底的鸿篇巨制也不少,开了叙事诗的先河。(固然,唐以前已有《孔雀东南飞》和《木兰辞》)像杜甫的《自京赴奉先县咏怀五百字》《北征》《茅屋为秋风所破歌》《冬狩行》,李白的《古风》《蜀道难》《庐山遥寄卢侍御虚舟》《梦游天姥吟留别》,李贺的《金铜仙人辞汉歌》,白居易的《长恨歌》《琵琶行》《上阳人》《初与元九别后,忽梦见之。及寤而书适至兼寄桐花诗怅然感怀因以此寄》等,往往都把抒情和叙事糅合得天衣无缝;或自传,或故事,或人间,或神仙,人、事、景、情交融,甚至杂以议论,居然不着斧痕,我以为,这对我学习写叙事诗是一个极其重要的启示。

第五,唐代诗人大抵都兼擅其他艺术门类,或绘画,或鼓瑟,或书法,或篆刻,或文物,有的还善骑射,能舞蹈。这些不仅各人行传上有所记载,而且从遗留下来的诗篇也可以找到佐证。如:杜甫的《韦讽录事宅观曹将军画马图》《丹青引》《画鹰》《观公孙大娘弟子舞剑器行》,韩愈的《石鼓歌》《听颖师弹琴》,李贺的《李凭箜篌引》,白居易的《琵琶行》《画竹歌》,李颀的《听董大弹胡笳语弄兼寄房给事》《听安万善吹觱篥歌》,刘长卿的《会稽王处士草堂壁画衡霍诸山》等。尤其引人注目的是,这些诗人不仅仅在诗中表明了自己是有关艺术的行家里手,更重要的是通过绘画、音乐、舞蹈,写了人的命运,并借此揭示了当时的社会问题,因而这些诗篇也就不单纯是对某种艺术和某个艺术家的描述和评论,而是一把生活的解剖刀,帮助后世的读者窥见了、了解了诗人自己以及诗人所歌哭的对象的心灵。

最后,我认为,唐诗是一部爱国主义的教材,特别是它的边塞诗。一提起边塞诗派,人们总会想到岑参和高适,这是对的,他们二位作为这个诗派的主将,当之无愧。不过,一个流派既然形成了一支队伍,那就绝不限于两员主将。因此,我们应该把眼光放得开阔一些。有些有反战倾向的描写征战的诗,算不算边塞诗呢?我个人的意见是:也应该算。如李白的《关山月》:"明月出天山,苍茫云海间。长风几万里,吹度玉门关。汉下白登道,胡窥青海湾。由来征战地,不见有人还。戍客望边色,思归多苦颜。高楼当此夜,叹息未应闲。"前四句气冲斗牛,乐观昂扬,雍容恢宏。后四句的一前半阕以极其简洁的语言交代了中国境内两个民族之间的冲突,然后诗人发出了感叹:士卒伤亡惨重,有损国家元气。在当时的历史条件下,想得出超越这一认识水平的结论,怕也是办不到的吧。其他如陈陶的《陇西行》、柳中庸的《征人怨》、王昌龄的《塞下曲》,大致都不出这个范畴。只是到了李颀,《古意》一出,方才改变了过去的格局,抒发了一种既歌颂慷慨从戎,又欣赏军人的性格,还杂有厌倦情绪的极为错综复杂的主题思想,然而转折委婉,顺理成章,手法非常高明,立意也真实可信。杜甫的《兵车行》《哀江头》《哀王孙》,固然仍旧有诗人忧心忡忡的一面,并且流露了宿命论思想,但毕竟还是号召参加爱国战争的;在杜甫看来,所谓爱国与忠君是一回事。卢纶的《和张仆射塞下曲》(三首)也是战斗性极强的作品。至于杜甫的《闻官军收河南河北》:"剑外忽传收蓟北,初闻涕泪满衣裳。却看妻子愁何在,漫卷诗书喜欲狂。白日放歌须纵酒,青春作伴好还乡。即从巴峡穿巫峡,便下襄阳向洛阳。"全诗一气呵成,过目即可成诵,堪称绝唱。我记得,抗日战争胜利时,自己屡读屡为之泪下不止,觉得说的就是眼前事,这首诗的生命力是经得起时间考验的。

这次来到西北,飞机刚过秦晋高原,就看见白沙漫漫,黄水荡荡,及至降落中川机场,已是薄暮时分,驱车进市区道上,探首窗外,王维的"大漠孤烟直,长河落日圆"(《使至塞上》)便自动从记忆中跳了出来。然后是走青海,赴河西,西鄙人的《哥舒歌》呼之欲出:"北斗七星高,哥舒夜带刀,至今窥牧马,不敢过临洮。"事隔千载,浩然壮气,仍旧回荡胸怀;再想起令狐楚的"未收天子河湟地,不拟回头望故乡"(《少年行》),对比今日民族团结景象,河湟一带火车畅通,沿途麦穗菜花,丰收在望,放牛牧马,笛管悠扬,心中不免替古人扼腕:你们那个盛唐,毕竟"盛"得太有限了!真正的风流人物,一统河山,还看今朝!待到了嘉峪关、阳关、玉门关,什么《渭城曲》,什么《出塞》,惆怅话别也罢,慷慨壮行也罢,都已属于过去了。然而,平沙大漠,草稀人少,登上关城,怅望寥廓,转念古代戍卒思乡,也是情理中事。李益写的《夜上受降城闻笛》,我是不得不相信的:"回乐峰前沙似雪,受降城外月如霜。不知何处吹芦管,一夜征人尽望乡。"由此联系到今日戈壁滩头的建设者们,他们的确是做出了巨大牺牲,理当受到人们崇敬的!

当然,最激励人心的还是岑参、高适和王昌龄的那些力透纸背的杰作:《走马川行奉送出师西征》《轮台歌奉送封大夫出师西征》《白雪歌送武判官归京》《热海行送崔侍御还京》《逢入京使》《行军九日思长安故国》《送李侍御赴安西》《燕歌行》《从军行》(七首),都是一幕幕威武的戏剧,一幅幅悲壮的画面,一阵阵慷慨的鼙鼓,有歌颂,也有暴露,有赞美,也有叹息,不愧是独步古今的绝唱!这些诗,至今读来仍然令人心血沸腾,特别是想到苏修帝国主义陈兵百万,觊觎我国神圣疆土,青年一代更有温故知新的必要。我建议,这一类诗在中小学课本上,就应该加以充分编选,使学生们了解祖先的光荣,明白肩上的重任。

岑参他们之所以能写出如此富有教育意义的诗篇来,根本原因在于他们长时间地深入了当时的生活,真实地热情地反映了当时的生活;这和其他一些蜻蜓点水式的零星感受(虽然也有可取的)不可同日而语。这种比较,再一次说明生活是创作的唯一泉源的真理,自古已然。

读诗,要结合历史、诗话、笔记去读,对于重点诗人,还应该通读他的全集,并参阅若干古文,才有可能加深理解。以我个人的经验,我就学习过陶渊明的《归去来兮辞》《桃花源记》,王勃的《滕王阁序》,骆宾王的《为徐敬业讨武曌檄》,李白的《与韩荆州书》《春夜宴桃李园赋序》,刘禹锡的《陋室铭》,杜牧的《阿房宫赋》,李华的《吊古战场文》,柳宗元的《捕蛇者说》,等等。自以为唯有这样结合着揣摩，对诗人们的思想观点、气质风度，才会有更全面的把握和更中肯的评判。当然，同时也必须时时刻刻不可忘记了他们毕竟是封建社会的产物，有不少糟粕应予剔除。

　　如今的青年同志们三五成群在一起，动不动就议论什么作品得过诺贝尔奖，佩服得五体投地。我倒有一个感想，如果诺贝尔奖早在数千年前就设立了，并且是公平的(它在人文科学方面往往带有某种政治偏见)，我们祖先的这些作品早就应该榜上有名了。当然，如果今日的中国新诗人，能荣获诺贝尔奖，那也是值得高兴的，不过，我希望得奖者是真正代表中国的，既代表中国的现在的革新，也代表中国以往的传统。从这个怀抱希望的立场出发，我也要再说一遍：请认真学习唐诗。

1981年9月1日写于兰州

不撤退者的青铜群像

——诗选集《黎明的呼唤》代序

40年代后半叶是灾难深重的岁月,半个中国在水深火热中呻吟、挣扎;革命的早行者们不时在这里和那里发出一声两声怒吼,但都很快就被扼杀了,或者被掩堵了。而另外的半个中国却正以自己的鲜血燃烧起一片辉煌的烈焰。辉煌的这一半理所当然地感染着和吸附着污黑的那一半。

正是这样,我们祖国的诗歌如同我们诗歌的祖国,在阴阳界上飞行——半边是温暖的白昼,半边是凄冷的夜。这,实在是人类文明史的奇观。

记得有一首当时流行于国统区的歌曲(至今我还能哼出来),它所描绘的正是这样一只在暴风雨中搏斗奋飞的命运之鸟,英雄之鸟:一只翅子反射着阳光,一只翅子穿击着彤云。这支歌曲的标题是《我们为什么不歌唱》:

> 当黑暗将要退却,
> 而黎明已在遥远的天边
> 唱起红色的凯歌
> ——我们为什么不歌唱!
> ……
> 当链镣还锁住
> 我们的手足,鲜血在淋流;
> 而自由已在窗外向我们招手
> ——我们为什么不歌唱!
> ……

我认为,这是一首好诗。好就好在它表现了那个特定的时代,抓住了它处于方生未死之间的过渡性特征。经吕剑同志帮助回忆,这首诗的作者系诗人力扬同志。

现在距离唱那支歌的时候,揭完了将近四十本日历,其间既有令人振奋的日子,又有令人感慨的日子,炮火,胜利……"审查""斗争"……抄家,焚烧……哪能指望保存下多少完整的资料?!

如此说来,收集整理这一时期的这一部分诗歌的工作,的确是做得太迟了。然而,话又得说回来,迟到的"有",总比缺席的"无"差强人意。就是这个迟到,也得深深感激党的三中全会和六中全会,没有实事求是精神的恢复,没有历史经验的总结,也就根本不可能有对这些诗的追认和昭雪。当然,还应该感谢三位编者的殷勤辛劳,同时应该感谢四川人民出版社对进步文学事业的一贯热忱。

这个集子大体上收集了那些曾经在沉重的气压下和狂暴的雷电中振动过的若干羽毛,一经穿缀,似乎也不难看出那只在暗夜中掠过的翅子的轮廓。遗珠之憾是肯定有的,就我的有限见闻和粗疏记忆所及,至少还有曾卓、冀汸、罗洛等诗人的作品没有收录。

综观这一百多位作者及其作品,正如编者后记所指出的:"民主革命的任务,要在封建统治两千多年的中国彻底完成,必须经过相当长的时间。因此,这些诗篇不只是作为历史现象需要加以了解,即使在今天也具有现实的意义。同时,从这些诗篇可以看到,当时的诗歌创作在表现形式上是不拘一格,多种多样的。即便是属于一个流派,也往往各有个性。诗人们从自己的生活出发,用自己所喜爱和熟悉的独特的风格,去表现自己的思想和感情。这种思想感情,是和当时人民的思想感情融合在一起的。应当写什么,不应当写什么,这样写才算正统,那样写即成异端,这只能成为枷锁,不利于新诗的发展。"这些分析和论断,虽限于编余札记的性质,未能得到充分的展开,但我以为是中肯的。

事实难道不正是如此吗？这些诗人中的相当一部分同志,和这些诗作中的许多作品,曾经被人用猜疑的目光斜视了三十年。有的人干脆奉行他自己的不承认政策,那堂皇的理由是：这些诗当中除了作为主流的现实主义作品外,还并存着或者渗透着浪漫主义的和象征主义的篇什,因此在私下里被告诫为"有害"。这些同志也不想一想,鸟儿如果只靠一只翅子扑扇,它能飞吗？何况,否定一翼,实质上也就否定了党在白区的思想领导和组织领导。据我所知,在这一百多位作者中,除了个别人当时已进入解放区,诗写好以后设法带到国统区发表,还有少数几位奉党的指令在香港从事新文化运动外,其余的绝大多数都生活在白色恐怖之下。这些人当中有的是入党多年的地下党员,有的是党的外围组织的骨干力量,有的是长期追随革命的爱国者,有的是新闻界的进步战士,有的是学生运动和工人运动的积极分子,他们对党对人民的赤诚,对革命事业的向往,有作品为证,真是天日可鉴啊。然而,不幸的是,解放不久,一部分同志就开始受到歧视和排斥；而随着时间的推移,由于极"左"思潮的抬头并渐趋猖獗,他们一批又一批被相继打入"另册",及至所谓的"文化大革命",他们和其他诗人、作家、艺术家一起,几乎被坚决、彻底、全部、干净"消灭"了。其中,发配至五七干校劳动锻炼,还算是最优惠的待遇。因此,这期间有惨死者,有身陷囹圄者,有戴上各色"帽子"或者虽摘掉"帽子"却又"让群众（？）把'帽子'拿在手上,随时可再戴上"者,有因离奇古怪的"嫌疑"而终生"内控"者,还有被谁也说不清的什么"问题"在档案里烙上金印者……总之,是可怜复可叹！幸运儿当然也并非绝对没有,但那是百里挑一吧。

这是中国诗史上无可回避的、不应掩饰的、极其遗憾的一页。我认为必须秉笔直书,否则,就对不起他们舍生赴死为之呼唤为之奋斗过的那个充满希望的黎明。

值得欣慰的是,许多同志在折磨中锻炼得更加坚强,更为奋发了,在春风普度玉门关的历史新时期,他们又为中国诗坛奉献了新的缤纷的花朵,充分地表现了诗人的气质,战士的品格。

　　看了这个选集,年轻的读者也许会感到诧异。怎么在国民党法西斯独裁统治下,居然能够产生并且发表这样一批作品?关于这个问题,不能不花一点笔墨略作解释。这些诗篇一部分发表在当时的进步诗刊和文艺杂志上,一部分则刊载在一般报纸副刊上。当时,国民党反动派一方面是极其凶残,另一方面则是腐败、愚蠢、无能,加之内部派系林立,分崩离析,这就给革命者提供了可以利用的矛盾和缝隙,形成了一个相当普遍的奇特现象:报纸的文艺副刊有时与新闻版面大唱反调。有的报社,发行人或者主笔是国民党反动头目,而副刊编辑却恰恰是共产党的地下党员或者民主人士。鲁迅先生的匕首和投枪,往往正是由《申报》之类的大报副刊提供了磨刀石,这是人所共知的史实。再举抗日战争时期和解放战争时期的《东南日报》为例,那个享有很大声誉的副刊《笔垒》的主持者陈向平同志,就是一位战斗在敌人心脏的光荣的"赤色分子"。他一直坚持到上海解放,为党的事业历经艰险,呕尽心血。这当然是一种十分微妙的态势。至于左翼力量所控制或者可以施加影响的出版机构,还可以采取各种合法手段,和检查官老爷"斗法",钻他们的空子,曲折地喊出人民的心声。不待说,地下的油印出版物就更其大胆了。当然,说国统区的报刊都是这样,也不尽然。即就同一张报纸同一个副刊而言,有时也会出现意外。我个人就有过这么一次遭遇:1946年,我写过一篇有所寄意的散文诗,本来是把共产党、八路军和毛泽东同志比作救民于水火的英雄来加以歌颂的(尽管这样的比喻,本身有英雄史观的谬误),不料想在发稿之后,哪位检查官老爷竟大笔一挥,在校样上拦腰插进去他自己的一段不伦不类的奴才式的独白,这件事,后来害得我费了许多唇舌。这还只是就一家报纸、一个副刊、一位作者的偶然事件而言,更何况还有专门发表反共反人民的反动诗文的报刊呢。所以,上面介绍的所谓文艺副刊与新闻版面互相"脱节"的"传统",也只是大致如此,不可以一概而论的。

这本选集的编者们和四川人民出版社经过商量,将校样寄来给我,嘱我写一篇序,这使我感到十分的惶恐。无论从学力、资历或者年龄来说,我都不是适于作序的理想人选。这是事实,不是故作谦虚。因为,选集中的作者们,大抵都是我的老师和兄长,他们的诗岂用我来评价! 好在今日的读者较之过去更有独立思考的要求与本领,他们不迷信任何权威,他们自会做出恰当的鉴定。这一点,我深信不疑。于是,恭敬不如从命,只得拉杂涂鸦如上。

最后,我愿引用牧星的《祝福》中的两句诗,作为本文的结束:

能够坚守自己的岗位不撤退的
这里将竖起他的未来的铜像

1981 年 9 月 18 日　延安

诗的异化与复归

第四次文代会后，我曾经在两个场合谈到过总结我国新诗异化的教训的重要性。但对问题的本身，并没有作任何比较深入的探讨。近一年生病，病中翻了一些书，对此曾偶有思索，终因水平有限，力不从心，没有多少收获，现在写出来，无非是想抛砖引玉。

马克思的"异化"学说，历来是个禁区。在以马克思主义为指导思想的社会居然有这等现象，似乎是件怪事，然而，只要摸清来龙去脉，也不怪。原来，苏联有一套很正统的权威观点，它认定马克思有两个：一个是青年时代的马克思，另一个是成熟期的马克思。而据说，"异化"学说是青年时代的马克思提出来的，不足为凭云云。过去我们是照搬这一套的，所以也就没有人敢于谈异化。当然，像这样荒唐的例子，在新中国成立后的中国学术界，并非仅此一端。拿我们自己的鲁迅先生来说吧，关于鲁迅先生提出的国民性问题，不也流行过什么这是他实现共产主义转变以前说的话，算不得数等等之类的"理论"吗？这个至关紧要的（不仅是对研究鲁迅至关紧要，而且也是对研究中国至关紧要）国民性问题，一直拖到最近，才逐渐为人们所正视。

那么，所谓异化，究竟是不是马克思结束了自己的青年时代以后就再也不提了呢？不，这是歪曲。不错，在压了八十八年之久，直到1932年才公开发表的《1844年经济学哲学手稿》中，马克思首次从黑格尔和费尔巴哈那儿接过这一概念，加以革命的改造，作为一个重要的社会问题列入了人类历史实践的清单之中，那时候，马克思的确不曾完成自己庞大的理论体系。然而，当他进入为共产主义学说奠定基础的巨著《资本论》的写作准备阶段，又在先期写好的《1857—1858 年经济学手稿》一书中,成百次地使用了"异化"一词,这是只要把《1857—1858 年经济学手稿》找来查对一下,就可以一目了然的。这说明,马克思就是在他的成熟期也并没有抛弃这个概念。此外,还有一个旁证颇能说明真相,即:《1844 年经济学哲学手稿》原题为《政治和政治经济学批判》,而三十年后写的《资本论》,恰恰又是政治经济学批判,我以为,这并非偶然的巧合,而是标志着马克思本人的思想发展的轨迹。

马克思扬弃了黑格尔的唯心主义哲学,也不满足于费尔巴哈的不完备的伦理观念和不彻底的唯物主义,他勇敢地把异化概念一直引申到劳动和物质生产领域、引申到阶级和阶级斗争领域,深刻地解剖了人的自我异化,为后来达到的剩余价值学说打下了坚实的理论基础。事实就是如此,一个马克思主义者,避开异化学说,却要求自己读懂《资本论》,这正如同一个植物学家企图否认花蕾和花朵,而去孤立地侈谈果实一样荒谬。

马克思在《1844 年经济学哲学手稿》中表述的是这样一种思想:工人创造了财富,而财富却被资本家占有,并且成为统治工人的、与工人为敌的异己力量。这些财富以及创造财富的劳动都发生了异化,人与人的关系,被异化为物与物的关系——商品关系,人的价值表现为人所占有的商品的价值。特别是在"货币中,表现出异化的物对人的全面统治"。只有推翻这一统治,即消灭私有制和对抗性的社会分工,才有可能消除异化现象,才有可能让异化为非人的劳动者重新实现人的价值,也就是说,复归于人。

这是马克思剩余价值学说中的充满人道主义精神的核心。

马克思解剖的对象是资本主义社会。那么,社会主义社会有没有异化现象呢?他和恩格斯都没有活到革命胜利,也无法一一预见所有在社会主义过渡阶段中可能发生的情况,因而无论是他或者恩格斯都没有提供有关的现成答案。至于一些精神领域、一些意识形态部门,会不会随之产生异化现象?马克思除了一般地涉及人的自然本性会被宗教、法律、道德等压抑和歪曲外,也不曾逐个地仔细论述。这样,马克思主义就给后人留下了极其广阔的天地可资探索。我们的任务的确是十分艰巨繁重的,不能靠摘引几条语录完事。

党的十一届六中全会,就新中国成立以来三十二年的若干历史问题做了一个决议。我以为,尽管这个决议没有使用异化这个词,但那内容实际上说了一系列的异化现象。特别是有关"文化大革命"的十年,决议做了中肯的分析:原来一度作为毛泽东思想的重要组成部分"文化大革命"指导思想,即所谓无产阶级专政条件下继续革命的理论,原来是一种"必须把它们同毛泽东思想完全区别开来"的"左倾错误论点";假社会主义冒充了真社会主义;投机分子、野心分子、阴谋分子窃取了相当一部分党政大权;"直接依靠群众"走向了反面,"既脱离了党的领导,又脱离了广大群众";"乱了敌人"变成了"只是乱了自己";在阶级斗争和路线斗争口号的掩盖下,逼、供、信和由此而造成的冤、假、错案把党的实事求是精神几乎扫荡一空;"集体领导原则和民主集中制不断受到削弱以至破坏","党内个人专断和个人崇拜现象滋长起来",发展为令人厌恶的造神运动和现代迷信……

上述种种,都是《决议》一再剖析了的现象,都是从正面的东西产生出来的异己的东西。之所以产生这些异己的东西,是不足为奇的。我国经历了数千年的封建统治,近一百年内就有过三次君主复辟,它们的遗毒盘根错节地留在人们的生活中和头脑中,这是其一。我国又正处在建设社会主义的历史过渡阶段,国民党旧中国的异化的种种残余不可能一下子消灭干净,这是其二。尽管我们基本上废除了生产资料私有制,但由于缺乏经验,无论对自然界的规律还是社会发展的规律,都存在一定程度的盲目性,在前进的道路上发生这样那样的失误是不可避免的,而这些失误又往往不以人的意志为转移,积累成反对自己的对立面,形成干扰和不自由状态,阻碍我们事业的发展。

这一系列的异化,可以归结为最根本、最危险的一条:即,国家权力的暂时的局部的异化,明显的例证是林彪和江青反革命集团横行的十年。

中国人民是中华人民共和国的真正的主人。党和人民的关系只能是领导与被领导的关系,而绝不能是统治与被统治的关系。全体党员是人民中最有革命觉悟的先进部分。各级干部是人民的勤务员,也就是公仆。权力是人民给的,那么,在正常的情况下,人民可以从不能代表自己行使权力的人那儿收回这种权力。如果什么时候,什么地方,发生了这个权力非但不为人民谋福利,反而掉过头来压迫人民的现象,那就证明它已经异化了,那就证明它已经复辟倒退为封建主义性质的东西了。异化的结果必然是抛头颅、洒热血创造这个权力的人民,在自己创造出来的权力面前,竟又丧失一切。张志新、遇罗克的惨死就痛切地记载了这一点。

权力的异化当然是政治的异化。而伴随着政治的异化同时俱来的必定有经济的异化和意识形态包括文艺的异化。这两方面的异化又为政治的异化廓清道路和制造舆论,起到巩固和强化其压制力的不良作用。摆在我们面前记忆犹新的例子就是"文化大革命"的惨痛经验。

有名的"西水东调"事件,是经济异化的典型例证。其他诸如不尊重经济规律、瞎指挥,不仅劳民伤财,而且危害了党的威信;不讲生产的目的性,不认真执行有计划、按比例的方针;盲目提倡人愈多愈好,结果使自己背上了沉重的包袱;这些也都是异化。以最近四川和陕南的大水灾来说,虽然恶果暴露在今天,可是那祸根却不仅是"四人帮"种下的,而且可以上溯到"大炼钢铁"和"以粮为纲",上溯到长时间以来就存在着的"左"倾错误,十分明显,这是大自然对我们滥伐森林、烧山垦荒、破坏生态平衡的惩罚。现在,人们的头脑清醒了,不少有识之士发出了呼吁:要求正视长江变黄河这样一个与民族命脉攸关的严重问题。

近年来,党中央坚决因地制宜,实行各种不同形式的生产责任制,稳定了八亿农业人口这个大局,国民经济形势好转,有目共睹。回想多少年来,一直夸大主观意志的作用,不考虑生产力的实际发展水平,任意地不断地改变生产关系,"跑步进入共产主义","穷过渡";心也许是好心,无奈事与愿违,折腾造成了异化,异化又加害于人。如果我们党不是还保持着批评与自我批评的优良传统,这种异化现象,大概是很难由自己起来加以克服的。

反"右派"和反右倾,始终奉行"阶级斗争为纲",其后果不仅是造成了物质(包括人才)的有形的损失,而且留下了精神(主要是人心)的无形的后遗症。真话获罪,假话领赏,"文化大革命"更加剧了这一趋势。今日党风之不正和社会公德之沦丧,其渊源是由来已久的。弄虚作假否定了事物的本来面目,必然否定了辩证法,这不是异化是什么?十一届三中全会以来,党中央警觉到了这一点,从各方面大力加以匡救,只因积重难返,时至今日,也不能说是已经得到完全的扭转。

文艺,特别是诗,在这个异化的过程中,的确扮演了一个不甚光彩的角色。

文艺当然是不能脱离政治的,让它脱离也脱离不了。不是人民的文艺,就是反人民的文艺,不是为多数劳动者服务的文艺,就是为少数有闲者服务的文艺,我想,这一点不应该有什么争议。问题是过去我们强调文艺从属于政治强调到了文艺成为奴婢的地步,有意无意之间,倡导了标语口号化和公式化、概念化,以致后来自然而然地滑向了"四人帮"的"三突出"和"假、大、空"。任何一个真心希望文艺繁荣的中国人,都无权遗忘这一大堆灾难和伤痕。

对于包括官僚主义和特权在内的上述种种异化现象,我们的诗歌基本上采取了肯定和赞扬的可耻立场,而不是忠于现实和历史,履行自己的职责,喊出人民胸中积郁的抗议与批评之声。

在历次政治运动中,特别是在大跃进的狂热中,诗歌给人们留下了恶劣的印象:一种是谩骂,一种是瞎说,而两者的共同点则是百分之百的不负责任。久而久之,它形成了极端错误的观念和非常有害的习惯,仿佛诗是可以不必面向也无须深入人民的真实生活,只消翻翻报纸的社论,听一点"小道消息",就能闻"风"而动、看"风"使舵的投机事业。

另一方面,某些领导同志也要求诗歌"配合"中心任务或者某项政策措施的具体宣传,要不就写分行押韵的功德碑文。所谓的思想性,根本不是通过艺术手段不着痕迹地体现出来,而是赤裸裸的政治说教。结果是鼓励了粗制滥造,诗不成其为诗了。诗,由于歌颂异化而导致了自身的异化,这就是结论。

虽然经过了四五运动的振兴和五年来诗人们的共同努力,诗的社会地位仍然是每况愈下,乃至发生了所谓的危机。我觉得,其深刻的社会原因之一,依旧是前些年的诗的异化的影响在起作用。事情往往是这样,物质的过程终结了,精神的过程还得持续一段时间。

在资本主义社会里,一般说来,文艺被当作了商品,文艺家受金钱支配,于是有所谓的拜金艺术;诗人没有真正的自由,诗走向了异化(荒诞、畸形、虚无、变态、感官刺激……都是异化)。然而,我们的社会主义文艺一旦摆不正文艺与政治的关系,崇拜任何一种非人民的权力、接受了错误的思想路线或者错误的创作方法,也会造成异化的文艺、异化的诗。当然,单纯迎合一部分读者和观众,把通俗降格为庸俗,追求一时的喝彩与卖座,到头来还是脱离了大多数人民的最高利益与长远利益,无助于精神文明的建设,那也同样是异化,所不同者仅在于它是向另一个方向堕落罢了。

我虽然多次说过,而且迄今仍然坚持,所谓朦胧诗的概念是不科学的,徒然造成混乱。如果把朦胧作为这些年出现的新人的共同特点,未免失之笼统和强加于人,因为他们当中有不少人的诗是相当明朗的。就是有的人写过若干比较朦胧的诗,也同时有不朦胧的作品。朦胧不会自动地等于美,更不会等于全部的美,在任何情况下都说朦胧是诗的必需的素质,这是违反常识的;生活中朦朦胧胧的东西有的是,难道它们都有诗意吗?我看不见得。然而,我又历来主张宽容,主张让一切有志于诗的同志都拿起笔来写;写出来了,读者才能有鉴别的对象。不仅让读者鉴别,还要让历史鉴别;所以,我既不同意那种一味鼓吹所谓朦胧诗的"理论",也反对看见凡是自己感到别扭一点的东西就视同洪水猛兽的"理论"。这也就是说,大家都不要把话说绝了,一方面不能用旧社会捧角儿的办法去捧新的诗歌作者,硬把所谓的朦胧诗吹成新诗的"主流",另一方面也不能以"非我即敌"的简单化的逻辑把某些青年诗人打入地下。我觉得,总的说来,就他们的大多数说来,青年同志追求艺术的努力中,尝试着运用了朦胧美,运用了西方现代派的一些表现手法,这应该是可以允许的;就我个人而言,我也许不欣赏,不仿效,但是我坚决捍卫他们的试验权。我以为,这才叫艺术民主。青年人对过去那种失败了的做法表示厌倦,我也认为是有道理的。因为他们已经看出了:那是诗的绝路,他们要求实现诗的复归——诗必须首先是诗,至于他们选择的某一条路子,对还是不对,不妨让他先试一试,生活自然会教育他们的。如果此路不通,我相信,他们是会改弦易辙的。

何况,关于所谓朦胧诗的论战,还给我们的诗坛带来了一股强劲的冲击力,它迫使诗人们,不论老、中、青,都得认真地考虑一下诗的现状和诗的前途,考虑一下自己的抉择:写什么样的诗,怎么写才是诗。

要解决诗的异化与复归的问题,有许多题目需要探讨,值得探讨。什么是朦胧美,只不过是其中的一个,而且应该说是比较次要的一个。我们绝不能把朦胧诗的讨论代替了一切,更不能把这一代众多的诗人各自不同的创作道路、风格、特色和手法武断地来个"一刀切"——朦胧。其实,他们的视野远比这广阔,目标远比这高大,他们在寻找诗的位置,同时也在寻找自身的位置,而根本不是谋求朦胧的位置!有的人以偏概全,把一部分青年人的一部分实践"上升为理论",然而,我很怀疑,这些青年同志买不买你的账?承认不承认你是他们的辩护士?会不会产生反效果?即:既不能很好地表述他们现在的存在,又不能很好地引导他们将来的发展。还有一个必须及早注意的问题,那就是,如果把"诗中要有我"曲解为"表现自我,是诗的中心任务",提倡什么离"政治"远一点(其实,应该读作离生活远一点),会不会走向另一个极端,形成另一种异化?比方说,既然朦胧是美的,那么,越朦胧就越美,最后弄到朦胧与晦涩不分,弄到在处理物我关系时客观映像的某种不稳定性与主观随意性不分,把诗写成了文字堆砌的哑谜或者天书,这岂不也是异化吗?事实上,目前有少数青年习作者的部分作品中,已经露出了这种苗头——以追求艺术开始,以脱离生活,也就是反艺术告终,难道不应当及时引起警惕吗?

当然,从前曾经有过的那种异化也不是绝对没有复活的可能,如果诗人们不紧紧依靠人民,不加抗争,不加防范的话。不过,这种异化终归取决于总的社会——政治——经济——意识形态的走向。

我以为,要想抵制和克服这两个极端、两种异化,可靠的武器还是有的,那就是坚持清醒的现实主义。然而,这已经超出本题的范围,得另外写一篇文章才能加以阐明的了。

谬误难免,希望得到专家和读者的指教。

1981年10月1日至6日写于北京

献给母亲的歌声
——《铁依甫江诗选》汉译本序

除了你的怀抱,
我的骸骨不愿躺在任何地方,
这儿就是我的天堂,
此外又何需别的圣地。
当然我并非乐意死亡,
生命对我无比珍贵,
但如果愧负于你,
苟活又有什么意义?

上面摘引的诗句,是铁依甫江·艾里耶夫同志的名篇《为了你,亲爱的祖国》中的两小节。这些诗句是如此集中、突出、强烈、鲜明地表达了诗人对于我们伟大社会主义祖国——多民族大家庭的忠诚和热爱,他唱的是自己的心之歌。纵然屡经风雨,这颗心像神话中的花朵,从未凋零。他1956年写的《祖国》,1979年写的《三十年》,同样都是那么热烈、执着,同样都保持着那初恋般的柔情和赤诚。

1948年8月,一个刚满十八岁的浓眉大眼,器宇轩昂的小伙子,逃出了霍城县的宗教学校,直奔伊宁——当时是坚持了四年之久的"三区革命"的中心;在那儿,他开始了自己的革命生涯,第一个岗位是新疆和平民主同盟中央委员会机关刊物《前进》的编辑。这个小伙子就是铁依甫江。

也许有人会想:他怎么会突然参加革命?铁依甫江在采取这一重大步骤

之前，是经历过痛苦的生活磨炼和打下了扎实的思想基础的。

他出生在1930年，父亲扎克尔阿洪是一位毛拉①，一方面，家境的清贫迫使他必须自幼参加体力劳动，另一方面，父亲的宗教学者身份又为他创造了识字和接触文化的有利条件。那时候的铁依甫江是一个天资聪颖、勤奋好学的孩子，他连跳两级，十四岁念完了初中。这时，他父亲已经去世两年了，经济状况越发窘迫，继续升学吗？学什么呢？尽管他酷爱文学，早已把近千首民歌背得滚瓜烂熟，凡是他能接触到的纳瓦依②、阿不都拉·托卡依③、阿巴依④以及普希金、马雅可夫斯基等人的著作，他都一概吞了下去。然而，深造与他无缘，整个新疆都在盛世才和麦斯武德等为代表的国民党反动统治下呻吟，他怎么可能有机会进文学院？在亲友的撺掇下，尽管他不得不违心地跨进了一所以培养伊斯兰教职人员为宗旨的免费学校，却照旧默默地将他自己的全部兴趣和精力倾注于诗歌。

他为自己选择的榜样是后来惨遭国民党杀害的爱国革命诗人黎·穆塔里甫，而与著名作家祖农·哈迪尔等的结识，更使他下定了投身人民解放斗争事业的决心。在政治上，铁依甫江是早熟的。1946年，他就以居尔艾提（勇气）的笔名，在伊宁的报纸上发表诗作了。大家可以从《给当兵的哥哥的信》这首诗中听到他那稚嫩而纯洁的童音。

两年之后，这只雏鹰终于挣脱了牢笼，飞进了向往已久的暴风雨。

斗争锻炼翅膀。铁依甫江迅速地健壮地成长起来了。

1949年，人民解放军挥戈西出嘉峪关，全疆很快得到了解放。"三区革命"武装，排除了各种错误主张的干扰，毅然集结于五星红旗之下。作为一名革命战士，铁依甫江用自己热情澎湃的歌声赞美了中国共产党领导的、历史

---

① 伊斯兰教学者。
② 以古典维吾尔语写作的中亚著名诗人。
③ 塔塔尔族著名诗人。
④ 哈萨克族著名诗人。

上前所未见的各民族人民大团结的宏伟事业,表达了在新的政治、经济和意识形态条件下,中国各民族互相依存、共同发展的强烈愿望。写于1949年开国大典礼炮声中的《怀抱红日的黎明来了》和一年之后创作的《妥依——献给国庆一周年的歌》就是最好的明证。至于1955年写的《心里的话》更断然驳斥了制造分裂、鼓吹倒退的反动论调和荒谬观念。诗人坚决而自豪地宣布:

> 我是维吾尔族的儿子,
> 我热爱我的民族,
> 胜于爱我自己。
> 然而,与维吾尔这个民族成分相比,
> 更使我感到骄傲的是:
> 我站在我们党和阶级的队列里。

真是大义凛然,情见乎辞!这首诗起到了维护祖国统一的积极作用。铁依甫江同志对我们神圣的民族团结事业是有贡献的。

当然,几千年遗留下来的隔阂是不容易彻底清除的,何况又经历了林彪、"四人帮"对民族政策的严重破坏,任务更加显得艰巨复杂了。十一届三中全会以来,党中央做了大量的拨乱反正的工作,气氛已有改善。在文艺问题上,今后也应充分尊重各民族人民群众的意愿和爱好,而不应以汉族的甚至某一个人的欣赏习惯去强加于人,更不可抛开一个民族的传统的审美观,横加指摘,甚至上纲上线,轻易下政治结论。比方说,《柔巴依》这种诗体,任何一个非维吾尔族读者,你喜欢它,或者不喜欢它,那都是你的自由,但你无法迫令维吾尔族人民不去咏唱吟哦《柔巴依》。拿我个人来说,我倒十分喜爱这种形式短小、内容隽永、充满哲理的"维式绝句"。

维吾尔民族是以能歌善舞,活泼豪放,感情丰富闻名于世的。他们的民歌善于巧妙地大胆地表达炽热的爱情。铁依甫江继承了这些精神财富,他的爱情诗是写得相当出色的。读着它,仿佛闻到了一阵阵吐鲁番葡萄和哈密瓜的浓郁甜香,令人心醉。

维吾尔民族又是一个创造过阿凡提这样一位真正的"人民代表"的伟大民族。阿凡提是一柄挥舞于罪恶与不义的反动阶级头顶的幽默之剑,是一注喷涌于痛苦与黑暗的大漠荒原深处的欣慰之泉。一位维吾尔诗人或者作家,必然会或多或少受到阿凡提精神的影响。写到这里,我想着重联系的是《报告迷之死》。铁依甫江的这首诗塑造了一个令人难忘的文学典型——瓦拉克台科诺夫。我认为,这个人物完全有资格进入我们多民族文学千姿百态的肖像画廊。然而,这首诗却一度被批判为"反党反社会主义的大毒草",作者也因之受到打击。不仅如此,这件事的悲剧性质还在于:人们实质上拒绝了诗人提供的政治地震预报;1955 年,在铁依甫江笔下出现的瓦拉克台科诺夫不正是后来林彪、"四人帮"横行期间盛极一时的政治空谈的老祖宗吗?区别仅仅在于,瓦拉克台科诺夫还是一个瘤,林彪、"四人帮"却已经变成了癌了。现在我们再一次读它,痛定思痛,不能不惊叹诗人的别具慧眼和入木三分!我想,铁依甫江同志的这一素质,也应该为我们全体革命歌手所具备。

还有《"基本"的控诉》,也是一根颇为尖锐的刺。它写在 1962 年 2 月,显然是感事之作。可惜,诗人的义愤再一次遭到了不公正的对待。事实就是这样无情,长时间以来,凡是搞极"左"的年代和地方,必然要滋生假、大、空,滋生不关心人民痛痒的官样文章,滋生掩盖人民痛苦呼号的所谓莺歌燕舞。《报告迷之死》和《"基本"的控诉》的生命力之所以特别顽强,正是因为客观存在着的事实特别顽强,只有真正清除掉这一类作品所鞭挞的现象,讽喻才会成为不必要。其实诗人们倒是不愿写这种诗的,诗人们热切盼望着所有的阴暗事物早日绝迹;遗憾的是,若不通过舆论(包括文学艺术)群起而攻之,我们生活中的消极面是绝不甘心自行退出历史舞台的。

铁依甫江尽管写讽喻性的作品,可他似乎又根本不知道什么叫皱眉蹙额,即便自己身陷困境,也从未颓丧和绝望,他总是从容自如,表现了难得的沉着和豁达。对于他,庄重与诙谐,严肃和活泼,深沉和轻快,率直与含蓄,从来都是一对孪生子。因此,他处理像《老舍赠的酒杯》这样一种令人心碎的题材,也能机巧地避开痛苦,写得那么富于向上的情绪,使人于泪痕血迹中依稀看得见希望。又如《我梦见了夜莺》,换了别人来写,一般多容易流于哀叹或者诅咒,然而铁依甫江竟用一股慢悠悠的自嘲的风,煽着了一堆热乎乎的讽刺之火,引导读者自己去寻求结论;应该彻底焚毁制造冤假错案的极左势力。不落笔墨而尽见笔墨,这正是诗人的高明之处。

1980年的新作《柏树》是诗人送给我们的一枚橄榄,耐人咀嚼,回味无穷。为什么柏树幽香漫吐,四季葱茏,甚至,折枝焚身也氤氲如故?

> 柏枝窸窣有如絮语:
> 我至死紧紧搂定生我育我的泥土……

我觉得,这首诗既是对所有忠于人民的儿女们的崇高礼赞,也是铁依甫江的真诚自白。

诗人和人民的关系正应该是柏树和泥土的关系。铁依甫江是这样理解的,也是这样实践的。所以,他的无数篇章,合着《木卡姆》的曲调立即可以放声高唱,而他的许多创作简直也变成了民歌,传唱于占我国面积六分之一的广袤平原和浩瀚戈壁之上,这实在是诗人的殊荣。

诗不好写,更不好译。翻译是一种再创作,译诗是尤其艰难的再创作。感谢译者王一之同志进行了如此富有文采的辛勤劳作,我们才得以有缘欣赏当代维吾尔族的诗歌精品。诗人和翻译家都是我多年的朋友,承他们二位的信任,嘱我发表一点感想,我希望上述这番话能有助于中国各民族的文化、思想、感情的交流;我也希望诗人能在继续保持和发展维吾尔族文学特色和个人风格的基础上,进一步克服某些诗篇有所显露的概念多于形象的弱点,写出更多的好诗来。同时建议翻译家与诗人建立"终身合作制"的关系,我琢磨着这也许不失为一种促进文艺繁荣,保证译作质量并有利于民族团结的可行办法。

1981 年 10 月　北京

《诗路跋涉》跋

编完这本小册子,觉得有必要说几句话。

一、回忆学习写诗以来,断断续续发过一些议论,其中最早的一篇,当推《艾青及其诗作》,刊于1946年12月24日和12月31日的江西南昌《中国新报》(新文艺)副刊上,那时候,我不过是个大学一年级新生。毫无疑问,驾驭这么大的题目,非所能逮。现在看来,只有那股子"初生之犊"的牛劲,也许还称得上精神可嘉。

前年路过故乡,想起了这篇东西,为了寻找它,曾经亲自去江西省图书馆查访;很可惜,动乱积年,新中国成立前的旧报合订本都已残缺散佚,而且恰恰是缺了12月31日的那一张。无可奈何,只得托朋友影印了前半截。这次姑且把这个残稿辑录进来,聊作纪念。

二、新中国成立以后写的东西,有一篇《学好民歌写好诗》,命运似乎更惨,连半截子也没处找。该稿写于1964年上半年。当时,我正在山西太原《火花》月刊任诗歌编辑。领导吩咐我写文章推荐刘琦同志的长诗《黄连歌》;我写了,并且的确发排和付印了,有《山西日报》登载的要目为证。奇怪的是:那一期刊物一反常态,迟迟不见出厂;忽而一日,报上又重行刊出广告,除了我那篇稿子"失踪"以外,其余一律照旧。我的所谓摘帽右派的身份,迫使我养成一种近乎本能的敏感。又出了什么问题?!可是,细想之下,的确记不起自己有哪些话说得不对。我拿上两份报纸和一份刊物去找上级,请求给予解释,不料上级始终避而不答,只是一个劲儿地叫我"彻底脱胎换骨"。在这种情况下,我若是再要啰唆,或者坚持写作,那就未免太不"识相"了。于是,我第二次撂下了笔,直到"四人帮"覆灭前夕。

"文化大革命"中,有人用大字报公布我的"罪状",其中的一条说,由于我的这株"毒草",致使那一期印好了的六万多份刊物全部从印刷厂直接拉到了造纸厂,化了纸浆,给国家造成了惊人的损失,云云。多亏了这一"揭露",我才得以钻出闷葫芦——原来在那一年,曾经传下来一条著名的有关阶级斗争的语录。别的地方怎样贯彻,我不知道,反正《火花》月刊是"落实"在我的头上了。这是十几年前的旧事了;在社会主义的中国,因文毁书,到底自何年何月始?我举出这个小小不言的例子,或者可供未来的野史作家们参考。

三、在《关于长诗〈望夫云〉的通讯》中,一并发表了徐嘉瑞先生的来信和我的答复。年轻无知的我,竟办了这么一件至今想起都脸红的蠢事——我在字里行间,流露着骄矜之气。我猜想,徐嘉瑞先生为此一定大受刺激;遗憾的是,他已作古,我无法再向他赔礼道歉了。尽管对他的意见,我一直有保留,但终归是可以心平气和地商量的吧。现在我把这个《通讯》拿出来示众,一则警诫自己再犯,二则规劝青年朋友,望以我的过失为鉴,力戒高傲,否则,怕也会终生悔恨的。

1974年,我在山西忻县农村种地。一天,偶然从一位插队知识青年那儿,翻到了一本"大跃进"时期的《民间文学》,上面有一篇批判我的长诗《望夫云》的文章,虽然满纸漫骂,到底也促使我意识到了一个问题,这就是:那部长诗风格不统一,的确是个大缺陷(同样地,有一本《白族文学史》,也极尽诟詈之能事)。由于有了这么一点觉悟,所以,当1979年中国青年出版社提出重印书目征求我的意见时,我就告诉他们:我准备改写一遍,也许干脆重写,暂时不必再印了。然而,由于种种原因,这件工作一直拖了下来。近年屡屡收到来信,询问何以不见《望夫云》再版,读者们的关怀,我十分感谢;情况合行交代如上。

四、1980年6月16日,中国民间文艺研究会云南分会筹备组,针对我写的《被遗忘的平反》,以云南省文联《情况反映》的名义,印发了一份材料。隔了一年,这个材料又在由《战地》改名的《大地》上公开登了出来。关于这份材料,我只想申明一点,即:"到长诗整理数稿后,接近完稿时……请公刘同志对长诗进行了润色。"这句话使用了一个不确定词:"数稿。"到底是第几稿? 真实的情况是:第二稿整理出来,我就奉命参加了。此后,又连续改了两稿,即第三稿和最后的定稿。临到《云南日报》全文刊载的前夜,我还建议做了几处修改。我希望,这个不确定词后面没有隐藏着什么潜台词。因为,知情人都还活在世上,毕竟不能一手遮尽天下耳目啊。

特别耐人寻味的是,四个整理者之一的刘绮同志,她本人正是这个筹备组的主要成员,然而,直到用铅字印出来之前,这份材料对她始终"保密",不知是何缘故? 另一位整理者杨知勇同志也在昆明,而关于这一材料的起草始末,居然也只能听一些道路传闻。此中奥妙,实在难以猜测。

对于《阿诗玛》,我以后绝不再说一句话,再写一个字了,不管任何人用个人的甚至某一组织的名义出面"澄清"任何问题——我相信,历史会做出结论的。

五、其他一些论文,凡与特定的作品无关者,如《诗与诚实》《新的课题》《诗的构思》等等,因另有侧重,当别收一集。

1982 年 3 月 2 日　合肥

答《喀什噶尔》①编辑部

收到你们公开发行后的第一期刊物,心中有很多感触,千言万语,归结一条:天底下自有沉默、勤恳而踏实的耕耘者。你们就正是一批。

嘱我对刊物发表一点感想,而我却只能谈些许印象,说错了,请大家海涵,当然,有出格的,还应当批评。

第一个直观是,封面很美,有地方色彩;唯其有地方色彩,才能置诸全国的橱窗中,别具一格,这本是符合辩证法的。

我翻了翻内容,小说弱一些,不独贵刊如此,似乎多数期刊都呈现了这种不景气。

诗歌当中,窃认为李千韵同志的《青青的骆驼草》是一首好诗,如果是处女作,我就更高兴了。王山(听说是王蒙同志的儿子)同志的《我是秋天的儿子》也相当诚挚地表达了他的心声。

杨牧同志的创作经验,发自肺腑,毫无暮气,我很欣赏它的朴实和谦虚,尤其是其中这么两句话:"自厚不算真正的厚,读者能有填充的余地才算厚。"假如我没有领会错的话,他在这里当然不仅仅是指艺术上的含蓄,而更主要的是指思想上的深蕴。这个意见对当今的某些青年同志大有裨益。

我也非常羡慕蔡其矫同志以六十三岁的高龄犹作壮游。我相信他会献给新疆一部好诗的。入疆,乃是我多年梦寐以求的事;五七年叩了门环——几乎到了星星峡——却奉召而回。去年又萌生此念,在甘、青、陕三省转了三

---

① 《喀什噶尔》1984年改换刊名为《丝路》。

个月,却终因缺乏路费(我们这儿不可能报销,去年也全都是那三家邀请并承担一切费用的)不敢西去。且看有生之年,能否得此机缘吧。

最后一句话是,希望多发表维吾尔族和其他兄弟民族作者的作品,不要求全责备。同时,在提供园地的过程中,锻炼和造就较多的翻译家。

我因杂务较多,脑血栓病迄今尚未完全"投降",每日工作(包括读书看报)时间有限,你们的刊物读得迟了,这封信字迹又潦草难辨,希原谅。

1982 年 3 月　合肥

《诗与诚实》自序

这是我有关诗歌评论文字的第二次结集,另一本是江西人民出版社印行的《诗路跋涉》。其实,书名虽有不同,内容仍是跋涉。我想,只要一息尚存,跋涉势将继续下去。假如有人问我:什么是幸福?我会毫不迟疑地回答:跋涉就是幸福,工作就是幸福。当然,有一个前提条件:允许我跋涉、工作,给我跋涉、工作的自主权。我们三中全会以后的党中央是英明果敢的,是党恢复了我的乃至许许多多同志的这种于革命事业有百利而无一害的正当权利。意见说对了,总有些许好处,即便错了,或者不全面,那也可以引起人们的思索和争鸣,补充和纠正,最后达到相对真理的掌握。这有什么可害怕的呢?可是,过去相当长的时间,居然恰恰害怕这一点;现在想起来,几乎令人难以置信。

所谓跋涉,无非是一种追寻,一种探求,一种试验,一种奋斗,文学的各个门类和科学的各个门类一样,都应该大大倡导跋涉的精神,表彰跋涉的勇气;如果至今还有什么地方,还有什么人老主意不改,坚持反对和阻挠这种追寻、探求、试验和奋斗,那么,完全有必要采取得力措施,结束这种背离社会主义民主的不光彩的行径。平心而论,在实现四化大业的马拉松(几代人的马拉松啊)进军中,跋涉者不是太多,而是太少了。

辑录在这个小册子里的长短文章,除了校对中的错漏外,一律没有变动;我历来赞成忠实于历史的本来面目,准确地说,我愿意让读者看到包括我在内的每一个作者的真实的带有某种局限性的凡人肉胎。

不过,需要郑重申明的是,《民歌小议》一文,在交给《山西群众文艺》发表时，却做了不少违心的增删。主持人反对我对大跃进时期新民歌运动的某些评价；力促我去掉应该善于鉴别和剔除文人创作的假民歌的主张，如果要谈诗的发展道路，就只许背诵流行的古典加民歌的公式，不能涉及外国诗歌的借鉴和吸收；同时，还指定我务必推崇当时正在大力宣传的那一首湖南民歌：《高山顶上有条渠》。这些，为了照顾情面，我基本上照办了。回忆起来，愧悔莫名。趁此出书的机会，我决心一一恢复原貌，也算是改正了自己丧失原则的错误，并向读者谢罪。

三篇附录中的为首者，《论题目的学问》，大概是全国第一篇针对《"歌德"与"缺德"》而发的批评文章；由于当时《安徽文学》的印刷周期长达五十天，待与读者见面时，早已落在王若望同志那篇著名的《春天里的一股冷风》后面。然而，纵使这样，它对安徽全省文艺界的拨乱反正斗争，还是贡献了一点微薄的助力。在省委的指导下，《安徽日报》曾经以头版头条的位置予以全文转载。这篇东西当时的作者署名是眉间尺，那是由于同一期刊物上登载了我的一首描写对越自卫反击作战的颂诗《七公尺、一百二十公尺和四千公尺》的缘故。为刊物着想，我以为换一个名字是适宜的，并没有别的——例如害怕惹麻烦——考虑，合行说明如上。

1982年3月28日　合肥

西北望长安
——寄语陕西中青年诗人

《延河》1981年6月、9月、11月和12月四期,相继在《陕西中青年诗人介绍》的栏目里,向全国推荐了十五位诗人的共计五十五首诗作。编辑部嘱我谈一点意见,我答应了。为了尽可能切实,我把这些诗反复读了三遍,其中有的还读过四五遍。只是杂务缠身,又有病,一耽搁就是半年,直到今天才拿起笔来写这篇读后感,这是应当向编辑部和十五位诗人同志们深深抱歉的。

大凡多写了几首诗,就会被称作诗人。我也算上一个。所以,我们是同行。既是同行,我就特别希望这是一次非正式的、无拘束的闲谈。在我是姑妄言之,在对方,理所当然地不妨姑妄听之。这大概就是平等吧。常听人说什么诗的王国,我不同意这个说法,没有什么诗的王国,只有诗的共和国。自封为老大,到后来很可能真的既老且大,反而失去了一般人的同情与尊敬。因此,无论诗写得多么好,也不要自封老大。在人民的大海里,在历史的长河里,我们作为一滴水,实在是没有什么值得骄傲的。如果我们有幸变成电,变成光,变成热,或者碰巧滋润了哪一株枯苗,那不过是对诗人这一光荣称号的小小注脚,是诗人的本分。

我是《延河》的老朋友。年复一年,《延河》给了我一个总的印象:诗比较弱,不如小说,甚至不如评论。自然,这个总的印象和个别的例外情况并无矛盾,如《司马祠漫想》一诗就荣获1979—1980年全国中青年诗人新诗优秀作品奖。但是,作为一个兵种,在陕西全省的整个的文艺队伍中,毋庸讳言,实力不是那么雄厚,阵容不是那么整齐,也没有在诗坛上,旗猎猎而鼓咚咚,杀出自己的威风来。怎么会形成这种状况的?需要认真思索,也许,这种思索会带来一些不愉快;然而,一旦有所突破,岂不也会带来普遍的欢欣鼓舞么!

　　对于这十五位诗人的五十五首诗,有人建议我逐人逐首点评,我想,不如抽取若干大家都可能关心的问题,和编者、作者、读者一块儿交换想法;这当中,有的也许有针对性,有的也许并没有针对性,不过是我的一点感触,说错了,请给予批评。

　　70年代以来,有一个流行的新闻名词,所谓能源危机。诗(也包括其他的姊妹艺术)会不会也发生什么能源危机呢?我认为不会,永远不会。诗只要扎根于无限丰富无限生动的社会生活,诗就不会产生恐慌感。生活中的诗意是采掘不尽的,何必恐慌呢?有一种把写诗和采矿相提并论的说法,如果仅仅从要求精炼的角度去理解,这无疑是对的。不过,我们必须同时明确地认识到:诗矿,即生活中的诗意,毕竟不等于自然界的金属矿或者非金属矿,它没有极限,没有终结,不会出现枯竭现象,不会出现"再也没有了"的一天,一句话,诗是开不尽的矿。这正是何以古往今来的无数诗人,总能不断有所发现,有所创造的秘密所在。万一有一天我们感到笔端枯涩,我们最好不要嘟囔:全都写完了,再也没有新鲜东西了。我们应该做的倒是:反省一下是否自己无能,或者麻木,或者干脆辜负了生活。(不错,也有形格势禁、客观上不允许的情况,例如,"四人帮"横行时期;但那也只是不能公开发表,不等于不能写。)一般地说占绝大部分的原因是我们在生活面前怠惰了,不用气力,不敢冒险,不细心,不动脑子,而这四个"不"又可以用一个"不"来概括:不负责任。

　　诗中一定要有"我"。现在,对这一点似乎不存在什么大的争论了。其实,散文、报告文学、戏剧、小说等等当中,又何尝没有"我"?我以为,都是有"我"的,只不过比较隐蔽,不像诗,特别是不像抒情诗那么突出,那么赤裸裸罢了。什么是"我"?是不是可以这样回答:"我"就是具象化了的作者的立场、标准和品格,就是作者的主观能动作用,这种主观能动作用一旦与客观世界(社会的和自然的)相结合,就产生了诗和其他作品;结合得越正确、越充分、越深入，作品就越好。诗是通过哪座桥梁到达别人的心灵的呢？正是通过这个不能替代的坦白真挚的"我"。这也是我个人多年来努力，却不曾完全实现的目标之一。

然而，上面谈到的不过是事情的一半，另外必须补充的一半是：但又不能仅仅是"我"，也就是说，我不赞成趋于极端，把什么"追求自我""表现自我"当作诗的第一任务乃至唯一任务。真理多走了一步，就会变成谬误。混淆"诗中要有我"和"诗的任务是追求和表现自我"这两个命题，其后果是严重的。近年来，有一部分青年诗作者身陷迷途，离人民，离时代越来越远，我想，根由怕正在于此。不能为了反对现代迷信，就掉过头去每个人都把"自我"送上神龛顶礼膜拜。不知道陕西的同志们注意到没有，我从某些狂热讴歌"我"的诗篇中，闻到了一股变质的霉味——用极端个人主义的"泛神论"代替绝对蒙昧主义的"一神论"，难道这能叫作思想解放吗？能叫作进步吗？如果从这里再回到前边提过的那个采矿的比喻上去，那么，任何神经正常的人都不难预见，所谓"自我"这个矿体——即便它曾经一度是品位颇高的富矿——终有尽时；有朝一日"罗掘俱穷"，大概就只好唱些老调和滥调了。如果真的落到那步田地，又有谁听呢！

要而言之，既要坚持诗中要有"我"，又要坚决反对搞"自我崇拜"，这便是我的主张。从十五位诗人的作品中，还找不到后者的迹象，这是令人欣慰的。唯愿永远不要出现这种迹象，唯愿我们大家都能做到：只要呼吸尚存，就和祖国一道前进，哪怕路途曲折，步履艰辛；唯有如此，我们的眼前才会不断展现新的视野，手下才会不断开拓新的境界。

根据刊物所加的小引，我了解到，十五位诗人就有十五种不同的出身和经历，而作品又使我看到了十五种不同的气质和趣味，同时，起步也有迟有早，这些只是彼此间互相区别的一面。然而，我也感觉到了互相一致的一面，这就是：都站在一道门槛上，都有待于迈出去关键性的一步。所谓门槛，具体一点讲，就是：到了这样一个时刻，无论写什么，猛一看都像诗。请注意，我说的是像诗,不是说一定是诗;这里面隐藏着一种危险,假如我们不清醒的话。拿我来说,我自己也并未完全脱离这个阶段,何况,有时候我也不够清醒。因此,我可以和大家一样:立足目前,回顾过去。尽管构成这一危险的原因是多方面的,也因人而异,不过,有一条却是十分明显的:我们都掌握了一定的技法,即或有点破绽,遮遮盖盖,修修补补,好歹能"糊弄"过去。"糊弄"谁呢?第一个对象是诗人本人,稍一放松,就能得到自己的通过。再遇上慈悲为本的编辑,不像跳高运动的裁判员那样,把竹竿往上提一格,从严要求,那么,发表也是比较容易的。而一经发表,仿佛就得到了某种确认,反过来又会助长我们的错觉,真以为质量满可以了。悲剧恰恰从这儿开始。我有一个体会,每当我把要写的诗当作处女作一样去写,结果总比较差强人意,反之,就写不好。这就是说,要多一点兢兢业业,少一点踌躇满志。写什么?为谁写?怎样写?自始至终,同样都存在一个责任感的问题;强调责任感,就是作者把担子直接地、主动地、自觉地压在自己的肩上,而不是消极地防范和躲避。我以为,一个有责任感的诗人,肯定是一个热情而又严肃的诗人,他不会马马虎虎地写,潦潦草草地写,也不会写不出来硬写,更不会明知道不能那么写,却为了写作以外的什么考虑,强迫自己作违心之论。

诗之所以为诗,全看有没有诗意。没有诗意,分行,押韵白搭,或者反其道而行之,任意建行,根本无韵,同样白搭,堆砌华丽的辞藻白搭,或者像时下流行的那样,搞一些扑朔迷离的障眼法,叫人莫测高深,同样白搭。读者一旦发觉上了当,就再也不买你的账了。毫无疑问,这一类货色也终将为有见识的评论家所不取。一个写诗的人,想要避免咀嚼这种悲哀,办法只有一个:追求诗意,使诗首先成为诗。写到这里,我愿与陕西的中青年诗人们共勉:不懈怠地刻意地锻炼捕捉诗意的特殊劳动本领,一旦捕捉住了,就切莫轻易让它溜掉。我不能不坦率地说,在我们已经读到的五十五首诗当中,不止一次地令人惋惜:不知道为什么,本来已经捉住了的诗意,又随随便便地放走了。

不知道十五位诗人读到那种"诗歌作法"一类的指导性文字时作何感

想,在我,往往觉得可笑,哪有那么多的禁忌!议论不可入诗,术语不可入诗,典故不可入诗,大白话不可入诗,标语口号不可入诗,归纳一下简直不难凑足一个"摩西十诫"了。我是不信这一套的。因此,我忍不住要向你们宣传,别听这些话吧,别让这许多清规戒律捆绑住自己的手脚吧。我在坚决运用形象思维(这自然是根本)的同时,只有一条禁忌:废话不可入诗。我去过桂林的芦笛岩,芦笛岩给了我一个启发。大家都知道,桂林一带多石灰岩溶洞,这在地质学上叫作喀斯特地形;一个一个的山洞,千姿百态,鬼斧神工,本来就够奇够美的了,经过人工整修,再用五颜六色的电灯一照,必然更教人兴起如入迷宫的幻觉。这个灯光,好比诗里的点化。我以为,诗人真有功力,什么议论、术语、典故,都可以拿来为我所用,就是土得不能再土了的大白话,最叫读者头疼的标语口号,只要安排在特定的时间和场合,也照样能收到好的效果。甚至还能引起一阵纳闷和惊叹:它不上场,还不带劲哩。到了这种时候,举凡议论、术语、典故、大白话、标语口号,就一概变成了菜肴中的花椒、辣子、大蒜、葱头和醋、糖之类,缺了它,会反而少了一味。当然,它们再好也不可能代替盐,盐是形象,寓思想于形象的形象。我说这些,绝没有提倡在诗里大发其议论,滥用术语和典故,排斥文采,或者回到标语口号化老路上去的意思,我只是想说明,不用害怕这些,不但不用害怕,还应当把它们"俘虏"过来,供我们驱遣。运用之妙,存乎一心,此之谓也。联系起五十五首诗作的某些政治色彩比较浓烈的篇什,就难免有失之太露、太频、太杂、太乱的遗憾。不是犯了什么忌讳,而是用得不当,缺乏选择和斟酌,过与不及,都是不当。因为,这些东西入诗,打个不恰当的比喻,毕竟和中医处方时,配上那些有风险的全蝎、蜈蚣、巴豆和附片一样,配不配,配多少,是必须慎之又慎的啊。

祝同志们多写好诗!

1982年5月8日　合肥

生活、诗意及其他

谈不上讲课,朋友们聊天吧。既然是聊天,就不一定有中心,如果硬要归纳,只能笼统地说,我想谈四个"一定不要"和四个"一定要"。

第一点常识是,一定不要拒绝生活,但一定要提炼主题。

创作,顾名思义,是创造性的工作,创造性的劳动。它从无到有,原来世界上没有这个作品,现在有了,这叫创作。这是一方面。另一方面,创作又毕竟是生活的复制品,虽然是经过筛选、加工和升华的精致的高级复制品,所以,又不是无中生有。一方面是从无到有,一方面又不是无中生有,岂不矛盾?不,不矛盾,这一现象,恰恰揭示了生活与创作二者之间真实的合乎规律的渊源关系。而摆正这一关系,又从根本上决定了文艺工作的性质:它是个体精神劳动,然而它反映的却是群体物质活动,借用摄影家的术语,就是:它用书面的形式给社会众生相显影和定影。由于是个体精神劳动,就不能不具有区别于别的物质生产劳动的特殊性,而由于说到底又是社会提供了创作素材和诱发了创作冲动,就不能不承认,一切作品的第一个作者是时代,是群众;因此,合乎逻辑的结论是:创作有它的特殊性,但不应该有什么神秘性,更不可据此而产生什么超越一切之上的自以为了不起的优越感。

人贵有自知之明。如果我们都能从这点认识出发,就能比较正确地对待自己和比较正确地对待群众,就有了进行深入探讨的前提。

我们说的生活,当然是指社会生活,而不是指某一个人的内心生活。你的内心生活再丰富,也比不上由千万个不同出身、不同教养、不同经历、不同职业、不同志趣、不同气质、不同性格、不同年龄、不同性别、不同面貌……的人所构成的社会生活丰富。这样的社会生活,简直像海洋一样浩瀚、深邃,像万花筒一样光怪陆离、瞬息万变,要完全熟悉它和全部把握它是不可能的,可是,熟悉它的某一部分和把握它的某一部分却是可能的。问题是需要做有心人,需要一点一滴地积累。是不是可以提出这样一种说法,在生活的积累上,我们倒不妨学习守财奴,像守财奴捏紧一枚一枚硬币攒钱似的,记住一个一个细节,充实我们生活的宝库。1955年,文艺界批判过以胡风同志为首的一个文学流派,有一个观点受到了特别严厉的口诛笔伐,表达这个观点的原话我记不清了,大意是说:生活就在你的周围,起点就在你的脚下。如今我想,假如剔除掉它本身在当时历史条件下或者包涵有的知识分子小圈子意识,同时也剔除掉对方在当时历史条件下可能产生的误解,这个口号用在今天变化了的主客观情势之下,未必就有什么错误。难道不对么?你是一位工人的话,理所当然地你要先熟悉你的那个小组,扩大一点,你的那个车间,只要办得到,再扩大一点,你的那条作业线,那个工厂。有雄心壮志的,还一直扩大到人家的家庭和社会领域中去,了解一下他们周围都活动着一些什么样的亲属和什么样的朋友。所谓周围,乃是一个可以无限开拓的空间,所谓脚下,自然会有一直向前走下去的意思,这是不言而喻的。

在座的同志,大部分都具备一个好条件,你们本来就是工农兵,你们不必像专业作家那样,要提倡"下去";你们还能下到哪里去?本来就在下边嘛。这是一个很大的优势,我劝你们认清和发挥这个优势。当然,也有在生活之中,却感到没有什么可写,身在宝山不识宝的,但那是另外一个问题,要通过另外的途径去解决。

一个热爱文艺的人,我以为,必须始终像孩子一般天真好奇,打破砂锅问到底,又必须始终像哲学家一样深思熟虑,不轻易接受现成的结论;要经常保持旺盛的求知欲,要经常保持庄严的历史感。马克思在《关于费尔巴哈的总纲》一文中说过:人"是一切社会关系的总和",请注意,他说的是一切,而不是一些。高尔基提出过文学是人学的光辉命题。这些话都是真理,它督促我们,应当认识人,了解人;人是各种各样的,因此要认识、了解社会生活的矛盾性和同一性,你认识、了解得越透彻,越准确,你的作品就越有独创性,越有分量。

我们强调不要拒绝生活,就意味着既要关心国家大事,世界大事,也要注意凡人小事、身边琐事,包括一声感叹,一个手势,一种表情,都不要让它们遗漏在我们的文学视野之外。只有把这一种关心和这一种注意结合起来,也就是说,把宏观的东西和微观的东西结合起来,才有资格说一声:我进入了创作准备。还有一点很重要,那就是在观察别人的同时,不要忽略了解剖自己。换句话说,自己,就是第一个需要熟悉,需要了解的对象;我们讲心灵美,讲忘我精神,这是对的,不过,如果忘我到忘记解剖自己的程度,那就不但不是对的,而且是危险的了。

主题来自生活。什么是主题?来这儿讲课的,南京的和上海的教授们、专家们会教给你们以定义的,而且恐怕还不止一种定义。顺便申明一下,我今天的发言,包括我对主题的理解,很多都不大符合中文系的课本,不那么正统,不那么正规,很可能是谬论,请大家先姑妄听之,然后再加以鉴别和裁判。

我认为,你在生活中发现了值得写也需要写的东西,你感到那个东西有一点意思,会引起大家的关心和兴趣,这一点意思就是主题。质言之,主题就是中心思想。不过,你感到有意思,也许别人感到没有意思,你感到有这样的意思,他却感到有那样的意思,这种现象并不奇怪,立场、观点不同嘛。此外,一个作者思想境界的高下,往往会影响到主题开掘的深浅。

怎么表现你的主题?不外乎三种办法:第一种是开门见山,第一段,甚至第一句就破题;第二种是"譬如北辰,众星拱之",许多星星和一个北斗星座并存在天上,都闪闪发光,但是最吸引你的视线的是北斗星座,而且,你会得到这么一个印象:仿佛那许多星星,正是为了衬托北斗星座才显示自己;第三种是"王顾左右而言他",这是相当巧妙的手法,是高难度动作,它叫你隐约感觉得到,却无法一下子就抓住,这就要求你好好寻思一番,不可能"得来全不费工夫"。屈原的《楚辞》中有一些篇章,到底在说什么,两千二百多年过去了,至今还有不同的理解和争论。

在文学创作中,急功近利是近视眼,要碰钉子的;素材和作品的关系不可能是立竿见影的关系,要求立竿见影,搞宣传品可以,搞文学不行。主题不是一下子形成的。倒像是化学元素中的不同分子,虽然广泛地存在着,活跃着,但必须经过一系列的聚合和化合,才能形成一根链条,形成一种结构。又好比酿酒,粮食经过触媒(在酒是酒曲,在创作则是形象、动作、语言、事件、暗示等等)充分发酵了,然后自然而然地分泌出酒精。粮食的一部分变成了酒,剩下一部分是酒糟。在这里,酒精与粮食相当于主题与生活,酒与粮食则相当于作品与生活;作品里面有主题,酒里面有酒精。

为了更具体地论证这个提炼的过程,分泌和榨取的过程,我举我自己的一首诗为例略加说明。——不是因为它写得怎么好,而是谈起来切实——我写过一首《读罗中立同志的油画〈父亲〉》,发表在《诗刊》上。怎么写出来的?"酒曲"当然是那幅画,"粮食"就是我的长时期的农村生活。我不是以工作队员、干部的身份,而是以与农民一样,甚至比农民还要卑贱的身份去感受周围的一切的。我仔细观察农民,农民也仔细观察我,后来他们得出了与"上边"不同的结论:这个人是好人,不是坏人,因此,他们把自己的心掏给了我,什么都对我说,毫无戒备。这样,我就不仅能看到他们的外貌,而且知道他们的内心,不仅能看到他们在公开场合的言谈举止,而且知道他们没有表露出来的思想感情。我敢毫不夸口地说,有了那些年的生活,我比过去任何时候都更理解中国农民的命运了。我不是说只有处在我当时那种情况,采取我当时那种方式,才能懂得生活;付出那样的代价去了解生活是不正常的。不过,有人宣布,只要平等待人就行,这未免太轻松了。我说,平等待人固然要紧,但远远不够,关键在于:心贴心,心换心。首先,我一定得做到同农民一样去感受生活,同时,我又不能永远停留在这个水平上,还应该用革命者的眼光去展望生活。所以,一旦我看到了罗中立的画,我也就马上展开了我心中的画,看到了那位父亲的皱纹,就想起了不知多少农民的皱纹,看见那位父亲的汗珠,就想起了不知多少农民的汗珠,看见那位父亲的土碗,就想起了不知多少农民的土碗,看见画面上作为背景的一片金黄,就想起了理应拿到手、理应属于他而并未拿到手,并未属于他的多少个好年成!因此,我对那支夹在耳朵上的圆珠笔——后来,我听说这是一位领导同志出的点子,大概是所谓"亮色"吧——特别反感,我觉得,那个不值钱的玩意儿纯粹是对九亿父老兄弟的污辱!于是,一出手我就抓住这支破坏了《父亲》形象的完整性的圆珠笔,提出了一连串的诘问,接下去我又选择了三组镜头概括了过去长时期祸害农村的"左"倾路线(编辑部非常谨慎,替我删去了一组,四行),最后,归结到目前,正在席卷中国农村的大改革和大转变,预报光明和富裕的来到。如果有人问我什么是这首诗的主题?我就要回答:中国农民的抗议、控诉和呼唤,就是它的主题。全诗不过几十行,说实话,它几乎调动了我的全部的有关生活储备。

第二点常识是,一定不要拒绝交朋友,但一定要创造人物。

前面我主要讲了生活的重要性和从生活中摄取主题的大致的路子,然而,一个人的生命有限,又受到地域、行当、见闻等种种制约,有些事更无法一一亲自体验,这就得另找新的源泉,弥补不足。有两股泉水是靠得住的,一股叫作广交朋友,一股叫作多读好书。读书留到以后再讲,这里先讲广交朋友,以及广交朋友与创造人物的密切关系。我在广交朋友这一点上,做得并不理想,主要的毛病出在广字上,不广。广了,自然难免杂一点,而我们这一辈过来人,怕的正是这个杂——怕政工干部说你社会关系复杂;其实,三教九流,引车卖浆,都应该来往。老舍先生能写出《茶馆》和《骆驼祥子》那样辉煌的作品,除了作家本人爱憎分明的政治倾向和文字功底外,对旧北京的市井人情和下层社会了如指掌,是起了非常重要的保证作用的。同样,萧军同志如果仅有东北旧军队行伍生活的那一段亲身经历,而没有许许多多扛枪吃粮的朋友,也未必能写出《八月的乡村》这部名著。老舍先生和萧军同志都与群众关系极好,"广结善缘",没有知识分子孤芳自赏的习气,不怕什么斯文扫地。假如我们也能做到这样,朋友多了,可供选择、改制的生活原型自然也就多了,人物自然也就栩栩如生了。一个作者,当他把眼睛闭上,立刻看到许多形象在脑海中扑腾,那么,我们就应该向这位作者表示祝贺:"恭喜发财!"因为他的仓库里装满了活的财宝。

不错,有一句谚语,说是:"要了解一个人,先了解他交的朋友。"一般说来,这是人生智慧的总结。不过,我以为它不能机械地运用于作家,推而广之,也不完全适合于文艺作者乃至习作者。文艺作者的品性操守是一回事,他的社会交游又是一回事。和流氓、小痞子有点接触,就一定也会变成流氓、小痞子吗?不见得。我倒要奉劝有志者,放大胆子交几个流氓、小痞子之类的朋友,这是一桩大有益于创作的事。你不能总是写先进分子,写劳动模范,还得涉足我们社会的阴暗面;既然我们的社会中还有流氓和小痞子,那么,我们的文学艺术中就应该如实地描写他们,反映他们,描写和反映的目的在于改造他们,而不是学习他们。同样,官僚主义者也是我们社会的一个客观存在。我们几乎每天都要和官僚主义者以及他们制造的麻烦打交道,而这个官僚主义者和那个官僚主义者不同,这种麻烦和那种麻烦也不同,可是,我们作品里的官僚主义者,却大多是一副面孔,他们制造的麻烦也大多是一个模式,太概念化了。只有聪明的作者才懂得,应该像躲避瘟疫一样躲避公式主义,懂得一旦自己的生活、直接的生活不足,就千方百计地采用别人的生活、间接的生活来补救。最有共性的个性,也许可以叫作代表性,但是无论如何不能叫作典型性。文学上的典型问题,正是创造人物的核心问题。

一篇作品是成功还是失败,很大程度上取决于有没有把人写活,像不像,可信不可信。我们不相信上帝造人,然而我们主张作家造人——创造千差万别的、有血有肉的人物。凡是现实生活中有的人物,都有权进入文艺画廊。只有一种人例外——无所不在,洞察一切的全能英雄例外;我们说,全能英雄,即"四人帮"的"高、大、全",没有资格在我们的作品中出现,不等于提倡

"非英雄化",理由很简单,他不是人,他是神,而真正的英雄是,从普通人当中诞生,又永远不脱离普通人的。我们不能搞先验论和天才论,这是一条原则。

那么,处理历史题材,刻画历史人物怎么办?谁也无法唤醒亡灵,说:咱们交个朋友吧。不过,依我看,又难又不难。说难,是得花费几年甚至几十年的时间,在知识积累和资料准备上下苦功;说不难,是因为我们不但是辩证唯物主义者,而且也是历史唯物主义者,我们有解剖的刀子和雕塑的刀子。

近年来,文艺作品中的历史小说、历史剧、历史电影多了,我觉得,首先应该肯定它是个好现象,它打破了禁区,开阔了视野,也帮助我们对历史一无所知或者知之甚少的青年朋友认识了自己的祖先,继承好的,唾弃坏的,借古鉴今。另外,似乎也有一种苗头必须警惕,有的人是不是为了逃避现实,才去钻故纸堆?至于连故纸堆也不钻,却在那儿信笔瞎编,就更不足取了。在这个问题上,电影创作中的某些现象比较突出,举两个例:《风流千古》,写的是陆游——南宋时代的一位文韬武略,能诗能剑的杰出的爱国主义者;陆游一生写了一万多首诗,很多人们都不记得了,然而,他临死前曾写的一首题名《示儿》的七绝,却一直传诵不衰:"死去元知万事空,但悲不见九州同。王师北定中原日,家祭无忘告乃翁。"这二十八个字,可以说是他的代表作,是他的抱负和理想的集中体现,也是他一生遗恨的总结。要说风流,这正是伟大的真正的风流!固然,陆游在青年时代的爱情生活中扮演过悲剧角色,但他的爱情悲剧比之于他的政治悲剧,根本无法相提并论,更不用说让前者超过后者了。然而,电影《风流千古》却将这么一位诗人塑造成基本上是个爱情至上主义者,仿佛心目中只有表妹唐婉。这是不符合历史真实的。也许古人可欺吧,反正他不会说话了。另外一部电影《李清照》,也是写的一位诗人,而且是一代才女。她和陆游属于完全不相同的类型,尽管都是南宋时代的人,尽管李清照在金兵压境之际,也曾背井离乡,骨肉流散,尝到了过去从未吃过的苦头,尽管她也写过"生当作人杰,死亦为鬼雄。至今思项羽,不肯过江东"

这样颇有丈夫气概的好诗。但是,只要考察一下她的生平和全部作品,就不能不看到,她的创作的主流还是"只恐双溪舴艋舟,载不动、许多愁"。她的风格是属于婉约派的,后期虽略有变化,但基本上还是一位耽于咏叹"人比黄花瘦"的闺秀作家。我以为这样的估价是实事求是的,公正的。她和她不幸中年早死的丈夫、金石专家赵明诚之间的爱情是执着而缠绵的,这在封建社会,尤其值得称道。然而,到头来她为生计所迫,还是不得不改嫁,而且接着又离异;改嫁,自然算不得李清照的什么过失,但毕竟是一个不以第三者的好恶而转移的客观事实。这个事实,以及上面说到的那些事实,提醒我们,必须承认历史的局限性。从一定的意义上讲,局限性(不论古人或是今人)就是真实性,你硬要"突破"这个局限性,把人物强行拔高,对古人加以现代化,对今人加以理想化,都只能导致一个结果:失真。而真在真善美中恰恰居于首位,真恰恰是艺术的灵魂。失去了灵魂的艺术,是无法撼动读者(或观众)的灵魂的。

有的同志可能还会问:叙事诗好办,抒情诗也要创造人物吗?让我斗胆回答一声:要!这个人物就是诗人本人,当然不可能是一个完整的本人,但必须是他的一个侧面轮廓,他的一个特写镜头。我写过一首题名《解剖》的诗,在《人民文学》刊出以后,有不少读者来信——大多是四十五岁以上,和我有类似遭遇的同志——他们说:你的《解剖》解剖了我,也是我的解剖。通过这首抒情诗的写作和发表后的反响,使我更加坚信,我原来的一点认识没有错,抒情诗里的人物可以既是个性特色突出又是时代色彩鲜明的人物。抒情诗中的我,应该是特定的"我",这一个,同时又应该是能够通向外部世界的"我",许多个。这样,也就无所谓"小我"与"大我"之争了,它本来就是统一的。

第三点常识是,一定不要拒绝读书,但一定要吸收营养。

头一句话是说,知识面要广,不宜偏食。广,是地面大的意思,只有地面大,才有可能筑起又高又尖又牢靠的金字塔。这里有一组辩证关系:博与约,粗与精,量与质……仔细琢磨汉字中的"尖"字,不难悟出一个道理来,下面大,上面小,大是小的基础,由大而小,才能冒尖,才能不流于平庸。

后一句话是说,要经过咀嚼,取其精华,弃其糟粕,不可良莠不分,生吞活剥,忘记了把食物变作自己的血肉这一终极目的。

有各种各样的书。我们要读那些值得一读的好书。古今中外,书太多了,根本读不完,然而,涉猎一点总是办得到的。拿我们中国的古典文学来说,诗经、楚辞、唐诗、宋词,一些策论(如贾谊的《过秦论》)、一些赋体(如杜牧的《阿房宫赋》)、一些小品(如刘禹锡的《陋室铭》),无论如何都应该读一读。要领略它们的诗意。从最广义的角度看,文艺是离不开诗意的,没有诗意的作品,肯定没有味道。外国的作品也一样,英国的王尔德、俄国的屠格涅夫,他们写的散文也像诗一般美!最近上映的《牧马人》,是李准同志根据张贤亮同志的小说《灵与肉》改编的,他增添了自己的东西。由于运用了一首我国北朝的民歌《敕勒川》,一唱三叹,余音缭绕,增添了无穷的韵味。这是又一个例子,它启示我们:努力,再努力,在生活中发现诗意,把作品写得充满诗意。

除了读文学作品,还要使自己懂一点其他的姊妹艺术,懂一点音乐,懂一点美术,懂一点舞蹈,最好还懂一点书法篆刻……艺术是没有国界的,能超越时间和空间的限制,如若不然,我们就无法解释,为什么中国人至今也欣赏贝多芬和肖邦,欣赏达·芬奇和罗丹,欣赏邓肯和乌兰诺娃……只要我们不抱残守缺,而是使自己的趣味多样化,我们就会像懂得指挥多军兵种协同作战的将军那样,在写作中得心应手,稳操左券。

谈谈创作方法。前几年,革命的现实主义和革命的浪漫主义相结合的提法受到了各方面的怀疑,最近,风又好像掉过头来吹了。好在这是一个学术问题,不至于再戴帽子,因此,我要重申我的一家之言。从字面上看,革命的现实主义和革命的浪漫主义相结合,的确是十分美满的境界,人们没有理由反对。然而,我还是担心,会不会又有人像以往那样,再一次利用"革命"二字大做文章,一方面标榜"唯我独革",一方面排斥、打击在他们看来是没有"改造"好的不革命的人,同时,滥用浪漫之名,不断孵化假、大、空。为此,我觉得,是不是用清醒的现实主义(区别于以揭露为宗旨的批判现实主义)和积极的浪漫主义(区别于以单纯追求个性解放的古典浪漫主义)这两个词儿更为稳妥?我无意于标新立异,但我要坚持自己的看法:还是让几种不同的见解并存吧,一种调子发展到"天下无敌"的程度,往往也就接近于唱高调和唱走调的地步了。这是有过教训的。

(这时,有人递条子。内容如下:

尊敬的公刘同志:

在第三期的《作品与争鸣》上,看到您和顾工的有关争论的文章,您在回答记者时说到朦胧诗,您说:"朦胧有的时候美,有时候又不美。"借此机会,您是否能谈谈您对朦胧诗的见解?

朦胧诗的出现,受到了部分人的欢迎,特别是青年。现在,有些权威人士认为:朦胧诗可以写,但不宜提倡,您是否也这样认为?

——一学生)

好,我暂时中断一下原来想接着说的话,先作一个简单的答复。

我和顾工同志的所谓争论,有一些比较复杂的内情,我已经写了文章加以说明,就看《作品与争鸣》发表不发表了。

至于朦胧诗,我的一些意见已经反复多次说过,都是有文可查的。我不是权威人士。权威人士有何高见,很对不起,我也不曾注意。不过,我以为,所谓朦胧诗,是特定的历史条件下的产儿,本来就不是哪一个人"提倡"出来的。因此,同样的道理,如果哪一个人(不管他多么权威)想禁止它也是禁不绝的。彻底排除掉使得青年人(哪怕是一部分)对前途、对明天产生捉摸不定的朦胧感的某些因素,他们的诗,他们对诗的欣赏趣味,也许会是另外一种样子。

有人说我曾经在《新的课题》一文中,赞扬过顾城同志,因此,我就成了所谓朦胧诗的始作俑者。这样的美名,我不敢当。那篇文章的题目本身就再清楚不过地表明了作者的着眼点:新形势下的新课题:疏导。何况,我在肯定顾城同志当时的某些作品的同时,也表示了对包括顾城同志在内的一批青年诗歌作者的忧虑:他们将往何处去?

这个问题就说到这儿。下面回到正题。方才说到创作方法问题,创作方法问题是和文学艺术流派问题紧密相连的。我主张宽容,也主张竞赛,正是由这一个基本态度出发,我觉得,应该保护包括朦胧诗在内的一切流派的生存权利,让它们试验、发展、演化,凡是有创造的,写得好的,我都拜他为师。不过,也有两点保留:一点是对那种公然炫耀表现自我是诗的中心任务的"理论与实践",我不能苟同;另一点是,对那些用所谓的意识流来掩饰生活底蕴之不足的小说,我无法欣赏。作品写出来是供人读的,你提供给社会的东西,社会当然有权品评,这是天经地义的事,没有什么可抱怨的。说什么"你读不懂,你的孙子读得懂"之类的话,不是赌气,就是撒野,妨碍心平气和地研究问题。而把技巧偷换成机巧,同样也不足取。谁要是讨了便宜还卖乖,群众自然不会老是蒙在鼓里,迟早会识破的,总之,这些,又都从反面论证了生活的重要性。

第四点常识是,一定不要拒绝修改,而且一定要追求艺术质量。

一般说来,只要坚持四项基本原则,坚持"二为"和"双百"方针,政治上是不会出什么大的纰漏的。所以,我这里说的修改,主要是指艺术上的精益求精而言。

现在刊物很多,作者的队伍也在一天一天扩大,无形中就有了相当激烈的竞争。哪种刊物办得好,人们就买哪种刊物;哪位作者写得好,人们就热心找他的作品。刊物和作者都希望自己有一个广大的读者群,这是合乎情理的,无可非议的。为了达到这个目的,作者就得认真写,编辑就得认真编。(编辑,正是整理、修剪的意思。)然而,更重要的还是共同为了向历史负责。修改的用意,就在于让作品更能经得起历史的检验。没有改好的作品,人家一般是不会采用的,纵然采用了,读者也默许了,甚至由于一时的迷误,还有人叫了好,但如果事后你自己发现了它有缺点和错误,而你又是一个严肃的人,那你会因此感到不安、惭愧和后悔。修改,不仅仅是文字上的锻炼,尤其是思想上的锻炼。我打过铁,我懂得锻炼意味着什么。一锤下去,锻件在铁砧上震动,渣滓和杂质飞去了,如果锻件有知觉,这时,它的感觉一定会是既因自己的进一步净化而欣慰,也因自己受到击打而痛苦,有句文绉绉的古话,敝帚自珍,还有一句俗话,文章是自己的好,然而,要改,得下狠心改。

我吃过后悔药,后来,学得聪明一点了,发明了一个"冷处理"的办法。这就是:稿子写成了,先宽它几遍,实在改不下去了,就装进抽屉里压一压,过几天再拿出来重看。所谓重看,主要是读,最好是出声的读,在读的过程中,也许会发现一些原来不曾觉察的毛病。也应该听一听你的亲人、你的朋友的评论,只要说得对就接受,并且立即改正,不要爱面子。

特别危险的是,当你发表了几篇东西,编辑和读者对你都开始产生了一定程度的信任,你更要从严要求,切忌自满。小有名气,有时候反而会造成隐患。为什么有的作者,处女作一鸣惊人,再写就无以为继了呢?原因固然很多,生活底子薄,一锤子买卖,这大概是主要的。还有没有其他原因呢?例如,写作态度上不那么兢兢业业了,不那么诚惶诚恐了,我以为,精神状态的变化,也很值得反省。不少人吃过这个亏,希望你们都先打一支预防针。所以说冷处理强调一个冷字,不要热,发热往往就会发昏。

如果作品排成铅字了,遗憾已经造成了,那就写一封信给编辑部,作一点自我批评,要勇敢的话,就要求披露出来。遇有出书的机会,就在校样上改正,在前言后记中把做了哪些修改,以及为什么要做这些修改,一五一十地向读者交代清楚,这也是负责。

现在我们的文艺界有个不大体面的风气,就是悄悄地改,把读者当作失去了记忆的白痴。个别人做得更绝,为了证明自己一贯正确,改得面目全非了!也不脸红。我劝大家千万不要沾染这种市侩作风,并且应该起来与之斗争。

再有,就是希望同志们尽可能多地学习运用几种文艺形式,不要写诗的光写诗,写小说的光写小说,写评论的光写评论,还说什么隔行如隔山。文艺是一行,应该十八般武艺件件皆通才是,当然,这并不排斥你有一件两件拿手的所谓看家本领。

1982年6月14日　合肥

附记:本文系在安徽马鞍山市文学讲习所的一次发言,作者做了几处调整。

读《对衰老的回答》

旅途中得到一本今年七月号的《星星》,浏览一遍后,目光立即被一首题名《对衰老的回答》的诗篇吸引住了,于是又回过头来反复咀嚼多次。应该承认,仅仅说一声感动,已远远不足以表达自己此时此刻的心情。我必须说,我十分的激动,我愿意公开为它喝彩!

我觉得这是一件可以列入"好诗三百首"专栏的佳构,尽管编者同志谨慎地在它的左上角标明"新星"二字。当然,以严肃、负责而又热情的态度对待任何作者的诗文,是复刊以来的《星星》一贯刊风,这一次也不例外;而这首诗,作为一位问津诗坛不算很久的新人之作,一经这样处理,反而更以其本身的不同凡响,而加倍引人注目了。

我不认识作者周涛同志,除听说在新疆工作外,其他情况一无所知。在目前某些"诗人"不以具有双重人格(包括政治道德方面和生活道德方面)为耻的情况下,来评论一个素昧平生者的诗作,可能要冒一点风险。但我不相信我会再一次吃后悔药,因为,依我看,周涛同志的这首诗,不是一时一事的即兴挥洒,而实在是他对人生,对革命进行过认真思索的结论,这种思索,当然是一场必须动员每一个细胞参与作战的精神搏斗。它的后盾不在于才华(尽管需要才华),而在于人格的力量。

首先,我赞赏通篇流溢着的诚实、积极、乐观、豁达而又有自知之明的正常人的情绪,诗人把读者当作亲密的朋友,推心置腹,娓娓而谈;没有故作惊人的慷慨,也没有欲吐又止的忸怩,更没有装腔作势的玄虚,写得腑脏俱见。这对近年来在少数人笔下演变得简直不像诗了的所谓"从现在开始,从我开始"的"新诗",无疑是一个鲜明的对比和有力的驳斥;这说明,把诗当作诗来写(而不是制造梦呓),把写诗当作社会性的生产劳动(而不是在抒情主人公与全社会之间制造对立),把诗歌当作一种有益于人民身心健康的精神营养品(而不是在客观上制造污染),把诗歌乃至整个文学作为庄严的事业来对待(而不是做买卖,看行情,跑江湖……),不但是可以办得到的,而且是大有可为的。我相信,每一个真正热爱新诗的人,从中都至少能得到一点启发,这就是:一旦你把良心和热血放进你的作品中,你的作品就会具备动人的素质。

常常听到一种评论,说某某人的诗,思想大于形象,意思是议论多了,形象却单薄了,哲理深了,感情却肤浅了。乍听之下似乎颇有道理,所以我也在答复作者的来信时,跟着说过两三次,但随后仔细一想,不对了。这话经不起推敲。究其根由,并非语义学上出了什么毛病,而实在是美学上于理不通。要是这个说法得以成立,思想和形象就可以完全割裂开来了,我们只好最终回到政治标准第一和艺术标准第二的二元论的老路上去。周涛这首诗,至少给我们提供了一个范例,证明思想和形象不但应该是统一的,而且是可以统一的。在一首成功的诗里,不会有什么离开形象,不具备感情色彩而单独存在的思想。这是我的认识,周涛同志的这首诗,更加巩固了我的这一信念。我要谢谢他。

还有一点也是有教益的,即:《对衰老的回答》表现了作者不但勤于思考,善于思考,而且是用诗人的方式去思考。因此,神思飞动,文采照人。能读到如下这些诗句,我是十分快乐的。

"但是别怕!"我安慰自己
人生就是攀登。
走上去,不过是宁静的雪峰。
死亡也许不是穿黑袍的骷髅,
它应该和诞生一样神圣……

还有:

> 我愿接受命运之神的
> 一切馈赠
> 只拒绝一样:平庸。

作者给"老人的美"下的定义是多么发人深省啊!

> 我会说:"我生活过了,思索过了,
> 用整整一生作了小小的耕耘。"
> ……
> 岁月刻下的每一笔皱纹,
> 都是耐人寻味的人生辙印……

(请注意"整整"和"小小"这一组于平淡中见功力的对比,同样,请注意"皱纹"和"车辙"这一个由形似而升华为神似的联想。)

在分别替身躯、头颅、手臂做了正确的选择与安排之后,意犹未尽,又添上两行神来之笔:

> 哪怕躯壳已如斑驳的古庙,
> 而灵魂犹似铜铸的巨钟!

我要说,这才是勇敢者的宣言!高尚者的心声!诗中还有不少立意精辟和匠心独运的构思。例如,开篇落笔,就通过孩子和青年的眼睛描绘"衰老",前者根本不知衰老为何物,从而不相信世上有死亡一事,因为他们是活泼泼的"新鲜的生命";后者虽然有了衰老与死亡的概念,然而自身正处于生命的旺盛亢奋阶段,"没工夫去想"以后怎么办的问题,道理也十分简单:"火焰"不理解"灰烬"。干净利索,一语破的。

然而,就单个的肉体来说,从历史的角度看,衰老和死亡毕竟是一个"总有一天"会"收走人间的每一颗铁钉"的强"磁场"。是否因此就宣扬了死亡的不可抗拒呢?不！由于通篇占统治地位的明朗色调,"磁场"这个词儿的运用没有留下宿命论的阴影,倒是充分表现了一种唯物主义者的通达明智,暗示了生命之可贵。同样地,由于对生命之舟的强烈眷恋,作者才猛然惊醒,发觉了"年龄"是"吃水线",而这一条"线"的不知不觉的变化又预报着船只下沉乃是不可避免,因此,这个精当的比喻便被赋予了摇撼人心的悲剧性力量,它教育人们,应该冷静地面对现实,执着地把握今天。

上面说了许多好话,那么,难道这首诗就没有任何不足之处吗?我个人的看法是,它忽略了探究造成衰老的社会原因。经验告诉我们,衰老的原因绝不仅仅限于生理的自然规律,还有政治的、经济的、心理的……诸因素的催化作用,也许,是作者到底还缺乏这方面的体验,也许,是作者有意识地有所回避。然而,不论是属于哪一种情况,《回答》的答案不全面,却是一个令人遗憾的事实。这在一定程度上给主题的开掘带来了某种局限,削损了这首诗的厚度,减弱了这首诗的力度。

我希望,周涛同志汲取某些人的教训,重视诗品与人品的一致性,保持清醒的有所追求的一往无前的战士品格,始终直面人生,不断解剖自己,写出更多的无愧于祖国光辉历史与壮丽山川,无负于伟大时代和伟大人民的好诗来。

1982年7月31日 甘肃金川矿山

《母亲——长江》小引

二十七年前,我写过一首题名《夜半车过黄河》的小诗,仅有八行:

夜半车过黄河,黄河已经睡着;
透过朦胧的夜雾,我俯视那滚滚浊波;
哦,黄河!我们固执而暴躁的父亲,
快改一改您的脾气吧,您应该慈祥而谦和。

哎,我真想把您摇醒,我真想对您劝说,
您应该有一双充满智慧的晶亮的眸子呀,
至少,您也应该有一双聪明的耳朵,
您听听,三门峡工地上,钻探机在为谁唱歌?

我把黄河唤作父亲,这与文学无关;我说的是一个事实,一个真理,一个只能从血缘寻求解答的客观存在。

尽管,我们的父亲也有缺点。

我们的母亲,是浩浩荡荡的长江。

这也是一个事实,一个真理,一个只能从血缘寻找答案的客观存在。而不是诗的夸饰,甚至不是一般意义上的形容。

根据文化遗址和古墓葬群的不断发掘的结果,有越来越多的凭证:不仅黄河是中华民族的摇篮,长江也同样是中华民族的襁褓。

落实在诗歌上,不妨说,《诗经》是父亲的遗产,《楚辞》是母亲的信物。

活在中国这块广袤而壮丽的土地之上的芸芸十亿,从精神的意义上讲,哪一个人敢说,他没有喝过黄河水和长江水?

无论黄河或者长江,都是我们历史的象征:源远流长,气势磅礴,泽被深厚,英勇豪迈,百折不回,一泻万里!

他们是中华民族的骄傲。

不管别人怎么样,反正我相信,"河清海晏"不是神话,不是一个祖祖辈辈做不醒的好梦。君不见,黄河之上,已经竖起了三门峡、刘家峡、盐铁峡、八盘峡、青铜峡、龙羊峡大坝了吗?

长江,也有了葛洲坝;这只是第一梯级,接下去肯定会筑起第二、第三、第四、第五……梯级。

我们将要绿化所有的童山秃岭。

因为,我们开始在绿化多年荒芜了的心。

我们一定能挡住锯齿斧舌。

我们也一定能锁住沙魔风妖。

对着黄河和长江深深地三鞠躬吧,不仅由于他和她都有辉煌的往昔,辉煌的现在,还在于他和她都有更其辉煌的未来!

今年3月至4月间,我漫游了自安庆至采石一段,6月至7月间,又漫游了宜昌至重庆一段,加上前年在长江口和南京、扬州的匆匆一瞥,我觉得,自己对长江有了更多的体验和更浓的眷恋。当然,如今奉献出来的这本薄薄的小册子,分量是微不足道的。我希望,在有生之年,能唱出一首真正无负于母亲长江乳汁的颂歌来。

1982年9月1日　合肥

《深沉的恋歌》序言
——给郭光豹同志的信

光豹同志:

你的诗集《深沉的恋歌》的最后定本已经读过了。在这之前,还读过你5月间寄来的初选稿。显然,经过又一次的筛淘,质量是提高了一步,体例和风格也大体更为整齐了。我赞成你这种严肃的态度,读了你的诗,再加上1980年我们在广州见面时谈话印象,以及其后我们的多次通信,对于你二十多年来的道路辛苦,我有了较深入的了解。为此,在你诗集即将出版的前夕,理应致以衷心的祝贺!自然而然地,我想起了一句古话,这就是:"老蚌生珠。"经过你艰难备尝的孕育和茹苦含辛的磨砺,所得的这颗"蚌珠"就特别值得高兴。

过去(我指的是"文革"前),你的作品我读得不多,究其原因,大概是当你经常在报刊露面之时,正值我被逐出文坛之日。不过,你后来对林彪——黄永胜反革命集团的不屈斗争,我却早有所闻。我钦佩你作为一名共产党员的勇气与责任心。这种勇气与责任心,不可能不在你的笔端流露出来。细读诗集,这类诗作如《夜的沉思,夜的梦》《致杂文家》等,俯拾皆是。因此,我认为,你追求党性和人民性的高度统一,你从胸臆里直抒出来的一腔赤诚,做到和读者肝胆相照,在你就成了再正常不过的事;诗贵至诚,说真话,抒真情,这也正是你的人品和作品的最可贵之处。

我很欣赏开卷的三首《田园小诗》。反面文章正面作,妙就妙在名曰"田园",实际上连牧歌的影子也找不见,倒是充满了对当时已沦为特大囚笼的中国的悲愤控诉!看得出来,你不是在运用一般意义上的讽喻手法,而是展示了一个经过多年铁窗生涯后得出的思辨结论,带着血泪,带着长夜不眠的沉重与酸楚。从这组诗的成就,看得出你在思想上和艺术上的成长更新。

记得你说过,有的同志说你的诗很像某某人。你决心从你心目中仰慕的作家作品中汲取营养,这是无可非议的,但依我看,这样的评价未必是一个值得欢喜的信息。我倒想起一句齐白石老人的名言:"学我者生,似我者死。"齐白石老先生是国画界的一代宗师,他这样说,自有其深长寄意。我想,这句话同样适用于诗,适用于一切精神劳作。齐老先生用了一个"死"字,根据我的理解,他绝非诅咒,而实在是唯恐规谏之不力! 他是正确的。从这点看,我们都应该有所领悟,在创作上我们都应该走我们各自的道路,每写一首诗,都必须另辟蹊径,不图省心而驾轻就熟。只有当一个人的诗篇能作为一种独立的社会存在,并得到公众的承认的时候,这个诗人才有可能作为一个独立的社会存在,从而得到公众的承认。

我注意到你近来的诗风的某些可喜变化,当中兴许正酝酿着一种新的突破吧? 不过,我还是要说,我希望你有意识地加强主观能动作用,也就是说,要更自觉地咬破"茧子",飞向新的天地。例如,《罗湖桥上的界桩》,无论就构思,就形象和语言的选择,都闪耀着在你说来是前所少见的光彩。当然,类似的诗还有一些,如《古城小街》《圆形畅想》《观海》等,恕我不一一赘列。我恳切希望你能顺着这条道路探索下去。

对于你,对于我,对于任何一个诗人或者作家,肯定不会是每一篇什都成为佳作,肯定或多或少地存在着某种局限性。什么是局限性? 我所指的是短处,就是限制你使劲的范围;这个应该是好懂的,再骄傲的人也不难想得通。如果我补上一句,有时候,恰恰长处也在这个局限性上,就可能会被人斥为荒诞不经了。我不是和你开玩笑,也不是故作惊世骇俗之言,我是认真的。这和上边说到的咬破"茧子"并不矛盾。试想,蛾子咬破了束缚了它的茧子,不是很自由解放了一番,最后,到底又忍不住吐出丝来(创作),再作一个新的茧子(作品),让自己休眠么? 这个自然界的现象,我觉得对我们都是会有启发的。每只茧子都不是原先的茧子，每只蛾子也都不是原先的蛾子。每一次的"作茧自缚"都应该既是结束，又是开始。而每一次的复活（或者叫作苏醒）都意味着新的生命，新的奋斗，新的格调，新的舞姿。所谓扬长避短，无非是在局限性上下两个方面的功夫：一方面是舍短就长，另一方面是化短为长。谈了半天，光豹同志，你有个什么样的"茧子"呢？我观察，你的"茧子"可能是南方民间曲调之类。你不妨吸收各种流派、各种手段的有益成分，但你无法不首先具备某个基础。其实，从你的作品里，已经看到你有过成功的尝试，像《我是大幕》、《新来的司令员》（三首）、《我是绿灯》、《绿色，我的追求》等就是，不过，我估计你自己并不曾十分明显地意识到。

我们是同志，又是朋友，真正的朋友应该是诤友。所以，我和你一样，厌恶那些不负责的吹捧和恭维，我们都是成熟的人了，必须说真话，你在营造艺术的蜂巢上虽然相当辛苦，恐怕还不敢夸口说，已经十分刻苦了。我相信你自己也会感到你的艺术仓库还不够充实，不但花色品种不足，而且还有缺门。你正值中年，精力充沛，一切还有待于进一步的惨淡经营，我热烈期望你有好的作品源源问世。通观古往今来的诗人们，大致可以分作两类：一类是才华横溢，倚马可待的，如李白；一类是捻断胡须，推敲苦吟的，如贾岛。你如果不属于前者，就理应向后者学习，因为后者同样可以写出传世的名篇绝唱来，同样可以大器晚成，关键在于清醒和努力。"诗到难成便是才"，未知以为然否？

明天我就要去北京接受一项出国访问的任务，时间太紧，就先写这几句话吧，反正许多创作上的问题，我们今后可以进一步探讨。原谅我用了通信的方式，我觉得这样更加亲切。请你代我向花城出版社的同志和广东诗歌界的朋友们致意。

公刘
1982年9月5日　合肥

心灵的交流
——在第十九届贝尔格莱德国际作家会议上的发言

当我们准备离开北京的时候,刚刚参加罢斯特鲁卡盛会,兴高采烈归来的同志们便告诉我们:南斯拉夫是一个了不起的诗的国家。这使我们大为振奋。

正如大家所早已知道的,中国,同样也是一个富于诗的传统的国家。

因此,从中国到南斯拉夫来讨论《二十世纪末的诗歌》这样一个重大的题目,显然是十分恰当,十分有益的。我们发觉,北京和贝尔格莱德,仿佛是两个相通的房间,也就是说,我们始终像待在自己家里一样自在。道理很简单,因为我们中南两国都是社会主义国家,是亲密的同志,同时,我们又是诗的主人,不是客人。

何况,连太阳也一直多情地陪伴着我们,温暖明亮的白昼额外地多出了整整七个小时,这的确是一次极其愉快的旅行,它不但不缩短生命,反而延长了生命。

去年6月25日,是中国的农历五月初五;我们中国的一部分诗人,在长江中游的山城秭归举行了一次盛况空前的聚会,追悼在那儿出生的,在两千二百六十年前由于报国无门被迫沉江自尽的伟大的爱国主义者屈原。可以说,屈原是中国的第一位真正的诗人。他的气势宏伟、想象奇丽的诗篇《离骚》等,不仅为后代子孙所传诵,而且对它们的研究和解释,已经形成了一宗专门的学问。

我们的人民政府在当地鸟瞰长江的群山之巅新盖了一座庄严典雅的殿堂,作为屈原的纪念馆。我不但参与了剪彩典礼,还出席了一个纯粹由屈原的乡亲们,即本地的劳动农民组织起来的文学团体——骚坛诗社主持的诗歌朗诵晚会;我还亲眼看见了人民群众种种自发的纪念活动:家家户户都在门楣上高挂据说可以避邪的菖蒲和艾叶,都痛饮据说可以驱灾的雄黄酒,孩子们都在胸前挂上据说可以免除瘟疫的香囊;许多色彩斑斓的狭长的装着龙首龙尾雕饰的木船在江面上穿梭游弋;剽悍的水手们敲锣打鼓,挥刀舞剑,威吓着水下的鬼怪;岸上的人们纷纷鸣放鞭炮,高唱挽歌,同时投掷粽子,用这些美食将妖魔引开……这一系列富有象征意味的虔诚的礼节,其目的都在于保护屈原的遗体,使之不受伤害。仪式隆重,含义深刻,感情浓烈,催人泪下!所有在场的诗人不禁都为人民对屈原的爱戴所深深激动,都为中华民族有这样一部源远流长的诗史而无比自豪!特别值得强调的,正是从屈原开始,我们的诗歌就一直像神话中的不死之鸟,在中国辽阔的天空飞翔,它的一只翅膀是清醒的现实主义,另一只翅膀是积极的浪漫主义,而这就构成了中国诗歌优秀传统的主旋律,使得人民性成了评判诗歌作品的最高标准之一。

在我们九百六十万平方公里的版图内,聚居着五十几个兄弟民族,但不论其大小,都有极其丰富极其优美的民歌。我们有着像星星一样数不清的民族歌手,也就是说唱诗人。

我们的古典诗人,仅仅排列他们的名字,就简直可以编纂一部多卷本的大辞典。举例言之,有唐一代,几千位诗人就写下了近五万首诗;限于当时的条件,失传了的肯定还有许多,这就无法统计了。到了七百年前的南宋王朝,爱国诗人陆游一个人就写了一万首诗,其中有些杰作,直到今天还家喻户晓。

二十世纪初,各种矛盾的积累和冲突,使得古老的中国发生了划时代的变革。反对帝国主义和反对封建主义,要求民主和要求科学的群众斗争后浪推前浪,在1919年达到了一个高潮。这就是著名的"五四运动"。它从根本上动摇了几千年的旧制度、旧文化、旧思想。在一场空前激烈的文学革命中,新诗诞生了;新诗和现代形式的小说、戏剧一样,成了向长期统治人们头脑的陈腐的意识形态的宣战书。

然而,正如发生在这块奇妙的土地上的任何变革一样,中国的新诗也既有突破和决裂的一面,又有继承和改造的一面。所以,迄今只有六十年历史的新诗,连它面临的苦恼都不能不打上中国式的特殊的烙印。

在这一阶段,我们的诗坛上出现了若干承先启后、除旧布新的代表人物,如已故的郭沫若和健在的艾青。

在中国曾流行过一种论点,说什么新诗不过是西方诗歌影响的产儿。这个论点至少是表面化的,它没有认识到一个事实,或者认识得很不足,这就是,如果不是时代变了,生活变了,思想感情的内涵、外延以及节奏都变了,新诗是不可能从古奥的和僵硬的程式中解放出来的。人们懂得,再强烈不过的台风也只能暂时推倒某些结构,却无法摧毁指导这种结构的内在条律。换一个哲学术语来表述,那就是:外因只是条件,内因才是动力。

今天的世界拒绝封闭。大至宇宙,它不但在运动,而且无时无刻不在吸收着什么又释放着什么。小至蜗牛,尽管它把自己藏在一只甲壳中,但如果它想前进,也得伸出身子来蠕动,同时得不胜辛苦地挥舞着一对触角,当然,它的如此胆小不安是可笑的。众所周知,我的祖国在一百多年以前和在十多年以前,都吃够了自我封闭的苦头,虽然我们不是蜗牛。

1976年的4月5日,以悼念敬爱的周恩来同志为引信,首先在天安门广场,接着在全国各地,爆发了一场诗的热核反应。这标志着中国的文艺复兴的开始。它也给世界发出了一个伟大信息:中国人民的诗歌蕴蓄着原子能一般的威力!

如今,我们打开了一切能够打开的门窗,让新鲜活泼的风吹进来;不言而喻,在这风中也夹带着迷眼的沙子和肮脏的尘土。我们的任务就是在流畅的空气中尽量张大我们的肺叶,吸收百花的甜香和海洋的气息,用我们的耳朵捕捉众多动听的歌声,当然,我们也绝不会忘记了保护眼睛和打扫尘土。

我们欢迎创新,我们鼓励探索;成功固然赐给我们以喜悦,失败也并不就导致沮丧。的确,中国的新诗正在迎接一次新的飞跃。怎么实现这个飞跃?

产生了争论,然而,所有这些争论都是同志式的、自由的和实事求是的。我们的宪法保障了诗人和作家的创作权利。无可讳言,我们在过去的工作中有不少失误,走过曲折艰辛的道路,但我们从未中断对真理和美的追求。我们已经学会了客观和冷静,对六十年来所有在新诗运动中做过贡献的流派和个人,都逐步做出了比较公正的评论。从而,在新的攀登中,我们这支队伍可望取得一个兵源充足的、有后勤准备的、可靠的营地。

就我个人的意见,我倒愿意在这个讲坛上做一次大胆的预言:手法不妨变换,形式不妨发展,重点不妨转移,但未来仍将属于清醒的现实主义和积极的浪漫主义。也就是说,属于我们那个有着强大生命力,能适应我国国情的民族传统;我相信,我们一定能像我们光荣的祖先屈原那样,再一次向世界呈献出与十亿人口和五千年文明相称的,具有中国作风、中国气派的诗歌精品。

20世纪剩下不过十几年了,然而,和全体人民一道,为了全面开创社会主义现代化建设新局面而奋斗的中国诗人,根本没有丝毫所谓世纪末的悲哀,中国的前途展现着光明,中国的新诗充满了朝气。

我们发誓,绝对不再作茧自缚。我们伸出了友谊之手,热切地盼望各国的朋友们对我们提出批评和建议,帮助我们前进。我们认为,交流可以通过多种渠道来完成;而诗是直接通向心灵的,心灵的交流毕竟比一切物质的交流更有根本性的意义。而且我们知道,敢于和善于实行交流必定是自信的强大的民族,也是对别人怀抱善意的友好的民族。我们愿意学习一切人的长处。

向会议的东道主,我们的挚友、拥有过米拉荻诺夫兄弟和累厄托·拉特科维奇的,产生了戴珊卡·马克西莫维奇和瓦斯科·波帕的南斯拉夫致敬!

最后,请允许我以一首新作作为这个发言的结束:

很久很久以前,
就有个秘密藏在心窝:

我要到南斯拉夫去,
看一看亲爱的铁托。

如今,我终于来了,
他,却被马克思挽留在天国;
我只好用湿漉漉的目光,——溅泼
他留下的这遍地花朵。

而且我注意到了
这大片的花海并不单是灼灼赤波,
尽管红花是美丽的,
像游击队的旗帜,像游击队的篝火。

正如我们脉管中奔流的生命
全都有一种共同的色泽,
然而这神奇的琼浆,却滋润着
不同的皮肤、毛发、眼睛、腿和胳膊。

是铁托教育了我,
最重要的并非关于整齐划一的美学;
而是应该像他那样,
锤炼铁的神经、铁的骨骼、铁的气魄。

1982年10月　北京—贝尔格莱德

[附]

《骆驼》献辞

西北养育过祖辈，
灵魂本能地来归，
我爱那儿的太阳火炉高悬，
我爱那儿的星月酒盅低回。

瀚海淹没了梦的森林，
诗歌竖起了心的路碑，
抓一把昨日的流沙，
壅一片明天的葳蕤。

《骆驼》题记

去年和今年,我两度由东南前往西北,脚迹所至,超过万里。可惜,新疆和宁夏的大地还不曾踏过,我希望,不久以后能有机缘弥补。

有的同志读了这些歌唱西北的诗,开玩笑说:你前生肯定是西北人。的确,我自己也说不清楚,为什么我在西北特别容易激动。找了找原因,我想,大概是:一,与我自幼酷爱的历史和文学有关;二,与一系列强烈的对照有关:太古时代的葱绿和现在的萎黄,汉唐盛世的富裕文明和今天无可讳言的贫穷落后,老革命根据地的光荣和老灾区的耻辱……

我的心,就在这种历史和文学的汪洋中沉溺,就在这些对照的夹缝中颤动。

党的十二大刚刚结束,开创社会主义建设新局面的战斗已经打响,希望之光自然也射向了西北。

2000年的西北,将会是个什么样子?我也许活不到那一天,那么,就让这个小册子帮助后人去印证一下新的变化吧。

1982 年 12 月 21 日　合肥

传记文学的重大收获

——评《张玉良传》①

想必大家都注意到了,最近,北京的文艺界有一个热门话题,这就是发表在《十月》杂志上的李存葆同志的作品《高山下的花环》。很多评论家写了文章,倍加赞扬。毫无疑问,《高山下的花环》是一部优秀的有所突破的力作,它勇敢地接触到了生活中的矛盾,又巧妙地通过对牺牲的沉重描写,引导读者取得了鼓舞人心的结论。

正像在得到《十月》后,曾经一口气读完《高山下的花环》一样,在得到《清明》后,我又一口气读完了《张玉良传》,同时,也立刻向别的同志做了推荐。

当然,《高山下的花环》和《张玉良传》是无法相比较的,正如珍珠和碧玉无法相比较一样。不错,一个是中篇小说,一个是文学传记,一个写的是当代现实,一个写的是历史故事,其主人公一个是连级指挥员,一个是艺术家,这些,都是一眼就能加以区别的。然而,在震撼人心这一点上,在使读者的感情兴起激越的波澜,思想承受深刻的启示方面,它们二者又几乎是完全一致的。不妨说,正是通过这个对照,我们不难看出,什么是艺术创作的基本特征,也不难觉察,所谓艺术魅力的秘密究竟藏在哪里。

然而,《张玉良传》毕竟有它自己区别于其他作品的特色,我以为,最大的特色也许在于它的具有时代和地域特征的传奇性。之所以说时代,是指它跨度宽阔,从军阀混战的民国初年一直到社会主义中国的 70 年代;之所以说

---

① 人民文学出版社发行单行本时,改名《画魂》。

地域,是指它的幅员广大,从典型的半封建半殖民地东方商港芜湖、上海一直到发达的资本主义西方都会巴黎、罗马,人物长时期活跃在如此巨大的生活舞台上,不能不打下时间和空间的印记——时间和空间规定了主人公张玉良由青楼女子演变为大艺术家的充满艰辛和苦难的独特命运——而张玉良的命运又透过体现着必然的偶然,联系着许许多多人的命运;因此,她的极端令人惊叹的传奇性就不能不同时又是完全令人信服的代表性:张玉良的苦难历程象征着中国历史的坎坷道路,张玉良的美好品格象征着中华民族的固有素质,张玉良的自我完成象征着中国人民的最后胜利。

在人类的阶级社会,特别是在黑暗的旧中国,女子沦落为娼,毫不夸张地说,其可能性甚至大到百分之九十九,而谋一个独立的、体面的正当职业,吃一碗不拌着血泪的饭,其可能性充其量也不过百分之一二三,而在这个可怜的百分之一二三当中,居然能成为世界知名的大艺术家,实在只不过百分之零点零一的机会,所以,我完全同意作者在《题序》中说的,这是一个"近乎神话的奇迹"!

恰恰出生在上一个世纪的结束一年的张玉良,遭遇了多少不幸啊!她的身世,简直是灾难深重的中国的缩影。善良的父亲被坏人谋算,告官无门,恶气难咽,小本经营彻底破产之日,也就是这个个体手工业劳动者寿终之时;胆小的母亲接过生活的重担,又因劳累伤身,过早地抛下了女儿,而受托遗孤的舅舅,偏偏是个无可救药的大烟鬼;他为了偿还欠债,继续吸毒,竟把亲外甥女推入火坑。难道果真像人们议论的那样,是张玉良"命硬"吗?不!与其说她一个人"命硬",不如说全国四万万老百姓都"命硬"——外有列强,内有国贼,又怎么能千磨百劫,国无宁日!

突然,否极泰来,一个转机出现在张玉良即将被彻底毁灭的前夕;在十分尴尬的情况下,潘赞化——参加过同盟会和讨袁军的留日学生、革命党人闯入了她的绝境,并且向她伸出了纯洁的救援之手。感谢作者石楠同志的胆识,她如实地(既不丑化也不美化)给我们展示了这么一个可敬可爱有血有肉的形象；于是我们看见了，在潘赞化身上，既有旧道德中值得继承的成分，又有新道德（指民主主义的道德）中应该发扬的成分，好一位坐怀不乱的谦谦君子！好一位身体力行的堂堂丈夫！这就打破了文艺创作中的某种不成文法，仿佛只要是旧社会的官场中人，就没有半个好东西。显然，这是一种机械唯物论的幼稚的误解。事实上，在石楠同志笔下，一切都是极有分寸感的；潘赞化终于未能免俗，用纳妾的办法为张玉良赎身，并且实际上也演了一幕"金屋藏娇"；潘赞化发觉张玉良自己对镜作裸体素描后，又终于大发雷霆，尽管他对张玉良攻习美术曾经竭尽全力支持。这种人物的局限性正好表现了历史的真实性。

另一个决定前途的转机的代表是关键时刻上场的中国美术大师刘海粟和画家洪野；如果没有他们二位的慧眼和善心，张玉良势必永远被拒于艺术之宫门外。从这一意义上讲，刘海粟和洪野都不愧是真正的伯乐。

再一个转机是遇上了潘赞化的原配夫人。我感到很难下断语，这到底是幸或者不幸；因为，从客观上考察，假设没有原配夫人带来的难堪，张玉良未必会再度出国，即便出国，也未必会那样潜心于艺术。当我读到原配夫人抱住陈腐的习惯观念（这对被旧社会扭曲了的心灵来说，是一根神圣的"稻草"）迫使作为大学教授的张玉良，下跪认"主"的场面，我由于悲哀而战栗了。这位原配夫人自己不过是整个封建思想体系的一个小小玩偶，同时又是一个小小牺牲品而已，尽管表面上煞是威风。我不了解别的同志怎么看，反正我是不忍心把这个人物归入所谓反面人物的范畴。顺便可以提到，对这篇文学传记的几个重要角色，用正面、反面的模式来分类排队是行不通的，复杂的生活本身否决了这个似乎放之四海而皆准的法则。

石楠同志既坚持了现实主义，又没有拒绝采用浪漫主义的隐喻手法。在第九章的结尾部分，当故事发展到张玉良随着新婚的丈夫潘赞化乘坐江轮顺流东下时，作者精心安排了一个场面：张玉良看见了弓身匍匐在江岸拉上水船的纤夫，产生了某种模糊的预感。她写道："也许真正的人生，就在那些艰难的路上。"我以为,这是对张玉良毕生遭际的高度概括,是点题的笔墨,是不可等闲视之的哲理精华。

难道事情的发展不是这样证明了吗？起初,张玉良只不过是钦慕"出淤泥而不染"的莲荷,但是,一旦知识之光拨开了她的眼睛,她接触了人间的真善美,她觉醒了,她下定决心,强烈要求确认自己作为一个人的价值了。她希望得到人们对她应有的尊重与温暖,像她给予别人的同样多。不过,很快她就明白过来,这在当时的中国社会,是根本不可能的。正是这种绝望促使她再一次远涉重洋,埋头于绘画雕塑之中,以求得一点慰藉。

张玉良不是马克思主义者,她和马克思主义还有一段距离。然而,她是坚定的爱国者;以她的身世经历,走进马列主义者的行列是顺理成章的事,可惜,她没有来得及实现这个转变(无可讳言,这和我们长时期以来,在知识分子政策上的"左"倾失误,以及我们的海外知识分子工作做得不够好,也有重要关系)。我们从她身处困境仍然拒绝加入法国国籍,从她废寝忘食地制作《中国女诗人》(李清照)塑像,从她在筹备个人作品展览时到处写满"中国"字样的狂热举动中,都能感受到这个从地狱中侥幸超生者的火一般的爱国热情。而她孜孜不倦,数十年如一日地追求,并且最后终于达到了自己的目的——进入国际第一流的收藏机构巴黎现代美术馆,为祖国争光,这股锲而不舍、含辛茹苦的奋斗,我以为,它甚至比上述种种表现还更加难能可贵,因为它需要的不仅仅是雄心和恒心,还需要一颗赤子之心。如今,通过石楠同志的劳动,我们得以认识到:不论从社会人物的角度还是从文学形象的角度,张玉良都是爱国知识分子的又一个光辉典型。

面对着"文化大革命"前夕,山雨欲来的狂乱形势,敬爱的周恩来同志不得不采取保护性措施,让我国驻法大使馆通知张玉良:回国时机尚不成熟。一晃就是十年,等到云破天开,张玉良是已经垂垂老矣,最后,只好连"肥我沃土"的身躯都留在异乡地下,抱恨终生。还有一点必须强调指出的,张玉良对工作爱得"着魔",对爱情忠贞专一,在任何外国人面前不卑不亢,自信自重,对于这些,这篇传记都有十分动人的描绘。因此,我觉得,她在道德上也堪为楷模。这在当前为革命的和爱国的知识分子恢复名誉的呐喊中,提供了一个令人肃然起敬的铁证。

整个地看起来,这篇难度不小的文学传记作品是成功的。如果要说不足,除了部分文字比较粗糙而外,某些细节的真实性还不免令人怀疑。举一个例,画家洪野给张玉良的丈夫潘赞化的信,就不像二三十年代的款式、语调和社交习惯。我不知道,石楠同志是否有所本,如果是代为虚拟的,建议再作修改。细节不可小觑,万一失真,也往往会造成千里之堤、溃于蚁穴的后果。

粉碎"四人帮"以来,我国的各种类型的文学创作都有了一个长足的发展,其中,中篇小说和报告文学更是大显身手。遗憾的是,文学传记迄今似乎还是一块未开垦的处女地。文学传记大有可为。如今石楠同志用这么好的一篇作品带了头,我希望有志者都来参加这条战线,那么,在不远的将来,当会出现更多更好的传记文学。

1983 年 1 月 3 日　合肥

《大上海》自序

一

大约是两年前,我读过一本介绍苏联当代诗人及其代表作的选集,其中,有几位译者说了不少刻薄话,也说了一些外行话。比如,译者之一在对女诗人德鲁尼娜的两首诗做过一番比较之后,这样评论道:"据说德鲁尼娜诗歌特色之一是真诚,但在上述两首诗(指《前沿》和《应当想想美好的事物》——公刘)中看不出哪一首真诚些。"

根据译者的指点,我特别仔细地品味了这两首诗,很遗憾,我只能说:我看不出哪一首更不真诚些。

以我的眼光看去,无论译者所谓"情绪高昂"的也罢,所谓"抱怨周围只有'丑恶'和'恶浪',要想着美好的事物就只有回忆战时"的也罢,恰恰都流露了诗人在创作那一首诗时的真情实感;因此,它们就不能不同样都是真诚的。

诗歌创作是一种复杂的精神现象,对它而言,偏见比无知往往更可怕。

鲁迅先生在谈到陶渊明时,曾经语重心长地指出:陶渊明固然写过与世无争的诗:"采菊东篱下,悠然见南山。"但也写过"金刚怒目"式的诗:"刑天舞干戚,猛志固常在。"他告诫我们:"倘有取舍,即非全人。再加抑扬,更难真实。"(《且介亭杂文》二集《题未定》草六)而在另一篇文章中更进一步证明:"倘要论文,最好是顾及全篇,并且顾及作者的全人,以及他所处的社会状态,这才较为确凿。"(同上书,《题未定》草七)这些充满真知灼见的箴言,实在是指引我们不犯或者少犯绝对化和片面性的毛病的明灯。

我们也不妨再举一个例子。女才人李清照,在发出"人比黄花瘦"的喟叹之后,还作过"生当作人杰,死亦为鬼雄"的壮语。所以说,诗人的心是异常敏感的,尽管"风起于青萍之末",在他(她),也会立刻有所感应。这就造成了感情的某种复杂性和形象的某种不稳定性,他(她)既可以在这一时刻歌颂冰雪的纯洁无瑕,把它当作美好的象征,换在另一场合,又无碍于把冰雪视同扼杀万物的暴君,来加以诅咒。像这样表面上看来似乎是自相矛盾的情况,在古今中外的诗人笔下,是屡见不鲜,而且实际上也不致误解的。

二

编完这个集子,不禁长吐了一口气。自觉无须惶愧,它如实地向读者表明了:作者是一具凡人肉胎,正像陶渊明"并非整天整夜的飘飘然"(鲁迅语)一样,我也不可能整天整夜的斗志昂扬。但有一点是可以引为安慰的,我看见了值得喝彩的东西就喝彩,感到不放心的东西就说不放心,我对读者没有撒谎。

这个集子,和《母亲——长江》(《诗刊》社主编《诗人丛书》第三辑,黑龙江人民出版社印行)、《骆驼》(上海文艺出版社印行)合在一起,可以看清从1980年直到1982年这三年间的我的一个轮廓。这三年,中国发生了多少变化啊,在这许多目不暇接的变化面前,惊喜、激动和一时的困惑,应该说都是正常的。

三

有几首诗,得单独解释几句。

《封闭》是十年浩劫时的产品，是旧作，但被搜罗去发表了，顺便收了进来，作为一点历史的记录。

写桂林和写庐山的几首，都是事后追忆记下的，原因是我当时正在病中，没有精力去写；可惜，我不曾写好它们。

《赠〈星星〉诸诗友》，原题如此；但在刊物上发表时，不知为何竟被改为《赠四川诸诗友》；其实，诗中所写的完全是纪实；去年7月间的一个雨天，我在成都，应《星星》诗刊编辑部之约在杜甫草堂相见谈诗，怎么可能与四川全省的诗人们来一次大聚会呢？为了消除莫须有的误会，有必要恢复它的本来面目。

为电影《孔雀飞来阿佤山》写的长长短短一些歌词，当年就颇得导演如张其同志、郭维同志的谬奖，去年在四川巫溪县，又遇上几位对之有偏爱的作曲的朋友，他们像一些诗歌爱好者一样，反复叮咛，要我一定编进诗集，于是，我择从了这个建议。我是不擅长写歌词的，虽然。我对当今的某些歌词缺乏诗的韵味，还有一点不满足，这，大概就是所谓的眼高手低吧。

1983年1月4日　合肥

受奖之后

有种种迹象表明,新诗正在摆脱华盖运;在这个充满希望的时刻,中国作家协会举行如此隆重的首届新诗(诗集)评奖,不能不令人倍加欢欣鼓舞。

借用一位领导同志的话来说,这次评奖具有国家大奖性质,意义实在非同寻常。我兴奋,决不仅仅是因为个人榜上有名,而实在是因为和大家久困孤城,一朝解围,的确有一股感激之情,真所谓"初闻涕泪满衣裳",继而"漫卷诗书喜欲狂"啊!

人心就是诗心。不能不想到责任。

责任是一个经常挂在嘴边的词儿,所以往往说来轻松,然而仔细一想,倒是再庄严不过的。如果联系到新诗的现状与未来作一番训诂,我想,是不是可以这样解释:责者,时代之使命也,任者,负重而远行也。它本身就体现着主观与客观的统一。现在的问题恐怕还不在于自己是否能够尽其在我。这个"我",指的当然不是某某少数几个人,应该包括所有的诗歌作者——世上新人换旧人,诗歌领域也必须展开社会主义劳动竞赛。每一位歌手都只能在互为对手中存在。

坦坦荡荡,兢兢业业,这八个字仍旧是我为人为诗的座右铭。

洒扫庭除,添砖加瓦,这八个字仍旧是我报党报国的大心愿。

也许死亡会来淘汰我,那我将奋力抗争。

如果有80年代的李、杜来淘汰我,那我将含笑交岗。

为事业而不为名声,为人民而不为一己,诗歌的荣誉和诗人的荣誉就必定永存!

1983年8月　北京

恢复名誉和保持名誉

收到通知之后的第一个感触是高兴。但更高兴的,是新诗受到重视。自从 1980 年出现所谓"新诗危机"的议论,一直感到精神上有压力。今天我有一种新诗开始扬眉吐气的感觉。

这次评奖,为新诗恢复了名誉。从前出于一种人为的但又不明来由的压力,说什么新诗没人读,旧体诗的读者甚至都比新诗多,这种压力造成许多人改行,"此路不通,另觅出路"。能从这种压力下挣脱、解放出来,我感到十分欣慰。

我国的一部文学史,从《诗经》《楚辞》、汉魏乐府,唐诗、宋词、元曲到五四新文化运动以来的新诗,都说明诗的历史源远流长。人类的文学史也是这样,都是从诗开始的,世界上的几大文化,如希腊文化、埃及文化、印度文化,没有例外。伊索寓言是诗体的,莎士比亚剧作也是诗剧。为什么到我们社会主义时代反而不行了?诗歌应当开创新局面。

有很多年轻人的诗,没有机会结集,否则阵容会更强、更壮观。我呼吁大家齐心协力,为青年诗人开道!希望在青年身上,他们要超过我们的,也一定会超过我们的。

既然这次评奖为新诗恢复了名誉,从而就引起了一个保持名誉的问题。我们要经得起时间的检验,要有时代感,也要有严肃的责任感!要写出为新诗争气、争光的东西来。新诗应该不光是形式新,重要的是思想感情新,要无愧于时代,无愧于人民,无愧于党。

就我个人而言,愿意趁评奖的机会,好好做一番总结;而且经过一个阶段都必须做一次总结,总结的目的是为了不断校正创作道路。刊物有大有小,作品却不应该分大小。我们要对读者负责,不能把自己并不满意的作品拿给读者。因此,要特别注意诗的质量。

1983 年 8 月　北京

序杨牧的《野玫瑰》

今年,大概是诗会年。此刻,我正在九朝古都洛阳,参加由河南省作协和洛阳市文联联合举办的牡丹诗会。而在此之前,我还一鼓作气地连战两阵——参加了在安徽界首召开的颍河诗会和在安徽巢县召开的巢湖诗会;一连串叫别人和自己都失掉平静的频繁活动,使兴奋与疲惫二者全达到了极致。

在这种时候,杨牧同志却执意要求我为他的诗集《野玫瑰》作序——当去年人民文学出版社印行他的另一本诗集时,他就一再表示过同样强烈的意愿,只是由于时间过分紧迫,未能来得及实现——对我这样一个病号说来,担子分量之重是可以想见的。不过,当我挤出一切可资利用的分分秒秒,通读了他的手稿之后,我忽然变得自我感觉良好起来;似乎颇有余勇可贾,于是便提起了笔。

从我的记忆中,头一个蹦出来的是一片密密麻麻的铅字——刚刚在家中读过的1983年4月号《新疆文学》上发表的杨牧的自传性质的散文《农友情》。这篇散文笔锋充满感情,写来很有感染力和说服力;因之,我又托人把它找来再度细看。为了证实我的判断,请读者朋友们允许我摘录其中的一节如下。

我,一个普普通通的少年,十八年前,背井离乡,背着行李,来到荒芜的戈壁上。我把痛苦交给了土地,我把青春交给了土地。我和土地熟悉了,我和人民熟悉了,我渐渐成了土地的分子,农工家族中的一员。我有了亲人,我有了家乡。土地用乳汁哺育了我,农友用心坎保护了我,我才得以生根发芽。只有那里,才是我最可靠的基地。我懂了这土地为什么这样肥沃,正是因为有无数这样淳朴而善良的生命。单是为了这一点,我就无论如何也不敢变坏,不能啊!

1981年,我和杨牧仅有一面之缘,相处不过数日;他给我的第一眼印象是,既没有那种唯我独"解"(解放思想)、气冲斗牛的狂人声威,也没有那种故作艰深、傲视古今的"才子"做派,凭直觉,我以为他是信得过,靠得住的。但他究竟算个什么样的人呢?我不曾琢磨过。这下子有了答案了,原来,他是一名农工!一名从气质到外貌都和谐一致的地道的农工,如此而已。显然,他的自白是真诚的,他对他自己这一个"我"有着相当清醒的认识和估价。

杨牧早年的诗作我读得不多,自从《我是青年》的悲壮呼号擂响了我的耳鼓,我才开始对他定睛注视起来,他的确没有变坏,没有使人失望。总的说来,从那以后,他一步一个脚印,诗是越写越好了。我以为,这是仁慈的大地给予跋涉者的报偿。他从不腾云驾雾,换一句话说,他从不吞云吐雾。我赞成并且欣赏他的刻苦实践:绝不放弃现实主义的基本立场,又绝不排斥现代主义的某些长处。一丛丛怒放在我们面前的野玫瑰,再一次充分展示了这种美学主张的可取性和可塑性。

坚持这种美学主张的诗人是有责任感的诗人。诗人的严肃的责任感,既是对时代的,同时又是对历史的。杨牧并不抱残守缺,墨守祖宗的章法,不敢越雷池半步,他实行的是以我为主体的拿来主义;杨牧拒绝无条件地拜倒在西方的膝下,甘当精神附庸,而是尊重中华民族和中国人民值得自豪的伟大传统,反对制造喧宾夺主的不正常局面;唯其如此,他的作品才得以不断有所突破。突破什么呢?突破自己对自己的包围,即,突破惯性和惰性。何谓惯性?我以为,主要是指我们整个新诗运动中多年形成的某些不成文的陈腐规范;何谓惰性？我以为,主要是指我们个人在诗歌创作中往往容易朝着抵抗力最弱的部位"前进"的踌躇满志的心理状态。杨牧同志的可贵之处正是他对这两个陷阱充满了警惕,但愿他永远不会丧失掉这种警惕,但愿他永远勇敢地做因袭和平庸的死敌。

就这个集子而言,歌唱北疆的部分比歌唱南疆的部分更见精彩,尽管这是令人遗憾的精彩,在我的想象中(我没去过新疆)南疆风物应该比北疆风物更富于色彩、神韵、遐思与梦幻,所以,我既有满足的一面,又有不满足的一面。筛选下来,我喜欢这样一些诗篇:《草原》《哈萨克素描》《毡房进行曲》《快乐王子》《夜投》《黑土地》《尼勒克山下,小小的芳甸》《伊宁夜市》《老人与鼓》《巩乃斯河放筏》《在射箭厅里》《一座没有古迹的城》《赠别》《草原,如果我离开你》《天山》《沙海中,小小知青店》《维吾尔人的黧色幽默》《乌斯玛》……当然,也有我不怎么喜欢的,如《"多浪"舞写意》《鹰笛声声》等,前者在追求新的表现手法的过程中,在捕捉意象和将它们转化为文字的过程中,似乎产生了某种程度的迷乱,后者却又回到了古老的航道。当然,这不过是我个人的见解,只算得一票,对与不对,还要靠作者本人的明察和广大读者的鉴别。即便我不幸而言中,那也不必大惊小怪,导致贬低这一收获的结论。我们一直在为争取和自然科学家乃至政治家一样可以犯错误的同等权利而奋斗;现在我们离这一目标尚有一段差距,因之,我们仍须努力。无论如何,这不是诗体的旅游指南,也不是即兴式的分行手记;它是一位在新疆生活了将近二十年的劳动者献给泥土、雪山、草场和骏马、毛驴的一束情书。它理应得到有识之士的重视。

在流派不多的今日中国诗坛上,差可称得上"崛起"的,并不是一度引人瞩目的所谓的朦胧诗。朦胧诗,与其说是标志着一种艺术流派,不如说是代表了一股社会思潮。它牵涉到我们国家长期、大量而普遍积存的一系列问题,远非三言两语说得清楚,也并非这篇序言的论述重点,只好一笔带过,留待日后有机会时展开讨论。我在这里使用"流派"这个词儿,完全是由于隐隐感觉到了远在地占我国面积六分之一的西陲边疆逐渐涌起的诗歌伟力。有个流派有人叫它为"新边塞派",有人不同意这么称呼,认为可能导致民族纠纷,不管怎么说,它确已存在,则是一个客观事实。它的代表人物有杨牧,还有周涛,倘若一列举下去,能够开出一份长长的名单来。他们的诗发展了唐代的边塞诗风,不仅仅是苍凉、慷慨、淳厚,而且明朗、刚健、朴实。在他们身上,继承了《诗经》《楚辞》以来的遗传基因,同时活跃着与外来品种嫁接、杂交而勃发的新鲜激素;他们有革命者的昂首,而绝无崇洋者的低眉;他们有开拓者的呐喊,而极少颓废者的呻吟。总之,他们有一种前所未见的强大的优势,前途未可限量。他们大都吃过苦,受过委屈,有种种个人的不幸与坎坷,但他们不怨恨,不沉沦,不以此为"资本",不讨价还价,因而也就不在自己的那一点微不足道的痛苦或者寂寞中顾影自怜。他们是真正大有希望的一群,我寄希望于他们,其中,自然包括杨牧。愿他们珍重!祝他们成功!

1983年4月23日　急就于洛城

构思的准和巧

从事文学创作,需要锻炼一种劳动本领,即:能一下子抓住描写对象的性格特征。写诗尤其是这样。道理很简单,一首诗,篇幅有限,容不得笔墨的浪费。

然而,我们却往往从不少报刊上,遗憾地碰到流弹横飞的景象,看上去枪炮大作、战斗激烈,其实——借用一个物理学名词来讲——全都是做了一些无效的"功"。可见,在一定程度上,这是通病。

最近,我刚刚参加了由河南省作协和洛阳市文联联合举办的首次"牡丹诗会"。会议结束后,又去开封参观、游览了几天,每到一处,主人们不免要我"留下买路钱",而我也的确很是激动,写了一些诗,其中包括题目直接叫作《洛阳》和《开封》的两首。

我寻思,每座城市也和每个人一样,各有各的性格特征。问题在于你的眼力。

话虽这样说,要一眼从许多个具有不同程度说服力的性格特征中间,加以比较、汰选,并且运用类似电影特写镜头的手法将最可取的一个充分放大,呈现于读者面前,也实在不是一件容易的事。

何况,现代城市生活千头万绪,节奏也迅猛异常,要从中理出一些脉络,而又删繁就简,指明那最主要的一条,就非经过一番缜密的综合与分析不可了。尤其特殊的是,这一切又都限定在形象思维的范畴之内,当然要有思辨,但绝不能让思辨的痕迹泄露于笔端纸面,难,就难在这里。

准,就意味着不能游离于主题之外;巧,当然是寄情既新又深的形象组合。

洛阳是九朝古都,开封是七朝古都,这是它们共同的东西,也是早已为人所共知,并且早已被写滥了的东西。有出息的作者当不宜循着前人的车辙足印学步,以至落入窠臼,而必须另辟蹊径,闯出一条新路。我不愿做没出息的人。抛却自己的艺术个性去迁就或者迎合一般的欣赏口味,更是我不屑为之的事。因此,我下决心突破这些陈套。

洛阳是牡丹之乡。每年的 4 月中下旬,花事繁盛的十天光景,都有数十万中外游客光临,花期如此之短,每每令人争先恐后,唯恐失之交臂。那些名重天下的姚黄、魏紫、赵粉、豆绿等百十个品种,争妍斗艳,竞相怒放,确也令人赏心悦目,叹为观止。看那万头攒动,众口交誉的热闹场面,真是人海与花海都有一种轰然欲炸的威势。所以,我在大事铺排"人间的面庞"和"天上的异香"之后,结句落在了这么四行上:

　　洛阳,我的确心悦诚服了
　　你的安排生活的主张:
　　与其终年不热不凉,
　　那如霎时爆炸春光!

不知道,这样写,能表现洛阳的天下无双的品格否?

开封,刘少奇同志曾在这儿被林、江反革命集团谋杀,是一座余痛犹在的城市。但,那应该专门写一首诗去吟唱咏叹。

我在了解了许多现实的和历史的情况之后,深深感到流经这儿的一段黄河具有某种威慑性的魅力。开封人把这段黄河叫作悬河,仿佛那是一柄悬在头上的达摩利特斯之剑,"悬"字用得可谓妙极!轻着一字,黄河河床高于城市十米的境界尽出。我想,在这个城市劳动和工作,需要多么大的生活勇气和斗争决心啊!于是,我在将"悬"字的文章做足之后,写道:

但是，我终于看见了
翻腾的浊浪和浪中屹立的石堤，
人与自然，就这样
进行着无休止的角力；
一方依仗着原始的神秘，
一方凭借着伟大的智慧。

这首诗的最后两行理所当然地成了由衷的颂歌：

开封，我向你敬礼！
你的名字叫胜利！

我自以为这首诗还是击中了目标，至少是没有脱靶的；它集中地而不是散漫地、尖锐地而不是泛泛地描写了这种有覆巢之险而又镇定自若的特定环境。

自然，这只是自己的一孔之见，也许这两座名城另有更加重要的素质，没有被我发现。我希望别的同志写出更有代表性的作品来；这里，不过是为了叙述的方便。信手拈来，举例言之而已。

1983 年 5 月 5 日　郑州

关于新诗的一些基本观点

我读书不多,水平很低,真正学习写诗的时间,从 1946 年算起,只有十五年左右,不长,而新诗又历来是文学王国的一个"有争议地区",只能发表一点直观式的意见,够不上什么理论。

一 方向、方法和态度

讨论问题,先得明确一个前提,这就是:为人民服务、为社会主义服务的大方向,落实到诗歌作者头上,就是:我们是为人民、为社会主义写诗的。只有恪守这"二为",才能进一步解决怎么服务的问题,也就是解决方法问题。这个"二为"和我们喊叫了许多年的"双百"方针,实在是生死与共地共着命运。百家争鸣、百花齐放,为什么长期以来得不到很好的贯彻?原因固然是多方面的,其中,我以为,很重要的一条就是早先没有这个"二为",而只有"一为",而且是"为政治服务"。然则对于"政治",又各有各的理解:大的且不讲它,首先,有些批评家往往就和诗人、作家不同,两家谈不拢,没有共同语言。那个时候,在这种批评家笔下,"为政治服务"就会变成一根棍子。

现在,总算解开了这个疙瘩,大家应该能坐下来,心平气和地、实事求是地进行探讨了。我说的当然是基本上如此,几年来,山雨欲来的形势,剑拔弩张的气氛,也并不是完全绝迹了的。有的人已习惯于那样,有的人甚至就盼望那样。

还有一个态度问题。我觉得,第一是平等,在真理面前人人平等。不要居高临下,不要轻易作裁决式的发言;毫无疑问,马克思主义是久经考验的、放之四海而皆准的真理,我们又是共产党领导的社会主义国家,在论争中必须逐步确立马克思主义的优势,但这并不意味着首先确立"马克思主义者"的优越感。为什么要在马克思主义者几个字上加上个引号?正因为有优越感的人,到底是不是马克思主义者,大可怀疑。

其次,要讲一点社会主义民主风度。资产阶级尚且有"费厄泼赖",无产阶级,只要不是处理敌我矛盾,为什么不应该更有器量?为什么一上来就要忙着给对方划成分、贴标签?如今,吓人战术是不灵了。有三中全会以来的正确路线在,谁也不怕谁了,但是,谁都怕摆事实,讲道理。

谈新诗,就是谈新诗,而不是谈别的,因此,一切宗派主义的东西,门户之见的东西,功名利禄的东西,蝇营狗苟的东西,都必须拒之于千里之外,它们没有资格来玷污这座庄严的讲坛。

二 新与旧,"欧化"与现代化

六十多年的历史证明了,新诗是对旧诗的决裂与否定,不仅是形式上的决裂与否定,而且是内容上的决裂与否定。否则,新无以区别于旧。

必须毫不迟疑地立刻补充一句:新诗同时又是旧诗的唯一合法继承者。旧诗——作为我们民族的光荣与骄傲,它必须渗透到新诗的各个方面,否则,新诗将不成其为中国的新诗,势必混同于、附庸于任何外国的特别是西方的诗歌。

迄今为止,还有人因为所谓的"欧化"问题而怒气冲冲,实在令人无法理解。试问,我们目前流行的短篇小说、中篇小说、报告文学、话剧、电影文学,等等,哪一宗是原封原样的,纯而又纯的国货?为什么没有人斥责它们"欧化",而唯独放不过新诗呢?

如果说,所谓"欧化"指的是接受了西方文化的某些影响而言,那么,当今之世,沐浴一点欧风美雨,又有什么坏处?吸收,是为了补充营养,为了创造新的生命,到头来都成为我们自己身上的血肉。我们是社会主义大国,我们正在进行前无古人的轰轰烈烈的"四化"事业,难道连封建的刘汉、李唐王朝的勇气与自信都没有么?

以鲁迅、巴金他们为例。他们出国留洋,精通外文,兼事翻译,要说这样就难免"带菌",那他们身上的细菌就太多了。不但有日本的、法国的,而且有俄国的以及其他许多国家的。然而,他们笔下的人物、世态、民情、乡俗,无一不充满了中国气派;他们的作品深受广大读者热爱,并且为祖国赢得了世界性的荣誉。新诗的代表人物艾青,也与之相仿。这一现象,又当作何解释?

因此,我认为,与其说什么"欧化",不如说现代化。一般说来,新文学(包括新诗)的现代化进程早于我们整个社会生活的现代化进程;从这个意义上看,新诗实在是有功劳的,因为它带领着时代前进。

但是,在我们这个既古老又年轻的国家,习惯势力是十分强大的。表现在意识形态的各个方向,表现在文学之翼的若干羽毛上,都相当令人吃惊。有少数本来写新诗的同志,走了回头路,去写旧诗了。这,当然有他们的选择自由。我们不妨尊重这种自由。

至于我本人,今天愿意公开申明:这一辈子绝不打算这么干。虽然,坦白地讲,我曾经也写过四五首,仅仅是四五首,那是在1958年被错划为"右派"下去劳动的日子里写的。当时心情苦闷,感触甚多,信口哼了出来,从未公开发表。据我所知,前面提到的那少数几位,大都也是处于同我差不多的境遇中写起旧诗来的。可见,旧诗有一个特点:比较易于用典故之类掩藏真情,然而,有利必有弊,许多无病呻吟,或者自附风雅的坏东西,同样不难用典故之类来装饰。

我想,这大概就是郭老说的"旧诗靠打扮,新诗靠本色"的内涵吧。当然,发表过《女神》这样一种革命宣言的郭沫若同志,不但晚年写了一本为世人所诟病的《李白与杜甫》,还写了大量的旧体诗词,而几乎不写新诗了;作为新诗坛主将,不能不令人深感遗憾。

近年来,尽管不断有人制造新诗不如旧诗的舆论,我却看不出旧诗有多少值得乐观的理由。可能还会出现某些曲折,但是,新诗最终一定要战胜旧诗,这是任谁也无法改变的历史趋势。我相信现实主义的力量,我相信长江后浪推前浪。想想吧,如果一旦我们的意识形态,上层建筑的一个部分——诗歌,旧的东西竟然全面复辟,以至于"收复"它们在民主主义革命前的"失地",那么我们还搞社会主义革命和社会主义建设干什么?

上面说的一番话,并不等于拒绝和排斥"旧瓶装新酒"——用旧诗为漫长的过渡期服务。

三 "言志"与"缘情"

诗言志乎?诗缘情乎?这是一个由来已久的议题。

"诗言志",最早出现在汉代今文《尚书·尧典》里,一般理解"志"是一个人的怀抱;这个怀抱既有胸襟的意思,又有情怀的意思。正因为这样,古人有鉴于它的不确定性,也嫌它没有直截了当地充分揭示诗歌的本质,才由西晋的陆机在《文赋》中第一次提出修正。陆机旗帜鲜明地用"诗缘情"的观点来取代"诗言志"的观点。近三十年来,则由于毛泽东同志的一次题字,"诗言志"说似乎又占了上风,恢复了它的"正统"地位。

不错,我们承认诗是言志的。志,就是抱负,就是理想,就是诗人对人世生活的虑念,就是诗人对社会政治的态度。虽然唐代的孔颖达在《正义》一书中说:"在己为情,情动为志,情、志一也。"开始把"志"往"情"的方向牵引、挪动,但毕竟不是单一地指感情而言。何况,这个"志"在当时还和儒家的"礼"有密切关系,属于封建社会的教化(即所谓"诗教")一类,颇有一点"为政治服务"的味道。

诗是心灵的火花。现在,这已经成了常识。诗天然地是抒情的,抒情诗固不待言,叙事诗也必须抒情。证之以《孔雀东南飞》《木兰辞》《长恨歌》和《琵琶行》,概莫能外。它们之所以让后世读着感动,端的在一个"情"字。现在有些叙事诗写成了唱本,那是不幸。至于抒情诗的动人心弦,那更是"江山代有才人出",不断出奇制胜;人与人的经历、教养、气质……不同,而生活的长河又新陈代谢,从来没有重复。人的感情千差万别,完全可以放心,人类存在一天,这感情的矿脉就绝不会有中断或者枯竭的一天。真正需要全神贯注的,倒是向深处挖掘,向新处开拓,往高处升华。的确,"自我"有限,而生活无穷。

同时,诗又是形象的。没有形象,就没有诗,形象是诗人全部感情之所寄托,是诗意赖以生发、篇章得以铺陈的生命之源。

在万千诗人的反复锤锻下,形象升格为意象,更少了临摹,更多了创造。可以说,意象是诗人的人格和情绪的能动力量和万事万物的交融。换句话说,意象是被诗人全面改造并且重新组装过的美学形象,赋有更多的主观色彩;在一个高明的诗人手中,意象能将理性的东西和感性的东西融为一体,能通过某些一定的侧面和层次,表现整体和剖视内核,其惊人的准确性每每达到教读者灵魂战栗的地步。

韩愈的"以文为诗"的主张和宋人的某些诗篇之所以遭人非议,就因为他们比较更着重理念,而不懂得意象或者形象的重要性。然而,韩愈又有他正确的一面。他作为古文运动的开山祖,针对中唐以后死灰复燃的崇尚绮靡的歪风,提出"以文为诗"的口号,毕竟是带有中流砥柱性质的勇敢精神,不应轻易抹杀的。当然,这个见解导致他的诗风怪险艰涩,大概也是一种矫枉过正吧,是不足取的。

然而,诗又不应该回避思辨和哲理。"文以载道",诗也可以载道。我们今天载的无疑是马克思主义之道。我是历来主张诗歌应该抒发真情实感,借重形象或意象,而又不必害怕表明自己的政治倾向性和发一点议论,甚至必要时喊两句口号的。会用的人,适当的"言志"和"载道",写出来仍旧不失为真诗和好诗。对那些"做"诗者,哪怕满纸泛滥"感情"、拥挤着"形象",终不过是伪诗和劣诗。运用之妙,存乎一心;心必须是诗心,也就是赤子之心。

如此看来,言志、缘情、寄象(寄托或依托于形象和意象)、载道,就好比是四只轮子的大车;显而易见,它比"诗言志"的独轮车更进步,更优越,更迅速,更稳定,更便于操纵,也更能够长途奔驰。在作了这么一个比方之后,再指出缘情和寄象是主要的两只轮子,也不应该被认为是多余的废话吧。

唐代大诗人白居易在《与元九书》中有过一段名言:"感人心者,莫先乎情,莫始乎言,莫切乎声,莫深乎义。诗者,根情,苗言,华声,实义。"这话虽然是一千年前说的,却是一个相当全面而又扼要的总结;直到今天,恐怕还没有谁能越过他,更不要说扬弃他了。在这里,我以为不妨做如下的理解,情指感情、性情,言指言辞、意象,声指韵律、节奏,义指思想、主旨。白居易显然深知诗中三昧,我们不能不叹服:诚哉斯言!

综上所述,在"言志"与"缘情"的争论中,我基本上是一个调和派,一个略有发展、略有侧重的调和派。我认为,对那些虽有主次,但互为补充的东西,调和,不是一个贬义词。

四 现实主义与现代主义

我们新诗目前的创作主流是健康向上的,发奋有为的,这一点大概没有异议。我想补充一句话是:健康向上的和发愤有为的东西只能是倾向于现实主义的东西,这句话可能就有人要摇头了。我不想挑起论争,也无意于参加论争。我说的是事实。即使以某些同志津津乐道的北岛的两行诗为例子,也无法推翻这个判断。

卑鄙是卑鄙者的通行证,
高尚是高尚者的墓志铭。

我赞成那种认为这是好诗、真诗的评价。但我不同意那种把它列为现代主义或现代派的代表作的论点。恰恰相反，它们浸透了现实主义的血泪，是从一代人亲眼看见，亲身感受过的十年动乱造成的苦海汪洋中析出来的结晶体！它们不是天上的糖，而是人间的盐！

无论有什么"崛起"，怎么样的"崛起"，现实主义之大树依旧岿然不动，默默地将虬根盘结于大地（人民）的深层。除非你不写今日，不写中国，否则，你就不能不遵循现实主义的原则。这是不以人的意志为转移的。

现代化和现代主义、现代派是不同的概念。现代化与现代主义、现代派并没有必然的因果关系。倒是作为一种思潮的现代主义和作为许多不同流派统称的现代派与国际资本结构的现阶段有某种血缘。这种说法一不涉及阶级，二不涉及党派，与"扣帽子"无关。我这是用现实的眼光观察现代主义和现代派得出的现实结论。一句话，现代主义、现代派是资本主义发展到今天的产物，正如同浪漫主义、批判现实主义曾经是她的昨天的产物一样，现代主义不是一切现代国家的一切现代艺术的必由之路。何况，现代主义本身是那么庞杂、混乱乃至于自相矛盾。我以为，至少在中国，现实主义今后必将仍然是我们的主要阵地，理由也许可以举出百十条，但关键的一条是：文学艺术（包括新诗）必须面向此时此地的人生，因而就注定了必须面向此时此地的现实。

所以，我觉得，我们今天之所以要讲现代主义、现代派，主要是从借鉴其技巧、手法的意义上着眼的。这种借鉴是不可缺少的。

有不少东西还可以翻一翻箱底，看看我们的老祖宗是怎样进行创作实践，而对这种实践又是怎样进行美学总结的。

例如意象，如今人们爱引用美国诗人庞德的一句话当作定义："意象是在刹那间所表现出来的理性与感情的情结。"我无意于贬低庞德，庞德是意象派的大师。然而，我们不应该忘记了明代的胡应麟，他在《诗薮》中就精辟地说过:"古诗之妙,专术意象。"这是有文字可考的史实。他比庞德早六百年!如果上溯到"意象"这个词的诞生,那就得数到主张"物与神游"的刘勰了。刘勰说过:"窥意象而运斤。"刘勰是南朝梁人,距今已一千四百余载了。

举例言之,杜甫的"感时花溅泪,恨别鸟惊心"算不算意象?李白的"举杯邀明月,对影成三人"算不算意象?

再说"时空交错"。李商隐的"何当共剪西窗烛,却话巴山夜雨时"算不算时空交错?

再说"词汇组合"。马致远的"枯藤老树昏鸦,小桥流水人家,古道西风瘦马"算不算词汇组合?

再说"情绪跳跃"。曹操的"神龟虽寿,犹有尽时……烈士暮年,壮心不已"算不算情绪跳跃?

再说"通感"。白居易的"曲终收拨当心画,四弦一声如裂帛。东船西舫悄无言,唯见江心秋月白"(这四句实际上是两句,即:曲终收拨当心画,四弦一声……秋月白。不知这种理解对不对?)算不算通感?也许,更恰当的例证是钱起的"曲终人不见,江上数峰青"。这里被后人叹为"神鬼相助"的某种微妙的内在魅力,其实正是感觉转移——由听觉转为视觉。

我不是艺术上的沙文主义者,我并不认为,世界上的任何好东西我们都古已有之。事实上上述的种种技法,经过现代主义者们的苦心经营,都有极大程度的提高和进步,这正是借鉴的依据。我们当然要虚心学习别人的长处,我所不同意的是:把现代派讲得那么玄,仿佛它是一剂包医百病的灵丹妙药。特别是有的论者竟然这样写道:"拘泥于传统创作方法(公刘按:显然是指现实主义创作方法)的作品,却日趋衰落,读者寥寥无几。"而"新诗潮"(公刘按:这是对现代派的一种含蓄的隐喻。)却克服了"人为的隔膜",在"崎岖的道路上艰难前进",并且"焕发着蓬勃的生命力,拥有大量的读者,尤其在青年和大学生中引起了不同凡响的反映"。(公刘按:"反映"当系"反应"之误。)这是否迹近于武断呢?如果换成各有各的读者群,难道不更符合事实、更公道一些吗?"引进"的目的在于补充缺门,当今令人忧虑的倒是这种无条件拜倒在"新诗潮"膝下的见解;如果依了他们,鲁迅先生倡导的"拿来主义",弄不好会演变成"拿去主义"的——中国新诗完完全全地作了外国诗的尾巴。我还是那个老主意:新诗必须向古典诗词、民歌(姓"民"的民歌)、外国诗学习,不是停留在嘴上,而是运行在手中。拒绝三者之中的任何一方,都将造成偏废。这,才是新诗的康庄大道。否则,重演台湾50年代至70年代的喜剧、闹剧和悲剧,徒然误人(读者)误己(作者)误事(事业)罢了,不会出现什么奇迹的。

我们新诗流派甚少,这是一种寂寞的局面。我倒诚恳地希望:有心人不妨切切实实建立一个现代派,这比之于对现实主义进行"冷战"更为有益,在政治大方向一致的前提下,多一个乃至若干个现代派,实现创作的多样化,有什么不好!

五 "大我"与"小我"

又是一个听得耳朵都磨起了茧子的题目!

粉碎"四人帮"以后,三中全会以前,1978年12月5日,我在上海的一次诗歌座谈会上,就针对那种一看见"我"字立刻神经紧张,大喊"唯我主义",同时大打棍子的"理论"提出了批评。我当时说过这么两句话:"没有'我'的诗是没有生命的!古往今来的诗歌都证明了这一点!"(见花城出版社印行的拙作:《诗与诚实》第20页)

可惜,我的这个论点很快就被曲解了。

有人把"自我"偷换了这个抒情主人公的"我"。随着西方现代主义文艺理论的介绍日见增多,陆陆续续又读到某些尖端文章,干脆把"自我"解释为标准的唯心主义之我,就差一点没有说出"万物皆备于我"来。

真是令人不胜骇异。

"始作俑者,其无后乎?"这不应该是我的报应,我并没有这个意思。所以,我在坚持自己的原有主张的同时,不能不明确表态:不同意人们所作的种种"发挥"和"充实"。

我们生活在地球上,地球围绕着太阳公转,这叫作日心说。为了公开发布这一真理,有的科学家捐出了自己的性命。而近代的天文学者又进一步论证了:太阳也并非恒星,它又领着自己的家族,围绕着宇宙间另外一个不见本相的实体公转。也就是说,连日心说也只是相对真理。据此,人们怎么可以把"自我"确立为中心,并且加以绝对化呢?在鼓吹"自我"的理论家看来,"自我"等于一切,"自我"包容一切,一切为"自我"所净化,一切服从"自我","自我"是最神圣、最纯洁的。我很怀疑,世上果真有这样的"自我"吗?

我写过一首诗,题目叫作《解剖》,解剖什么呢?解剖的正是我的"自我";何以要解剖它?它需要晒晒太阳,我深知它并非白璧无瑕。闻一多先生也写过一首自我解剖的《死水》,襟怀坦白,措辞泼辣,要说暴露,没有比他暴露得更彻底的了。我曾为此苦苦思索过:神化某一个人固然不对,难道神化"自我"就对了吗?不能从一个极端滑向另一个极端啊。

"自我"是依附在人体上,生活在人群中的,是存在于"人和人的关系的总和"里的。"自我"既然不能脱离社会,势必要受到社会的约束,而不可能"天马行空",法力无边。既然你强调自己的"自我",那么,别人有没有"自我"?有的话,要不要承认另外的千千万万的"自我"同样有生存的权利?该不该对这些"自我"承担一份责任?或者说,互相承担责任?你的那个"自我"走向"完成"的举动是否必须经受客观实践的检验?恕我不客气地说,我们诗坛上某些歌颂"自我"的诗,实在是迹近于空虚与错乱!它们本末倒置,把生活、劳动和战斗看得一文不值,堵死了这个真正的泉眼,只是一个劲儿地埋头"开掘自我",于是,大家一次又一次地看到了光怪陆离的下意识、潜意识和弗洛伊德学说的大展览……

这是打着"我"或"自我"的旗号搞的不负责任行为。在"四人帮"垮台后的七年,再用什么"对十年动乱的暴烈反抗"去解释,是没有多少说服力的。

现在是到了警觉的时候了——一个人,哪怕他再有"才华",如果以在人民之外甚至人民之上的态度去写诗,那后果将不但是可悲的,而且简直是危险的。

当然,我指的只是那些迹近于错乱的诗篇和迹近于空虚的作者。绝不是说,所有表现自我的诗一概都要不得。实际上,也有写得深刻而有巧思的,写得正派和严肃的,写得能为经受了大的绝望和迎接着大的希望的中国人接受的。这样的诗,有它自身的美学价值,马克思主义的评论界要仔细区分,不能搞"一刀切";要善意地帮助作者发扬积极因素,克服消极因素,意识到时代背景和社会职责,并且努力通过自己的作品,去表现这个时代和这个社会。同时,我也诚挚地寄希望于某些同志,多做一些艰苦、细致的美学建设工作,少来一点不切实际、脱离人民、哗众取宠的吹嘘。

我相信,时至今日,绝大多数清醒的人不会把那个膨胀得吓人的"自我"当作了不可缺少的"我",同样的,绝大多数清醒的人,也不会把艺术个性混同于资产阶级个人主义。

在廓清了这许多迷雾之后,现在我们回到正题上来吧。我个人的意见可以表述如下:第一是要允许,要承认诗中有诗人,即:诗中有"我";第二是又不要把"我"强行分割为什么"大我"和"小我"(别忘了,尽管阿垅早年就提出过"大我"的概念,这毕竟是1958年刮起来的热风!),只要这位诗人是有时代感,有历史感,又有责任感的,那么,他笔下的"我",肯定既是这一个,又是这一群!诗人和读者在感情上产生了共鸣,单数就自然而然地变成了复数,所谓"小我"与所谓"大我",也就不存在任何鸿沟了。即便是爱情诗,那个"我"也与"你""他""她"……有灵犀一点相通之处,这就是独立的、特定的爱情通往众多的读者心灵的秘密小路。在这种情况下,如果有人硬是要死抱住"自我"不放,他的那个"自我"倒很可能正是所谓的"小我"!问题的严重性远不在这里,可怕的是,这样固执的结果,往往给机械论者以口实,他们可以起而要求再度把"我"从抒情中放逐出去,其结果也就等于放逐了抒情。这和政治问题上的右,往往成为"左"的同盟军是一个道理。

六　"美"与"刺"

自从毛泽东同志《在延安文艺座谈会上的讲话》问世以来,歌颂与暴露就被确定为对立的统一而进入了美学领域。这种提法似乎形成了经典,我也不止一次地援引不成文法,运用这种语言。

然而,我却一直在琢磨它,觉得它在哲学、逻辑学上和语义学上都未必没有可商榷之处。我们知道,真正互相矛盾着的概念应该是"歌颂"与"诽谤"、"暴露"和"掩盖";与文学作品中的实际情况相对证,更无法自圆其说。譬如,鲁迅先生写《阿Q正传》,这到底是歌颂呢还是暴露呢? 都不是。用鲁迅自己的话回答,叫作"哀其不幸,怒其不争"。可见其内涵远比一般意义上的歌颂或者暴露要复杂得多。简单地归入"歌颂",或者归入"暴露",都等于没有解答。运用在新诗的问题上,我的不成熟的意见是,在没有得到合理的答案之前,不妨沿用古人的"美"与"刺"即赞美与讽刺的传统说法,似更妥善。

今年四月号的《安徽文学》上,发表了王若望同志的一篇文章,阐明了他的有关见解,我是基本上同意的。新诗作者引申到自己的创作中来,不免就分成了两大类:或者赞颂,或者讽喻;那种既有赞颂又有讽喻者,亦因以某一方面为主而归属于某一类中。假如这一分类方法没有什么大错的话,那么,我以为,在当前,就是歌颂三中全会以来的新气象,歌颂改革的新浪潮,而同时又针砭不正之风,起到诗歌的"纪委"作用(有人会叫了,好狂妄的口气!),帮助各级党组织健全自己的肌体。

改变"歌颂与暴露"的旧观念,代之以"赞美与讽刺"的新观念,也许还可以减少创作及评论中都普遍存在的混乱现象。

"美"与"刺"往往是互为表里,存在于一首诗中的。诗人有时候公开说出自己赞美什么和讽刺什么,有时候只说这一面,让那一面"尽在不言中"。所谓的时代精神,也正是从这一反一正中,得到充分体现的。时代精神绝不是什么虚无缥缈的东西,它是构成这一特定时代的人民的感情、意愿、情绪、志向、要求……所代表的历史发展方向。这本身就包含有肯定什么和唾弃什么,喜欢什么和厌恶什么,拥护什么和反对什么的一系列抉择。我们的一些理论家解释起时代精神来,往往不能接触批判(扬弃)的精神,这是不是一种偏颇呢?对于"批判"这个词,正如对于"讽刺"这个词一样,有着相当根深蒂固的误解和畏惧。这是应该廓清的,否则,对我们包括新诗在内的革命文艺事业将带来严重的不利影响。

七　形式问题

人生四件大事:吃、穿、住、行。

形式问题之于新诗,相当于"穿"和"行"("吃"和"住"全给思想、感情、形象"包"了)不可谓不重要。

它关系到诗的素质,关系到诗的情绪的表达与传达,关系到音乐美和建筑美。

光谈形式,不谈内容的人是诗匠,而不是诗人,对形式一概嗤之以鼻的人,也许是革命家,但绝不是诗人。

艾青同志提倡散文美(他写的每一首诗是不是都体现了他的主见,是另外一回事。),有人却偏偏批他"散文化"。这等于是上清真饭馆买猪头肉。

不知为了什么,散文美、散文化和散文诗,这些本来不会混淆的概念被弄得混乱不堪了。

顾名思义,散文诗当然是诗,是诗的一种变体,一个特殊品种。它的位置处于诗与散文之间,但从构造的外形与内涵上研究,无疑是属于诗的建筑群的,也许,正是这样一种位置,它受到了不应有的冷落与忽视。

散文美,是指那种语言的天然状态,它是不事雕琢因而没有斧凿痕迹的璞玉。它是,或者基本上是无技巧的状态。技巧的最高形式是无技巧。这里的一切,包括神思和韵味,都应该是浑然天成的。一个诗人,要经过长时间的孜孜不倦的追求,才有指望达到这一境界。

散文化,却是散文美的反面,是对诗的素质的败坏。它的特征(如果它有特征的话)是松散、支离破碎,平淡乏味,絮烦而不知节制……其实,说它散文化,对优美的散文也是天大的冤屈,是"殃及池鱼"的无妄之灾。散文不散。那种认为散文的长处就在于散的论调,是皮毛之见。

我们理所当然地赞成散文美,也理所当然地抵制散文化。这是关系到新诗的生死存亡的大事,不可小觑。

关于押韵,我一方面肯定散文美,一方面又坚持押韵。就我的体会而言,二者并无矛盾。我很少写无韵的自由体,一般都力求押韵,只有在万不得已的情况下,为了避免因韵害意,才偶有例外。如《致中南海》:

> 迈着军人的阔步,我曾漫游过多少地方!
> 如今,穿过北京的街道,必须把脚步轻放,
> 敬礼!我的伟大祖国的心脏!
> 我为你带来了千百万兵士的问安……
>
> 我走着,径直走向中南海的朱红的宫墙,
> 泉水般汹涌的诗句,一起化作庄严的思想;
> 我愿把我比作一滴水,小小的一滴水,
> 我要反射出你全部的辉煌永恒的阳光!

第一小节第四行的"安"字!不曾落在韵上。

又如《五月一日的夜晚》:

> 天安门前,焰火像一千只孔雀开屏,
> 空中是朵朵云烟,地上是人海灯山,
> 数不尽的衣衫发辫,
> 被歌声吹得团团旋转……
>
> 整个世界站在阳台上观看,
> 中国在笑!中国在舞!中国在狂欢!
> 羡慕吧,生活多么好,多么令人爱恋,
> 为了享受这一夜,我们战斗了一生!

第二小节第四行的"生"字,又脱了轨。毫无疑问,这是不足之处,是可以挑的"疵"。然而,就这两首诗而言,又似乎并未受到妨碍,道理是:诗情发展到这两个地方,必须要有这个词,而不能用别的词取而代之。这是只能意会而无法言传的。所以,我也就宁可调换一只号码不同的鞋子,也不去做削足适履的蠢事。

越到后来,我对韵的要求往往更严了。闻一多说,戴着镣铐跳舞,韵,大概也属于镣铐的一部分。现在有人嘲笑闻一多,我不敢嘲笑他,相反,我认为:这样跳舞是好的,当然,镣铐是无形的镣铐,是诗人自愿戴上而又有办法使观众感觉不到的。我不反对别人写不押韵的诗,我只要求别人不要反对我写押韵的诗,特别是在那种押韵越来越苛刻,越来越讲究的时候和场合。例如《铁脚歌》的一个小节:

> 我是一名新兵,我的头和脚都是些品位极低的铁矿!
> 还是请老红军来讲吧,还是请老八路来唱!
> 讲吧,讲吧,给我们讲冰峰雪苍苍,草地野茫茫,

唱吧,唱吧,为我们唱北国青纱帐,水乡芦苇荡……

请看,有多少处落在韵上!就我个人的偏爱来说,我觉得韵是诗的一个要素。有韵比无韵强,念起来有味,得劲。自然,也有不押韵的好诗。它的韵有着更为宽阔的意义,那是一种不声不响从内部流出来的东西。所以,并不是只要押韵就一定是好的诗,《百家姓》押了韵,但它根本不是诗。

如何建行?这也是一项大有学问的技法。我所遵循的唯一原则是:以不毁坏、不撕裂我们语言的逻辑结构、外部平衡和内在节奏,以及约定俗成的习惯为度。现在,有不少青年同志在建行上"出新",搞了一些非常生硬甚至非常粗暴的动作,我以为是需要斟酌的。

不能忘记了标点。我写诗一直打上标点,尽管我不反对别人不打标点。为什么要打标点呢?第一,它可以帮助读者掌握你的情绪和语气;第二,它应该服从通用的语文规范,而不能自视特殊。有人说,不打标点,显示了一种纯净的美。这是把标点当作赘疣了。我的看法正好相反,我认为,不打标点是一种倒退,给读者增添麻烦——在弄懂你的意思以前,还得像读线装书一样先仔细搞清楚句读。旧诗不就是这样的吗?我们又何苦放弃明确的辅助手段不用,闹到不知道该念成疑问句还是感叹句的程度!何况,许多不打标点的诗,到底还逃不脱在断句的地方写上几个逗号或者破折号,可见无法坚决、彻底、干净、全部歼灭之。不过,这都是小节,爱打不打,可以悉听尊便的。

至于建立某种现代格律,这大概是一桩十分艰难的无头公案。我赞赏有志者在这方面进行试验和探索,我自己也多少写过一点,没有引起注意罢了。不过,我想,还是事前少张扬的好,一旦有了成绩了,肯定会受到重视的。那时候,再总结经验不迟。

就我的写作习惯来说,我无法做到像契诃夫说的那样,保持绝对的冷静,我总是无法超然于我所描写的人和事之外;固然开始也反反复复地打腹稿,只要自以为酝酿成熟了,便总是急急忙忙地倾泻。这自然指的是内容。至于有时候也会发生一种形式束缚我,感到施展不开的情况,这时候,我就毫不犹豫地抛弃它,换用另一种形式,或者另一种韵脚。总之,形式问题应该和内容问题一道解决,二者之间的调整,应以得心应手为理想标准。

既然诗是文学中的文学,诗人就应该是战士中的战士。诗歌的先锋队必须同时是政治上的先锋队。我这样说,并不是规定诗人们都要入党,我只是说,他们在政治上要比较成熟;能理解自己的人民,能明白历史的走向,能不计个人安危利害,为人民立言。因此无论如何也不能把手放得太松,以至于让伪诗、劣诗统通印了出来;无论如何也不能避难就易,一窝蜂似的去争写性灵小品一类的"诗歌",去做新的"第三种人"。这就说到了一个最要害的方面了,质量,提高质量,这是当务之急。

1983年5月10日—20日写于合肥

田野音乐会上的歌手
—— 推荐新人陈所巨,兼谈他以及一般农村诗作者的烦恼

一

一股前所未见的强劲的历史季候风——改革之风,席卷了神州大地,人们为之欢欣鼓舞,它带来了一新耳目的电鞭雷驹,也带来了滋润心田的好雨甘霖。

风起于青萍之末。

青萍在哪里?青萍在农村,而且在最贫困、最落后、最不为人所注意的角落。是的,这股狂飙正是从穷乡僻壤兴起来的;而由于主客观多种因素交互作用,安徽——无疑是我们国家的灾难最为深重的地区之一——在这一伟大事业中,光荣地充当了排头兵。安徽的某些乡县,率先创造了并且坚决推广了"大包干";当前,在全国范围内,它已发展成为各种形式的联产责任制中的首要形式。这是历史性的功勋。我以为,它的主要贡献在于:冲决了"两个凡是"的樊篱,又一次证明了千百万群众的社会实践是检验真理的唯一标准;初步打破了长期以来在"左"的指导思想庇荫下的平均主义(不管是铁饭碗还是泥饭碗);形形色色的官僚作风的积弊也开始遭到针砭;体制上的经营管理上的自我完善与自我净化,有了一个良好的开端;真正的社会主义劳动积极性,这一回是被真正地调动起来了。未来图景的每一个细节虽然不可能一一预测,但壮丽的远景在望,则是铁一般的事实。于是,我们惊讶地发觉,在自己短短的一生中,竟有幸再一次经历了中国革命的基本道路——农村包围

城市;农业的改革有力地推动着、催化着其他方面的改革。和武装斗争时期不同的是,这一场农业改革,发动和指挥的大本营设在城市。

人们的生活习惯,人们的相互关系,人们的思想认识,人们的价值标准,都已经、正在,并且还会发生决定性的本质的变化。

作为观念形态的文学艺术,岂能袖手旁观?本文所要介绍的陈所巨同志,之所以在十一届三中全会以后的安徽应运而生,绝非偶然。歌唱这点点"青萍",歌唱"青萍"上突起的狂飙,这是诗人、作家对自己的头脑进行了一番校正和调整的结果。这种校正和调整往往带有得风气之先的特征,因之,它就不会仅仅以跟上时代的步伐为满足,它还期许自己走得更远一点,走在时代前面。无可怀疑,这样的期许(其实是自己对自己施加压力,自觉自愿地施加压力),将大有益于我们的四化大业,应该受到支持和保护。

二

敏感、明锐,富于责任感,痛切地为绝大多数普通人的合理愿望鼓吹、呼号,乃是诗歌的天性。

从这一意义上考察,我们的诗歌实在无须惭愧不安,当然,这绝不等于说有理由矜夸。

在我们九百六十万平方公里的广袤舞台上,除了其他的诗歌活动外,正在举行一场长时间的田野音乐会,大幕始终揭开着,新、老歌手不断登台。

在这众多的歌手当中,有一串陌生的名字特别引起了我们的兴趣:陈所巨、张中海、范源、刘小放、于振海、梁如云、肖振荣、姚振函、刘犁……名单还可以继续开列下去。他们各有各的嗓音,各有各的风采,然而,可以肯定的是,陈所巨是其中贡献最多的一个,这有他近四年间写下的四百多首反映农村变革的诗歌作品为证。

陈所巨,农民出身的60年代大学生,经历了十年动乱,蹉跎岁月,实在不能算作青年了。然而,他和所有他的同辈人一样,感情上是拒绝那大好年华的浪费的,因此,心理上总认为自己并没有接近中年,更不愿承认老化。正是这一点亢奋和不甘心,使得他们都保持着良好的竞技状态。我觉得,这虽然透露着悲哀,却毋宁认为是一桩好事。

陈所巨本人虽然脱离了土地,他的父辈可是地道的农民。他的家,他妻子的家,都经历过解放三十年来中国农村的喜剧、闹剧和悲剧,以至直到最近才得以上演的正剧的全过程。这许多沧桑变化,这许多甜酸苦辣,不可能不给他留下感慨系之的喟叹和深长思之的回味,这,和他的文化知识一样,是他拥有的"优势"。

他实际上也仍旧是个农夫,诗的农夫,他栖息和耕耘在生活的土壤即现实主义的土壤中。起初,他惊喜地发现:他的家乡,那个历来为"温饱"二字所困扰的村庄,忽然间有了粮食,有了油料,有了人民币,为此他也就像一个长年煎熬于痼疾中的病号,一朝血色代替了病容,感到如释重负,不免有点眩然。他抓起笔就写,不少轻飘飘的田园牧歌式的诗篇就如同水一般流泻到了纸面。但这样写出来的东西也只好像水似的清淡。陈所巨是谦虚的。这时有人向他提出忠告,希望他笔底多一点历史感,多一点耐咀嚼的成分,他立刻欣然接受了。于是,后一阶段的创作,乃有了关于过去的回顾。他终于把现实作为过去的一种补偿来看待,而不是一味地赞颂新政策的赐予,以至于给读者造成一种错觉,仿佛什么都满足了,不必再前进,再自寻烦恼了。从此,陈所巨的诗开始具备了大胆的含义,即:眼前有的一切,本来是早就应该有的,之所以迟到,是令人遗憾的失误造成的,而并非是祖父们和父亲们懒惰的罪过。然而与此同时,艺术思想上又发生了某种危机。一个起步不久的作者,面临着目迷五色的诗歌理论与诗歌实践,他不禁有点茫然,有点惶惑了,最严重的时刻,甚至打算重新上路——走另一条路。不过,他毕竟没有这样做。也许是脉管里流淌着的农民的血液救了他,不让他背弃土地,去钻那个"自我"的象牙之塔。他最后决定:应该全神贯注于选择砧木与嫁接新枝,应该忠贞不贰地热爱土地,用一切方式——锄头或者拖拉机——去精耕细作。果然,土地给了他报偿,他取得了可观的成果。

这样的诗的农夫,他的经验和教训,都值得认真加以总结。可是,总结只有本人能做。我,只能作为一个比较了解安徽,又比较了解他的第三者,发一点议论。

三

我想从他不久前发表在《星星》今年二月号上的《在农村公共汽车上》谈起。我以为,这首诗反映特定历史时期的农村众生相,标志着陈所巨对生活理解的新的深度。可喜的是,在这首诗里,不但现实主义得到了深化,而且比较成功地吸收了若干现代主义的表现技法。

全诗分四大段,每一段只写一个中心人物:一位"需要有一个属于自己的思想"的、有现代科学文化知识的青年农民,一位"日子顺手了",上县城卖了黄鳝、买了雏鸡的老汉;一位"骗过别人,也挨过骗"的最活跃的"外交官"——小贩,还有一位为了不再"去买议价粮食"而急匆匆"赶回家帮妻子种地"的普通干部……

关于第一位,作者设计的第一个画面——胳膊支住车窗——就是思索的形象。"拖着一条灰黄色的长尾,/汽车在泥黄的公路上/颠簸,像摇篮摇晃。/大地在摇晃,/太阳在摇晃。/而他的有力的手臂,像大理石柱,/支撑着不摇晃的思维,/计算,思考,追求,向往……"这一切,都发生在主人公获得了土地、工具,还有书籍之后。这位青年农民有足够的智慧,他的心感觉到了"历史有一条蓬松的长尾",而且"在颠簸中前进,/在前进中平衡,/我们摇篮一般的土地哟,/摇着一代人脚踏实地的希望"。这显然是新一代农民的精神速写,尽管画面还略嫌粗线条。关于新一代农民自己掌握了自己命运的时代特色,作者在他的另外一些篇章里,颇多细腻动人的描绘。那些篇章,下面我将进一步评论。

第二段,作者让我们认识了一位好老汉。他"坐在一个不相识的青年让给他的座位上","小心翼翼地护着竹篮"(那里的黄鳝已转化为十几只可爱的小绒球)他是想家了,心中发急了,不由自主地去摸烟盒,然而,他的手"又缩回来,／人家讨厌抽烟"。在观察入微的诗人笔下,不过选择了这两个不惹人注意的动作,一下子就说明了我们社会变化的趋向,展示了这个老实巴交的农民的内心活动,他享有公共道德对他的尊重,同时他也尊重公共道德,这就点出了当今恢复了人的尊严的农民的内在特征。然而,才回过头去写出悲哀的过去,贫困制造愚昧,接着又写他的现在,富裕导致聪明。老汉意识到包括他在内的世道在变,往好的方向变,"一丝近乎天真的笑,打湿／他老树皮一般的脸"。(请注意"打湿"二字)作者并没有铺陈老汉的一生,我们却读到了整整一部传记。

第三段写的是小贩。小贩,一般都只能给人以不怎么好的印象。作者也记得一桩往事:"儿时,曾短我三枚小杏,／我对小贩有点反感。"现在长大了,同时又认识到目前阶段,我们的商品流通和交换领域,还是缺不得这号人物。对于这个问题,也只能实事求是,而不能凭一己之好恶。何况,平心而论,"小贩的生活也很紧凑／每分钟都在为生计奔忙"。他转手贩卖,赚的也只是几个"脚力钱",怪辛苦的,大可不必嗤之以鼻。最妙的是在说清楚这几层意思之后,突然笔锋一转,把客观的描述变作了主观的解剖:"有时候,我们像小贩,／有时候,我们不如小贩。"是啊,当"左"的指导思想主宰中国政治风云的那些年,有多少人自愿不自愿地当了"小贩",又有多少人只有受欺骗上当的份儿,连"小贩"都比不上啊!作者的言辞是极其节约的,只是出于沉痛和坦白,道出了无尽的辛酸!"怨而不怒",深得诗家之旨。

第四段的主角,基本上是作者自己。大概正因为写的是自己,所以运用了大量的揶揄、嘲弄的语气,十分放手,十分洒脱地点出了当年的精神状态:混。对于"受白眼闲气"的日子,作者是深有体会的。那时候,平均主义披上了共产主义的外衣,"瞎指挥"打着党的领导幌子,搞得人人萎靡不振。"那时,生活是空洞的,/八小时以外,/扑克,麻将,象棋。/年终,在生产队超支栏里,/展览他垂头丧气的名字。"如今大不同了,人还是那个人,既完成了本职工作,又抓紧了每周末的公休,回家侍弄承包的责任田。奇怪的是,劳务虽重,反而自觉"充实"而"年轻"了,"睡眠和饭菜都添了滋味"。寥寥数语,勾勒出一位自食其力,无求于人,心安理得的正正派派的基层国家干部的形象。这位同志是可以信赖的,因为他对现状的评价是正确的:"他坐在车上,车是前进的,/来和去都是前进的。/生活的两端,同样/具有吸引力。"这是"向前看"的态度。这样的诗有质朴的本色,有乐观的精神。

就整体而言,这首诗的突出之点是,积极的思想是通过丰满的艺术体现的,虽然,个别几处还嫌生硬。它没有那种屡见不鲜的毛病:某几行表现的是所谓的思想性,某几行表现的是所谓的艺术性。收获远远大于失算,这便是我对这首诗的总的评价。

四

值得称道的诗,远不止上面分析过的一首。

陈所巨跨过单纯的赞颂,跨过田园牧歌的局限以后,从两个方面唱起了他的土地之歌。一头是关于逝者的回忆,一头是关于生活的讴歌。而回忆也不仅是限于悲叹(虽然会有淡淡的忧伤)和同情祖父一辈的不幸遭遇,更主要的是衬托来之不易的光明与快乐,告诫人们。珍惜它,保卫它。对赶上了好年月的新的一代,则在多少有点理想化了笔触中,赋有作者的希望:新的一代农民不应该光知道和土坷垃打交道,还应该有教养,有文化;教养和文化,正是保卫好日月的武器。

《星星》1981 年四月号上刊登的《哦,大铁堆!》就是作者对 50 年代末叶荒谬冒充真理的无情讽刺。陈所巨借助于马克思主义的 X 光,透视了那个

"熔化了多少锅、锄、铲、刀,才能凝就的"废物的大铁堆,发现了"变形的岁月""浓缩的灾难""喷火的眼睛"和"无言的怨愤"……原来,时间的距离越大,清晰度也越大! 作者写罢这一切,忽发奇想,他巴不得自己是一名大力士,"把大铁堆背进人大会议厅,/人民的代表啊! 请看看这历史的残烬"! 这一声呼喊,真是既激动又恳切啊!

同样是在那个"1958年,吃饭不要钱"的日子,除了破坏性的大铁堆而外,又添了多少枉死鬼! 作者当时还是一个不懂人事的小孩,他不了解"死"意味着什么。"妈妈烧炭去了,在高高的山上,/爸爸炼铁去了,在远处的河滩,/我来给你作伴,/奶奶,你不要觉着孤单。/……妈妈要我记住你的生日,/家里没有鸡,也没有蛋;/铁锅抢走了,我用瓦罐把青菜煮烂,/吃吧,奶奶,你不要觉着孤单。"结果,奶奶病饿交加,死去了三天,小孙子还以为奶奶是"睡着了"。还在独自个念叨:"我在身旁陪伴你,/奶奶,你不要觉着孤单。"全诗没有半点渲染,不加任何夸饰,平静中藏着悸动,安详中富有控诉,人们读到这三反四复的"奶奶,你不要觉着孤单",怎么禁得住不潸然泪下!

祸不单行,祖父又下世了。这个老农,"土地养育了他,又耗干了他,/他从土地索取,又付还给土地","脸上有多少岁月的印记,/身上就有多少生活的鞭痕。/他那苍老疲惫的心就要静息了,/那里淤积过太多的苦痛"。(请注意"淤积"二字)诗人描写死亡,本领也颇高超,他这样唱道:"听不见赞美诗般的哭泣,/最熟悉的面孔也恍惚变形。/在这生与死狭窄的分界,/他显现了人生从未有过的从容。"紧接着,又撕破这层"从容"的薄纸,原来,濒死的祖父还在眷恋着土地,他"费力地睁开眼皮",火花一闪的目光落在了"墙边那杆磨细了的锄柄上",他要将"这薄薄的遗产交给儿孙",他要后人继续像他那样终生奉献给土地……(《祖父弥留时目光留给我的记忆》,《安徽文学》1981年九月号)。

锄头,本来是土地的权杖;当土地并不真正属于土地之子的时候,它徒然是一根寒碜的木把配上一块残损的铁片而已!

这就是死者不曾说出来的,诗人也不曾点破的凄楚之所在。

苦难,是作为幸福的对应物而存在的。复制过去,是为了反衬现在。我以为,上面所引的一些诗篇,无论用揭露或者抨击来解释,都是不完整、不妥帖的;必须指出,这是一种特殊方式的赞歌:表面上写从前的悲切,骨子里写今天的欢乐,实在是包涵了作者对三中全会的由衷拥戴之情,不可不细细体察。比起眼下的阳光来,昔日的阴影又算得了什么!正是从这对党的一片感激之心出发,他写下了大量的对新人新事新风尚的赞歌。礼歌之不足,甚至主动插进诗行中去直接对读者指点。"我感到了溶解和升华,/我品味着兴奋和幸运,/明亮辉煌的向往,/遮掩了昨夜梦的灰冷。"(《黄山拾什·光明》)这固然是作者登上黄山光明顶之后的喜悦的独白,但又何尝不是对现今时代的总的评价!你看,"昨夜的梦"已经消退了,前方正展开着"明亮辉煌"的境界!不过,话又得说回来,"灰冷"的残烬总是有的,正是因为如此,他才大声疾呼:"我是农民,/种田不需要保姆,/我要耕作的自主权。/啊,不要再叫我们/去修筑土高炉,/不要再叫我们在陡坡上/毁坏森林,砌筑梯田。/不要再强扭着我们的手/去进行不合理的密植;/不要再扯断自留地里/青葱的豆藤瓜蔓。/不要再让口号/填充空洞的粮囤。/不要再让返销粮给我们/带来羞愧和不安。/我是农民,我熟悉土地和庄稼。/我获得了耕作的自主权,/就是获得了/富裕的翅膀,希望的风帆。"(《星星》1981年元月号,《我的耕作的自主权》)。

不过,问题还不止于耕作的自主权,农民们要求像现代人一样安排自己的生活,要求继续前进,因此,他们迫切需要独立思考和采取行动的自主权(不用担心他们会有反社会的打算)。诗人感觉到这一层,于是他又宣布:"我有新的希望,/我有新的追寻。/我要机械的手臂,/拎走劳动的繁重,/我要知识的手杖,/保持行进的平衡;/我要一盆生活的紫罗兰,/让岁月充满芳馨;/我要各种花色素,/去涂染彩色的爱情。/我不满足,/不满足现状,/不满足已知,/不满足刚刚获得的温饱和繁荣。"他进一步向列祖列宗禀报,"我不能再像你们,/我的曾祖、祖父、父亲!/我既叛逆又继承,/我会教你们欣慰,更会教你们吃惊。一种大地和天空的音响在呼唤;/我不能再像你们。/一种历史的必然早进入遗传基因/我不可能再像你们。"(《星星》1981年元月号,《我不能再像你们》)

好一篇革命宣言!它表达了亿万农民的一个新的觉醒,任何人也休想再把他们拖回非人的"昨夜",让他们除了"梦的灰冷"以外,一无所有了!

一年半过去,发表在《青春》1982年六月号上的《阳光·土地·人》,是陈所巨的又一代表作。这是一个组诗。它的最可称道之处是表现了取得了人的地位的中国农民的伟大气魄。"网一般的田塍,是我/手纹的自然的伸延,/流动不息的溪河,是从我/细小的毛孔发源。/果子因吮吸了我的体液,/变得又甜又鲜,/麦粒和稻粒储存着/我给予的热能而展示/最大限度的饱满。……啊,我——土地的占有者和耕耘者,/立在早晨的土地上,在太阳与地球之间,/太阳是和地平线/相切的猩红的圆,/我是铅锤般庄重的/和地球垂直的直线。/一切时间、空间属于我,/一切图案、色彩属于我,一切都是我有价值的创造,/一切都是我永恒不灭的贡献。"

或者问,这难道不也是风靡一时的所谓"表现自我"吗?答曰:否!这里的每一个"我"字,都意味着我们!我,实际上等于我们!呼之欲出的下一段就理所当然归结于对阳光的礼拜,"我们都是大地创造的美的形象,/劳动和光线雕琢成的美的形象!/……美是光线的杰作,/美是天地间最珍贵的矿藏。/美,无罪也无所不在,/美,本身就是无罪的,无所不在的纯净的阳光"。

这些诗句,得心应手地调遣着文字,为我们送来了一个具有意志和活力的美的世界。谁要破坏这个世界,谁就是万人唾骂的疯子!

我读着陈所巨的诗,我发觉他对劳动农民的热爱已然近乎崇拜了。这种崇拜,我以为是对的,至少是无害的,它比我们早先流行过的个人崇拜更接近历史唯物主义。

出于这种崇拜,诗人对农民的脚都赋予神圣的功能:"我获得这样的权利,/用脚迹拼写不朽的'人'。/当这段历史需要检验的时候,/每一条田塍上,都有我刚劲有力的签名!"会签名的脚,当然是劳动者——主人翁的脚。

这样的脚印是有革命权威的,是经得起历史验证的。我们大家都应该跟着它走。事实上,各条战线的改革,不正是步着它的后尘,在它的感召之下而风起云涌的么!

五

最近一个时期,以农村生活为题材的诗歌不像前些日子那么活跃了,许多作者陷入了苦闷。

陈所巨也不例外。

经历了大约为时三年的勃兴期,他们现在面临着低潮。不少苦心的诗人发现,在他们的脚下竟"横着一道陡坡",逼得他们"一步也走不动了"(张中海语)。据我所知,这同样是陈所巨的烦恼。

农村的面貌已在日新月异,在可以预见的将来,这个势头还会保持下去。而农村诗却踏步不前,始终停留在责任田、万元户、永久牌上做八股文章。这不仅使读者而且使作者本人都感到厌倦。而可以肯定的是,诗人们并不缺乏创造力,也并非他们转移了兴趣,那么,问题的症结在哪里呢?我琢磨,缺乏更广阔的视野,不能把农村放在全国各行各业的大变革的背景上去观察,恐怕是重要的原因之一。另一个重要原因,可能是生活前进了,而我们的诗人并没有随着生活的前进而增加新的收入,仍旧在靠"库存"打发日子。一方面是就事论事,一方面是老调重弹,这样做的结果,自然要产生"旧"和"隔"的感觉。

有的作者,大概也是意识到了这一点,便试图从形式上玩弄花样,以为那就叫作"出新";不能抹杀形式的重要性,也不可一概否定形式也有新旧之分,然而,讲求形式毕竟应该是在解决了内容问题之后。没有结结实实的内容,形式再可观,也是"衣裳架子"。研究起来,我以为,陈所巨同志似乎也一度惑于议论,差一点滑向形式主义的邪路,所幸的是,他及时刹住了车,拨正了方向。须知形式而成为主义,必不可取,它引诱人们忽略本质的东西,而单纯追求外表,一句话,它是舍本而逐末。

还有一种通病是,格局上打不破框框。我们每每读到这样的农村诗,没有气质气韵上的区别,如果捂住作者的姓名,你就猜不出这是谁写的。大量触目的"撞车"现象,只能说明我们许多作者的水平一般化,眼光一般化,知识面一般化,你看得出来的我也看得出来,你的处理角度、裁剪方式和我想到了一块儿,这就不可避免地出现雷同。等而下之的更是专门从别人的诗作里寻求"启发"(应该承认,有时候会由于别人的一首诗,甚至一行诗触发我们的灵感,不过,仔细想一想,就不难看出这是一个假象,它触发的其实是你的生活积累,而且必然是从"完全相同"走向"大体相近",再走向"根本两样"。于是你就挥笔写出了另外一首与之有区别的诗歌,而不是别人的那一首的改头换面。一切严肃的诗人都是这么办的),然后情不自禁地去模仿它,其结果是陈陈相因,毫无个性特色。

上面讲的是发生在一些作者之间的现象。那么,自己和自己雷同,难道就可以容忍吗?我想,同样不能容忍。陈所巨的诗,在这方面发生得较为频繁,这是教人担忧的。不但他的早期的颂歌中,动辄"珍珠""玛瑙""黄澄澄""亮晶晶",而且近来关于新式农民的即"我"的抽象描写,也颇多重复。读者不禁会问:怎么?词汇竟至于如此贫乏,意象竟至于如此单薄?隔夜的饭,撒点葱花炒炒还不难吃,我们家乡有一种油条专门留到第二天下锅再氽一遍,叫作"二来子",居然还别有一种滋味,还有一种名菜,干脆就叫回锅肉。唯独诗这种东西,是切忌炒现饭的,因袭与创造不两立,旧的形象是新的意境的天敌。一切都得变而化之,这不妨视为作诗的法则之一。

各人有各人的薄弱环节,各人有各人的当务之急。没有烦恼的诗人是没有出息的诗人。

我以为,就陈所巨而言,他读书刻苦,写作勤奋,与生活保持联系也不可谓不切近;他的不足恐怕在于胸襟还不够开阔,还应该努力发掘新人的精神世界——通过实物实事,而不仅仅是通过抽象虚写——的同时,努力开拓自己的精神世界,把一畦菜园、几条田塍与国家的、世界的大局联系起来。只有这样,人物的命运才更能引人关注,人物的情感才更能得到广泛的共鸣。同样不可忽视的是,还要深入生活,道理很简单,生活不是一潭死水,它在流动,它在奔腾向前。希望陈所巨能走出安徽,更多地交一些全国各地的农民朋友,了解他们在想些什么,做些什么,譬如湖北的杨小运同志,就是一位很值得结识的人物。这样做,至少有两个好处:一是"为有源头活水来",另一是便于"广积而薄发"。我呼吁全国作协和有关部门,尽最大可能为陈所巨同志以及类似这样有才力而局促一隅,无从施展的歌手们创造条件,从而使得我们的田野音乐会一直开下去,越来越兴旺。

1983 年 6 月 14 日　合肥

关于诗的品格

真正的诗,是灵魂的歌唱。诗的语言是着了火的语言,因此,诗,注定了是抒情的。抒情,是诗的重要的品格,也可以说,是诗的固有的本能。

我们中国历来有抒情的传统,创作的传统和理论的传统:自《国风》《离骚》以来浩如烟海的抒情篇章,还有西晋陆机确立的"诗缘情"的文学主张,这是一笔宝贵的遗产,我们应当继承它,整理它,珍惜它,使之发扬光大。

一个不应该有争议的事实是:每一首抒情诗,必定都有一位抒情主人公。因此,毫无疑问,抒情诗首先抒发的就是诗人之情。诗人当然不能不食人间烟火——即便是一位古代的隐士,他也得吃饭,穿衣,需要纸张笔墨;至于像王维那样拥有别墅、过着"亦隐亦仕"生涯的处境,毋宁是令人羡慕的——从而也就不可避免地抒发了和他具有同一立场、观点和利害关系的众人相通之情即共同之情。三人为众,众是一个复数。但多数也有大有小,你到底代表大众还是代表小众?这就全看诗人本身的思想觉悟如何了。

所谓的抒情主人公,就是"我"——明明白白的"我",或者隐隐约约的"我",自然,也包括旁观的第三者身份出现的"我"。不过,最标准的和最普遍的情况是第一人称的赤裸裸的"我"。只有正确地解决"我"的问题,才能正确地处理主观与客观的关系问题,也就是人与社会、人与自然的关系问题。弄通了这一点,对于某些文学现象,我们就不会感到惊奇或者纳闷了。譬如,陆游曾经这样断言:"挥毫当得江山助,不到潇湘岂有诗?"他肯定了客观世界对人的感情的触发;再读李觏的诗:"屈平岂要江山助,却是江山遇屈平。"他又强调了人的主观能动性。表面上看,双方似乎各执一词,彼此矛盾,令人无所适从,其实,它们是相辅相成,互为补充的,明白了它们都有一定的相对真理性,也就臻于全面了。

需要郑重指出的是,抒情诗中的"我"是属于社会的,它不能游离于现实生活之外。我们说,诗人是感知客观世界的社会器官,正是这个意思。诗人同时又是客观世界的对应物,客观世界的一切,都必得通过诗人的心这面镜子反映出来;而和日常生活中使用的镜子不同的是,这个反映不是消极的被动的反映,它是经过主观意识的筛选的。因此,有百分之百的必要,在作品抒情主人公的"我",和时下被某些人鼓吹得天花乱坠的、囊括一切和净化一切的"自我"划清界限。"我"绝不等于"自我",诗中要有"我"也绝不等于所谓的自我发掘、自我表现和自我完成。

抒情诗,顾名思义,当然离不开抒情;叙事诗,又何尝离得开抒情呢?中国的例子,可以举出大家都知道的《孔雀东南飞》《木兰辞》《长恨歌》《琵琶行》,附带说一句,我以为蔡琰的《胡笳十八拍》也是一首抒情色彩十分浓重的叙事诗。这些作品之所以流传至今,完完全全是由于它们充分地生动地深刻地表达了"人同此心"之情。同样的,外国诗歌精品之中,像普希金的《青铜骑士》、裴多菲的《茨岗》、拜伦的《海盗》、雪莱的《普罗米修斯》、朗费罗的《哈依瓦撒之歌》等等,莫不都寄托着诗人火一般炽热的感情。刘勰说:"情以物迁,辞以情发。"十分精辟地概括了一切感情的物化或物化的感情的共同特点。

古往今来,抒情诗何止千万首,然而,在那些传世之作中,又有哪两首是雷同之作?相反,它们都有各自的特色和魅力,都有各自的出新之处,都表露了各自作者千差万别的出身、阅历、教养、素质、习惯和风格……一句话,都取得了一份出生证和一份出国护照,即:既是民族的、又是人类的,既是国家的,又是国际的,而且越是民族的和国家的,就越是人类的和国际的。这是诗歌的辩证法。证之以大量的历史事实,可以断言,未来,抒情必将伴随人类直到没有终极的终极。抒情是长寿的,长寿的秘诀在于跟随着时代发展,跟随着群众前进,跟随着心灵成熟;秘诀在于寻找最适当的方式,解答最迫切的疑问,歌唱最巨大的欢乐,悲叹最深沉的忧伤。就抒情诗而论,我个人认为,希望是无穷的,机会是无限的,前途是乐观的。这种无穷、无限和乐观,是由抒情诗本身的外向性格所决定、所保证了的。之所以谈论外向性格,是由于我确信抒情诗的目的不仅仅是把某种感情(喜、怒、哀、乐、爱、恶、欲)宣泄一通完事,而实在是去探询、征求、触发、甚至撩拨读者的反应,去以心点燃心;抒情诗总是热切地盼望着引起更多的心的共鸣,就像一只鸽子振翮高飞意味着邀请、带领更多的鸽子比翼翱翔一样。冷漠和无动于衷是抒情诗的天敌。没有不从"我"出发,到"我们"结束的抒情诗。不存在绝对的"自我",尤其在诗的"嘤嘤求友"的阶段。尽管这种走向"我们"的结束更多地通过诗外的形式,在诗的外延过程(诗人写作完毕时的心理状态、读者的阅读和朗诵⋯⋯)中最后完成。不过,外向性格又往往被内容的纱幕所掩盖,因此,经常造成一种错觉,误以为诗不是谈心,不是对话,不是交流,而是孤独者的自白。正是这种错觉,给一部分抒情诗人提供了盲目追求"自我"的基地和起点。然而,在我看来,这不过是一种表面化的幻觉,是一片海市蜃楼而已。

那么,到底这个诗人之情是什么情?这个问题,我以为并不难回答:抒忧国忧民之情。我们中国的知识分子,包括诗人和作家,准确地说,首先当推诗人和作家,有一个很好的传统,叫作"先天下之忧而忧,后天下之乐而乐";叫作:"风声雨声读书声声声入耳,国事家事天下事事事关心。"现在,我们正站在一个大变革、大跃进——这个词儿在 1958 年被糟蹋过,在这里,我想恢复的是它的本来的含义——的时代的门槛上,更加有必要倡导这一优秀的传统,并赋以革命的内容。

中国又有一句老话:文穷而后工。李白诗云"哀怨起骚人",西方的说法是:愤怒出诗人。我考虑,这些都是一个意思。诗人的有生之年,坎坷蹭蹬的道路,颠沛流离的生活,终归是抚育慷慨激越、悲壮沉雄的诗歌的摇篮。然而,这只是一般而言,不能够把它绝对化了的,更不能来一个逆推理。当诗人处于情绪昂扬的时刻,热烈追求的时刻,积极向上的时刻,也会浮想联翩,情不可遏,落笔惊鬼神,写下千古不朽的名篇佳句。例如:壮年时期曹操的《观沧海》,青年时期杜甫的《望岳》,少年时期王勃的《送杜少府之任蜀州》,变法失败以前王安石的《登飞来峰》。可见得所谓的创作冲动,并不简单地等于胸中积郁着的不平之气。

诗,同时又是形象的产物。形象,也是诗的重要的品格和固有的本能。没有形象,就既没有诗,也没有文学。形象如同乳汁一样不可须臾或离。没有乳汁或者乳汁不够的婴儿是发育不全的、畸形的低能儿,也许根本就成活不了。乳汁又有营养高下之分,因此,形象也应该努力走向自身的高级阶段,即意象阶段;一位健康而聪明、善良而美丽的母亲的乳汁,肯定会优越于任何一位作为自然属性的妇女的乳汁,这是合乎优生学原理的。所以,经过改造的形象,即赋有较多主观色彩的意象,更具备诗人的人格力量和道德力量,换句话说,更有普遍的美学价值,更有社会性。正是由于这个主观性的作用,同类的意象在不同的场合会构成不同的境界,甚至相对立的境界。无可讳言,诗人的内心矛盾绝不会少于外部世界的现实的矛盾,没有必要、也不可能掩饰这种矛盾。重要的问题是需要严格和明智,善于淘汰筛选,不掉以轻心,把丑的东西当作了美的东西呈献给读者,把大麻烟当作了兴奋剂介绍给公众。

现在有一种误会,以为意象是从外国输入的东西。不是的,意象不是什么舶来品,更不是打天上掉下来的前所未见的怪物,早在一千四百年前,南朝的梁人、写过《文心雕龙》这部巨著的刘勰就说过:"窥意象而运斤。"意思是说,根据你捕捉到的意象而决定如何下笔(动斧子)。可惜,我们当中的某些人只知道西方有个意象派,偏偏忘记了意象的老祖宗,这是很可悲的。

我们前些年更多地讲形象而不讲意象;那不过是诗歌幼年时期养成的习惯的一种自然流露。正像成年人在一定的条件下会重新表现童年的天真一样。今后,我们不妨结合西方意象派的所作所为(包括可取的和不可取的),认真探讨一下我们自己几千年来纷纭错综的诗歌现象,例如:"昆山玉碎凤凰叫,芙蓉泣露香兰笑。"(李贺:《李凭箜篌引》)又如:"烟销日出不见人,欸乃一声山水绿。"(柳宗元:《渔翁》)再如李白的名句:"谁家玉笛暗飞声?散入春风满洛城。"(《春夜洛城闻笛》)悠扬、清幽而飘忽不定的笛声渗透在春风中,落满了整个的洛阳城。多么美好的意象啊。"浙江八月何如此?涛似连山喷雪来。"(《横江词》之四)横江的江涛高如山,白似雪,喷薄而来,写得何等富有气势,真是有声有色复有动态!还可以举两个已经成为文坛掌故的例子,其一是王安石的《泊船瓜州》:"春风又绿江南岸,明月何时照我还?"据诗话中记载,一个"绿"字,几经更改,最后才确定下来;静中有动,色里带声,由听觉转换为视觉,诗人果然高手!同是宋代的宋祁,他的《玉楼春》有云:"绿杨烟外晓寒轻,红杏枝头春意闹。"是又一个感觉转移的典型;着一个"闹"字,全盘皆活,真是笔力千钧!难怪深得时人赞赏,作者也被戏称为"红杏枝头春意闹尚书"了。认真说起来,好处并不仅仅是这个"闹"字,那个"轻"字同样也是大有学问的,它于不动声色中把气温的高低转化为斤两的轻重,令人读来愉快而毫无阻隔,笔底同样是见功夫的。

  我以为,对古诗尽量多做一些如上的分析是有益的。而特别在借鉴现代主义诗歌的某些手法方面,在丰富我们的现实主义诗歌的表现手段方面,如果能有意识地解剖某些西方现代诗歌的样品,当更能有助于破除意象的神秘感,对意象一词做出唯物主义的正确的解释。

  有的同志提出过"一个人就是一个世界"的口号,在说明和认识人的复杂性,从而说明和认识意象的复杂性这一点上,这个口号是对的。不过,它很容易被误解、被曲解为一个人包罗万象,万物皆出于我,而滑向唯心论和不可知论。如果说,以前这么提,还有一定的针对性,还能在防止简单、粗暴、一刀切等倾向,还能在肯定意象之存在方面,起到一点积极作用的话,以后就似乎应该斟酌了。因为,这个口号有副作用。

  我感到,在粉碎"四人帮",接着突破"两个凡是"的初期,我们呼吁"引进"外国的文艺作品、文艺理论,那是必要的,因为这对解放思想有好处,有助于打破"左"的、僵化的、闭关锁国夜郎自大的一套。然而,时至今日,在变化了的条件下,不及时指出盲目崇拜西方,不指出民族虚无主义的危险性而听任少数人良莠不分,主客颠倒,却又是不正确的了。在诗艺的研究上,存在着同等性质的问题。

诗又必须是言志的。志是什么？志就是抱负,就是理想。没有理想的文学是没落的文学,甚至可以称作是有害的文学。"诗言志",这句话,从信史的角度来考据,至少也有两千年以上的寿命了。它之所以能如此长期地存活,客观上不能不证明了它有极其顽强的生命力。应当承认,诗言志,它被历代的封建统治者利用过,它被拿来宣传过儒家的治人与治于人的正统思想和男尊女卑的卫道观念。但是,这些强加于它的东西不能算作它的罪恶。"感物吟志,莫非自然。"(刘勰)在一首抒情诗里,表明作者的意志和方向,其实是再自然不过的正常现象。

革命人民有革命人民的志。我们必须理直气壮地言革命之志,言"四化"之志,言改革之志,言爱国主义、国际主义之志,言社会主义、共产主义之志。我认为,志,就是我们抒情诗的政治大方向。而大方向是不能悖逆,不能背离,不能动摇的。因此,志,也可以说是我们情感的缰绳。如今有一些所谓的抒情诗,一任情感泛滥成灾,表现了令人忧虑的倾向,是不利于诗歌发展的。朦胧到了晦涩的程度,抒发到了放纵的程度,驰骋想象到了胡思乱想的程度,组合辞汇到了胡言乱语的程度,除了带来自我毁灭以外,还能带来什么呢？这也足以反证,诗离开了志是不行的。不管你抒的什么情,总得树立一股正气。一旦正不压邪,抒情诗就必然走向错乱,走向反面,走向末日。当然,毁掉的是堕落了的那一小部分,而绝不会是整个的诗歌队伍。凡有志者,必将昌盛,必将胜利,必将永存。

假如我们仔细考察一下,不难发现,这些诗的作者,几乎全是没有经历过旧中国的黑暗,没有经历过解放初期新社会的兴旺,只看见林彪、江青两个反革命集团盗用共产党的名义推行十年暴政,只看见迄今犹存的某些不正之风的青年朋友。他们热衷于西方庞杂而自相矛盾的"新思潮",同时又将自己在那场政治噩梦中感受到的恐惧、孤独、软弱、无能为力和报复的狂热加以凝固化,去适应这种种"新思潮"。从而在诗坛上纷纷"自成一家言"。我看,对于他们和他们的"诗",我们除了坚持必要的批评和教育外,还是要等待。我们应当相信,生活的力量是最权威的力量,生活会召唤他们回到中国的现实中来的。我仍然期待着他们的幡然醒悟。

诗,也应该允许有思辨和哲理。宋朝有位大理学家朱熹,他写过这样的警句:"问渠哪得清如许,为有源头活水来。"(《观书有感》)朱熹是中国历史上有名的主观唯心主义者,他有许多唯心论的著作,人们都忘记了,而对于这两句突破了他的学术偏见的、描写了矛盾和运动的辩证法的诗句,偏偏倒印象深刻。这种奇特的情况说明了什么呢?我以为,它说明了诗和思辨,诗和哲理是可以共存的,而且,那些被赋予了形象的有血有肉的思辨和哲理,往往比纯理性的纯抽象的东西更有说服力,更易于铭刻在人们的头脑中。

我们的思辨和哲理当然是马克思主义的。不可以把诗写成马克思主义的哲学讲义,但诗里不可以没有马克思主义哲学。文可以载道,诗也可以载道。我是不想故作惊人之语,借以哗众取宠,我这里说的是大实话。诗,乃至一切文学艺术,都程度不同地是宣传品。这样说,是否有贬低诗的嫌疑呢?我自己主要是写诗的,同志们会相信我该不至于故意贬辱诗歌。也许,有的人还要提抗议:难道我写花儿呀鸟儿呀,也是宣传么?对,也是宣传。且不说你写出作品来,又公开发表,而且仔细计算着每一版的印数,这本身就构成了一种宣传行为(作为商品,标明价格出售,那是经济行为,似乎也不那么"清高")。光说你写花儿呀鸟儿呀的动机,难道不是希望说服更多的人相信你的感觉、你的理解和你的抉择么?尤有甚者,你不仅仅想说服一些人,而且归根到底在于想争取一些人,巴不得他们和你一样,参加这个花儿呀鸟儿呀的行列,整天价真的花儿呀鸟儿呀的,要不就假装作花儿呀鸟儿呀的;或者遗世保身,傲啸山林,或者韬光养晦,志在庙堂,二者必居其一。这是为一部分诗人所一再证实了的。我想,凡是睁开眼睛看,而不说瞎话,就不可能提出什么异议来。

应该明确指出的是,说一切诗歌在不同程度上都是宣传品,绝不意味着又在诗歌与标语口号二者之间画上等号,更不是回到"为政治服务"的旧轨道上去,要求诗人们再去图解某一项政策,注释某一条语录。轻飘飘地粉饰太平,夸大地甚而违心地歌功颂德,是与高尚的人品,纯正的诗品不相容的。同样,艺术上的刻意取巧及与之表面相反而实质相同的粗制滥造,当都为严肃的正派诗人所不齿。

美学思想不是孤立的东西,它和哲学思想是紧密相连的。而哲学都是有党派性的——这一点,许多年不见理论家再提起它了,十分奇怪!——因此,对于某些公开反对马克思主义的,或者打着"补充"的幌子,实际阉割马克思主义的美学思想,我们不能不有所警惕。

什么样的作品是诗?我以为,除了形式方面的许多讲究外,概括起来,不外乎抒情、寄象、言志、载道,也就是情感、意象、抱负、哲理四个方面。在这四个方面当中,又以抒情与寄象、即感情与意象最为紧要,固然,言志与载道也不可能少。

1983 年 8 月 5 日—6 日于大连黑石礁

喜读李钢新作

李钢,这个名字不算陌生。

他写过许多诗,但是,老实讲,尽管都保持着中上的水平,毕竟没有几首让人过目不忘。

然而,这一回,我却深深地被震动了。为了他的发表在《星星》上的组诗《李钢诗选》,也为了他的发表在《诗刊》上的组诗《蓝水兵》。

为什么使我感到了震动?我想,秘密绝不仅仅在于他第一次创造了那么多壮美的意象,并且像一棵突然成熟了的橄榄树一样,在我们的头顶下了一场回味隽永的警句之雨;真正的秘密乃在于这两组诗的思想内涵的重量:对祖国,对海洋的主人公式的自豪感和责任感,以蓝白相间的海魂衫昭示着的无畏的事业心和进取心,只有那来自生活底层的有一股"台风烟草"味儿的男性的阳刚之气……(毫无疑问,它将有助于克服充斥了我们当前多数抒情篇章中的柔媚纤弱的女儿腔。)

李钢一锤紧接一锤地将他的诗的铆钉敲进了我的记忆的钢板,他的锤击如此之有力,以至于诗和记忆成为一体了。

谨向李钢同志致以战友的敬礼。

我由衷地祝贺他经过长途跋涉之后,终于找到了自己:水兵的血液开始从他的笔尖往外喷射——他像海神那样放声高唱,又像海神那样沉思絮语。

同时,我也由衷地为我们的诗坛庆幸,我们终于又发现了一位可以从不同角度加以考察的诗人;这些年来,不少论客侈谈着所谓的新诗潮,如今,倒是李钢从大海上给我们推来了一片遥遥在望的潮头,人们有理由期待,期待着喷雪的壮观。

自然,李钢的嗓音有时也存在着明显的沙哑和疲软,如《四月送我来到海岸》就是一个例证,但愿它是下一个更高昂的乐句前的弱拍子,但愿它是迎接新的跃进的一种"调息"。此外,似乎还应该注意精练;精练,是茁壮瓷实的肌肉,表面看去仿佛不够丰腴,实际上却是更难以摇撼了。

1983年8月　北京西苑

试谈革命的边塞诗派

——在石河子"绿风诗会"上的发言

大西北是祖国的一块宝地。她拥有占全国版图四分之一的巨大面积,生息着几十个兄弟民族,地广人稀,资源丰富,等待着我们去生聚、开发。在可以预见到的未来,西北定会大放异彩,以完全崭新的姿态崛起于人们的眼前。

河西走廊和丝绸之路历来是文化交流的孔道。在美丽的百花园中各民族人民都呈献过,并且还在继续呈现着自己的国色天香。盛唐以来,汉族诗人缔造的边塞诗派,就是其中十分重要的一份遗产。只要我们细心地剔除其中封建主义的和大汉族主义的糟粕,它肯定会成为一宗宝贵的精神遗产,在新的历史条件下,发挥积极的作用,从而有助于多民族的社会主义文学的更大繁荣。

提起唐代的边塞诗,必然要想到"诗家天子"王昌龄,以及他的同时代人李颀。同样,理所当然地也会想到比他们稍晚一些时候崭露头角的高适和岑参。王、李、高、岑的确是中国诗史上一个空前有力的创造集团,他们的作品有着强大的生命力,直到今天,仍旧能够拨动万千读者的心弦。这四个人当中,高适和岑参虽然在晚年都做了大官,"聊可自慰",却也写不出什么好诗来了,但他们在青、壮年时代,一直过着徙转艰苦的军旅生活,走了许多别人不走的路,受了许多别人不受的罪。至于李颀,生平郁郁不得志,区区小吏,仕途阻塞,终于愤然脱下朝廷命服,换上平民布衣,过越发清贫的日子去了。最为不幸的是王昌龄,屡遭贬谪,且不说它,安史之乱爆发,回到乡里,竟惨遭地方官吏杀害。

俱往矣,党的十一届三中全会以后的诗人是幸福的,今天的甘肃、青海、新疆等地区,有一支多民族诗人组成的庞大的诗歌队伍,可以开列一张很长很长的名单。他们的诗篇早已从戈壁、雪山飞遍全国,以自己的熠熠光芒吸引了人们的视线。他们是 80 年代臻于成熟的一代。然而,早在 50 年代初期,新边塞诗已经初见雏形。因此,如果把那一批当时活跃在这一带的诗人们一并算上,人数就更加可观了。他们一般都有开拓者雄浑而壮阔的襟怀,有勇于向命运挑战的强者的气魄,同时又都有善于思考人生的哲学家的静穆与庄严。这些共同的特点实质上越来越明显地形成了一个文学流派——新边塞诗派,一个从社会阶级基础上和思想政治内容上都完全区别于旧的边塞诗的革命文学流派。正如同我们并不认为"新疆"二字意味着不是我们固有的疆土一样,边塞,也不等于是非正义的征战之地。可以直截了当地讲,我们只不过袭用了古代流传下来的一个名词,这一点,是不应该引起什么误解的。

我们的文学正在高举着社会主义的旗帜奋勇向前。作为一个实力雄厚的文学流派,新的边塞诗人们可以毫无愧色地充当这支大军的尖兵。

时代不同了,"文穷而后工"不一定是适用于今天的普遍规律。当然,有志于诗的同志,不妨做这个思想准备,有这个思想准备和没有这个思想准备,其结局是大不一样的。即便你的一生当中,没有什么风浪起落,也绝对不要贪图安逸。当一个诗人,特别是当一个边塞诗人,万万不可追求舒服的日子。太舒服了,容易丧失斗志,而一旦丧失了斗志,就从根本上丧失了诗歌。正好相反,在锻炼劳动本领的同时,要锻炼吃苦的本领,要培养一种以苦为乐、以昔为荣的高尚的心理状态,必要时还得自讨苦吃,而不要怕"聪明人"的讪笑,说什么写诗的不是傻子,便是疯子。须知"聪明人"太多的社会只能是一个堕落的社会,一个没有希望的社会。我们写诗的人,应该努力造就一个朝气蓬勃的前途光明的社会。

上面说的,实际上是一个深入生活的问题。重要的是,首先要像千千万万普通老百姓一样生活,这是理解生活的起点,我们只有懂得了我们大地上的形形色色的真实的生活,才有可能懂得从文学意义上看取的生活,才有可能懂得诗。掘一口所谓心灵的深井,是无济于事的,充其量只能解你自己的渴(恐怕还未必),而不能解众人的渴。然而,诗人是为众人才活下去的人,他的诗歌必须是使所有干渴的灵魂得到净化的甘露,并且布施于一切热爱真、善、美,追求真、善、美的人们。否则,诗歌就阉割了自己的社会功能;阉割了自己的社会功能,也就等于否定了自己的美学价值。

时下我们的诗坛,我认为,有一个值得警惕的现象就是:爱情诗太多了,感叹一己之淡淡的哀愁的所谓抒情诗太多了。这类诗有一个共同的致命伤:儿女情长,风云气短,缺乏时代的钙质。好在我们甘肃、青海、新疆等省、区的大多数同行,在这方面还是坚持了革命现实主义的正确方向,有所为而有所不为的。借此机会,我谨向大西北的诗友们致敬。

大西北有荒无人烟的沙漠戈壁,也有万古森然的冰坂,有严重缺氧的高山,有七月流火的洼谷,有一望无垠的草原,有翡翠项链一般的绿洲,有充满神话色彩的内陆河流与盐碱湖泊,有广袤的等待开垦的处女地,有新兴的充满歌声的垦区、油田和矿山,有上百座发展中的欣欣向荣的大小城镇,有数不清的富饶的果园农庄……人们的生活方式也千差万别,种地、放牧、狩猎、开矿、采油、运输、做工,各式各样的职业,加上富有性格特征的风俗习惯……就拿普通的乡邮员来说吧,甘、青、新的乡邮员,他们肉体的和内心的体验,也要比内地丰富得多。

因此,从诗的角度看,大西北更是一块宝地。这就决定了,我们革命的边塞诗,比之于旧日的边塞诗,理当更加云蒸霞蔚,气象万千。

社会主义文学不是建筑在一片废墟之上的文学。那样的文学只不过是"左"派幼稚病患者眼中的海市蜃楼,正常的健康的诗人是不会去追求它的。我们主张继承和借鉴,因为唯有无产阶级有这个魄力。然而,不仅外国人的东西不能照搬,古代中国人的东西也不能照搬,我们的继承和借鉴都是批判性的,对旧边塞诗的思想内容尤其需要进行革命的改造。那么,我们今天的革命的边塞诗可以从旧的边塞诗里汲取一些什么营养呢?我想,回答这个问题的权威是甘肃、青海、新疆等省、区的诗人们,因为你们有实践,包括成功的经验和失败的教训。如果一定要我以旁观者的身份发一通议论的话,我建议,我们不妨对边塞诗的艺术成就,即构思的奇峭,气势的豪迈,格调的高昂,感情的跌宕,语言的瑰丽和节奏的急促这样一类长处多下一番研究的功夫。自然,更要紧的是表现当今的时代特色,表现四个现代化在西北这片辽阔的疆土上的特殊迫切感和特殊重要性,表现民族团结的意志,表现爱国主义的情操和共产主义的理想。

  生活是互相依存而又互相制约着的。我对西北的生活没有发言权,不过,凭直感,我敢说,这儿一定有着十分复杂、十分微妙的矛盾和冲突。我们没有理由回避现实中的一切矛盾和冲突,从矛盾和冲突的不断发生和不断解决中发现和谐和一致,正是诗歌的任务。诗人是以天下为己任的战士,不是孤芳自赏的隐士。因此,需要解剖社会,解剖作为"社会关系的总和"的人,同时解剖"自我"。唯有这样,才有可能摆正诗人与社会、主观与客观的关系。

  过去,我们往往强调诗歌的抒情性,今后仍然应该强调它;不过,有时候我们的解释似乎有点偏差,以至于达到了多愁善感的程度,另一方面却几乎完全忽略了诗歌还有无情的一面。多情的诗歌固然不乏动人的篇什,而我个人认为,如果能做到既一往情深而又铁石心肠,这样的诗才有指望成为史诗。这里应该加以解释的是,我所说的铁石心肠,当然不是赞成和肯定那种冷冰冰的淡漠的生活态度和写作态度。我是反对无动于衷的。但是,我以为,事件的发展与人物的命运都有其内在的逻辑和客观的规律,那结局也许是悲剧性的,我们作者的义务却是保卫这种必然性,而不以个人的爱恶去强行扭曲它。我想,这正是史诗所不可或缺的条件。

  毫无疑问,大西北是产生伟大史诗的国土。希望同志们立下雄心壮志,在这里写史诗,写这里的史诗。我想,写出史诗来,这才是 20 世纪 80 年代、90 年代乃至 21 世纪的大西北各民族诗人的光荣使命,这才是建立并且发展革命的边塞诗派的崇高目的。

1983 年 9 月 3 日 新疆石河子

对伊犁诗友们的希望

我提三点希望：

第一，伊犁地处祖国西陲，是名副其实的西大门。既然是大门，就有一个把门的任务。因此，希望生活在这里的诗友们多写军民团结、保卫边防、保卫四化的题材；不要把它看作仅仅是部队作家的分内事，应该看作我们大家的分内事。

第二，就伊犁而言，居民的主体成分是哈萨克、维吾尔和锡伯等民族，汉族是少数。此时此地，我认为，尤其有必要强调，必须像爱护眼珠子一般爱护民族团结。我们理应做到，不利于民族团结的诗一行也不写，有利于民族团结的诗要大写特写，对损害民族团结的行为要以诗歌为武器加以抨击。

第三，各兄弟民族都有极丰富的诗歌遗产和极优秀的诗歌传统，我指的主要是民间口头文学。我建议，汉族同志积极地参加它们的发掘、整理（更准确的词儿是"抢救"）工作，并在这一过程中造就大批诗歌翻译人才。文学的翻译是困难的，诗歌更加困难；兄弟民族有许多古典杰作和当代创作，因为没有人翻译而致"埋没"，十分可惜。这种局面不能再延续下去了。

新疆有一支很好的不脱离生活的诗歌队伍，在全国有不小的影响，人们谈论起它的长处来，总离不开雄浑、激越、壮美这一类字眼。这些，大概也就是作为一个流派的新疆新诗歌的共同风格吧。但是，新疆幅员这么辽阔，情况这么多样，因此，我觉得，各个地区也不妨扬长避短，寻求和创造自己的特色，这种特色和整体诗风并不矛盾，而是使得它更其充实和多彩。比方说，伊犁河谷就不应该和石河子一样，也不应该和喀什噶尔一样。听说伊犁地区已经出现了一个年轻的诗歌作者群,我很高兴,祝愿同志们迅速而又健康地成长,在震动全国的新疆大合唱中构成一个不可缺少的、不可替代的声部。

1983年9月8日　新疆伊宁

《酒的怀念》作者絮语

有的同志问我:你爱读什么样的散文?

我的答复从来都是:我喜欢富有诗意的散文。

散文并不散。相反,它应该在光洁的皮肤之下,包藏着瓷实的肌肉;它应该在素淡的衣着内部,活跃着热烈的灵魂。

要动真情,要有真知,要讲真理。

要言之有物,而不限长短,也要有节制,止于其所当止。

我还以为,散文中不妨掺和一点议论;鲁迅先生是我们伟大的典范。

收入这个小册子的散文——姑且叫作散文吧——其实不过是一连串的实验;它当然距离自己心目中的高度还远得很。我很惭愧它只能是现在这副模样,但我不甘心它永远是现在这副模样;我愿继续攀登。

1983年9月24日　合肥

期待诗歌评论的更大繁荣

要想写成一篇好的文学评论,不是一件容易事,而要想写成一篇好的诗歌评论,尤其艰难。

首先,作者必须懂得什么是诗,谈起来才不至于隔靴搔痒;其次,作者必须理解生活,并且能对它做出正确的评价,谈起来才能切实把握住时代的脉搏,从而获得一条准绳;第三点,但绝不是最不重要的一点,作者必须是诗人的朋友——倒不一定非相识不可,态度平等而亲切足矣——谈起来才会动真情。

这里,我没有把学习列进去,因为,我们今日的诗歌评论,当然是马克思主义的诗歌评论,据此,学习马克思主义,提高认识水平和鉴别能力,天经地义地是我们从事评论工作的同志的毕生任务。我以为,特别要弄通马克思主义的哲学。美学往往和哲学交织在一起,现在,某些西方资产阶级、小资产阶级的哲学思想正是从美学领域打开缺口向我们进行渗透的,这一点,应该引起我们严重的注意。

或问,你愿意读什么样的诗歌评论?

这个问题,我觉得,与其从正面答复,不如从反面答复更其明确。

第一,我不爱读那种端架子、打官腔的文章。这类文章,又有相反相成的两种表现形式,一种是板起面孔训斥别人,指手画脚,疾言厉色,俨然一代宗师,又语多暗示,意含威慑,仿佛摸到了上边的什么气候,乃作传达领导意图状,其实,纯粹是唬人。另一种是圆滑世故,闪烁其词,处处留一手,绕脖子话说了一大车,也不知道他到底赞成什么和反对什么,但他还要美其名曰:两分法;戳穿了不过是保留主动权,以便日后坐以观变,别人鼓掌,他就说他早已拍过手;别人棒喝,他就说他早已抡了棍子。

第二,我不爱读那种只有一分见识,硬发十分议论的文章。这种文章使人产生水里泡过的感觉。貌似面面俱到,实则浮泛无物,有哗众取宠之心,无实事求是之意。这种人爱把自己打扮成行家里手的模样,实际上他一行诗也不曾写过,甚至认真读诗也不多。

第三,我不爱读那种为了涂抹"理论色彩",旁征博引,大掉其书袋子的文章。无论是滥引古典诗话,或者诗人著述,都不是一个好的习惯,之所以说它不好,端的在一个"滥"字。回忆50年代,日丹诺夫走过红运,很当了一阵子中国诗人的义务保姆。如今艾略式和庞德又香得很,正在把着手教中国诗人怎样写诗。这种文章的作者,把别人的话抄来抄去,偏偏不说自己有些什么见解。他们还有一个特点,就是:为了炫耀所谓的科学性,故意把话说得佶屈聱牙;你认为不好懂,他却认为非如此不足以证明其逻辑的严密与内涵之幽奥。

第四,我不爱读那种捧场文章。言不由衷,敷衍客套,明明看出了缺点或弱点,就是不说。溢美之词过多,超出了肯定和表扬所必需的限度;一个有自知之明的诗人,读后只会感到浑身不自在,而对于旁观的读者,就非教他怄一场闲气不可了。

第五,我不爱读"革命大批判"式的文章。至于理由,大家都清楚,就不必絮叨了。

评论家最可贵的品质是有胆有识。分寸固然应该强调,旗帜千万必须鲜明。(哪怕你持折中态度,也无妨声明,当然要讲清你的依据。)对待名流,不好照直说不好,对待无名小辈,好就应该大声说好。

要求文学评论本身有文采,要求诗歌评论本身有诗意,我想,提这个要求并不过分。

评论的形式也不妨多样化。皇皇大论固然可以,札记、随笔、杂文(如鲁迅先生的《文学与出汗》)、书信、对话录,甚至诗,都无何不可。这在我们中国,本来是有传统的。杜甫和元好问就都写过很精彩很中肯很有诗意的《论诗绝句》。

评论家与诗人,评论家与编者、读者,应该保持同志式的合作关系。评论家的话不是法院的判决书,更不是组织上的政治结论,说好说歹,大可不必引起"休克",无论诗人或者读者,如果不同意评论家的意见,都可以起而争鸣。在这种时候,编者有责任保护这种正常的、有益的争鸣。

我想,假如这些都做到了,我们就有理由期待诗歌评论的更大繁荣,从而也可以指望诗歌创作的健康发展。

我偶尔也写一点评论文章,因此,上述种种,也是针对我自己而言,并不是说我已然达到了完美境界。我还得努力上进。

1983 年 9 月 29 日　合肥

诗要让人读得懂

——兼评《三原色》

  诗是文学中最精致的一个品种。然而,精致绝不意味着可以不让人读懂。俗话说"曲高和寡",当我们抽掉这句成语赞美调式高雅的意思,剩下来的不过是一种自我讽刺,它实际上标志着自命"曲高"者的惨败,丝毫也没有什么值得夸耀的地方。我们更不能去倡导或者附和那种谬论,说什么越读不懂的诗才越好,说什么写这种读不懂的诗的诗人,比一切人都高明,因为他(她)在为你的孙子一辈服务。说起服务,我们应该为谁服务?谁都知道,我们最迫切需要的是,为我们同时代的人民群众服务,为我们今天方兴未艾的四个现代化服务,为建设我们的社会主义精神文明服务。至于未来,它是一副什么模样,还是让生活在未来的作者和读者自己去描绘吧。诡辩是没有意义的,顶多不过是逃避现实的借口和遁词,它和劳动着、斗争着、哭着、笑着、相爱着和希望着的眼前活着的男男女女,从根本上缺乏共同语言。

  当然,你也可以为孙子一辈乃至后世若干辈所欣赏,就像我们今天欣赏李白、杜甫、苏东坡、辛稼轩一样。但这要求一条:你得写好你所面临的现实;须知这一现实,是无论如何也不会完全重演的,我们的祖先和我们的后辈,都不可能经历和体验。这就是说,假如你完美地突出地表现了自己所属的时代,那么,你就有可能取得超越时空的生存权。越是今天的,往往越是永久的;越是中国的,往往越是世界的。我们必须明白这个辩证的道理。

  要求诗要让人读得懂,当然不是要求大家都去写大白话。诗,首先必须是诗,或者说,诗,一定不能是非诗。什么是诗?三言两语的确说不清楚。不过,我想,至少应该具备这么几条:浓烈的情愫,纯洁的主题,大胆的构思,美好的意象,精练的语言,明快的节律,飘忽的灵感,深长的回味,大致整齐的格式和大致相近的音韵(也有自由体,也有不押韵的,但那是例外)……现在的问题是,有少数人,或者出于误解,或者出于偏执,或者索性就是出于一种有意识的狂傲——为了表明只有他写的才是真正的诗,是特殊又特殊的高级艺术品,一个劲儿地刻意地故弄玄虚,装腔作势,言不由衷,哗众取宠,在诗坛上表演出一幕一幕的"荒诞派戏剧"来。有的人,自己并没有想清楚,就匆匆忙忙落笔,以令人瞠目结舌为赏心乐事,以教人苦思冥想而自鸣得意。他从不认识别人之所以听不清楚和看不清楚,正是因为他自己想不清楚和说不清楚的结果。

我觉得,这实在是一种悲哀。

何况,诗,早已基本上从诉诸听觉的艺术转变为诉诸视觉的艺术,也就是说,从吟诵、朗诵转变成了书面语言。既然转变成了书面语言,它的阅读效果如果居然像读天书一般,令人丈二金刚——摸不着头脑,那就无异于自己否定了自己——没有必要再存在下去了。

近几年来,随着所谓的朦胧诗(又有人管它们叫"现代诗",仿佛凡是不写朦胧诗的"非我族类",都是上古诗人和中古诗人,可笑至极!)的出现、发展和演化,其中有一部分是越来越不知所云了。这是一个令人遗憾的而又有目共睹、无可否认的事实,它们不曾朝着健康的方向进步,偏是恰恰相反。众所周知,我个人曾经客观地认真地探索过所谓朦胧诗的来龙去脉,为它们做过一定的辩护,但同时也热切地寄以希望,期待它们的作者经过必要的引导而迅速地觉悟,最后能像戴望舒当年那样,走上或者接近现实主义的康庄大道。可是,渐渐地我感到绝望了。不过,纵然如此,平心而论,前些年的某些朦胧诗,还可以被称作诗。到了如今,它的末流以下的分行文字,却确实不知道应该叫作什么了。换句话说,人们把它们叫作什么都可以,唯独不能叫作诗。

这里我随便举一个例子,题目叫作《三原色》,发表于1983年四月号的

《青春》杂志上。下面是这首"诗"的全文。

> 我,在白纸上
> 白纸——什么也没有
> 用三支蜡笔
> 一支画一条
> 画了三条线
>
> 没有尺子
> 线歪歪扭扭的
>
> 大人说(他很大了):
> 红黄蓝
> 是三原色
> 三条直线
> 象征三条道路
>
> ——我听不懂
> (讲些什么呵?)
> 又照着自己的喜欢
> 画了三只圆圈
>
> 我要画得最圆最圆

坦白地说,我反反复复研究了不止十遍,到底还是莫名其妙,没有答案。作者还附有一篇《我谈我的诗》(以下简称"诗话"),编者也照发了,未加任何暗语。一首怪诗,再配上一段奇文,这本来是当今宣传所谓的现代诗的流行公式。见多不怪,其怪自败。而要了解这篇分行文字,却不能不参证"诗话",为此,需要做一点摘录:

《三原色》这首诗,没什么说的(其实诗都没什么说的),只要不认为是"儿童诗"就行了……昨天,有个朋友问我,"三条直线"和"三个圆圈"是不是象征这个意思。真的,我没有想到。随意性会留给读者更多的想象空白,让读者和作者共同完成一首诗,不是更好吗?!要知道,我们并不比他们聪明……诗,不一定要有一两句读后叫人拍案惊奇的句子,应该给人一种整体的美(或者说整体效果)——不能把诗句割裂开来欣赏。诗句如果可称为点的话,一首诗就是面。点要为面服务。点不能太工,会破坏面的。让人得到整体美吧。

(按:文中的着重点是我加的。——公刘)

《三原色》里的主人公,用三支不同颜色的蜡笔,在一张白纸上画了歪歪扭扭的三条线。人们自然会注意这两件道具——白纸、蜡笔,和这个规定情景——歪歪扭扭,从而推断他是一个孩子。然而,不,错了!哪三种颜色呢?红的,黄的,蓝的,三原色(原色,是一个色彩学的专用术语)即:派生出其他各种颜色的基本色素。谁能做出如此老练圆熟、富有理性的选择呢?显然,他不可能是一个孩子。然而,不,又错了!因为作者分明又说:"大人说(他很大了):/红黄蓝/是三原色/三条画线/象征三条道路。"接下去又写道:"——我听不懂/(讲些什么呵?)/又照着自己的喜欢/画了三只圆圈/我要画得最圆最圆。"根据这一大段表白,仿佛又以孩子自居了。然而,不,还错了!作者在"诗话"中郑重申明过,"只要不认为是'儿童诗'就行了。"可见,不愿意被误认作天真未凿的孩子,正是作者唯一的心愿。这样转转折折,是什么意思呢?我猜想,目的大概在于表明这首"诗",是经过深思熟虑而且有所寄托的吧？"微言"之中究竟含有什么"大义"呢？捉摸不透。这时,我倒真想大喊一声："讲些什么呵？"

有人说,《三原色》唱出了一代青年的心声,其理由是："白纸"是他们自身的写照；"三条直线"是三条不同的人生道路："红"代表革命,"黄"代表堕落,"蓝"代表平稳；"歪歪扭扭"是说一切都身不由己；"三只圆圈"是暗示：不论你革命也罢,堕落也罢,庸庸碌碌了此一生也罢,都跳不出早已划定的密封的可怜的小小范围。

我不能同意这种解说。依了这种解说,这首"诗"岂不更是一首有害的坏诗！因为它宣扬了经过"变形"的利己主义,也宣扬了无所作为的宿命论。何况,即便按这条思路去考察,也是破绽百出,根本无法自圆其说。

据我看,作者虽然卖了不少"关子",又故意对自己的写作意图闪烁其词,秘而不宣,目的只有一个：排遣某种莫可名状而又百无聊赖的情绪,使得许多严肃的读者——我是其中的一个——受了一次云遮雾罩的愚弄。这不叫写诗,这叫恶作剧！

我甚至怀疑,对于这样一类的所谓新诗,编者是否真有所悟？我没有向《青春》的诗歌编辑同志调查了解。不过,当另外一家同样颇负盛名的刊物以罕见的显赫、隆重的方式编排发表了引起强烈不满的另外一个组诗时（顺便说一句,这组诗最好是不懂,如果弄懂了,谁都会生气的！）,我倒是私下里以友人的身份求教于该刊的诗歌编辑之一。"你明白它表现的是什么吗？"答复是十分坦率的四个字："我也不懂。"那么,剩下来的疑问自然是：既然不懂,为什么又要向读者推荐呢？是不是也被它给唬住了？在这种情况下,编者就落到了十分尴尬的地位：他当了第一名俘虏。认真地说,这一类冒牌诗之所以风行一时,某些刊物的编辑同志是不能辞其咎的。

我认为,《三原色》作者的混乱不堪的"诗话"不仅仅是反映了他个人的思想状况,而且还反映了相当一部分作者的共同的思想状况,具有一定的代表性,值得一评。我说这个话,自信不是武断,更非强加于人。假如你留心某些刊物,多读一些排在诗歌栏目里的形形色色的作品,连同那些附带公布的长长短短的"诗话",那么,你肯定会得到一个印象,即:不论它们表面上怎么花样翻新,骨子里却是一路货色。以上面摘录过的一段"诗话"为例(我只引用了与《三原色》有关的文字,还有一些别的,也荒唐到家,暂且不议),至少有四点,是我不敢苟同,因而不能缄默的。

第一,诗,果真是"都没什么说的"么?不错,"诗无达诂",这是我国从古流传至今的一句老话。然而,据我的理解,这主要是指面对后人对前人的某一首诗的解释纷纭而言。它主张容许有分歧,甚至有对立的意见并存,而绝不是说诗的本身、诗的作者"没什么说的"。一首诗,哪怕它不过三行、五行,它总要告诉读者一点曾经使诗人为之动心的情愫、观感、意念和形象,也总是通过这个一点什么,才能在作者与读者(编者往往是第一个读者)之间搭起的一座心灵的桥梁,才能沟通,才能呼应,才能共鸣。这个沟通、呼应和共鸣,是理解的不同阶段,由表及里,由此及彼的三个不同的阶段,一个阶段更比一个阶段深化。我学习写诗的时间不能算短了,我却不知道怎样去写这种"没什么说的"的诗。我总是先觉得有一点什么东西在心里萌动、酝酿,直到它在心里熊熊燃烧起来,烧得我辗转反侧,坐卧不宁(这点东西成熟了),需要告诉别人,吐出来才痛快(也许这个痛快正是倾吐某种痛苦感情的结果),需要争取别人的同情与支持,赢得了这种同情与支持才感到欣慰与满足。如果不是这样,我是绝不动笔勉强写一个字,特别是我早已过了"为赋新词强说愁"的年龄。大概是我太平凡了,我从来也没有体验过像这位作者所介绍的什么也不曾想("没什么说的"当然是什么也没有想过)却能创作出一首好诗来的奇迹。

第二,什么叫"随意性"?猛一看,他的意思好像指的是含蓄——"随意性会留给读者更多的想象空白"——可惜,经不起推敲。试问,含蓄怎么能和"随意性"画等号呢?"随意性",顾名思义,乃是一种极端放任、"绝对自由"的主观性,是唯心、唯我的表现形式,而通常理解为留有余地和蕴有余味的含蓄,却是艺术上的一种技巧或手法。因此,无论从概念的内涵和概念的外延上研究,两者都是风马牛不相及的。"诗话"的作者在这里不过是玩弄了一个调包的把戏罢了,虽然相当巧妙。

应该强调指出,含蓄绝不是什么随意性。含蓄,无论它在诗里还是文里,都是一个有着鲜明倾向的规定范畴,它有它依托的母体——主题思想。这一点是不容混淆的。

不错,在解释别人的一首诗的时候,往往会发生这种情况:仁者见仁,智者见智,有关各方似乎都持之有故,言之成理。然而,归根到底,对作者而言,当他下笔的时刻,他心目中却只能有一种意念,也就是说,或者是"仁",或者是"智",不可能二者兼备。也许有人会问:倘若他描写的是一种运动,一种变化,一种行进式,又当如何呢？我以为,这好答复,只要我们采取实事求是的态度,不要忘记诗人眼前出现的也无非是一个或者一串"定格"就行了;当然高明的诗人能够把一系列经过解剖的分开动作,一系列一刹那间的相对固定的姿态和情绪,巧妙地组装起来,并且表现出流动感,从而造成迷惑和错觉。但是,高明的读者对之也只不过击节赞赏,而决不会惶惶然的。总之,在这个问题上,是不能把运动的辩证法篡改为诡辩哲学的命题的:A是A,A非A,A是B,A是C,A是D……硬要这样做,就只能闹"瞎子摸象"的笑话。

同时,所谓的随意性,也不应该混同于象征性。诗歌创作中,经常使用象征的手法,这是常识。什么是象征？根据《辞海》的注解:"①用具体事物表示某种抽象概念或思想感情。②文艺创作的一种表现手法。指通过某一特定的具体形象以表现与之相似或相近的概念、思想和感情。如鲁迅的小说《药》的结尾,以革命者夏瑜坟上的花圈象征革命的前景和希望。"可见,象征如要成立,首先得有某个对应物的明确存在(哪怕是观念形态的存在),这也就是说,一定要先有被象征的事物(或观念),然后才能有所谓的象征。象征,是作为一种暗示,一种隐喻,一种尽管曲折但毕竟能够沟通通向事物的途径,而被读者所承认,所把握的。它不是虚无缥缈的无法理解的东西。因此,象征性也绝对不是这位作者宣扬的什么随意性,这是再明白不过的道理。

顺便说到"现代诗"的鼓吹者们经常使用一个在我说来是不可思议的名词,即所谓的多主题。我猜,这个"随意性"是不是"多主题"的同义语?然而,恕我"老顽固",我认定一件作品只能有一个主题;"多主题"的新品种,这个世界上似乎还不曾有过,正如同我们没有见过又是人又是马又是鸟又是鱼的怪胎一样。

第三,"诗话"接着又有一句似是而非的话:"要知道,我们(指作者)并不比他们(指读者)聪明。"乍听之下,这是谦辞,没有什么不对,谦虚使人进步嘛。谦虚是美德,甚至还可以说,谦虚还是一条处人处事的原则。不过,我却认为谦虚用在这里不是地方,反而令人觉着虚伪。为什么呢?因为,除了谦虚的原则,我们还有一条重要一百倍的根本原则,我指的是实事求是的原则。这是一条总原则。也许有人会摇头,说我在这儿反对谦虚,提倡骄傲;我不怕这种指责,因为我的态度是实事求是的,我保卫的是实事求是的根本原则。我要肯定地讲,诗人,一般地说,在写诗这一件事情上,他比不会写诗的人聪明,个别地说,诗人,当他写出一首胜似别人的诗的时候,他就不但比一般不会写诗的人聪明,而且比虽然会写诗却写不出他这样一首好诗来的诗人们聪明。所以,在选择题材、表现主题、实现艺术构思的特殊劳动中,他应该也必须比一般读者聪明。当然,这是有一定范围和一定程度的,不能无限制地运用于一切场合。我们不妨设想,假如你所发现的东西对任何人都毫不新鲜,你所描述的东西任何人都有透彻了解,你所使用的语言也是任何人都能脱口而出,那还要诗干什么?还要诗人干什么?

第四,这则"诗话"提倡所谓的整体美,也有偏颇。不错,一般而言,整体美的确是值得诗人去追求的美感目标之一,也是人们心目中的审美尺度之一。然而,"诗话"的作者在这里违反了辩证法,因而到头来不得不受辩证法的惩罚。他说:"诗句如果可称为点的话,一首诗就是面。点要为面服务。点不能太工,会破坏面的。"显然,他割裂了点和面的对立统一关系,只是片面强调了它们的统一性,而完全忽视了它们的差异性即矛盾性。离开了面,固然点不存在,离开了点,难道面又能存在么？所以,不仅是单方面的点对面的义务,还有相对应的面对点的责任。我的意思是说,不但要求整体美,也应该同时要求局部美。一首好诗,正是由许许多多"工"的——即优美动人的诗句组合而成。组合是有机的组合,因此不能任意拆卸掉、砍削掉它必备的成分。面是目的,点是基础。我们的国家是一个有几千年诗歌实践的诗的泱泱大国。杜甫诗云:"语不惊人死不休。"历代诗人和诗评家又总结出来一个名叫"诗眼"的美学概念,"诗眼",正是《三原色》作者鄙薄的那种"令人拍案惊奇的句子"。我们在将新诗推向前进的艰苦努力中,难道真能听从这一类不负责任的诱劝,像抛弃一只破鞋一样抛弃我们祖先的真知灼见吗？我认为不能。

　　以上所说,算是针对《三原色》及其"诗话"的一点批评,但又不限于《三原色》。类似《三原色》的"诗"俯拾皆是。不过,切勿误会的是,我并不是要证明或论断《三原色》一类诗的作者们不足以言诗。事实也不是这样。同一位作者,发表在1983年的《星星》五月号上的《红烛——读闻一多诗后》,就相当明朗、清新和警策,也很好懂。原诗只有八行,却充分证明了作者的才能。为了和《三原色》作一对比,抄录如下。

> 远古时代有一位匠人
> 一生制了无数支蜡烛
> 有次手指被生活割破
> 那天就是红烛的诞辰
>
> 黑暗糊起茅屋的苦涩
> 红烛宛如竖着的手指
> 血滴在敲打他的桌子

匠人死了，还没燃尽夜色

大家可以看到，诗并没有因为让人读懂了，或者因为有一二句很"工"的句子，便破坏了或者削弱了它们"整体美"，也不是由于作者"没什么说的"才写出这么一首小诗来，更不是兴之所至，由"随意性"牵着鼻子走，而进入这一成功的境界。作者同志的两种截然不同的实践结果，推翻了他为《三原色》写下的"诗话"。"诗话"里的论点，基本上都是错误的。而《红烛》的路子倒不至于把自己引入不可知论的死胡同。

一个有才能的作者，一时迷路也是常事，不必大惊小怪。关键在于得靠自己的双脚，及早走出迷津，找到发挥才能的广阔天地。我诚恳地希望：这位作者以及像这位作者一样的作者们，今后多学习一点马克思主义的哲学和美学，多学习一点社会，多学习一点人民的语言，多学习一点古典诗歌遗产，多学习一点真正优秀的富有人民性的外国诗歌，既不要去赶时髦，也不要孤芳自赏，更不要狂妄自大，尊重传统而不固守传统，承认别人的长处而不自轻自弃，为人民而不是为"自我"写作，就一定会青出于蓝而胜于蓝。

1983年10月4日—5日　安徽淮南

答伍夫楹同志

伍夫楹同志：

我刚从外地回来，读到《诗探索》编辑部转来的你的信件，感谢你对我的鼓励。

对于你所谈各节，我大体上是同意的。但也有几点说明。

第一，关于浪漫主义问题，你的见解是中肯的，我完全赞成。我之所以在拙稿《关于新诗的一些基本观点》中，只提现实主义，目的完全在于匡救所谓"现代诗"即"朦胧诗"之严重脱离生活的弊端，正如我前几年不遗余力地强调现实主义，目的在于抨击"左"倾机会主义的产物——"假、大、空"一样，都是有针对性的。

我很爱读古今中外的浪漫主义的作品。我自己的一些诗作，其实也有浪漫主义的因素。我认为，在新的历史条件下，浪漫主义就不仅仅是理想和幻想，而简直可以成为预言了。只要实行科学的社会主义，这一前途就有保障。将来，遇有机会，我当试撰专文，探索浪漫主义或者现实主义与浪漫主义相结合的课题。总之，我是非常佩服我们的老祖宗屈原、李白等人的，我也非常欣赏拜伦和雪莱。同时，我也为我们在新中国成立后缺少浪漫主义的名篇佳作而焦急。如果我从前的文章给了人以只讲现实主义、不讲浪漫主义的印象，那是我自己行文不周到的结果。这个误解应当消除。

第二，关于"我"和"自我"，的确，正如你在信中指出的，严格地说来，这二者并无原则差别。那么，我为什么还要把它们区分开来呢？这，也是被论争的对方逼出来的。我觉得，某些现代主义诗歌的鼓吹者，他们不满足

"我",而改为标榜"自我",是有深远的考虑的。"我",既可以是唯心的,也可以是唯物的,其审美效果全因作者的世界观和作品的社会政治倾向而异。"自我"就大不一样了。在他们看来,这是对于转入"内心世界"的一个充分的肯定。我以为,他们之所以抛弃"我"而选择"自我",并且大讲特讲"自我",不过是一次明确的理论升级。他们实际上已经滑到唯心主义者的立场上去了——也许是不自觉的。

我们和某些现代主义的信奉者们之间的争议,已经逸出了美学的领域,进入哲学的范畴了。这就是全部事情的实质,其严重性也正在于此。这是我的认识,不知你以为如何?

第三,关于新诗的民族化问题。我认为,这个概念似乎不够完整,完整的提法应该是民族化和群众化。

有那么少数几个人,指责新诗"欧化",我把他们看作遗老遗少,实在不足以言新诗。在他们的头脑中,不但没有辩证法,简直连进化论都没有,有什么可说的呢!

新诗才不过六十几年的"诗龄"。六十几年,在一个血肉之躯来说,是一辈子,但是,对于历史的长河,它不过是短暂的潮汐而已。和唐诗、宋词、元曲的发展(从萌芽到成熟),根本无法相提并论。因此,要求新诗在短短的六十几年内把什么都"化"成功,那是不现实的。

值得注意的是,有的人不是出于好心的急性病,而是出于鄙薄甚或嫉恨。对于前者,我们可以理解,对于后者,我看,必要时应予回击,他们太不讲道理了。

我赞同你的看法:新诗已经走在民族化、群众化的大道上,而且做出了不可抹杀的成绩。当然,还要继续努力,一代人,两代人,三代人不间断地奋斗下去,也许,有朝一日,局面会比今天理想得多。

《关于新诗的一些基本观点》是匆匆忙忙写好的——《文学评论》编辑部打长途电话来约稿,而且限我十天交卷;一万多字,抄都要抄三四天。论点不可能周详而严密,那是必然的。出乎意料的是,文章发表以后,我收到许多肯定它的读者来信,特别令人欣慰的是,一些知名的诗人和评论家也纷纷来信,表示支持。而今又收到你的信,编辑部要我公开答复,我也就借这一机会,作如上的补充,作为对所有关心这篇文章的同志们的一个充满感激之情的回答。

公刘

1983年10月9日　合肥

《白色花》学习笔记

1981年出版了一部多人诗选集，书名《白色花》，选录了"七月派"二十位诗人的作品；我敢肯定，这必将作为中国新诗运动史上的一件大事而载入史册。

三年来，这部诗集我读了不下四遍，外出开会，我也常常随身携带。虽然，其中主要的部分早在40年代就曾零星读过，我和它们，称得上是老朋友了。在"七月派"全体昭雪冤狱，重见光明的今天，旧雨重逢，欣慰之情，的确非笔墨所能形容。

时光老人是公正的，尽管风吹雨打数十载，一旦云破天开，仔细辨认它们的音容笑貌，竟更增添了许多的妩媚！这的确是在当时迎面一瞥中无法领略的。

这是中国现代诗歌中功勋卓著的一大流派。然而，就在这同一流派之中，这位诗人和那位诗人，彼此之间也是神情风韵大不相同。在这种情况下，通过比较的方法，由个别到一般，从局部而整体，琢磨其特色，考察其成就，实在是一桩十分有益而又十分有趣的工作。阅读之余，我顺手做了一点笔记，不一定每位诗人都加以评论，更不一定每首诗都加以分析，只不过根据我的认识水平，应肯定的肯定，有疑问的提问，如此而已。现在略加整理，公诸同好，亦就教于这一流派中健在的同志们，所以也就不揣谫陋了。

一、《白色花》序。绿原写了一段解题的话："如果同意颜色的政治属性，不过是人为的，那么从科学的意义上说，白色正是把照在自己身上的阳光全部反射出来的一种颜色。"

这使我想起少年时代跟着老师做的两次有关色彩学的试验：一次是按照光谱分析的比例，做一张涂上赤、橙、黄、绿、青、蓝、紫七彩的硬纸板，使之在阳光下急速地转动起来，这时，呈现在我眼前的竟是一片纯白！另一次是把这七种颜料也按一定的剂量掺和在一起，结果却是深不可测的漆黑！我之所以回忆这些，是想为上面引的绿原的话做一个小小的注脚：不妨强调指出，40年代是空前伟大的时代，全民族都在抗日的口号下激荡起来了，变化是那样剧烈，旋转是那样迅猛，渣滓和精英的分离是那样不可遏止；正是这样一些客观条件，使得这些不同气质、不同风格的诗人及其作品，在马克思主义思想的阳光之下的七色花轰然怒放，变成了纯净的皎洁的坦荡的白色花！

二、《白色花》序。绿原又说"与其说，'诗必须是诗'还不如说，'诗绝不是非诗'"，看上去，这不过是提法上的一点改变，其实大有深意。反证的语气往往较之正面表述的方式来得更有力，更明确，更坚定。我赞同这些差不多的方块字的重新排列组合。

三、《白色花》序。绿原的另一段话，可以看作"七月派"的创作宣言，这就是："他们坚定地相信，在自己的创作过程中，只有依靠时代的真实，加上诗人自己对于时代真实的立场和态度的真实，才能产生艺术的真实。脱离时代，即脱离了自己所处时代的血肉内容——中国人民在共产党的号召和领导下，同国内外敌人进行生死搏斗的血肉内容，是不可能产生真正的诗的；同样，脱离了后者，即脱离了诗人为人民斗争献身的忠诚态度，也是不可能产生真正的诗的，而且，如果不把两者结合起来，没有达到主客观的高度一致，包括政治和艺术的高度一致，同样也不可能产生真正的诗。"

根据我的理解，这里有两重意思，一是要有强烈的政治倾向性，二是要有鲜明的艺术个性，而且这二者必须统一为一个完整的有机体。

否则，没有诗。

如果这一理解不太偏离的话，所谓"七月派"，在实际上就是一个追求革命的真善美的诗人集团，一个由共产党员和共产主义者以诗为武器参加人民斗争而自愿结合的诗派。

我以为,正是这一点,决定了"七月派"在中国新诗运动史上功勋的不可抹杀和地位的毋庸争辩。

四、《白色花》序。如上所述,"七月派"是一个强有力的艺术流派。它的代表既是而又不仅仅是这个集子里排列成阵营的二十位诗人。事实上,还有若干位贡献更大的诗人,"出于非艺术的原因,不便也不必被邀请到这本诗集里来",尽管"他们当年的作品却更能代表这个流派早期的风貌"。序言中的这番含蓄曲折的话语至关紧要。它一方面阐明了"七月派"是那个时代的天然产儿,一方面还透露了"七月派"是那个时代的诗坛盟主。

我认为,这样的叙述是符合史实的,不这样讲反而是不公允的。

五、阿垅的诗是思想者的诗。可以说,没有一首没有痛苦的、沉重的思想,而这种思想,正是当时在暗夜中的中国的时代特征。

六、《纤夫》。阿垅写得有多么的好啊!

> 正面着逆吹的风,
> 正面着逆流的江水,
> 在三百尺远的一条纤绳之前,
> 又大大地——跨出了一寸的脚步!
> ……

一方面说是大大地,一方面又说是仅有一寸的脚步。这一寓意深远的意象,不正是艰难困苦中坚决前进的中国革命的真实写照吗?!

阿垅也是纤夫。

> 纤夫们自己——一个人,和一个集团,
> 一条纤绳组织了脚步

> 组织了力
> 组织了群
> 组织了方向和道路,——
> 就是这一条细细的、长长的似乎很单薄
> 的苎麻的纤绳

这是在歌颂马克思主义的思想领导。思想,貌似脆弱,实则坚韧。

> 但是一寸的强进终于是一寸的前进啊
> 一寸的前进是一寸的胜利啊
> 以一寸的力
> 人底力和群的力
> 在迫近了一寸
> 那一轮赤赤地炽火飞爆的清晨的太阳

太阳,当然是一种隐喻;他说的是人人共享的美好幸福的没有阶级没有剥削的未来。

阿垅在这里做了一个榜样;诗,应该怎样去实现自己的政治使命。他写的是逆水背纤,心却贴着革命跳动。

七、《琴的献祭》。这是阿垅的又一代表作。

> ……
> 我愤怒得要在我这屠宰场和垃圾桶的
> 世界上毁灭地放火;
> ……
> 但是我也认识,我自己的渺小

> 而我不过是一粒火星
> ……

于是,诗人借助于希腊神话来描述这种急切的大痛苦:

> 我,像 Tantalus 饥渴于在眼前飞来
> 幻去的鲜果活水
> 像 Sisyphus 上山下山地推滚石头
> 而不断奋勇和徒劳
> 像 Narcissus 忠守着四目相视的美
> 丽的水中影子
> 是本身底影子也是爱情底化身,
> 又甜又苦的可悲的幻觉
> 像 Prometheus 狂号于
> 不是被不断毁伤,而是为了那在
> 不断新生的心肝。……

> 我底口号是:
> 人民!人民!卑贱无光的人民!
> 人民哟!……

诗人抚琴了,纵使听众仅仅是一个人(人民的"群"的一分子),纵使只剩下"一块平直的硬桐树板",并且"不剩一弦"。

多么执着的深沉的爱!

八、鲁藜始终是一位热爱生命,热爱自然的歌手。他的歌,最大的特点是通过日常的现象,抒发深刻的真理,而清新之气扑面而来,又使得他的歌具有

一种特殊的魅力。

九、《泥土》。这是一首被广泛传诵的小诗,50年代的青年把它抄在自己的日记本上——它已经变成了革命者的箴言。

十、《草》。结句也是发人深省的:

> 到秋天,我就枯萎
> 我准备火种给严寒的世界,

一扫历来文人骚客的悲悲切切的没落情调!写得刚健,写得乐观,写得坦诚。

十一、《山》。描写了延安窑洞的灯火,非常朴素,也非常美。

> 我是一个从人生的黑海里来的,
> 来到这里,看见了灯塔。

黑海,显然是指那个暗无天日的卑鄙污浊的旧社会,因此,窑洞灯火一下子升华了,变成了从思想上也从艺术上指明命运和前途的灯塔;感情是真挚的,没有必要再加什么形容词,加了,夸张了,就反而虚假了。在这里,它教会我们辨别:什么场合是不能修饰打扮的,而应任其自然,任其无言。

十二、《河》。容量是巨大的,虽然只有九行。它的意象是"意"在不言中的"象"。你看,一滴一滴的泉水汇入了延河,默默地,持续不断地;突然,青年勇士登场,喝水饮马,又匆匆离去。但诗人是聪慧的,他并没有写青年勇士牵着战马去向哪里,却回过头去又写延河的奔波不息,"奔波到哪里,奔波到黄河。"黄河两岸,当时正燃遍了民族解放战争的烽火……于是,这首小诗就这样巧妙地实现了自己的构思,精悍而又饱满,短小而又完整。

十三、冀汸,自来就是一位战士,哪里有战斗,他就在哪里歌唱。长诗《跃动的夜》,是当时大后方传诵一时的名篇。冀汸歌颂全民抗战,歌颂我们民族在生死搏斗中迸发出来的原始的力。我们没有机械化,但是我们有人。人本来是最有创造性的,特别是当着他被复仇的哲学武装起来的时候。然而,国民党政权却反其道而行之,不但不组织、激发这种力,偏偏残民以逞。度过了1939年白色的残冬,当蒋介石的真反共、假抗日的面目大为暴露以后,诗人把悲愤的笔锋指向了和民族敌人一道杀害人民的阶级敌人。他开始写《罪人不在这里》,他开始写《我不哭泣》,前者号召人们追查刽子手,后者鼓舞人们挺起胸膛斗争。

在中国人民和世界人民的联合打击之下,日本军国主义终于走上了绝路,而不得不宣告无条件投降,这时,名义上代表中国的反动当局,又磨刀霍霍,准备新的屠杀。冀汸在这关键时刻,秉笔直书,记录了我国"最后一个王朝"在昆明的暴行:

没有一滴葡萄酒
没有发光

没有反叛者的号角
一声呼啸,田野都是回响
没有燎原的火
一星爆炸,便成猛烈的泛滥的燃烧
没有一把即使万分迟钝的匕首
和疯狂者作五步以内的决斗
我们都是徒手……

生命呵,生命呵
在今天,在中国

>没有更多的期求——
>
>能够唱歌最好
>
>能够大声哭泣也好
>
>能够骄傲地活着最好
>
>能够不屈地死去也好

这不是"民不畏死,奈何以死惧之!"的再版么?这不是"时日曷丧,予与汝偕亡!"的再版么?尤其是最后两个"最好"和两个"也好",真是用得再好不过了。怨毒么?对!这叫作革命的怨毒。

十四、在1955年被迫害致死的郑思,如若天假以年,一定还会像写《秩序》一样,写出"左"倾机会主义的罪行录来的。这是一位多么敏锐、多么机智、多么热情、多么富有才华的诗人啊。可惜啊可惜!

他在1946年写的诗体报告,是用向北方(解放区)诗人写信的方式,写了一份力透纸背的控诉书:控诉国统区内的腐败而残暴的秩序;控诉国统区内禁锢诗神缪斯的"秩序";控诉国统区内卖国求荣的"秩序"……他向往解放区,他热爱解放区,他歌颂解放区,他在磐石般的黑暗中昂起了不屈的头颅,把希望的目光投射到解放区!

>我想着那些和野花们恋爱的古城
>
>我想着那些没有眼泪的人民
>
>我想着那些为汗珠装饰着的胸膛
>
>我想着那些"凡娥玲"和诗章……
>
>而且,我也想着
>
>为了迎接大风雨
>
>英雄们正在集体地死去……
>
>于是,我便严肃而且静静地

向远方送出了我底亲热的祝福……

如今,我们的人民国家终于走上了诗人早年祝福的道路。但诗人自己却不在人世了,让我们也祝福诗人的冤魂安息吧。

十五、曾经有人将曾卓当作新人,这实在是莫大的误会。四十年前,他就开始写诗了。这不是无知,而是悲剧,我们生活的悲剧,制造了多少类似的以叟为童的笑话。

不少人写过铁栏内的老虎或者豹子。有的侧重怜悯,有的侧重敬畏,但像曾卓这样突出对于自由的向往的,没有。

曾卓(也许是无意识地)运用了电影的手法,你看,他给我们拍摄了一些什么样的珍贵镜头:

虎在笼中旋转。　　　　　　　　　　　　　　　　(远景)

虎在狭的笼中　　　　　　　　　　　　　　　　　(近景)

沉默地　　　　　　　　　　　　　　　　　　　　(摇)

旋转,

低声地　　　　　　　　　　　　　　　　　　　　(摇)

咆哮,

不理睬笼外的嘲弄和施舍。　　　　　　　　　　　(换)

它累了,俯卧着

铁栏内

一团灿烂的斑纹,

一团火!　　　　　　　　　　　　　　　　　　(中距离)

站起来,　　　　　　　　　　　　　　　　　　　(近)

两眼炯炯地发光，　　　　　　　　　　　　　（额部特写）

锋锐的长牙露出，　　　　　　　　　　　　　（腭部特写）

扑出去的姿势　　　　　　　　　　　　　　　（近）

使笼外发出一片惊呼！　　　　　　　　　　　（拉）

它深深地俯嗅着　　　　　　　　　　　　　　（特写）

自己身上残留的

草莽的气息，　　　　　　　　　　　　　　　（眼睛的特写）

它怀念：

大山、森林、深谷……　　　　　　　　　　　（叠印）

无羁的岁月，

庄严的生活。

深夜　　　　　　　　　　　　　　　　　　　（由远而近）

它扑站在栏前，　　　　　　　　　　　　　　（定格）

它的凝注着悲愤的长啸

震撼着黑夜　　　　　　　　　　　　　　　　（由近而远）

在暗空中流过，　　　　　　　　　　　　　　（化入为星空）

像光芒流过！　　　　　　　　（虎眼金睛与河汉繁星叠印）

铁栏锁着

火！　　　　　　　　　　　　　　　　　　　（淡出）

　　我敢肯定，这首诗一定会成为传世之作。

　　我们感谢曾卓。他使我们看见了、并且体验了一只陷入牢笼的老虎的心境。他没有说一句多余的话，便教我们深刻地理解了自由的含义。

诗为心声。假如说,《铁栏与火》反映了诗人当时身处地下,不得不与白色恐怖相周旋的典型环境下的典型心理,那么,《悬崖边的树》就是另一种白色恐怖(林彪、江青两个反革命集团擅权作乱的十年)下的勇敢自白。

《悬崖边的树》是一个奇异的形象,同时又的确是一个崇高的形象。"它的弯曲的身体／留下了风的形状／它似乎即将倾跌进深谷里／却又像是要展翅飞翔……"

这是一首自况诗。它充满了孤独的美,寂寞的美,倔强的美!我往往情不自禁地想,如果有人把这首诗变作一幅油画……又何必呢?诗本身不就是画吗?

十六、世上有过多少人,描写春天、赞美春天的诗?没有统计过。筛选下来,杜谷的《泥土的梦》无论如何也不应该漏掉。这是一首不可多得的好诗。娴静中蕴藏着纷纭的动态,名曰:梦,实则抒写了天地交感的始末,含蓄而委婉,富有意在言外的情致。作者使我们对春天充满了朦胧的期待与渴望。

十七、《写给故乡》。这不是怀乡病的结晶,这是杜谷唱给新四军的一支情歌。诗人欢呼新四军在敌后的艰苦战斗和辉煌胜利。突然,皖南事变爆发了,抗日的勇士们遭到了暗算,"千古奇冤,江南一叶",诗人被激怒了,旷古未闻的阴谋和罪恶啊!

> 我们战斗的兄弟
>
> 倒在背后射来的枪声里……

诗人也只能到此为止。反动派正在大张罗网哩!于是,我们听懂了诗人的誓言:

> 我也要昂然奋起
>
> 跃过丛生的荆棘

> 跟随那些叩你火之门的兄弟
> 扑向你的怀里

好一个"火之门"！这才是对故乡的最热烈的赞颂！诗人要采取行动了,因为,他告诉了我们:"这二十五岁的年轻,还必须在土地上开花。"

十八、绿原,我认为,他是"七月派"中最为杰出的一员。他在近作《歌德二三事》中,写过这么几行。

> 写得自然,写得明朗,
> 写得完整,写得大方,
> 写得严肃,写得健康,
> 写得妩媚,写得雄壮。

综观他自己的作品,也许可以说一声庶几近之了。

这当然是了不起的成就。

从他第一本诗集《童话》起,直到目前,诗人走的始终是一条奋斗之路——不断地自我更新,不断地向高水平前进。令人遗憾的是,中间有将近四分之一世纪的空白,虽然不是他的过错。然而,失之东隅,收之桑榆;假如不是这样,绿原恐怕就停滞在一位政论诗人的境地,难以自拔了。我们也就读不到像《重读〈圣经〉》这样出类拔萃之作了。

"七月派"诗人的作品中,每每有涉及《圣经》故事的,我想,那实在是一种斗争策略。处在蒋家王朝的暴政压迫下,现实既不可接触,动辄遭忌犯讳,于是,诗人们便借用《圣经》这部外国宗教经典,寄托讽喻,以明其志。新中国建立,本来这一现象该是一去不复返了的,无奈又有一场"十年浩劫",逼得人们重新捡起这本"异端"的著作,这样做,并不意味着最后皈依了宗教,到"天国"去求解脱,也不意味着真有什么需要忏悔,到"造反派"脚下去"坦白交代"。绿原的结论做的是革命者和无神论者的结论:"对我开恩的上帝——只能是人民。"这话在当时,的确是苍凉的,而同时又是洒脱的;这不是诗人的二重性,这是一件事物的两面。我完全能够理解。后来的事实也证实了,这一信念带有预言性质的准确。党根据人民的意志,认真而彻底地清理了历史上遗留下来的种种积案难题——"左"倾思想的若干批受害者头上的乌云吹散了,太阳的光辉重新照耀着每一个一度被割弃的儿子们的心田。

诗人迭有佳作问世,这大概也是对"上帝"的一种报答吧。

我惊喜地注意到,诗人的风格有了转变,不,与其说是转变,不如说是飞跃。论辩的机智让位于哲理的旷达,精巧让位于拙朴,尖锐让位于老练,甚至连节奏也换了一套新的鼓点,急骤一变而为沉稳了。这当是饱尝人生忧患的结果。

从前的绿原可不是这个样子。从前的绿原是写《憎恨》与《小时候》的绿原,是写《给天真的乐观主义者们》与《伽利略在真理面前》的绿原。

《憎恨》是那样的激烈:

杀死那些专门虐待着青色谷粒的蝗虫吧!
没有晚祷!
愈不流泪的,
愈不需要十字架,
血流得愈多,
颜色愈是深沉的。

不是要写诗,
是要写一部革命史呵。

这里流露了一种纯正的、急切的、然而毕竟有一点幼稚的主观愿望。

再读《小时候》：

> 小时候，
> 我不认识字，
> 妈妈就是图书馆。
> 我读着妈妈——
>
> 有一天，
> 这世界太平了，
> 人会飞，
> 小麦从雪地里出来，
> 钱都没有用……

你看，天真得如同一朵轻云，明净得如同一泓山泉，从孩子的眼睛里幻化出一个多么美好可爱的世界！可是，现实呢？

诗人念出来妈妈的结论：

> 但是，妈妈说：
> "现在你必须工作。"

岂不是有点煞风景吗？诗人是诗人，他有不受约束的想象之翼；诗人是人，他必须在大地上找个落脚点。他不能不收敛自己孩子式的冲动，也不能不习惯于成人式的冷静。简简单单两个字：工作，立刻就回到了人间，不平的人间，纷乱的人间，应该改造的人间，于是，整首诗像获得魔力一样地飞腾起来了，主题升华了，有了革命的含义了。

到了1945年前后，中国土地上开始了两种命运的决战，诗人的敏感的心,又响应了历史的庄严号召,诗风为之一变——他老是寻找对手辩论,他老是想说服不觉悟的人们起来斗争。

写于1944年的《给天真的乐观主义者们》,慷慨陈词,有一种内在的振聋发聩的雄辩力量,作者毫不畏缩地展开了自己的政治旗帜。

> 我并不信仰西欧的德谟克拉西,亚细亚
> 也不需要人道主义的惠特曼
> 这无光的大陆正在从事反抗和斗争

诗人的目光投向了延安,投向了明天的中国,投向了自己英勇的同志,把希望完全寄托于中国共产党领导下的人民大革命。因此,

> 虽然《圣经》不敢发表他们的史迹,
> 博物馆不敢陈设他们的塑像
> 甚至百科全书不敢记载他们的姓名,
> 然而我可走向他们……

战斗者是不需要颂歌的,正如战斗的诗本身也不需要颂歌一样,他们的和诗的存在与壮大,就是完整的肯定和崇高的赞扬。

在这首长诗里,作者以犀利的解剖刀,剥开了黑暗社会,从最高层直到最底层,暴露了当时国统区一面是荒淫与贪婪,一面是饥寒与死亡的真情。然而,诗人并未因为一片漆黑而悲观绝望,相反,他眼中充溢着婴儿诞生的光明,他把自己的诗比作"从中国这古老的胎盘出世的同志的报告",又说,"愿他的希望比他的回忆愉快些!"什么是"亮色"?这,我以为就是"亮色",而并不是去美化现存的东西。

如果"干预生活"这个口号可以成立的话,那么,绿原早就在"干预生活"

了。人间没有一件事,能逃脱诗人的目光。我相信,诗人将永远信守这一点。

选入《白色花》的他的九首诗,我的评价是:每一首都是耐读的精品。

十九、徐放的《在动乱的城记》,对 1946 年的重庆,作了着力的刻画,对处于彼时彼地的知识分子的心境,也作了真实的剖白:

苦痛啊!
我顺手翻开了一本被查禁的书。

在这里,
只有石头才不哭泣!
……

"只有石头才不哭泣!"毫无疑问,这不仅仅传达了人民中最敏感的部分,即知识分子群的呐喊,而且传达了全体劳动者的呼号!应该说,徐放的诗作虽然不多,但写出了这样的名句,也就确立了自己的诗人的地位。

二十、依照选本的排列次序,现在轮到了牛汉。牛汉大概是"七月派"中唯一的少数民族诗人。他是定居口内的蒙古将军的后裔。也许正是由于他祖先的血液,使他歌喉初展就选择了《鄂尔多斯草原》。难道这是一种神秘的向心力吗?好一个神秘的疑问!不过,肯定的事实是,他并没有去过鄂尔多斯草原,正如同叶赛宁没有去过波斯一样。然而,他又写得多么动情,多么丰满呵!这怎么解释呢?我想,唯一的解释是政治——牛汉把离陕北近在咫尺的鄂尔多斯作为延安的替身来歌颂了,来礼赞了,这是诗人内心的秘密。但聪明的读者都能猜到。国民党的书报检查大员们,干着急,没有借口对这首诗下毒手。诗人胜利了,人民胜利了,这就是在诗以内同时又在诗以外的斗争艺术!

作者和读者,相对会心地微笑。我们只是震惊于又陶醉于这首诗的强大热情。写诗是需要激情的,激情是加速器,它能使诗歌通向人们心灵的路程缩短,我以为,如果人们想理解什么是激情以及激情的作用,那么,《鄂尔多斯草原》堪称一个范例。

二十一、《在牢狱》,是牛汉的另一力作。不但悲壮,而且对敌人充满了最大的鄙视。

这样的宣言是勇敢的:

> 狱里,狱外
> 同样是狂暴的迫害,
> 同样有一个不屈的
> 敢于犯罪的意志。

这里的"犯罪"一词,当然是反话,应该读作"起义"或者"造反"。它的引申的含义,就是:整个中国不过是一座大牢狱,人民只有起来暴动,才能找到出路,今天的读者也许不无遗憾地发问:为什么不提到共产党呢?哪怕暗示一下也行啊。这个问题好回答。诗人本人是地下工作者,他怎么会忘记党呢?他怎么会忘记母亲呢?一切的"起义"和"造反"都是党所领导的,因此,不必说"党"而"党"自在,这是不言而喻的。顺便说一句,青年朋友们必须以历史的眼光去看待那些产生在昨天的作品,因为,今天已成为历史的东西,在昨天正是现实。

《我的家》也很动人,完全没有充斥于某些描写生离死别情景的诗篇的饮泣和嗟怨。这是一个革命者的心胸开阔的记录:

> 我们生命相连,
> 离别

> 好像一把刀子
> 将一颗圆润的苹果
> 　　切成两半。

如果仅仅止于这一段,势必形成脆弱的一环,而置全诗于危险的境地之中。诗人十分灵巧地将笔锋一转:

> 哎,哎,
> 各人坚守着各人的种子吧!
> 暴风雨来了,
> 我们同时出芽。

果然化险为夷! 应该强调说明的是:这纯粹是诗人自身感情的真实写照,完全与技巧无关。从这一小小的例证,不难了解,那种不尊重生活,光迷信技巧的理论,是多么严重地缺乏说服力,它只能诱使意志不坚定者走上歧途,导致诗的毁灭。

二十二、"文化大革命"中,牛汉写了《蚯蚓的血》《巨大的根块》和《麂子,不要朝这里奔跑》。前两首又属于自况诗一类。后一首似乎是为别的同志担忧,唯恐他上了圈套,为阴谋所加害。

在那种岁月,歌颂蚯蚓,是可以被"造反派"上纲为图谋不轨的"铁证"的;所以,这是一首大胆的心歌。牛汉真挚地写道:"我的身高近两米/浑身的血/何止几万滴/但是,我多么希望/在我的粗大的脉管里/注进一些蚯蚓的血/哪怕只是一滴。"诗人需要蚯蚓的血干什么?"……为了种子发芽/为了阳光下面的大地丰收",他情愿"默默地/在地下耕耘一生"。如果我们知道诗人大半辈子的坎坷经历,那么,面对着这样一种卑微、谦恭又虔诚的心愿,我们便会肃然起敬了。

《巨大的根块》是赞美灌木丛的生命的顽强的(它"在深深的地底下/凝聚成一个个巨大的根块/比大树的根/还要巨大/还要坚硬"),人们喜欢燃烧它,拿它来取暖,因为它"是最耐久的燃料/因为它凝聚了几十年的热力/几十年的火焰"。没有透露一丝感伤,相反,倒充满了献身的欢乐。如果这不是"赤子之心",又是什么呢?

《麂子,不要朝这里奔跑》,它里边写的种种,是许多人都体验过的,一位纯洁的善良的好同志,带着几分傻乎乎的天真,径直进入猎手们的埋伏圈,终于成为那个杀机四伏的时代的牺牲品!能不教人焦急吗?能不教人惋惜吗?能不教人愤怒吗?全诗意在言外,却藏针于绵。

二十三、作为剧作家的鲁煤,其影响大于作为诗人的鲁煤。人们都熟知他执笔的《红旗歌》,那是解放初期全国上演的"热门戏",但是,不太有人说起他的诗,尽管《表》在国统区,《戎冠秀和钟》在解放区都曾经是文艺爱好者的话题。

《表》里有一层象征大哥的监督与催促的意思,读的人往往容易片面地理解为怀人之作而忽略了它。如果忽略了它,自然咀嚼不出来最后一段的韵味。"表/联系着哥哥和我/联系着两个/工作的世界"——彼此都在为了一个共同的革命目标而"艰苦工作"着。

《戎冠秀和钟》,一首朴实无华的颂歌。全诗只有一个形象:钟;只有一个想象。洪亮而又悠扬的钟声。它代表了战争年代的诗风:单纯,一切为了前方的胜利。诗若达到了这个目的,诗也就完成了自己,人们今天可以批评它过于简单,然而,历史就曾经这么简单。今天的繁杂正是昨天的简单的后代。我觉得,我们还是尊重这一段历史为好,须知,这也是在尊重我们自己。

二十四、谈起化铁,我有文字难以传达的悲痛。第一,此人生死未卜,但弃世而去的可能性极大;第二,此人极有诗才,但留下来的诗甚少,《暴雷雨岸然轰轰而至》大概是诗人留给我们最珍贵的遗产。

可以说,这一首诗是不朽的。它充满了大革命的气势,充满了对未来的向往,充满了对干净天地的希冀,而且带有预言的性质。

一位歌手,能留下一首歌,也就可以瞑目了。

二十五、乐观、舒展、明朗,是罗洛的一贯诗风。

《我知道风的方向》,仔细品味,还能咂出一股民间谣曲的风味,这当然是指艺术风格而言。

如果从政治上来观察,那么,这首写于1948年的有名的诗歌,正是一张大红喜报:解放军的凌厉攻势和国统区人民斗争的汹涌浪潮……因此,风的方向不仅仅体现在群鸟"矫健的双翅",体现在"麦穗的俯伏的头",体现在"池沼的笑的波纹",体现在"山坡上修饰的树干",而且:

> 我知道风的方向
>
> 从我的流泪的脸
>
> 为什么"流泪"?为了胜利在望。
>
> 我知道风的方向
>
> 风打从冬天走向春天
>
> 我知道风的方向
>
> 我们和风正走着同一的道路啊……

读到这里,难道还会有人怀疑这个答案?!

整理完毕这一束笔记,我觉得自己仿佛聪明了一点。40年代的这个重要的艺术流派——"七月派",再加上其他流派,知名和不知名的诗人的劳绩,能够给我们一个准确无误的信息:中国新诗在前进!

汲取他们成功的经验,牢记他们挫折的教训,这,应当不只是对我一个人大有裨益。

我们必须继续走下去,前面更辉煌。

1983年10月14日—24日　合肥

附录一：耿庸同志来函

公刘同志：

原谅我冒昧给你写信。

读到《艺谭》二期上你的文章。作为"七月"诗人们的朋友，我感谢你。但我给你写信却为的是要对你说：化铁活着。新近找到他。他在南京秦淮区副食品公司职工学校教书，正在艰难地重新拿起笔来。

向你致敬。

耿 庸

6月25日

附录二：罗洛同志来函

公刘同志：

在《新民晚报》上看到你在《艺谭》二期撰文的消息，接着收到友人寄赠的《艺谭》。你的敏锐的观察、果敢的判断和朴实的文风，受到你的读者们的一致称赞——虽然我接触到的人并不多。只有一点需要"更正"，你说化铁"生死未卜"（去年9月在新疆，我也是这样对你说的），上月我才得知，他还在人世。先是上海一位同志得到传闻，说化铁在南京"卖菜"，接着南京一位同志走访了三十多个菜场，居然找到了他，不过不是"卖菜"，而是在一家菜场当主任，现在在秦淮区蔬菜公司管职工教育；那二十多年，他在四川，平反后才回到南京，带着他唯一的财产——他母亲的骨灰匣。他现在身体不行了，患萎缩性胃炎，正住院疗养。在疗养院里，他已开始写上点散文，没有写诗。他在信中对我说："诗，暂时还写不出来。因为我想，诗应该弹奏出时代的主旋律。但这条主旋律以什么形象表达出来，我一时还没有找到。"从这里,也透露出他为什么一贯写得很少的消息。

他多年与世隔绝,上个月才看到友人寄给他的《白色花》,但他终于还在人世,这足以使人高兴了。

附上小书一册,请正。

罗 洛

6年25日

焊工和流浪汉的诗论

——小谈弘征诗集《浪花·火焰·爱情》的一个特色

迄今我还不曾在湖南逗留过,因此无缘认识湘江。然而,我见过的江流不少,而且往往是在不同的时序先后欣赏同一条江;原来,一年四季,江的性格和面貌是大不相同的。我想,湘江亦当如是。熏风轻飏,它无比欢快,每一朵水花仿佛都在嬉笑;骄阳曝晒,不知道是什么缘故,它的旋涡又全蕴蓄着愤懑,冬天呢,和夏天正好相反,凝滞而衰弱,纵有二三涛声,也夹带着喘息,唯有秋日,满江流泻着安详,明净中显示了智者的深沉……

我要说,弘征同志的多数篇章一如秋日的江水。

弘征向志和我通过不少信,但直到1981年他为大型文学刊物《芙蓉》来合肥组稿,才初次见面。从那时候起,我才知道他的本名是杨衡钟——"衡中"(他50年代写诗用的名字),在他的家乡新化方言中,发音和"弘征"差不多。但无论是通信或者面叙,他绝口不谈自己的遭遇。而据我对人世的观察,深知凡是不叫喊一己之痛苦的人,无非是这么两大类型:一类是城府颇深,换句话说,就是世故;另一类是襟怀开阔,换句话说,就是自信。显然,看人读诗,弘征属于后者。

关于他的经历,我从侧面多少了解到一点。早在50年代,他还是一个天真无邪的少年,就已经开始写诗了;有的篇章当时还产生过一定的影响。但是,赶上他像收获前的庄稼般拔节成长的日子,突然遭到了"扩大化"的早霜。尽管他本人是焊工,是工人阶级的一员,在那"工人阶级说话了"的岁月,同样不能幸免于无妄之灾。于是,他被驱逐出工厂,在"改造"和流浪生涯中,一晃二十二年。三中全会以后,才得到了改正。这一段动荡不定的流浪汉生活,既丰富了他的阅历,也锻炼了他的耐力;而他兼擅篆刻和书法,又正说明了他的涵养。弘征同志也许不是典型的诗人,不过,从严格的意义上讲,弘征同志却始终是位标准的好人。直到1979年,他还有研究铆焊技术的论文问世,大受识者的欢迎。

我有许多受难的朋友,但像这样不声不响地但问耕耘的,仅此一位。我总是怀着钦佩的心情想起这一点,因为它确属罕见。

这,应该说是弘征同志为人的一个特色。

正如已故的著名文学评论家萧殷同志在《浪花·火焰·爱情》的《序》中指出的:"从弘征的诗中,可以看出他对中国古典诗歌有较深的素养,这不仅因为他既写新诗,也会写旧体诗词,而是说从表现手法上,语言的运用上,音韵的讲究上,都具有中国传统诗歌的特色。"

我愿补充一句:弘征还继承了自杜甫以来以诗论诗的宝贵传统。这一点,形成了这本诗集的一个少有的特色,值得一谈。

他不但写了《论诗绝句》十二首,而且用新诗的形式,写了《致诗人》十首,我以为,后十首也是论诗绝句,虽然是四行诗的新绝句。不论是旧体新体,立论都很精到,发人深省,而且本身是诗。

他提倡阳刚之气:

登高远瞩驭风云,
锦口尤须战士心。
不弃笛箫勤击鼓,
雷霆毕竟胜轻音。

他为诗歌艺术辩护,而同时又反对文字游戏:

《锦瑟》无人作郑笺,

>　　千秋谁个识斯篇？
>　　曲高未必真和寡，
>　　乩语灯谜不可传。

他揭示真诚的重要意义：

>　　可怜闰月汉家营，
>　　十字回肠意不穷；
>　　蓦地《上邪》呼号起，
>　　始知直率更深情。

他呼吁文艺批评要力戒片面性：

>　　采菊东篱静穆神？
>　　刑天曾见眼圆睁！
>　　何擎一叶青如许，
>　　便道参天满绿荫？

他更强调诗人的人民性：

>　　雕琢沉吟不计年，
>　　晶莹圆滑只堪怜，
>　　诗坛代有名篇出，
>　　总是人民肺腑言。

　　同样，弘征的新绝句也和旧绝句相仿，充满了深刻而锋利的剖析，直到今

天,仍然有着强烈的现实针对性。例如:

> 诗歌是回音壁,
> 回响着人民肺腑的歌吟,
> 莫把它当作时钟,
> 只定期重复着单调的声音。

这流露了诗人对诗歌可能"穿新鞋,走老路"的高度警惕。又如:

> 愿谄媚不成为诗坛的门票,
> 愿钻营者不成为诗国的明星,
> 愿谎言不被捧为杰作,
> 愿鹦鹉不被称作出色的诗人!

它表明了作者对诗与诗人的品评标准。他所斥责的可鄙现象,至今也未必完全绝迹。再如:

> 难道有这样的诗情,
> 要紧皱双眉去字里行间觅寻?
> 在嚼过一大把黄连之后,
> 赞美从涩梨中尝到了甘芬?

这一首诗说的全是反话,弘征的本意在于:必须坚持"诗应该是诗",不能忘记历史的教训,不能降格以求,更不能容许赝品流行,败坏胃口。又如:

> 如果只要热烈的喊声就能动听，
> 青蛙该是最出色的歌星；
> 如果华丽的辞藻堆砌就是好诗，
> 画家的调色板一定是画廊的珍品。

多么辛辣的嘲讽！无论如何，我们也不可堕落为"青蛙歌星"和"调色板画家"！

还有意味深长的一例：

> 当民主和自由正展翅飞翔，
> 请不要再来喋喋不休的呼唤，
> 当真理正锁困在囚笼的时刻，
> 一声叹息，也能撼动高墙！

这里说的是战士的品格，在传达人民心声的时候，要直言不讳，并且要在最紧迫的关头挺身而出，要敢于抗争，要善于悲叹……

我们的社会固然需要针砭，我们的诗坛同样需要针砭。由于回答了这一种需要针砭的客观历史要求，这本诗集自有它存在的价值。

弘征同志已过不惑之年，他正在走向人生的成熟。我希望，一如他在《诗之愿》里动情地歌唱过的，写出更多的好诗来。"使幻灭的心灵恢复信仰/让瘫痪的四肢产生力量/从冰川下看到春天的花蕾/在微弱的脉搏上听到生命的希望/……/使最狡黠的骗子听了惊慌/让灵魂的刽子手感到绝望/致命的子弹瞄准恶魔的心脏/向堂皇的假面射去投抢/……/做一颗铺垫真理之路的石子/不祈求嵌着珠宝的权杖/把最后一缕缕血丝灌进冲锋的军号/仆倒在为祖国和人民而战的沙场……"

这诚然是一个崇高的境界，但不是不可以达到。请看，那成百成千的已故的诗人,正在光辉中向我们招手。我愿与弘征同志,也愿与更多的诗人们共勉:一道跋涉,一道登攀,一道冲破终点线。

1983年12月5日　合肥

开拓精神万岁

——《天山诗丛》总序

新疆人民出版社一下子给我邮来了十部诗稿,嘱我为这个行将问世的丛书作一篇序。我放下手头的一切工作,花了整整半个月时间,逐字逐行地通读了一遍,能从歌声中结识这么一个庞大的新疆诗人群——既有50年代、60年代、70年代开始写作的中年诗人和青年诗人,也有兄弟民族诗人,真是三生有幸,我没法子不激动;感触很多,反而不知道该从何说起了。

去年9月间,我去过一趟新疆。但由于所在单位一再电报催促回家参加机构改革,我被迫中断了原定的日程,把终点暂且放在伊宁,调转头便回了乌鲁木齐;来去匆匆,见闻有限。然而,纵使这样,我也自信领略了一点新疆特有的诗意。

新疆特有的诗意是什么?闭目凝思,窃以为,"开拓"二字,也许可以概括。

记得旅途之上,每当我问起下一站在哪儿歇脚时,得到的答复总是同样的一句:再走×百里。大矣哉,新疆!这种雄伟的气魄和寥廓的境界,给了我十分强烈的印象。

应该说,收在这套丛书中的大部分诗作,一般都能反映这一特色。无论冰峰、火洲、草原、湖泊、沙漠、戈壁、毡房、畜栏、开垦、狩猎、葡萄园、坎儿井、胡杨、塔松、清真寺、巴扎、叼羊、姑娘追、热瓦甫、冬不拉……端的是这一方的水土和这一方的景观,这一方的人物和这一方的心态。没有,或者缺乏亲身体验的人是肯定写不出来的。

这又印证了一句话:生活是创作的唯一源泉。

可能会有人摇头:老一套!

不错,被实践反复检验过的真理,往往像是老生常谈。然而,如果人们真的把它当作了老生常谈对待,那就未免太轻率了,可以断言,受害者不会是别人,只能是自己。

生活是没有穷尽的,任何人都无权夸口:我的生活已经足够了。永远没有足够的时候。何况,爆发在生活中的诗的灵感,从来都是一个害羞的、胆怯的天使,她在你的视野中,绝不会原封原样地出现第二次。诗人的任务是,及时捕获这稍纵即逝的精灵,用文字加以固定,或者说,用文字加以复印。

一切全靠生活底蕴的厚实。我想,在这套丛书的作者中,凡是取得了成功的同志,都是生活的有心人。

尤其值得珍贵的是,新疆的生活既是开拓者的生活又是正在不断开拓着的生活。在人与自然的关系中,开拓意味着进取和奋斗,意味着无所畏惧,意味着寄希望于未来,因此,它需要理想、勇气与毅力。新疆的诗人理所当然地应该有开拓者的气质。在人与艺术的关系中,开拓意味着探索和创造,意味着革新,意味着绝不认为每件事情都有了现成的答案,因此,开拓者诗人所坚持的现实主义,就不应该仅仅是一种创作方法,而应该是一个开放的艺术思想体系,它要显示包罗万象、消而化之的气度,它要恪守以我为主、为我所用的原则。

纵观新疆近年的诗坛,确实令人欢欣鼓舞。一些有代表性的诗人写下了一些有代表性的篇章,它们有明明白白的时代感,扎扎实实的历史感,它们有胸襟、有力度、有严峻豪迈的美,有粗犷与细腻的适当糅合,最重要的是,它们有明天。

展望未来,我对新疆的新诗运动的前景是乐观的。乐观的最大根据是:新疆有人才,因为开拓出人才,只要不丢掉开拓精神,新疆的诗歌就一定会有更灿烂更广阔的前途。

是为序。

1984 年 1 月 11 日　合肥

谁是 21 世纪的大师？
——读《青年诗选》有感

青年是时代的晴雨表。

诗歌是感情的晴雨表。

我常想，如果有一种出版物，兼具这两大晴雨表的作用，那该多有意思！我向大家推荐的中国青年出版社的《青年诗选》第一辑和第二辑，在某种意义上说，正是这样的一种读物。这两部《诗选》收录了粉碎"四人帮"以来迄1982年间，出自青年诗人之手的较有影响的篇章。应该说，有了这两部选本，人们对于历史新时期的中国青年诗坛，大致看得清一个轮廓了。

青年人可塑性强，他们成长为什么样的接班人，关键在于我们给以什么样的引导。正确的引导乃是包括出版机构在内的全社会的任务，而且必须以社会方式来进行。中国青年出版社发扬脚踏实地、不事张扬的优良传统，抓紧这一重要选题，广搜细筛，三年之内连出两部，并且打算把这项工作长期坚持下去。而就已出的两辑来说，也都清楚地表明了他们的文学主张，提倡明朗的、健康的、革命的诗风，反对晦涩的、腐朽的、倒退的诗风，这些，理当受到赞扬和感谢。

人人都有青年时代，但不可能人人都当青年诗人。然而，尽管如此，人的一生却无一例外地包含了一个诗的阶段，这就是青春期。待到步入中年，一般说来，生活就逐渐散文化了，不再像过去那样充满了激情、梦幻、冒险和跌宕。我们有许多以小说、戏剧见长的老作家，往往从爱好诗歌和写作诗歌开始他们的文学生涯，就是一个有力的证明。更多的从事别的专业的老一辈，也几乎都有一段与诗或者诗意有关的往事。看来，这大概是一条规律。青年,就其气质而言,的确与诗同属一类。既然青年象征着我们国家民族的命运和前途,而思想特别敏锐,情感特别丰富的青年诗人又是他们同辈人的精神代表,因此,要想预测中国的未来,考察一下中国青年诗人队伍的状况如何,虽不中,亦不远矣。

没有必要照抄名单,光凭第一辑四十四名、第二辑五十二名这样两个可观的数字,就能检阅队伍的威武雄壮,而增添乐观和信心了。两数相加,共计九十六位。说他们是一个以诗歌为武器,冲锋在前的光荣的尖刀连,实在当之无愧。诚然,一支队伍的结构,总是处在不断的变化更替之中的,从开始到后来,不可能也不必要保持原封原样;有的成员坚持下来了,有的成员由于不同的原因退了出去,这是合乎客观事物的发展规律的。即以九十六位而论,才过去不多几年工夫,就已经出现了十分明显的差异:有的继续在写,而且有所突破,这部分人数目不大;有的也不断有新作问世,却基本上原地踏步,这部分人为数颇多,还有起点便是顶点,甚至从诗歌的地平线上悄然消失了的,这一部分也是少数;更有个别人发生了迷误,正在回顾自己的脚印。我以为,发生这样的分化是正常的,值不得惊惶和忧虑。

两本《诗选》给我的总印象是:生活底蕴厚,无病呻吟少,调子大体高昂,情绪基本饱满,即便是抚摸伤痕,也并不曾失掉希望和勇气。特别值得指出的是,大多数作者都迈步在革命现实主义的康庄大道上。然而,这一事实,并不妨碍有一部分浪漫主义的或者糅合了浓重浪漫主义色彩的诗歌入选。我相信,人们对此将不会感到意外。由于诗本来就是审美客体的心灵化,就其本质而言,诗和浪漫主义是无法分割的。还有少数篇什,看得出来,它们大胆地汲取了现代主义的某些技法。鉴于一个时期以来,有大量文章对现代派做了批判,也许有人要怀疑:这类诗是否应该重新评价呢? 我想,对待现代主义的某些可供借鉴的东西,我们的态度仍旧是一如既往,加以肯定。事实上,与其说我们一般地反对现代主义,不如说我们坚决反对那隐藏在现代主义美学包装下面的资产阶级哲学,反对它在思想内涵方面与我们时代、人民和事业的悖逆。我觉得,现代主义不能简单地同精神污染画等号,正确的说法只能是:革命现实主义是最好的创作方法,但绝不是唯一的创作方法。与革命现实主义并存的还有其他的创作方法。我甚至想讲一句也许不合时宜的话,这就是,假如有人愿意创立一个在政治上与党和人民方向一致的、在艺术上严肃的中国的现代派,应该是无何不可的吧。真正要贯彻双百方针,离开了不同流派的竞赛,终归是不能设想的。

我们的新诗如何继承、发扬民族传统?这是读了这两本《诗选》以后,必然会考虑到的另一个重要问题。一个诗人的功力如何,固然首先表现在有无新的创造与开拓上,但是,不可否认,同时也要看有无深刻的继承。仔细分辨一下,从不少青年朋友的不少诗作中,能看见他(她)师承的影子。师承当然也是一种继承。不过,若以传统而论,范围就比这个广泛得多,古典的、民间的,都不能排斥在外,局限于"五四"以来的新诗也是非常不够的,更不必说把目光仅仅固定在现今的几种报刊了。从一首诗里,不但要读出诗人的"我",读出诗人的同时代人,而且要读出诗人的列祖列宗。这,的确是青年同志们的一大薄弱环节。意识到这一点的人是虚心的,他们将努力加强学习。

人们在猜测,21世纪的中国诗歌大师,大概就诞生在这一群之中。究竟谁最后能成为大师呢?除了必需的客观条件之外,我看主要还是取决于本人的深入生活、辛勤劳动与勇敢实践。

我愿致以普遍的祝福。

1984年1月18日　合肥,是日积雪盈尺

徐明德和他的诗

我认识这组诗的作者徐明德同志,但我绝不是由于这一点才写这几句话。

大概是1974年至1976年间,我和小徐——那时候人们都这么叫他——有过一段交往。说来纯属偶然,当时他在晋南某地驻军,被借调到太原的一家刊物帮助看稿,我在晋北某地刚刚重新分配工作,因公出差也到了太原,并且借住在那个编辑部的寒碜的客房里。恰巧他正在偷看一本"毒草"诗集——我写的《在北方》,不知道他怎么了解到我就是该书的作者,竟毫无顾忌地跑来找我,同时要求我对他的一沓诗稿提意见。在那种年月,这于我实在是忧多于喜,因为,如果一旦出了什么问题,我无疑就是所谓的教唆犯了。

我记得,那些诗都写得比较一般,然而,有其可贵之处,这就是:他不跟上"四人帮"的文风写乱七八糟的吹牛撒谎的诗,我对这个穿军装的热情的小伙子,开始有了一点好的印象。

后来,又陆陆续续读过他不少作品,有的是面交的,有的是邮寄的,一次比一次有进步,我感到十分高兴。

显然,徐明德同志不是那种才华横溢、锋芒外露的青年。但是他为人正派,工作踏实,学习刻苦,态度谦虚,在各种"造反"观念像瘟疫一般流行的反常时代,即令对人民解放军而言,这也成为罕见的品质了。

我永远不会忘记的是,天安门事件发生不到三天(最迟是第四天),我又一次在太原遇见了他。他刚从北京归来,见了我二话没说,便关紧房门,详尽地对我叙述了他本人目击的一切;对周恩来总理的逝世,不胜悲悼;对邓小平同志的蒙冤,不胜痛惜;对爱国青年的惨遭镇压,不胜愤慨;对以江青为首的一伙蟊贼,不胜切齿仇恨……他向来不善于辞令,但这时却口若悬河,谁也挡不住,真是慷慨激昂,溢于言表。我想,我大概也是从这时候起,把他看成是自己的忘年交的。

最近,他将标题为《我是战士,生活在今天》的组诗寄给了我,希望我发表一点评论。我读了,觉得的确不错,因而很乐意回忆一下往事并谈谈对这个组诗的观感。

组诗一共五首,我认为,写得最成功的是《我站了一千公里》《祖国,我没有学历》,其次是《我恨》《送别归来》和《给小女儿》。

诗风是健康的、朴实的、明朗的,充满了军人的使命感,而又没有回避历史新时期的种种矛盾。他不是一般地抽象地表现人民军队的本质,而是着眼于80年代的特殊色调,形象地反映这一本质。因此,他跳过了那最容易掉进去的陷阱——说教。比如他描写自己在长途旅行中站了一千公里之后,终于得到了一个座位,而又毫不犹豫地让出这个座位时,他抵制了各种诱惑(有的是出于习惯,有的是出于低能,有的是出于错误的"诗歌作法"的指导)。没有采用那种最熟悉、最便当、最保险的办法,而是诉诸了人的心灵:

> 快,给年轻的母亲,
> 给希望,给未来
> 腾出一个舒适的位置,
> 让婴儿明亮的瞳仁
> 摄下军人的形象,
> 让这浓缩了的社会懂得:
> 军人的生活中,
> 最多的是,站立!

"站立"二字,不是胜过一千句一万句口号么!

我很欣赏这样的结束,这不是结束,而是真正诗的开始,作者把我带到了这首诗以外的另一首诗当中去了。

比较弱一点的是《给小女儿》,我考虑,之所以弱,恐怕弱在缺少个性化,没有把"这一个"当军人的爸爸的"这一个"写出来。

人们往往认为,恩格斯的关于典型环境中的典型性格的见解,仅仅是针对小说、戏剧等大部头说的。我却以为不然,诗,特别是抒情诗,同样应该注意典型意义的发掘,鉴于不少同志的忽略,这种发掘似乎还必须加以强调。

徐明德同志参军十余年,一直坚持在基层。基层,这是一个大有裨益的学校,我相信,他还会写出更好的诗篇来的,尽管可能得比别人多花一倍或若干倍的气力。

1984 年 1 月 27 日　合肥

《九叶集》的启示

同《白色花》一样,《九叶集》是在1981年问世的。自从那时以来,人们就把辛笛、陈敬容、杜运燮、杭约赫、郑敏、唐祈、唐湜、袁可嘉、穆旦等九位诗人冠以"九叶"的雅号;当比较集中地发表他们的诗作的时候,刊物编辑部也每每另辟一个"九叶新绿"的专栏,以引起读者的特别注意。除了穆旦亡故,活着的大抵都年事已高,看见他们花开二度,的确不能不唤起我们对党的十一届三中全会的感激之情,同时,也不能不唤起我们对这一个诗人群的由衷敬意。

"九叶",如同"七月派",在20世纪40年代,也是一片顽强的树林,风雨雷电都难以毁灭这个集体。他们之所以走到一起来了,完全是通过诗歌创作,通过诗歌创作所体现的文学主张;他们在相互"见面"时能拿得出来的名刺和相片也仅仅是各自的精神劳动的产品。众所周知,"九叶"在中国,是被人们看作现代主义或者带有某种程度的现代主义倾向的文学流派的。换句话说,"九叶"不像"七月派",他们不是直接楔入现实的搏斗之中,而更多一点客观的冷静成分。当然,他们和"七月派"的根本区别还在于,他们九位在政治上是一个比较松散的联盟——从资产阶级民主、自由的信徒到中间偏左的进步人士,包括个别受过革命熏陶和共产党的教育,因而自觉追求光明的激进分子;协调他们自身的黏合剂是爱国主义意识。从整体上看,他们当时(我说的是20世纪40年代)只是革命的同情者,而不像"七月派"那样,处于斗争的旋涡中心,因而,他们多少带有一点同路人的姿态。在艺术上,作为一个整体考察,他们还应该说基本上是倾向于现实主义的;虽然他们中间有不少人受了西方现代主义的浓重影响,而在自己的笔下自觉不自觉地出现了印象派、象征派的流风余韵,这当然也是事实。不过,这并不妨碍上述的基本估计。因为他们毕竟是灾难深重的古老中国的一群知识分子,理智和良心都不允许他们去附和资本主义世界流行已久的颓废、绝望和变了形的自私——"自我"。尽管他们身上存在着这样那样的弱点,他们并没有遁世,没有钻进象牙之塔,而是随着时间的推移,他们的主观世界也相应地不断变化了,这变化是既对革命也对自身有利的。

新中国成立以后,"九叶"也和成千上万的知识分子一样,经历了思想改造以及各种与思想改造无关的政治运动,得到了提高,也受到了磨难,部分成员更是命途坎坷,付出了包括以生命为代价在内的种种牺牲,他们不论在政治上抑或艺术上,都日益趋向成熟。事实正是如此,当他们有权选辑旧作结集出版之日,也正是他们重亮歌喉返回诗坛之时。

鉴于近年来中国新诗运动中又一次展开了道路之争,鉴于有几篇著名的文章公开鼓吹要以西方现代主义诗歌为楷模,来对中国的所谓传统诗歌加以彻底的改造,鉴于这些主张是如此的不得人心,从而触发了大规模的批判,我们再回过头去仔细研究一下《九叶集》,总结一下众多诗人的成功与失败的经验和教训,是不无益处的。

至于我个人的态度,概括起来,无非是两条:第一,从理论到实践,我都坚决拒绝西方现代主义,特别是拒绝它的哲学思想体系;第二,从理论到实践,我又坚决实行对现代主义诗歌某些艺术独创的借鉴和吸收。我以为,在进行必要的批判的同时,一定要防止一种倾向掩盖另一种倾向;我们应该正确理解"批判"这个词的固有的科学含义,即:有否定,也有肯定;在毫不容情地剔除其糟粕的同时,应该小心翼翼地保存它的哪怕是极其微小的有用的东西,拿来武装自己。

下面,就是我在阅读《九叶集》时作的一点笔记。

一、辛笛。在海外享有比在国内更高的声誉,我想,这大概是由于他是

20世纪30年代的中国现代派刊物《现代》的主要撰稿人之一的缘故。他学贯中西,恐怕应该算是"九叶"中知识比较渊博的一位。20世纪40年代,他经历了一次大转变,就像戴望舒那样,他靠拢当时还处于劣势的革命力量了。有一首题名《布谷》的诗作,最能作为证明:

> 二十年前我当你
> 是在歌唱永恒的爱情
> 于今二十年后
> 我知道个人的爱情太渺小
> 你声音的内涵变了
> 你一声声是在诉说
> 人民的苦难无边
> ……

反动派的屠刀越是挥舞,人民的血泊越是淤积,诗人的激情就越是猛烈。蒋介石从反面教育了人们,客观上帮助革命扩大了阵营。辛笛想起了东汉末年起义军用肥胖的董卓的尸首点起天灯的故事,也学着诅咒起来了;在《夏日小诗》中,他高声要求,把白净的大肚皮"当鼓敲",再"就着脐眼开花,点起三夜不熄的油脂灯"。

属于他原先那个营垒的好心人害怕了,警告他不要离政治太近,为此,他写了《回答》:

> 你叫我不要响
> 当心这奇贪多诡的刺猬
> 就是用匕首和投枪
> 对它也不还是蚊子叮象

让我给你以简单的回答

除了我对祖国对人类的热情绝灭

我有一分气力总还是要嚷要思想

向每一个天真的人说狐狸说豺狼

在野兽面前,怯懦只能招来更大的灾难。你不说出它是野兽,野兽不是照样吃人?这首诗写于1946年的上海,矛头所向,不言自明。

到了1948年,诗人更进了一步,他在考虑诗的社会功能了,而且也开始谈论"革命"了。他写道:"我们如其写诗/是以被榨取的余闲/写出生活的沉痛/众人的你的或是我的……个体写不成历史/革命有诗的热情/生活比诗更丰富。"这首诗的标题叫作《一念》。这标志着作者又有了新的觉悟。

作者就是这样一步一个脚印地走过来的,不算快,然而踏实;他总是等到真懂了,才产生真爱或者真憎,然后发而为真歌真哭。他由远离革命发展为同情革命,又由同情革命发展为参加革命,诗人走着一条忠实于时代也忠实于自己的道路。特别值得称道的是,诗人以古稀之年,跋山涉水,迫切要求深入生活,深入群众,其精神是感人的。

二、陈敬容。"九叶"之中,有两位女诗人,一位是郑敏,一位便是陈敬容。20世纪40年代当然不像现在,那时没有这么多的女诗人、女作家,因之,其令人瞩目的程度是可想而知的。

郑、陈二位,都富有才情。郑敏留待后面论列,这里先谈陈敬容的几首诗。

《船舶和我们》接触到一个大主题:人的本质是社会的,要求聚会和相互了解乃是人的天性;尽管他们在大街上"漠然走过""漠然地扬起灰尘""来来去去,紧抱着各自的命运。"而一旦落在"荒凉的深山或孤岛",他们却"焦急地等待着陌生的话语,——人类的亲切的声音"了。我不知道,诗人是否接触过存在主义的著述,然而,从这首诗里流露出来的,却是典型的萨特式的思维活动的结论:人,是无法被理解的。看得出来,诗人承认自己有犹疑,而且想摆脱这种犹疑,思路和情绪都是自相矛盾着的。这,该当是那一个特殊的动荡时期印在某一类知识分子身上的投影吧。

但是,诗人最后还是走向了革命。这在她诚然是一个艰难的选择。她毕竟走出了自我封闭的冥思苦想的因而也是多愁善感的小天小地,这真是一个大胜利。

带着某种惶惑、苦恼和自己也解释不清的朦胧的企盼,她写下了另一首相当引人注意的长诗:《逻辑病者的春天》。

诗人原来是哲学家。她以整个的第一大段的篇幅,向我们宣示了朴素的辩证法,又以整个的第三段描述了矛盾交叉着的无可奈何的心绪,而在第五段,也就是全诗的尾声,却蹦出来一个悲观(达观?)的宿命论般的结论:"一旦你如果忽然停住,/不管愿不愿,那就是死。"这是暴露了诗人头脑中的错乱——那里有千军万马在相互厮杀,阵地是犬牙交错的,旗帜是五颜六色的,关系是错综复杂的……不过,生活的力量终归是最强的,所以,她在许多缺乏逻辑的(或者就是病态的)事物之中,也往往能发现合乎逻辑的(或者说是常态的)事物,例如,当她歌唱"多少形象、姿势、符号和声音,/我们早已厌倦;咦,/你倒是一直不老呵,这个蓝天!/温暖的春天的晨朝,/阳光里有轰炸机盘旋。"末后两行真是神来之笔!它向读者显示了这位女诗人有足够的幽默感!人们会想:谁的轰炸机呢? 在这春天的阳光的朝晨,出航干什么去呢?这些轰炸机的"形象、姿势、符号和声音"难道和春天协调一致么? 又如:"儿童节,有几个幸运儿童,/在庆祝会上装束辉煌,/行礼,背演讲词,受奖;/而无数童工在工厂里,/被八小时十小时以上的/苦工,摧毁着健康。"每一个字都大义凛然。作者在看透了这个"有够多的短暂的花"的、和欺骗、谎言"本是一家"的虚伪的春天之后,她又清楚地宣告:

> 我们只等待着雷声。
> 雷,春天的第一阵雷,
> 将会惊醒虫豸们的瞌睡;
> 那将是真正的鸣雷,
> 而不仅仅是这个天空的
> 伤了风的咳嗽。

我以为,这才是被一大堆"杂碎"所掩盖着的美丽的内核,这才是属于诗人的真正的热情独白。

发生在中国这块土地上的革命,正以万马奔腾之势跨进了新的年度,令人惋惜的是,诗人并没有再往前多走一步,诗人尽管同情人民的不幸,面对着越来越多的流离失所者,却不曾问一声,谁之罪? 倒是笼统地叹息:"大旗飘飘,/风过处一阵血腥……老乞丐在地上碰头,/越碰越响。"然后,诗人问道,"怪这是哪一代的春天/哪一国的异邦。"虽然不能称之为"漠然",但是"听戏文掉泪",旁观者的身份与语气,使得关于"春天"的主题仍旧停留在原地踏步。问题再一次提出来了,答案还很模糊。

在《冬日黄昏桥上》,诗人认识上的这种局限性,稍稍有点松动。她唱道:

> 当夜晚到来
> 多少窗上要亮起灯火
> 多少盛筵要在
> 机械的笑容下展开
> 多少人要回家去
> 一面叹着气
> 一面咽下可怜的晚餐

当夜晚到来

　　多少船只要停泊在

　　休息的港岸

　　多少人要彷徨寻找

　　一个墙角，屋隅，或是

　　随便什么躲避寒风的所在

　　躺下去

　　也许从此不再起来

　　黑夜将要揭露

　　这世界的真面目

　　……

　　"揭露!"这个词挑选得多么精当！作者终于明白了一个铁的客观事实：阶级，以及不同阶级之间的鲜明而冷酷的对比。这首诗创作于 1947 年 11 月 30 日；人民力量的壮大，便得解放军由内线作战转入外线作战，国民党已一蹶不振，社会矛盾日益激化，这引起了包括作者在内的一切阶层的人们的进一步思索，而作者正是由于自己的小资产阶级地位所决定，态度明朗化了——倾向了人民。

　　只是到了这个时候，陈敬容才大声《抗辩》，她学会了愤怒，学会了嘲讽，她不无怨怼地写道："是啊，我们应该闭着眼，/不问那不许问的是非……"然后，她拿起了批评与自我批评的武器：

　　当无情的刀斧企图斩尽

　　所有会发芽的草根，

　　可怜的人，你却还痴心

想灌溉被诅咒的自由!

诗人已暗自下定决心:

然而它有一个等待
它知道觅珠人正从哪一方向
带着怎样的真挚的热情
向它走来;那时它便要揭起
隐蔽的纱网,庄严地把生命
展开,投进一个全新的世界。
——《珠和觅珠人》

我们祝贺诗人,她,走完了一段漫长而曲折的道路,当着革命向她走近时,她也扑向革命了。

三、杜运燮。收入《九叶集》的他的不少诗都是佳作。《夜》和《月》是侨居印度时的结晶,写得深沉、凄清、寥落、缠绵,富有层次感。《落叶》表明了诗人的严肃的艺术观,正好帮助我们了解作者。《雾》,描写了抗战临胜,内战方兴时期的国民党的"陪都"——重庆,全诗寓有很深的寄意,自然界的雾,象征着反动派色厉内荏的阶级本质。

还有两首1948年写于新加坡的诗,标志着诗人在政治上的最后抉择。《雪》只有十二行,每一行都在欢呼:暴风雨的高潮中,将要诞生一个新中国。当时,解放军势如破竹,所向披靡,海内外的爱国青年,无不为之惊喜振奋;读这首诗,我们仿佛看见了杜运燮的炽热的目光和高扬的手臂,很受感动,虽说那场面已经逝去了几十年之久。

还有一首《闪电》,更是对党的歌颂。它真诚地抒发了一个倾向(还不是追求)革命的爱国者的心声,其坦白与质直,是令人感动的。我觉得,这首诗在相当大的程度上反映了"九叶"的共同心理状态。

> 你给我们揭示半壁天空,
> 我们所得的只是一阵惊愕,
> 虽然我们也常以为懂得很多。
>
> 雷霆暴风雨终将随之而来,
> 但我们常常都来不及思索,
> 在事后才对你的预言讴歌。
>
> 因此你感到责任更重,更急迫,
> 想在刹那间把千载的黑暗点破,
> 雨季到了,你必须讲得更多。

觉悟有迟有早,但是,凡是觉悟了的,就都是自己的同志。我想,这样的诗,在新加坡的华人文学中,该当是最为"左"倾的吧。

说起"左"倾,作者其实在这之前三年,在写《追物价的人》时,就已经亮了相。这首诗是裹着一层锡箔的匕首,是涂了一层油彩的炮弹,使得国民党反动当局狼狈不堪,但又无从发作,因为它有一个巧妙的特点:反面文章正面做;它对国民党政权的腐败无能,导致民不聊生,一方面是法币贬值和通货膨胀,另一方面是人的贬值和危机膨胀,作了入木三分的揭露和控诉。诗人的外表越是冷静,内心则越是激烈;形式越是荒诞,含意则越是辛辣;态度越是正经,效果则越是酸楚……像这样深刻的讽刺诗,确实不是那种小市民趣味十足,油腔滑调的某些流行一时的《山歌》所能比拟。

四、"九叶"之中,唯一喝过延河水的是杭约赫(即著名的装帧专家曹辛之)。果然,他不负那黄土高原的乳汁,唱的是儿子的歌。收入本集的《神话》《拓荒》《誓》《寄给北方的弟弟》，都是怀念、赞美解放区的心之歌，值得细细品味。

更值得称道的是《启示》。诗人在这首诗里展示了一个觉悟的过程，发出了一种决裂的强音，告别了昨天，突破了自我，迈步走向"一个新的世界——自己的世界外的世界"。对于今天的某些迷失方向的青年诗作者，《启示》的确充满了启示。

还有两首写来极为大胆的诗作，应该加以特别的重视。其一是《感谢》，短短二十行，却完成了三大任务：一、揭穿了陈诚宣称的关于"国军大捷，六个月可以解决共匪"的无耻吹嘘；二、透露了刘邓大军千里跃进大别山威震江淮河汉的喜讯（"黄河的水泛入了长江"）；三、号召人们起来"反叛"，"夺取我们合理的生活"；一句话，诗人代表"公众"向蒋介石这位难得的反面教员兼运输大队长致以深深的"感谢"——感谢他促成和加速了人民群众的普遍觉醒，以及物质力量的壮大。

其二是《最后的演出》。直接抨击伪国民大会和伪总统"选举"的诗，锋芒最锐利的恐怕要推这一首。这不但嘲弄了那场"选举"丑剧，而且有意"绽开"了"旧日的疮疤"——"十年的血仇"，说明了蒋介石的一贯倒行逆施。一口一声的"你"，矛头指向独夫民贼，就差没有直呼其名了。这样的诗发表在1948年的上海，是有掉脑袋的危险的。作者的勇敢着实令人钦佩。

> 我们是用绳子拴来的观众，
> 以充血的眼睛来欣赏你
> 最后一段演技，亿万个
> 呼声和掌声，在我们召唤里等待。

这最后的一段暗示了大独裁者的末日即将来临——"喜爆"必定转化为丧钟，这是不可逆转的历史的意志，写得何等直率而又何等含蓄！

令人遗憾的是,就在这同一年里,作者忽然逸出常轨,在这个显然不适当的时辰做起不适当的艺术试验来,思想朦胧了,语言暧昧了,形象也支离破碎了,我主要说的是那首写上海的长诗《复活的大地》——它基本上是一次失败的尝试。

还有几首把本来完整的意象生硬地加以割裂,分段和分行的方式也没有什么道理的诗,如《最初的蜜》《题照相册》等,我担心,它们恐怕只能起到一种破坏作用,从而损害了原来的美好印象。

五、郑敏。如果现实可以比作一个能够目测的坐标,那么,女诗人郑敏大概是"九叶"中距离最为遥远的星座。她的有一部分诗作写得很美,仿佛一口布满青苔的古井:幽深、清澈而甘洌,还寒气逼人,云天的影子隐约可见,却又不甚了然。

她的作品是纯知识分子的,而且属于那类锁闭着自己的心灵,欣赏(感情上难以割弃)自己的痛苦(理智上全然明了)的旧知识分子,因为她是女性,天赋了多愁善感的心肠,所以,她自然而然地成长为当时为数不多的几位闺秀诗人之一。李清照式的。

她的某些诗篇,也充满了人道主义精神,从内容到形式都平易近人,可惜它们的数量太少,如《清道夫》《人力车夫》等有限的几首。

我不能不直率地申明,对于她在不少篇章中,违拗汉语规范,迁就所谓的"顿"和"音步"的数目,而任意建行的欧化实践,我感到无由欣赏。顺便说一句,自从《九叶集》行世以来,不少初学写诗的青年人,别的好处不曾学到,倒是先学会了这种古怪的建行方式。

以诗人的才学,假如她不固守早先的阵地,她是完全能够把她的歌唱给更多的听众的。

当然,诗人的近作,明显地有了某些可喜的变化:调子明朗多了,情绪愉快多了,语言晓畅多了,这也是有目共睹的事实。

我诚挚地希望,诗人下大决心与哀愁和落寞诀别,虽然一个人要改变自己几十年生活中形成的习惯,是非常艰难的事。

六、唐祈。凡是仔细研究过唐祈的作品的人,都不难发现,他是这个流派中现实主义成分最多的一位。在政治思想上,他和杭约赫不分轩轾,都是旗帜鲜明地站在革命方面的。

他写过不少"商籁体"(十四行),可是,他的商籁体是经过改造的,既保留了那精致小巧的形式和严密、固定的韵脚,又渗透进去中国人的民族风格和审美趣味,没有那种捉襟见肘和削足适履的反常现象。我注意到,诗人一直在坚持这一试验;就他已有的十四行诗而论,我以为他的移植工程应该被认为是基本成功的。收入《九叶集》中的早期创作《故事》《牧羊人》《十四行诗》三首,也可以作为一部分的证据。《故事》和《牧羊人》,虽然情调是忧郁的,然而爱憎分明。《十四行诗》是惜别之作,我猜想,它是从李商隐的"巴山夜雨涨秋池"点化出来的,但是化得很好,食古而不泥古,因此没有多少痕迹可寻。这说明诗人对自己民族的古典遗产,也有过认真的学习。

写于1945年到1947年之间的一些诗篇,如《女犯监狱》《挖煤工人》《老妓女》《最末的时辰》《雾》等,都有一股震撼人心的力量。诗人把整个时代的悲哀都压缩在那些诗里面,取得了相当可观的典型意义。

他是这样切取女犯监狱的一个日常画面的:

　　墙角里你听见撕裂的呼喊:
　　黑暗监狱的看守人也不能
　　用鞭打制止的;可怜的女犯在流产,
　　血泊中,世界是一个乞丐
　　向你伸手,
　　婴胎三个黑夜没有下来。

　　啊!让罪恶像子宫一样

> 割裂吧:为了我们哭泣着的
> 这个世界!
> 阴暗监狱的女犯们,
> 没有一点别的声响,
> 铁窗漏下几缕冰凉的月光;
> 她们都在长久地注视
> 死亡——
> 还有比它更恐怖的地方。

不能用技巧来解释这个切取,它需要远比技巧多得多的东西,它需要一颗正直而敏感、善良而热烈的心。

《挖煤工人》索性抛弃了第三者的观点,而直接使用了第一人称——"我们"。显然,诗人以客观描写为可耻了,当生活本身等于灾难,谁也无法幸免的时候。

> 呵,呜嘟嘟的挖煤机、锅炉,
> 日夜不停地吞吃着
> 钟点,火车吐口气昂头驰向天边,
> 它们的歌都哭丧似的吓人,
> 当妻子小孩们每次注视
> 险恶的升降机把我们
> 扔下,穿过比黑色河床更深的地层,
> 这里:没人相信,没人相信,
> 地狱是在别处,或者很近。

当工人的劳动异化为压迫他们的物质力量时,一切机器——现代文明的骄傲的象征——就都变成了魔鬼,变成了人的敌人。这一段诗歌非常形象地注释了马克思的异化学说。诗人揭露的正是在那个人吃人的社会里,挖煤工人千真万确地每时每刻都必须面对的现实。

紧接着,诗人发出了吼声:

> 我们一千,一万,十万个生命的
> 挖掘者,供养着三个五个大肚皮
> 战争贩子,他们还要剥削不停——
> 直到煤气浸得我们眼丝出血,
> 到死,一张淡黄的草纸
> 想盖住因愤怒张开的嘴唇。
>
> 清算他们的日子该到了!
> 听!地下已经有了火种,
> 深沉的矿穴底层,
> 铁锤将响起雷霆的声音……

官逼民反,不用焚香结义,不用歃血为盟,甚至不用振臂高呼,因为,生活已经作了结论。诗人选择挖煤工人来传达这一结论,那用意自然不限于这一个最卑贱最艰苦的工种,而实在是着眼于当时已沦为"地狱"的半个中国。

不能不谈到《老妓女》。娼妓,社会的癌细胞之一,它由通常的细胞癌变而成,然后,又去吞吃那些健康的原体,不断滋长蔓衍,直至不可收拾。我不知道有谁的描写妓女的诗写得如唐祈的这么好。这么一个危险的,也许竟是"肮脏的"题材,没有外科医生的手,是处理不出什么结果来的。可是,你看唐祈怎么下刀:

> 夜,在阴险地笑,
> 有比白昼更惨白的
> 都市浮肿的跳跃,叫嚣……
>
> 夜使你盲目,太多欢乐的窗
> 和屋,你走入闹市中央,
> 走进更大的孤独。

对于整个的世界,妓女都是无缘的,她已经先天地被取消了介入任何真正的欢乐的权利。她的形体所寄托的不过是一具游魂。但是,她还必须笑,她靠卖笑为生。

> 听,淫欲喧哗地从身上
> 践踏:你——肉体的挥霍者啊,罪恶的
> 黑夜,你笑得像一朵罂粟花。

然而。"恶之华"并不想笑,而是想哭,也许同样并不想哭,她全然失去了人之常态了。

> 无端的笑,无端的痛哭,
> 生命在生活前匍匐,残酷的
> 买卖,竟分成两种饥渴的世界。
>
> 最后,抛你在市场以外,唉,那个
> 衰斜的塔顶,一个老女人的象征
> 深凹的窗:你绝望了的眼睛。

> 你塌陷的鼻孔腐烂成一个洞,
> 却暴露了更多别人荒淫的语言,
> 不幸的名字啊,你比他们庄严。

不知不觉地,诗人将那个邪恶的社会置于被告席上了。萨特写过一部作品,标题是《可尊敬的妓女》,的确,妓女比嫖客、比嫖客所赖以生存的阶级高贵百倍!虽然,命运逼迫她堕落成了癌细胞。

诗人的高明也在于此。他仿佛掌握了某种魔法,驱使我们为丑恶的事物洒了一掬同情之泪,因为诗人从丑中发掘了美。这就是最大的秘密。

当然,韵律上的匠心,又加强了这一艺术效果。

七、仍旧是唐祈。他的《最末的时辰》有着浩浩江水一般的构思,必须单独拿出来做点滴的分析:

大幕拉开,一位少女正在"割断自己蔚蓝色的脉搏。"地点:公园;时间:拂晓。这是生活中悲惨一天的悲惨序幕。

白昼降临。街道"纷乱",市郊"寂寞"。饥饿像一条泛滥的河,吞没了一切。人们的眼圈是陷落着的,"工厂的大烟囱停止了黑色的喘息""农民哭泣着田地""饥饿结成的队伍;从早晨起游行"。

我们再看一看舞台的纵深部分:

> 远方士兵流行着
> 蜡黄色的
> 怀乡病!

怀乡病是"蜡黄色的",这个色彩选择得多么巧妙!这不正是所谓的"通感——感觉转换"吗?眼下有些人当作了稀罕的宝贝,其实40年代的诗人早已运用自如了。

我们的视线又回到了前台。时间已进入子夜。

> 苍白瘦削却鼓突着的
> 孕妇,在昏黑的夜街中心
> 收拾着血婴,污秽的
> 哭嚎,阴沟十分寒冷。

而就在这惨不忍睹的情景下,荷枪实弹的人物登场了:

> 一群群警察深夜巡行,
> 敲开一扇门。

> 一切名字的枪,向自己的兄弟
> 瞄准。

"四方绝望的叹息,像风雨震撼全城市的屋脊",大地上,碉堡与碉堡互相张望着,"吐着猛恶的炮火网"。

庐舍为墟。无家可归的人只好"在路灯下蜷伏,像堆霉烂的黑蘑菇",他们死了,但死不瞑目,因为他们"期待一抔土"。

这一切的一切,难道不像传说中的撒旦的领域吗?那时候,统治这个地方的,也是撒旦!

> 我竟是诗人,历史学者,预言家,
> 最末的时辰终归到来,
> 我还有更大失声的

> 欢呼,大笑!
>
> 当另一支军队
> 跨着六尺的阔步开到。

我们和诗人一道,也听见了雄壮的脚步声——我们自己的队伍就要来了!抹掉眼泪吧,我们为什么不歌唱?!

八、还要讲一讲唐祈。近了,更近了,时间到了,已经看得见飘在空中的红旗了,诗人出于无意又出于必然,写下了另一部力作,这就是长诗:《时间与旗》。

在这部长诗中,唐祈使用了聂鲁达式的笔法。

诗人由重庆迁居到了上海:上海,是一方更大的窗口,角度也更理想,因此,他对周遭的事物看得更分明,更无一遗漏了。

上海,当年的上海,典型的半封建半殖民地的大都会——

> 这是一个多么冷酷,充满罪恶的世界,
> 人们仿佛从日蚀的时辰中回来。

"无穷的忍耐是火焰",诗人历数了"层层铁丝网后面"的工厂,阴暗的提篮桥监狱的铁窗,"覆盖着严霜的贫民窟",从乡下来的押运壮丁的"乌篷船",贩卖少女的荐头店,苏州河畔的无名饿殍……"人们在冰块与火焰中沉默地等待""取火者",而"取火者已在地下引着人们前进,他辩证地组织一切光与热的/新世界,无数新的事态",像燃烧的火苗,"就要从闪光的河那边烧过来。"而在包括柔石等烈士殉难的龙华,那儿的碧桃含苞了!"鲜血染红了的瓣瓣桃花,/将在火似的朝霞中/迎着人民的旗帜灿烂绽开。"

然后,笔锋指向了哈同花园(这最集中最鲜明也最深刻地表现了旧上海与旧中国的全部特色的地方),一根血管、一根神经地解剖着,将它的歹毒与贪婪暴露无遗。这中间又不断穿插苦难的画面,加以对照,力度是大的,精度也是高的。

> 斗争将改变一切意义,
> 未来发展于这个巨大的过程里,
> 残酷的却又是仁慈的时间,完成
> 于一面人民的旗——

"狂欢节的风"正在树梢上兴起,正在烟突里孕育,正在诗人的敏感的心上吹拂;诗人觉得自己有义务通知大家:灾难即将完结,新生活即将实现,大地上会建立起庄严的革命秩序……

比较起来,我以为《时间与旗》是新中国成立前的上海的最清晰的一帧遗像。

九、唐湜。和唐祈差不多,又是一位有才华的诗人。当然,他的才华的表现方面与方式是属于他自己的。他的诗细腻、婉约、简练,但也有不足之处,最大的弱点正是最大的优点——精通外国文学艺术——转化而成的。猛一看,这似乎是件怪事。他和郑敏在这一方面有不少共同之处,相当程度的欧化;他和郑敏也有差别,这差别就在于诗人始终面向现实。他的诗,除了《骚动的城》等几首明白如话外,一律都要像剥核桃一样剥开来读。

以《手》为例。

这首诗是纪念宁可饿死也耻食"美援面粉"的朱自清先生的。可是,通篇几乎都使用了象征的语言:

> 我已经看到在混凝土的
> 地层里,一个新人类的早晨

> 已经发亮,树林子下有遥远的
> 海,沉沉的云预言似的
> 下垂,呐喊,熊似的生命
> 众多的手臂是人们的森林

接下来就把《背影》《桨声灯影中的秦淮河》等著名的散文融进诗篇,融进朱自清先生的形象。"一个痛苦的焦急挺立"在"温馨的书页"之上。不习惯于疾言厉色的诗人,正像朱自清先生一样,痛苦然而温存地低吟着:

> 我仿佛扪到生命的跃动的
> 叫唤,在石头的花纹后面
> 呼之欲出,于是云影里
> 潮音凝成了起伏的山冈
> 雁山蔚蓝如悲怆的
> 大地的琴弓,河岸上
> 星光沉落,渡河的
> 坚定的姿态于一闪间
> 凝结,亲切的光耀
> 在海上升起,朝霞晕开
> 如金色的莲花,思想的
> 手在不经心间伸入混沌
>
> 因为人们已经醒来
> 因为人们已经起来……

只有最后两句是明朗的。但它们起了火把的作用,烛照着那片"混沌"——一切都有自己固定的或者行进的姿态。诗人描绘的乃是"真淳的觉醒",这种觉醒又以朱自清先生的高风亮节为最尊贵的象征。朱自清先生也如同诗人在另外一首诗里歌颂的"女孩子们"一样,注定"要在这新社会难产的/阵痛里献出最后的坚忍"。他的和她们的牺牲,会赢来"向太阳的广阔的呼吸"。

十、袁可嘉。他有一些写得十分工整、圆熟的短诗,如《沉钟》《岁暮》和《空》,它们都属于现代格律诗的范畴。

这种讲求炼字炼句,还继承了古典诗歌的排比和对仗等手法,给人以精美的雕刻品的感觉。以《沉钟》为例:

让我沉默于时空,
如古寺锈绿的洪钟,
负驮三千载沉重,
听窗外风雨匆匆;

把波澜掷给大海,
把无限还诸苍穹,
我是沉寂的洪钟,
沉寂如蓝色凝冻;

生命脱蒂于苦痛,
苦痛任死寂煎烘,
我是锈绿的洪钟,
收容八方的野风!

有没有闻一多先生早年的影子?我看是有的,音乐美,建筑美,都学得相当到家。

然而,要是我们再读同一位作者写的《南京》,我们就不免要怀疑自己的眼睛了吧,难道这是袁可嘉么?请看诗人仿佛是信手涂就的一幅漫画:

> 一梦三十年,醒来到处是敌视的眼睛,
> 手忙脚乱里忘了自己是真正的仇敌;
> 满天飞舞是大潮前红色的蜻蜓,
> 怪来怪去怪别人:第三期的自卑结。
>
> 总以为手中握着一支高压线,
> 一己的喜怒便足以控制人间,
> 讨你喜欢,四面八方都负责欺骗,
> 不骗你的便被你当作反动、叛变。
>
> 官员满街走,开会领薪俸,
> 乱在自己,戳向人家,手持德律风
> 向叛逆的四方发出训令:四大皆空。
>
> 糊涂虫看着你觉得心疼,
> 精神病学家断定你发了疯,
> 华盛顿摸摸钱袋:好个无底洞!

这首诗写于1948年,这时袁可嘉肯定已经决定站在南京的对立面了,尽管不是正面。

人改变着时代,时代又同时改变着人,历史的辩证法又一次让袁可嘉向我们提供了证据。

十一、穆旦。我不怎么喜欢穆旦的诗。他的诗太冷。

不过,我也发现,他总是在同自己辩论——没有任何结论的辩论。

过多的内省,过多的理性,消耗了他的诗思。相对而言,明朗一些的是那首《旗》,然而我又怀疑,诗人由于历史的局限,他未必看清了人民的旗。

作为诗歌翻译家——另一种意义上的诗人——穆旦是不朽的。他的许多译诗是第一流的,是诗。不同语言的山阻水隔,竟没有能够困扰诗人的跋涉。人们将铭记他的功勋。

《九叶集》我读过了几遍,最近又读了一遍。我个人的想法是:这个流派和这个流派中的每一位诗人,都有值得我学习的地方。当然,他们在什么地方摔倒过,人们也能知所警惕。我们应该实事求是地对待这些文学史上的陈迹,不要一阵风来捧上九重天,一阵风来又打下十八层地狱。"转益多师是吾师",杜甫的态度是对的。大胆借鉴,大胆试验,大胆创新,这当是《九叶集》给予我们的重要启示。

1984 年 2 月 24 日　合肥

《南船北马》编后随笔

友人江枫同志为青海人民出版社主编一套文艺丛书,嘱我也凑一份,这本小册子便是。

1982年10月,我曾经奉命出访南斯拉夫,参加在贝尔格莱德召开的第十九届国际作家会议。在国外每日紧张活动之余,以及回国以后,陆陆续续写了一些诗,安了一个总标题:南斯拉夫思绪,交给各家刊物发表了;读者的反响还可以,至少没有人说我冒充洋人,吓唬老百姓。过去我没有出过国,这是破题儿头一遭,感触自然较多,万千思绪,有的在诗里表露出来了,有的还至今不曾形诸文字。这于我是终生难忘的,因为,回过头来看国内,有些问题似乎看得更透彻了。有生之年,不知道还有没有机会再开眼界?世事如此纷纭,变化如此迅猛,一个以写作为职业的人,的确迫切需要不断增长自己的感性知识,否则,他将最后不免成为思想上与艺术上的近视眼,甚或盲人。

另一部分,则记录了国内各地的雪泥鸿爪,在这里,我试着写了一点诗律地方志式的东西,如《洛阳》《开封》《旅顺口》之类。我的主观愿望是,在不大的篇幅中反映出她们各自的性格特征。我以为,这是一件很有意义的工作,我动手太迟了,不少空白,有待将来填充。

当然,也有若干感事之作。

1983年9月,我有过一次新疆之行,也产生了几百行诗。然而,它的局限性太大了,新疆那么辽阔、丰富、神奇、壮美,我却只来得及跑了跑石河子地区和伊犁自治州,吐鲁番、巴里坤、喀什、和田……都还不曾去。我决定这个集子不收那几百行,这件事本身就意味着:我有再去的决心,到时候,我当献给大家一本关于西王母和天池,关于汗血马,关于葡萄和坎土曼,关于冬不拉,关于丝绸之路的新歌。

写于1984年生命进入第58个年头的第一天,合肥

《诗路跋涉》新版题记

趁着这个小册子重版的机会,把前不久找到的六篇短文补充进去,顺带作一点说明。

1948年4月初,我搭太古洋行的轮船从上海逃往香港,直到1949年11月初回广州参军,前后为时一年零七个月。在这期间,我写了不少杂文、诗歌、散文、小戏、影评、短篇小说,以及其他一些杂七杂八的东西,其中,《评〈迫害〉》《读黄雨的诗》《评〈溃退〉》《推荐四本诗集》,算是诗歌评论。三十多年过去了,回首往事,感慨万千。一般知识分子身上有的毛病,我身上都有。但自己在那时候居然坚持了政治内容与艺术形象的统一,坚持了作品的人民性,又聊堪自慰。总之,填充了1948年至1949年的空白,个人的跋涉的脚印大致就是如此。

《〈边地短歌〉初版后记》和《〈边地短歌〉新版题记》,是照书抄下来的;抄的时候,连自己都惊讶于当时心地的单纯和文字的单纯,真巴不得能回到那个一切都单纯的时代去啊!

当然,有关诗歌问题的文字材料,还有少量的遗漏,但若再要去搜寻,十分困难,也只得就此告一段落了。

1984年3月8日　合肥

不是第三条道路

《星星》编辑部诸位同志：

你们好！许久没有联系了，抱歉！

去年春天，河南安阳地区有一群诗歌作者打算办一个名叫《诗人》的刊物，他们希望我在创刊号上说几句话。我给他们回了一封信，现在另抄一件转寄贵刊。

显然，《诗人》是已经胎死腹中。然而他们在办刊宗旨中提出的一个问题，却依旧存在着。依我看，这是一种糊涂观念，有一定的代表性。这正是我要把这封回信公开出来的唯一考虑。

我觉得，在对新诗的现实主义与浪漫主义传统的理解上，诗人们和评论家们，还应该不吝惜笔墨地多做一点认真的科学分析。否则，青年同志会在批判某些错误的和不准确的论点以后，四顾茫然，失掉信心。

应该正视过去。在昨天，我们的确有过一些实质上是反现实主义的货色，贴着现实主义的商标，在市上兜售；同样的，也的确有过一些假浪漫主义的玩意儿，甚至受到了大事喧哗的鼓吹。因此，在辨明现代主义的路子行不通之后，引起了某种不知措手足的反应——以为又要回到唱高调、假大空的覆辙中去了。这当然是底下的议论，但在创作的不景气上，也难免有所显示吧。为此，我感到忧虑。也许是杞人忧天？但愿如此。

为什么在我们的诗歌刊物上，几乎读不到激动人心的人民的心声？事情的症结何在？我之所以决定借《星星》的一角，披露这封失掉了发表机会的信件，目的完全在于：希望专家们深入讨论，正本清源，阐明真理，为众多的青年诗歌爱好者解除苦恼。

祝诗歌运动在新的一年里大吉大利！祝《星星》办得更好一些！

握手

公刘
1984年3月26日

《诗人》编辑部：

来信收到，知道你们创刊的筹备情形，很是高兴。

你们办刊的宗旨，我基本上是赞同的。但是有一点应该说清楚，不是在"保守僵化"与"全盘西化"的理论与实践中间，开辟什么"第三条道路"（这样提问题，本身就不能成立，因为它不符合诗歌运动的历史与现状。事实是，所谓保守僵化，固然反对所谓全盘西化，但是，我认为，它更害怕现实主义；同样，所谓全盘西化，固然蔑视所谓保守僵化，但是，我认为，它更嫉恶现实主义），而是坚持现实主义的正确道路（坚持现实主义就是坚持两条战线的斗争，一方面与"保守僵化"势不两立，一方面与"全盘西化"形同冰炭）亦即继承自《国风》《离骚》和李杜诗篇以及白居易《新乐府》以来两千多年的优良传统，继承五四新诗运动六十余年的战斗传统，广泛吸收我国民间文学和外国文学的精华。熔言志、缘情于一炉，把形象、意象、思辨、哲理分别置于各自应有的位置；为人民树碑，为人民立言，反映此时（20世纪末叶）此地（走向现代化的中国）的普通人的（既不是抽象的"大我"，也不是渺小的"自我"）思想、意志、愿望、情绪、情操、痛苦、欢乐、梦幻……当"美"则"美"，该"刺"就"刺"，一切唯人民与社会主义的利益是从。这是一条已经走过多年的道路。我们的任务是毫不动摇地接着走下去，更勇敢，更踏实，更义无反顾。我以为，这正是当今有志于推动诗歌运动健康发展者的普遍责任。

而作为中原地区的刊物，似乎还有一重特殊责任，这，就是歌唱黄河。黄河之于中华民族,她的伟大启示,你们的感受肯定比我深切。当然,这一道理同样适用于长江。遗憾的是,时至今日,共和国建立三十多年了,依然不曾读到几首生动而深刻地、充满柔情而气势磅礴地显示黄河(长江亦如是)气质与气魄的好诗。我以为,要想写出与黄河相称的伟大诗篇来,作者本人必须是一个辩证唯物主义者与历史唯物主义者,必须是一个爱国主义者与国际主义者,一句话,必须是一个真正的共产主义者,必须是黄河的孝顺儿子。我最近在河南"牡丹诗会"期间,一再呼吁这件事,意在引起各方面足够的重视。《诗人》既然立足中州大地,歌唱黄河,就是义不容辞的天然职责。我恳切希望,在你们的刊物上,终究能出现歌唱黄河的好诗,也许是不朽之作,至少,也应该是这样的雏形。

在一个较低的行政层次办诗歌刊物,的确很不容易。几年来,此伏彼起,有过许多光荣失败的先例。愿你们做好足够的精神准备。但是,我又想,只要路子走得正,而又不屈不挠,还是有可能取得成功的。祝你们一路顺风!

公刘

1983年5月　合肥

爱雨的诗人

"雨,是什么颜色?"这是一个十分奇特的问题,也是一个只有诗人才会认真追究的问题。

提出这个问题来的,正是一位诗人,他的名字叫晏明。这一问问得好,它告诉我们:尽管晏明年逾花甲,却葆有一颗红扑天真的童心。

晏明同志最近出版了两本诗集。一本是《故乡的栀子花》(长江文艺出版社),另一本是《春天的竖琴》(四川人民出版社)。关于雨的颜色的诗句,便是引自前者。这两本诗集,大抵清新可诵,然而,我在这则短文中只想着重介绍他写雨的几首。

雨与诗人历来有缘。辛弃疾有云"诗未成时雨早催",直截了当地交代了雨和诗的不同寻常的关系。的确,在我国诗人笔下,产生了多少关于雨的不同歌吟啊!杜甫的名句"随风潜入夜,润物细无声",歌颂的是温柔多情的春雨、贵如油的春雨。然而,清明亦属春天,但节令合当祭扫祖坟,于是别有一番凄凉的气氛,那天下的雨也不同于一般的春雨,为此,杜牧才写下了"清明时节雨纷纷,路上行人欲断魂"。秋雨呢?李商隐的"巴山夜雨涨秋池",只轻轻着一"涨"字,便将秋雨淅淅沥沥、连绵沉重的感觉传递给了读者。王维的千古绝唱:"渭城朝雨浥轻尘,客舍青青柳色新。"淡淡的笔墨,淡淡的哀愁,完全是一幅西北黄土高原雨霁天开的水墨画。古诗读得多了,也不难发现,不外这三类:第一类是悯农,除了上引杜甫的五律外,例子不少,曾几的七律"不愁屋漏床床湿,且喜溪流岸岸深……无田似我犹欣舞,何况田间望岁心!"张养浩的小令"万象欲焦枯,一雨足沾濡……农夫,舞破蓑衣绿;和余,欢喜的无是处。"都是。第二类是愁绪。这方面,当推李清照为最出色的代表。她的"绿肥红瘦",就是描写初夏一场"雨疏风骤"的结果。诗人的观察和提炼可谓双绝。而另一首著名的《声声慢》以"寻寻觅觅,冷冷清清,凄凄惨惨戚戚"十四个字破题以后,终于归结到"梧桐更兼细雨,到黄昏,点点滴滴。这次第,怎一个愁字了得!"因雨而生愁的篇章还可以举出许多。第三类是闲适。张志和的"青箬笠,绿蓑衣,斜风细雨不须归",是美化渔夫辛苦劳作,实则寄托自号烟波钓徒的自在心境的。韦庄写江南景色:"人人尽说江南好,游人只合江南老。春水碧于天,画船听雨眠。"干脆把雨当作了自己的催眠曲!与之有异曲同工之妙的是张可久"万柄高荷小西湖,听雨,听雨"。也是把雨比作了有闲阶级的轻音乐。还有一些诗人,因雨而引起一种心灵的颤动,如苏轼的咏西湖,"水光潋滟晴方好,山色空蒙雨亦奇。欲把西湖比西子,淡妆浓抹总相宜"。陆游与之不同,他通过美的抒写表达了自己落寞的心情:"小楼一夜听春雨,深巷明朝卖杏花。"辛弃疾也有隐约暗示自己淡泊明志的佳句:"城中桃李愁风雨,春在溪头荠菜花。"借雨水而有所影射的政治诗有没有呢?似乎也有,元人小令中有一首无名氏的作品,其中出现了"这污秽如何可扫?""天也道阴晴难得"一类的句子,估计有弦外之音。

　　上面说了一大段,都是说古人怎样写雨的。为什么要说这些?目的就在于希望更加准确地把握古今的区别。晏明是当代诗人,三中全会制定的方针、路线,复活了他的文学青春。我不是要叫人们相信,晏明已经超过了古人,我只是想指出一点,即:他确实是另辟蹊径,别开生面,有自己的独到之处,而且,我还认为,这个独到之处,就是我们的时代赐予他的。你看他描摹的雨中漓江:

　　　　蒙蒙的雨,
　　　　飘着绿的旋律。

绿的漓江多美,
美的漓江多绿。

数不尽绿的音符,
谱下多少美的乐曲。
雨中的漓江,
春天的旋律。

这不正是诗人手扶竖琴,为我们弹奏的深情一曲么?
还有一首《泉边》,诗人是这样从揭开雨帘落笔的:

雨中的村庄,
挂上薄的纱帘。

村外的泉水,
罩着淡淡青烟。

雪白的辛夷花,
开了,开满泉边。

它像千盏晶莹的灯。
照亮村庄,照亮山泉……

  细细咀嚼,难道不能品出一股淡雅的幽香来么?仿佛那白色的辛夷花,灯盏一样的辛夷花,然而又是雨中盛开的辛夷花。"晶莹",大概也是雨水冲洗过的缘故吧。

有一首怀旧赠人之作,写得也韵味深长,它的题目叫作《雨中小留》。

　　小桥站在雨中,
　　静静地,静静地。

　　小桥在等着谁?
　　我也站在这里。

　　春雨轻轻飘着,
　　浇醒我的记忆。

　　我从远方来到桥边,
　　你呢?你在哪里?……

　　如果我们联系起作者在《后边》里的一段告白来琢磨,四十年前他是在桂林住过一年,那时他还是个小伙子,也许就伫立在这小桥边,等过他的恋人?等过他的知交?都有可能。但不管属于哪一种情况,四十年后的怀念是深沉的,叫人心跳不已的,能唤起我们灵魂的共振的。

　　其他一些从各个不同角度写雨的诗,如《夜雨》《烟雨桥边》《留恋》《虹》《江上》《雨中》和《黄山雨》,都各有各的境界,各有各的独立存在的价值。

　　这是比较难得的,尽管少数的句子和词汇,还可以斟酌。

　　晏明继承了古代众多诗人爱雨的传统,同时又摆脱了士大夫式的感情羁绊,洒脱、开朗、生趣盎然,我以为,这正是他的成功之处。我甚至想到,以后每逢雨天,大概我都会听到晏明的歌声吧。

1984 年 3 月 28 日　合肥

生活创作漫谈

我回忻州,主要是想看望大家。在当年那种情况下,你们情高谊厚,我是很感激的。所以,无论如何要回来看望大家。特别要看望的是,我种地的那个地方——庄磨公社冯村大队的老乡亲、受苦人。在冯村我种了两年地,跟着林业队动弹了一年半(农闲期间还兼管了一阵粉坊),又在菜园子干了半年,前后一共四年,后来到县文化馆工作了近六年,如果再算上1964年在原平施家野庄"四清"的一年,加起来就一共十年还出头。

昨天坐火车一进灵丘,我就感到很激动,觉得回了老家了,越往这边走,内心就越激动,一站一站,直到过了忻口,望见金山了,心也越发狂跳起来。虽然我没什么可讲的,但是能跟大家见见面,就觉得了却了心头的一个夙愿。忻州使我回忆起唐朝一个名叫刘皂的诗人,他也姓刘,是我的老祖宗;他有一首七绝叫《旅次朔方》,原诗是:"客舍并州已十霜,归心日夜忆咸阳。无端更渡桑干水,却望并州是故乡。"这首诗,只用改一个字,把"并州"改成"忻州","却望忻州是故乡",这首诗就好像是我写的了。我在忻州待了十年,那时名义上是插队,实际上是发配、充军到这儿来。我应该感激忻州,这不是一句空话,是有实际内容的。来山西二十年,在忻州就有一半时间,忻州人民对我的教育很大,使我多少懂得了一点中国的事情。中国的事情是什么呢?就是农民的事情,中国问题主要是农民问题。算十年间的账,我的收入比支出多得多,这个收入是谁给我的?是劳动群众、老百姓。文化馆的六年,我也不断下乡,与老乡接触。我为什么要写《父亲》那首诗?就是想为农民说话、为农民祈求,这种感情主要是从忻州得到的。我与这儿的农民接触,我把心交给他们，他们也把心交给我，彼此赤诚相见，有些成了老伙计，连他们有时骂一声"狗日的"，我都觉得很亲切，回想起来很有味。总之一句话。我对忻州是很有感情的。此外，还想去松岩口看看"白求恩纪念馆"，这个念头，我一直在脑子里装着，一直没有动笔写，白求恩有了电影、话剧，但还没有一部像样的诗。白求恩丢下他的家，抛弃了学者、高级大夫的豪华生活，到当年的山西、河北这样落后、闭塞、没有现代文明的地方，来为革命献身。这儿虽然十分贫困，但是这儿有一宗丰富的财富，那就是革命。因此，既落后，又先进，我想这是辩证的统一。

谈谈改革文学。目前反映改革的诗不多，但小说、戏剧、电影反映改革的不少。安徽有位作家叫张锲，写了一部长篇叫《改革者》，拍成电影后叫《最后的选择》，是接触这一题材最早的。还有一部长篇小说叫《花园街五号》，是作家李国文写的，发表在八三年第四期《十月》上。还有张贤亮同志的《男人的风格》，据说很好，我还没来得及看。因此，我只着重推荐《花园街五号》，同志们务必要找来读一读。不搞写作的也应该看看，那个作品能抓住你，一看你就放不下，我就是一口气读完的，写得真好。它是艺术地表现思想问题和改革问题的，写得很深刻、很生动、很有"戏"。读书就像小孩吃饭，不能忌食，不能偏食。做父母的往往惯着孩子，爱吃肉就光让吃肉，爱吃鸡蛋就光让吃鸡蛋，不吃蔬菜、不吃水果、不吃粗粮，那是不行的。热爱文艺的人，读书还要跳出文艺这个圈子，更广泛一点，开阔一点。现在是所谓"第三次浪潮"，形势逼人的时代，第一次浪潮是人类从原始社会进入农耕社会，第二次是从农业社会进入工业社会，第三次是以信息革命、电子计算机、激光、生物工程(即遗传工程)和核子动力为象征、为前导的文明浪潮，这个浪潮有着无限广阔的前景。一个人要是闭目塞听，哪怕仅仅是稍不留神一点，都会大大的落伍。这个浪潮是一定要席卷全世界的，而且已经席卷一部分世界了，工业发达的国家已经卷进去了，第三世界的一部分国家也已经卷进去了，我们也开始卷进去了。我们四个现代化虽然起步较晚，但是只要抓住这个不会再来的良机——第三次浪潮的良机,迎头赶上,同样可以进入先进行列。这样,就要求我们搞文学创作的同志,把眼界放宽,占有更多的知识,了解更多的情况,上自天文,下至地理,旁及历史、哲学和现代科学技术。不懂的,就硬着头皮啃。懂与不懂对写作关系极大。我主张多读、多跑、多看、多想、多写。首先读书不要怕杂,老百姓说"磨镰不误砍柴工"嘛,你肚里东西多了,就能触类旁通,举一反三,引起联想。我甚至认为越杂越好,就像吃五谷杂粮,单吃大米、白面都不行。你什么也要吃一点,玉茭面吃一点,高粱面吃一点,小米吃一点,糜子也吃一点,这样就能吸收各种营养。我们知道,要使身体健康起来,除了饮食以外,就是锻炼。什么是锻炼?锻炼就是写作以及写作前的整个观察、分析、组织的过程,也就是复制生活的构思过程。写作,既不要自命不凡,倚马千言,离题万里,也不要这也不敢,那也不敢;要破除迷信。如果说我有什么经验的话,那就是既不妄自尊大,也不妄自菲薄。我想对我们大多数的同志来说,矛盾的主要方面恐怕是自卑,总觉得自己不是那个材料。谁是那个材料呢?难道有天生的作家?没有。都是锻炼出来的。练笔要在多数的基础上练。这个读书,不单是指读印成了字的一本一本的书,而且主要是指读生活这本大书。写诗、写小说,你要是发现同类题材、同类主题的作品,那么你不妨找来看一看,看人家是怎样表现的。真正的好作品不会撞车,只有那种二流以下的作品才会撞车。什么叫撞车?就是我发现的和你发现的差不多,我想象的跟你想象的差不多。关键在于思想境界,如果境界高一点,就一定能出新。还有一个吸取别人优点的办法,我把这个办法叫作作品比较学,就是找几个同类作品去加以比较。比如电影,好多电影都写一个老干部在"四人帮"时期受迫害,他的子女怎么流离失所,最后怎么卷入社会,有的出淤泥而不染,有的变坏了。这样的电影不是很多吗?到底哪一部好呢?又好在哪儿呢,如果有标高一格的,又为什么能显得高?这样的比较对我们帮助很大,会使我们的思想开朗活泼起来,能够使我们明确怎么写就能够避免失败,避免吃别人吃过的馍。这一点很重要。这个比较既适用于比较别人的作品,又适用于比较自己的作品。写作中会遇到退稿,我也经历过退稿,没有什么丢人的,问题是要总结经验,有所突破。

再说生活。体验生活这个词不太准确,不太科学,缺少主观能动性,有一点作客的味道。我们应该带着感情去生活,介入一切,全身心地做你那个生活的主人。但是大家都这么讲,成了习惯了。这里只是姑且借用一下,其实,所指的主要是积累生活和研究生活。积累要有心,你可以带一个小本本,听见一句什么生动的话,看见一个什么富有性格特征的动作,那个话很有意思、很巧妙,那个动作很典型、很有代表性,你就把它记下来,不能当面记,就先用脑子记住,回去再写在小本本上。咱们不能用电脑、电子计算机储存信息,就用这个笨办法,然而也是最保险、最可靠的办法。一件事情、一个故事、一个情节,都可以记下来,这也是一种练笔。现在我们在农村落实一号文件,有"左"的、右的阻力,你能不能一下子就把人物的内心看透、并且抓住?这当然要有理论和政策水平了。安徽起步比较早,现在有的地方已经同国外通商了。政、社都分开了,公社是经济组织。不叫社队企业,叫乡镇工业。有些农民搞小磨香油,他直接同港商订合同,港商特别需要,几百万元地进货。专业户、重点户也很多。技术力量也逐渐强大起来,商品生产发展相当快。有的村整个变成了两层楼,有的农民住的房子,比中央领导同志都好,什么都有,电视机、电冰箱早就有了。现在开始自己有小汽车。他们靠什么发家呢?养兔子、养鸡,一句话,劳动致富。这个变化发展得太快了,只不过四五年时间,简直不能想象。同样的,忻州地区也追上来了,这儿自然条件不差,肯定会后来居上。生活用这样的步伐前进,这就需要我们做生活的有心人,带着感情去研究这一革命性的变化。不研究生活,你就不知道生活向哪儿发展,就会眼花缭乱,就有可能跟"左"的走到一块,怀疑是不是资本主义复辟了?在目前,允许小商小贩,允许家庭搞运输、搞承包,补充国营经济的不足,这是因为国家没有那么大的力量满足全社会需要。当然,也有可能走到"右"的方面,打破一切框框,连社会主义、党的领导都不要了。研究生活就是要做出正确的结论,既不"左",也不右。这个"左"是打引号的。我们常说,要跟党中央在政治上、思想上保持一致,怎么保持一致呢?我个人有个想法,那就是跟生活保持一致,因为党中央的路线、方针、政策,正是从群众中来,从生活中来的,所以它深得人心。我在农村呆了共有七八年之久,我有资格说这个话。咱们中国老百姓是最勤劳,最善良,最有纪律性,最好领导的。我们革命的目的,一个是推翻反动统治政权,一个是使人民过好日子。提高物质生活和精神生活是无止境的,人的创造发明也是无止境的,社会主义建设也没有止境的,最后达到自己的高级阶段——共产主义,各尽所能,按需分配。然而,目前还是按劳取酬,咱们过去只是不断搞变革上层建筑,搞所谓跑步进入共产主义,那是一种幻想,一种幼稚病,至少是一种善良的误会。党中央摸准了社会脉搏,因此才英明伟大。文艺工作者和党中央保持一致,就首先要和生活保持一致。三十年的愿望、呼声,今天都慢慢变成现实,我们花了多少惨痛的代价啊!现在实行富民政策,我们的国家很快就复苏了,我们从崩溃的边缘走向繁荣富强。我们生活在这个开创新局面的时代,是十分幸运的。同志们当中有些人家在农村,这赋予我们一项责任,我们要和人民群众共呼吸,我们要知道他们想的什么?盼的什么?害怕的是什么?咱们山西,我说一句不客气的话,"左"的势力比较根深蒂固。大寨本来也是个好样板,周总理总结过,可惜后来被"左"的势力利用了,带坏了。我在的那个冯村,1971年开了个代食品现场会,吃树叶子展览,榆树叶子、桃树叶子、杨树叶子,最可怕的是那个蓖麻叶子,开水杀一遍,然后撒一层薄薄的糠皮皮,用笼屉一蒸,盛在盘子里,摆在桌子上。让我写黑板报,我宁愿动弹,受苦,也拒绝接受这个任务。工作队很恼火:"这个家伙,顽固得很啦!"可是,我干吗要写这样的黑板报呀?问心有愧哪!老百姓那么受苦受罪,每天天不亮就起来,队长敲钟、挨家挨户喊一遍,然后下地,从明干到黑,一天十几个小时,回来吃糠咽菜,就那样还开现场会、出黑板报,这样做有什么光荣?是哪家经验?可恼得很,是真正的倒退嘛!这事使我感受很深。今天当我看见许多农民,完全不像解放初期那样，只顾三十亩地一头牛，老婆娃娃热炕头，而是有了很高的觉悟，我就特别激动。比如安徽现在有些万元户，他们很少把钱攒起来，吃穿不比城里人差，并且敢于公开自己的财产，我有多少现钱，有多少存款，买了多少国库券，敢于讲。不像过去农民那样保守，把钱埋在地下。今天的农民是社会主义新农民，有集体观念，安徽有一个农民，自己投资盖一所电影院，当然也收门票，为了收回成本嘛，但他个人不赚钱。活跃了文化生活，利在群众。这就是大变化。有的农民盖学校，自己打井，这叫修桥补路，做好事。这都是有觉悟的新农民，我们要跟着生活的脚步走，就要表现新的农民。只要我们认真学习马列主义，学习群众，学习三中全会以来的路线、方针、政策，学习艺术劳动本领，学习人类文化遗产，我们就会一步一步走到各自的目的地。

关于当前的创作趋向和前途。笼统地讲，粉碎"四人帮"以后的文学经历了三个阶段，开始是"伤痕文学"，控诉"四人帮"的罪行，从肉体到灵魂受的创伤，这是一个阶段。后来人们不满足这些东西了，一方面是这类题材有些程式化了，另一方面缺乏一种更深刻的素质。于是就出现了"反思文学"，1980年至1982年时期可以算是"反思文学"。第三个阶段就是改革文学，面向四化，这是全体人民的大目标，必由之路就是改革，改革的成败关系到四化的成败。改革文学方兴未艾，刚才提到的那几部作品都是写改革的。改革文学来势迅猛，而且这个势头可望保持若干年，也许会持续到2000年翻两番的任务胜利在望的时候。当然还可以写"伤痕"文学、反思文学，可以说，永垂不朽的作品还没有诞生呢。我寄希望于同志们。

关于朦胧诗。我对朦胧诗的看法，我写了文章，发表在《诗刊》一月号上，《诗要让人读得懂》。朦胧诗，我觉得不妨一试，可以作为一个品种，有它生存的权利。不过，我觉得不宜在青年中提倡。朦胧不是晦涩，更不是政治上的暧昧。我反对晦涩和暧昧。这和要求诗写得含蓄一点没有矛盾，小说也要求含蓄。朦胧诗作为一个流派一定会继续生存下去的，这一点没有疑问。至于那种崇洋媚外的思潮，我是坚决不赞成的。咱们中国有悠久的诗歌传统,为什么要崇拜外国?而且外国有很多诗明明是从咱们中国学去的,为什么又买回来?我们必须很好地研究自己的祖宗,问题恐怕在于你没有把《诗经》、《楚辞》、李白、杜甫吃透,吃透了你就不会五体投地崇拜庞德、艾略忒了。同样不容误会的是,我绝不是在倡导排外主义,我历来主张借鉴一切有益的东西,包括表现手法、艺术技巧,我也正是这样实践的。我将不改初衷。在今后的创作中,坚持革命现实主义,我认为这是最好的创作方法。至于文学流派问题,我以为不妨实行和平共处和劳动竞赛的原则。

（根据录音记录整理）

1984 年 5 月　山西忻州

在《山西文学》诗歌座谈会上的谈话

　　我在山西整整生活过二十一年,其中,正式的或者非正式的接触山西的诗歌,大约有十年光景。因此,对于山西诗歌运动的历史,多少有一点了解。

　　我觉得,山西诗歌有个好的传统:朴实。应该坚持这个传统,并且在新的条件下发扬光大。但是,话又要说回来,山西诗歌也有个很大的弱点,就是单调。朴实和单调,也许是一个事物的两个方面。单纯是必要的,但是不要单调,朴实是可取的,但是不能寡淡,不要弄到吃斋念经做和尚的程度。不要搞成清一色,白水一杯,叫人没有回味。我过去保留下那么个印象,觉得山西的一部分同志老爱写一点小情节,一个小人物,而不善于通过这点情节给读者一点启示,不善于挖掘这个人物的丰富的内心世界。人物都是平面的,不够立体化,倒像一个剪影。当然,现在有些诗写得不错了。遗憾的是,《山西文学》我不能经常地读到。五分钟以前,我才翻了翻《海、老人和他的儿子》这首诗,作者是潞潞,这首诗就写得比较别致,不是一个剪影,作者从不同的角度表现了他的主题思想,表现了他的复杂的甚至自相矛盾的心绪,表现了老人(可能是老一辈)对儿子的嘱咐、忧虑和希望。从表现手法到遣词造句都不一般化。但是也有毛病,这里只举一个例子,"跳跃的白鲢",搞错了。据我所知,海里没有白鲢,白鲢是淡水鱼。如果我是编辑,我就改动一个字,把"鲢"字改成"鳗"字,就行了,仍旧押韵。不客气地说,这是常识性的错误。我们的作者和编辑都应该有渊博的知识,要懂得各种各样的事情,而且知识要不断更新、补充。首先要求编辑懂得更多,站得更高,比作者考虑得更周到。这是顺便说的,不一定对,供编者和作者参考。

老舍同志有句话,大意是:写小说嘛,拐五个弯就够了,写曲艺,拐两个弯也就满可以了,写诗不行,写诗你得拐五十个弯。一定要拐弯。所谓拐弯,不是设迷魂阵,不是故意捉弄读者,而是叫人觉得你的思路是曲折的,构思是巧妙的,意境是宽阔而优美的。一首诗,只有表面上看去很普通,很平易,而实际上经得起咀嚼,经得起琢磨,那才称得上是一首好诗。

山西的诗歌,除了朴实这个长处以外,还有一个长处,就是:接近人民。山西有很丰富的民歌,晋西北一带的"山曲",和陕北的"信天游"、内蒙古的"爬山调",有很深的血缘关系。还有晋中秧歌。吕梁地区也有不少的民间歌谣。这是一个巨大的优势,山西的同志们何不扬长避短,努力发挥自己的优势呢?有人认为,民歌已经过时了,不适于表现当前的生活节奏了。这的确有一定的道理。不过,我们为什么不去搞一点试验,看看是不是真的此路不通呢?我们为什么不设法加工创新,有所继承然后有所发展呢?我以为,结论应该下在有了实践之后,而不是下在没有实践之前。

当然,除了下里巴人之外,还应该有花腔女高音,花腔女高音不能简单地等于洋化。我们的川剧、秦腔、昆曲,就往往使用高腔,使用假嗓子。一个歌舞团,没有花腔女高音歌手,那是一个不完备的歌舞团,诗歌写作,也不妨"引进"花腔女高音。写诗,是要耍花腔的——这不是贬义词,对它要作正面的理解。不过,不要太多的耍花腔,要适可而止,否则,一定会流于油滑、浮泛。好诗和好歌一样,要有绕梁三日、余音袅袅的效果。但是,值得注意的是,你那声音必须很率直,很热情,很高昂,很饱满,同一个道理,或者必须很哀怨,很凝重,很低回,很缠绵;总之,表达情绪要准确,而且要掌握分寸。这就是技巧了,写诗需要高度的技巧,技巧来自锻炼,而锻炼是一种长时期的坚持不懈的十分艰苦的劳动。光是直不笼统地写,那是会把读者的胃口败坏完的。特别是,今天是20世纪80年代,人们的生活比过去复杂多了,思想感情也复杂多了,这是明摆着的事实。如果我们还像过去行军打仗时打的那种呱哒板:"炊事班,不简单,一天走了二百三。"这只能是快板而已,虽然在战争年代发挥过一定的作用。我们绝不能满足于老一套,总是唱老调子:"炊事班,不简单,一天走了二百三。"诗应该提高,应该和时代同步前进。所以,我恳切地希望,山西诗歌能够保持朴实的优点,单纯的优点,接近人民、接近生活的优点,避免单调,避免浅露,避免粗线条。同志们一定要精益求精,要对自己提出更严格的要求,这就是每次写出来的东西都是货真价实的新产品。工业生产都要求改型换代,何况是精神生产!

还有一个希望,写黄河,歌颂黄河。在我们山西境内,有一段黄河,那是从河曲、保德流下来,到禹门渡、风陵渡,再到平陆、三门峡,老长的一大段。黄河流经的地方,应该写黄河,山西不能例外,这是义不容辞、责无旁贷的天职。我曾经有过一个野心,想用"山曲"的民歌形式写一部《黄河儿女歌》,或者叫作《黄河英雄歌》。这是一个属于个人的秘密,今天我在这里公开了;如果我完不成,希望同志们大家来完成。

黄河是伟大的,是中华民族的摇篮。你只要到黄河边上一看,荡荡乎,洋洋乎,真是了不得,了不得!在潼关那个转折点,在那个鸡鸣闻三省的地方,那个象征我们民族,我们人民的黄河,它只知道前赴后继,百折不挠,英勇奋进!这就是黄河的气概,就是黄河的灵魂!大转折之点,它能够认准方向,向东流!向东流!向东流!一直流入黄海。我愿意和同志们共勉,学习黄河的这种素质,争取做一个合格的黄河子孙,写出伟大的、和我们社会主义祖国相称的、史诗性的作品来!

1984 年 5 月 7 日　太原

答山西大学中文系学生诗五十问

一、怎样处理诗歌中的"虚"与"实"?

对初学写作者而言,这是个难题。要么"实","实"则笨;要么"虚","虚"则空。这不仅仅是个审美观念问题、技巧问题,实际上还有世界观和方法论的问题。

做人要老实,但写诗千万不能老实。写诗"老实",就会失掉诗意。

说明它们二者之间的关系,需要举例子。

(有人递上公刘的诗集《离离原上草》)比如《民警和我》:不说兰州处于全国地理位置的中心,而说它是"在诗的中央",这是化实为虚。而"奔向同一理想的万千劳动者和万千车辆",却是虚实结合;因为一方面"人"和"车"是物质的东西。另一方面用"理想"这个词取代了实际生活中南来北往、东行西走的"方向"这个词,也就是说,我把生活变成了"虚"的东西。

二、怎样恰到好处地使用通感?

这是个大题目,简单答复一下:

通感,就是视觉、听觉、味觉、嗅觉、触觉之间的相互转移,有人认为通感是西方诗歌的新手法,不知道中国古已有之;但是,只要你们读一读古诗,就会发现许多这一类的例子。

通感要用在节骨眼上,不可滥用。

仍以拙作为例。《五月二日的夜晚》中"数不清的衣衫发辫/被歌声吹得团团旋转",这里就使用了通感,听觉、视觉都转化成了触觉了。

三、怎样挖掘生活中的美?

这是一种特殊的本领。需要带着艺术感觉,去熟读那本无字的大书——生活。

需要敏锐,需要刻苦,需要锲而不舍。

四、农村题材的诗怎样才能写得深刻?

我在《诗刊》(1983年第10期)上有一篇文章,专门谈了这个问题,不妨看看。

五、您对诗歌发展的前景有何预见?

谈不上预见。只能说是一点估计。

我想,现实主义将依然是主流。但也应该承认不同流派的生存权和发展权,假如我们真正贯彻"双百"方针的话。

朦胧诗还会存在下去,不过,我希望它得到健康的发展。

这是我个人的看法,只代表公刘。

六、一个诗人是应该坚持童心而受苦受难呢,还是谄世媚俗去求得一帆风顺呢?

坚持童心,也许要付出代价,然而这是值得的。我愿永远保持赤子之心,希望大家也如此。

诗的主要任务是歌唱美好的东西。但是,生活中的确又有丑恶,这是一个矛盾,真正的诗人绝不会回避这个矛盾,他应该有处理这一矛盾的勇气。

七、区别"含蓄、朦胧、晦涩"和"比喻、意象、象征、假托"。

含蓄即含而不露,又意在言外,朦胧是"月下美人",细部看不清,只能见到一个轮廓。晦涩却是读不懂。

比喻是甲物状乙物、意象是经过诗人心灵加工了的形象,象征,往往使用表面上互不相干的两个概念,以此像彼,如,用一片树叶暗示人生等。假托,则是借用这一生活现象去解释那一生活现象,说的是A,指的是B。

八、对一些青年诗人扶植不够,对一些有所创新以至显得"怪僻"的形式宽容不够,是我国新诗不景气的原因之一。您以为如何?

提得有一定道理,但又不能过于强调它。

我写过一篇文章,题目叫作《谁是二十一世纪的大师?》,这说明了,我把希望寄托在青年一代身上。我个人是同情青年诗人的种种创新的努力,并且一直在为保卫青年诗人的正当权利而竭尽我的绵薄之力。不过,我十分不赞成某些青年走得太远,连政治态度都暧昧起来了的倾向,我认为这很危险。不是对整个新诗歌运动有什么危险,而是首先对他们自己的诗歌生命有危险。

九、形象描述和哲理思辨在诗创作中的关系如何?

我认为,具有哲理思辨的成分,标志着一个诗人的成熟,我个人喜欢既有形象描述,又有哲理思辨的作品,二者兼备,而且哲理思辨是寓于形象之中,而不是两张皮,不是水与油的关系。

十、您对《崛起的诗群》看法如何?

从文字看,作者是有才华的。有些问题也击中了新诗的弊端,可惜,他提供的解决问题的方法不对头。否定传统,否定民族性,对西方五体投地,我反对。

徐敬亚同志在学生时代曾和我有过联系,他把他周围一群诗歌爱好者编印的《寸草心》寄给我,也把自己的毕业论文——据说就是这篇《崛起的诗群》——寄给了我,可是我当时外出了,以后也没有空去翻阅。当我还没来得及阅读时,有人告诉我,徐敬亚同志居然把我的名字也列入了他们所谓的"崛起的诗群"之中,真是不胜荣幸之至!其实,我和他们是不同的,我是我,我从50年代就开始认真写诗了,如果要说"崛起",那也是50年代的"崛起"。虽然我一直在不断更新自己。我认为,更新自己,是每个诗人对时代对人民的应尽责任。不更新,就老化了。老化是会被淘汰的。

十一、您是否不重形式,而注重内在节奏?

不,我觉得,形式也很重要,尽管我更注重诗的内在节奏,可以有偏爱,但不可以偏废,如《星——我为大有作为的一代歌唱》,便是很注意了十四行的形式——这是经我改造过的十四行,不是西方的严格的"商籁"体——又很讲究节奏感和音乐感,为此而使用了"捣枕、捶床、破衣、箍窗"和"拧眉、咬牙、沉思、默想"之类的句式。

十二、怎样捕捉诗的对象?

一个人一个方法。

我一般很注意对方的动态(包括静中有动的动态,例如内心活动),从动态入手。通过一个一个的"动态"的截取,像电影镜头似的,使之组合为活的形象系列。

十三、您是怎样取材,构思写作的?

没有秘诀。我自己也说不清楚。

比如《旗誓》(将发《忻州市报》和忻州地区文联主办的刊物《五台山》)。最近,我回到我变相劳改的那个村子去看望乡亲们,我没有料到,几乎全村男女老少都出来迎接我。更不敢想的是,他们竟送给我一面锦旗。我很激动,我认为这是最高的奖赏。整个白天心一直在怦怦地跳,夜晚也睡不着,于是,我终于打破了自从 1980 年得脑血栓病以来的"戒律",天不亮,四点四十五分起床,用了不到一刻钟的时间,一口气写了下来。最后一段是这样的:"我愿公开我的一个秘密/到了那一天,当我停止了呼吸/人民的旗将与党旗一道/覆盖着我的尸体!"

从这个例子当中,多少能看出一点我对生活的选择和复制的情形。

十四、您没有写标语口号式的"诗",是否应归于您的认识水平高?您对待创作有何主张?

一般而言,我是不赞成标语口号入诗的,但并不绝对反对标语口号入诗,更不毫无根据地反感标语口号本身。我想,人们厌倦标语口号入诗,除了艺术的考虑以外,恐怕更多的还是因为这些标语口号基本上都是些虚张声势的空话甚至假话。不过,平心而论,假如那些年不是失去了写作的权利,我可能也会跟着叫喊的,不喊大概不行。

至于创作主张,可以概括为三句话:我坚决遵循现实主义道路,坚决发扬浪漫主义精神,坚决借鉴现代主义成果。

十五、您对祖国目前叙事诗的创作有何意见?

没有好的叙事诗。我为此呼吁过。

十六、诗的语言和散文的语言有何区别?

散文有广义的和狭义的两种理解。如果仅仅同一般的散文(不包括小说、戏剧、报告文学等等)相比较,我觉得没有根本的区别。不过,诗似乎更应该追求凝练。当然,也有些诗人主张诗的文字无妨华丽一些。我个人是喜欢朴实的。我害怕过分堆砌会失掉天然,浓抹不如淡妆。

十七、理性和感情在诗中的比重如何?

诗是绝对的感情产物,但又和理性分不开。完全离开理性,诗便成了梦呓。诗好比是一棵果树,生活是土壤。而人类生活之所以区别于动物生活,正在于它是有理性的。因此,理性也是生活的一个元素。

十八、我们觉得《诗刊》越办越没有生气了,您以为如何?

作为《诗刊》的编委,我听了感到伤心,我甚至想做一点辩护性的解释。可是,作为一个普通的读者,我完全理解这种情绪。

十九、我国诗歌现状如何?造成这一状况的原因何在?

现状是不景气,不过,未来是乐观的。许多人都在想着改变这种现状,这就带来了转机。

至于原因何在,我没有水平回答,也没有胆量回答。

二十、有无灵感?它和构思有何关系?

灵感是有的。它是生活经过长期积累,由量变到质变的刹那间的爆发和燃烧。有了灵感,构思整个都会被照亮,从而获得一个明晰的图像。

如果把生活的积累比作是水位增高,那么,灵感的爆发和燃烧,就是放开了闸门。

二十一、新诗的真正危机是什么？

需要请教大家，我一个人回答不了。

二十二、谈谈您对山西诗歌界的看法？

山西诗歌界做了许多工作，但是似乎没有突出的成就，没有重大的收获，原因之一，可能是视野较窄，需要破除陈规、解放思想、开拓眼界、开阔心胸。

目前在全国比较落后，但潜力不小，前途未可限量。当务之急，是要下决心刹住不正之风。

二十三、我国目前的诗歌，是处于一种上升状态，还是处于一种停滞状态？

处于停滞的状态，但这种局面是无法长久维持下去的。不是突破，就是衰微。

二十四、您对舒婷的看法怎样？

用一句通俗的话来说，是女才子。最近她给我来信，大意是说，她很想写诗，可惜没有时间，因为要哺育刚生不久的婴儿。大家想必知道，对于一个缺乏经验的妈妈，孩子的重量是大过一座山的，我相信她以后会写出好诗来的。

二十五、谈谈做人、写诗和当诗人的关系。

做人是第一步的。做一个正直的，有益于人民的，有所为有所不为的人。写诗是其次的。人品决定诗品。也许会有例外的现象，但他的两面派面目终究是会被人识破的。

二十六、您对叶文福作何评价？

我认识叶文福同志。据说，他现在回到了湖北老家，然而并没有脱军装。他当然是有才能的，问题在于他对自己的才能似乎作了不恰当的估计。我希望他能认真清理一下过去。

《将军，你不能那样做》，如果除掉那个不妥当的小序，就诗论诗，我认为不失为一时的佳作。它对思想解放运动，对反对不正之风起过积极的作用。我们评价一篇作品，也要具备历史主义的态度，实事求是的态度。

二十七、诗人的心灵是敏感的,他所感受的苦恼要比别人更多,以您为例,您在坎坷的日子里,都想些什么?

想得很多,三言两语交代不清楚。

我觉得,一个真正的诗人,他的生活道路几乎总是坎坷不平的。当然,也有例外,原因不明。坦白地说,我的苦恼多于欢乐,但如果让我再生一次,我还要选择这样的人生。我绝不做违背良心的事。我宁愿由于得罪权贵而受罪。我相信真理必定最后胜利。

《天云山传奇》《牧马人》并未能表现被迫害者的痛苦(精神的和物质的)于百分之一,却不断听到要批判的流言,简直不可理解。

二十八、您对诗人郭小川作何评价?

小川是我的老大哥,是我们学习的榜样。当然,金无足赤,人无完人,他在一定的历史条件下也有失误,如参加批判彭德怀同志等。即使这样,粉碎"四人帮"以后,我还是第一个站了出来,为小川鸣不平,写了《理当为〈望星空〉平反》,我认为这是我应尽的义务。

二十九、您对新时期青年诗人的看法如何?

出现了许多青年诗人,大抵都各有建树。

我衷心祝愿他们健康成长,脚踏实地,学会听取别人的意见,同时又走自己的路。

一时出现迷误,也是在所难免的,这种时候,一方面要求我们坚持原则,另一方面也要求我们善于等待。等待不是坐着、看着,而是拉着、劝着。

我是第一个向诗坛介绍顾城的,充分肯定了他的长处,又明确指出了他的弱点,遗憾的是,后来他越走越偏,真有点不幸而言中了。这说明我的那篇《新的课题》,对他没有丝毫感染力。这是我的失败。不过,我仍期待顾城,不要叫关心他的人失望。

三十、模仿别人是否能超过别人?您是否模仿过?

问得好,模仿,也许是诗人的必经之路。

我 13 岁发表第一首诗。我家很穷,买不起当时桂林出版的《诗创作》,就借来一首一首地抄。在 13 岁到 16 岁这个阶段,可以说是模仿大于创作,模仿人就得脸皮厚,也说明没出息。一个认识到自己的成熟的诗人,是不会去模仿的。

对初学写作者说来,允许模仿,但不要提倡。跟着别人的脚印,亦步亦趋,就永远不会进入创作的王国;文字可以模仿,感情是不能模仿的,要及早觉悟到这个道理,及早告别模仿。

模仿别人,也可能超过别人,旧诗中有所谓"点化",也算是一种"语言运用"吧,把前人的东西拿来为我所用,这需要有很高的鉴别能力;实际上,一旦具备了很高的鉴别能力,也就意味着他不是模仿了。

三十一、一首好诗是否需要长期构思和多次修改?

需要。拿我自己有限的经验为例,《星》就写了八个月,修改了十多次。

自然也有例外情况,天下之大,什么事都会有例外的,倚马可待的杰作,也是有的。

我有一本谈诗的书,《诗与诚实》,其中有一篇我谈了诗的构思问题,如果有兴趣,请大家一读,我愿听到大家的批评。

三十二、既然当代诗歌已不再更多地注重客观描摹,而出现了理性的思考,那么,与之相适应,诗的形式,是不是长句式和散文化的?

我不同意这个观点。理性渗透在客观描摹之中,而不是排斥了客观描摹。散文化不是好现象,不应提倡。

打破五、七言以后,句子难免长一些,但还是要炼字炼句。我们希望得到的是活力,而不是松散、拖沓、杂乱无章。

三十三、谈谈您今后的创作设想。

没有五年计划:打算写一部关于白求恩的长诗,原来我连这个都不想宣布的,但是别的同志把它公开了。白求恩,似乎是一个"古老的"题材,不过,我却认定他是万古长青的。我有点不自量力,因为很难写。

三十四、您对当代大学生诗歌的看法,认为有哪些可取之处,有哪些弱点(甚至是致命的)?

有朝气,很开放,很锐利,多样,丰满,不拘一格,有些我写不出来。弱点,也许是致命的,是生活底子薄,浮光掠影、华而不实的成分多。特别危险的一种理论是诗不需要生活,只要主观热情就够了。我希望同学们不要上了这种"理论"的当,而是利用一切机会尽可能地深入生活、积累生活、研究生活。

三十五、谈谈您的创作风格。

我正在努力塑造自己的风格。

三十六、诗是政治的传声器吗?

有过这样的诗,其中也有偶尔写得不错的,那是由于政治与人民的愿望合拍了。但是,就其大多数而言,大抵都没有什么生命力。

我的诗不是传声筒,将来也绝不做传声筒,诗固然离不开政治,却不应该贬低自己的独特的品格。

三十七、诗反映生活的真实性,是否高于历史?

是的。杜甫的《三吏》《三别》等都是诗史;官修的正史中找不到的,在诗中往往可以找到。近者如"四五"运动中的天安门诗歌,也是一个极生动的例证。

三十八、一部史诗的产生需要什么条件?为什么现在没有史诗?

条件很多,首先是政治条件。倒不一定是要清明,也许恰好是黑暗时期。当然,人也很重要,要有能够驾驭史诗的大手笔。

为什么现在没有产生史诗?我和你们一样着急。

三十九、新诗是否要产生新律体?

新诗无定体。估计今后也不会走向格律化,现代新律诗不过是这个无格律中的一种表现方式。如今是信息社会,一切都处在浪潮汹涌之中,一切都在变。

四十、新诗的韵律和节奏是否以"上口"为标准？

"上口"不是唯一的，还有一种内在的节奏；仔细体会一下诗的感情，便会觉察到除了押韵合辙以外，还有一种微妙的节奏——心灵中的无声音乐。

四十一、您不大喜欢歌颂，为什么？诗的多样性体现在哪里？

说我的诗中没有"歌颂"，这是误解。从20世纪50年代开始，我就是"歌颂派"，歌颂党、歌颂人民、歌颂边防军，前几年我还在歌颂自卫反击战……我的确写了一些揭露性的讽刺性的作品，因为生活中的确存在着阴暗面。

揭露和讽刺是战斗，歌颂同样是战斗。

四十二、我们以为诗歌界有派别，真相如何？

这不是公开场合答复的问题。我只想说，诗坛、文坛，既然是坛，坛上多有宗师，那就是合乎逻辑的现象。再者，人生态度、文学主张相近的，肯定趋向一体，这种现象，自古已然。

四十三、艾青的诗歌是否代表诗歌的方向？这个问题应该直接去问艾青同志，他会给你最权威的答复。

四十四、没有正义感的人是否能写出好诗？

问得很有意思。按道理讲，没有是非观念，缺乏正义感的人是不能写出好诗来的。不过，生活毕竟是复杂的，是不是也不应该排除这种可能性，他灵魂一瞬间的曝光，也许会产生好诗；当然，他的灵魂终归要回到自我，所以本质上依旧是肮脏的，他的好诗是一种假象。

无论如何，还是人品决定诗品，这是不以人的主观意志为转移的根本规律。

四十五、怎样选择诗的韵？

看内容需要，看感情处于什么状态。

四十六、诗的含蓄是不是成败的关键？

不要把含蓄绝对化，含蓄固然可以使诗显得深沉蕴藉，也有一种明朗的、酣畅淋漓的诗。

四十七、朦胧诗在百年之后是否还会出现?

无可奉告,我没有学过"推背图"。

四十八、您是在什么情绪支配下写《姑娘在沙滩上逗留》的?是怎样构思的?

这是一首爱情诗。在"反右"和"文革"中都批过。内容是写一个姑娘在海边徘徊,思念远方的爱人,祝福远方的爱人。

我们的爱情是健康的、向上的,应该有益于身心的。从宏观的角度讲,人人都应该享受到爱情,因之爱情也必须是丰收的;打鱼的渔民除了收获鱼,还应该同时收获爱,否则,生活对他们就太不公道了。

我写这首诗的时候,正当年轻,我自然有爱的渴求。也许正是这种渴求驱使我写下了这首诗。不过,当它作为一件艺术品在脑海中产生时,我注意到了音乐美。

四十九、怎样在诗创作中表现立体感?

立体感即多层次、多角度、多侧面。街头上有一种专门替顾客剪侧影的卖艺人,他的那个侧影是平面的,固然有时候也相当像,但一般都难以"传神"。诗不能以"侧影"为满足,写人物应该写出社会质感,写事件应该写出社会矛盾,这样,你的笔就会变成一柄雕塑家的刀子,你笔下的人和事就会立体化。

五十、做一个诗人应具备哪些素质?

正直,正直,正直。

诚实,诚实,诚实。

勇敢,勇敢,勇敢。

自然,还得有思想上的敏锐和艺术上的功力。

1984年5月 太原

诗品与人品

——在一次诗歌座谈会上的发言

河北省有我许多老朋友,如今又有许多初相识的新朋友,我很高兴和朋友们见见面、谈谈心。我并且愿意借此机会,向在文学创作中取得成就的各位表示敬意。

我以为,任何一种文学样式,都应该有诗意。有诗意和没有诗意,情况大不一样。拿小说来作例子,那种只有一个故事(哪怕它离奇曲折)的小说是不能感动人的,如果能渗透诗意,就一定会产生一种内在的魅力,使人读了,觉着有光彩,有激情,有韵味。这个道理,同样可以运用于戏剧、电影、报告文学和散文。为什么英国作家莎士比亚的作品叫作诗剧?不仅因为它们是用诗的语言、节律写成的,而且是用诗的情感和形象写成的,《哈姆莱特》《罗密欧与朱丽叶》《奥赛罗》,甚至《麦克白斯》等等,一无例外。法国作家梅里美的《卡门》,充满了扑朔迷离的情调和绚丽多姿的色彩,让我们永远也忘记不了那个野性的美艳而又坚强的吉卜赛女郎。印度作家泰戈尔的《戈拉》,文字一如他的诗句,清新极了,简练极了,虽然这是一部小说,却和《新月集》《飞鸟集》一样,充满了橄榄般的隽永的滋味,如果同志们没有读过,希望找来读一读。俄国作家屠格涅夫的《猎人笔记》,也通篇具备着诗的素质。至于美国作家海明威的《老人与海》,干脆就是一部海之诗。鲁迅先生的《野草》,当然是一部不朽之作,深刻,奇崛,百读不厌,是挖掘不尽的富矿。连他的杂文也处处显示着诗意。例如,《无花的蔷薇》,题目本身就是诗,还有《且介亭文集》,这个书名,不也是辛辣的政治讽刺诗吗!我们往往把那种气势宏伟、结构奇丽的鸿篇巨制,名之曰:史诗。如,中国作家曹雪芹的《红楼梦》,

俄国作家列夫·托尔斯泰的《战争与和平》、苏联作家肖洛霍夫的《静静的顿河》、阿·托尔斯泰的《苦难的历程》，这些都是史诗。苏联的一位电影艺术家创造了一个名词，叫作"电影诗"；在西方音乐创作中间也有一个品种，叫作交响乐诗。这些都说明了一个事实：当文艺达到了自身的最高境界，就必然要冠之以"诗"字。奇怪吗？一点也不奇怪，实际上这是全人类共同的艺术现象。

令人遗憾的是，我们部分写小说的作者，却偏偏看不起诗。有个别的人，居然说："我是写小说的，他是写小诗的。"在本来没有"小"字的"诗"前硬要加上一个"小"字，鄙薄之情，溢于言表，仿佛他和诗沾了边就掉了身价。这实在是十分愚蠢的观念，至少是十分幼稚的观念。我绝没有在这儿宣传诗的神圣，提倡诗的崇拜的想法，我说的都是整部文学史上铁的事实。何况，我们的要求并不高，一个小说作者、散文作者、报告文学作者、戏剧或电影作者，你可以不必会写诗，更可以不必写好诗，但起码你必须读诗，必须懂得诗。懂得诗，对你的创作只会带来益处，而绝不会带来害处。不幸的是，偏偏有人在实践上反对这一点，我替这种人感到惋惜。同时，当然我也绝对不会承认，诗人是文学王国的二等公民。

说到这里，我就要进一步对写诗的同志提一个建议了。我认为，写诗的同志不妨写一点小说，写一点散文和报告文学，如果有兴趣，还不妨写一点戏和电影、电视剧本。这样做，不仅仅是为了锻炼你的笔，锻炼你的思维方式和表现能力，而且能够明显地发挥自己的优势，把自己擅长的诗的意境注入其他形式的作品中去，用自己熟悉的诗的感觉去提高其他形式的作品的审美价值。只有这样，你的作品才耐人咀嚼，才经得起反刍。

当代作家群中，我觉得，张承志是极有诗的感觉的；张贤亮早年原本就是诗人，因之他的作品无一不放射着诗的光芒。河北的作家当中，铁凝的作品《哦，香雪》是诗意盎然的。在崛起的新人中，特别应当提到邓刚。从邓刚发表《八级工匠》起，我就一直在密切注视着他。我当时有一种预感：中国的天空又升起了一颗新星。去年我去大连,曾经专门了解过他的经历,知道他曾经写过许多年的诗。尽管邓刚没有成为诗人,而是成了一位出色的小说家,但是,我在心里仍旧把他称作诗人。大家都看得清楚,他的《迷人的海》,写得多么迷人啊!邓刚不愧为一条硬汉子,他和海可谓是不打不相识;我们许多作家都写过海,然而,却没有任何一个人能赶得上他。邓刚把海人格化了,在他的笔下,海是有喜怒哀乐、七情六欲的,海是活的。去年一年,中国流行过邓刚热,数不清有多少评论家评论邓刚,研究邓刚,简直可以称作邓刚年。然而,令人百思不得其解的是,竟没有一个评论家郑重其事地探索过他的作品何以充满诗意的缘由,更不用说明白无误地指出他从少年的时代就已经开始的诗歌生涯了。昨天听了邓刚的讲话,我很惊讶,他本人也似乎不曾充分意识到自己作品中的诗的分量。于是,趁休息的工夫,我跑去提醒他,请他考虑是否应当点明"诗意"二字。然而,不管邓刚本人是否有意识地运用了诗的全部技巧,我感到,客观上他却把诗和小说糅合在一起了。这正是邓刚之所以为邓刚,而不混同于旁人的秘密所在。张贤亮的经验,再加上邓刚的经验,已经足以向我们证明,各种文学式样是有内在联系的,是血脉相通的,运用之妙,存乎一心罢了。如果还有人对此表示怀疑,那么,我就要奉劝他去认真读一读普希金的《上尉的女儿》《暴风雪》,以及莱蒙托夫的《当代英雄》了。他能得到一个什么样的结论,我无法推测,反正我是坚决信服:诗意可以强化、美化和净化一部任何样式的作品的灵魂。

上边说的,严格说来,都是一些题外话,虽然我是有感而发的。

我想着重谈的题目是诗品与人品的问题。

党号召全国人民,同心同德,建设"四化",振兴中华。同样的,我们写诗的同志还面临着一个振兴诗歌的任务。毋庸讳言,诗歌目前依旧表现了某种程度的停滞,或者换句话说,叫作不景气。正视这一现实,振兴诗歌,把诗歌运动推向一个新的高潮,我们每一个从事诗歌创作的人都责无旁贷。

诗歌冷落的原因是多方面的。

从客观上讲,我愿斗胆直言,我们的全国作协在指导思想上,似乎更多地注意了小说。一篇小说出来,只要稍有可取之点,立刻会有无数文章为之评介推荐,而一首上乘的诗作,却往往毫无反响,或者只是在并非权威性的刊物上悄声细语地被提到一下。这种事例太多了。在这种总的背景下,一些刊物开始不断压缩诗歌版面,直到成为点缀品为止。这还算宽大的。不少刊物干脆连一行诗也不采用。有的出版社也公开宣布拒绝诗稿,理由是没有人买。然而,另一方面,却又的的确确有许多读者为寻找某一部诗集而煞费苦心地奔忙。这难道不是80年代中国的怪现象吗?

　　从主观上检查,首先是质量普遍不高。回想"四五"运动期间,以及"四人帮"被粉碎后的最初两年,一首好诗,天下传抄,真有一点"洛阳纸贵"的盛况。再一条是队伍不够团结,有的人把精力用来对付自己同志,搞小动作,热衷于流言蜚语的制造与扩散,而对于大的事业,反而缺乏兴趣,由此而引起了一些不必要的摩擦,浪费了彼此的时间。第三条是存在着一股不正之风,而且大有日益蔓延之势,如不大声疾呼,予以制止,也许,总有一天会败坏整个的诗坛。所幸整党已经开始,社会风气也已有所好转,所以,前途仍然是光明的。

　　我衷心期望,社会上流行的那种什么写诗的人比读诗的人还要多的无理讪笑,能够逐步消失,因为它对我们共同的社会主义文艺事业不利。我们中国是诗歌大国,诗歌古国,诗歌的衰微——不管它是什么原因造成的——总是不光彩的事情。对诗的态度,标志着对文化的态度,为保卫诗的尊严而做出的任何努力,都是为保卫国家尊严所做的努力的一部分。

　　不过,话又得说回来,诗歌队伍当中,确实存在着不争气的人,存在着害群之马。他的所作所为,让别人戳脊梁骨。个别人利用自己所占据的要津,拉关系,搞交换,并且引诱阅世不深而又发表欲强的青年,包括女孩子,道德败坏,实在是我们诗界的耻辱!假如我们仍旧听之任之,将来总有一天,会成为整个文艺界的隐患。

我们历代都有许多诗人、诗评家,他们写下了大量的论诗绝句和诗话,语重心长地阐明了诗品与人品的关系,一言以蔽之,人品的高下决定着诗品的优劣。陆游在他写给儿子的一首诗中,曾经有过这样的警句:"汝果欲学诗,功夫在诗外。"据我的理解,这个所谓的诗外功夫,指的正是诗人的生活态度、人生阅历和思想修养。如今,也有一种"功夫在诗外",恰恰颠倒了、歪曲了陆游的本意:写诗和发表诗不靠生活和艺术的素养,不靠质量,而是指望"走后门",从吹捧到行贿,无所不用其极。这样的"功夫在诗外",我看还是不要修炼为好,如果修炼下去,只能中魔,是绝不可能得道的。

我们的使命是,先做人,后做诗人。人也可以说就是高尔基说的大写的人,是为真理而奋斗终生的战士。郭小川写《秋歌》和《团泊洼的秋天》,不仅标志着他的诗歌创作的顶峰,而且标志着他作为一个人、一个战士的最后的成熟。

我们要力求做一个人,做一个正派的人、干净的人,对社会对人民有些许益处的人。我以为,要达到这个境界,至少有五个方面是必须做到的:

第一,"先天下之忧而忧,后天下之乐而乐"。这是宋人范仲淹的名言。封建社会的有识之士尚且给自己悬了如此崇高的准绳,生活在社会主义社会的我们,有什么理由不这样做?我们的祖先是光荣的,屈原、李白、杜甫、白居易、刘禹锡、陆游、辛稼轩、龚自珍、黄遵宪……出了多少忧国忧民的诗人!李商隐写了许多爱情诗,但也写过"不问苍生问鬼神"的诗句,直接抨击了皇帝。李清照是闺秀作家,她有"凄凄惨惨戚戚"和"人比黄花瘦"的千古名句,可是,连她在金兵压境、江险将破的时刻,也写下了"生当作人杰,死亦为鬼雄"的豪言壮语!龚自珍的"我劝天公重抖擞,不拘一格降人才",更是拳拳赤心,天日可表!这正是中国诗史的主流,是中国诗人的传统美德。中国诗人,除了为数极少的几个败类,是没有奴颜媚骨的。这才是诗的正气歌!我愿和同志们共勉:虽然不能做这首正气歌中的一个乐章、一个乐句,至少也要争做一个音符。

第二,有所为,有所不为。有所不为,正是为了有所为。因此,它不是被动的、消极的,恰恰相反,它表明了一种情操的选择。凡事都有一个是非曲直的标准,该做的做,不该做的就是不做,威逼、利诱,也不做。爵禄,女色,丝毫不能动摇我们正直的心。这里有个党性的问题。不是党员,也应该讲党性。顺便说一句,我以为,人民性的极致就是党性。这个说法,不知道妥当不妥当。一个不忠于人民的人,怎么可能忠于党呢?党是代表人民的最高利益、长远利益的。党性和人民性,是一件事情的两个阶段,低级阶段和高级阶段。即便这些办不到,至少也得像老百姓说的,要凭良心。良心,不是空的东西,它是要落到实处的。

我们写诗不能搞吹捧,不能趋炎附势。本来他不关心群众,你却说他"爱民如子",本来他是两面派,你却说他"光明正大",这是撒谎,这是堕落,这是丧失人格的行为。不可以作违心之论,方的不要说成圆的,红的不要说成黑的。说到底,大不了是个不能写。不写就不写,不写比瞎写强得多。不写,没有什么了不起的。

第三,要甘于寂寞。一旦真的不能写了,那当然是十分痛苦的。最大的痛苦是寂寞,是暂时不为人所理解。然而,越是在这种时候,越要爱惜羽毛。有的人就是因为不甘寂寞,铸成千古大错,后来想洗刷也洗刷不掉。俗话说,文字写成的东西,斧子也砍不掉,正是这个意思。在座的牛汉同志,二十五年没有写诗,不也熬过来了吗?拿我来说,二十年不让写,不也熬过来了吗?我们今天可以在自由的空气中大写特写了,这是党的实事求是精神的胜利。身处逆境,要有耐心,要经得起种种冷落、奚落,要经得起种种折腾、折磨。自己到底是好人还是坏人,是忠于革命的还是不忠于革命的,自己应当最清楚。如果答案是肯定的,那么,有什么理由失掉信念?有什么理由完全绝望?何况,"塞翁失马,焉知非福",尽管被人侮辱、糟践,但你可以从中认识社会,认识形形色色的人。人民群众是伟大的,不仅仅是心地善良,而且品格高尚。我就永远感激人民群众对我的教育和保护。

反之,我们看到,有的人正是在这一点上操守不够好,有私心杂念,总想报刊上、银幕上出现自己的名字,于是,当天安门事件发生后,居然会为暴徒打手歌唱,居然会给义士烈士抹黑,居然假装不知道小平同志正是因为忠诚于共产主义事业而蒙冤受屈!当然,做了这种事情的人,在别的方面也许还是值得我们尊敬的,至少他们的光荣的过去应该充分肯定。然而,他们的失误毕竟应当成为我们大家的前车之鉴。

第四,要自重自爱,不要自轻自贱。在"左"倾思想泛滥的年头,我个人有一个座右铭:生不赴庆功宴,死不上凌烟阁。也许这是不对的,有某种旧知识分子的清高的嫌疑。但是,根据我的体会,要做到这一点还真不容易,因为,它说明无所求。不求官,不求名,不求利,到了这个程度,邪恶势力能奈我何!

也不要自吹自擂。虚胖不是真正的健康。我发现,有的人利用写自传或者回忆录的机会,拼命美化自己,达到了不识羞耻的地步。可是,你自己把自己描写得那么玄,那么伟大,能蒙蔽别人的耳目于一时,难道能欺骗世界一辈子吗?历史是无情的,活着的时候,也许由于种种原因,人们不敢非议你,一旦你死了,还是要盖棺论定的。

第五条,要好学不倦,不懂就问。自满等于毁灭,首先是毁灭了你的诗。要读书,首先要读生活这本大书。世上没有一本印成字的书,能比生活本身更丰富,更深刻,更生动,更有教益。

马克思主义还要发展,联产承包责任制正是它在东方大地上的一个伟大发展。责任制本身还需要不断加以完善,这也是一种发展。认识是无止境的,因此就不能够故步自封。原地踏步就等于后退,因为别人都在前进啊。要跟时代同步向前,要无情地解剖自己,勇于修正错误,勇于坚持真理,要清除庸俗的杂质。

也许最终我们也不能成为一个诗人,一个大诗人,但我们必须做到:自己告别人世时,能够问心无愧。问心无愧,是一首要罄毕生之力去写的洁白的诗。

上面说的,我自己并没有完全做到。比如"文革"当中,我就作过违心之论,有的是出于政治上的天真无知,有的则纯粹是出于一时利害得失的考虑。好在可以自慰的是,虽然饱经坎坷,却没有跌倒了再也爬不起来。清夜,扪心自问没有做过伤天害理的事,而且总是愿意把脊梁骨挺得直直的,宁可断了,也不叫弯了。

最后,说一件最近发生的小事。

半个月前,我回到山西忻州种过四年地的村子,本意是探望一下那些勤劳、憨厚的受苦人,我的老乡亲,不料碰到了一件万万不敢想,做梦也没有梦过的事。全村男女老幼都出来迎接我,这还是其次。最令我大吃一惊的是,支部书记和大队长竟以全村父老的名义,向我赠了一面锦旗!上面写着八个大字:"战斗六载,情谊永存。"(他们记错了,我实际上连头带尾在村里只住过五个年头。)我一看,立刻忍不住眼泪迸流。这一夜,我失眠了,自从1980年患脑血栓以来立下的绝不夜里写东西的规矩,也只得破了戒;在四点四十五分的时候,我披衣下床,拧亮电灯,写下了一首题名《旗誓》的诗。我记忆力不好,背不出来,只能说最后一节的大意。

> 我还愿公开我的一个秘密:
> 到了那一天,当我停止了呼吸,
> 人民的旗将和党旗一道,
> 覆盖着我的尸体!

这是我心中的歌,也是人民教给我的一支歌。我请求同志们,将来有机会读到全诗时,给我以批评。

1984年5月24日　华北油田

《乱弹诗弦》自序

一

有几篇文章,似乎有必要饶舌一番。

《心灵的交流》是在南斯拉夫一次国际集会上由我代表中国作家代表团发言的底稿。篇幅要短,上下古今还不能遗漏,同时要突出重点,让那些对中国诗歌知之甚少或者毫无了解的外国朋友听了有所得,这是相当不好完成的任务。兼之我是生平第一次去外国参加外事活动,而且病后有点口吃,主观条件就更不利了,这对我的确是个考验。我现在还能记得,自己站在麦克风前,由几种语言同声传译的情景。那是十分激动人心的场面。所幸我还沉着,因为,我从中国的诗歌中汲取了力量,获得了信心,既然中国诗歌和中国诗人和我同在,我就什么也不害怕了。

《关于新诗的一些基本观点》是应《文学评论》编辑部长途电话约稿而写的。由于他们空着版面等候,写得相当匆忙,肯定会有不够深思熟虑的地方——尽管国内不少内部刊物把它翻印成为参考资料。我收到了不少读者来信,大多数同志表示赞同,也有少数人提出了个别不同意见来和我商榷,我想,这是正常现象,我从中也能学到不少东西。《诗探索》编辑部转来的伍夫楹同志的信,就是这样的一个例子。我身体多病,不能一一作复,借此机会,请求所有因此文而给我写过信的同志们谅解。

谈《白色花》和《九叶集》的两篇读书札记,以及《不是第三条道路》,发表以后,相继引起了颇为热烈的反响,这使我很高兴,它说明关心我们的新诗运动者还是大有人在。当然,三篇文章都不过是个人的一点心得和理解,只是"一家之言",既可以共鸣,也不妨争鸣的。老实讲,更能打动我的心弦的,倒并不是评论界的而是普通人的反应。我总认为,最有发言权的是生活在诗里的群众。他们是诗的主人。

我恳切地期待着更多人的指教。

二

这是我的第三个诗论集。第一个是《诗路跋涉》(江西版),第二个是《诗与诚实》(花城版)。写诗难,写诗论不说尤其难,至少同样难。写诗论要求作者不但必须是诗的行家,能深切体会到创作的甘苦,而且同样必须坚持说真话。

当然,真诚的不一定都是正确的。不过,我想,老老实实地犯错误总比虚伪矫饰窃取"正确"来得光明磊落。

说真话,往往会得罪人,而人是不能轻易得罪的——奇怪的是,在我们这个不遗余力地提倡批评与自我批评的社会里,它依旧是一堵随处可见的令人生畏的高墙。

不过,我还是自讨苦吃地这样做了;我觉得,唯有如此,方能无愧于心,否则,干脆封笔得了。

也有不少同志在热心地支持我、鼓励我,包括三联书店的领导和编辑,我感激这些同志,没有他们,这个小册子恐怕是难以出世的。

1984 年 8 月 11 日

第五只"秋老虎"肆虐之日,挥汗写于合肥

质 量 第 一

一

诗歌,似乎开始了艰难的复兴。

迹象之一是出版物(不包括诗集,因为我没有作调查)的空前繁荣。北京的《诗刊》一直坚持着拓荒开路,四川的《星星》始终放射着熠熠光华,新疆的活跃的诗人群体,宣布了刊中刊《绿风》的正式独立,截至目前,我已读过了三期。如今山海关外,又升起了整整一个星座:哈尔滨的《诗林》,长春的《诗人》《青年诗人》,沈阳的《当代诗歌》《诗潮》,人们欣喜地翘望东北了。河北的《诗神》,也行将问世。我所在的安徽,不少同志正在奔走呼号,打算创办一张前所未见的对开的诗歌报纸,急性子的热心人在各处发布了消息,以致试刊号尚未正式筹划,稿件已闻风而来。特别令人振奋的是,大家议论多年和盼望多年的《诗选刊》终于像一轮满月那样,出现在内蒙古茫茫的草原上了,多少读者举起了深情的目光啊,希望全国的优秀篇章,能在这儿大团圆。《诗选刊》理应不负众望,办成名副其实的新诗荟萃才是。

综合性的文学期刊也不落后,继石家庄的《新地》今年5月份的诗专号之后,西安的《延河》在7月份出了一期北方抒情诗专号,以她丰富多彩和有中国风采博得了众口一词的赞誉。武汉出版的《长江文艺》将一如既往,准备在11月间第三次印行诗歌特大号。还有一些地方,正在秣马厉兵,跃跃欲试。据我所知,山东将有一个老诗人塞风(李根红)主持的别具一格的诗文并茂的新刊物诞生,四川在筹备全国首创的诗歌出版社,湖南的"诗歌书屋"仍在惨淡经营……

这不会是做梦吧?

然而,这不是梦,我接到了各个编辑同志热情的约稿信,白纸黑字,这不是梦。

二

今年 4 月份到 6 月份我一直在山西、河北、山东三省跑动,回到家来,赶上合肥一年一度的盛夏溽暑,每日汗流浃背,休说伏案工作了,就是给谁写一封回信,也得下很大决心。那么,干点什么呢?总不能白白地糟蹋时间,于是我便断断续续地一一浏览起积压下来的各地文学期刊来。

我既读诗,也读小说、散文,读报告文学和理论批评。关于诗,我不免有点感触。

好诗的确不多,不少熟悉的名字消失了。偶尔遇上可读性强的、令人深思的作品,真如清风扑面,身子不热了,口也不渴了,心情也不烦躁了。快哉此风!这种时候,我就会对送来如此充沛如此凉爽的"感情雨"的作者默默致敬。

相当多的分行文字,仿佛只是为了证明作者会"做诗"而专门"做"出来的。说句不客气的话,倒有几分像窗外浓荫中的蝉噪,热闹煞是热闹,却那么单调,那么乏味,那么缺少激情的起伏跌宕,那么缺少神韵的抑扬顿挫。谁知道蝉为什么唱歌啊!我想,与其读这一类无病呻吟的"做"出来的诗,哪如留下版面,多登几首初学者的习作!初学者虽然不免笔头子粗糙,但大抵质朴率真,以"天然去雕饰"见长。

我大致估算了一下,真正有感而发的声音,顶多只占百分之二十到三十。

因此,联系着当前诗歌界的"大好形势",我是一则以喜,一则以忧。

三

平庸是最可怕的腐蚀剂。

不要为了显示自己会"做诗",而去搞大批量的生产,大批量必然造成同一型号。同一型号和精神生产的最终目的是背道而驰的。

每一个诗歌作者,都应该视平庸为大敌。

每一首诗都应该是不允许"复制"的,不允许"再版"的。古今中外,只能有这么一首。

要出新。作品要出新意,队伍要出新人。

必须强调,质量第一。特别是在诗的阵地多了,哪儿都可以放上一枪就跑的今天。

我希望,各地诗歌报刊,要珍惜这来之不易的局面,要以确保诗歌运动的中兴为己任,不要为了"竞争",而把那些发育不全的、五官不正的应召者统统登记在战士花名册上。军队,毕竟不是收容所,军队是要战斗的,仗打得不好,群众是会有意见的。

落实到我个人,我就要做到,绝不拿次品冒充正品,去应付"任务"和"友情"而实际上拆人家的台。我也要求朋友们谅解。

让我们大家,编辑们,作者们,读者们,都来把好质量关。到了诗歌为自己争气的时候了。

再说一遍,质量第一!

1984 年 8 月 21 日　合肥

简评《谒包公祠》

一

刚调合肥工作的时候,本地同志看见我上街买菜,便专门向我推荐了一种包河藕,说是这种藕有个特点:无丝。为什么无丝呢?另有一段小小的掌故,说起来也很简单,就因为它是生长在包河里的,而包河是包公祠所在地,包公无私,故而藕也不敢有丝。这是取其谐音。我去买来一看,果然无丝,有趣!当然,这实际上是藕的一个特殊品种,"丝"和"私"是没有关系的,不值得大惊小怪。但是,细细咀嚼一下这段民间故事,倒也不免感慨!都快一千年了,广大的人民群众对包公刚直不阿的高贵品质,始终是万分赞赏和缅怀不已的。

可惜,张承信同志在他的《谒包公祠》里失望地叹息:

我在护城河里一阵打捞,
连一个传说也没有捞到。

如果他捞到了一节藕,那就更有文章可做了。

二

然而,尽管如此,《谒包公祠》还是一首好诗。

记得 1982 年 12 月,这首诗在《星星》发表出来,我读了就对"老合肥"们说起它,希望"老合肥"们也不妨一读,并且认真想一想,我们住在合肥的人,我们几乎经常要去包河游玩的人,怎么就写不出来这样的作品呢?在这个提问下面,我是准备好了一个答案的,那就是:往往对自以为司空见惯的东西,会熟视无睹,从而无动于衷,结果失之交臂。

生活当中这一类的例子不胜枚举。

承信同志是山西的诗人,合肥对他是陌生的,新鲜的。初来乍到,他的一颗诗心立刻敏锐地捕捉住了这一座"庙"的不同的格局,不同的气氛。他看得很是精微,发现了"不设香案",不收布施的特点。也许正是从这一点出发吧,形成了他自己的独到的整体构思。

这也可以算是"感事之作"。

感的是"不正之风"的事,感的是"改革有阻力"的事,感的是"四化大业能否实现"的事,一句话,忧国忧民!尽在不言中。

这个主题,自然会在千百万人中找到千百万座回音壁。

我想,这大概正是它得到读者喜爱,推崇,并且在《星星》评奖中得以入选的根本原因。

三

艺术技巧方面,也有不少的讲究,不少的追求。

全诗是用一种舒展而迂缓的调子写下来的,这是为了创造追念先人的效果,不加渲染的歌颂显得越发朴实和厚重。

布局也相当得体,四大段,每一段都牢牢地抓住一个中心主旨,分别进行具体的然而又是有选择的刻画。

押的是充满刚毅之气的豪韵,同时为了不致造成迫促之感,采取了"宽距离"的办法,使得它的出现既不频繁又不中断。细心的读者当会觉得,恍惚听见了千百年来不绝如缕的鸣冤击鼓声。

诗人努力显示给我们看的,乃是包公魂,是充溢天地之间的浩然正气。

应该说,他达到了自己的目的。

这里也透露着艺术(形象)应该怎样和主题(思想)正确结合的消息。

我们且琢磨一下诗人如何歌唱那一般并不为人所爱慕的黑的色调吧!

> 他今年已经992岁了啊,
> 哦,却一点也不见老!
> 煤色的黑脸,黑帽,黑袍,
> 寒芒正色,熠熠欲烧。

经过这一番并非刻意为之的处理,就划清了严峻与冷酷的界限,划清了刑罚与暴力的界限,划清了法律与虐杀的界限!黑啊,尽管是"阎罗气象",黑啊,包藏着"菩萨的心肠"!

这是成功的描绘,这是传达了诗意的笔墨。

再如,第一大段中出现了一次"乳白的炊烟舒卷的思考",到了第三大段,又出现了类似的诗句:"乳白色的炊烟哟,/翻卷着思考……"

重复吗?累赘吗?不!这不是重复,而是进入了更高的层次;这不是累赘,而是更洪亮地敲响警钟。

诗,就是这样特殊,这样不同于其他体裁的文字;凡是必要的,使用十遍也不为多,凡是不必要的,哪怕仅仅出场一次都是错误!

四

正如"杨家将戏"表现了我们人民强烈的爱国主义精神一样,"包公戏"表现了我们人民明确的是非曲直观念。

在安徽,我就知道发生过这么一桩事:有一个县份,剧团上演"包公戏",观众当中竟然有人振臂高呼:"向包公同志学习!"

实在应该深切思之。

由此,我又联想到张承信同志的诗《谒包公祠》,在整党的现阶段获奖,绝非偶然,因之,也就不可漠然。

这是一首有超出诗歌之外的含义的醒世之作。

我投一张赞成票。

1984年9月8日　合肥急就

时代在召唤

当我在作协代表大会上获悉胡耀邦等中央领导同志最近对文艺工作所做的一系列重要指示的内容之后,不禁大为振奋!显然,时至今日,坚冰已被打破,作家们将高举社会主义民主与法制的大旗,享有充分的创作自由;长期积淀而形成的,并且被某些人奉为天经地义的种种不正常状态也会逐步结束。因此,这次会议的确是一次极为重要的会议,说它开辟了革命文艺的新纪元,决不为过。面对崭新的宽阔前景,作家们应该怎么办?我把初步想到的两条写在下面,供大家参考、批评:

第一,我们应该积极投身于全面改革,振兴中华的洪流,与时代同步向前。必须立即说明的是,在这里我使用了"同步"一词,仅仅是为了指明二者关系之密切,而绝不是主张强行要求所有描写改革的作品都得与改革的步伐本身齐头并进。众所周知,某些时候,由于特殊的职业性敏感,作家跑在了大潮的最前端,某些时候,由于必须进行消化和孕育,作家又可能暂时落在事变的进程之后。进一步说,写改革,也有各种各样的写法,有的从正面突破,有的从侧面入手,既可以歌唱成功的欢乐,也可以记录挫折的教训,不但应当提倡多种手段、多种途径的探索,同时应当允许通过"折光"来照亮改革的艰难道路,帮助人民知所警惕。

第二,在整党学习中,党中央再三再四强调了"彻底否定'文化大革命'的极端重要性",其中包涵着高瞻远瞩的战略指导思想,关系到我们国家的长治久安和"翻两番"目标的顺利实现,也标志着党的成熟。落实到文学创作上,就是必须从经济、政治、思想传统、民族心理等等方面,形象地总结以"文化大革命"为其峰巅的"左"倾路线从萌发到破产的整个历程。不过,和党中央的这一伟大号召相反,有人却主张作家少写,实际上是不写"文化大革命",淡忘、实际上是遗忘"文化大革命"。这是对"团结一致向前看"的曲解,是不符合广大人民的意愿,于革命事业有百害而无一利的。因此,它理所当然地受到了作家们的非议和抵制。

还有一个流行的说法,把批判"文化大革命"以及批判泛滥多年的极"左"思潮的创作,一概称之为"伤痕文学"。对于这个名词,我是历来不赞同的。我想,省事固然省事,却极不科学,容易引起误解,特别是往往会被一些"左"派幼稚病患者拿来作为攻击的借口。实践已经证明,假如要真的而不是假的"彻底否定'文化大革命'",就无论如何也不能止于抚摸"伤痕",更不应展览"伤痕",而必须是正本清源,努力找出"文化大革命"之所以在中国大地上折腾十年的历史诸根由。

十一届三中全会以来的五年间,作家们创作了大量的彻底否定"文化大革命"的作品。在拨乱反正、恢复党的实事求是路线、解放思想等方面功勋卓著,这是有目共睹的。可以断言,其中必有一些载入史册而传之久远。但是,真正不朽的史诗式的大作品,还没有出现。人民正在翘首盼望。任重而道远,在这个总题目下面,作家们的确还大有文章可做,我以为,在未来相当长的一段时期内,彻底否定"文化大革命",仍旧是摆在我们面前的一个不能回避的主题。

1985 年 1 月 1 日第四次作家代表大会召开前夕　北京

创作必须是自由的

在中国作家协会第四次会员代表大会上,胡启立同志代表党中央致了祝词,这个祝词博得了许多次长时间的雷鸣般的掌声。关于这一点,不少报刊及时做了准确而生动的报道,已经是尽人皆知的了。然而,它的深远的意义以及超越国界的影响,现在还无法估量。随着时间的推移,随着实践的验证,人们将不难发现,这个祝词会表现出与十二届三中全会《决定》同等的价值,实际上是作为一项基本国策而被确认;所不同者,只不过一个是侧重于物质领域,一个则侧重于精神领域罢了。

如果我的记忆不错,其中有一次的热烈鼓掌是爆发在这么一段精彩论述之后:

"文学创作是一种精神劳动,这种劳动成果,具有显著的作家个人的特色,必须极大地发挥个人的创造力、洞察力和想象力,必须有对生活的深刻理解和独到见解,必须有独特的艺术技巧。因此创作必须是自由的。"

是的,创作必须是自由的!

然而,作为作家个人(哪怕是作家团体)发出这样一声呼吁,和作为一个革命阶级的先锋队、一个社会主义大国的执政党发出这样一声断喝,其实际效果相差之大是不可以道里计的。尽管,从根本上讲,发出这样一声断喝,正是这个先锋队、这个执政党的本性所决定了的,否则,她就背叛了她自身。

说到底,今日的中国作家还是不能不深深感谢中国共产党。

于是,当拍得双手发烫、发疼的掌声渐渐如海潮般平息下去的时候,我还听到了这里那里传来的一阵阵兴奋的感叹和如释重负的喘息。它,也许来自邻座,也许就来自我自己的胸腔。

我们知道,自从人类进入阶级社会以来,创作就失掉了自由。无论是中国还是外国,创作自由始终是作家们的好梦。而为了争取实现这一理想,又有多少作家付出了包括生命在内的血的代价!以中国为例,新中国成立前,作家们面对国民党蒋介石的反动统治,只能"怒向刀丛觅小诗",共产党领导人民起来推翻了这一反动统治,作家是汇合在人民斗争中的一股可观的力量,代表着一条战线;按理说,创作自由问题,应该早在三十五年前就能解决的。可惜,事与愿违,究其根由,是前进道路上横亘着"左"的顽固势力,这种"左"的势力又往往以党自居。由于这一特殊情况,中国作家体验了别的国家的作家所难以想象、难以理解的特殊痛苦。

当然,另一方面,也必须警惕,不要由于这种正常的感谢之情而滋生了"感恩心理"。可以断言,感恩的作家绝不会是自由的作家。他的创作自由,势必会从这只手上得到又从那只手上失去。创作自由是革命作家与生(创作生命)俱来的权利,这种权利是用来履行我们的社会义务时必不可缺的武器。时至今日,我们更应该理直气壮地宣布这个真理了。

形势逼人。我们的社会主义经济建设和经济改革,要求意识形态彼此适应,互相配合。因此,创作自由这一口号的提出,是历史发展的必然。如果听任那种"经济上要反'左',文艺上要反右"的谬论持续下去,非但是逻辑上于理不通,而且会变成干扰、牵制、抵销和破坏改革的消极因素。这是人民所不允许的。

这,也就决定了这个口号不是权宜之计,更不会是什么"引蛇出洞"的"阳谋"。我们完全可以引为欣慰,从而轻装上阵,大显身手。

第一,我们享有选择题材和主题的自由。可以写直接反映"四化",反映改革和彻底否定"文化大革命"的东西,也可以写仅仅给人们以审美享受,有益于休息和娱乐的东西。可以写现实的,也可以写历史的,可以写人间的,也可以写魔幻的,总之,"海阔凭鱼跃,天高任鸟飞",关键在于我们自己的生活积累和知识积累。

第二,我们享有抒发思想感情的自由。作家们在下笔之际,再也不用害怕戴各色各样的政治帽子了,再也不用害怕"难道是这样的吗?"之类的无理诘难了,再也不用害怕"左"派人物揿"阶级斗争新动向"的报警器了,一切于革命、于"翻两番"、于世道人心有益的真话,都可以放开嗓子讲了。

第三,我们享有各种艺术流派劳动竞赛的自由和各种艺术观点平等讨论的自由。只要政治大方向一致,而艺术上又态度严肃,就有生存权和发言权。一部第三流的作品,就只能是第三流的作品,而不会因为它的创作方法是现实主义的,或者因为它的作者是"头面人物"而获得某种先天的优越性。

艺术规律将第一次受到不加任何附带条件的尊重。民主将真正得到发扬,少数将真正受到保护;那种"不围攻的围攻"将第一次从中国的文坛上被放逐。

作家们应当万分珍惜和正确运用这来之不易的自由,加速划时代的大作品的诞生。

1985年7月1日　急就合肥

创作自由臆说

应该怎样理解社会主义国家条件下的创作自由?这是一个大题目。

显然,我不具备回答它的水平和功力,甚至不妨说,目前我们绝大多数作家都不可能回答得完善,这的确是一份有待于大家来"凑"答案的试卷。尊重作家个人的精神劳动,本来是创作自由的应有之义,然而,到底什么是真正的创作自由?这个"作品"却又必须依靠"集体创作"。因此,这就不但要从理论上"凑",而且更主要的是要从实践上"凑"。

我只能"凑"我的一鳞半爪——断断续续写下的随想录式的文字。它肯定是不全面的,并且难免主观,故曰:臆说。

一

胡启立同志代表党中央,在中国作家协会第四次会员代表大会的讲坛上致祝词,从最崇高的层次,用最明确的语言,作最庄严的保证:"创作必须是自由的。"真是石破天惊!

怎么能不悲喜交集?

怎么能不震撼世界?

二

从此,我们的文坛就竖起了一杆大旗,旗上绣着四个金字:创作自由。

我们将以此自豪,我们将以此作为社会主义中国的文学与其他国家的文学相区别的一个根本标志。

三

创作自由从来就是一个战斗口号。

30年代,作家们就已经在高喊这个口号。

那时候,中国共产党领导革命的进步的爱国的广大文艺战士,向着中国国民党的反动独裁统治进行了殊死的斗争——虽然,当时并不曾赢得创作自由。

因为,人民武装斗争尚未取得最后胜利。

于是,倒下了胡也频、柔石等左联烈士,而鲁迅先生的杂文也不得不利用"租界"谋求一技之栖。他有一本出色的集子,书名干脆就叫作《且介亭集》。这,也是人所共知的辛辣的事实。

四

困难出在新中国成立之后。

政权是人民的。文学是人民的。奇怪的是,前一种属于人民的东西而偏偏猜疑,限制甚至镇压后一种属于人民的东西。

这是反常的,也是难以理解和无法接受的。

但这又是中国社会诸多因素相互作用的特殊产物,不以人的愿望为转移。

悲剧。

五

新中国成立伊始,频频发动的对《武训传》《我们夫妇之间》《关连长》

《战斗到明天》《我们的力量是无敌的》等等的批判,已经初露端倪,显示出某些同志对创作自由这一观念的病态心理。

1955年胡风一案爆发,所谓"三十万言书"的核心之一,正是要求创作自由。

1957年,再来一场"反右派"。《文艺界的一场大辩论》归纳了"右派"作家的罪状,第二条便是要求创作自由。

60年代初期,广州会议上,周恩来同志重申双百方针,保护了一批作品和作家;陈毅同志还大声疾呼,要为"资产阶级知识分子"免冠;可是,这一切很快又统通不算数了。到了"文化大革命"中,反而被林彪、江青一伙拿来作为攻击他们的重型炮弹?诬蔑他们提倡"资产阶级的创作自由"。自由属于资产阶级,已属不容怀疑。

终于,"自上而下地""亲自发动了和亲自领导了""史无前例"。

可怜的中国作家,完全无路可走了。

太平湖水只好去抚慰老舍,煤气只好去拥抱傅雷,阳台外的广阔天空只好去召唤以群……还可以开列一张长长的名单,来清点祭坛上的牺牲。

我想说,今天绣在我们旗帜上的"创作自由"四个金字,它们的金子般的光辉实在凝聚着碧血的精华。

六

的确,创作自由不是一杯热乎乎的牛奶,不是一块香喷喷的蛋糕,它断然不会被什么人托在银盘子里呈献上来:"亲爱的作家同志,请用吧!"不是的,只要我们鼻子通窍,舌头辨味,我们就肯定能感到血的腥臊,泪的苦涩,汗的酸咸……

不知道别人怎么样,对我而言,这些是永远也无法淡忘的。我每写一个字,都会闻到墨水在散发着这种混合的气味。

七

经历产生余悸。

经验产生预悸。

正因为这个,作家们才叹息:下笔如有绳……

八

今天。我们终于得到了创作自由。

那么,这是不是意味着昨天我们创作不自由呢?

据说,外国记者就提出过这个问题。

以他们的动机而论,诚然是奚落。

从我们的感受而言,无疑是挑衅。

不过,这也算不上出了什么难题。我以为,大可不必回避,更不必"为尊者讳"。

假如我有资格出席这样的记者招待会,那么,我当坦然回答:"是的,先生们,你们说对了。昨天我们创作是不自由的,我们被一种名字叫作'左'的东西(你们也许管它叫'教条')束缚着,正如你们的作家直到今天仍旧被金钱束缚着一样。"

"左"的根子是视作家(扩而大之,也可以说是全体知识分子)为异己力量。

倘若能允许我说得更为翔实,我还将解释:"昨天基本上是不自由的,有的时候,干脆是公开反自由的,例如,'文化大革命'的十年。"

而且,我想坦率地告诉记者们,这种不幸的状况一方面极大地挫伤了文艺生产力,挫伤了创作积极性,另一方面又极大地锻炼了作家。你们不是对中国人爱说的坏事变好事常常表示迷惑不解吗?这就是一个生动的例子。它实在半点也不神秘。所谓锻炼,不仅仅是指思想的深刻程度,同时也是指的技巧的圆熟程度。我们有不少作家写出了令读者会心苦笑、掩卷沉思的优秀作品。一句话,"左"棍的怪啸和"左"鞭的魔影造就了一大批打"擦边球"的高妙能手。远的不说,单说这几年,文坛上的风风雨雨,几乎全是围绕着"擦边球"进行的。你们不难想象,"擦边球"使得我们当中不赞成思想解放和创作自由的同志大为恼火却又无可奈何……

如果说,在读者的记忆中,至今还留下了若干值得称道的名篇佳构,依我看,那也多半是从"擦边球"这一意义上做出评价的。

九

必须强调指出,过去的不自由或者自由不充分,并不是党强加于作家的,正好相反,"左"倾思潮不但把它自己的一套强加于作家,同时也强加于党。那个时期。"左"的思潮形成了一条完整的思想政治路线,统治了党的神经中枢。神经中枢出了毛病,你能责怪手和脚的异常动作吗?

十

我们党的指导思想是马克思主义。

马克思主义的精髓是相信群众,无产阶级一旦掌握了革命的真理,就拥有了无敌的物质力量,他们自己能够解放自己。

因此《国际歌》开宗明义就这样唱道:

> 从来就没有什么救世主,
> 也不靠神仙皇帝,

要创造人类的幸福，

全靠我们自己！

正如不能把中国人民的翻身解放当作什么人的恩赐一样,也不能把中国作家的创作自由当作什么人的恩赐。

要警惕恩赐观点。

十一

我们都是恩赐观点的受害者。

一切都是"大救星"赐予的,我们曾经认定这是天经地义,我们总是忘记了谁是主人。

而且我们总是用"朴素的阶级感情"之类的貌似无可非议的言辞,去为种种愚蠢的、荒谬的、奴性的或者过火的行为辩护,并不觉得有丝毫不安。

恩赐观点的最大苦果是个人迷信。

恩赐观点不但毒化了我们的文学,也毒化了我们的社会。甚至在一些先进人物的头脑中,也落满了它所辐射的毒尘。比如雷锋同志。

我坚信,生活本身会把80年代、90年代的英雄推向前台。

光荣的历史只能享有历史的光荣。膜拜历史绝不是尊重传统。现在——也就是后人眼中的历史——是靠现在的人们去创造的。现在理所当然地不能指派那属于过去的人物(哪怕是出类拔萃的人物)去代表自己。

我希望,享有创作自由的社会主义文学,将把创作时代精神的化身(不是"高大全"的典型)当作自己的头等任务。

十二

不能免于恐惧的文学,绝不可能是自由的文学,因而也绝不可能是社会主义的文学。

同样,必须时刻感恩的文学,绝不可能是自由的文学,因而也绝不可能是社会主义的文学。

恐惧戕害自信心。

感恩派生依附性。

恐惧的心态和感恩的心态都是创作自由的天敌;天敌不去,自由焉存?

十三

在最近的一次会议上,我有过这么一段发言:"显然,这个划时代的转变是对外开放和对内搞活这一基本国策在意识形态领域中的合乎逻辑的延伸,是历史发展的必然,也是我们党充满自信,日趋成熟的重要标志。"

我在另外一篇短文中还写过这么一段话:"随着时间的推移,随着时间的验证,人们将不难发现,这个《祝词》,会表现出与十二届三中全会《决定》同等的价值,实际上是作为一项基本国策而被确认,所不同者,只不过是一个侧重于物质领域,一个则侧重于精神领域罢了。"

未来将会证明,创作自由与对外开放、对内搞活是同呼吸,共命运的。打一个通俗的比方,他们就像同一枚受精卵发育、成长而相继呱呱坠地的双胞胎。创作自由一旦伤了风,对外升放、对内搞活也会打喷嚏。反之亦然。

因此,我把对创作自由的信心建立在经济基础之上。

十 四

经济杠杆的力量是强大的。

1983年冬天那场不是运动的"清除精神污染"运动,并不是因为作家们的祈祷、规劝或者抗议而中止的。是什么力量迫使它搞了27天就难乎为继了呢?是经济。

由此而推导出来的结论是:对外开放、对内搞活的形势越好,创作自由也就越有保障。

作家们对国家民族命脉之所系的改革应该抱什么态度?也就不言自明了。

十 五

"小平,您好!"

四只报春的燕子,飞过了建国三十五周年大庆的游行行列,飞过了金碧辉煌、焕然一新的天安门城楼。

我觉得,这四只燕子比我们的歼击机群编队飞行还更富有象征意味,还更令人产生安全感。

"小平,您好!"

这是人民的心声!这是千百万老百姓的创作自由的一次伟大实践!谁也不愿再按照"×××万岁!"的模式做无聊的填空游戏了。

这是历史所能给予一位政治家的最高奖赏,它比任何勋章和颂词都光荣万倍。

1984年12月20日,为了讨论中国作家协会第四次会员代表大会的有关事项,党中央书记处举行了工作会议。胡耀邦同志在会上有过剀切的精辟的而且往往是一语破的的重要讲话。作代会尚未正式召开,代表们已经喜不自胜,奔走相告了,大家一口一声:"耀邦这么说了,耀邦那么说了……"索性连"同志"二字也省略掉;何等亲切!何等自然!何等真诚!何等动情!

这才是我们革命事业兴旺发达的吉兆。

一个富有远见的,襟怀博大的,相信人民的领导集团——我指的当然是现在的党中央——才有提倡创作自由的胆识和气魄!固然不必感恩,但是理当致敬!

十六

《祝词》批评了持续了一个相当长的时期的"左"的偏向,即:干涉太多、帽子太多、行政命令太多。

我揣摩,所谓干涉,帽子、行政命令,其共性都是以势压人,而"压"的根源盖出于政治家与文学家之间的不平等。

在权力问题上,文学家当然永远也无法与政治家平等。这是现实,又是规律,无论中国外国都不可能两样。我想,作家里面也不会有人企图与政治家分享权力,除非他是疯子。

具体到我们中国,由于体制上的种种弊端,由于历史惯性的因袭遗传,政治家的权力曾经一度膨胀到无所不包的地步;即令在锐意革新的今天,在局部地区,在部分同志身上,还不敢说是已经有所节制;否则,设立中纪委就纯属多此一举了。

作家们要求的,只不过是人格上的平等。

怎样实现人格上的平等?

路只有一条:加强社会主义法制。

作家触犯刑律,必须绳之以法。这一点,已经是三令五申的了。那么,如果政治家触犯刑律(包括未来的保障创作自由的法律),是否也应该绳之以法呢?

对于这一点,谁有把握做出肯定的回答?还是一句老话:希望法律面前人人平等。

十七

我曾经确信,中国绝不会爆发第二次"文化大革命"。但是,非常遗憾,经过1983年冬天那一场夭折了的"清除精神污染"运动,我才发觉我自己还是太天真了!

多么相像哪!从砸烂维纳斯像开始,一直发展到砸烂玻璃橱窗里仅有半截身子的服装模特儿,查禁图书,包括世界名著《十日谈》和《红与黑》,遍及一切研究人的本质的哲学著作;街道居民组织"揭发"美术教员家里挂了"黄色图画",基层公安机关任意查抄、没收西方古典音乐录音磁带;某市领导机关做出"决议",规定胡子和头发的长度(不知道马克思、恩格斯是否例外?);有些党委宣传部门对所属报刊上的作品开始实行"分类排队";全国范围内的"表态"狂潮……真是,高音喇叭下乡去,红绿标语上街来,雷厉风行,立竿见影,全然再现了"落实最高指示不过夜"的劲头!

我的见闻有限,我相信,一定还有许许多多荒唐泪。

所不同者,只是关键时刻,我们有几位头脑清醒的真正的无产阶级政治家一声断喝:住手!"捞"家们才不得不悻悻然缩回手去,包括作家们在内的文艺界得以惊魂稍定。

由此不难得出结论:政策的连续性和稳定性是何等重要! 在实质上仍是"人治"的当代中国、"人"的明智、坚定和忠诚又是何等重要!"清除"之终于及时刹车,是应该向党中央三鞠躬的。

尽管如此,终不免令人纳闷:为什么"左"的势力就有这么大的"创作自由"呢?

既然如此,对于我们今天被许诺享有的正当的创作自由,他们又能够善罢甘休吗?

会不会出现这样一种局面:作家们自以为拿到了尚方宝剑,而人家却在一旁冷眼嗤笑:你那玩意儿不过是银样镴枪头!

会不会呢?

十八

于是,有一位同志私下问我:过了三年五载,再批"创作自由论"又怎么办?

我也不敢打保票,说一定会批,或者一定不会批。

我只能设想这么两种可能:一种是,利用个别作家的一时失误,发起反扑,"瞧!创作自由都'自由'些什么出来了?!不整,岂不是又要吃二遍苦,受二茬罪,亡党亡国吗?"

另一种是,并不正面反对,而是采用"偷梁换柱"的战术,写文章,做讲话,宣传创作自由,注释创作自由,而经过这一番热心的"宣传"与"注释",自由化为乌有。

但愿我是一个蹩脚的预言家,但愿这一切都是多虑。

十九

我想,创作自由除了作家选择题材和主题的自由,抒发思想感情的自由,通过独立思考然后对社会生活做出评价(包括批评)的自由以外,还有十分重要的一个方面,即:各种艺术流派共存共荣,各种艺术流派劳动竞赛的自由。

关于后者,有一桩表面上看去是风马牛不相及的国家大事能给我们以十分有益的启示。我指的是在已经解决的香港问题和将要解决的台湾问题上，我们实行的"一国两制"方针。

"一国两制"是一项伟大的创举。它的意志力，它的自信心，它的现实感，它的宽宏大量，它的高瞻远瞩，它的和平意愿，全世界都为之折腰。

邓小平同志在接见外宾或者侨胞时，曾经多次说明社会主义的大陆不可能被资本主义的小岛吃掉的道理。邓小平同志的论据是无懈可击的，令人信服的。

这使我联想到现实主义的创作方法与现代主义的创作方法之间的历史的和现实的态势。

我们既然认为现实主义是最好的创作方法，那么，为什么没有勇气迎接现代主义的挑战呢？

为什么没有气魄吸收现代主义的长处呢？为什么要借助甚至诱发自己本来也反对的"干涉、帽子、行政命令"等等非艺术手段呢？为什么要去参与甚至带头呼喊"狼来了"呢？

我个人坚信，无论如何，现代主义也不可能把现实主义吃掉。

1984年1月18日，我写过一篇评介《青年诗选》的文章，题目原来叫作《谁是21世纪的大师?》，稿子投给了全国最大的党报，他们采用了，可惜，不但替我换了题目，而且删去了这样一些重要的段落：

"我觉得，现代主义不能简单地同精神污染画等号。"

"与革命现实主义并存的还有其他的创作方法。我甚至想讲一句也许不合时宜的话，这就是假如有人愿意创立一个在政治上与党和人民大方向一致的，在艺术上严肃的中国的现代派，应该是无何不可的吧。"

当然，如果我的文章不是写在"清除"的高潮之中，而是写在今天，也许会是另外一种结局。

二十

　　记得有几年人们谈论艺术规律很热闹；皇皇大文相当之多，但是，因为谁都不接触创作自由问题，结果等于捉了一次迷藏，而且没有提到该提的对象。

　　创作自由正是艺术规律的要害与核心。

　　要讲尊重艺术规律，就必须首先尊重创作自由。

　　作家们，特别是基层工作的一般作者们，最头疼的是"长官意志"。有这样一些"长官"，他往往把自己的"意志"强加于人，违背生活真实，扭曲客观逻辑，施加种种影响，甚至动用行政手段，迫使人家就范；不改，就"枪毙"作品，还要造出什么"不虚心""不服气"乃至"不和党中央保持一致"的骇人舆论，弄得作家抬不起头来。

　　其实，这并不新鲜，这就是邓小平同志在四次文代会上大声疾呼必须予以制止的"横加干涉"。

　　干涉什么呢？干涉正当的创作自由。

　　这种似乎无法改变的局面，这一回总该稍稍改变了吧？

　　然而，据大会小会来自第一线的同志们反映，希望不大，理由是：没有红头文件。报上登的不算数，这批"长官"的习惯就是如此。君不闻，"长官"们对四次作代会期间的新华社报道的评语吗？"这都是署了个人名字的，署个人名字的消息个人负责，不算新华社的。"妙不妙！

二十一

　　也有个别的作家对"创作自由"摇头：一切本来不都是好好的吗？干吗闹起"创作自由"来？谁知道会捅下什么乱子！他认为这是天下本无事！庸人自扰之。

对于这种同行,我能说些什么呢?

难道听说过世上有抱怨自己的鳍的鱼吗?

难道听说过世上有厌恶自己的翅的鸟吗?

二十二

创作自由是一个美学命题,而且是处于美学与哲学,美学与政治学,美学与社会学,美学与心理学,美学与历史学……边缘部位特别敏感的命题。

美学是一门科学,而科学是讲究缜密的。

因此,有的同志在谈论创作自由的时候,就既谈外部的即客观的条件,又谈内部的即主观的条件,这是可以理解的,用心也是好的。

不过,我还是有一点不同的看法,即:一方面是,当前的客观条件究竟是否完全具备?似乎还有待检验。须知,将纸上的东西变成可以感触到的生活中的东西,是往往需要跋涉一段漫长而曲折的道路的。

另一方面,主观上由于运用失当而产生偏差的情况尚未露头,尚未形成事实。何况,谁也不能保证自己永远正确,绝对正确,半点失误也不会有。我想,即使发生失误,也是可以理解和应该容许的。鲁迅先生曾经说过这么一段话:"孩子初学步的第一步,在成人看来,的确是幼稚、危险,不成样子,或者简直是可笑的。但无论怎样的愚妇人,却抱着恳切的希望的心,看他跨出这第一步去……决不至于将他禁在床上,使他躺着研究到能够飞跑时再下地。"(《鲁迅全集》第3卷第143—144页,《这个与那个》)我想,学习运用创作自由和学习走路,道理是相通的吧。因此,过早、过多地强调作家必须实现从"必然王国"到"自由王国"去的"飞跃",徒然造成心理负担,于"松绑"不利。

二十三

端正和加深对创作自由的理解,重温和熟悉争取创作自由的历史,也能促进作家队伍的大团结。特别有助于消除某些老作家和某些青年作家之间的隔阂。

青年作家寻找新的起点和新的领域,创造新的速度和新的水平,这正是追求创作自由的总的努力的一个重要组成部分,老作家应该深感庆幸;青年作家身上表现出来的"人言不可畏,祖宗不足法"的勇气,老作家应该全力支持。在这方面,巴金同志堪称楷模,值得一切老作家学习。

同时,青年作家也必须尊重老作家,必须实事求是地承认,今天哪怕就是写一首朦胧诗,在小说、戏剧、电影的天地里做一次试验性的探索,这样一星半点自由,也是老一辈用挨批挨斗、劳改流放,忍受肉体的和精神的万般折磨直至死亡的代价换来的,不可小觑了,更不可错认为从来就是如此。

只有互相谅解、互相提携,而不是互相指责、互相抵销,才能保证百花园里实现繁荣兴旺的加法的原则,而不是相反。

二十四

我在北京参加作代会时,听见有的同行欢呼:文学的黄金时代已经到来了!

接下来我在北京参加了电影文学年会,又听有的同志欢呼:电影的黄金时代已经到来了!

我了解我的同行们的心情,搞文学的人,都有一颗容易激动的心。

我想和这些同行商量,你们的话是否可以改一个词儿—把"已经"换作"即将";如果我们欢呼:文学的黄金时代即将到来,电影的黄金时代即将到来,是不是更准确一些?

我对创作自由的前景,只能保持审慎的乐观,也就是说,我不想制造万事大吉的盲目情绪,那样做的结果,有百害而无一利。

实干,实干,第三个还是实干!积累式的实干。

二十五

想起了出版法。

取缔不健康的小报,制止它们滥用、盗用创作自由的行为,需要出版法。

而保障正当的创作自由,更需要出版法。

不妨立下几条,例如:反对社会主义和反对共产党者,诲淫诲盗者……不能享有创作自由。

同时也必须明确,凡以非学术手段"解决"学术问题者,凡限制、破坏、取消创作自由者同样属于违法。

二十六

这一条我下笔迟迟,说明我自己心存犹豫。

我怕冒风险。

但终于还是决定说出来,却也是受了良心的驱策。

我建议为话剧《假如我是真的》(即《骗子》)和电影《太阳和人》(即《苦恋》)开绿灯。

窃以为,按照《祝词》的文字和精神,这两部作品是应该放行的。

容或有什么可以争议之处,交给公众去评论和审查,岂不更显示了恢宏的气量?!

何况,它将带来的好处是明显的——借此昭告天下,保证作家的创作自由,并不止于口头,而是付诸行动。

对作家们而言,宣布解禁的实际效果当不亚于《祝词》本身。作家们会受到鼓舞,受到感召,受到春天的加倍抚爱。

世界将为之轰动,并且刮目相看!台湾的反共专家们也就无缝下蛆了。

国内的"左"家军也许会哗然一阵子,但也成不了大气候;1985年,已经不是"形格势禁"的当初了。

＊＊＊＊＊＊

作代会尚在进行,《文汇》的负责人,我的老朋友梅朵同志就向我约了这篇稿子,而且一再嘱咐:"你要写得深刻些。"

我是一个平凡的作家,普通人身上有的浅薄,我也有;因此,故作深刻状,只能贻笑大方。

然而,有一点聊可自慰的,那就是:诚实。我没有任何隐瞒地说出了我想说的一切——眼下,初步想到的一切。我也战胜了可鄙的怯懦和计较得失。

"同创作应当是自由的一样,评论也应当是自由的。评论自由是创作自由的一个组成部分。"这是《祝词》里的另一段名言。

我把我这篇不成系统的东西当作评论自由的一次小小实践。

假如由于这些零碎的一家之言,引起同行们乃至所有关心社会主义文学事业的朋友们的思考,那我将感到不胜荣幸。

乙丑年春节写于合肥

三首不怕死的歌

近年来,许多文艺评论家都在一再欢呼军事题材文学的重大突破,例子不外是《西线轶事》《高山下的花环》和《山中,那十九座坟茔》等等,这当然是举得十分恰切,也说得十分正确的。不过,全是谈的小说,并没有触及诗歌。

如今,我来作一点补充,我要提供的新证据是诗人贺东久的三篇力作:《夜思》《他曾是地主的后裔》和《以各自不同的姿势,倒卧》。

我当过解放军,下过剿匪作战的连队,深入过把守边疆的实力仅有一个班的哨所,我体验过面对死亡时的心理。我至今还记得,老同志们向我推荐的"必读书"——苏联作家别克的《恐惧与无畏》。同时,我又一直在写诗。因此,我也许还是有资格发言的。

我以为,所谓军事题材文学的重大突破,很大程度上是指对牺牲描写的突破,也就是对死亡的突破。忌讳死亡描写,由来久矣。说"左"公们怕死,那也许是冤枉,但说他们怕死亡描写,却肯定不是诬蔑不实之词。君不见某电影上映后,竟有人细数我军战士遗体"多达××具",而惊呼"败坏士气"么?为什么会"败坏士气"呢?据说,因为它将带来"人性、人情、人道主义"的"危险"。人性!人情!人道主义!哎呀呀,这还了得!岂不是"向资产阶级投降"么?

人性、人情、人道主义,资产阶级并没有买下专利权。无产阶级也有自己的人性观、人情观和人道主义思想,而且比资产阶级更高尚,更动人。贺东久的诗参加了辩论,论据是有说服力的。他将革命者的死亡写得如此壮美,的确是绝大的成功。寄语东久,我很佩服。因为不但我从前不曾这样写过,而且似乎别人也不曾这样写过。从老框框中冲出来，开拓自己的新天地，这，也是一种突破。

至于诗本身，大家都可以用"心"去读的，不必摘引了。如果说有不足之处，我也愿意指出一点，那就是《他曾是地主的后裔》，为什么不再挖一笔，在"地主"两个字上做些文章呢？不是地主阶级的地主，而是九百六十万平方公里领土的地主，若是后者，则人人都是地主，这样转一个弯，"他倒在一群士兵中间／这些士兵都是他的兄弟"，也就更能展开多层次的意象了。不知东久以为然否？

1985 年 2 月 18 日　合肥

给叶笛同志的一封信

叶笛同志：

您好！

春节过后，同时收到《花溪》的一月号和二月号。谢谢。

我去年9月，右眼突然失明，(视网膜黄斑区裂孔)经多方治疗，复明无望，因为只剩下一只左眼，不得不特别珍惜，可读可不读的作品我都不读了。

但，捧起贵刊一月号后，徐卫同志的《我们翻越卓拉克盖》却抓住了我，字字不放。这的确是一篇难得的中篇小说。三个人物，都如闻其声，形象是丰满而鲜明的。两匹马、两头牛也写得活灵活现，令人怜爱。特别值得称道的是，流贯通篇有一股阳刚之气。

我推荐给我女儿读，她也十分赞赏。她又补充了极重要的一点：这个小伙子(指作者)简直有一股入魔的疯狂劲儿！她指的是徐卫同志受大辛苦，长大才智，成大事业的决心和勇气。

我当然完全同意。

此外，语言也很好，有自己的特色，而不落套——当今某些流行小说的那股甜不吱吱的味儿。

请接受我们作为读者的感谢！

如认为适当，请将此信转呈贵刊主编过目，同时最好能给徐卫同志也看一看。恕太潦草。

　　　　握手！

公刘

1985年3月1日　合肥

又,诚恳地希望徐卫同志百尺竿头,更进一步,不要满足,不要骄傲,他必将是贵州的大手笔!

致友人书

　　读者诸君,你们都是我的朋友,你们当中如有对我的诗理解得特别深切的,当然就是知心朋友,至于从我的作品中发掘出来连我本人都不曾明晰意识到的东西的,那更是老师一般的益友。我是真心实意地对你们各位说这一番话的,因此,这一篇类似敬告读者性质的文字,就必须用朋友之间交心恳谈的态度和方式来写,希望你们各位也能推心置腹地对待我,不要把我看作是什么诗人,而不过是一个普通人,是你的众多朋友中的一个朋友。

　　首先,让我向你们交代一下这部诗选的基本情况。总共收入诗与散文诗三百八十五首,最早的一首《自画像》写于1945年,最近的一首《三月》写于1985年,相隔整整四十年,跨度也不能算小了。然而,我学习写诗其实还不止四十年,如果能找到少年时代的开笔之作,那么,就必须上溯到1939年,并且在1939年到1945年间,还先后用刘仁勇、流萤、刘铁男以及其他至今根本记不起来的名字涂抹了不少习作。可惜的是,尽管四处搜寻,始终没有收获。特别是一首题名《春水,她晶莹的眼泪……》的自由体,曾经于抗战中期发表在江西泰和出版的某综合性杂志上,对于这首诗,当年的中学同窗相见,至今犹每每谬奖。世事沧桑,估计是湮没了;这些,当然无法进入视野之内,只好等待将来出现奇迹。

　　粉碎"四人帮"后,错划"右派"的旧案得到改正,大概是一种安慰吧,人民文学出版社也曾协助我出过一个选本性质的合集:《离离原上草》。由于缺乏经验,那本合集存在许多缺点,尤其是体例方面没有严格的章法。汲取了这个教训,在编这本诗选的时候,我想到的第一条便是:确立按写作年代编目的硬性原则,不再就主题或题材去归纳分类了。我以为,这样做的好处是,不但可以看出作者的人生道路,而且有助于了解其思想感情的发展轨道及其与时代背景的交互联系。无论对人品的锻造磨炼或者对诗品的发育成长,都更能提供一个宏观的图像。

此外,《离离原上草》出版以后,我又陆续读到一些与我有类似经历的难友们的选集,他们几乎一无例外地都把1957年受到"批判"的作品收了进去,供今天的读者重新甄别。我从中受到了启迪,觉悟到那种貌似"不算老账"的所谓君子风度,其实只是一种迂阔。还是应该采取对自己也对别人,对事业也对历史负责的严峻态度,把它们点滴不漏地汇集拢来,请大家去鉴定。自然,其中有一部分,本来没有资格放进选集的,假如筛选一遍,也许能剩下《西湖绝句》《小夜曲》《姑娘在沙滩上逗留》《迟开的蔷薇》《海把贝壳失落在沙滩》《羞涩的希望》和《我不知道,也不否认》等七首,不知道朋友们意下如何?

写到这里,随便提一笔,《刺猬的哲学》《乌鸦与猪》《公正的狐狸》《驴子的反抗》四首寓言诗,当时曾蒙评论家赐以"禽兽篇"的恶谥,那用意当然在于确定它与流沙河同志的《草木篇》的姊妹关系——都是"大毒草"。

至于新中国成立前的部分诗稿,历经劫难,如今终于得见天日,实在令人高兴!庆幸之余,不能忘了为它们的"复活"出过大力的中学时期和大学时期的许多同学。如果不是他们替我保存了一些篇什,完全依靠我自己奔走查询,那是根本没有指望的。比如圣野(周大鹿)同志。《奴隶的诗篇》是我离开当时的蒋管区前夜亲自交给他的,但他怎样将这首诗发表在地下诗刊《铁兵营》上,乃至怎样冒了种种风险,深藏将近四十年之久的经过,我却一概毫无所闻,因此,当选有这首诗的《黎明的呼唤》捧在我的手中,我简直都不免惊疑了:这是我写的吗?又如,《我们,是真理的据点》和《发了酵的白面包》,则多亏向明(欧阳文道)同志从用油纸包住埋在地下仅有一份的《正大学生》上抄录下来"还"给了我。《你的目光是阳光》,是许多学生运动的老战友你背一句、他背一句"凑"起来的,光景很像拼凑一件出土文物的碎片。《自画像》本是一幅照片的题词,信手写来,倒也保留了早熟者的锋芒,并且由于它不依托于稿纸,得以逃脱了形形色色的文字厄运。联想起那些毁灭于"反右派",毁灭于"文化大革命"的"敝帚"们,着实心痛! 但愿我们的儿孙后代,再也不要扮演这样的悲剧了!

十年浩劫,对于我的诗而言,基本上是一片空白。那年头,像我这样的人,写字,就意味着记"变天账",所以,必须与纸和笔做最彻底的决裂。然而,脑子是管不住的,构思也就无法"扫地出门"。不瞒你们,有的时候虽也的确呈现麻木状态,更多的时候却反而特别亢奋,——真有一肚子的话要说啊! 不过,现在回想,那情调是压抑的、悲哀的和沉重的,除去已经记下的一星半点(这里仅仅选了极少几首),我决定不再写它了,还是揭过这凄惨的一页吧。

说一说这本选集的取舍标准。政治上有"左"的烙印者一律不选,艺术上比较粗糙、平庸的不选(新中国成立前的从宽,新中国成立后的从严)。对待一些不无可取之处的稿件,自问是做到了不留情,不徇私的。今天,我话虽是这么说,但究竟是不是真的实现了这些起码的要求,最权威的裁判员还是你们。

前几天收到中国歌谣学会给我寄来的《中国歌谣》创刊号,上面登了一首新民谣,标题只有一个字,《靠》:

大诗人靠名气,
小诗人靠关系,
无名诗人靠运气,
编辑靠的是自留地。

毋庸置疑,这是一首讽刺不正之风的好民歌。

使我产生联想的是,我算不算大诗人呢?显然不够格。然而,"名气"有没有呢?又确实有一点。费解的是,这部诗选的经历表明的却完全是另外一番景象——

1980年,我卧病桂林,四川人民出版社派了一位编辑专程探视,并且正式提出要我编一本较之《离离原上草》更为翔实的诗选,交由他们印行。我考虑,当时《离离原上草》尚未发售,这里又马上另搞一本,多有不妥,便答应从长计议。

事有凑巧,同年下半年我回到合肥,一天早上,安徽人民出版社的两位女编辑突然光临寒舍,自称奉命约稿,也是同样的建议,并且晓以大义:你在安徽工作,理当支持安徽的出版事业。经我再三解释无效,不得已乃飞函成都,说明苦衷,"一个女儿不能许下两个婆家"。所幸四川表示了高姿态,同意让给安徽,我解脱了困境。

我把手头的稿子交给了安徽。不料,过了三个月,音讯杳然,又过了三个月,杳然音讯,就在同一座小小的合肥城,竟连电话都没有一个。稿子虽然最后讨了回来,到底是好是歹,不置一词。真个是,风风火火捧将去,冷冷清清扔回来,好不闷煞人也。我在这种尴尬的情况下,自认晦气,只好再度写信向四川叙述原委。蒙四川不咎既往,原有协议仍然有效。我对四川乃产生了双倍的感激。

糟糕的在后头。我这个人一天到晚只顾跟稿纸打交道,对市场信息漠不关心,我哪里会想到,有朝一日,"向钱看"的规律竟把文学出版部门都变成了它的臣民!一颗定心丸下肚,三年不闻不问,终于招致了惩罚:1984年夏末,四川通知我,他们实行承包有奖责任制,决定暂缓一批包括我这本诗选在内的选题。兜头一盆凉水,我才如梦方醒。

"美不美,故乡水,亲不亲,故乡人。"诚哉斯言!我家乡的江西人民出版社和《百花洲》编辑部的有关同志这时伸出了热情之手。他们并不是住在火星上,他们也搞承包,他们也讲时尚,他们也把赚钱不赚钱当作最神圣的标尺。古怪的是,他们的许多位负责同志,都不同凡响,表示宁可少拿奖金,也要出这本书。啊,天底下还真有把文学当文学的人!

我再也不能错过江西这趟车了。

摆这么长的龙门阵,说明什么呢?说明上边所引的民谣并不尽然。个中甘苦,不亲身体验是感受不到的。

当然,这也同时说明了,我不是大诗人。大诗人万事亨通,何至于此?

我还缺乏大诗人的"大"襟怀,"大"学问,"大"笔力。

老实讲,我又是多么盼望自己成为真正的大诗人啊,如果说这叫作野心,那么,我承认,这是我唯一的野心。

在整党的对照检查阶段,我曾作过这样的告白。假设我有一首诗——不敢奢望一首以上——能像《唐诗三百首》中的任何一首那样,为后世所认可,为子孙所传诵,我也就死而无憾了。今天,我愿把这句话重复一遍,作为这封公开信的结束语。谢谢。

1985 年 3 月 22 日　合肥

我的追求[①]

我是 1927 年 3 月 7 日生的。今年 58 岁,离"耳顺"的境地还差两个 365 天,不敢称老。尽管健康情况不佳,有多种疾病缠身,去年又瞎了一只眼,但这颗心却勃勃地跳着,依然不减当年。

我父亲生性耿介,不苟取,也不苟同,热心助人,给我留下强烈印象的一个镜头是,因为向一个问路的人指点过分详尽而反遭对方詈骂,自讨没趣;我母亲则善良而胆小,一辈子没有过半天舒心日子而锻炼出惊人的自制力。双亲的言传身教,造成了我的一些带有某种混合性的特点,比如,绝对清高而又绝对"入世",怯弱而又宁折不弯,落落寡合而又温情脉脉……那时留给我的是一个孤独而寂寞的世界。在这种环境里长大的孩子,天然地会把书本当作最好的伙伴。至于学习写文章和写诗,当然多半是为了自己跟自己谈心。及至卷入学生运动和参加革命,本来变得开朗而简直有点聒噪了,却又自 1956 年开始,迭遭各次政治风暴的倾盆大雨,使得我又转而趋向内省。

尤其倒霉的是,据说,我还长着一副聪明面孔,其实呢,我是大傻瓜,傻就傻在认死理和说真话上,而且我不懂心计,这就无怪我四处碰壁了;活该如此,也罢,改造是改造不"好"的,何况,我并不想被改造。

现在,别人都把我称作诗人,不过,我常常想,诗歌未必是我的专长。正如我从小耽于幻想,所以爱读诗也爱写诗一样;我从小爱打抱不平,所以爱读

[①] 本文为《公刘诗选》前言之一,原题为《说说我自己》;1993 年收入《公刘随笔·活的纪念碑》时,家父将标题改为《我的追求》。——刘粹注

杂文也爱写杂文;从小爱管闲事,所以爱读评论也爱写评论;从小爱思虑人生,"生年不满百,常怀千岁忧",所以爱读小说也爱写小说……

但我毕竟不是旷世奇才,不可能成为一身而兼数任的专门家,因此,我决定接受命运的安排:当诗人。

既然当诗人,理所当然,得当一个像样的诗人,当一个后代子孙引以为荣的大诗人。

为了实现这一愿望,我在有生之年,将不懈地追求——

追求真诚。这里包含两层意思。一方面是指主观上的诚恳,另一方面是指客观上的真实。有句俗话,"诚则灵",剔除其中的迷信成分,我以为用于诗歌创作上,倒十分恰当。唯诚实方可无私,唯诚实方可无畏。无私,诚实就是钥匙,用来打开真理的大门;无畏,诚实就是武器,能够荡平邪恶的巢穴。

诚实,正是所谓人品的基本素质。

追求美。美有两种:美在文字,叫作文采;美在情操,叫作情采。前者是表,像漂亮的衣服;后者是里,像挺拔的骨架,古人又把它叫作风骨。有表有里,表里一致,相得益彰,乃为上品。

追求朴素。朴素是一种很高的境界。我非常信服巴老的一句名言:无技巧是最高的技巧。我相信巴金同志不只是单指小说而言,他指的是整个的文学领域。要做到无浓妆艳抹,无搔首弄姿,无刻意求巧,无空言泛语,无故作多情,一句话,无哗众取宠之心。

追求新鲜感。用自己的眼睛看,用自己的头脑想,这就叫作独立思考。写诗的人光有独立思考还不够,还得加上一条:丰富自己的体验,激发自己的灵感,跋涉自己的道路。踩着磨道上的蹄印"前进",只能兜圈子;如果驴子会写诗,它绝不会有创造,绝不会有开拓。

20世纪50年代,我写过一首抒情诗:《菩提树,菩提树……》,有的同志觉得似乎有一点伊萨可夫斯基的味道,建议我日后不再选它,我听了,很感谢。我不希望自己写了一辈子,还落个"模仿"的评语。与此表面相似而实际不同的,还有一首1949年1月写的《我们是十三个》,它的构思和措辞,有两行与聂鲁达的《伐木者醒来吧》几乎一模一样。我说:"假如人能够生一千次,／让我们一千次都生在中国,／假如革命要求我们死一千次,／那也就让我们一千次都死在中国吧。"聂诗写于1948年,当时还没有汉文译本。因此,这完全是偶然的巧合,我问心无愧,便无须避什么"嫌疑"。当然,举这个例子,只不过是说明一个事实,说明一种可能发生的特殊情况,丝毫也没有自炫或与聂鲁达相比附的动机。

追求"化"。我是热爱中国古典诗词的,我同时也热爱外国优秀诗歌。然而,我坚决主张"化"。我常常品咂我们汉字中的这样一些词汇:消化,溶化,演化,羽化,醇化,绿化,美化,感化,点化……食古不化是"遗少","遗少"当然是当不得的,同样,食洋不化是"西崽","西崽"难道就当得么?"遗少"式的抱残守缺,不是真正的继承传统,"西崽"式的"月亮也是外国的圆",不是真正的借鉴西方。关键在于,先得树立起主人翁的自信心和尊严感。中国诗的主人是中国的诗人。

追求容积。这很简单,就是:要求自己用一个升筒装下一斗粮食。实际生活中,当然没有这样一种量器;升筒装下斗粮,那纯粹是异想天开。然而,诗歌却能创造这样一种量器,容量小,容积大;这不但是可能办到的,而且必须办到。

这一条和第二条、第三条结合起来,就会迫使我们力戒大白话(散文化),而讲求炼字炼句。

我是一个知识分子。现今强调知识分子的作用了,许多人讲了公道话。然而,知识分子是不是一下子全都成了圣人呢? 我想,不是的。知识分子还是有各种各样的欠缺的,正如工农分子有各种各样的不足一样。

我讲我自己的一件丑事。

1957年6月,我取道西安去敦煌采访著名画家常书鸿,正赶上《这是为什么?》和《工人阶级说话了》等"反右派"檄文发表;西安作协一位已故的长者嘱我著文批判张贤亮同志的诗篇《大风歌》，我读来读去，觉得无从下手，"批"不成，便托词旅途仓促，容后补写，走了。8月份，总政文化部三封急电将我从河西走廊召回北京。在火车上，应《诗刊》之约，"反击右派分子的猖狂进攻"，匆匆忙忙写了一篇《我们的生活向右派宣战》，结果出了一个大洋相。事后方才明白，当时人家早已内定我是"右派"，只等开斗争会了。

去年，在第四次作家代表会期间，我认识了张贤亮同志，他已经是全国知名的小说家，不是当年写《大风歌》的无名小辈了。我找到他诚心诚意检讨那件他并不知情的往事，他却毫无反应，大概是认为不足挂齿吧。我可不这么看。我认为这是我生平的奇耻大辱，必须时刻引为鉴戒。对别人的过失不能耿耿于怀，然而，对自己的污点却应该耿耿于怀。我把这件事白纸黑字地公开出来，目的也正是在于帮助年轻的一代全面地、准确地、历史地认识一个诗人，从而认识中国的知识分子，进而认识中国。

1985年3月23日于合肥

《夜梦抄》小记

郭风同志和刘北汜同志等都是散文专门家;他们的作品,在解放以前,我就心仪已久。由这样一些专门家来主编这套"曙前"散文丛书,的确是深孚众望的。

他们知道了我在40年代也学着写过几篇不成样子的东西,便一再动员我拿出来,凑凑热闹。

我很汗颜。我的确没有什么成绩。

而且,现在要搜集四十年前的文稿,的确是非常非常困难的事情。好不容易,在南昌的江西省图书馆里翻到了一点,又不好复印,纸张焦脆,墨迹模糊,有的只好动手边猜边抄。加之这些年记忆力大为衰退,许多往事都忘怀了。甚至发生过这种情况:读到一篇报屁股文章,觉得面熟,但因为署名变换频繁,自己也不敢确认了。这个小册子里的五十篇,除了公刘这个名字以外,就还有江流、江水、李甲等等。这,不能不多费额外的周折。

限于现有条件,那些发表在旧社会《武汉时报》、九江《中国新报》以及上海《东南日报》上的零星篇什,只好留待日后再补充了。

由于全部文字都是黑暗中国的点滴记录,而其中主要的一组散文诗,曾经以《夜梦抄》的总题目连载过,我遂决定索性书名也叫《夜梦抄》。

十分感谢郭风、北汜诸位,居然给予它以出版的机会;我期待着80年代的无忧无虑的新读者群的批评。

1985年3月25日写于合肥

闲 话 二 三

这是我的第四本诗歌评论集。

收进这个集子的最后一篇《简评〈谒包公祠〉》,是我右眼失明前夕赶写出来的。然而,细细一想,这句话也说错了。实际上当时已经失明,只不过自己不明确知道,医生也不曾作出诊断结论罢了。好端端的一只眼睛突然报废,这于我是又一次严重的打击!

估计往后我也不可能再写这么多的评论文字,因此,把这一篇文章作为一条界线,倒也不失为一种悲惨的纪念。

右眼爆发的灾难性变故,据医生检查结果,是:视网膜黄斑区中心裂孔。在本地治了不到一个月,女儿陪我赴上海求医又两个多月。由于我一非高干,二非科技专家,三无海外关系,无权享受特殊照顾,其间的确费了不少周折,体验了一下"病不起,更急病不起"的艰难,这也好,总算又懂得了一些事情。

二十几年的摧残,拖垮了自己的身体。"四人帮"覆灭,错划"右派"改正,我是兴奋的,决心把损失了的时间追回来。主观上这么想,固然十分美妙,无奈客观不允许啊!死神一次又一次地警告我:不得玩儿命!但别人见了我都一片夸赞:"你精神很好嘛!红光满面的!"我自己也就飘飘然当了真了。一再不接受教训,一再出大危险。1977年是胃大出血,半夜抢救,血压已经降到五十至六十的临界点了。医院设备条件较差,没有胃镜,只是一个劲儿地命令我做钡餐透视,可惜全是白搭,根本找不见出血点,于是,改而采取保守疗法,服猴菇菌片至今⋯⋯1980年去广西开会,又突然得了脑血栓,差一点见马克思。详细经过我都写进了《〈仙人掌〉勘余杂感》中,这里不重复了。不过,我当时省略了一段笑话——自治区文联的包玉堂同志替我谎报了身份:不是一般诗人,而是"安徽省文联副主席",否则,没有资格住进那样的病房,接受那样的会诊。当然,我并非是经过整党,才猛然提高了觉悟,坦白交代这股在失去知觉的状态下刮过的"不正之风"的;事实是,还在病床上躺着的时候,当我神志略为清醒过来,便已经对全体医护人员说明过真相了:行政十九级,错划"右派",作家。我恳求他们别叫我什么"公副主席",别折了我的阳寿。医生们和护士们都很可爱,他(她)们宽宏大量地笑了。从此相安无事,而且,我还发觉,不当这个冒牌的副主席,彼此反而更亲近了,实在有趣得很。

又过了五年(奇怪!似乎我生大病也订有五年计划!),这一回到了1984年了,瞧,这不是,右眼又和它的主人"古德拜"了。尤其奇怪的是,它表面上虽然没有"古德拜",还留在原地,而且外形一点儿也不曾变,我琢磨了一下,不禁苦笑了。我在得病这一点上,还实在是一个能够以伪乱真的"两面派"哩!试想一下,胃大出血,藏在肚里;脑血栓,装在颅腔内;右眼失明,却又不让人家一看便知!说实在的,这可苦了我自己。一般初交,都认定我健康得赛过老寿星。因之,总让我干这干那,看稿子啦,谈经验啦,做报告啦,写文章啦,而且都必须立即兑现。我解释,还往往说我在瞒哄,他们只相信自己的第一感觉,第二感觉,乃至第六感觉。

还有人在那儿猜想,认定我的脑血栓病之所以能恢复得这样好,准是吃了什么"进口药",这话也对也不对,说"进口"不假,像开水送进肚去以前,必须经过口腔。但绝不是什么昂贵稀罕的高级药物,绝不是动用外汇或者请人从国外搜购的尖端产品。如果要我交底,那只两个字:意志。仿佛我在宣传唯心论了。不对!我讲的是百分之百的事实,了解我的生活起居习惯的同志也都一清二楚。

我女儿最一针见血了。她说:爸爸是自我感觉良好,是自欺。对于这样一种略带嘲讽的批评,我有时候难免争辩几句。但,到底还得承认她是对的。问题在于,克制一阵工作(写作以及其他)的冲动,又管不住了,又"故态复萌"了,于是,又出乱子了。右眼之瞎,正是如此。

其时,女儿离家外出,我一个人便自作主张起来,还暗暗欢喜,这下"解放"了,没人管了,便一口气写了十几篇东西,包括小说《先有蛋,后有鸡》、组诗《齐鲁大地》(二)、长诗《没有美酒的壮行歌》和《海颂》,也包括前面提到的《简评〈谒包公祠〉》……

也记不起来从什么时候开始,眼前出现了飞纹,还有一点变幻不定的奇奇怪怪的类似摇动万花筒以后拼凑起来的小三角体、多边体的组合,还有金光和绿光。一天,同样也没留心是出现上述现象之后的第几天,我蒙住右眼,一切正常,蒙住左眼,却乱了套。不得了!糟了!右眼肯定是出问题了。及至如梦初醒,大错已经铸成。医生说我使用脑力和目力都过度了。"你怎么不珍惜自己的身体呀?"一句话,说得我哑口无言。

不过,即便如此,我还在和朋友开玩笑。"从今以后,我又要像爱护眼睛一样的爱护眼睛了!"女儿笑着骂我苦中作乐,简直不可救药!

可是,我仍然以为,人总该有这么一点超脱精神吧,也许,超脱是阿Q的变种?可我又自问:倘若连最后的乐天知命、随遇而安都失掉了,我岂能熬过那漫长的岁月而不自杀?!

不过,终归是不能再那么糊里糊涂,再那么傻里傻气了。我纵然不考虑我自己,也得考虑我的孩子。一旦真的什么也不能干了,会发生什么情况呢?患脑血栓的那一次,不是已经领教了个别人的小动作么?他们判定我必成"废物"无疑……

不错,这一回我真的采取了措施。首先,我获得党组批准,打印了一封解释性质的退稿信,声明一概不提意见,更不代为修改,代为推荐;其次,除特殊重要者例外,读者来信都不作复;第三,然而并非最次要的,不再为人写序。写序这件事最淘神,序本身劳动量不大,可是要通读手稿,做一点札记,这项准备工作的劳动量委实太大了。以新疆人民出版社约我撰写的"天山诗丛"总序为例,共计十部诗集,都得认真地至少读一遍,再归纳共同性的问题,提出针对性的建议,整整耗费了我半个月的时间,而写出来的文章不满两千字!右眼失明以后,来信要求我作序的(包括个人专集及一个地区的选本)已不下十处,我只得一一分头道歉,如果实在由此而得罪了人,我也只好不管它了。这篇"闲话"里就此顺便又啰唆了一气,就有趁机公开通报的用意,反正以后决心按此办理了,请大家多多包涵。

下面,我想就这个集子作若干重点说明。

《西北望长安》,是应《延河》编辑部负责同志的嘱托而写的。我是出自一片好心,不料,在他们那儿的一次座谈会上,竟引起了一场不大不小的风波。负责同志告诉我,有人认为该文作者"目中无人""蔑视陕西的诗人""对陕西的诗歌创作评价不公",等等。进行这样一种鼓动的同志的最大的根据是题目。他显然是看过辛弃疾的词的:西北望长安,可怜无数山!"公刘说我们可怜哪!"不过,遗憾的是,这位同志并没有真正读懂辛氏的作品。无论是从特定的字面上,还是从全篇的精神上,"可怜"当然不能作我们今天俗话中常说的"可怜"解;在这里,"怜"是"怜爱"之"怜",而绝对不是"怜悯"之"怜"。据说,会上还真激起了一点"公愤",闹得胡采同志、杜鹏程同志不得不出来讲话,表明肯定的态度。他们二位是理解我的、支持我的。而且,随着时间的推移,许多参加过这个座谈会的中青年诗人,都或面谈,或来信,表示了他们的憬悟。从这件事,我又得到一个教训:有时候,说真话是要付出代价的,不过,应该相信革命的同志们,相信群众,好心肠是终究不会被当作驴肝肺的。

《受奖之后》和《恢复名誉和保持名誉》两篇,都是1983年全国首届新诗(集)评奖后的表态之作,如今冷静下来,又不免为自己的幼稚和天真脸红了。新诗的地位依然如故,甚至更有所降低(这从几乎所有的出版社都拒绝出诗集——理由是"赔本"——这一客观现实,就可以管窥一斑,而知全豹了),我的种种乐观的估计,基本上落空了。不过,我还是把它们收了进来,一是立此存照,二是心有不甘。

《试谈革命的边塞诗派》,这又是一篇惹是生非的文章。事情发生在新疆石河子"绿洲诗会"上,我作了同一题目、同一内容的发言,不少同志在散会后找我交谈,表示欣赏和赞同。然而,在新疆,却不敢发表,因为有一位身居高位的文艺界领导反对这一提法,其理由是:边塞诗会引起兄弟民族不满,云云。我的天!这哪儿是哪儿呀?!我说的是社会主义时代的革命的而且是包括少数民族诗人在内的新边塞诗,他说的是唐代的封建王朝的根本排斥少数民族诗人(汉化了的几位不在内)的旧边塞诗,这能算是讨论问题吗?这是共同的基础吗?可是,权比理大,因此,发生了一个奇特的现象:在新疆说的话只能跑到甘肃去发表!令人感到安慰的是,《新疆文学》改版为《中国西部文学》后,有许多可喜的变化,其中变化之一正是,他们也在大声地为新边塞诗鸣锣开道了。由此可见,我并没有做什么破坏民族团结的事。

《诗要让人读得懂》,批评了青年诗人车前子(顾盼)的一首诗和一段诗话。那也是一个发言稿,是在第二届"淮河笔会"上讲的。这篇讲话发表得不是时候,造成了极少数读者的错觉,以为我参加了当时对现代主义的"大批判"队伍,讨伐起青年一代来了。这是不了解我的为人,也没有读一读我的其他有关评论文字的缘故,我不介意。因为,毕竟还是有明白人的,何况,事实最有力量,它将会证明一切。《诗刊》的一位同志说得好:"我想,车前子同志不应该对你产生不满,你的文章虽然在艺术上批评了他,但在政治上却是保护了他的。"我以为,这个评价是中肯的。

《谁是21世纪的大师?》在《人民日报》发表的时候,题目被改作《成就来自勇敢实践》,文章的许多重要内容也一一被删去。两个题目,究竟哪一个更好呢?我至今仍然坚持,还是我原来的那一个好。好在哪儿?好在突出了重点,表明了作者的希望所在。旗帜是鲜明的。后一个平稳固然平稳,保险不犯错误,然而太一般化,太缺乏性格,太官样文章了。因此,我又恢复了原题。

而且,不仅如此,我连被删去的所有段落都一一恢复了。文责自负。我在那种时候——"清除精神污染"俨然成为"运动"——说的关于现代主义的意见,至今不悔,有什么可怕的呢?一年之后,胡启立同志代表党中央做出了创作自由(包含评论自由)的庄严保证,这是亲耳听见的,我更加心中有底了。真的,实在没有什么可怕的了!

感谢宁夏人民出版社的同志,他们在年度选题计划已经排满的情况下,破格接受这本小书的出版(而且肯定要赔钱),这是有魄力的。我觉得无比高兴,不是仅仅为了我这些卑之无甚高论的文章,而是为了真正的文学事业。

我真盼望有朝一日能去银川,当面向他们致敬。

1986 年 8 月 30 日 合肥

三支唱故乡的歌

培贵同志发表在今年三月号《花溪》上的《暖暖的乡情》,一组三首,是值得一读的好诗。

故园之情,本来是人类共同的基本感情之一;古今中外,这方面的佳作甚多。羁旅游子,去国远客,往往直抒胸臆,便成名篇;蔡文姬怀抱胡笳,余光中愁对蟋蟀,绝非偶然。我们的祖先,从这一点生发开去,还编出来"狐死首丘""鸟号旧木"之类的动人故事。

古人常说:家国之思。把"家"与"国"相联系起来,的确是有道理的;爱祖国的感情,正是爱故乡的感情的自然延伸和扩大。

由此出发,我以为,思乡恋旧之作,也有它的积极意义,也能形成一股暖暖的回流。

诗人培贵怎样平中出奇,旧里翻新,歌唱那"暖暖的乡情"呢?下面不妨来观察一番,思索一番。

先说第一首,《深巷的回想》。巧得很,这首诗的开头正是"深巷",结束正是"回想",中间曲曲折折、缠缠绵绵地引出了刘禹锡的诗(背景当在巴楚三峡,唱"竹枝词"的地方吧),接着是点出时间:从杏花在雨中寂寞开放的春二月,一直到家家户户团圆欢聚的中秋节。这条"深巷"怎么会这么长呢?是"收荒货老汉的吆喝""喊得又细又长"的结果,是"隔壁铁匠张"在吆喝的伴奏下"打一根管子",并且显然是要"打成深巷的形状"(尽管作者用了不肯定的语气"是不是",但读者却不知不觉地做着肯定的反应)的结果,是"纳鞋底的少妇整日不吱一声,横竖想把深巷搓成麻线","去拴住跑船的男人"(妙就妙在笔锋轻轻一带,这鞋底上又出现了一颗"桃形的心"!)的结果;诗人从他的回忆之匣中,取出了这三个互不相干的形象,就把"寥寂"二字写尽了,而寥寂,又正是着眼于长巷之幽深的。

这里可以见出功夫。仿佛这三个形象都不过是信手拈来,其实,举重若轻,是经过一番斟酌选择的。

于是,全诗逐渐达到自己的高潮,"深巷"终于变作了"韩湘子"的"遗落的箫",而且是用天上八月十五之夜的如水的光华(流着!)去吹的!这,已经够精微的了,然而不,诗人意犹未尽,在自己的珠串上再缀上越发明亮的一颗——竟比皓月都亮呢——一盏灯,(请注意诗人的精心安排:是巷尾,而不必是巷口,巷中;是一盏,而不必是十盏、百盏),"又是通宵没合眼"。索性再深挖一层,"有泪从地底爬上纸糊的窗棂/那是一个游子从山那边流过来的",奇吗?奇而不奇!这正是我们大家都熟识的乡愁啊!紧接着,半点痕迹也不着地从这个"游子"身上过渡到了诗人自己。"长大了我才知道山那边是海/我这时也才知道深巷比想象的还深/还深得多啊!深深的/是我的回想。"这一收束,对本诗本身是收束,但对读者却无疑是决堤。

我不能不叹息了。

第二首《童年纪事》构思很精巧。它描写了一个山里的没有妈妈的小女孩,扎"叮叮猫",光着脚丫子,拎着篮子"剜苦苦"的小女孩,天真、活泼,生活使她早熟懂事而又保留着野趣的小女孩,写她的倔强,她的自信,她的能干,她的憧憬,她骄傲(如果有值得炫耀的未来的青春的话)。她战胜了暂时被大姐姐奚落的痛苦、屈辱和孤独,她在等待如今"瞧不起我"的姑娘们发觉"河水流来且流去了",转而羡慕、妒嫉自己的"香",小女孩以不无自得的神态向我们唱出了她的希望:"长大了我也会采香草绣香袋/我相信我的香袋一定很精致很漂亮/那时我就去香她们,香她们的/皱纹香她们的白头香她们奶的孩子。"——生命的河水将流向自己,她确信不疑。

这首小诗明白如话,朴实如话,平易如话,充满着另一种儿童情趣,具备着另一种无邪的美。读一读它,我的心便仿佛被什么圣水冲洗过,变得更单纯,更干净了。

最末一首题目叫作《那棵黄桷树》,说的是树,实际另有所指,黄桷树不过是象征——象征童年,象征慈母,象征和故乡一样,消失于视线之外的美好年华……

过去的过去了,永远也不会再回到身边,这,当然是人人都有体验的悲哀,也许可以说是永恒的悲哀。

但,诗人培贵笔下并没有廉价的眼泪,倒是呈献出一片悟性,一种超脱,虽然夹带着某种程度的怅惘。

你看,他一落笔就点出了黄桷树久历沧桑,阅尽人间悲欢离合的"资历","在我出生之前的之前,就站在村头/没有人知道她的年龄/她的年龄是葱郁苍直的叶子/如果把叶子和叶子装订起来/就是一本聊斋一本掌故"。作者在这儿规定了她的性别——女性的,为以后的"她的枝丫总朝着一个方向生长/似乎是手搭凉篷地眺望/又像在招手呼唤"的"慈母"的形象做了铺垫。

哦,故乡
就在那儿等我

然而,这首诗不及第二首,更不及第一首。我以为,它的弱点在于:一、没有充分展开。我说展开,不可误会为主张抖开长诗的架子,而是在精练的原则下面,使感情一步一步舒张而后达到升华;二、个别段落,跳跃得太快,以至令人产生突兀和脱节之感,具体地说,就是"头也没回。回过头来我发现自己/亦是一棵藤萝满身的树"。这两行由"头也没回"到"回过头来",中间是不是断了一环呢?而且自己"亦是一棵藤萝满身的树",含义不清,作者没有获得的美和完成的美的形象,绝不可能成为读者的审美客体。

总而言之,培贵的这三首唱故乡的新歌,的确又为我们已经汗牛充栋的咏叹调,增添了他的有特色的声部。当然,他本来还可以歌得更圆润些,如果认真修改一下的话。但是,即便如此,也向我们展示了一个富有说服力的例证:古诗,今诗,加上外国诗,并没有也不可能把一个题目写绝;在别人的脚印似乎过于稠密的那片土地上,依旧能够踏出自己的道路。

1985 年 4 月 2 日　合肥

信 手 写 来
——关于《沉思》和《仙人掌》

一

我从来也不迷信评奖,特别是我们中国的评奖。经过几十年的训练和熏陶,中国人都变成了政治动物。正如世界上评论日本人是当之无愧的经济动物一样,作为政治动物,我们的确也是当之无愧的。因此,每举行一次文学评奖,都能听到许许多多传说和议论。对有一些作品,当然是有口皆碑,没有二话可讲的;但对另一些作品,就不一定了。是不是真的一视同仁?是不是真的择优录取?是不是真的破除了"题材决定论"?破除了"照顾、平衡论"?特别是不是真的冲决了关系网?有没有不加引号的政治和加引号的政治在起作用?我也感到怀疑。

然而,我又正好是得过奖的。我不知道别人背后怎么说起我,有时我倒不免会产生一种孩子气的盼望:最好能在汽车上、在剧场里、甚至在公共厕所行方便的工夫,捡到几句这方面的纯粹民间的大实话;看看自己以及自己的作品到底值几个钱一斤。

可惜,这种事我一次也没有遇到。

现在,偏偏还要我来对自己的得奖作品饶舌,实在感到别扭。这岂不是老王卖瓜——自卖自夸吗?

对于所谓介绍心得体会的要求,我差不多推辞一年,但编者的耐心与韧性终于击败了我,不得不提笔了。只好信手写来,也许起于其所不当起,却愿意止于其所当止。

首先,要发布一项声明。1979年评上的(诗)《沉思》,1983年评上的(诗集)《仙人掌》,这两次评奖,何时开始,何时结束,我概不知情,其间我也不曾去北京进行什么活动以施加影响。以《仙人掌》为例,事情竟荒谬到了这种地步,我压根儿不知道评委们都是谁,以至事后当别人透露给我"你在十票中得了九票"的时候,我哪怕想猜一猜这一张反对票是谁投的,都没门儿。

猜它作甚!如果是真正的优秀,纵然评不上又有何妨!只要你准我写,又给我发表的机会,那么,请子孙后代去品评吧,请历史老人去品评吧,假若盖棺而不能定论,那么,就请一直争鸣下去吧!

比方说,有过这样的指摘,说我的诗是"反毛泽东思想的"。嚯!好大的帽子!这可是原则问题,我必须替自己辩护,也有权替自己辩护——如今毕竟不是1957年了。

第一,毛泽东思想不是毛泽东同志一个人的创造,而是集体智慧的结晶,是全党全民血汗、泪水的结晶,当然其中毛泽东同志做了重大的贡献。如果说打算在这儿埋下伏笔,以便气候适宜时"过渡"到"反对伟大领袖毛主席"那个"纲"上去。我以为时代不同了,这是枉费心机。

其次,毛泽东同志是人,不是神;他也会发生失误,特别在他的晚年。这些话不是我的胆大妄说。而是可以从《关于建国以来若干历史问题的决议》以及其后的许多中央文件中找得见出处的。

第三,对于毛泽东同志谈论过的和批示过的,究竟是应该采取"实践是检验真理的唯一标准"的态度呢,还是采取"两个凡是"的态度?

举例言之,对"人民公社好",今天该当怎样评价?对"阶级斗争,一抓就灵",今天又当怎样看待?对"破字当头,立也就在其中了",今天又当怎样理解?(无产阶级"文化大革命")"七八年再来一次",今天又当怎样考虑?等等,等等。对于这样一类当年都曾被确认为毛泽东思想重要组成部分的观点,表明一下自己的不同意见,难道就算大逆不道吗?其实,生活的客观进程不是早已做出权威的结论了吗?

时至今日?居然还有这样的"帽子"商人,真不知道他这些年买过日历没有。

二

凡是翻过我的作品的同志都认定《沉思》是一首颂歌。我却想说,不错,《沉思》是一首颂歌,但又不单纯是一首颂歌。即以颂歌而论,它也不仅是像字面上表现的那样;事实上除了敬爱的周恩来同志以外,我还歌颂了一切像周恩来那样光明磊落、无私无畏的无产阶级革命家,歌颂了成千上万的"心中有数"的革命人民。

从思想感情的脉络上探寻,《沉思》是我的另外两首写在"四人帮"毒焰最炽的天安门事件前后的小诗《誓》与《白花》的继续和发展。所不同的是,写《沉思》的日子,江青反革命集团已经垮台。诗写出来了,不但不必私下传抄,而且可以公开发表。因而少了一点奴隶的悲愤,多了一点主人的激越。

然而,局势并不是完全明朗化的。"四人帮"固然不存在了,"帮四人"却依旧掌握相当一部分大权。"帮四人"是"四人帮"的帮凶,不但有民愤,而且也可以说是有血债。

这时候,斗争的锋芒必须指向他们——即我在《沉思》里痛斥的"资产阶级政客'同志'",否则,他们就会在他们力所能及的部门和地方,推行没有"四人帮"的"四人帮"路线,也就是极"左"路线。"帮四人"在实际上正是反对邓小平同志复出的主要顽固势力,正是"四人帮"可能卷土重来的主要依靠对象,正是五更天的最后一股寒气和最后一片暗影。大家回想一下1977年和1978的社会政治局势,全国人民街谈巷议的不就是那几个"大人物"么!和以邓小平同志以及其他无产阶级革命家为代表的人民力量相比,这几个"大人物",貌似骄横,实则虚弱,所以,人民完全有理由蔑视他们,鄙视他们。

于是,我在《沉思》的末尾,特别使用了一个不愉快的形象:癣疥,"帮四人"的确是寄生在要求振兴、要求崛起的伟大中国身上的癣疥!癣疥是不难除去的,然而又是必须除去的!

也就是对主题的这一层深化,使得《沉思》超出了一股颂歌的范畴,而兼具战歌的姿态。

这一点,恰恰是为许多评论家所忽略了的,他们在分析作品的时候,往往被这一些句子所吸引:

> 是一名期待恶战的老兵,
> 是一面召唤风暴的旗帜;
> 敌人害怕您静若悬剑,
> 人民信赖您稳如磐石!

> 仰之一分有损您的谦逊,
> 俯之一分背离您的质直;
> 那布满面颊和手背的老年斑啊,
> 也仿佛都是些傲霜的梅枝。

> 双眉乃勇士横握长刀。
> 这正是中国革命破敌的英姿;
> 目光揉动着冰与炭,
> 大哉! 无产者的神勇与睿智!

这些同志花了许多气力去加以解释,解释得也很正确,对此,我是十分感谢的。可惜,那个只有两小节、总共八行的结束语,却遗漏在视线之外。作者警告过:

玩火者！休得放肆！

十年、百年，莫妄动一根手指！

这正是"历史在这儿沉思"，而作者又"沉思这段历史"的严峻结论。我以为，假如不明确指出这一点，那么，对这首诗的理解只达到了一半，而且是缺乏积极意义的一半。

总之，《沉思》不仅仅是缅怀、追念、感激，而且主要是喊出中国人民的一个决心，一种觉悟，一声怒吼；悲剧不能重演！永远不能重演！

三

《仙人掌》共分两辑：第一辑是对越自卫还击作战的赞歌，第二辑是社会生活某些方面的投影。

关于《琴》，有人说它不真实，我得做一点简单的说明。

我在《琴》里写了一把不平凡的小提琴，并且拿它作为"道具"，虚构了一个战斗故事，塑造了一个英雄形象。

这是文学创作，创作是需要想象的。不允许想象，就不可能有创作。

当然，想象应该建筑在生活的基础上。

我参加作家慰问团，前往西线云南。飞机刚刚在昆明着陆，就获悉在军区停留的两天时间，日程已经排得满满的了；除了各种礼仪性质的活动外，最重要的是听关于战场形势的总报告。但是，即使如此，我们还是见缝插针地去了几家野战医院探望光荣的伤员们。然后才匆匆上路，奔赴国境线。在医院里我听到了这样一个动人的插曲：原××军文工团的一位团员，在文工团解散的时候，他没有转业地方，而是下放连队，当了班长；他在文工团是第一小提琴手，小提琴早已成为他生命的一部分，于是，连队从此多了一个战士，也多了一把琴。琴不但成了集体生活的一个活跃因素,而且成了政治工作的一个特殊象征——如今毕竟不是50年代了。

后来,他又带琴上了火线。轻装的命令下达,他含着泪交出了琴,却被司号员"偷"去背在了身上……

不错,笔记本上的材料到此为止,再往下的情节,则是我代他们"编织"上去的。还有,英勇牺牲了的傣族人民的优秀儿子——岩龙,原先也是文工团员,而且恰恰也是提琴手。他的事迹如今是家喻户晓了,谁都知道这位有艺术才华的战斗英雄的身世。

我被这样一些崭新的人物、崭新的感情境界、崭新的性格特征、崭新的业余爱好所激动,正是这种魅力本身促使我萌发了创作叙事抒情长诗的强烈愿望。

成败优劣可以讨论,但是不能否定作者塑造这一典型的意图是可取的,是值得为之呕尽心血的。

我的描写社会题材的诗,更是经常闯祸。对《车过山海关》和《上访者及其家属》的诬陷,我已经在《〈仙人掌〉勘余杂感》中公诸读书界了,这里不再赘述。需要向《星星》《芒种》《山花》等编辑部抱歉的是,他们先后因为刊登了我的《回答》《从前我们是诚实的》《宪兵进行曲》《讨论会》和《我不是汉朝人》而受到责难甚至"内部警告";某几位同志竟在历次的"刮冷风"中不断被这些诗"株连"。不过,抱歉的同时,也只能表示遗憾,因为这种情况一再发生在党的十一届三中全会以后,连我本人也感到吃惊和无法接受。

"左"派朋友们总是不甘寂寞,而且偏偏又有那么丰富的"革命义愤",以至于不发泄就憋闷得慌。但那"发泄"的方式和借口,有时候又有点文不对题;勉力以赴,竟令被批判者都替他们感到难为情。比如,在批"朦胧诗"的高潮中,就有那么两位在《北京日报》上不点名地"帮助"了我一下——揭露我参加了"朦胧诗"派,例子是《皱纹(一)》和《皱纹(二)》。《皱纹(一)(二)》都是写的什么呢?骂"四人帮"!白纸黑字,明明白白,不容曲解。然而,人家硬是要扣"朦胧"的帽子!自然,我没有被扣住,他们自己倒露出了一条尾巴。原来,某些在"四人帮"时期很不"朦胧"的人物,于今摇身一变,成了"党性"最强最强的东方布尔什维克了!他们是"左"派阵营的一支小分队。

还有一种喊叫自己如何如何受"左"倾路线"迫害",喊叫得十分响亮的人,当他的错误论调受到舆论谴责的时候,也会恼羞成怒,搞起变相的"告密"来。拙作《绳子》正是这样被人选中,拿出来"示众"的。妙就妙在他并不下结论,只是出题目:"请问公刘同志,你这首诗又说明什么呢?"弦外有音,你去猜吧!真是深得诗家含蓄之旨!可惜,他找错了对象。《绳子》讽喻的是二十多年"左"倾思潮的罪恶历史,而不是嘲弄亲爱的祖国母亲。

有一个规律性的现象,就是:凡是读者(包括公正的理论家)反应较强烈、同时作者自己也较满意的作品,肯定都遭到"左"派攻击。这恐怕只能以立场、观点不同,因而思想感情不同来解释吧。

去年秋天,我的一只右眼又突然失明(戴镜视力仅0.04,等于失明),而且恢复无望,大大地影响了写作和阅读。今后,无疑只能写很少一点。我并不甘心退出诗坛。因此,哪怕我只写一首,也要认真从事,也绝不改变初衷。我将一如既往地坚持自己的信条:

第一,做到有头脑,也就是有思想。一切通过自己的观察和判断;不轻信,不盲从,不学舌,不跟上瞎起哄。

第二,做到有骨头,也就是有气节。对人民不利的文字,半个也嫌太多;为了人民的生存和发展,我不怕受苦受难。

第三,力争有灵气,也就是有才情,忌旧,忌滥,忌空,忌玄,忌干巴巴的没心没肝,忌华而不实,忌蠢话连篇……

究竟能不能做到呢?请容我一试。我今年58岁,身体不好,其实,机会也并不很多了。但,一息尚存,奋斗不止的精神是不会丢掉的。我深信,只要我不背叛人民,就保证了不背叛诗,只要我不背叛读者,就保证了不背叛自己。

1985 年 4 月 9 日　合肥

　　《诗刊》编者注:《沉思》获 1979—1980 年全国中青年诗人优秀新诗奖。《仙人掌》获第一届(1979—1982)全国优秀新诗集一等奖。

多写一点朗诵诗吧

诗是从歌谣演变、发展而来的。古诗大抵都可以入乐,或者索性就是依据曲谱填词。那时候,诗的音乐美主要表现在外部,这种情况,越是远古越加明显。

后来,诗人们逐渐察觉到了诗本身的节律,也就是诗的内在的音乐美;从沈约首创"四声"之说到绝句形式最后臻于精美完善,诗和"唱"分手了,转入了"吟"的阶段。

随着时代和语言的剧烈变化,旧诗的"吟诵"又让位于新诗的"朗诵"。由借重外部的音乐美到发掘内在的音乐美,这是一个历史的大趋势,也是一种文明的大进步。

无疑,经过了将近七十年风雨的新诗,今天终于站稳了脚跟。而且,可以断言,我们整个民族文化素质的不断提高,必将十倍、百倍地扩大新诗的读者群。

然而,不能不承认,新诗一直没有真正群众化。相反的,在一部分诗人笔下,诗几乎要变成单一的视觉(读)艺术了。因此,人们忧虑地注意到了越来越严重的语言钝化现象(拖沓、臃肿、散漫、古奥艰涩和洋腔洋调……)。

最近,在安徽省第三届"大学生之春"中,我惊喜地发现,面对现代舞和流行歌曲的强大冲击,诗朗诵居然魅力不减当年!不论台上在朗诵中国诗人还是外国诗人的作品,全场都鸦雀无声,表现了高度的欣赏水平和令人感动的信任。

朗诵诗,也许是传达时代精神的最有力的武器;当然,这绝不是提倡新的标语口号化。

今天,《诗歌报》又拿出较大篇幅,集中发表朗诵诗,以示提倡,我以为,这是正确的、必要的和适时的。

物质文明的高楼大厦是不能建立在精神沙漠之上的。

诗,可以使人的心灵变得崇高和纯洁。而朗诵诗正是通向心灵的一道最便捷的桥梁。

能不能朗诵,固然不是评价一首诗成功与否的唯一标准,但是,注重它的可诵性,却肯定是一种对诗有益的锻炼,也是对诗歌语言的最大考验。

为了诗的时代,为了时代的诗,多写一点朗诵诗吧。

1985 年 5 月 10 日　合肥

走自己的路

——序石楠同志中篇小说集《弃妇》

石楠同志来信,要求我为她的中篇小说集《弃妇》写一篇序,我犹豫再三,还是答应了。为什么会有犹豫呢?因为自从去年9月右眼基本失明以来,我已经先后辞谢了山西、新疆、北京等地将近十个集子的序文撰写任务。何以最后又同意执笔?我觉得情况和那十个集子不一样,不能不作更多的考虑:第一,我自己在安徽工作,而石楠同志是安徽近年出现的比较有影响的作家之一;为了安徽文学创作事业的发展与繁荣,为了表明对这个作家群中女作家更迅速更健康地成长的期待,我有义不容辞的责任,应该说几句话。第二,具体到石楠同志本人,我以为,她目前,正处在一个特别需要支持的重要阶段。所以,我不得不违背少用脑力、少用视力的医嘱,开了戒;当然,我也必须郑重申明:下不为例,我实在没有为了写一篇短序而阅读几十万字的精力。

自从江青反革命集团覆灭以来,我国文坛上涌现了许许多多引人瞩目的新手,其中,相当一部分是女作家,之所以产生这一空前的文学现象,是诸多因素长期相互作用的结果。未来的新文学史家们当会做出全面而精到的探讨与分析,毋庸我来饶舌。我只是想强调一点,即石楠同志上升到这一天宇中来,她所走过的道路有其独特的轨迹,是有别于其他女作家的,不应忽略。

的确,越是将石楠同志和别的一些女作家们相比较,便越能清晰地看见,她既难以厕身于那种家道渊源,学富五车,因而有相当充分的创作准备与相当深厚的文字功底的闺秀行列,又不属于那种久矣有志于此,因而有意识地积累了生活素材和写作经验,并且主观上具备着顽强的事业心与拼搏精神的文学习作者,即文学后备军的队伍;更无法归入那种由于中国历史的大曲折,一度卷入政治斗争的漩涡,紧接着又落入底层(如从"红卫兵"到"上山下乡"),从而有过种种奇异经历的年轻一代;而且,上述三种类型的人共同具有的横溢才华,也恰恰是石楠同志相对欠缺的。石楠同志,不过是一位极其平凡的南方小城的公职人员,她所体验过的欢乐与痛苦,也只是极其平凡的欢乐与痛苦——假如我的了解不错的话。她没有那种富于戏剧性的大起大落的遭际,也从未在浪漫主义的生活圈子里嬉水逐浪,更不曾出入典雅高贵的文化沙龙从而受到熏陶。她仅仅凭着一颗良心,一点觉悟,立志于恢复历史的真面目,为所有被网封尘埋的女界精英们树碑立传。正是这一冲动,驱使她写出了《画魂》(人民文学出版社印行,初稿在《清明》发表时,题名《张玉良传》)。这部作品,以它题材自身的历史感,主人公人格的庄严光辉与悲剧力量,再加上作者巨大的同情心与周密纤细的女性文笔,赢得了广大读者的交口赞誉,许多家电影制片厂纷纷前来联系搬上银幕的改编事宜。我认为,这一切都是理所应当的。

正是在《张玉良传》的座谈会上,我认识了石楠同志,以后虽未再见过面,但有关她的情况还是时有所闻的。

我写过文章,向读者推荐这部作品,也毫无保留地表示了我的喜悦和感激。我自认我的言行是负责任的,是经得起实践的检验的。

不料,接踵而来的却是不公正的责难与无端的攻击。有一家全国性的刊物,起先是登载评介文字,但马上又一百八十度的大转弯,组织了一次美术界的权威座谈,声言要加以"澄清"。我仔细拜读过这些发言记录,恕我直言,我的印象是,除了个别人还能坚持实事求是的原则外,基本上是一场"围剿"。事情果真如此严重吗?小小的一个无名之辈,值得这样兴师动众吗?实在令人纳闷。不久,听了解内情的同志告诉我,并非石楠同志冒犯了什么人,而是作品的主人公、客死异国的画家张玉良(潘玉良),根据某种局外人难以理解的"原则"划分,不属于×××派,而属于×××派的缘故。太奇怪了!这种无聊透顶的门户之争,不但可以无视大量客观存在的事实,竟能祸延文学,以至它自认有权对一部文学传记做出裁判!

同样无法接受的是,本来完全可以采取超脱态度的一位编辑也参加进来嘲笑石楠同志没有去过巴黎而居然胆敢描绘巴黎。(可又举不出一个"错误"的例证)这样的指斥有道理吗?我看不见得。否则,照此例推,茅盾写《子夜》势必首先取得,然后又背叛资本家的阶级出身,曹禺写《日出》,也应当至少当一次嫖客甚或索性变作妓女,姚雪垠写《李自成》,干脆只好设法进入"黑洞",亲眼看一看被吸收、储存在那儿的明末清初景象。诚然,在巴黎生活过的人写巴黎,会写得更逼真,更细腻,更带感情,但如果实在去不了,而又非涉及不可,为什么一定不允许借助于间接的知识呢?难道文学作品中这样的事例还少吗?怎么去解释历史小说,国际政治小说,战争小说,以及像叶赛宁这样的大诗人写的那些以他从未去过的波斯为背景的优美的抒情诗篇呢?这种似是而非的议论,只能是出于对"生活为创作之本"这一真理的误解,舍此而外,无由解释。不久前,偶然在报纸上读到石楠同志的一篇散文:《砍柴篇》。其中的一节,叙述了她目前面临的惶惑与苦恼,我愿摘抄如下:

和攀登柴山一样,我仰慕文山上火红的杜鹃,圣洁的玉兰,芬芳永驻的夏芯春兰,苍劲的松柏,英雄的木棉。早就有人屹立在山巅了,还有许多人刚刚到达和正在向山顶攀爬。他们从各自的角度开拓出一条通向山顶之路,在百花中采撷到理想的一枝。而我却焦急、痛苦,我不能开凿出一眼水位不断升高的泉眼。每每完篇,搁下笔就感到遗憾。我远眺文学山巅,云蒸霞蔚,百花争艳,几乎和蓝天白云融为一体了。廓不清外轮,更加显示出它的无边无垠、博大神秘。我自感笔拙困惑,还能捧出有光彩的花束献给读者吗?我徘徊在痛苦中。

这一段告白,联系起这两部中篇小说的读后感,使我颇有触动;我产生了一些想法,不知道是对与不对,写出来提请作者参考。

按照现有的一般出版水平,这里收入的两部中篇小说,都是可读的。人物形象多数生动,故事情节大致合理,所蕴含的社会意义也达到了一定的深度,同时,文字是秀丽、流畅的。这些,都是优点。然而,在带有根本性质的一点上,却使我感到遗憾:作家没有超出自己以往的成就,取得新的突破,甚至还显得气力不济,后劲不足。这是什么缘故?想来想去,我以为,问题恐怕出在作家对自己缺乏明智而准确的认识上。上面引用的石楠同志的自白中,关于"道路"的说法,无疑是正确的,然而,关于"泉眼"的说法,就需要斟酌了。如果石楠同志能够正视现实,切实把握住自己的个人气质、艺术素养、工作环境、生活条件等方面有别于他人的特点,扬长避短,也许倒能找到一个真正属于自己的"泉眼",而不至于临渊羡鱼。依我的观察,石楠同志是一位内向的、娴静的、刻苦的女性,基本上属于"东方型",传统的东西比较多;目前,所处的岗位又相对稳定,正便于进行研究性的劳动。在石楠同志身上,人们的确很难发现那种才女式的光华夺目、锋芒毕露的瑰宝,但却肯定能感觉到自甘淡泊而又孜孜不倦的学者风范。后者和前者一样,应当被当作一宗财富,加以开发利用。鉴于石楠同志更像一位考古工作者,长于在大的框架结构中作细致入微的修复填补,相对而言,比较不擅长由一点生发开去的神骛八极,思骋四荒,我建议,石楠同志还是以文学传记的写作为主攻方向,兼顾其他。当然,即使这样,石楠同志也应该拿出一定的时间来,开阔眼界,更新知识(多跑一些地方,多接触一些人,多读一些书,而且不限于文学著作),如此方能写得轻松,写得自然,写得游刃有余。我历来认为,即令才华最为出众的多面手,也绝不能在一切领域都获得信马由缰的自由。谁都有客观局限性。因此,谁都不会拥有"一眼水位不断升高的泉眼";我们看见它的"水位不断升高",只不过是看见了表面,看见了结果,我们其实应该用心揣摩那位作家究竟付出了多少艰苦的努力,那位作家是怎样反复选择最适宜于自己生存、活动的天地,这才是纵深,这才是事情的关键和奥秘。此外,对作品再提一点具体的希望:千万不要刻意雕琢。石楠同志是不是再咀嚼几遍大家的范本,中国的例如鲁迅,外国的例如契诃夫。真正的不朽的美是朴实,同时,人物的语言必须是性格化的语言,从这个人物嘴里说出来的话,就不应该在另一个人物那儿听到。当今某些流行作家(包括女作家)的某些流行作品,有一个经不起时间筛选的弱点,那就是,不同的人物说着相同的学生腔、干部腔,甚至"作家腔",这是不幸的。在一定程度上,石楠同志也受到了它的消极影响,似应及时引起警惕。

走自己的路,这就是我对石楠同志的唯一赠言。

1985年6月12日　泾川山庄

非榜样化

——《空地》的启示①

关于《空地》,我只谈两点感想。

第一,文学是人学。然而,长时期以来,我们的文学不是人学,而是神学,或者是阶级学。政治上的造神运动,反映到文学领域中来,便成了"高大全"——小范围,低层次的"神"。同时不能忽略,"高大全"又是十七年间不遗余力提倡"一个阶级,一个典型"的机械唯物论与庸俗社会学杂交的必然产儿。把人物简单化地区分为正面和反面的两大类,已经成了我们悲剧性的理论恶习;所谓正面人物,就是"好人"的总代表,时代精神的化身,革命的典型,而所谓反面人物则是万恶之源。现今已经到了和这种理论恶习告别的年代了,如果还不狠下决心同之分手,我以为,我们的文学是不会有希望的。

令人高兴的是,新时期的文学,出现了一大批崭新的作家和作品,这些作家和这些作品,归结到一点,就是:与"完美无缺"和"阶级性的形象化"之类的"理论"彻底决裂,就是人的觉醒。因此,作为对"过去"的一种惩罚,作为对"未来"的一种探求,非榜样化,就必然成为一股不可抵挡的潮流。陈小初同志的《空地》,又给这股潮流增添了新的推动力。正是出于这种考虑,我赞赏《空地》;我想,它的成功正在于没有提供任何一个值得号召众人仿效的榜样。我佩服作者的胆识。陈小初同志写了一系列活跃于大变革中的有血有肉的普通人,一方面既可能向好的方向发展,一方面又各自都有潜在危机的人。包括董开关这样的主人公在内,绝不是什么"当代英雄",更不是什么

---

① 这篇文章是1985年7月2日在一次座谈会上的发言记录稿。

"改革家"。作者根本没有做过哪怕半点足以引起这一推论的暗示。作者只是如实地写人,人的复杂性,人的矛盾,人的灵魂中新旧冲突的痛苦,以及战胜痛苦的努力与选择,而且写得很扎实,很有分寸感,很有说服力。仅仅就这一点来说,不但对陈小初同志本人是一大突破,也是对我们安徽的文学创作的一大突破。

第二,鲁迅先生当年痛切呼吁过的国民性改造问题,至今依旧是一个摆在人们面前的关键问题。也许作者并不曾意识到,但是,我觉得,从客观效果上加以考察,《空地》再一次地提出了这个严肃而重大的问题,并且表明了它的紧迫性:中国的国民性若不认真改造,中国的社会改革迟早将会失败,至少,不可能取得全面的胜利。

许多有识之士,早已大声疾呼:四个现代化的真正实现,必须以思想意识的现代化为保证条件。所以,实际上我们追求的是五个现代化。我们报纸、广播一再强调的"两个文明一齐抓",据我的理解,当是含有以社会主义精神文明建设来促进和保障社会主义物质文明建设的良好意愿。不过,令人不安的是,我们对社会主义精神文明的某些解释,恐怕还需要斟酌。弄得不好,是不是会反而产生两者相互抵消的消极后果呢?不是完全没有可能的,比如,道德继承问题,就大有进行科学剖析、鉴别的必要。到底道德是抽象的东西还是具体的东西?如果可以继承,又应该继承哪些合理的部分?变革时期,一切都在变,道德自然不能例外。硬说一成不变,是违反客观事实和历史要求,因而也是违反人民利益的。

遗憾的是,我们有少数作家,在变革的阵痛中,竟调转脸去寻求古代田园牧歌式的(它从来也不曾充分实现过)慰藉,并且把它变作新的说教。这实在是一种可悲的惶惑与迷误。

《空地》有关两种道德标准的价值比较,能帮助读者清醒头脑,去掉因袭和偏见,因而,它对不断强化对落后的国民性的批判,也是有益的。显而易见,作品是有倾向性的,而这种倾向性是与时代的方向吻合一致的,理当予以充分肯定。

答《山西文艺界》记者问

问：是什么力量推动你走上了文学道路？你的奠基作问世于何时？当时你多大年纪？

答：对受苦受难者的爱，对反人性势力的恨，使我选择了文学的武器，我曾经以为，千千万万人将会因此而得到安慰、支持和保护，而那肆无忌惮的一小撮也许能至有所收敛。然而，生活并不如此简单。

我不知道，什么作品算是所谓的奠基作。如果以公开发表为基线，那么，我的一封给日本儿童的信排成铅字印出来，是在11岁，第一次在报刊出诗歌作品是在13岁。然而，显然这些不应该被看成奠基作，因为当时我还不过是一个毛孩子。因此我想，恐怕还是应该根据思想的觉悟和成熟程度来考虑。那么，散文诗组《夜梦抄》大概稍微能沾一点边儿。《夜梦抄》写于1947年，连载在江西省南昌市的《中国新报》上。它已经被收入《黎明前散文丛书》中。但鉴于目前出版界的可悲状况，能不能付印？何时见书？还是一个问题。与此同时，我的第一篇论文《艾青及其诗作》，以及我的第一篇短篇小说（假如把中学时代我的几篇习作排除在外的话）都是在19岁那一年写的。19岁对我是一个不能忘记的年头，美好的年头是我的"永远的19岁"。

问：你的创作时间一般是怎样安排的？请以一天的作息时间说明。

答：我有近二十年时间被剥夺了写作的权利。在剩下的可以握笔的岁月，我是属于"全天候"类型的。除了熟睡，脑子里总在想着一点什么。特别是写诗的人有一个折磨自己也折磨别人的恶习，那就是甚至夜半梦回，也得跳起来,点着灯,匆匆忙忙记下一鳞半爪的构思、一朵稍纵即逝的火花。因为往往事后会忘个精光,或者再也恢复不了那种逼真的清晰的图像。而且,当它一旦离去,便是永别,绝不会重逢的。

然而,情况发生了不小的变化,1980年我患了一场大病——脑血栓,1984年9月,我的右眼又突然失明。这不但使自己的健康受到了极大的损害,而且还决定性地影响了创作生活的进程和秩序。读和写,都不能不大大地控制着,否则,就是彻底"玩儿完"。我现在完全停止了和各地读者朋友的书信来往,也不再给他们的稿件提意见了,这是一件于心不安而又无可奈何的事,希望得到大家的原谅。看来,如今倒真的可以开列一张作息时间表了:上午,写作,最多一两千字,少则三五百字;下午,读书;晚上,听听音乐,或者什么也不干。电视我一般是不看的,"世界各地""动物世界""体育之窗"等专栏节目,不在此例。我感谢广播电视部的明智,没有把收看电视规定为国民的政治任务。至于读报,对我而言,从来就是休息方式之一。遗憾的是如今"一分钟"日报太多太多了,当然,这张作息表也并非"铁的纪律",第一,我担任了安徽文学院院长,有一定的行政工作;其次,还有若干推卸不掉的社会活动。这两方面的事务大抵都是以开会或者陪人开会的形式来体现的。我深感开会之于燃烧和熄灭现代中国人革命热情的伟大功能。此外,我把家务劳动,比如洗衣服之类也当作了休息,这是一种愉快的自我调整。

问:现在,理论研究、小说创作开始采用新方法,诗歌的状况如何?你对诗歌创作采用新方法的看法如何?

答:我注意到了理论研究、小说创作领域中的种种变化。其实,诗歌也一样,只是幅度不同,深度不同罢了。比如"朦胧诗"队伍中的多数诗人,就做过相当认真的努力,现在的大学生诗歌,也在审美意识上开始了新的探索,这是令人高兴的。我以为,倘若希望新诗的"新"永葆青春,就必须采取积极引进,大胆试验的态度,正如我们在继承遗产方面,必须采取积极学习,大胆改造的态度一样。我以为,这种横向的移植和纵向的萌发会产生永恒的活力。在它们的交叉点上,往往出现激烈的撞击。我们应当保持热情和宽容,要允许失败,允许"过火"。我认为,新诗的发展轨迹,从宏观的角度看,是直的,然而从微观的角度看,却是一系列的曲曲折折。

我希望有更多的青年诗人,青年诗评家投身于这一变革的潮流。必须强调的是,现实主义诗歌流派,无疑也面临着变革的挑战,变革是新诗的历史大趋势,是整个新文学的历史大趋势。

问:请以《上海夜歌》为例,谈谈一首诗的生产流程。

答:《上海夜歌》写于1956年,那正是我们国家蓬勃向上的时刻。因此,时代背景就决定了诗的基调:欢乐、明朗、精力充沛和信心十足。就我个人的特殊经历而言,还有一个不可忽视的因素,那就是,1948年初,我被迫逃亡,在正式参加地下全国学联宣传部的工作之前,一度到过上海。那是国民党统治下的上海。旧上海给我留下了十分痛苦的印象。旧上海和新上海之间有着强烈的反差,这一反差又极大地诗化了我的激动。

在人民的上海,我可以自由地走来走去了,我把自己的目光由远及近地抚摸这座伟大的、亲爱的城市,仿佛她是我的一宗财富,我的"百宝箱"。我想,这就是主人翁的感觉。

同时,我也对作为大工业城市的上海,抱有真诚的祈望,我愿意看到她在社会主义建设中发挥越来越大的作用,相应地,我也愿意调整我(作为诗人的我)与上海的关系。从某种意义上讲,实际上也是诗歌与城市,诗歌与产业文明的关系。

《上海夜歌》一共有两首,"之一"抒发的是前一种感情,"之二"抒发的是后一种感情。我选择了两种物象作为诗的萌发点和落脚点,这两种物象都是象征性的,一种是有代表性的海关钟楼,另一种是有代表性的汽笛和烟囱。诗写得相当顺利,都是一夜之间一气呵成的。所以,情绪是流畅的,体现出来的构思似乎也比较完整。

至于艺术手法的使用,写的那一刻的确不曾刻意追求过和明确意识到。有的同志认为我采用了电影的蒙太奇:远景——中景——近景——特写——心理活动与外部世界的交叉叠印镜头。那纯粹是一种偶合。我不能假装把这首诗的事后的艺术效应说成是自己事先就一清二楚的主观处理。

《上海夜歌》是我自己比较满意的作品。但是我还写过一些不成功的作品。不成功的作品必然有它不成功的流程。因此,仅仅拿《上海夜歌》作为例证谈一首诗的创作(生产)流程,是不妥当的。

顺便说一句,过了二十六年,我又写了一首长诗《大上海》,这是我对以往的一种匡正。我的冀求是:弥补我青年时代因单纯和天真而造成的片面性。从这个意义上讲,我对《上海夜歌》又是并不满意的。

问:读者审美观念发展趋势如何?将会如何?

答:读者是一个群的概念,有各种类型的各种层次的读者群。因此,呈现在我们面前的审美观念的差异的确有一种多元化的趋向,这是社会开放的必然结果。

我不想隐瞒自己的内心活动,对于当今某些由于商品化带来的庸俗化的倾向,我的确是忧虑的。

但是,我相信,也许更确切的说法是,我盼望将来能得到提高,大普及基础上的大提高。我认为,现行政策中的确存在着某些不利于社会主义文化健康、繁荣发展的消极成分。但愿这些消极成分在我们社会机制的自我调节中尽早得到克服。

问:你最喜爱的几本书是什么?你喜欢跳舞与交友吗?

答:我请求把这个问题的第一部分改为:"你最喜欢的几位诗人、作家是谁?"因为,我觉得很难用几本书来说明这个既是感情的又是理智的选择,而且,它很容易给别人形成"框框"的顺感觉,或者逆感觉。

在中国古代诗人当中,我更喜欢杜甫、李白和苏轼、辛稼轩。在外国诗人当中,我更喜欢普希金、裴多菲、雪莱和洛尔迦。似乎还应该补充一批超越诗歌疆土的名单,例如,雨果、屠格涅夫、杰克·伦敦、鲁迅……

至于跳舞,很遗憾,我已丧失了跳舞的资格(年龄的、心境的、健康的)。但是我绝不反对跳舞,包括迪斯科。我为什么在理当跳舞的青春年华竟与这种高尚的有益身心的娱乐和运动拉开了无法弥合的距离呢?我打算在自传中详细说明——如果有机会写自传的话。总之,那是一种时代的悲哀综合征。

我真正意义上的朋友不多,泛泛之交却不少。谈得来的,三言两语便成莫逆;谈不来的,终生相处也彼此看不见心。这大概是我的一大缺陷。然而,我又特别轻信,吃了"朋友"的苦头,基本上并不记恨,虽则感慨系之。这自然是儒家文化在我心灵中积淀的反映。

问:有人说,中国没有荷马式的史诗,因此要补填这个空白,你有什么看法?

答:我的理解是,所谓荷马式的史诗是指那种沟通神的世界与人的世界的精神桥梁,如果我的理解不错的话,那么,我们中国古代大概是有过这类史诗的,具体地说,楚文化系统最有条件诞生这样的作品,这是从屈原的诗篇中不难窥测到的。但是,毕竟没有留下中国的荷马。我猜想,可能是在什么特殊的难以战胜的变异中,这样的口头文学中断了,湮没了,失传了。这诚然是一大遗憾。至于在20世纪80年代的今天,到底有没有必要去填补空白?我的回答是:创作纯粹的荷马史诗,没有可能,因为,条件变化了;创造荷马式的史诗,则也许是可能的,却未必是必需的。我们的精力有限,还有许许多多的工作等待着我们去做。有人或许会引用我自己的话来反驳我:你不是呼唤过歌唱黄河的史诗,歌唱长江的史诗和描述"文化大革命"的史诗吗?是的,我呼唤过,但那是一般意义上的史诗,不是荷马式的史诗。一定要说是荷马式的,也仅仅指的是场景(空间)和跨度(时间)的壮阔而已。

问:现在有一种新观点,认为诗与数学的结合是文明的极地,是新诗发展的大趋势。能谈谈你的意见吗?

答:这个题目对我难度太大,我还来不及想清楚。没有想清楚的问题是说不清楚的。我将努力学习,以求得真正的把握。

问:山西人民、山西诗人对你怀有特殊的感情,你有什么话要捎吗?

答:我对山西人民、山西诗人同样怀有特殊的感情。我衷心祝愿,经过改革,经过小康境界的达到和跨越,山西的两千五百万人民今后不再把"劳动"唤作"受苦",而山西诗人,特别是青年诗人,将会捧出他们记录"受苦"这一名词从诞生到流布,又从流布到消亡的全过程。这倒真是史诗。

1985 年 7 月 11 日　屯溪

读《镜子》
——对一位作者处女作的评点

这是一篇道德题材的短篇小说。"镜子"照见的不仅仅是肉体,而且——更主要的——是照见了灵魂。因此,单从题目就可以看出作者的深长寓意。

我认为,这一寓意是积极的,是服务于建设社会主义精神文明的大目标的,应当予以充分肯定。

故事发生在一场森林火灾之后,发生在两男一女与大队离散,寻找归路的途中。两个小伙子同时萌发了对那位美丽姑娘的爱情……

古老的"三角"!

这些"规定情景"的确再简单不过了。能翻新吗?然而,我们却清清楚楚地记得,曾经有过多少次,我们欣赏了大师们在非常逼仄的舞台上做出的精彩演出!

当然不能要求王福生同志首次登台就达到大师们的水平。

可是,就作品论作品,总还是应该悬起一条准绳来的。

若按这一准绳加以检验,我想说,眼下这篇小说的人物形象比较单薄,内心刻画比较浮面,体现作者的构思的(哪怕是一个局部)也缺乏鲜明的个性色彩。

具体说——仅以渡河求救的场面为例——朝鲁的满腔烈焰不够白热化,爆发的方式似乎还可以重新琢磨;蓝莉太被动了,几乎像一位只是坐等骑士保护的贵族小姐,在失掉平静之后,主观世界的含蓄性与复杂性展示不足;至于"我"(林平)更过分单线条,欠细腻。总之,这一至关紧要的关键,笔墨一般化,实在可惜。

话又说回来,对一位初出茅庐的文学青年说来,能达到现在的境界,毕竟是令人高兴的。

我希望,作者继续锻炼钻进人物心里去的特殊本领,写得深些,更深些。深则见厚,深则见锐,深则见容积;何况,这对读者也是一种尊重,提供他们以驰骋想象的天地,提供他们以咀嚼回味的机会。

1985 年 8 月　合肥

答《诗原》编辑部问

公刘同志：

您是我们所尊崇的诗人。值此《诗原》报问世之际，您能于百忙之中，拨冗回答下述问题，以启发我们的学员吗？

一、姓名。年龄。从事诗歌创作的年限。

二、少年时，对您影响最大的人。

三、您读的第一本诗集？您最喜欢的诗人？您最喜欢的诗？

四、您是在什么情况下，写出第一首诗的？能详细谈淡您发表的第一首诗吗？

五、您历尽坎坷，多次死里逃生。您认为这对一位诗人的成长有何意义？

六、有人说："现代诗中应有铁。"我感到您的诗中，常常熔铁墨于一炉，凸现出诗人的铮铮铁骨。请您谈谈，诗人，尤其是今天的青年人，怎样才能做到如您所谈的"有头脑、有骨头、有灵气"？

七、您崇尚的人生格言是什么？

深致谢意

顺颂

身笔两健

《诗原》编辑部
1985 年 8 月于哈尔滨

一、公刘是我的笔名。我的本名是刘耿直。迄今"诗龄"已逾四十年,然而,倘若从第一首习作算起,那就更长了。

二、想不起来,有哪一个活着的人对我的自我铸造施加过"最大的"影响——我的心向往着的楷模都在书本中,他们或者是英烈,或者是作家虚构的人物。

三、我读到的第一本诗集是胡适的《尝试集》。

我最喜欢的诗人是,不,应当说成我最崇敬的是闻一多,他的觉醒最真实,他的转变最坚决,他的完成最彻底。我早年最喜欢的诗是《大堰河,我的保姆》(艾青)。至于后来,则似乎还不曾发现最令人倾心折腰的篇什——这自然是指同时代人而言,既不包括古人,也不包括洋人。

四、我的第一首诗——假如能够妄称之为诗的话——写于13岁。那是一篇悼亡之作,发表在江西赣州的一家地方报纸上,处理它的编辑名叫洛汀,现任云南省昆明市文联主席。至于报纸,恐怕是找不到了。

悼念死者,"恻恻已矣",要动真情。真挚,特别是孩子式的纯洁无瑕的真挚,大概是这首诗得以入选的唯一原因。我所悼念的对象是一位"大哥哥",是当时的流亡学生,抗日爱国的热血青年,河北人,名叫张明。我是在赣州的一个抗战歌咏班上认识他的。他忠实、热情、正直、多才多艺,是一支救亡宣传队的队长。他像关心自己的小弟弟那样关心着我的成长。直到今天,我还能历历在目地忆起他的音容笑貌。他死于肺结核,这种病,如今不算什么了,但在当时,却是绝症。

我一直能在努力搜寻这篇旧作,而且,不论它多么幼稚,粗拙,丑陋,我也"不悔少作"一旦出现奇迹,竟能"发掘"出来,我将毫不脸红地予以公布。

五、我觉得,坎坷是人生大学,灾难和痛苦是诗人的必修课。一个写诗的人,太顺利,太得意,未必是一件好事。万一赶上了面对死神的厄运,那也是一种难得的考验。这里面的确存在着极大的偶然性,否则,就说不上什么"死里逃生"了。我想,这固然是不必都亲身体验一番的什么壮举,更用不着故意去制造危险,但是,问题的关键在于,万一和死神狭路相逢,你必须坚强,你得尽一切可能去战胜之,而不是举手投降,无所作为。

今天的青年同志,总的看来,是幸运的,我羡慕,但我绝不嫉妒。不过,我也有三句话要对他们讲,第一句话是,幸运并非自天而降。他们的前辈是为他们预支了血的代价的,因此,即使仅仅考虑到这一点,也要尊重上一代,要有团结的愿望,要和他们的父兄一道,全力填平所谓的代沟。第二句话是,因此,要特别珍惜这来之不易的"今天",要特别珍惜自己的大好年华,千万不要做亲者痛、仇者快的蠢事。最后一句话是,要主观上迫使自己过得不舒服一点,太舒服了,往往会消磨斗志,并且会钝化自己的良知,以至忘记了世上还有许许多多活得不舒服的人和许许多多令人不舒服的坏事。

而这些,据我的理解,正是一个真正的诗人必须具备的素质和觉悟。

六、我还做得很差。我很惭愧,我总是由于感到自己的无能而着急。然而我愿意继续奉献。对于这个问题的后半部分,对不起,我答复不好。它的确不是三言两语讲得清的,因为它既有主观的因素在,又有客观的因素在。我只能说,坐而论道是不行的,应该在实践中检验一切。

七、心底无私天地宽。

1985年9月5日写于合肥

《裂缝》跋

感谢北岳文艺出版社,是他们提供了条件,将我仅有的三篇报告文学作品(《还乡记》只能算作附录的散文),收入"百叶丛书",使之得以通过结集的形式,再一次与读者见面。

我是喜欢读报告文学的,尽管我自己写不好。

我以为,构成一篇优秀的报告文学作品的基本因素有三个。一个是逻辑力量,即所谓报告,也就是客观事实;另一个是形象力量,即所谓文学,似乎也可以简称之为文采;这都是可以看得见的。还有一个,就藏得很深了,只能用心去感觉。它比上述二者更重要,我把它叫作作家的人格力量。

在当今的中国,我最钦佩的报告文学作家只有一位——刘宾雁。因为他的笔同时受着这三种力量的驱策,特别是受着异常强大的人格力量的驱策。

毋庸讳言,近年来,有一股歪风席卷了整个的文学领域(首先是文学出版部门),那就是向钱看。报告文学也不例外。"重赏之下,必有勇夫"的古训再一次显示了它的号召力,促成了报告文学的部分堕落与创作队伍的严重不纯。

此外,当然也存在着被"报告"者为了追求更大的个人利益而制造的丑闻。不过,这是一种相当特殊的例外情况,目前,还不宜说破。

所幸,我的健康条件不允许再从事这种除了耗费大量脑力,还需要支付大量体力的尝试。这也许是"因祸得福"吧。我可以仅仅当一名读者了,虽然我怀抱着与正直的报告文学作家休戚与共的炽烈感情。

我真诚而热切地盼望,盼望我们的报告文学事业更加健康,更加繁荣，盼望再出现一个乃至多个刘宾雁。革命需要刘宾雁，人民需要刘宾雁。

1985年9月8日　合肥

《重放的鲜花》增订版序

上海文艺出版社决定重印《重放的鲜花》,说明了一个事实:我们生活在春天里,春天令人高兴。

编者嘱我写一篇序,却又不免感慨万千。

我想,总的说来,十一届三中全会以后,空气的确变得干净多了。在这种比较适合于呼吸的氛围中,人们的大脑能够进行正常的运转了。

这,就是幸福。

但是,我总是感觉到有什么东西在觊觎着来之不易的幸福。我仍然无法彻底摆脱"昨天"的阴影。

我认为,"今天"是从大病初愈的"昨天"的子宫里分娩出生的,因此,她是一个先天不足的婴儿——虽则是我们大家的宁馨儿。

要使她真正而又迅速地健康起来和强壮起来,是全民族的任务,首先是一切正直的作家的任务。

然而,十分遗憾,好比挑担走路,作家们的担子本来已经够沉的了,偏偏途中还不断出现各种各样的阻碍、干扰和险情,毒藤、顽石、霜雪和泥泞,乃至陷阱……恐怕我们只好就这样颠颠踬踬,弯弯绕绕,喘喘咻咻地跋涉向前了。

希望不远处有一个风和日丽的"明天",一个比现在这个春天更完美的春天。

请允许我,轻抚琴弦,为上边的低调再添几分悲壮的音色。

我们曾经被扼杀——

活埋在中国地下；
谎言用蹄子践踏，
着实比石头更可怕。

割开自己的脉管吧，
谛听那赤泉哗哗；
而偷蘸别人鲜血的，
不过染红了纸花。

多少寒冬！多少苦夏！
痛楚在历史的手掌中融化；
古莲子又复活了，
冰山却轰然崩塌！

1985年9月15日　合肥

与青年诗人黄埔生的对话

您已经走过了漫长的人生道路,作为一个诗人,也经历了许多坎坷。您认为是幸福把您塑造成了诗人,还是痛苦把您塑造成了诗人呢?

最近,在安徽屯溪美学新思潮、新方法讨论会上,我曾做过一个发言,题目就是《诗歌与痛苦》。关于文学的起源,曾有过劳动起源说与宗教起源说,不过,我觉得,无论是宗教起源说还是劳动起源说都不能很深刻、很全面地解释诗歌的起源。宗教是人们无法摆脱现实痛苦的一种愚昧的寄托,而实事求是地讲,劳动也是痛苦的。北方的农民把自己称为"受苦人",也并不是毫无道理的,这是他们对劳动的根本的总结。当然,马克思曾预见,到了共产主义社会,劳动将成为人的第一需要,但那却是指遥远的未来。在生活中甚至可以说恋爱也是痛苦的,痛苦地希望、痛苦地期待。生活中所有的欢乐都是痛苦换来的。所以,我认为正是痛苦和痛苦的追求创造了文学,也创造了诗人。

我十分喜欢您的诗集《仙人掌》中一首叫《皱纹》的诗,并且很想知道关于这首诗的一些情况。

这首诗虽然很短小,但它却是我一生的总结。简单地说,就是在生活中我的失望太多了,几乎把我的一生都要耗尽了,但我仍然不放弃希望,绝不放弃。

我们国家倡导的是革命现实主义和革命浪漫主义相结合的创作方法。您新中国成立后一直活跃在新中国文坛上(当然其间有一段漫长而令人心酸

的空白),您走着一条什么样的创作道路?

我是坚持现实主义的,同时我努力学习浪漫主义。不过,有些人标榜的所谓现实主义却是一块掩饰他们僵化、陈腐思想的遮羞布。现实主义最突出的标志是作家对人民、对时代、对社会的责任感,这是它的核心。如果没有这一点,他们的作品与人民休戚无关,与时代的进步无关,就只能是对现实主义名声的败坏。

记得您在诗歌报《答新诗五十问》中曾谈到诗歌的内在节奏问题,您能否详细地谈谈这个问题呢?

诗,除了它的外部形态(包括分节、建行、断句等等)以外,还有一种内在的东西,不是用听觉来感受,而是必须用心灵去体验、去捕捉的东西。我们就称它为"天籁"吧。就好比自然界中的风声、雨声、雷声、潮声,这每一种声音又都是多种多样的,能唤起人们不同的感受与情绪。诗歌由于不同的节奏、不同的韵律,也可以给读者的心灵以不同的感受。不要一说到诗,就只是一种。我的主要意思是:诗歌,除了它能在听觉上给人琅琅有韵,悦耳动听的音乐感之外,更重要的是能凭借它的内在节奏唤起人们心灵的共鸣。就像人们无论听到闷雷、炸雷、还是隐雷之后,都会毫不迟疑地说这就是雷那样,不管诗歌的外部形态如何,都必须让人们感到,这就是诗。

当前,诗歌刊物、报纸不断涌现,同时又有不少关于"诗歌危机""诗歌没有读者"的议论。出版社出诗集又常常亏本,您是如何看待这问题的?

有四个字,叫惨淡经营。当然,在这种情况下,花城出版社、四川人民出版社、湖南人民出版社,还有其他一些出版社,仍在坚持新诗集的出版工作,这是很值得钦佩的。我觉得最重要的是诗人,诗歌作者一定要坚持质量第一,拿出高质量的作品给读者,千万不要用自己的手毁灭了新诗。再就是不要被各种议论所迷惑、所动摇。要很坚定、很乐观、很勤奋地工作。脚踏实地地面对逆境,还是可以有所作为的。也许,这种低调的形势还会持续一段时间,甚至比现在还更惨。怎么办?丧失信心,丧失斗志吗?那是软弱、懦夫的表现。如果我们把诗歌的事业当成使命、责任,就不应丧失信心,也不会为这些议论所左右了。

您认为"现代主义"诗歌中有无可以借鉴的东西?它和现实主义有冲突吗?

我认为应该欢迎和鼓励各种文学流派的存在与竞赛,而且我尊重别人像我热爱现实主义一样热爱现代主义,去探索、去保护他们的现代主义创造。但是有些所谓的现代主义诗歌,几乎成了纯粹的文字游戏,有点戏弄读者的味道。真正的现代主义,应该是能够让人读懂的。我自己略懂一点英文,也接触过一些搞外文翻译的同志。西方的现代派作品,如果读原著,一般还是可以读懂的。如桑德堡的《雾》,把雾比作猫,构思很巧妙,也很有特色。我读懂了。如果说越读不懂,才说明你的作品水平越高,那是欺人之谈。

我觉得,各种流派都应该互相借鉴、互相促进、共同发展,而不应该、也不可能要求一统天下,定于一尊。真正的现实主义是不排斥他人的,真正有出息的作家、诗人,应该博采广取的。

您才谈到了懂与不懂的问题,那么,能不能说,读不懂的诗就一定不是好诗?

哦,如果这样划分好诗与坏诗的界线,那就有点绝对化了,不能笼统地说,读不懂的诗一定不是好诗。因为这与作者、读者的文学修养、生活经历等各种因素都有关系。但是,真正的好诗,经过读者慢慢地品味和体验,总是能给人以一定的审美感受的。

诗歌发表以后,它就成了社会存在,不同的读者会做各种各样的理解。就像我们欣赏一件雕塑作品那样,不同的角度、不同的方向、不同的光线,可以给观赏者造成不同的感受,甚至形成不同的理解层次。如果你的作品能够触发读者的联想越多,能够让读者补充进去更多的(有时甚至是作者并未明确意识到的)东西,那恰恰是诗歌优秀的标志。

有人把诗歌作品分为抒发时代感情与抒发个人感情的,我觉得这种划分本身就是不科学的。我们每一个人都是某一特定时代的人,他的一切思想感情都会打上时代的烙印,您认为这个观点能够成立么?

我也不承认可以把时代和个人分开。外国文学作品中,笛福的《鲁滨逊漂流记》的主人公鲁滨逊无疑是一个有个性的人物了,但他正是资产阶级处在上升时期的那个时代精神的代表;中国的陶渊明过着隐居生活,可他的"淡泊"也是时代的特殊胎儿,同样折射着他生活在那个特定时代的心态。

其实,追求纯粹的个人感情是徒劳的,是永远也无法实现的。依我看,提倡"个人抒情",就是提倡绝对自我的一种变形。当然,人们经过否定人的价值、人的尊严的十年动乱,当人们抚摸着深重的心灵创伤时,它曾经是一种对历史的反拨,有它的必要性与合理性,然而,如果由此而认定个人可以脱离社会而独立存在,那简直是一种虚妄。

您写没写过散文诗?您对这种文学品保持什么看法?它是属于散文还是属于诗,还是可以独立存在呢?

我在40年代的时候,曾写过一个时期的散文诗,其中的一部分,以《夜梦抄》为书名,收入了《黎明前散文诗丛》。新中国成立前,散文诗的题材范围还是较广泛的。鲁迅先生的《野草》为我们提供了光辉的范例。我看散文诗究竟属于散文还是属于诗,还是自成文学品种都不甚重要,重要的是不要局限于风、花、雪、月,要让散文诗跳动着人民和时代的脉搏。

听说您正在写作一部系列小说《昨天的土地》,您能在这里谈谈有关这

部作品的写作情况吗？

我之所以思考农民的命运，是因为我有一段生活是和山西农民紧密联系在一起的。他们曾保护了我，他们也教育了我。同时我也深深感到，在新中国三十多年的历史中，农民付出的和他们得到的太不相称了，所以我要替他们说话，我感到这是自己义不容辞的责任。

这部系列小说已经在《收获》上发出了五个独立的短篇。根据现有的设想，一共有十几个相对独立的中短篇，当然它们是有内在联系的。

那些曾和我生活在一起的农民至今仍然是面朝黄土背朝天，整日在田间辛勤劳作。正是他们养育了我们的祖国。我们的党也是从农村起家的，是千千万万的农民用自己的乳汁喂养了革命，喂养了我们的干部和军队。忘记了他们就是忘记了自己的爹娘。虽然农民是有其局限性的，但是，从总体上讲，农民还是值得我们作家去歌颂的。我不愿做人民的不肖子孙，所以我要写他们。

1985 年 10 月 1 日　深圳

答中央人民广播电台文艺部问

1. 请谈谈您的生平。

我是1927年出生的,今年58岁;江西南昌人;中共正式党员;现任安徽文学院(不是教育机构,而是专业作家团体)院长。40年代后半叶,我投身于要求民主,反对独裁;要求团结,反对内战;要求独立,反对卖国的学生运动洪流中,1948年正式进入处于地下状态的全国学联,编过机关刊《中国学生》,公开职业是《文汇报》的编辑;1949年参军,在部队一直待到将我错划为右派分子。然后便去山西从事各种劳动,如此长达二十一年。1979年的元旦,是我调到安徽工作的第一天。

2. 请对您自己的诗歌创作活动,做一简单介绍。

少年时代,我就和文学结下了不解之缘。虽然我的涉猎面一直较宽,但人们却只称我为诗人。如上所述,我曾经丧失了一段宝贵的能出成果的最佳年龄,这,也许可以算作我何以歉收和低产的一个解释。1957年以前,我只出版过诗集《边地短歌》《神圣的岗位》《黎明的城》《在北方》,长诗《望夫云》,短篇小说集《国境一条街》,还与黄铁、杨知勇、刘绮同志一道整理过撒尼人的口头文学——叙事长诗《阿诗玛》,不久又独立完成了同名的电影文学剧本,另外,和林予同志合作了另一个电影文学剧本《望夫云》。由于政治原因,这两部电影都没能拍摄。必须提到,我也是民歌和民间故事的爱好者和搜集者。粉碎"四人帮"以来,我出书较多,计有长诗《尹灵芝》,诗集《白花·红花》《仙人掌》《离离原上草》《母亲——长江》《骆驼》《大上海》《南船北马》,评论集《诗路跋涉》《诗与诚实》《乱弹诗弦》《谁是 21 世纪的大师?》,散文集《酒的怀念》,报告文学集《裂缝》等,绝大部分均已售罄,少数几本尚在印刷中。这期间,先后由于《沉思》《酒的怀念》《新的课题》《从古潜山到萨尔图》以及诗集《仙人掌》而连续获奖。不过,我还并没有写出自己最满意的东西来。

3. 对当今诗坛您有何看法?您自己有何打算?

诗坛是热闹的,因为写诗的人非常非常之多;诗坛又是寂寞的,因为诗人毕竟相当稀少。这种情况并不特别令人奇怪,正相反,倒是使我产生了一种期待,一种预感,似乎有什么正在孕育之中,快要呱呱坠地了。

至于我本人,则主要是由于健康的原因,不能再像从前那样拼命了。不过,我仍旧坚持不赶时髦,而又必须与日俱新。我追求的是质量。

4. 参加这次"海洋诗会"有何感想?一路之上对您触动最大的是什么?

诗会开过许多,可是,选择海洋作背景,在改革开放的今天,的确意味深长。有机会向同行(特别是青年)们学习,有机会接触以前我少有接触或者完全不了解的事物,我感到荣幸和兴奋。而最使我频频思考并为之痛心的问题却是:有这么好的河山,有这么好的人民,为什么我们的国家还这般贫穷、落后?

5. 您以前有否在电台广播过作品?您能对广播文学讲几句话吗?

从 20 世纪 50 年代开始,我的一些组诗,如《在北方》《上海抒情诗》《阿佤山组诗》等,就经常通过你们的话筒向全国流播。不幸的是,既不是由于我的原因,也不是由于你们的原因,我在空气中消失了。20 世纪 70 年代的末叶,我们之间又宣告重逢。大概是 1979 年,中央台广播了我的一个短篇小说《肠梗阻》,在此前后,我的诗作也一再被朗诵过;最近,有一些省台协作,还录制了关于我的专题介绍节目,题目叫作《拥抱着时代与人民》。

广播文学是文学的翅膀,从视觉转为听觉,千万倍地扩大了它的领域。何况,它有益于世道人心,它能丰富人们的精神世界,它能增加人们的知识积累,据我所知,文学节目与高雅的音乐节目一样,拥有一大批正派的热心的听众。诗人们和作家们理当欢迎它和支持它。不过,似乎也应该对下层社会心理多做一点调查研究,在真善美三者中,突出一个"真"字。

6. 请您对青年诗作者谈谈对他们的要求。

青年诗作者当中,的确有许多大有希望的人才,他们肯定是未来新诗的主人。然而,其中一部分同志的作品,读起来叫我感到不胜劳累。一方面他们以长为荣,忘记了精练是诗的天性;另一方面他们把自己的感情世界渲染得过分地与众不同,太脱离实际了。

我相信我的意见是正确的。我恳求他们(不论是成了名的或者还是正在努力成名的)认真想一想。

7. 请就灵感、天赋、勤奋和文学源泉……发表一点意见。

首先申明,这只是个人看法,绝不强加于人,也无意挑起论争。

约而言之,我是相信天赋的,它是客观存在,尽管我们目前还不能很科学地说明它。同样,我也亲身体验过灵感。当然,同等重要和绝对必要的是勤奋和持之以恒,还有对生活的无限热爱(哪怕自己在生活中遭受了折磨和欺骗……)。这些,加在一起,无论是当诗人,或者当作家,都是不可或缺的主观基本素质。

还有一条很重要的原则:有所为,有所不为。

8. 您是否还从事其他体裁的文学创作?有何突出成就?

突出成就还谈不上。只是我在写诗的同时,拿出相当的精力写评论、随笔和杂文。目前,正在实行的计划是,创作一部系列小说,总题为《昨天的土地》,写的是自认为比较熟悉的北方农民的痛苦灵魂。这是一种伟大的痛苦。《收获》上已经断断续续发表了五篇。此外,有一位朋友还代我公开预告过,我想写一部歌颂白求恩的长诗。而这次东南沿海之行,印象千彩百姿,可能最后会导致一部抒情短诗集的问世。总之,我是个闲不住的人,我有许许多多的设想,可惜,不少额外的负担消耗着我的有限的生命。但是,这几件事,我还是有信心完成的。

1985 年 11 月 26 日　广州,海洋诗会期间

留下了一片思索的空地
——推荐陈小初的《空地》

我们面临的这一代读者是独立不羁和严正不阿的,他们往往用挑剔的眼光审视所有作家们的作品,而丝毫也不考虑某些传统的观念和方式,既不迷信"资格"和"名气",又不讲究"平衡"与"照顾";因此,所谓的"改革文学",一开始就受到了他们不留情面的检验。在这种背景下,出现了像陈小初的《空地》(刊载于《清明》1985年第3期)这样的一批各自另辟蹊径,脚印互不重叠的创作,确是令人耳目一新!

我认为,把《空地》填进"改革文学"的花名册上,尽管意在褒扬,那仍然是轻率的,其结果恐怕只能令人望之生疑。实际情况是,《空地》一反常规,没有提供一个可资"学习"的样板英雄;这恰恰表明了作者的胆识和并非人云亦云的文学主张,以及作品不同一般的素质;文学究竟是什么?这是《空地》迫使我们认真思考的第一个问题。

看吧,不管是流露了某种觉醒意识和不满情结,敢于向命运挑战的董开关,还是安分守己,艰苦劳作,委曲求全的董小保;或是具备了巾帼妇女的典型美德的莲嫚,都不足以树为楷模;更不必说那个肯定会被认为"破鞋"的乡村小店女老板金三仙了。从作品的现有的叙述和交代看来是这样,从作品展示的意向和全景看来也是这样。随着故事的展开,董小保和莲嫚分别以不同的方式结束了或即将结束各自的悲剧;与之同时,董开关和金三仙则挟带着不同的精神元素投身于席卷中国的变革洪流,可是,等待着他(她)们的仍旧是个未知数,他(她)们将被迫在注定无法逃脱的两种前途中任择其一。

不错,《空地》主要人物的艺术形象是不稳定的,这种非定型化的描写,正符合我们当前时代一切都在变化的大趋势。主人公们无由要求读者做出要么是爱要么是憎的断然取舍,而只能触发读者一系列复杂的感情链式反应,最终引向更深沉的历史思索。我想,这,正是《空地》的妙处。

作者这样处理自己笔下的人物,同时又是具有鲜明的倾向性的。它重新提出了鲁迅先生毕生呼吁的国民性的改造问题。

我们可以饶有兴味地读到这样一些章节:当小兄弟的董小保,原本想以自身的含辛茹苦酿制一帖软化剂,藉以抚慰哥哥董开关躁动不安的灵魂时,没料到个人的猝然不幸倒反而形成了一根导火索,促使董开关加速了新的猛烈的爆炸,从而获得了一股伟力,帮助他得以坚决割弃了莲嫚的纯真痴情。这一切是那样的不近人情,而又偏偏是那样自然合理。不待说,作者如此布局,是蕴含着象征意味的,暗示了作者对生活的评价和指点。尽管董开关和金三仙的道路未必等于正确的答案,但是,以董小保和莲嫚为代表的旧的价值观不能保卫他(她)们作为人的起码尊严,却是一个铁的事实。毋庸讳言,在董小保和莲嫚身上,都程度不同地保存着我们熟知的阿Q相——知足常乐的心和不敢梦想、不事进取、以守成替代创业的心态——董小保和莲嫚都以"吃苦"为人的与生俱来的本能和天职,即便是烧柴填灶,那也只能以祖先曾经达到过的亮度作为自己辉煌的临界点,不敢越雷池半步。

为什么党中央再三再四强调建设社会主义的精神文明任务的重要性与紧迫性?为什么在局部地区已经出现了一条腿长(物质文明进度快),一条腿短(精神文明跟不上)的跛行现象?我个人的理解是,思想意识如果不能适应经济建设的要求,物质文明的成果势必失去保障。也就是说,仅仅是四个现代化是不够的,还应该再加上人的精神素质的现代化,要改造我们民族文化心理结构,改造我们的国民性。在这个问题上,有两种貌似相反的表现值得警惕,其一是固有封闭体系的重重羁绊,其二是舶来的腐朽作风的迅速蔓延。董开关和金三仙,尤其是后者,有可能一方面是击破封建陈规的胜利者,另一方面却又是西方资产阶级堕落意识的俘虏。不妨说,生活中的董开关们金三仙们和我们应该共着一个目标:努力创造一套崭新的社会主义的道德规范,大处则充实革命的奋斗理想,小处则指导日常的言谈举止。对以有益于世道人心为己任的文学而言,这,的确是一个严肃的课题。

环顾今日的文坛,已经萌生出来一股不可小觑的苗头——有少数作家,忍受不了变革的阵痛,他们或则由于忧虑,竞相掉头去寻求古典的牧歌式的世界,主张回到过去,而实质上是宣传了"凡是存在的都是合理的"这样一种有害观点。

针对这种方向的失落感,《空地》却慷慨地为我们留下了一片思索的空地,它提醒我们:务必深入和强化对落后国民性的批判并且在实际生活中小心扶持那种既有合理的纵向继承、又有必要的横向移植的新芽。我相信,经过包括《空地》作者在内的新老作家的通力合作,我们是不难找到这个适应于现代化总任务的文化心理坐标的。

1985 年 11 月　合肥

岁 暮 独 白
——《刻骨铭心》后记

收录在这本集子里的六十七首诗,除了《最后一个冬夜》,由于做了一点改动而带有重行发表的性质外,其余全是 1984 年和 1985 年两年间的新作。

1984 年远远地比 1985 年"丰收";然而,单从这本集子看,还难以感觉到这一点——我把 1984 年写新疆石河子和伊犁的二十三首全部抽下来了,打算等到有朝一日如愿以偿能遨游南疆喀什噶尔一带之后,另外辑一专册。

造成这一对比悬殊状况的原因是多方面的,如健康不佳,小说创作分散了部分精力,行政工作负担较重,等等,不过,最主要的还是,自己对新诗的现状有了一番新的考察,对新诗的前景也有了新的预测,于是故意放慢脚步,"想"比"写"多。

我想过一些什么呢?要概括,不外三条:

一、正如同古老的(!)中国社会(虽然共和国成立才不过三十六年!)正在经历一场真正的革命一样,古老的(!)中国新诗(虽然白话诗的出现才不过六十六年!)也在经历一场真正的革命;物竞天择,一切退化的、僵化的、钝化的和贫困化的模式,都将遭到无情的淘汰。一个诗人,如果不愿接受凄惨的命运,就必须实行自我更新。诗的多元化乃是一个现实的大趋势。

二、因之,我既不甘心落后和沉沦,我就必得下定决心,学习武林中的拳师,掌握几个不同的,甚至显然对立的"套路",同时,又绝对地需要保持自己的一手"绝招"。遗憾的是,写了几十年,我似乎还不曾达到这一境界;为此,私下里不免有些发愁和发急,于是其结果就是下笔踟蹰起来了。尽管其间我也作了些许初步的尝试,但并未获得聊堪自慰的成功;细心的读者,不难从近来的篇什中,捕捉到某种虽然细微却也明显的信息。

三、1985年初,在"创作自由"的欢乐颂高唱入云声中,我把自己的头脑浸在凉水里,避免了这场热症的感染。当时,我并且在一篇文章中表示了这样的杞忧:但愿不会。经过什么人热心的"宣传"和"解释",自由的火焰变作了青烟。

果不其然,不久,有人找到了一个好名词:社会责任感(我绝无意泛指所有使用过这个名词的人)。我的直觉告诉我:这个名词下面有潜台词,一般地提醒诗人、作家,注意社会效益是假,企图将文学艺术重新纳入变相的"为政治服务"的轨道是真。虽然我从前并不曾落入过"为政治服务"的圈套,今后更不会自动钻进去;然而,我担心的是,这样一种可以这样理解也可以那样理解的东西,会不会产生抵消或者限制的消极作用?党性和良知告诫我:历史的本体是人民,是亿万普通的从事脑力劳动和体力劳动的劳动者。诗人和作家,只能对历史负责,诗人和作家只应该具备一种责任感,即历史的责任感,或曰历史的使命感。

再过十几天,我就要告别58岁,在填写形形色色的表格的工夫儿,我该自报59岁了。而那以后再过三百六十五天,我便进入耳顺之年。但愿我不仅能继续写诗迎接自己的花甲子,而且即便过了60岁也还能继续用诗去记录这充满忧患然而又是无限幸运的人生。

1985年12月22日灯下,是日白昼最短,黑夜最长